Alta Boschiva
Merlean
Bassa
Boschiva
Renan
La Rocca
RIVA DI
TERRENA
RENNERT
Tenuta
Loissen
FREYAN
GERWYNN
Convicto
LARHAM
RIVA DI
VIDRIAN
Fiume
Auren
N
W
E
S

LE
CINQUE
RIVE

LE CINQUE RIVE
GLI ANNI DELLE FIAMME

Testi: Chiara Cecilia Santamaria
Illustrazione mappa di Radian: Stefano Trainito

Redazione Gribaudo
Via Strà, 167/F
37030 Colognola ai Colli (VR)
redazione@gribaudo.it

Responsabile di produzione: Franco Busti
Responsabile di redazione: Laura Rapelli
Redazione: Daniela Capparotto
Responsabile grafico: Meri Salvadori
Fotolito e prestampa: Federico Cavallon, Fabio Compri
Segreteria di redazione: Manuela Falesiedi

Consulenza astromantica: Évanette Starwyn

FSC
www.fsc.org
MISTO
Carta
da fonti gestite in
maniera responsabile
FSC® C021883

Stampa e confezione: Grafica Veneta, Trebaseleghe (PD)

Socio Unico Giangiacomo Feltrinelli Editore srl
Via Andegari, 6 - 20121 Milano
info@gribaudo.it - www.gribaudo.it

Prima edizione: 2023 [5(I)]

La lettura delle stelle per il tuo viaggio ha dato il seguente risultato:
Ena. Aelis. Rotsar.

CHIARA CECILIA SANTAMARIA

LE CINQUE RIVE

GLI ANNI DELLE FIAMME

GRIBAUDO
fantasy

A chiunque abbia fatto
del suo dolore
il suo potere.

1
BRAM

I passi erano il primo suono che sentiva ogni mattina: due, quattro, poi decine di suole di cuoio che calpestavano il selciato del chiostro. Una marcia ordinata, dalla cadenza ritmica.

A seguire c'era il rumore basso e vibrato della campana conica, che gli attraversava le ossa come un lieve solletico.

Avrebbe avuto ancora tempo per un ultimo lembo di sonno, ma gli piaceva restare per qualche istante fermo e in silenzio, prima di alzarsi. Sul soffitto della sua stanza le irregolarità dell'intonaco creavano un gioco di ombre e luci dove, da bambino, aveva sempre immaginato di vedere delle figure. Erano animali, per lo più, e aveva dato loro dei nomi.

«Vareen» sussurrò piano, ricordandone uno.

Quando era più piccolo fingeva di acciuffarli mettendo il pollice e l'indice davanti agli occhi chiudendoli rapidamente. Sorrise, ripensandoci.

Dopo un paio di minuti si mise a sedere, posando le piante dei piedi sulla pietra fresca. Sistemò i calzoni che usava per dormire, scompigliò i capelli per tentare di dissuaderli dalle direzioni che prendevano nel sonno, poi uscì dalla stanza coprendosi gli occhi. Il sole, anche a quell'ora del mattino, stava già inondando ogni angolo del patio. Scaldava le maioliche decorate a terra e i muri ocra del Convicto, tagliando ombre nere come la notte appena trascorsa.

Bram si lavò velocemente nei bagni dalle pareti turchesi e dalle docce di acqua sempre tiepida, mormorando una canzone che lo metteva di buonumore. Quindi indossò i larghi pantaloni di cotone marrone scuro stretti alla caviglia, la camicia di lino con le maniche ampie chiusa da tre giri di cintura di cuoio, e il *kolet* dei discepoli:

un gilet nero con ricami verde scuro che sarebbero diventati dorati al superamento dell'ultimo esame. Non sempre indossava calzature, e anche quel giorno decise di girare scalzo.

Dopo le cinque pratiche del mattino, la sua prima tappa era sempre la sala comune, per la colazione. Si avvicinò al ripiano fra due grandi credenze traboccanti di tazze e scodelle, e fece una smorfia quando notò che erano finiti i suoi dolcetti preferiti, i *samin* ai fiori d'arancio. Afferrò una fetta di pane nero appena sfornato e lo cosparse di miele di eucalipto, poi si versò una ciotola di latte dalla brocca di ceramica con il bordo blu. Individuò un posto vuoto proprio accanto al Reggente, dal lato opposto al grande camino, e senza formalità sedette vicino all'uomo esclamando un lieve: «Buongiorno».

«Che tu sia compiuto, Bram» disse lui.

Quasi trenta Armon erano seduti attorno a loro, ognuno con la propria ciotola e la propria tazza, intenti a mangiare con calma, mentre a ogni movimento le loro vesti sollevavano piccoli sciami luminosi di polvere contro la luce del mattino. Le parole sussurrate, il canto di uccelli e le note dei cucchiai contro la ciotola erano una musica che Bram aveva amato fin dal suo arrivo. Nel chiacchiericcio sommesso e nel tintinnare di posate aveva riconosciuto qualcosa di simile a una famiglia anche in un luogo che gli era sconosciuto. Proruppe in uno sbadiglio troppo sonoro, che si affrettò a soffocare.

«Hai fatto di nuovo tardi sui libri?» gli chiese il Reggente.

Bram alzò le spalle. «Ci sono gli esami, tra poco.»

«Ieri ho parlato con Padre Zyen, mi ha detto che anche gli allenamenti vanno molto bene» mormorò il Reggente senza trattenere un sorrisetto orgoglioso, che gli nascose il labbro superiore sotto i baffi grigi.

«Davvero? Beh, è gentile da parte sua, considerando che l'ultima volta sono rimasto a terra per cinque... no, dieci minuti buoni alla fine degli esercizi» replicò sarcastico il ragazzo, e non stava esagerando. Malediceva regolarmente gli esercizi propinati da Zyen, che a volte somigliavano più a una strana, sadica tortura. Gli capitava di avere i muscoli di braccia e gambe indolenziti per giorni, e anche salire le scale diventava un martirio che lo straziava fin nelle ossa.

«È sempre difficile all'inizio, poi si trasforma in abitudine, Bram. E apprezziamo l'impegno qui dentro, lo sai» commentò l'uomo fissando gli occhi verdi e lucidi del ragazzo, sottolineati da occhiaie che gli davano un'espressione stanca ma anche affilata, acuta.

Il Reggente lo preferiva agli altri, da sempre. Bram, il ragazzo curiosamente chiamato come i frutti selvatici che crescevano attorno al Convicto, tentennò prima di riprendere a parlare tirandosi lentamente indietro i capelli, come per trovare coraggio. «È la pratica del Cerchio, Reggente... Non riesco a capire. Avverto che gli altri sono altrove, a una vibrazione diversa dalla mia e, a quel punto, perdo la concentrazione molto facilmente. Quando cerco di rientrare è come se li percepissi dall'esterno, non riesco a unirmi a loro. Cosa vuol dire?» sussurrò, lasciando ricadere i riccioli sulla fronte.

"Che sei ancora un innocente," avrebbe voluto rispondere il Reggente "perché sono l'ultima persona a cui dovresti confidarlo." Ancora una volta, però, non riuscì ad ammonirlo come avrebbe dovuto. Il ragazzo era ancora incorrotto dalle astuzie e dai calcoli che troppo spesso vedeva mettere in atto, anche dagli apprendisti. Lo avrebbe voluto più scaltro e più accorto nel concedere la sua fiducia. Ma quel giorno, nella luce del mattino che illuminava i reticoli smeraldo delle sue iridi, vide solo un giovane in attesa di una guida e non volle nutrire i rovi del suo dubbio. Era penosamente chiara la frustrazione che lo logorava, rendendolo il primo ostacolo di sé stesso.

«Non vuol dire nulla, Bram. Un giorno, vedrai, arriverà tutto insieme» rispose, lisciandosi il kolet, l'unico bianco dell'intero Convicto. Lasciò vagare lo sguardo verso il pergolato da cui scendevano polposi grappoli di glicine. Quando Bram era arrivato, un bambino spaesato e ossequioso, gli aveva insegnato a coglierli e succhiarli. Si chiedeva spesso se il suo affetto per il giovane offuscasse il suo giudizio, ma sapeva di non sbagliare. Bram eccelleva in tutto, avrebbe imparato a farlo anche nella pratica. Lo seguì con lo sguardo quando, terminata la colazione, uscì dalla sala.

★

«Bram» lo chiamò un uomo a pochi passi di distanza, i ricami d'oro del kolet che rifrangevano la luce. Attese un momento prima di chiamarlo di nuovo, questa volta più forte.

Il ragazzo non sembrò sentirlo: si era fermato a fissare un punto nel vuoto davanti a sé.

«Cosa c'è? Hai di nuovo uno dei tuoi sogni di veglia?» gli chiese Padre Herr dandogli un pesante colpo sulla spalla.

Bram spostò lo sguardo su di lui come tornando in sé dopo una lunga meditazione, e captando le parole "sogni di veglia" sentì la pelle del viso scaldarsi. Era così che chiamavano i suoi momenti di distacco dalla realtà, quantomeno in sua presenza: non osava immaginare come li chiamassero alle sue spalle.

«No, io...» iniziò a dire, tacendo della sagoma nera che gli sembrava di aver visto attraversare il corridoio, con lunghe appendici leggere che l'aria del mattino agitava come bandiere.

«Dunque, è oggi!» esclamò l'uomo con il suo tono forzatamente allegro e i suoi gesti esagerati e fisici. Forse era intenzionale: voleva ricordare ai confratelli che non si allenavano abbastanza.

«Mh-mh» annuì Bram, già annoiato da quella conversazione. *Certo che è oggi, lo sanno anche i sassi,* pensò. Tutti gli Armon erano in fibrillazione da settimane per quella giornata, segnata in calendario ormai da quasi un anno: il giorno della Cerimonia. Ma intuì dove voleva andare a parare Herr, e contraddirlo sarebbe stato come agevolarlo.

«Quest'anno ti sei offerto per aiutare l'allestimento, ho sentito» incalzò l'uomo, pressandogli il braccio attorno alle spalle, nell'ennesimo gesto muscolare.

«Già» confermò il ragazzo, cercando di sottrarsi alla morsa.

«Saggio da parte tua, umile e certamente utile» aggiunse Herr. Il ragazzo desiderò un sogno di veglia in quel preciso momento, per vedere qualcosa che non fosse l'espressione paternalistica di Herr.

«Come dice lei, Padre» disse Bram per tagliar corto.

«Magari da domani ci sarà un altro come te, ci hai pensato? Forse è l'anno giusto per un nuovo prescelto!» esclamò Padre Herr, fissandolo negli occhi senza essere ricambiato.

Ecco, dunque, dove voleva andare a parare. Prevedibile e irritante, perché riportò nella testa di Bram le questioni su cui voleva evitare di indugiare. E poi detestava pensarsi come un *prescelto.*

«Magari qualcuno di *meglio,* intende?» replicò, con l'intento di essere ironico, risultando al contrario secco e brusco.

L'uomo esitò un istante. Bram si aspettava la solita rassicurazione di rito, invece Herr esclamò: «In centinaia di anni le Destinatrici non hanno mai fatto errori. Non si sono sbagliate con te, e non sbaglieranno nemmeno con il prossimo».

Gli lanciò un'occhiata torva, poi proseguì per il suo tragitto sparendo oltre una delle porte. Non assistette al modo in cui le sue parole piombarono al centro dello stomaco di Bram, costringendolo a fermarsi e prendere un lungo respiro. *Non si sono sbagliate con te.* Quindi anche gli altri si erano fatti la domanda che gli riecheggiava in testa da anni, ma che tentava di affogare con la pazienza, il lavoro e il massimo della diligenza. Da sempre, forse da quando aveva dato i nomi alle macchie sul soffitto, si chiedeva se le Destinatrici avessero fatto un errore con lui. Lui, che non era mai riuscito a dominare quell'energia di cui parlavano gli Armon. Lui, che aveva sempre avvertito il calore emanare dai palmi aperti e vibranti dei confratelli, e i suoi fremere di frustrazione. Aveva la brutta abitudine di posizionarsi sempre male, un centimetro troppo avanti o uno troppo indietro, e rompere l'equilibrio di tutti nello scontento generale.

Non aveva mai avuto il coraggio di affrontare il discorso del tutto apertamente con il Reggente, e sentire quella perplessità sottintesa nella rassicurazione di Padre Herr fece tremare le sue fondamenta. D'un tratto capì che a mantenerle salde era stata la convinzione di essere l'unico a porsi delle domande. Il suo percorso era sempre stato difficoltoso, è vero, ma ancora nella norma agli occhi degli altri. Così aveva sempre creduto.

Invece non lo è. Le sue labbra formarono le parole senza emettere un suono.

Il dubbio si dimenò nelle sue viscere come una bestia impazzita, mordendogli il petto. Che cosa gli avrebbe detto il Reggente? Che era lì per imparare, e che se l'apprendistato durava tanti anni un motivo c'era. Poggiò le mani sulla pietra tiepida del chiostro, cercando una certezza cui aggrapparsi.

«Legge Sacra numero tre» sussurrò. «Non puoi leggere, regolare e ricomporre il Cerchio se non credi di poterlo fare. Il Cerchio è attorno a te in ogni istante perché tu lo avverta. È dentro di te perché tu lo possa ascoltare.»

Sto per diventare un Armon, aggiunse mentalmente. *Un Armon del Cerchio. Se non ci credo nemmeno io, non potrà mai accadere.*

Sussurrò «Armon» e la parola prese forma nella sua testa come una sagoma ritta e dalle spalle larghe nel suo kolet nero e oro. Era stato sempre attratto da quelle figure eleganti che scendevano in città per le cerimonie. Chissà se il ricordo di giocare "al Cerchio" con dei bambini della sua età, correndo per i vicoli polverosi dell'estate di Larham, era una memoria autentica o qualcosa dai contorni sfumati che lui aveva ricalcato in seguito. Su una cosa però non aveva mai nutrito alcun dubbio: il senso di onore e di grandezza che lo aveva soverchiato quando le sei donne, tanti anni prima, avevano pronunciato la sua Destinazione, dichiarandolo uno dei rari prescelti per unirsi all'ordine del Cerchio. Quanto facilmente l'orgoglio potesse marcire in putrida disillusione, questo non lo avrebbe mai immaginato.

✶

Quando Bram arrivò alla Shedir, la piazza della stella, il sole era alto. Un'aria costante rinfrescava la giornata già calda nonostante il periodo primaverile, vaporizzando le gocce delle fontane in piccole ondate rinfrescanti. Un gruppo di manovali stava appendendo festoni di candide bandierine attorno alle arcate di pietra chiara che circondavano lo spiazzo centrale. All'ombra degli aranci in fiore, le donne disseminavano le candele che, a centinaia, avrebbero illuminato la serata. Il ragazzo individuò subito il responsabile dell'allestimento, quel Kare che si era già occupato di piccoli lavori di ristrutturazione al Convicto.

Gli si avvicinò con un sorriso, l'uomo invece lo squadrò con aria interrogativa.

«Che tu sia compiuto. Sono Bram, del Convicto...» si presentò allora, nuovamente.

Quello sgranò gli occhi e alzò le mani, stupito. «Non ci posso credere! Bram, quel saltafossi che mi ha aiutato con i sacchi di sabbia all'inondazione dello scorso anno? Ma guarda tu, cosa ti danno da mangiare gli Armon?» esclamò con la voce roca e gli occhi divertiti.

Bram sorrise: «È Padre Zyen a occuparsi del mio allenamento. Purtroppo».

L'uomo scoppiò a ridere. «Buon per te, ragazzo! Mi sarai sicuramente più utile dell'ultima volta. Prendi le assi che sono rimaste laggiù, bisogna finire quel lato del palco.» Indicò uno spazio mancante ai margini del cerchio di legno che avrebbe ospitato le Destinatrici.

Bram annuì e iniziò il lavoro senza dire altro.

Dopo il palco arrivarono le sedute per gli Armon e per il Governatore e la sua famiglia, poi le corde usate per dirigere il pubblico in un unico senso in entrata e uscita, quindi casse di liquori e vini. Si attendevano ospiti e famiglie da tutta Riva di Vidrian: ogni anno Larham si riempiva di gente, chi effettivamente assisteva alla Cerimonia e chi invece coglieva l'occasione per passare una serata nelle piazze e nelle strade illuminate a festa, piene di musica, banchetti di cibo e bevande.

Dal movimento del sole Bram realizzò che la giornata stava correndo velocemente ed era già ora di tornare al Convicto a prepararsi per l'evento. *E lavarsi,* pensò, sentendosi appiccicoso di sudore, polvere e segatura. Prima di andare, però, vide in controluce una figura che lo chiamò con voce squillante: «Armon!».

Bram dovette schermarsi gli occhi con le mani per riconoscere, nella luce arancione che precedeva il tramonto, la figlia del Governatore.

«Missa» fece lei, indicando sé stessa. «Ti ricordi di me?»

Missa: certo che la ricordava. Una ragazzina petulante che occasionalmente il padre portava con sé durante le riunioni al Convicto, ma che ora non riconosceva in quel corpo voluttuoso e morbido. I folti capelli castano scuro erano rimasti uguali, così come gli occhi neri come la notte, ma il suo fisico sembrava aver subito la più affascinante delle trasformazioni.

«Mi ricordo» rispose Bram, accennando un inchino con la testa.

«Come va, su al Convicto? Rincorri ancora le rane?» chiese lei, con una risata cristallina.

L'ultima volta che si erano parlati lui probabilmente aveva tredici o quattordici anni e, sì, era il periodo in cui era fissato con la cattura delle rane del laghetto dietro al Convicto. Gli sembrava di ricordare di averle mostrato come fare, e improvvisamente se ne vergognò.

Missa sembrava squadrarlo con eccessiva attenzione, e il suo sguardo addosso lo innervosiva.

«Ci sarai stasera, Armon?» domandò ancora la ragazza, camminandogli attorno lentamente con un rumore ritmico di tacchi, come a volerlo studiare da più angolazioni. In effetti, era proprio ciò che stava facendo.

«Mi chiamo Bram, comunque. E sono un apprendista, non ancora un Armon. Ovviamente stasera ci sarò, è mio compito.» Cercò di proseguire per la sua strada, doveva essere al Convicto entro una mezz'ora per avere il tempo di lavarsi e vestirsi, ma la ragazza lo seguiva con un'insistenza decisa. «Quindi non sarai nel gruppo che andrà ad aiutare i villaggi a Nord» chiese ancora lei, indagatrice. La stoffa del suo abito verde frusciava al suo movimento. Alludeva all'ultima inondazione: gli Armon cui era stata comunicata l'improvvisa partenza ci erano rimasti piuttosto male, non avrebbero voluto perdersi la Cerimonia. Non era un problema di Bram: lui non era nemmeno stato considerato, nonostante avesse solo poca esperienza in meno di qualcuno dei prescelti.

«Missa, io dovrei...» iniziò a dire.

«Chissà perché ci rivediamo solo ora, Bram» lo interruppe la ragazza. «Eppure voi Armon venite spesso in città, no? Lo studio deve avermi distratto da troppe cose. Sai, mi sono appena diplomata in Musica, oltre che in Storia. Mio padre tiene particolarmente alla mia educazione artistica, anche se sono destinata a fare il suo lavoro» raccontò, mentre i suoi occhi passarono dall'osservarsi le dita delle mani a frugare il viso del ragazzo.

A Bram sembrò di sentire solo un rumore di fondo da cui carpì qualche parola chiave: studi, musica. La osservò soffermandosi sulle labbra rosa e soprattutto sul modo in cui gesticolava, che gli appariva eccessivo, pieno di vita e di possibilità diverse. In qualche modo ne fu infastidito: Missa dava l'idea di essere una ragazza perfettamente allineata con il suo Xen. Cosa che Bram non poteva dire di sé.

✶

Ripeté il nome della ragazza poco più tardi, mentre l'acqua gli scorreva addosso e polvere e sapone si mischiavano ai suoi piedi in mulinelli prima di sparire nello scarico. Averla vista aveva risvegliato qualcosa, un sentimento che assomigliava più all'invidia che al desiderio, e che si affrettò a scansare. Missa, diplomata in Musica e Storia. Futura Governatrice che già poteva chiamare casa l'Emeral, il Palazzo del Governo. Quanto doveva essere difficile imparare a governare? Si poteva dire più complesso governare una riva che governare l'energia che scorreva dentro e attorno ogni cosa? *Cento volte no* pensò, mentre si asciugava sommariamente il corpo, lasciando fare il resto alla brezza tiepida della sera.

Indossò la veste da Cerimonia, una versione glorificata della divisa ordinaria, di stoffa più pregiata, con una fascia sul petto e coperture rigide per gli avambracci, poi infilò di malavoglia gli stivali di cuoio. Mentre si pettinava all'indietro i capelli che, da bagnati, gli toccavano le spalle, il rumore dei passi degli altri Armon lo fece affrettare. Spalancò la porta per raggiungerli ma non fu il corridoio del chiostro ciò che trovò davanti a sé. C'era invece una distesa di marmo bianco, con grandi uova candide posate equidistanti una dall'altra. Bram ebbe appena il tempo di meravigliarsi e di sentir affiorare l'inquietudine, prima che i contorni di quella visione iniziassero a sfocarsi ai confini del suo sguardo.

«Tre cose che posso avvertire» sussurrò a sé stesso, passando le dita prima sulla stoffa dell'abito, poi sui lacci di cuoio e infine chiudendo i pugni per sentire le unghie contro la pelle.

«Tre cose che posso udire» continuò, recuperando lo scalpiccio dei confratelli, il rumore del vento lieve nel chiostro e il cinguettio degli ultimi uccelli della sera.

«Tre cose che posso vedere» terminò, aprendo gli occhi e constatando con sollievo che il marmo e le uova erano spariti, e che al loro posto adesso c'erano l'albero di arance al centro del chiostro e le colonne chiare. I sogni di veglia non avrebbero avuto la meglio su di lui, si disse, senza riuscire a scacciare l'apprensione e l'imbarazzo che provava.

Si affrettò verso il portone principale del Convicto, dal quale sarebbero partiti tutti insieme.

Il Reggente gli sorrise, Padre Herr invece lo guardò con un lampo di sarcasmo negli occhi, come se sapesse ogni cosa.

2
DEVA

Quando Deva entrò in sala da pranzo per la colazione, sua madre aveva un sorrisetto soddisfatto che conosceva bene: quello di chi aspetta un complimento. La ragazza si guardò intorno per identificare la fonte di quell'orgoglio prima che fosse la madre a doverlo esplicitare, poi capì. Il suo sguardo si fermò su un mobile di legno chiaro, intarsiato da bassorilievi dorati di piante e animali.

«Questo è nuovo» commentò la ragazza, avvicinandosi e sfiorando con le dita piccole bestie a metà fra canidi e felini, tra lunghe foglie appuntite. Il legno era liscio come seta e stranamente tiepido al tatto. Nonostante lo stile diverso, si armonizzava alla sala e al lungo tavolo con le sedie dall'imbottitura bianca, i divanetti giallo pallido e le lucerne di vetro soffiato.

«L'ho fatto arrivare direttamente da Riva di Sama, è intagliato a mano. Hai sentito com'è liscio?» cinguettò la madre, avvicinandosi a sua volta e posando il palmo su una foglia coperta da una lucente lamina d'oro. La donna socchiuse gli occhi, come se la bellezza che avvertiva le potesse passare sottopelle.

«È molto bello» confermò Deva, sporgendosi per studiarlo meglio. «Davvero...»

«Per le nebbie! L'ha fatto di nuovo?» la interruppero una voce raschiante e il rumore secco di un bastone. «Ha buttato i soldi comprando qualche sciocchezza da una riva qualsiasi che non sia la nostra, purché sia lontana?» borbottò la nonna Ina, avvicinandosi anche lei al mobile.

Tre generazioni della famiglia Loissen ora squadravano l'oggetto sfiorandone i cassetti e le rifiniture.

«Sì, è ben fatto» dovette ammettere l'anziana. «Certe volte mi chiedo come facciano questi ignoranti di Sama...»

«Mamma! Per favore!» saltò su Enna, con la voce più alta di un'ottava, segno di un rimprovero non del tutto serio.

«Che c'è? Sono dei buzzurri, sporchi, che mangiano con le mani... Magari lo hanno fatto anche mentre intagliavano i cassetti, ti immagini? Quante belle spalmate di saliva!» commentò l'anziana mimando con le dita il movimento di un pennello.

Prima che Enna potesse riprenderla di nuovo, un campanello annunciò l'arrivo della colazione.

«Fallo pulire a fondo!» concluse Ina, puntando il dito contro la figlia.

Due camerieri in livrea bianca e nera entrarono nella sala iniziando a posare piatti colmi di dolci e frutta, e un servizio da caffè in madreperla, al centro della grande tovaglia bianca ricamata.

Un attimo prima che Deva si sedesse, sua madre le prese la mano e le sussurrò: «La nonna non capisce il valore di queste cose». Le fece l'occhiolino, e il suo sguardo indugiò sulla catenina al collo di Deva, anch'essa proveniente da lontano. Gliel'aveva regalata quando era piccola. La ragazza sorrise, tastando il ciondolo sotto la camicia.

«Chissà quanto l'hai pagato, questo affare...» bofonchiò ancora l'anziana fissando un'ultima volta il mobile prima di lasciarsi cadere di peso sulla sedia ma molto piano, come al rallentatore.

«Ti dispiace, mamma?» replicò Enna, con tono piccato ma ironico. «Dimentichi chi ha avuto *l'idea*. E quindi, *non c'è di ch*e: per la villa, per il mobile, e anche,» fece una pausa mentre tagliava un dolcetto glassato e lo portava delicatamente alla bocca con la forchettina d'argento «per la colazione.»

L'idea. La tirava fuori spesso, sua madre, pronunciando il termine lentamente e con voce piena di enfasi. Rilevare il ricamificio dei Morrel aveva fatto fare ai Loissen il grande salto: da vendere cotone e lino alle sarte dei villaggi a produrre stoffe ricamate richieste in tutte le rive di Radian. Enna sapeva riconoscere la bellezza, quando la vedeva, e in quella famiglia di ricamatrici aveva visto lo stesso talento dell'intagliatore del mobile di Sama. Oggi era conosciuta in tutta Terrena per il suo gusto raffinato e per le sue cene di gala, a cui invitava esponenti della cultura, delle arti e del commercio della riva. «È nata regina» aveva sentito dire una volta da una sua ospite. Deva non poteva che essere d'accordo, nonostante sapesse che sua madre proveniva da una famiglia molto modesta. Se ora le andava di levarsi qualche sfizio, ne aveva ogni diritto.

✶

Mangiarono con calma mentre la luce pallida del mattino spazzava via l'ultima bruma rimasta ad aleggiare sui prati come una soffice coperta. In quel periodo dell'anno la tenuta dei Loissen era uno splendore: rose e narcisi iniziavano a sbocciare, i cespugli si riempivano di colori e, in certe radure nascoste tra gli alberi, tappeti di campanule viola sembravano ricamati tra l'erba. Anche se molto vicina alla capitale Freyan, aveva un'anima da antica dimora di campagna. Deva prese un uovo, due panini dolci alle fragole e della frutta, oltre a caffè e succo di lamponi appena spremuto, a cui aggiunse un cucchiaio di miele leggero.

«Ma guarda l'appetito di questa ragazza!» osservò la nonna. «Ai miei tempi una donna che mangiava così tanto sarebbe stata considerata veramente poco elegante. E avrebbe piegato tutti i corsetti.»

«Dobbiamo ringraziare che Riva di Terrena si sia evoluta, allora» l'apostrofò Enna, imburrando una fetta di pane bianco.

«Avere fame è sintomo di buona salute» dichiarò Deva, masticando con compostezza l'ultimo boccone, prima di aggiungere: «E poi stamattina mi aspetta Djavel, ho bisogno di energie».

«Te lo sei preso proprio a cuore questo cavallo» commentò sua madre senza nascondere una nota di disapprovazione.

«Oggi è il primo giorno che il terreno è davvero asciutto. Ha diluviato per quanto? Settimane?» domandò Deva.

«Ah, non dirmelo!» sbottò sua madre. «Se sento di nuovo la parola "tempesta" è la volta che mi metto a urlare. Due vetri della serra sono ancora da riparare, e se penso al roseto...»

«Il roseto è andato» commentò la nonna tagliando corto. «Il cavallo, invece, come va?»

«Bene, ma ha bisogno di un cavaliere che sappia con chi ha a che fare e, con tutto il rispetto, lo stalliere lo tratta come una bestia qualsiasi» affermò la ragazza.

«E invece abbiamo davanti un prodigioso ippogrifo?» chiese Enna accennando un sorriso.

«Molto divertente, mamma» rispose Deva sarcastica, versandosi ancora del succo color rubino.

«Quand'è che dedicherai la stessa energia a trovarti un compagno?» incalzò la nonna. «Io, alla tua età, avevo già una figlia. Mi pare che tua madre e tuo padre abbiano già organizzato diversi incontri, e nessuno ha avuto seguito, a quanto ne so...»

«Mamma, lasciala in pace» sospirò Enna alzando gli occhi al cielo. «Sai che Deva non ama stare in mezzo alla gente. Deve trovare i suoi tempi, i suoi modi.»

Deva fece un lento cenno del capo, assorbendo le parole di sua madre e trovandoci una piena corrispondenza di sé, senza tuttavia saper identificare quali fossero i tempi e i modi a cui si riferisse. Dubitava che, pur avendo anche tutto il tempo del mondo, uno dei figli dei loro amici le avrebbe ispirato più di qualche fugace incontro nascosto nei giardini della tenuta, nato più dall'idea di dover soddisfare qualche attesa che da un vero desiderio. Iniziava carica di buona volontà, pronta a farsi piacere ciò che la vita le stava offrendo, ma rientrava in casa con il cuore simile a un guscio vuoto. Per giorni, dopo, non sentiva nulla tranne quel vuoto.

«A un certo punto sarò troppo vecchia per un nipote» si lamentò ancora una volta Ina Loissen.

La conversazione venne interrotta dal rumore di passi e da una voce profonda che esclamò: «Non ditemi che Ina sta ancora cercando di convincere Deva a trovarsi qualcuno e a lasciarci qui con i suoi cavalli pazzi!» tuonò Willem, mentre appuntava sulla camicia la lucida spilla con lo stemma di Terrena: un falco sormontato da una corona. Sedette a tavola alla destra di sua moglie, le afferrò la mano e vi posò un bacio delicato.

«Tutto bene, tesoro?» gli chiese Enna sottovoce.

«Con te, sempre» rispose lui, con un'intimità eccessivamente esplicita. Poi si rivolse alla figlia: «Deva, prima di trovare marito devi riguardare i libri contabili: forse ieri hai fatto un errore, perché qualcosa non torna».

«Va bene» disse lei, anche se lo dubitava: lavorava con il padre alla contabilità dell'azienda da due anni, ormai, e non aveva mai sbagliato una cifra.

«Ricordati anche che alle dieci c'è l'appuntamento con il dottor Andergast. Fai un giro *breve*» aggiunse suo padre.

A quelle parole lo stomaco di Deva si contrasse e, per scacciare la sensazione di essere stata agguantata dall'angoscia, si affrettò a salutare i genitori per dirigersi verso la porta.

La mano della madre, però, la trattenne. «Vai con lo stalliere, ovviamente. E che non ti perda d'occhio un attimo. Siamo intese, vero?»

«Certo, mamma» rispose la ragazza, leggermente a disagio nel dover accogliere così apertamente le raccomandazioni della madre. La verità è che avevano troppo senso per essere ignorate.

L'ultima crisi si era verificata meno di un mese prima. Deva sapeva che non era il momento di lasciarsi andare alla cieca fiducia in sé stessa. Il suo corpo e la sua mente la tradivano di continuo, con ferocia, senza che lei potesse controllarli. A volte le sembrava che dentro di lei ci fosse un'altra Deva che cospirava nel buio, che le faceva del male per il solo gusto di sentirsi potente. Che lavorava per farla sentire al sicuro, in modo che la disperazione poi colpisse più forte. Dell'ultima volta ricordava la gola, ridotta a un tappeto di spine contro cui la voce si graffiava. Ricordava le ginocchia, afferrare la pelle più ruvida e poi stringerla sotto le unghie fino a strapparla, pur di avere qualcosa cui aggrapparsi. Le ciocche di capelli tra le dita, una chiazza di cute lasciata spoglia come una desolata radura. Sempre meglio di quando, da piccola, si era arpionata un occhio. Di quel giorno non ricordava nulla tranne le sue grida, come quelle di un'altra persona e la sensazione di non essere in nessun luogo mentre il suo corpo e la sua mente chiedevano salvezza. Da cosa? Da chi? Da sé stessa, probabilmente.

Il dottor Andergast le chiamava solo "crisi", e lei ne aveva sempre sofferto. Arrivavano senza preavviso, in un istante il petto le si riempiva d'angoscia e i suoi organi sembravano pronti a scoppiare, poi perdeva il controllo. Restava vigile ma senza alcun potere su un corpo che tentava di autodistruggersi e una mente che latrava un dolore incontrollabile, una disperazione senza fondo che premeva contro le pareti della sua pelle. Come un mostro che volesse uscire da lei, squarciarla e guardarla morire.

Poteva accadere in qualsiasi momento: mentre faceva colazione, quando parlava con i genitori, mentre cavalcava. Non c'era una causa scatenante, non erano prevedibili in alcun modo. Ecco perché non avrebbe mai potuto fidarsi di sé stessa tanto da guardare sua madre e dirle: "Posso farcela, vado da sola a cavalcare".

Per questo, quando Enna aggiunse: «Per la tua sicurezza, tieni a mente i tuoi limiti», Deva distolse lo sguardo e annuì.

✶

Prese gli stivali sotto al suo gancio dell'appendiabiti, dove sua madre aveva dipinto un cuore per lei. Si sentiva incredibilmente fortunata ad averla, e incredibilmente in colpa per le preoccupazioni che le dava. Si guardò allo specchio dell'ingresso fissando l'occhio destro circondato dalla pelle rossastra, lucida e frastagliata di una cicatrice. Avrebbe voluto sospirare, ma non trovò il fiato per farlo. Per fortuna, o per qualche strano miracolo, la sua vista non si era rovinata come il suo viso, ma in occasioni sociali era comunque solita coprire l'occhio con una benda ricamata, perché secondo i suoi genitori avrebbe turbato i loro conoscenti e concentrato troppa attenzione sul suo difetto. Quel giorno, però, non si preoccupò di indossare né la benda né lo scomodo abito da cavallerizza, con la gonna lunga e il blazer in velluto: per un giro in campagna pantaloni, stivali e una giacca di lana sopra la camicia sarebbero andati bene. Legò i capelli di un denso color miele in una coda bassa e indossò la mantella corta, allacciata sul petto.

Quando arrivò nelle scuderie si avvicinò piano al recinto di Djavel, il terzo da sinistra.

Il cavallo era un Real di Morhva, un altro degli acquisti di sua madre o, piuttosto, un effetto collaterale: Enna aveva commissionato la ricerca di un frammento di pietra di Lumina, invece le era arrivato un cavallo. Il mercante si era giustificato dicendo che aveva avuto un eccesso di fiducia nelle sue fonti: vista l'eccessiva difficoltà di estrazione, sul mercato di Lumina non se ne trovavano più neanche minuscole quantità. In cambio della vana attesa e del suo anticipo desiderava donarle quel cavallo meraviglioso, con antenati nobili.

Era stata Deva a convincere sua madre a tenerlo. Appena aveva messo gli occhi su quel Real con il mantello color notte e la criniera corvina, aveva sentito di riconoscerlo come una di quelle cose mai viste ma sempre sognate. Enna aveva accettato di regalarglielo senza immaginare che la bestia avrebbe mostrato un temperamento del tutto inadatto alla monta, meritandosi il soprannome di Djavel, diavolo. In realtà il cavallo si chiamava Ceylen Estell V, ma nessuno l'aveva più chiamato a quel modo anche perché, da quando Deva aveva deciso di farne la sua cavalcatura, il duo "Deva e Djavel" aveva iniziato a suonare troppo bene per essere abbandonato.

La ragazza schioccò un verso con la bocca.

Dal recinto spuntò un muso vellutato, nero come la pece. Lei pescò qualcosa in un secchio appeso al muro e porse al cavallo un pezzo di carota dal palmo della mano. Sentì il solletico delle sue labbra.

«Piano, adesso» lo ammonì mentre, con estrema delicatezza, lo tirò fuori per la cavezza e con altrettanta attenzione gli allacciò un morso sottilissimo, con le finiture di cuoio chiaro. Aveva sempre visto quel cavallo come un nobile, qualcuno da trattare con estrema cura. Con lui non aveva mai usato né il morso normale, né tantomeno frustino o speroni.

«Faccio io, signorina Loissen, spostatevi...» la sorprese una voce alle spalle.

Lo stalliere si avvicinò, ma Deva scosse la testa.

«Passami la sella da campagna, per favore» chiese, indicandola.

L'uomo gliela passò senza entusiasmo, guardandola in silenzio, pronto a intervenire se avesse sistemato male il sottopancia, o le bisacce laterali.

Quando la ragazza si issò a sedere il suo peso innervosì la bestia, che scartò lateralmente di qualche passo, scuotendo violentemente il collo. Lei si dovette aggrappare alla criniera per non cadere, e lo stalliere afferrò subito le redini. «Si è innervosito molto durante l'ultima pioggia, per poco non sfondava la parete. Signorina, se volete lo faccio correre un attimo, così si calma» le propose.

Pioggia... pensò lei. *Che nome inappropriato per quelle giornate di venti furiosi e tempeste che sembrano voler spaccare il cielo. È proprio vero che ci si abitua a tutto.* Scuotendo la testa, rispose: «Devo insegnargli a calmarsi con me». Un altro pensiero le attraversò la mente: *Se muoio, sarebbe bello morire in sella a Djavel.* Lo lasciò cadere inorridita, come un ferro incandescente.

Aspettò che lo stalliere montasse un altro cavallo e uscisse ad attenderla; poi, con la torsione del corpo e un lieve movimento di stivali, condusse Djavel fuori dalla stalla.

✶

Percorsero appena pochi metri, arrivando alla fine del giardino fino a un sentiero sterrato, quando la pianura iniziava a stendersi davanti a loro come un tappeto verde intenso.

«Posso?» chiese Deva. «Prometto che starò attenta, mi fermerò all'albero laggiù.»

Indicò un arbusto a una distanza di circa trenta metri.

Lo stalliere sospirò, le chiese di attenderlo e tenere Djavel fermo una volta arrivata. «Prendete questo» aggiunse, allungandole un frustino a tre code di cuoio scuro.

Deva lo afferrò per farlo contento, senza alcuna intenzione di usarlo, poi strinse le gambe, si aggrappò alle redini e alla criniera del cavallo e diede un colpo deciso di talloni.

Djavel sembrò attraversato da una scossa elettrica, partì in un galoppo forsennato tra i cespugli e attraverso la pianura, mentre Deva assecondava i suoi movimenti. Sorrise, sentendo l'aria accarezzarle il viso e il rumore degli zoccoli del cavallo.

Il *suo* cavallo.

Mentre attraversava la landa scorgeva tutte le direzioni in cui la tenuta dei Loissen si estendeva per chilometri. Lasciò andare un urlo mentre il vento le sferzava il viso e la mantella si gonfiava dietro le sue spalle. Strinse le gambe per aprire le braccia, come in volo, ma pensò alle raccomandazioni di sua madre e lo fece solo per un brevissimo istante. Si aggrappò di nuovo alle redini, senza tuttavia perdere il senso di piacere e familiarità che montare quel cavallo le infondeva.

Questo mi fa bene, pensò. *Il bosco, e questo odore, e Djavel. Tutto questo.*

Portò il cavallo al trotto e poi al passo, infine lo fermò accanto all'albero come d'accordo. Allentò le redini e si lasciò andare con il busto all'indietro, sdraiandosi sul posteriore dell'animale e sentendo sotto la schiena il movimento alternato dei suoi fianchi. Sarebbe bastato un piccolo scarto del cavallo per farla cadere. Eppure, decise di fidarsi.

«Signorina Loissen, per le nebbie! Alzatevi con quella schiena» esclamò lo stalliere una volta arrivato. «Voi rischiate di cadere e io di perdere il lavoro. Volete forse rompervi l'osso del collo? Adesso portate il cavallo al passo, venite dietro di me: li abbeveriamo al ruscello e poi facciamo un po' di comando.»

Insieme allo stalliere, supervisionata in modo pedante, fece compiere al cavallo semplici esercizi di obbedienza per lo più estremamente banali: partenza, fermata. Passo, trotto, passo. Immobile sul posto per dieci secondi.

Erano ancora noiosamente al passo quando Deva sentì suonare il rintocco delle dieci. Capì di essere stata fuori molto più del dovuto e le scappò un'imprecazione: l'appuntamento con il dottor Andergast!

Dopo uno sguardo d'intesa con lo stalliere entrambi girarono i cavalli verso la strada del ritorno, con Djavel che protestava vivacemente. Stavano imboccando il sentiero del palazzo, delimitato da alti cipressi in fila ordinata, quando la ragazza vide la carrozza di Andergast, e l'uomo già in fitta conversazione con i genitori e la nonna davanti all'ingresso. Probabilmente li stava aggiornando sui suoi non-progressi e stava facendo le solite raccomandazioni su cosa non permetterle di fare, cosa farle mangiare, a che ora svegliarla.

Deva distinse i gesti della madre che le intimavano di sbrigarsi e smontò da cavallo, lasciando le redini allo stalliere.

Accade tutto in pochi istanti, ma nei ricordi di Deva sarebbe stato cristallizzato in una sequenza lentissima di momenti infiniti, incomprensibili, tanto che ricostruirne il vero ordine sarebbe apparso impossibile.

Notò delle sagome avvicinarsi ai lati del gruppo, dapprima lente, poi rapide e minacciose. Le parve di scorgere un luccichio metallico: armi da fuoco. Un brivido le corse lungo la schiena, avvertiva chiaro il pericolo, eppure era certa di fraintendere la scena. Le sue gambe erano immobili, dentro tremava. Quando li vide avvicinarsi ai genitori sentì un sibilo acuto, come il grido di un rapace, poi per alcuni istanti fu il buio, come se il suo corpo avesse risposto a quel rumore spegnendosi per un istante. L'esplosione arrivò subito dopo e la fece tornare in sé: il suono fu secco, come quello di un'accetta ma centuplicato in potenza, poi ci fu la fiamma, rapida, feroce, dal cuore nero pece e dall'aura scarlatta, che sembrò schiantarsi dall'alto prima di agitarsi verso il cielo.

Sentì la pelle delle braccia e della schiena attraversata da un violento brivido e temette l'arrivo di una crisi, eppure fu un pensiero talmente piccolo rispetto a quanto stava accadendo che le sfuggì subito di mente come qualcosa di vago che non si riesce a ricordare. Incapace di muoversi, guardò la sua famiglia avvolta dalle fiamme, sentì le loro grida, vide le loro sagome agitarsi nel fuoco.

Corse verso di loro ma sottrarli alle fiamme era impossibile, già a diversi passi di distanza il calore era intollerabile. Chiamò sua madre e nello stesso momento vide un frammento bruciato del suo abito volteggiare lontano, sospinto dall'aria bollente.

«Venite, signorina Loissen!» sentì una voce, e la seguì. Era una cameriera. Corse verso la fontana delle stalle insieme a lei mentre si stringeva il petto con la mano, respirando a fatica. Riempirono secchi, tornarono indietro, li gettarono sulle fiamme: nulla. Il fuoco inghiottì l'acqua, crebbe in altezza e si allargò sul prato della tenuta.

Deva guardò ciò che vedeva senza comprendere davvero. Parte di lei voleva credere che si trattasse di un malinteso, che quello che osservava non era un incendio che divorava la sua famiglia, ma qualcos'altro. Non sapeva esattamente cosa, ma di sicuro *qualcos'altro*, e di questo in futuro avrebbero riso tutti insieme. Era certo. Tra poco avrebbe visto suo padre uscire dal palazzo, le avrebbe chiesto cosa mai fosse andata a pensare, che quelle fiamme erano soltanto... *cos'erano, quelle fiamme?*

Le gambe si fecero di piombo. Non riuscendo a muovere passi, trascinò i piedi. Sentì i suoi stessi singhiozzi, ma come se arrivassero da molto lontano e non fossero che un'eco. In quel momento vide qualcosa staccarsi dalle fiamme.

«Mam-ma-mam-ma-mam-ma» sillabò, cercandola con lo sguardo, cadendo a terra e muovendosi a quattro zampe, ma non la trovò. Si avvicinò a sufficienza per vedere invece qualcosa dimenarsi: un tronco senza quasi più braccia, avvolto da un alone incandescente che, più che bruciarlo, lo stava divorando vivo.

Un urlo disumano gli uscì dalla bocca, un grido né di uomo né di donna ma come di demone, amplificato da polmoni pieni di aria bollente. Deva riconobbe solo le scarpe, suole enormi di un uomo alto e robusto: Andergast.

La figura sfrigolò e crollò nell'erba, un fantoccio rigido, e lì rantolò brevemente finché sia l'urlo angosciante che le fiamme si spensero. Il dottore che veniva a controllarla mensilmente e a darle le sue medicine era ridotto a una sagoma scura che iniziava a sbriciolarsi come polvere nell'aria.

Deva ebbe un conato di vomito, l'acido le bruciò la gola e gli spasmi le premevano il viso contro l'erba. Attese l'inizio di una crisi, certa che stesse per arrivare, ma era solo terrore ciò che la schiacciava a terra.

Alzati, soccorri la tua famiglia!, urlò dentro di sé, e invece per istanti che sembrarono ore non riuscì a sollevarsi, come se dal suo corpo fosse stata succhiata via ogni forza. Infine, ripulendosi il viso con il dorso della mano, si rimise in piedi, e si avvicinò di più al fuoco.

«Mamma... papà...» disse di nuovo con una voce sottile, quasi aria, e ormai era più una preghiera che un richiamo. Le fiamme si stavano abbassando, ciò che restava dei corpi iniziò a emergere e lei non ebbe ancora il coraggio di guardarli. Non dopo aver visto Andergast.

Fu in quel momento che arrivarono i colpi. Vide prima lo stalliere cadere a terra portandosi una mano al petto e poi il giardiniere, accorso con delle coperte, subire la stessa sorte: scivolare sulle ginocchia e crollare con la faccia a terra.

Sagome dai tratti indistinguibili avanzavano contro il bagliore oscuro delle fiamme. Deva non ebbe il tempo di mettere a fuoco nulla e, quando ci provò socchiudendo gli occhi, venne colpita da un pugno violento al braccio. Perse l'equilibrio, cadde di schiena e realizzò cosa le fosse accaduto solo quando vide un fiotto di sangue colarle lungo il gomito. Avvertì un altro fischio quasi immediatamente, il secondo proiettile le sfiorò un piede. Indietreggiò trascinandosi sul gomito libero e vide il terzo penetrare la terra dove un attimo prima poggiava la sua gamba sinistra.

Se non fosse fuggita via, sarebbe morta. Il pensiero era straziante, perché lei sapeva esattamente cosa doveva fare, invece: restare e salvare i suoi genitori, se *salvare* era ancora la parola da usare. Quella che prima era una massa informe di corpi ora era un intrico carbonizzato di membra umane, che il vento stava già spazzando via in folate di polvere scura.

L'istinto di sopravvivenza la fece arretrare ancora, e ancora, mentre i fischi dei proiettili si facevano sempre più frequenti e vicini. Corse via, arrancando prima di venire colpita di nuovo.

Lo sentì a distanza prima di vederlo: Djavel era furente. Nitriva e sbuffava, calpestando il terreno. Non era scappato, era fermo a qualche metro da Deva oltre un cespuglio fiorito tanto bello che non avrebbe dovuto più esistere in quel giorno, in quegli istanti.

«Djavel» lo chiamò sottovoce, mentre dal braccio iniziò a irradiarsi un dolore che le mozzava il fiato.

Il cavallo rimase immobile. Deva lo raggiunse, pregò che non si spostasse mentre posava un piede sulla staffa e, con un gemito di dolore, si issava sulla sella. Il cavallo indietreggiò, girò su sé stesso, ma non fece movimenti violenti. La lasciò infilare il piede nella seconda staffa. Lei avrebbe voluto abbandonarsi sul suo collo, bagnarlo di lacrime e dirigerlo verso casa, ma non era più possibile.

Sentiva voci, le sentiva vicine.

Si aggrappò alle redini con il braccio sinistro, strinse il più possibile le gambe attorno alla sella e poi, con un colpo secco delle gambe, lanciò il cavallo al galoppo.

3
CERIMONIA

Al tramonto, la forma stellata della Shedir, dove confluivano le vie principali di tutte le contrade di Larham, risplendeva di arancio e rosa. Il cielo sarebbe presto divenuto color lavanda e poi violaceo, senza mai rabbuiare completamente: era la reazione tra le polveri di Vidrian che si alzavano verso il cielo e i bagliori astrali, che scendevano a guardare la terra. Tutto avveniva in una sola notte chiamata la Notte Viola.

Alcuni confratelli affermavano che gli Armon del Cerchio riuscissero a prevedere l'arrivo della Notte Viola, altri sostenevano che essa venisse invocata, chiamata, nel momento del bisogno.

Il bisogno era quello che tra pochi minuti avrebbe sfilato silenzioso tra i vicoli del villaggio fino a radunarsi nella Shedir e che tutti attendevano con emozione sommessa. L'istituzione della Cerimonia della Destinazione aveva regalato una Vidrian migliore: la criminalità era quasi azzerata, i commerci fiorivano, i Governi si succedevano amalgamandosi tra loro senza sforzo in una naturale successione del potere. Tutto perché ognuno era destinato al suo posto.

Quando Bram arrivò nella piazza la folla si era già quasi tutta sistemata negli spicchi liberi della stella e, nonostante la quantità di persone, il brusio delle chiacchiere era appena percettibile. I banchetti di cibo, bevande, vino e sidro di more fumavano e ribollivano spandendo nell'aria aromi di frutta cotta, focacce appena sfornate e pietanze speziate. Tutto taceva prima dell'arrivo dei bambini.

Si avvicinò al gruppo degli Armon e fece per sedersi accanto a Padre Samal, ma Padre Herr, con un breve fischio, gli fece cenno di andare verso l'ultima panca in fondo. Bram si sedette accanto a due apprendisti quindicenni sopprimendo la voglia di attirare l'attenzione del Reggente e anche l'istinto di odiare Herr: sarebbe stata energia sprecata. Dalla sua posizione riusciva a vedere il banchetto dei Governatori e Missa che, in piedi tra i genitori, alzò la mano in un piccolo gesto di riconoscimento che lui, per vergogna o per la sacralità del ruolo che rappresentava in quella specifica circostanza, non ricambiò. Fissò invece i due vicoli ai lati sud-ovest e sud-est, dai quali arrivava un ritmato e profondo rumore di tamburi. Era il segnale per l'orchestra, che dal suo piccolo spazio circolare alla sinistra del palco iniziò a imbracciare gli strumenti. I violini furono i primi a cantare, lievi e appena malinconici, seguiti dai liuti.

La melodia della Cerimonia salì su per le ossa di Bram come una corrente, lo avvolse vertebra dopo vertebra, vibrandogli nelle mani e dentro la gola. La ricordava, così come credeva di ricordare ogni cosa di quel giorno di tanti anni prima. Allo stesso ritmo dei tamburi le Destinatrici fecero il loro ingresso dai vicoli, seguite dai bambini. Nelle vesti giallo pallido, camminavano a passi piccoli e decisi dietro alle donne. Nove anni, una terra di mezzo in cui non si era più bimbetti ma neppure già ragazzi. *Un territorio così plasmabile e ricco di possibilità...* pensò Bram guardando i bambini sfilare lentamente col visino serio e concentrato. Indossavano i loro giorni con una fierezza timida, erano stati preparati a quel rito e ne conoscevano il significato. Quella sera avrebbero saputo cos'erano destinati a diventare e, soprattutto, dopo essere stati cresciuti da tutti gli adulti della loro contrada senza chiamare nessuno madre o padre, avrebbero saputo chi sarebbero stati i loro genitori.

Si posizionarono in fondo sul palco mentre le Destinatrici, in abito viola come il cielo che andava man mano scurendosi, attendevano. Il Reggente si alzò insieme a Padre Herr, che lo seguì tenendo sospeso tra le mani un vassoio dorato sul quale erano posati sei piccoli bicchieri smaltati di azzurro contenenti una miscela chiamata la Vista, che Bram aveva contribuito a preparare con erbe raccolte la dodicesima notte dopo la precedente Cerimonia.

Gli Armon fecero il giro in senso antiorario. Ogni volta che si fermavano davanti a una delle donne, il Reggente prendeva dal vassoio un bicchierino, accennava un inchino e, guardando prima verso la terra e poi verso il cielo, pronunciava la formula: «*Come inizia, così ha fine*». Quindi porgeva il bicchiere alla Destinatrice, che beveva in un sol sorso.

Quando il giro fu terminato, il Reggente e Padre Herr tornarono a sedersi e l'orchestra smise di suonare. I bambini restarono in silenzio con gli occhi chiusi, tenendosi per mano.

Le Destinatrici iniziarono allora un canto grave e vibrato, che risuonò nella cassa toracica di ogni spettatore. Tutta la platea si sentiva parte di quell'onda e a un certo punto, senza alcun invito esplicito, iniziò lo stesso canto. Era qualcosa di ancestrale, un'eco grave che smuoveva qualcosa di collettivo e vivo dentro ognuno di loro. La Cerimonia diventava così un mare dove ciascun abitante di Vidrian versava la propria goccia.

Gli Armon erano posizionati lungo il circolo esterno della stella della Shedir, a contenerne l'energia. Bram li vide percorrere piano le sei strade e posizionarsi ognuno a un vertice interno della stella. Lì si fermarono, ritti nei loro abiti rituali, che conferivano loro un'aura sacrale. Portarono le mani al petto prima chiudendole pugno contro pugno, poi aprendo e congiungendo pollici e mignoli nella forma di un cerchio. Infine, come se seguissero un ritmo che solo loro udivano, le aprirono di scatto. Con i palmi rivolti verso la piazza, crearono il Cerchio.

Le energie di tutte le persone contenute all'interno di quel confine ora erano equalizzate, stabilizzate in modo che nessuno potesse turbare la Cerimonia e che, anzi, tutti contribuissero a nutrirla. Gli Armon erano il filtro che leggeva tutta quell'energia e la smistava lì dove ce n'era bisogno, andando a rafforzare le parti del Cerchio più carenti, sostenendo le altre, come armonizzando un'orchestra.

Nulla si poteva scorgere o avvertire, se non un deciso cambio di atmosfera. Un senso di quiete e silenzio interiore scesero su ogni presente, come se la mente di ognuno si fosse fermata in un equilibrio sospeso sopra al perenne tumulto delle emozioni, e nulla contasse se non quell'istante.

È bellissimo, pensò Bram, ma quando provò a figurarsi lì, tra quegli Armon del Cerchio pieni di potenza e fervore, non ci riuscì. Non riusciva a vedersi tra i confratelli senza immaginarsi come il lato debole del Cerchio, quello le cui mani tremavano. Gli Armon dovevano essere capaci di dominare le loro emozioni, e in quel momento Bram capì che ce n'erano due di cui difficilmente sarebbe stato in grado di liberarsi, perché poteva sentirle sussurrare nonostante tutto, in ogni momento. La vergogna e la colpa.

Se avevano paura, i bambini non lo davano a vedere. Rimasero fermi e concentrati fino a quando il canto non si disperse nell'aria.

«Yssa» chiamò la voce della Destinatrice più anziana. Aveva dita nodose e occhi scuri come la notte riflessa sul fondo di un pozzo.

Un bambino con i capelli color rame lasciò le mani dei compagni e avanzò a piccoli passi verso il centro del palco.

Tutte le Destinatrici, allora, si avvicinarono, le mani aperte aderenti al petto ma rivolte verso di lui, come se potessero infondergli la loro conoscenza.

«Yssa» ripeté la donna, solenne. «Hai un corpo forte e una mente salda. Ami camminare a piedi scalzi, dormi poco, sai riconoscere i cambiamenti delle stagioni e sei nato sotto la stella della fortuna. Il tuo unico e brillante Xen appartiene al mondo della Cura, e sei destinato a occuparti del mondo naturale. Accogli e sii accolto dai tuoi genitori.»

La donna chiamò dei nomi, e due figure si staccarono dal pubblico dirigendosi timorose verso il bambino. Bram riconobbe due agricoltori che spesso rifornivano il Convicto. L'uomo e la donna sondarono cauti la reazione del piccolo e, infine, quando lui sorrise, gli posarono lievemente una mano sulla spalla. Il bambino rimase sul palco, li avrebbe raggiunti alla fine della Cerimonia. Si lanciò tra le braccia dei suoi compagni, lasciandosi stringere.

Bram cercò di ricordare se anche lui avesse sorriso a quel modo quando le Destinatrici, molti anni prima, gli avevano annunciato la sua Destinazione: il Cerchio. Sì, lo aveva certamente fatto, ed era stato il suo primo legame con il Reggente. Nel suo ricordo di quel giorno era un uomo enorme, serio e con larghe spalle. Aveva già la folta barba grigia, gli sembrava di ricordare, e quelle sopracciglia luciferine. Non gli aveva fatto paura, però: aveva sempre avuto gli occhi buoni, docili e grandi come quelli di un cervo. Forse il suo sorriso era stato per lui, non per la rarità di essere destinati al Cerchio o per la specie del suo Xen: anche per lui, come per quel bambino, la Cura.

«Vida» chiamò quindi la stessa, solenne Destinatrice. «La tua fantasia ti conduce altrove, ma la tua compassione protegge te stessa e gli altri. Sogni eventi che accadono, conosci l'odore della pioggia prima che arrivi e ami scrivere. Il tuo Xen è della specie della Conoscenza e sei destinata a leggere nella saggezza del tempo. Accogli e sii accolta dai tuoi genitori, nelle persone di Coralya e Ava,» fece una piccola pausa «dell'ordine delle Destinatrici.»

Si mosse una donna. Aveva una lunga cicatrice sul braccio che per l'occasione era stata dipinta con foglie d'oro e sembrava un'edera luminosa. Si toccò rapidamente l'angolo dell'occhio, tradendo un momento di commozione mentre la bambina sorrideva smarrita. Le Destinatrici non potevano interrompere la Cerimonia, ma la donna strinse brevemente la mano di Vida, come a dirle di attendere. La piccola annuì non troppo convinta e i bambini le si strinsero attorno in un caotico abbraccio, subito interrotto dalla donna anziana che si schiarì la voce.

«Aral» chiamò la Destinatrice.

I bambini sciolsero l'abbraccio e tornarono nelle posizioni di partenza, fermi e compunti. Nessuno, però, si fece avanti.

«Aral» ripeté la donna, alzando la voce.

I bambini iniziarono a guardarsi l'un l'altro, come per cercare con lo sguardo Aral e intimargli di sbrigarsi. Il silenzio venne lambito dai mormorii della folla.

La Destinatrice si accinse a chiamarlo per una terza volta, quando la bambina di nome Vida disse timidamente: «Aral non c'è più».

Un verso acuto, stupito, esalò dal pubblico in attesa.

«Spiegati meglio» le intimò con tono quasi offeso una delle Destinatrici.

«Era qui,» disse lei, con una vocina sottile «ma ora non c'è più.»

«È scappato!» esclamò un bambino.

«No» replicò Vida, risoluta. «È stato preso. Come nel mio sogno.»

La donna guardò sgomenta la bambina, ma fu un istante. Poi disse sottovoce alla guardia più vicina: «Chiudete la città. È stato preso un bambino».

Qualcuno la udì, e la voce corse di spicchio in spicchio nella piazza gremita, finché non si udì un urlo di disperazione. Bram non aveva bisogno di indovinare a chi appartenesse perché là fuori, persa tra la folla e silente come tutti i procreatori dovevano essere, c'era – ci *doveva* essere – la donna che aveva partorito Aral. Nessun urlo sapeva essere straziante come quello di una madre che aveva appena perso un figlio.

4

FORESTA

Il bosco le aveva sempre parlato. Il terreno le sussurrava i passaggi degli animali e dei cavalieri, le foglie prevedevano i cambiamenti del tempo, il sentiero sconnesso indicava la strada.

Nelle giornate di tepore, quando il terreno era asciutto, vi si addentrava dopo aver agguantato un libro, una coperta e dei dolci dalle cucine, e si sdraiava nelle radure al sole a leggere, mangiare e immaginare le vite che un giorno avrebbe vissuto. Conosceva le impronte che la corteccia lasciava sfregando contro la pelle nuda, l'odore della terra impregnata di ombra e quello del muschio sotto le unghie. In quegli intervalli di solitudine fra una lezione e un appuntamento, si era sempre sentita brevemente libera e protetta.

Ora, invece, il bosco era un labirinto che la trascinava lontano e la soffocava con la sua oscurità e quei rami che, invece di abbassarsi al suo passaggio, le strappavano brandelli di abiti e ciocche di capelli. Deva si addentrava in un organismo vivente che non la accoglieva, anzi, assisteva maligno al suo dolore. Non leniva e non consolava, ma rideva di lei: umiliava le lacrime che le solcavano veloci le guance per perdersi nel vento, i lamenti di fatica e di sofferenza.

Il braccio bruciava e pulsava, a ogni colpo di arbusto il dolore aumentava spandendosi lungo la spalla e il fianco. Era solo il cavallo a concederle pietà rallentando, procedendo morbido nonostante il terreno sconnesso. Avevano corso per chilometri, Deva e Djavel. Per lungo tempo lei aveva sentito il rumore dei proiettili alle sue spalle. Solo nel folto degli alberi aveva smesso di sentirsi braccata. Allora, a sostituire le pallottole, era arrivato il ventre oscuro della foresta.

Non sei fatta per sopravvivere, sembrava sussurrarle ogni rovo impenetrabile, ogni ramo spinoso, ogni discesa sassosa dove il cavallo scivolava, inciampava, si ritrovava in ginocchio sulle zampe anteriori e lei quasi con la testa spaccata a terra.

«Verranno a prenderci presto, staranno arrivando...» aveva mormorato all'inizio a Djavel, ma si era resa conto di non crederci davvero, e perdeva speranza a ogni passo proprio come il calore le si disperdeva dal corpo, lasciandola rabbrividire con violenza.

Scese la sera, il cavallo continuava ad andare per inerzia e lei sentiva che non esisteva più alcun luogo dove andare, né alcun sentiero che potesse condurcela. A un certo punto anche l'aria parve ostacolarli e per un attimo sembrò densa, quasi gelatinosa, poi una raffica di vento forzò il cavallo a un galoppo irritato, finché l'animale non piantò gli zoccoli come se il mondo fosse finito. Deva, che ora malediceva di aver perso il frustino, staccò un ramo dall'albero più vicino e iniziò a colpirlo.

«Vai avanti, stupido cavallo!» gridò, con la disperazione che le saliva agli occhi, lucidi di lacrime ferme.

Sono sola pensò. *Sono tutti morti.* Non riusciva ancora a processarlo, sentiva solo un dolore feroce che la scuoteva da dentro, riverberandosi sui colpi che infliggeva al cavallo. Lasciò andare un urlo acuto e rabbioso che risuonò tutt'intorno in modo inquietante. Djavel non si mosse di un millimetro. Un tempo avrebbe sgroppato e lei sarebbe finita a terra, le ossa rotte e un cavallo già ben lontano. Ora, invece, restò immobile nonostante il fuscello di legno gli colpisse le carni tenere della pancia.

Deva allora scese e afferrò le redini, decisa a trascinarlo se era quello che occorreva. Fu allora che lo vide: erano a pochi passi da un dirupo dal taglio tanto netto da risultare invisibile finché non lo si raggiungeva. Lì, a pochi centimetri dal vuoto, il cavallo aveva deciso di fermarsi per non uccidere entrambi.

Ma io voglio morire pensò. Quella caduta libera con finale di buio la attraeva come un letto caldo al termine di una lunga giornata.

Morire in sella a Djavel fu un pensiero che, per la seconda volta nello stesso giorno, la inebetì di orribile poesia. Il richiamo del vuoto era talmente irresistibile, e il dolore che provava talmente forte, che dovette rigirarsi le redini attorno al polso più volte per restare legata a quel cavallo che cercava tanto tenacemente di scamparla.

E fu sempre lui ad arretrare, poco per volta, finché i passi indietro che la ragazza fu costretta a fare a un certo punto divennero i suoi, e mentre il corpo indietreggiava la mente si adattò a quella scelta e decise di restare in vita.

«Adesso andiamo via» sussurrò infine Deva, come per suggellare la distanza che aveva messo tra sé e l'abisso. «Troviamo un posto per la notte.» Non era nemmeno certa di averle pronunciate davvero, quelle parole: la voce che aveva sentito le era sembrata infinitamente più profonda e salda della propria.

Cercò una radura protetta dove far riposare Djavel. Fece appena in tempo a legare il cavallo a un albero che crollò a terra, le forze evaporate dal suo corpo in un istante.

✶

A farla svegliare fu la fitta che sentì al collo, seguita da un dolore più diffuso e sordo che partiva dal braccio e si irradiava alla spalla, alla mano e al busto. Immaginò di essere caduta dal letto, ma l'aria fredda non apparteneva alla sua stanza e nemmeno la superficie ruvida e dura contro la quale posava la guancia.

Ricordò tutto un attimo dopo, e fu come essere spinta sott'acqua.

Si guardò freneticamente attorno per essere sicura di essere sola e di non avere un'arma puntata addosso. Ripensò alla sua famiglia e alla colazione del giorno prima, ma l'idea che fossero tutti morti era ancora insostenibile e non interamente a fuoco. Urlò un lamento disperato. Di nuovo, tentò di covare la speranza che qualcuno la sentisse e la trovasse. Che la salvasse. Lei era Deva Loissen, delle dozzine di persone che frequentavano la sua casa e inchinavano la testa davanti ai suoi genitori dovevano essercene venti, o dieci, o anche solo tre che in quel momento stavano dispiegando i loro migliori cavalieri per passare al setaccio i boschi della zona, urlando il suo nome. E perché non riusciva a sentirli? Cos'era quel silenzio, dov'erano le voci amiche, le braccia premurose, un bicchiere di erbe anestetiche e la voce di sua madre? Dov'era l'aiuto al quale aveva diritto?

Non sapeva dove si trovasse, ma le sembrava di aver superato i confini della tenuta: la vegetazione era diversa da quella che le era familiare, più umida e fitta. Anche i rumori di quel luogo le parevano sconosciuti.

Il dolore la distolse da pensieri altrimenti intollerabili. Ora sentiva chiaramente di avere una pallottola conficcata nel braccio. Non riusciva a muoversi senza una fitta acuta che si irradiava lungo tutto il corpo ma sapeva che doveva provare a fare qualcosa, altrimenti la ferita sarebbe peggiorata.

Ricordò che nella bisaccia della sella c'erano sempre dell'acqua, un coltellino pieghevole e una corda. Provò ad alzarsi e a capire quanta strada potesse fare in quelle condizioni, ma l'angolazione del colpo faceva sì che ogni movimento risultasse un'agonia, quindi ci mise due o tre tentativi di troppo. Se solo fosse stata a casa, sua madre avrebbe fatto chiamare immediatamente un medico. Al suo risveglio, a cose fatte, avrebbe trovato i genitori seduti sul letto con un regalo per lei. Le sarebbero stati serviti pasti più buoni del solito su vassoi d'argento finché non si fosse rimessa del tutto. Era successo quando aveva dovuto levare un dente, da bambina.

Con fatica, Deva sfilò la manica della camicia per sciacquare la ferita ed esaminarne le condizioni. Notò che dalla carne lacerata spuntava qualcosa che sembrava una perla più che un proiettile: un metallo quasi bianco, dai riflessi violacei.

«Argento di Moltess» sussurrò, ricordando le parole della madre durante una delle sue cene. Lei e il Governatore Dean stavano discutendo sulla qualità delle nuove armi in dotazione all'esercito di Riva di Terrena, più funzionali e leggere. Quando sua madre aveva citato quel metallo qualcuno aveva ridacchiato, altri avevano chiesto cosa fosse, ed Enna Loissen non si era fatta certo pregare per esibirsi in ciò che più amava dopo gli acquisti esotici: narrare i racconti folcloristici e le leggende di Radian, che aveva sempre studiato con interesse. «L'argento di Moltess è un materiale indistruttibile e leggerissimo, ma molto complesso da forgiare. È resistente ai colpi e al fuoco, infatti si narra che solo i maestri alchimisti di Riva di Morhva fossero in grado di crearlo e, successivamente, modificarne la forma. Ha una tonalità inequivocabile: un argento latteo violaceo e cangiante, come una perla marina, forse per questo lo chiamano anche "l'argento delle sirene".»

«No, non può essere» esclamò Deva. Quella dell'argento di Moltess era una delle tante dicerie che giravano per Terrena.

Anche se aveva la sensazione che qualcosa le sfuggisse, invece di ripensare a favole e leggende doveva concentrarsi per trovare un modo di liberarsi del proiettile. Fu quando sentì un bruciore pungente che iniziava a colarle dal braccio fino al petto e giù verso la pancia, come un liquido incandescente, che sbarrò gli occhi improvvisamente colpita dalla memoria della storia dell'argento di Moltess per intero. Ora ricordava come sua madre aveva terminato il discorso: «Il suo valore non è neppure la sua resistenza, ma la sua essenza: è un metallo che rilascia sostanze tossiche a contatto con il sangue umano. Non importa quanto sia grave la ferita, chi viene colpito è comunque già morto».

Deva controllò freneticamente il braccio. Torcendo il collo posizionò la punta del coltellino a fianco del proiettile facendola penetrare qualche millimetro, pianissimo, nella carne. Non aveva mai sentito un dolore tanto intenso. Dovette fermarsi più volte per trovare il coraggio di proseguire. Prima che la sofferenza le facesse cedere le gambe, spinse il proiettile fuori dalla ferita facendo leva con la lama.

Il suo urlo lacerò il silenzio del bosco. Si accasciò a terra in un lamento straziante, cercando di fermare il sangue che sgorgava dalla ferita. «Non voglio morire, non devo morire!» si ripeté fra i denti febbrilmente, mentre stracciava un pezzo di camicia e lo avvolgeva più stretto che poteva al braccio per fermare il sangue.

Rimase a lungo immobile, troppo dolorante per alzarsi e troppo agitata per svenire. Le cadde addosso il peso di quanto era accaduto e si chiese che senso avesse avuto tutto quell'affannarsi a vivere, solo per sentirsi tanto morta.

5
SCOMPARSO

Aral. Il suo cuore era quello di un condottiero ma la sua insicurezza lo rendeva più cauto. Amava ascoltare il vento, accarezzare i cani, la musica triste. Non era stato accolto e non aveva accolto i suoi genitori, perché Aral era sparito da Vidrian e nessuno sapeva dove fosse.

Quando le Destinatrici si erano accorte della sua scomparsa, la Cerimonia era stata interrotta. Non era mai accaduto prima. Per non lasciare i restanti bambini senza un'assegnazione, l'avevano indetta a porte chiuse convocando solo i genitori destinatari. Il resto dei partecipanti si era disperso tra le strade cercando, chiamando, con l'impressione di vedere a ogni angolo, dietro ogni vicolo e in ogni cono d'ombra il piccolo Aral.

Anche Bram aveva dato il suo contributo. Con le sue lunghe falcate aveva percorso tutto il confine interno delle mura e poi quello esterno, ancora non battuto. Aveva cercato il bambino ma anche le sue tracce tra la polvere del terreno, le impronte di piccoli passi o di una fuga frettolosa. Aveva bussato alle case di chi, per scelta o per malattia, non era stato presente alla Cerimonia.

Una squadra di Ardimenti fu inviata fuori dalle mura per proseguire le ricerche nei sobborghi di Larham, ma le ore passarono e il bambino non venne ritrovato.

La mattina successiva gli Armon del Cerchio si riunirono nella sala di preghiera, consapevoli che l'equilibrio che proteggevano si era incrinato tanto da permettere a un bambino di sfilarsi dalle sue maglie e sparire, senza che loro avvertissero nulla. Insieme, in circolo, aprirono le mani e l'aria si fece densa mentre chiedevano al Cerchio di rafforzarli lì dove avevano fallito, e di metterli a servizio del ritrovamento del piccolo.

In quella sala, Bram non venne convocato. Rimase nella sua stanza a fissare il cielo dalla piccola finestra, sentendosi in colpa nel paragonare il suo dolore di escluso al dolore di un bambino scomparso, da solo là fuori nel grande mondo.

Quella notte Aral gli era apparso in sogno, e lui non ricordava neppure che volto avesse. Imbracciava una spada, ma non era forte abbastanza per tenerla dritta. Qualcuno voleva qualcosa da lui, e lo avrebbe avuto. Il bambino non parlava, ma Bram sentiva i suoi piccoli passi dietro di sé mentre lo riconduceva a Larham. Quando si era svegliato, credeva di averlo fatto davvero.

Il ricordo di quei passi era un cupo mantello di pensieri che gli restò addosso per tutto il giorno. I sogni di veglia aumentarono, ma Bram non ne fece parola con nessuno. Rivide le code nere muoversi nel vento inesistente della sala della colazione, calpestò marmo bianco, vide grandi uova muoversi come per schiudersi prima di *avvertire, udire* e *vedere* tre cose e tornare nella sua stanza. Scorse una spada luminescente posata contro un muro, lì dove un muro non c'era.

✶

«Allora, Armon...» lo apostrofò una voce familiare e limpida.

Bram, che stava portando delle fascine al Convicto, riconobbe i colori di Missa alla periferia del suo campo visivo e accelerò il passo. Lei, ora, gli ricordava la Cerimonia e il buco nero che lo risucchiava quando pensava al piccolo Aral. La ragazza, tuttavia, sembrava determinata a intercettarlo: i suoi passi si fecero frettolosi, le sue braccia tentarono di trattenerlo. Bram considerò che fosse meglio affrontarla, quindi si voltò e le si parò davanti con sguardo interrogativo. Lei sembrò colta di sorpresa, arrossì e indietreggiò di un passo.

«Per favore, non chiamarmi più Armon. Non sono ancora consacrato» le disse Bram, esasperato. «Possiamo chiamarci per nome, Missa?»

«Va bene... Bram» rispose lei, incerta se si trattasse di una cosa positiva.

Gli apparve piccola, adesso. Sembrava già una donna, ma quel rossore e il modo in cui gesticolava ne smascheravano l'innocenza.

Missa guardò a terra, prima di dire tutto d'un fiato: «Voi potete avere delle donne. Delle… fidanzate, intendo. Giusto?».

«Certo che possiamo» rispose Bram.

Era abbastanza risaputo che gli Armon potessero avere delle donne, anche delle fidanzate occasionali, purché la frequentazione avvenisse per un tempo limitato: accompagnarsi fisicamente a una donna era considerata una naturale necessità; avere una compagna fissa, invece, avrebbe significato sviluppare un attaccamento capace di privare un individuo di devozione e obiettività. Coltivare l'amore era scoraggiato, l'innamoramento invece era visto come uno stato inevitabile ma transitorio, e tollerato.

«Io non ho un fidanzato, al momento» disse lei, guardandolo fisso negli occhi con un'intensità che lo spiazzò.

Il ragazzo intravide appoggiate al muro della stessa strada, poco più avanti, le amiche di Missa. Stavano tutte fissando lui, qualcuna con un'espressione curiosa in viso, altre con un'attenzione che lo mise a disagio.

«Tu sei la figlia del Governatore Yasal,» replicò Bram, concentrandosi di nuovo su di lei e cercando le parole giuste «quindi se è un consiglio che stai cercando, il mio è quello di guardare tra i figli delle famiglie benestanti di Larham.»

«Non sto cercando un consiglio» ribatté prontamente lei. «Cercavo te. Se vuoi. Finché potrai, non preoccuparti.»

Bram la guardò sgranando gli occhi e aprì la bocca in una risata colma di imbarazzo. «No, Missa, no» disse, alzando le mani come uno scudo prima che lei si potesse avvicinare oltre. «Non sono davvero la persona giusta per questo. Io… mi sto concentrando sul mio percorso.»

Non era del tutto vero: era stato con delle ragazze e neanche troppo di rado, ma l'idea di vedersi con la figlia del Governatore gli dava una sensazione di disagio. Sapeva che avrebbe avuto gli occhi di tutti puntati addosso.

La ragazza non sembrò convinta dalle sue parole, gli afferrò le mani e si infilò tra le sue braccia. Lui sentì le forme del suo corpo addosso: era tiepida, morbida e profumava di gelsomino.

«Puoi fare entrambe le cose: concentrarti sul tuo percorso e stare un po' con me» sussurrò Missa, avvicinandosi ancora e premendo le labbra sulle sue, in un bacio soffice e scivoloso, al quale Bram non reagì se non restando immobile. In lontananza si sentirono delle risatine soffocate.

Lui indietreggiò rapidamente. Era infastidito dalla mancanza di rispetto della ragazza, e cercò le parole per esprimerlo senza offenderla. Aveva portato la sua corte di amiche per validare la sua conquista e forse quelle avrebbero riso di lei, ma non gli importava.

«Un bambino è scomparso!» disse, alzando la voce. «Lavoriamo giorno e notte per aiutare il Cerchio a ristabilire il suo equilibrio nella speranza di ritrovarlo. Io non ho tempo per questo, capisci?»

Si allontanò bruscamente, guardandola – ne fu consapevole – con più crudeltà del necessario.

Missa aveva gli occhi spalancati e le labbra ancora umide. Parte di lei era mortificata, quasi desiderava scusarsi, ma l'umiliazione prese il sopravvento e in un attimo arse di rabbia, esclamando: «Lo sanno tutti che non sei granché come Armon, Bram. Peccato, potevi almeno avere il tuo momento di gloria con me, invece resterai a fare l'apprendista. C'è sempre bisogno di una mano per aggiustare cose, o montare i palchi alle feste del villaggio...».

Le parole si assestarono come un colpo su un punto di Bram già livido. Il ragazzo la fissò con gli occhi ridotti a fessure, che bruciavano di una vergogna altrettanto dolorosa. Aprì la bocca per dire qualcosa, ma si rese conto che insultare la figlia del Governatore avrebbe portato delle conseguenze, quindi restò in silenzio. Espirò a fondo, attendendo che i suoi pensieri trovassero la strada verso la calma, poi si allontanò a passi rapidi senza voltarsi.

Missa lo guardò andar via e, prima di tornare dalle amiche con un sorriso sprezzante, tirò un calcio alle fascine cadute a terra con rabbia eccessiva, disperdendo legno e paglia nella terra polverosa.

✶

Il Reggente lo vide arrivare. Intuì dal passo e dalla postura il peso della rabbia che portava addosso, e non trattenne un profondo sospiro. «Bram...» lo chiamò con tono secco.

Il ragazzo esitò, il suo corpo avrebbe voluto lasciarsi portare dallo slancio dell'ira fino alla sua stanza e, una volta lì, sbattere la porta. Ma erano anni che gli insegnavano l'obbedienza.

«Ascolto, Reggente.» Gli restò una sfumatura di ribellione nella voce.

«Vieni con me» ordinò l'uomo, lasciando che il ragazzo lo seguisse fin nel suo studio, dove gli indicò di sedersi. Bram lo fece, poi ci ripensò e tornò in piedi.

Il Reggente lo osservò in silenzio per lunghi attimi prima di pronunciare le sue parole e, quando lo fece, sembrò scaricarsi di un peso soffocante. «So che la sparizione del bambino ti ha colpito in modo particolare, ma non puoi permettere che ti destabilizzi in questo modo» disse, guardando fuori dalla finestra e non il viso del ragazzo. «Sei... distratto. Assente. Lo avvertono anche gli altri, e non fa bene a nessuno.»

Il ragazzo tentennò, ricacciando nello stomaco un'inspiegabile sensazione di angoscia.

«L'ho sognato» confessò infine, come se fosse stata una debolezza o una colpa. «Io ero seduto così vicino ai bambini, Reggente. E non ho visto nulla. Com'è possibile? Avrei dovuto vedere, avrei dovuto *sentire.*»

L'uomo si massaggiò la folta barba grigia avanti e indietro, come se potesse pescarci dentro una risposta adeguata, infine replicò: «Non fai che dubitare, Bram, e questo indebolisce il tuo Cerchio».

«Magari il mio Cerchio non è debole, è quello di una persona che non è destinata a fare l'Armon. Forse questo non era il mio posto, lo sapevate e avete fatto finta di niente. Lei per primo.»

A quelle parole, il Reggente trasalì come se avesse udito un colpo di fucile.

«Cosa credi ci sia da sapere, Bram? Fai torto al tuo intelletto immaginando la vita come una storia già scritta, interpretabile in qualsiasi punto della tua esistenza che non sia l'ultimo respiro. Se esiste una Destinazione? Certamente. Se esiste un destino? Anche. Ma questo può essere cambiato infinite volte prima di avere una forma definitiva. Quello che le Destinatrici prevedono è un ordine delle cose. E io so che il tuo ordine è essere qui, in modo da trovare il tuo scopo, che può anche *non essere qui.* Mi capisci?» La domanda del Reggente aveva il tono di una supplica.

«Vuol dire che sono un apprendista Armon che magari non diventerà mai un Armon?» chiese Bram con un certo sprezzo, e la sensazione di una freccia piantata nel cuore che affondava ancora.

«O, al contrario, potresti diventare il nuovo Reggente. Ma non possiamo dirlo ora. Quello che sappiamo è che le Destinatrici hanno visto che questo è il tuo posto e che noi siamo la tua famiglia. È sufficiente a placare i tuoi dubbi?»

Bram esitò. Ciò che stava per dire lo feriva e lo umiliava.

Fu il Reggente a indovinare i suoi pensieri e, nuovamente, a parlare per lui: «Quello che dicono di te, non sei tu. Sono i *loro* pensieri, derivano dalle *loro* insicurezze e dalla *loro* smania di immolare al giudizio qualcuno che sia altro da loro. Cercheranno sempre il peggio, sai? Reale o immaginario. E quando lo troveranno, si sentiranno tranquilli e superiori nel loro poter fare appena di meglio».

Le parole dell'uomo avevano sempre avuto quell'effetto su Bram: sciogliere i suoi pensieri più annodati come olio caldo. Eppure, stavolta non lo tranquillizzarono del tutto. Se le Destinatrici cercavano ordine, se erano facilitatrici dello Xen di ognuno, che senso avevano percorsi contorti, ad alto rischio di fallimento? Se la sua vera Destinazione non era il Cerchio, che obiettivo avevano avuto quei lunghi anni di apprendistato pieni di frustrazione? Non sarebbero stati meglio impiegati facendo ciò che rispecchiava e amplificava il suo vero centro? Non ci trovava solo insensatezza, ma anche una certa crudeltà.

Stava per esprimere i suoi pensieri al Reggente, quando qualcuno bussò alla porta con insistenza. Senza attendere risposta, Padre Herr spalancò la porta per annunciare qualcosa, ma fu preceduto da sei donne in vesti viola che si fecero largo nello studio. A quel punto lui, affannato, riuscì solo a dire: «Reggente Cadaval, le Destinatrici desiderano vederla».

Le donne avevano tutte lunghi capelli e occhi resi enormi e profondi dal pesante trucco nero. Tuttavia non tradivano alcuna emozione, come se fossero imperturbabili di fronte a qualsiasi cosa. Il Reggente fece segno a Bram di uscire e lo accompagnò alla porta. Nella foga la spinse tanto forte che quella si chiuse, ma poi si riaprì di un soffio. Per un attimo Bram pensò di richiuderla ma non voleva rischiare di disturbare, quindi fece per allontanarsi. Aveva fatto solo pochi passi quando un rumore statico lo fece voltare. Davanti alla porta qualcosa riluceva, un piccolo nastro luminoso che danzava tentando di entrare nella fessura lasciata aperta. Infine, vi scivolò dentro.

Bram pensò di bussare e informare il Reggente ma si bloccò un attimo prima di sfiorare il legno con le nocche: probabilmente era un altro dei suoi sogni di veglia, e al momento aveva già abbastanza problemi. Scelse di evitare di farsi prendere in giro per qualcosa che, se davvero fosse entrato, avrebbe comunque attirato l'attenzione. Così vicino alla porta, però, sentì nitidamente le voci provenire dallo studio. Era contro ogni regola del Cerchio, ma il ragazzo decise di trattenersi qualche istante, giusto per sapere se ci fossero notizie sulla ricerca di Aral. Se fosse rimasto perfettamente immobile e si fosse allontanato prima della fine della conversazione, considerò, non lo avrebbero scoperto.

«Gli Ardimenti ci hanno informato che le ricerche nel villaggio non stanno andando a buon fine. È tempo che interveniate nella missione» annunciò una Destinatrice, la stessa che aveva presentato i piccoli durante la Cerimonia. «Il bambino va ritrovato al più presto.»

Bram si guardò attorno con circospezione e, non notando nessuno, si accostò ancora di più alla porta appiattendo il corpo contro il legno.

Sentì il Reggente cominciare una frase con il tono istituzionale delle grandi occasioni, profondo e autorevole: «Certamente, possiamo supportare immediatamente le ricerche con...».

«Dovete andare anche voi» lo interruppe seccamente la Destinatrice.

«Sostenere gli Ardimenti è nostro compito. Per quanto riguarda le missioni, solo il Governatore può stabilire di farci partecipare» puntualizzò il Reggente senza abbandonare il tono autorevole e, ora, paternalistico.

Era vero: ritrovare bambini scomparsi non sarebbe stato di loro pertinenza. Leggere il Cerchio e sentire dove la sua continuità soffriva, riequilibrare il Cerchio degli Ardimenti del Governatore e, in alcuni specifici casi, assisterli sul campo tenendolo saldo. Questi erano i loro compiti. Le missioni di salvataggio non avevano a che fare con gli Armon.

«Abbiamo bisogno del vostro Voto per comunicarvi ciò che sappiamo sul bambino» disse una seconda Destinatrice.

Bram aveva studiato il Voto, era oggetto di un intero esame: esso legava una parte del proprio Cerchio a una promessa. Se la promessa veniva infranta, anche il Cerchio sarebbe stato spezzato. La gravità di una frattura dipendeva dal tipo di Voto: i cosiddetti Voti Leggeri poggiavano sulle parti del Cerchio legate al corpo e le conseguenze della rottura potevano riguardare la perdita di una capacità fisica o sensoriale. I Voti Profondi, invece, mettevano radici sulle parti del Cerchio ritenute essenziali perché legate all'anima e alla mente. Le conseguenze della rottura di questi Voti erano considerate peggiori della morte: la permanente perdita della consapevolezza di sé, la scomparsa della capacità di scelta, la disconnessione da sé e dal mondo.

Bram sentì salire l'ansia per la mancanza di suoni proveniente dalla stanza. Un silenzio denso e ovattato prese il posto dell'aria, tanto che anche lui trattenne il fiato. Per un attimo, tutto sembrò fermo e sospeso dal tempo: i Voti erano stati giurati.

Avvertì la tensione arrampicarglisi lungo le vertebre, ma non riuscì a muovere un passo. Sapeva di trovarsi al cospetto di qualcosa di troppo grande per lui, eppure era attratto da quel rischio come una falena da una luce intensa.

Sentì la Destinatrice anziana schiarirsi la voce, poi affermare: «Il bambino, Aral, era destinato al Convicto».

«Questo non rende automatico il nostro coinvolgimento, Rabe» ribatté il Reggente, brusco.

«Eravate voi a dover assicurare un Cerchio saldo e a dover proteggere la Cerimonia» tuonò la donna, con la voce che pareva trapassare lo strato di legno e conficcarsi dritta nella testa di Bram. Il ragazzo non poté fare a meno di pensare: *È anche colpa mia? La mia insoddisfazione ha interferito con il Cerchio?*. Scorse mentalmente le Leggi Sacre, si ripeté la numero quattro: *Non lascerai ai tuoi sentimenti il dominio del tuo agire e del tuo pensare. Puoi do-*

minare il Cerchio solo se la tua mente è limpida e il tuo equilibrio è saldo. Le sue mani iniziarono a sudare.

«Questo è evidente, e siate certe che avvieremo un'indagine interna» replicò il Reggente.

«C'è dell'altro, Obenharis» aggiunse la Destinatrice chiamandolo per nome, qualcosa che Bram non aveva mai sentito fare a nessuno. «Abbiamo *visto* Aral innumerevoli volte,» continuò «e nelle visioni i suoi abiti non mentono: indossa un kolet con ricami rossi. Ha una doppia fascia incrociata sul petto e, al collo, il Cerchio Sospeso.»

«Un Sapiente? Non è possibile» esclamò Padre Herr.

«Sì. Una nuova guida. E il portatore di una nuova rivelazione» confermò Rabe. Le sue parole fredde come pietra riecheggiarono nel silenzio oltre la porta.

«Una nuova rivelazione? La guerra è troppo recente, negli annali non è mai stata registrata una successione così vicina di eventi» farfugliò Padre Herr, pur sapendo che le parole di una Destinatrice non erano cosa da confutare.

«Abbiamo studiato il bambino sin dalla sua nascita. Anche per lui c'erano dei segni fin dall'inizio e avevamo ragioni per osservarlo con attenzione, eppure abbiamo deciso di fargli proseguire un percorso normale insieme ai suoi coetanei. È stato un grave errore.»

Bram registrò le informazioni con profonda inquietudine. Riconobbe un sospiro del Reggente, prima che riprendesse la parola: «È estremamente preoccupante. Ma, ripeto: non siamo Ardimenti. Il nostro è solo un ruolo di supporto, e deve essere espressamente richies...» l'uomo si interruppe. Poi, dopo una pausa in cui si sentì il fruscìo di un sussurro, aggiunse solo: «Capisco».

«Se Aral è il Sapiente, come crediamo, potrebbe essere già estremamente dotato, anche se inconsapevole delle proprie capacità. Gli Ardimenti non hanno gli strumenti per riconoscerle e comprenderle. A un'azione violenta potrebbe reagire in modo eclatante, distruggendo in sé stesso ciò che reputa non funzionale all'essere salvato. In una parola, annullandosi. La sua conoscenza andrebbe persa per sempre e non possiamo permetterlo solo per un banale errore di strategia. Dovete andare in missione insieme agli Ardimenti: a trovarlo e riportarlo a casa deve essere un Armon del Cerchio. Non voglio spaventarti, Obenharis, ma ricordati che le voci su di *Lei* si fanno sempre più insistenti.»

Lei, pensò Bram. *Le voci su di Lei.* Nessuno voleva più pronunciare il suo nome, sarebbe per sempre rimasto impregnato di un orrore troppo grande, del sangue sprecato di migliaia di innocenti. Lo stesso pronome, quando se ne accennava, assumeva un'aria sinistra e oscura, come un serpente nascosto nell'ombra.

Il silenzio attorno allo studio si fece pesante, Bram immaginava che il Reggente avesse sollevato entrambe le mani per poi abbassarle piano, richiamando la quiete assoluta.

Poi, udì la sua voce come un sussurro: «L'angoscia indebolisce il Cerchio. Sono solamente questo, Rabe: voci. Il suo potere è finito molto tempo fa, e noi abbiamo imparato la lezione» disse con il tono che usava per gli ammonimenti.

«Ti sbagli» replicò Ava, una delle Destinatrici che aveva accolto una bambina durante la Cerimonia. «Sta per tornare. Persino Vida, in sogno, l'ha vista.»

«La bambina destinata a voi?» intervenne Padre Herr con voce da predica. «Non possiamo prendere decisioni sulla base dei sogni di una bambina di nove anni!»

Nel silenzio che seguì, Bram immaginò un'occhiataccia da parte di Rabe a Padre Herr.

«Condivido la prudenza del mio confratello» disse il Reggente. «L'allarmismo non è d'aiuto e poi le rive sono federate, ora. Sanno bene chi è il nemico nell'improbabile caso in cui dovesse tornare.»

«La Federazione *appare* salda, Obenharis, ma non ha mai trovato un vero leader. Quanto passerà, prima che si riapra un conflitto per le risorse che *non* abbiamo? È anche nella gestione di cose come questa che si consolida la sua unità, ed è la nostra unica forza. Il bambino deve essere ritrovato, e presto» incalzò la donna. «Vida ha sognato anche un luogo, Gerwynn, e un uomo. Pare che sia il fabbro della zona, deve avere informazioni per noi. Abbiamo provato a farle *vedere* altro, ma hai detto bene: il suo dono, come il nostro, è solo parziale.»

Bram aveva già sentito nominare Gerwynn, era un villaggio portuale da dove partivano molte delle navi dirette a Riva di Terrena e Riva di Alta. I viaggi per e dalle altre rive erano rischiosi, la Federazione poteva aver frenato la guerra ma non aveva appianato le intolleranze reciproche, che spesso sfociavano in violenze e attacchi immotivati. Spostarsi da una riva all'altra era possibile solo con permessi speciali – di solito militari, diplomatici o commerciali – e gli equipaggi erano sempre armati fino ai denti.

Il ragazzo udì alcuni profondi sospiri, fruscio di vesti e passi lievi. Pensò che fosse giunto il momento di andarsene, prima di sentire Ava mormorare: «Se quello che sappiamo è vero...» Abbassò improvvisamente la voce. Bram non riuscì a cogliere interamente la frase proprio nel momento in cui sentiva il bisogno di sapere tutto. «E proteggerlo a tutti i costi» concluse la donna.

In quel momento la porta si spalancò di colpo e Rabe gli fu davanti, con uno sguardo che lo inchiodò sul posto, immobile. Dentro a quegli occhi cerchiati di rughe c'erano rimprovero e furore, ma anche qualcosa di simile a un allarme.

«Bram!» gridò Padre Herr sconvolto.

Il ragazzo avrebbe voluto scusarsi, ma la sua posizione era troppo umiliante e colpevole per proferire parole inutili. Lo sguardo del Reggente, in fondo alla sala, si colmò di una delusione che sembrò traboccare e inondare il cuore del ragazzo. Bram si sentì affogare: appropriarsi indebitamente di informazioni al Convicto era considerata una bieca e pavida forma di tradimento, ed eccolo lì, l'orecchio ancora orientato verso le labbra dei presenti e la postura incerta di chi si preparava a fuggire. Il suo corpo venne scosso da un tremito involontario mentre si rendeva pienamente conto della gravità di ciò che aveva fatto, e della stupidità con la quale aveva creduto di farla franca.

Rabe lo fissava sgomenta.

Destinatrici e Armon si guardarono per un attimo, consapevoli del pensiero che stava chiamando a gran voce ognuno di loro. Fu Padre Herr a dargli voce: «Il ragazzo adesso sa. E non ha giurato il Voto».

Bram guardò i volti dei presenti come fosse condannato per un crimine non commesso, ma la sua posizione era ingiustificabile. Pensò di dire "Non ho sentito tutto", ma come spiegare che gli mancava il centro del discorso perché la porta era troppo spessa, o la voce troppo bassa?

«Ormai è tardi per giurare» fu il Reggente a rompere il silenzio opprimente calato nella stanza. «Dunque si renderà utile partendo per la missione.»

«Lo vieto!» gridò Rabe, afferrando l'avambraccio dell'uomo in un moto fisico inconsueto e allarmante.

Obenharis Cadaval sembrò gonfiarsi e crescere in altezza mentre, offeso, scosse via la mano della donna con disprezzo e usò la sua voce più profonda e fredda: «Sono il Reggente del Convicto, Rabe Zosdra. Non hai autorità sui miei Armon. Ho detto che Bram Cadaval si unirà alla missione, per tornare con una lezione appresa, o per perdere la vita al servizio del Cerchio. Per comprendere la serietà del Voto che non ha giurato, o per portarlo con sé sotto la terra di Vidrian».

6
SAVIA

Non era morta: questa era una cosa positiva, l'unica. Era passato un giorno da quando era stata colpita, quindi o non si trattava di argento di Moltess, oppure sua madre si era sbagliata e l'intossicazione avveniva solo in qualche circostanza specifica che, per lei, non si era verificata.

L'elenco di lati negativi era molto più esteso: iniziava con il pensiero della sua famiglia, proseguiva con il dolore fisico, e terminava col non sapere dove si trovasse. Secondo i suoi calcoli si era spinta verso nord-est prima di perdere i sensi, ma in quella zona avrebbero dovuto esserci i laghi, non quel bosco intriso di umidità che sembrava non avere fine. Avrebbe dovuto dirigersi a ovest, verso il primo villaggio, ma con i proiettili che le piovevano addosso proprio da quella direzione non aveva avuto tempo per pensare a una soluzione.

«Cosa c'è a nord?» si chiese, parlando sottovoce con sé stessa. «Le riserve d'acqua, ma non ne vedo. E boschi di pini, mentre questi potrebbero essere faggi.»

Con cautela, si portò una mano al braccio. Lo sentì caldo e sapeva che non era un buon segno. Le lezioni di Medicina Botanica si rivelarono inaspettatamente utili. Cercò di ricordare cosa avrebbe potuto trovare in quell'ambiente, forse della menta se era fortunata, ma più probabilmente l'erba di Savia, che cresceva all'ombra e in ambienti umidi. Ricordava le sue proprietà antisettiche e calmanti. Con il cavallo condotto a mano scandagliò piano i metri di bosco che le si snodavano davanti. Iniziò a guardare il dorso nord degli alberi, lì dove la corteccia era ricoperta di morbida peluria verde e piccoli insetti si radunavano a banchettare. La ricerca la distolse in qualche modo dal pensiero costante dei suoi genitori, dell'incubo senza senso in cui era sprofondata e dalle domande che le affollavano la testa. *Sopravvivere per chi? Per cosa?*

Quando scorse le prime piantine, molti minuti dopo, venne travolta da un sincero sollievo, e da una punta d'orgoglio nel sentirsi depositaria di un sapere che le stava per salvare la vita. Ricordava anche che l'erba di Savia cresceva in prossimità dell'acqua, infatti subito dopo percepì il leggero gorgoglìo di un piccolo ruscello, a pochi metri di distanza.

Prima lasciò bere Djavel, assicurandolo bene al tronco di un albero. Poi prese il coltellino e, con attenzione, staccò due o tre centimetri dai filamenti, lasciando intatta la radice dell'erba. Dovette arrangiarsi per ridurre in poltiglia le sottili foglie cercando di estrarre sia succo che fibra.

«Battere, non tagliare» sussurrò, ripetendo le parole del libro di testo senza fermarsi. Sapeva che, se lo avesse fatto, si sarebbe rannicchiata a terra e non si sarebbe rialzata mai più.

Quando ottenne una piccola poltiglia nera, con grande delicatezza cercò di levare dal braccio la fasciatura improvvisata. Il suo lamento riecheggiò per tutto il bosco, e dovette lottare per non perdere i sensi. La stoffa della giacca sembrava essersi fusa insieme a quella della camicia e della pelle. Dovette strappare millimetro dopo millimetro per liberare la cute gonfia e arrossata, dove la ferita aveva già iniziato a spurgare una sostanza biancastra.

Imprecò a denti stretti, fu costretta a fermarsi per prendere lunghi respiri quando sentì il suo stomaco contrarsi d'improvviso, come se stesse per vomitare o cedere allo svenimento. Riconquistato un lievissimo equilibrio, sciacquò la ferita, la pulì con cura stringendo i denti, poi con il dito prelevò la poltiglia nera e la sparse sul taglio cercando di spingerne un po' anche dentro i lembi di pelle, lì dove si intravedeva la carne. Non era scritto, sul libro, che avrebbe bruciato così tanto.

Djavel la osservava in silenzio mentre lei mugolava e soffiava sulla ferita.

«Fa male...» gli disse Deva, scalciando a terra con un tallone.

L'animale mosse appena il muso elegante.

Appena il dolore si fu un po' attenuato, con il coltellino tagliò un altro pezzo della camicia, la parte inferiore, e fasciò di nuovo il braccio.

«Forse era argento di Moltess,» mormorò sempre al cavallo, indicando la fasciatura «potevo morire.»

La bestia rispose voltandosi dall'altra parte e brucando dell'erba agli argini del ruscello.

«Oh beh, grazie della considerazione!» commentò Deva.

Si alzò con cautela e andò a bere. Si specchiò nel ruscello e ringraziò sé stessa per non aver indossato l'abito per uscire a cavalcare. Gli stivali e i pantaloni erano resistenti e comodi. La camicia le aveva concesso abbastanza stoffa per due fasciature, e ancora riusciva a infilarla nella cintura. Alla giacca mancava un pezzo di manica ma la teneva ancora abbastanza calda, così come la mantella rimasta miracolosamente intatta.

Con circospezione si avvicinò al cavallo e, a fatica, risalì in groppa.

Cavalcò per ore facendosi largo nel bosco, al passo quando doveva aprirsi una strada tra un albero e l'altro, più velocemente quando intravedeva un sentiero sufficientemente battuto. La debolezza stava di nuovo prendendo il sopravvento, spesso la vista si appannava e lei si sdraiava portando il peso sul collo dell'animale. Era scomodo e sapeva di dargli fastidio, ma non riusciva a restare dritta in sella. Il braccio doleva ancora moltissimo, e iniziava a sentire un freddo che la stringeva fin nelle ossa.

Era pomeriggio inoltrato quando intravide una luce sempre più intensa penetrare orizzontalmente tra le fronde davanti a lei, e la luce del tramonto svelò una radura.

Quando notò anche il fumo di un camino, il cuore le si riempì di tiepida speranza. Non era una casa ma una locanda, ed era anche alla fine di quella che sembrava una strada maestra, cosa che alzò immediatamente la temperatura delle sue aspettative.

«Djavel, abbiamo trovato aiuto!» sussurrò al cavallo, dal quale smontò crollando a terra senza grazia.

Tenendosi a malapena in piedi, varcò la porta di legno ad arco e fu avvolta dal tepore del camino e dal calore dell'ambiente. Fatto salvo per i muri, di un bianco sporcato dal tempo, l'intera locanda era in legno e pietra. Grandi tronchi incrociati reggevano il soffitto della sala, tavoli e panche erano di spesso abete nodoso, così come il bancone, le cornici lavorate delle finestre e le grandi assi sul pavimento.

Si sentiva scoppiettare il fuoco, forse acceso da poco perché esalava ancora un sottile fumo nella sala. Alcuni tavoli erano occupati, un violinista stava accordando uno strumento mentre un uomo e una donna spillavano della birra in grandi boccali. Il profumo nell'aria era di inconfondibile stufato. Deva sentì la saliva in bocca e lo stomaco contorcersi con brama feroce, prima che la testa iniziasse a girare e il corpo ad afflosciarsi.

Un attimo prima di cadere in ginocchio incontrò lo sguardo della donna al bancone, che si portò le mani alla bocca con un guaito: «Oh, povero ragazzo!».

Deva ignorò l'errore e disse, senza convenevoli: «Sono Deva Loissen. Hanno ucciso la mia famiglia, e io sono ferita. Aiutatemi».

Anche l'uomo che era dietro al bancone le si avvicinò. Deva lo sentì sorreggerle la testa e, in un attimo, il suo corpo si permise finalmente di cedere alla debolezza e al dolore. Sentì le lacrime scivolarle lungo le guance, e il pensiero che avrebbero bagnato le braccia gentili dello sconosciuto le diede un lieve dispiacere.

7
MISSIONE

Il peso che aveva dentro lo sentì addosso mentre piegava gli abiti di ricambio e ne faceva un fagotto da mettere sul fondo della borsa di cuoio. Lo avvertì, vischioso, colmargli il petto quando tirò fuori dal baule sotto al letto il suo possedimento più prezioso: una sciarpa azzurra, il primo regalo del Reggente al suo arrivo al Convicto. Con cura, la ripiegò e la infilò nella borsa come fosse l'ultimo frammento salvo di quell'amore che aveva sempre sperato fosse incondizionato. Sarebbe andato dove gli avrebbero detto di andare, avrebbe fatto ciò che gli avrebbero detto di fare: non restava altro. L'aveva vista in quel momento, sorpreso a spiare, la fiducia che il Reggente nutriva verso di lui spezzarsi e svanire.

L'uomo era il solo a riconoscergli il diritto di essere al Convicto, attribuendogli un valore che – stando alle sue parole – sarebbe presto divenuto evidente a tutti. Continuava a ripetergli che il suo potere si avvertiva chiaro e limpido e il suo Cerchio splendeva anche nel disequilibrio. Così Bram si era sentito speciale anche quando i fallimenti raccontavano una storia diversa, perché aveva imparato a vedersi attraverso gli occhi del Reggente. Una parte di lui si era lasciata illudere e non aveva resistito alla tentazione di sentirsi destinato, un giorno, a qualcosa di grande.

Ora, però, il Reggente avrebbe cambiato idea su tutto, era questa la verità che Bram doveva accettare. Non era il ragazzo dalle doti speciali e nascoste. Non era niente. Sarebbe partito alla ricerca di Aral, il bambino destinato a essere ciò che lui non sarebbe mai diventato. Sarebbe andato con gli Ardimenti e un gruppo di Armon. Avrebbe procurato del cibo, pulito i cavalli, dato una mano a montare e smontare tende. Era un compito quasi perfetto, per uno che non sarebbe mai stato più di ciò che era. A letto, fissando i suoi animali sul soffitto, sentì il solletico delle lacrime calde scendergli lungo le guance.

*

Partirono molto presto. Erano meno di quanti immaginasse: tre Ardimenti e tre Armon, lui incluso.

Aveva dormito poco e male e gli occhi gonfi gli bruciavano alla luce diretta dell'alba. Gli Ardimenti erano due giovani e un adulto, un uomo dall'aspetto forte e dalle movenze eleganti che sembrava avere una certa esperienza sul campo e che si presentò come il Capitano Lyran. Bram gli lesse in volto molte stagioni passate all'aperto e in ogni condizione climatica, eppure i suoi tratti avevano mantenuto una dolcezza rassicurante.

Gli altri due erano i soldati Horst e Corber, due ventenni al secondo incarico. Al confronto di Bram erano fisicamente imponenti, i loro muscoli non tendevano in lunghezza come i suoi, ma si gonfiavano in larghezza, facendoli sembrare estremamente più forti e preparati di lui. Indossavano la giacca azzurro ceruleo degli Ardimenti di Vidrian, con lo stemma del delfino sulle onde bianche della loro riva, pantaloni resistenti e stivali di buona fattura.

Dei due Armon in missione con lui, Padre Herr era il più esperto, seguito da Padre Zyen. Bram fu sollevato dal vederlo nel gruppo. Aveva sempre riconosciuto in lui un uomo e un amico prima di un confratello. Era merito suo se poteva almeno dirsi un buon combattente.

Padre Zyen gli si avvicinò col suo passo elastico, gli occhi socchiusi e il sorriso di sbieco: «Mi hanno detto che sei dei nostri, Bram. È un gran bene per me, so di avere un compagno capace in questa missione».

Il suo sguardo benevolo scaldò l'anima di Bram per lo spazio di un secondo. Poi, gli Ardimenti dissero agli Armon di raccogliere le loro cose e montare a cavallo. Fu il Capitano Lyran a parlare: «La nostra prima tappa sono i confini nord di Vidrian. Sappiamo che un fabbro di Gerwynn potrebbe avere informazioni su di un bambino in viaggio con una coppia, l'informazione è stata confermata da una seconda fonte. È un gruppo inusuale, che ha destato sospetti. Cavalcheremo lungo la vallata, tagliando le strade, dovremmo arrivare entro la sera di domani».

Bram dovette ammettere che, nonostante tutto, quella era probabilmente la cosa più emozionante che gli fosse capitata da che ricordasse. Si augurava solo che il salvataggio del bambino non fallisse per causa sua, ma era certo che non sarebbe accaduto se si fosse limitato a essere solamente di supporto. Sarebbe rimasto in seconda linea, pronto a obbedire ma non davvero a intervenire. Dopotutto, Padre Herr e Padre Zyen avevano, insieme, molto più controllo del Cerchio della maggior parte dei confratelli del Convicto: se la sarebbero cavata egregiamente senza il suo aiuto.

Mentre saliva sul cavallo che gli Ardimenti avevano gentilmente concesso al Convicto e sistemava la sua borsa all'interno di una tasca della sella, guardò l'edificio nella luce dorata dell'alba con una stretta al cuore, come se lo salutasse per l'ultima volta.

Il Reggente era in piedi sotto al portico esterno, appoggiato con la mano a uno degli archi. La sua figura non aveva perso nulla dell'imponenza del primo giorno in cui l'aveva visto. Gli sembrava ancora un eroe uscito da un libro di leggende e, ben oltre a quello, per lui avrebbe sempre rappresentato la cosa più vicina a un padre che avesse mai conosciuto.

In sella, mentre sentiva gli zoccoli degli altri cavalli procedere verso il sentiero, Bram lo guardò dritto negli occhi, sentendo pizzicare le lacrime, e gli fece un cenno con la mano. L'uomo alzò la sua per ricambiare, poi non completò il gesto. Solo il suo sguardo triste gli disse che avrebbe sentito la sua mancanza, nonostante tutto.

✶

Cavalcarono a ritmo sostenuto proprio come aveva immaginato fare agli Ardimenti, il valoroso esercito di Vidrian composto dagli uomini più forti e coraggiosi della riva, così come dagli strateghi più raffinati. Eppure anche loro cedevano, anche loro si spezzavano, anche loro potevano essere corrotti dal richiamo della codardia, della ricchezza, della passione: ecco perché avevano bisogno degli Armon, a tenere saldo il loro Cerchio. Vidrian era l'unica riva a poter sfruttare questo vantaggio e forse questo spiegava perché, pur essendo la più piccola in estensione, non era mai caduta.

Per Bram era tutto merito del Cerchio, su questo non c'era alcun dubbio. Una società la cui spiritualità si fondava sulla cura dell'energia interiore di ciascuno non poteva che essere virtuosa. Era il motivo per il quale era tanto fiero di farne parte, e ora che correvano lungo le terre di Vidrian si sentiva investito di una grande responsabilità.

Attraversarono i campi coltivati non lontani da casa, che gli erano familiari, e poi zone a lui ancora sconosciute lungo il fiume Auren, dove incontrarono la devastazione nuda e fangosa delle inondazioni. Quando arrivarono alla destinazione prescelta per la notte, un villaggio di contadini a tre quarti del cammino, le ossa del bacino sembravano essere diventate due lame che lo trapassavano intero. Bram smontò con fatica e sollievo davanti a una bettola situata poco fuori del villaggio, dalle cui finestre di vetro spesso si intravedeva una confortante luce giallastra.

Quando i sei membri della spedizione varcarono la porta, gli sguardi si voltarono e si posarono su di loro uno alla volta, con una certa insistenza. Non era comune vedere una spedizione di Ardimenti e Armon del Cerchio, chi non lo trovava allarmante lo giudicava quantomeno strano.

Si alzò un brusio di commenti, lamentele e congetture. Un uomo con un gilet consunto e uno strofinaccio buttato su una spalla si fece avanti con passo lento, chiedendo quasi di malavoglia: «Mangiare, dormire o entrambi?».

Il Capitano Lyran gli andò incontro e, con voce assertiva, dichiarò: «Buonasera, immagino siate voi il proprietario. Vi porgo i miei saluti a nome della compagnia con cui viaggio, partita dalla capitale e inviata dal Governo di Vidrian. Abbiamo bisogno di una stanza, possibilmente privata, e anche di un pasto caldo. Se quel posto è libero, ci sediamo» concluse, indicando un tavolo rettangolare nell'angolo in fondo alla sala.

Il locandiere fece un cenno a un ragazzino che stava servendo altri avventori e quello filò svelto ad accendere la candela mozza al centro del tavolo, incollata da mesi di cera colata. Poi, con una vocina stridula, elencò: «Da bere abbiamo birra di *roza* o vino della casa, da mangiare c'è carne arrostita o grano speziato alle verdure».

La decisione fu unanime, e poco dopo lo stesso ragazzino tornò con la carne arrostita, accompagnata da pezzi di verdure bruciacchiate sui bordi, e boccali di birra di *roza*, dal sapore speziato e vagamente dolce.

Gli Ardimenti allentarono le divise e si rilassarono.

«Questa sera bisogna fare un brindisi a Corber» esclamò Lyran sollevando i calici che schiumavano dai bordi.

Il ragazzone dai capelli scuri si schermì ma poi, catturato dal sorriso deciso del Capitano, unì il suo bicchiere agli altri.

«Corber si sposa a luglio,» spiegò Lyran «con Sylvia Vella, la figlia dell'intagliatore di Larham.»

«Sylvia *Bella*, vorrete dire» lo canzonò Horst, dandogli una gomitata e imitando con le mani il corpo di una donna prosperosa.

Lyran non trattenne una risata. «Andiamo, non sconvolgiamo i nostri amici» aggiunse, riferendosi a Bram, Padre Zyen e Padre Herr.

«Oh, non preoccupatevi» fece quest'ultimo. «Non ci intendiamo di matrimoni, ma con le donne non abbiamo problemi.»

«Nemmeno con gli uomini, se è per questo» aggiunse Padre Zyen.

«Mi piacciono questi discorsi!» commentò Horst, alzando il boccale.

La tavolata scoppiò in una risata rumorosa. Qualcosa, di quel momento, era una piacevolissima stonatura che Bram non voleva analizzare, ma solo godere. Come tutti gli altri rise di gusto e per un attimo si sentì un normale uomo tra uomini, che siede al tavolino di una locanda con i suoi amici e parla di ragazze. Osservò Lyran, il Capitano dai tratti delicati e decisi al tempo stesso, l'ossatura cesellata come quella di una statua e i folti capelli tra il biondo e il rame che gli incorniciavano il viso. Guardò Padre Zyen, gli occhi allungati e i capelli lucidi come onice e il suo modo secco di gesticolare, come se tagliasse a metà le parole. Sentì la risata di Padre Herr, il viso tondo e le guance prominenti mentre socchiudeva gli occhi, rilassato, un'immagine quasi incompatibile con l'ira che gli aveva acceso il volto soltanto il giorno prima.

Sembrava che in quel gruppo si fosse attivata una chimica speciale, istantanea. Probabilmente era solo la necessità umana di alleggerire il carico dell'anima cercando conforto nel parlare dei piaceri facili, del corpo e del quotidiano che, a differenza di molti eventi della vita di un Ardimento o di un Armon, si potevano raccontare con una risata. Bram si lasciò riscaldare da quella sensazione che, insieme al sapore intenso della birra e della carne, sembrò trasportarlo in un luogo della mente chiuso ermeticamente, dove poteva smettere per un momento di pensare a tutto il resto.

«E come va il vostro regale palazzo, Capitano Lyran?» chiese Corber.

L'uomo alzò gli occhi al cielo in una teatrale pantomima, ma si ricompose subito, come se osservasse un certo rispetto per le sue cose. «Molto bene, soldato» rispose. «Quando costruirai anche tu una casa da zero torna a chiamare la mia *palazzo*, avrai le ragioni per farlo.»

«Oooh!» esclamò ridendo Horst, battendo un pugno sul tavolo. «Ti ha rimesso al tuo posto, eh?»

«Quando vedrete la mia, Capitano, allora sì che mi invidierete!» ribatté Corber, incrociando le braccia soddisfatto.

«Perché è molto bella?» chiese Padre Herr.

«No» sbottò Horst. «Perché gliel'ha regalata il suocero in dote, non ha dovuto spendere un solo *karàn*!»

Il gruppo scoppiò a ridere mentre Lyran scosse la testa, sorridendo.

«Ma io voglio sapere di voi Armon, adesso...» chiese Horst, spostando l'attenzione su Bram.

La tavolata si fece silenziosa per un istante mentre il ragazzo finiva di masticare un boccone di arrosto.

«Non c'è niente da sapere, a dire il vero» rispose infine. «Non abbiamo mogli, mariti o cose del genere.»

«Cose del genere...» Padre Zyen raccolse le parole del ragazzo, soppesandole.

«Questo lo sappiamo. Appunto perché non potete avere legami permanenti, ne avrete *parecchi* di temporanei da raccontare...» incalzò Corber.

Bram restò in silenzio, senza sapere bene cosa rispondere.

«Oh, andiamo, hai più o meno la mia età. E guardati! Sarai stato con un sacco di persone, no? Non ti va di ripensarci mentre sei lontano, magari rischiando la pelle?» chiese Horst, quasi incattivito, o più probabilmente invidioso.

«Soldato, adesso basta» intervenne Lyran.

Bram era infastidito dalla piega che stava prendendo la conversazione, forse perché gli aveva fatto ripensare a Missa, a quanto facilmente avrebbe potuto passare una notte con lei, alle sue labbra piene e al corpo profumato. Se non fosse stato sorpreso dalle sue intenzioni, se avesse avuto modo di pensarci prima e decidere cosa fare, forse in quel momento avrebbe avuto qualcosa di bello da ricordare. O di divertente. Qualcosa di umano da condividere, insomma.

«Un altro giro?» li interruppe il ragazzino della locanda, strepitando dall'altro lato della sala, ma il Capitano Lyran gli rispose con un gesto eloquente e si alzò dalla sedia.

«Molto bene, penso che dovremmo ritirarci per la notte» annunciò. «Domattina bisogna partire prima dell'alba. Una volta a Gerwynn, un emissario degli Ardimenti locali ci attende per condurci dal fabbro e interrogarlo. A seconda di ciò che dirà, in serata potremmo già aver lasciato questa riva. Riposate e preparatevi.»

Gli uomini annuirono, alzandosi di malavoglia. Mentre a uno a uno sfilavano verso la scala che conduceva al piano superiore, Lyran fermò Bram, dicendogli: «Perdona i miei soldati. Lo chiamiamo il "caos della sera prima". Se avessi partecipato ad altre missioni sapresti che è necessario. Nessuno può prevedere come andranno le cose domani. La vita va celebrata finché si può, finché si vede nitida e intatta, prima che scendano le ombre».

Bram gli rispose con un cenno di assenso, chiedendosi se non fosse saggio fare esattamente come il Capitano: anche nel bel mezzo del pericolo, o del dolore, isolare alcuni attimi, farne riserva di luce per i giorni a venire.

8
ALTA

Si svegliò su lenzuola pulite e spesse. La luce del mattino filtrava da tendine ricamate all'uncinetto con motivi di fiori e animali: un uccello su un ramo da un lato, uno scoiattolo con la sua ghianda dall'altro. Impiegò qualche secondo a capire di non essere a casa. Morse il bordo del cotone mentre gli occhi le si riempivano di lacrime. Tutte quelle che non aveva pianto fino a quel momento, occupata a fuggire, sembrarono riversarsi fuori.

«Oh, tesoro...» La proprietaria della locanda entrò in camera e, senza fare convenevoli, sedette sul bordo del letto mettendole una mano sulla testa. Invece di confortarla, o forse proprio per quel motivo, il risultato fu di amplificare la disperazione di Deva, che scoppiò in singhiozzi.

«Mi chiamo Gerda. Sei stata male tutta la notte, sai?» le disse la donna prendendo da una bacinella accanto al letto un pezzo di stoffa bagnato e posandoglielo sulla fronte. Aveva braccia rosee, un viso dalla fronte ampia e occhi verdi, tondi e attenti, con lunghe ciglia. Era sicuramente più giovane di sua madre, ma in quel momento il suo bisogno di essere accudita era tale che Deva non fece storie quando la donna le rimboccò le lenzuola e le strofinò piano una gamba, come per scaldarla.

«Ieri non avevo notato subito la profondità della ferita, ma quando ti abbiamo portato di sopra per farti sdraiare ho sentito che scottavi. È brutta, sai? Ho visto che ci hai messo l'erba di Savia. Hai fatto bene, ma ce ne sarebbe voluta molta di più. Per fortuna la uso anche in cucina, ne avevo un po' in dispensa insieme al preparato medico per le infezioni. Insieme fanno un bel lavoro. Sei già più tiepida di ieri sera, mi sembra. Sì, decisamente» aggiunse la donna quasi rassicurando sé stessa, mentre le posava di nuovo la mano sulla fronte con cautela, evitando attentamente di sfiorarle la pelle attorno all'occhio destro. «Appena l'infezione diminuisce dobbiamo ricucire i lembi di pelle o non cicatrizzerà. Va bene, cara?»

Spostò lo sguardo sul braccio di Deva, fasciato con una garza pulita dalla quale si intravedeva solo una minuscola macchia di sangue che era riuscita a trapassarne l'ultimo strato.

«Chi è stato a ridurti così? Animali!» commentò Gerda, scuotendo la testa di capelli biondissimi.

A quella parola, Deva fece un istintivo collegamento e, sgranando gli occhi, esclamò: «Djavel!».

La donna aggrottò la fronte, poi intuì a cosa si riferiva. «Ah, ecco come si chiama. Un nome calzante, devo dire... Non preoccuparti, il cavallo è nel nostro recinto, sta bene» la rassicurò, indicando una delle finestre della stanza.

Deva chiuse gli occhi e venne travolta dal pensiero di ciò che invece non aveva più.

«La mia casa! La tenuta dei Loissen...» sentì il fiato spezzarsi «è stata attaccata. La mia famiglia è morta. Sono scappata prima che uccidessero anche me.»

La donna non seppe come reagire quando la ragazza sembrò smettere di respirare per lunghi secondi, prima di esalare un singhiozzo disperato.

«La tenuta dei *Loissen*? Oh, buio dannato! I tuoi genitori lavoravano per loro, tesoro?» chiese la donna con apprensione.

«I miei genitori sono Enna e Willem Loissen, signora. Mi chiamo Deva Loissen.» Lo disse scandendo il suo nome.

Non sapeva bene cosa si aspettava, forse che la donna si illuminasse in viso e, nel riconoscerla, mettesse subito in moto una spedizione per andare a liberare la tenuta, vendicare i suoi genitori e, infine, riportarla a casa, se non altro per accaparrarsi una lauta ricompensa.

Invece, Gerda la fissò e sospirò gravemente. «Tesoro,» iniziò, e per un attimo Deva sperò in una rivelazione che rimettesse a posto le cose «sappiamo che la tua ferita era infetta e forse, beh, speriamo di no, lo è anche il tuo sangue. Qualunque sogno tu abbia fatto ora ti sembra vero, ed è comprensibile. La febbre da setticemia causa deliri fortissimi, che possono confondere la mente.»

Era dolce, mentre tentava di spiegarle che si stava sbagliando.

«Perché dite così?» Deva avrebbe voluto urlare, ma nelle sue condizioni quello che le uscì fuori fu un miagolio nasale.

«Ne riparleremo quando starai meglio, questa agitazione non giova al tuo recupero. Mio marito Daegal ha già mandato notizia del tuo arrivo agli Ardimenti del villaggio, per chiedere se sanno nulla di quanto è successo a Riva di Terrena.»

Deva si accigliò. Nulla di ciò che diceva quella donna sembrava avere senso. «Cosa significa "quanto è successo a Riva di Terrena"? *Siamo* a Terrena.»

Gli occhi di Gerda si riempirono di pena e imbarazzo. Prima di rispondere posò la mano sulla guancia della ragazza, che la scosse via, infastidita.

«Cosa significa?» ripeté Deva, e solo allora notò il corpetto dell'abito della donna. Un ricamo che conosceva, perché era diverso da quelli dei Loissen e simile a uno dei campioni che tenevano in laboratorio, sulla parete dedicata alle tradizioni decorative straniere. Ma ancora non riusciva a capire.

«Questa è Riva di Alta, tesoro. Il confine con Terrena dista tre settimane di cammino» disse la donna piano, facendo un movimento con le mani che la invitava a mantenere la calma. Inutilmente.

«Ma certo che no!» esclamò la ragazza, allarmata più dall'espressione penosa di Gerda che dalle sue parole.

Per tutta risposta la donna emise un sospiro bonario, fece volteggiare la mano con un rapido movimento fluido ed entrambe le tendine della finestra si annodarono su loro stesse. Mosse la mano nel senso opposto, e quelle si sciolsero tornando perfettamente lisce.

«Non è possibile» sussurrò Deva, al colmo della confusione. Certo, Riva di Alta era conosciuta come "la riva della magia", ma quella donna doveva essere un'impostora perché non si trovavano ad Alta, ma a Terrena. Di questo era più che certa.

La donna sembrò anticipare ogni obiezione: «È questo che fa il sangue avvelenato: mischia pensieri e realtà in modo indistinguibile. Ma tu non preoccuparti, perché guarirai. Più tardi passerà anche il medico a dare un'occhiata alla ferita».

Gerda intrecciò le dita alle sue e le strinse due volte la mano, come in un patto segreto che Deva non riuscì a decodificare. Iniziò a fissare il soffitto senza sapere più come rispondere a quello che sembrava un gioco dell'assurdo. Non poteva essere nella riva dei *fattucchieri,* come li avrebbe chiamati nonna Ina con una smorfia di sufficienza, ma se insisteva con la sua versione avrebbe finito con il convincere quella donna che lei era davvero una squilibrata con la mente offuscata dal sangue guasto. Doveva rimanere lucida, razionale. Restò a fissare il soffitto di assi di legno ricacciando pian piano le lacrime nello stomaco, avvolta dalla sensazione più orribile che avesse mai provato. Sentì il calore della febbre risalirle verso il volto in vampate potenti, la testa pulsare violentemente.

«Oh, cara, riposa adesso» disse Gerda. «Vedrai che ti sentirai meglio quando la febbre sarà passata.»

Le fece prendere qualche sorso da una tazza fumante, poi uscì chiudendo la porta piano. Si sentì il rimbombo dei suoi passi giù per le scale, poi un lieve borbottio di dialogo e infine il silenzio, rotto solo dal cinguettio degli uccelli del bosco. Deva provò a restare sveglia nonostante il mal di testa pressante e la sensazione di avvampare, ma le palpebre di piombo si fusero negli occhi e gli occhi nel viso, e il viso nel cuscino, e in un istante tutto il corpo sembrò sciogliersi nel letto.

Ah, mi ha dato dell'oniflorya... fu il suo ultimo pensiero, prima di cadere di nuovo nell'oblio del sonno. Era il suo primo pensiero grato.

✶

Impiegò una settimana a rimettersi in piedi. Il medico le aveva prescritto un decotto antibiotico e una crema di sua produzione, anche se Gerda aveva proseguito con il suo impacco. Le aveva anche ricucito i lembi dello squarcio come promesso, ma, anche se la ferita si era rimarginata senza grossi problemi, la debolezza e il dolore erano durati molto più a lungo. Deva aveva trascorso le giornate a letto, cercando di dormire il più possibile per riposare gli occhi gonfi di pianto. Non si era chiesta neppure quando sarebbe tornata la prossima crisi: la sofferenza che provava pensando a quel giorno assorbiva ogni istante di veglia. Anche se ne avesse avuta una, e lei ne fosse morta, sarebbe importato davvero?

La vista dalle piccole finestre della stanza era meravigliosa, e questo non aiutava perché le venivano in mente mille modi in cui l'avrebbe descritta alla sua famiglia: "Riva di Alta è proprio come la raccontano, un giardino verdissimo tra montagne alte quanto il cielo. E mi hanno trattata con gentilezza, non mi hanno incantata per il loro divertimento, non hanno usato la magia in modo maligno su di me. Mi hanno curata, invece. Non è incredibile?".

Dalla finestra accanto al letto scorgeva la distesa di prato di un verde acceso che conduceva alle stalle e, appena oltre, le prime fronde scure del bosco. La finestra di fronte alla parete del letto, invece, incorniciava le montagne imbiancate, roccia appuntita con canaloni innevati e ghiacciai che rilucevano al sole.

Non poteva più negare l'ovvio: per un motivo a lei sconosciuto si trovava *davvero* ad Alta. Era un enigma che voleva risolvere non appena fosse tornata in forze, secondo solo a quello dello sterminio della sua famiglia.

Dopo diversi giorni, finalmente, riacquistò forze sufficienti per una camminata a passo deciso intorno alla locanda e anche – con estrema attenzione – per un giro su Djavel. Come immaginava, il cavallo era tornato indietro di un bel pezzo sull'obbedienza e se Daegal non lo avesse fatto sfogare ogni tanto nel recinto dei suoi cavalli, probabilmente l'avrebbe disarcionata dopo i primi passi.

«Hai una bestia magnifica» commentò l'uomo, che si era premurato di aiutarla durante la prima monta e che spesso interrompeva le sue attività per osservarla mentre lei, cautamente, faceva fare giri del recinto e brevi esercizi al cavallo.

«Mia madre ama il Commercio Culturale» disse semplicemente, ricordandosi solo dopo di dover usare un verbo al passato per parlare di Enna. Strinse le redini così forte che le nocche le diventarono bianche e le dita doloranti. L'uomo rispose con un'espressione indecifrabile.

La mattina dopo trovò, accanto alla ciotola della colazione, un piccolo uccello intagliato nel legno.

«È un usignolo delle valli, te lo ha lasciato Daegal» le disse Gerda. «È tipico artigianato di Alta, ha detto che sarebbe piaciuto... alla tua mamma.»

Deva si rigirò tra le dita l'uccellino di legno, liscio come seta. Certo che sarebbe piaciuto a sua madre, di più: ne aveva già una piccola collezione. I suoi erano più lussuosi, decorati da smalti multicolore e intricate fantasie floreali sulle ali, ma la posa, la dimensione e la forma non lasciavano dubbi.

Per la prima volta da giorni, con quell'uccellino tra le mani, Deva non si sentì tanto sola al mondo da non poter neppure chiedere aiuto. Non che servisse a lenire la sua solitudine assoluta, ma era una fiochissima luce nell'oscurità. Se l'indomani fossero tornati a ucciderla, qualcuno l'avrebbe saputo. Non era molto, ma era qualcosa.

«Notizie dagli Ardimenti?» chiedeva quotidianamente a Daegal.

«Non ancora» rispondeva lui, ogni giorno.

«Devo andare a spiegare la situazione.»

«L'ho spiegata io di persona, ma non agiranno prima di ricevere conferme ufficiali» ribatté lui, rimettendola al suo posto: quello inutile, frustrante dell'attesa. «Sai come funziona coi confini: si evita di attraversarli, se possibile.»

Intanto, le forze stavano tornando. Deva trascorreva la maggior parte del tempo seduta al tavolo più riservato della locanda o sdraiata sul prato, fino al giorno in cui l'uomo le disse: «Mi fa piacere che tu stia meglio. Ora puoi fare qualcosa? Renderti utile, intendo».

La colse alla sprovvista. Oltre ad aiutare il padre con la contabilità dell'azienda di famiglia, Deva non aveva mai considerato di dover fare altro. *E per gente di Riva di Alta, poi...* le venne da aggiungere, vergognandosi subito dopo del suo stesso ragionamento. Quel pensiero non aveva la sua voce, poteva quasi sentirlo pronunciato con il tono di sua madre, attenuato appena dal tono scherzoso. Aveva a che fare con due persone che l'avevano accolta e si erano prese cura di lei senza battere ciglio, pur sapendo che veniva da Terrena. A parti inverse la sua famiglia, ne era certa, non avrebbe riservato loro la stessa gentilezza.

«Come posso aiutarvi?» chiese, tirandosi su su un gomito e tentando di sembrare una che non trovasse l'idea assolutamente inaspettata.

«Non so, dando una mano in cucina? Pulendo i bagni?» propose lui.

Deva scoppiò in una risata nata per essere condivisa, che invece si scontrò con lo sguardo fermo dell'uomo. *Per le nebbie!*, pensò. *Quindi dice sul serio.*

«Pulendo i bagni» ripeté lentamente, cercando di immaginare cosa poteva avergli fatto pensare che lei sapesse anche solo maneggiare uno strumento per le pulizie.

«Spazzare? Lavare? Spolverare?» ritentò l'uomo, mimando i gesti con le mani.

«Non può farlo Gerda schioccando le dita?» domandò lei, sinceramente stupita.

«C'è un limite alla Magia Ordinaria. E, soprattutto, hai idea di quanto lavoro richieda la locanda? A qualcosa potresti pensare tu» rispose lui con tono di disapprovazione.

Deva si limitò a risponde sarcasticamente: «Temo di non essere qualificata per questo genere di compiti».

A scoppiare in una risata questa volta fu Daegal, che prima la condusse verso la locanda e poi le lanciò tra le mani una scopa senza troppi complimenti.

Fu uno strano miscuglio di sensazioni quello che Deva provò nell'afferrarla al volo. Sorprendentemente, non detestava l'idea di essere considerata abbastanza forte da fare le pulizie. Lei era sempre stata la signorina Loissen, fragile e troppo delicata per qualsiasi cosa, in attesa di essere servita non solo perché ricca, ma anche perché *incapace*. Stringere di traverso quel legno liscio al tatto significava essere valutata capace di fare lavori fisici: una sensazione nuova. Fu l'urlo che la accolse dentro la sala a farle pensare che fosse stata una pessima idea.

«Che succede?» chiese allarmata, mentre Gerda la osservava con sgomento varcare la soglia con la scopa tenuta diagonalmente contro il petto.

«Non in casa mia, Deva! Non in casa mia!» gridò, muovendo le mani rapidamente verso la scopa, che le sfuggì dalla presa e cadde con un rumore sonoro.

«Cosa ho fatto?» ribatté lei, più offesa che allarmata. «Volevo solo aiutare.»

«Buio dannato, non mi interessa come fate a Terrena, qui non si tiene niente in quel modo.»

Deva tacque, cercando di decifrare la situazione.

«Io, non so...» balbettò.

«Già, sembra che tu non sappia nulla. Sei forse caduta da una nuvola dove non c'è stata alcuna guerra, dove *Lei* non è mai esistita? Quante persone hanno visto la sua lancia impugnata in quel modo, prima di venire uccise?» Lo sguardo della donna era colmo di disprezzo.

«Io non lo sapevo...» farfugliò Deva, sentendosi colpevole per qualcosa che non riusciva a comprendere. Era chiaro che le sfuggiva qualcosa.

La donna si riferiva senz'altro alla Guerra delle Rive degli Anni delle Nebbie, che aveva coinvolto tutto Radian. Ma cento anni non erano stati sufficienti per documentarla appieno, quantomeno sui suoi libri di testo. Deva sapeva molto poco, l'aveva studiata brevemente come conflitto nato per accaparrarsi una serie di risorse naturali, sfociato poi nella fondazione della Federazione, della quale i suoi genitori erano ferventi sostenitori. Il Governatore di Terrena, Lennar Dean, era spesso ospite alle loro cene. Lo ricordava come un uomo risoluto e carismatico, tanto che sua madre lo definiva "la testa della Federazione".

Gerda non aveva sprecato fiato a spiegarle nulla, e per alcune ore si era chiusa in un silenzio sdegnato, inusuale per la sua indole.

Da allora, senza fare domande, Deva iniziò ad aiutarla con piccoli lavori alla locanda.

Dopo qualche giorno le pareva quasi di essere efficiente: ordinava e ritirava gli ingredienti che occorrevano a Gerda per i suoi piatti, segnava questo o quell'altro appunto nel ricettario. Si stancava ancora molto facilmente e allora doveva fermarsi e chiudere gli occhi per qualche minuto, ma le pareva che la coppia fosse più soddisfatta della sua presenza, e tanto bastava.

Prima che arrivassero i clienti, al pomeriggio, le piaceva restare seduta sempre allo stesso tavolo defilato, nell'angolo in fondo a destra vicino al camino. Da lì osservava la porta di pesante legno scuro, con il suo piccolo oblò di vetro che assomigliava al fondo di un bicchiere, e la parete in pietra dove decine di coccarde con i loro scudetti di bronzo recitavano che *La Tricorna* – il nome della locanda – aveva vinto per diversi anni di fila il premio per il miglior stufato alle mele di Riva di Alta.

Evitava accuratamente l'incontro con gli avventori, pranzava e cenava prima dell'orario di apertura insieme a Daegal e Gerda, e chi riusciva a vederla notava solo una ragazza che leggeva un libro o beveva un infuso guardando fuori dalla finestra.

✶

«Avremo presto notizie, non devi preoccuparti» le disse Gerda una mattina, posando accanto alla sua fetta di pane un barattolo ancora chiuso di marmellata di more. «Ci mettono un po' ad arrivare fin qui, ma ce la fanno sempre, alla fine.»

Deva annuì senza contraccambiare lo sguardo. «Non ti ho ancora chiesto scusa per quel giorno, quello della scopa, sai?» mormorò.

«Oh,» rispose Gerda «non dovevo essere così dura. Per voi a Terrena magari significa meno che ad Alta. Abbiamo perso più gente di voi. Gente comune che voleva fare del bene e anche gente molto capace: AltoMaghi, Ministri. Qui alcune cose sono ancora un tabù. Ma avete avuto anche voi la vostra dose di morti, e chissà che terrori vi saranno rimasti.»

Deva moriva dalla voglia di chiederle di più, ma non ne aveva il coraggio. Gerda e Daegal avrebbero visto sotto una pessima luce non solo lei ma anche tutta la sua famiglia, se avessero scoperto che per loro non aveva alcun significato. Era una guerra del passato come un'altra, erano andati avanti.

Gerda, però, non abbandonò la conversazione: «Non so niente di te, sai? Perché non mi racconti un po' della tua vita. Ad esempio, cosa facevi a Terrena?».

Deva sospirò e, a monosillabi, raccontò il suo ruolo presso l'azienda di famiglia.

«Contabile, eh? Beh, notevole! A scuola sarai stata la prima della classe in matematica, allora» disse la donna piantandosi i pugni contro i fianchi e annuendo con approvazione, in un modo che a Deva parve poco autentico.

«Sono stata istruita a casa. Il mio tutore diceva che ero brava, comunque» replicò lei.

«Istruita a casa, ma che cosa particolare! Hai sentito, Daeg?»

Lui stava riparando una delle assi del pavimento, quella che scricchiolava vicino al bancone. Fece un mormorio di comprensione avvenuta.

«In paese non credo ci sia nessuno che è stato istruito in casa. Forse qualcuno su, verso i monti,» aggiunse la donna «e comunque sono bambini isolati, non giocano nemmeno con altri coetanei, il pomeriggio, restano tutti lì, tra fratelli... Tu hai fratelli o sorelle, Deva?»

Deva scosse la testa con un boccone di pane e marmellata in bocca, sperando che bastasse come segnale per cessare il fuoco di domande. In realtà sapeva che ne stava per arrivare un'altra. Arrivava sempre, a un certo punto, e ogni volta era preceduta dallo stesso corteo, ovvero domande innocue seguite da un silenzio imbarazzato. Fece mentalmente un conto alla rovescia. "Tre, due, uno" e la donna chiese: «Se non ti dispiace parlarne, cosa ti è successo a...» e indicò il suo viso con un movimento circolare.

Deva la guardò sbattendo entrambe le palpebre, sia quella sana che quella con la cicatrice arrossata attorno. Più volte in quei giorni aveva desiderato avere con sé la sua benda ricamata. Rimediava con una ciocca di capelli, ma non era la stessa cosa.

«Un incidente da bambina» rispose, cosa vera ma che non raccontava niente della drammaticità dell'episodio. Dubitava che a qualcuno avrebbe fatto piacere ascoltare una ragazza che ammetteva di essersi quasi cavata un occhio da sola, da piccola, durante una crisi. Aveva provato a chiedere al medico che l'aveva visitata, sottovoce, se conoscesse la cura che le somministrava il dottor Andergast, ma quello aveva scosso la testa, desolato, e aveva farfugliato che si sarebbe informato. Le era sembrato turbato.

La curiosità di Gerda non era davvero appagata, ma Deva fu contenta che non proseguisse con i soliti commenti consolatori del tipo "Hai comunque un bel viso" o "Ti dà qualcosa di particolare". Ne avrebbe fatto felicemente a meno, per quanto la riguardava. A casa, ogni volta che un'amica non veniva a trovarla o un ragazzo si rifiutava di passeggiare in giardino con lei nonostante le insistenze dei genitori, era alla cicatrice che dava tutta la colpa. Se da bambina per un breve frammento di tempo le era sembrato di avere in viso qualcosa di speciale, come la macchia di un animale selvatico, aveva presto imparato a vederla attraverso gli occhi degli altri: un difetto, un problema, qualcosa che la rovinava irrimediabilmente.

Con un sospiro pesante e un labbro che sparì tra i denti, Gerda chiuse la questione e cambiò argomento. «Domani, se te la senti, andiamo al villaggio. Così ti svaghi un po', vedi dove ti trovi e chiediamo anche al Presidio degli Ardimenti se ci sono notizie.»

Deva per poco non sputò il boccone. «Come, al villaggio?» chiese, allarmata.

Doveva averlo esclamato con troppa foga, perché sentì Daegal interrompere la riparazione mentre Gerda le chiedeva con delicatezza: «Non te la senti ancora, cara?».

Non era quello. Andare al villaggio era qualcosa che non aveva mai considerato. Visitare un centro abitato? A Riva di Alta poi, distante chilometri da casa? Perché quell'idea uscita così all'improvviso, senza alcuna ragione? Cercò il modo giusto per esprimersi, un modo che fosse gentile e accettabile ma al tempo stesso perentorio, perché già intravedeva una replica pronta fra le labbra della donna. Alla fine, il modo giusto fu temporeggiare: «Magari un altro giorno» rispose semplicemente.

«Ma certo...» mormorò l'altra.

Deva fece per allontanarsi, ma qualcosa la obbligò a tornare indietro, come una necessità che aveva ignorato fino a quel momento.

«Gerda... grazie. Vi sono grata per tutto quello che state facendo per me.» E, ricambiando per la prima volta con reale affetto lo sguardo smeraldo della donna, si ripromise di raccontarle di più nei giorni seguenti.

9
GERWYNN

Si sentì scuotere e, svegliandosi appena, vide il volto buio di Padre Herr che lo incitava a muoversi: il sole stava per sorgere, dovevano sbrigarsi a fare le cinque pratiche del mattino e poi mettersi in cammino. Dopo quello che era accaduto al Convicto, l'atteggiamento dell'uomo nei suoi confronti era completamente cambiato: ora lo trattava e lo apostrofava come un sottoposto con poca capacità di comprendere e ancor meno di agire. Gli riservava sguardi di sufficienza avendo cura di farsi notare dagli altri, dava per scontato che non fosse in grado di tenere il passo. Corber stava ancora dormendo, e a Bram non era parso di vedere il Capitano scrollargli le spalle per farlo alzare come Herr aveva fatto con lui.

Capire qual era il suo posto stava diventando più difficile di ora in ora, di pari passo con l'atteggiamento degli Armon nei suoi confronti. Era quasi certo che Padre Zyen fosse stato con Horst la notte precedente, aveva sentito un'unione di respiri dagli intervalli e dalle intensità troppo coincidenti per essere casuale. Bram aveva provato a fargli un sorrisetto – avevano sempre avuto una certa intesa, e Zyen era sempre pronto alla battuta – ma lui l'aveva ignorato con indifferenza sfacciata. Doveva aver avuto una spiacevole conversazione con Padre Herr.

In compenso, aveva catturato l'attenzione del Capitano Lyran, che lo osservava e – a giudicare dal suo sguardo – sembrava approvare ciò che faceva.

«Sei ben allenato» commentò, mentre sellavano i cavalli. «Mi piacerebbe avere uno come te nel mio reggimento.»

Bram rimase spiazzato, in qualche modo grato. Rispose con un sorriso.

«Qualsiasi cosa io creda o meno, è un bellissimo percorso, quello del Cerchio,» continuò Lyran «sei stato fortunato. Allenate corpo, mente e spirito, non vi manca nulla. Alcuni dei nostri, invece...» sembrò ridersela sotto i baffi mentre Corber e Horst si prendevano in giro a vicenda, spintonandosi, per un baffo di latte sul labbro dopo la colazione.

«Scherziamo anche noi, se è per questo» disse Bram, che si identificava con i giovani del gruppo ma non tanto come avrebbe voluto. «E comunque non tutti diventano grandi Armon, o grandi Ardimenti.»

«Questo è sicuro, ragazzo» concluse Lyran issandosi sulla sella e sedendosi con inaspettata grazia. «Altrimenti saremmo tutti Sapienti o Generali. Ma non serve essere i più grandi per fare cose che danno un senso alla vita, ricordatelo. Io l'ho dovuto imparare col tempo, forse lo sto ancora imparando.»

Bram avrebbe voluto ribattere sarcasticamente, invece tacque e montò a sua volta in sella. Per un attimo rifletté sul fatto che per lui diventare Armon non aveva nulla a che vedere con il *fare grandi cose,* lui desiderava solo appartenere al Cerchio.

✶

Non era mai stato a Gerwynn prima di allora. Era un villaggio portuale piccolo ma trafficato sulla costa nord di Vidrian, snodo principale per gli scambi commerciali con le altre rive. Sapeva che stoffe, artigianato e diversi generi alimentari arrivavano da Terrena, legname ed erbe medicinali da Alta, metalli e pietre da Morhva, spezie, gioielli e seta da Sama, mentre da Vidrian partivano olio, agrumi e cereali. I veri scambi, però, quelli davvero necessari, avvenivano segretamente durante i lunghi incontri politici a porte chiuse fra i Ministri delle Rive di Radian, e si vociferava che non passassero neppure dalle rotte di navigazione primaria. Gli venne da pensare alla preziosa pietra di Lumina, così agognata per essere stata identificata come fonte di potentissima energia. La sua estrazione, difficoltosa e spesso infruttuosa, la rendeva tanto rara da passare certamente per quei canali riservati.

Ogni riva, poi, aveva la sua piccola nicchia di acquirenti elitari che scommettevano sull'artigianato locale di alcune specifiche zone. Lo chiamavano "Commercio Culturale", ritenendo che il suo sviluppo potesse diffondere la conoscenza e l'apprezzamento per gli altri territori. Nella realtà delle cose era solo una corsa al manufatto più esotico per definirsi "intenditori" e poi continuare impunemente a chiamare gli abitanti delle altre rive con gli appellativi più dispregiativi. Dopo le atrocità commesse durante la guerra la fama dei Morhvan era tristemente nota, e la diffidenza verso di loro ormai insita nell'atteggiamento e nel linguaggio, ma ogni riva pareva avere un difetto imperdonabile. I Saman erano giudicati caotici e lavativi, i Terrenean tutti ordine e apparenze, mentre gli Altan, pronti a incantare e ingannare per ottenere qualsiasi cosa. Bram sapeva anche cosa si diceva di Vidrian: «Ci sarà un motivo per cui non è caduta» insinuavano, posando sui Vidrianian l'onta dell'atroce possibilità di aver collaborato con *Lei*, come fossero voltafaccia pronti a vendersi al miglior offerente. Se solo avessero saputo quanto il disprezzo per la guerra, e per *Lei*, pervadeva ogni insegnamento del Convicto.

Arrivarono mentre il villaggio si svegliava, una miriade di rumori e odori diversi percorreva le strade che, tra le botteghe e le locande, si riversavano sulle banchine del porto. L'aria era satura del rumore di legno e ferro dei banchi che venivano montati, del sentore del pescato trascinato su carretti sbilenchi per essere distribuito al mercato, di commercianti che gironzolavano attorno ai bordelli agognando mollemente un ultimo momento di piacere prima di imbarcarsi, di marinai che uscivano ubriachi dalle taverne per spostarsi direttamente a ramazzare il ponte di qualche nave. Gerwynn brulicava di vita come un frutto aperto e succoso sul quale centinaia di formiche si adoperavano alacremente.

Il cielo era appena offuscato da un velo di nuvole, la luce del sole arrivava morbida insieme all'aria salata delle onde che sciabordavano sul molo.

L'uomo al quale il Capitano andò incontro era l'Ardimento di cui aveva parlato la sera prima, della Cavalleria di Gerwynn. Era un tizio estremamente basso e magro, sembrava quasi un bambino in groppa al suo cavallo. Non si scambiarono grandi convenevoli, quello fece cenno di seguirlo e il gruppo gli si accodò, con un passo calmo che appariva inappropriato per una missione di quel tipo.

Attraversarono il porto per tutta la sua lunghezza fino alla fine, lì dove l'odore si faceva nauseabondo e i rifiuti venivano scaricati in mare rendendo il tratto di golfo una fanghiglia di liquami e scarti. Il fabbro si trovava poco lontano, accanto a un grande edificio di pietra ad arcate usato come magazzino, dal quale entravano ed uscivano le casse da caricare sulle navi. La sua bottega occupava l'ingresso accanto, in un edificio più basso che pareva avere delle abitazioni al piano di sopra a giudicare dal lenzuolo steso su un davanzale, che sventolava piano. Il fabbro uscì lentamente dalla porta. Era un uomo muscoloso ma curvo, che osservò il loro arrivo appoggiandosi al bancone da lavoro esterno. L'Ardimento locale gli fece un cenno col capo.

Chissà perché, Bram si era aspettato di vedere il fabbro circondato da armi di alta fattura, mentre attorno all'uomo notò solo sporcizia, disordine, metallo di scarto e traverse di ferro da costruzione, come se non lavorasse da mesi.

«Il mio compito è finito, ora sta a voi» commentò l'Ardimento di Gerwynn tirando le redini del cavallo per tornare verso la città, allontanandosi rapidamente con un brusco saluto.

Il Capitano Lyran e i suoi due soldati smontarono da cavallo per primi e si avvicinarono all'uomo. Gli Armon stavano per seguirli, Bram davanti a tutti, quando venne fermato da una mano che lo afferrò di colpo stringendogli il polso.

«Qualcosa non va» sussurrò Padre Zyen. L'uomo aveva aperto le sue percezioni per primo, avvertendo il pericolo sotto forma di un'anomalia nello scorrere del Cerchio, come se qualcuno possedesse un'energia particolarmente sbilanciata e ostile. Aveva abbastanza esperienza per sapere che certe sensazioni non andavano sottovalutate.

Zyen non era un allarmista, Bram ne era ben consapevole, per questo a quelle parole il suo corpo venne attraversato da una corrente di allerta.

Anche Padre Herr non stava avanzando, anzi: si era messo esattamente fra loro e gli Ardimenti, come uno scudo.

Sentì le voci del Capitano e dei soldati presentarsi e iniziare a fare qualche domanda all'uomo, che rispondeva a mezza bocca, senza alcuna apparente voglia di fare conversazione.

Bram vide Padre Herr e Padre Zyen distanziarsi nella formazione del Cerchio, esattamente uno accanto all'altro. Come catalizzatori, gli Armon dovevano lasciare che quell'energia pura e potente facesse il suo lavoro di equilibrio chiamando a raccolta il Cerchio dei presenti, donando forza dove mancava, domando gli eccessi.

Il ragazzo avvertì il calore dei loro corpi vibrargli attorno, notò la tipica posizione delle loro mani un attimo prima di spalancarsi, e li imitò. Non poteva vedere lo sguardo dei due Armon ma sapeva che si stava facendo *espanso*, rivolto sia all'esterno – attento a percepire ogni minima variazione – che all'interno, concentrato sul Cerchio e sulle sensazioni che esso provocava. Era così ovvio e così lampante lo squilibrio dell'energia in quel momento, che anche Bram avvertì l'enorme difficoltà di restare fermo e in ascolto.

Non veniva dagli Ardimenti, di questo era certo: si comportavano con calma e scioltezza, come se non avessero fiutato alcun pericolo. Lo squilibrio era nell'uomo, anzi forse *era* l'uomo stesso. Bram aveva l'impressione che il suo Cerchio fosse completo in modo quasi eccessivo quindi in qualche modo falsato, schermato, ma sapeva anche che la sua esperienza nella lettura era limitata, spesso errata.

Corpo, mente, cuore, spirito, ripeté mentalmente sottovoce, per passare in rassegna tutte le parti del Cerchio, cercando di concentrarsi. Rallentò il respiro come gli avevano insegnato, la sua mente fece un passo indietro per abbandonare i pensieri più superficiali e contingenti.

«Trova l'equilibrio» mormorò Padre Zyen, e Bram aprì appena le braccia, spalancò le mani, si concentrò sul fuori e sul dentro e tentò disperatamente di contribuire allo sforzo dei suoi confratelli.

Successe tutto in un attimo: il fabbro alzò lo sguardo lentamente, come se la sua testa pesasse quintali, e sbattendo le palpebre a fatica intercettò per un istante lo sguardo di Bram. Fece un debole sorriso. Poi, con un gesto secco e fulmineo, incrociò le mani davanti al petto e, quando le aprì, il gruppo fu avvolto da una nube grigia.

Rapidi, i due soldati si lanciarono verso l'uomo con le spade sguainate e, proprio quando stavano per riuscire a colpirlo, dalla stessa nube esalò un vento grumoso che investì in pieno il gruppo. Minuscole particelle scorticarono ad Ardimenti e Armon prima gli abiti e poi la pelle, tentando poi di infilarsi nei corpi dalle narici e dalla bocca.

Bram guardò con orrore mentre Horst veniva penetrato dalla nebbia, che sembrò entrare e uscire dalla sua carne lasciando solo un corpo vuoto, come uno stendardo senza vento.

«Mantieni il Cerchio, Bram, più forte!» gridò Padre Zyen, il volto girato verso di lui, una parte del viso già scorticata dalla nebbia che si avvicinava anche a loro. Pochi istanti, e li avrebbe travolti.

Padre Herr era immobile, ma le sue mani tremavano.

Fu in quel momento che Bram avvertì l'istinto di separarsi dalla formazione, e si distanziò di un passo. Prima ancora che i confratelli potessero dire qualcosa, lo sentì come mai prima: il Cerchio. Non scorreva *attraverso* le sue mani, come aveva sempre studiato, perseguito, osservato, ma lo avvertiva *nelle* sue mani. Una sfera perfetta, un pieno ininterrotto che conteneva prima Padre Zyen e Padre Herr, poi tutto ciò che era attorno. Aveva tra le mani quell'istante intero, con tutta la vita e tutta la morte che conteneva. Finalmente, adesso lo vedeva con chiarezza: l'aria che sfrigolava e si addensava in un Cerchio perfetto, dentro e fuori dalla realtà, contenuto e contenitore.

I lunghi anni di studi gli avrebbero detto di riunirsi agli Armon e, insieme, di ricostruire l'equilibrio, ma lui sapeva che era troppo tardi. Anche Corber si stava accasciando sulle ginocchia, e la spada che il Capitano Lyran brandiva con vigore non sarebbe servita a proteggerlo.

Bram seppe cosa doveva fare, ed era qualcosa che non aveva letto in alcun libro.

Dal Cerchio lasciò andare tutto ciò che era inutile – i pensieri, le paure, le anime di chi lo abitava – poi concentrò la pura energia residua in un singolo punto, la sentì crepitare nel petto e tra le mani. Indovinò il centro esatto di quel momento, il suo Xen, il suo scopo. Fu allora che l'energia del Cerchio divenne potere e lui capì che poteva non solo regolarla, ma anche usarla. Mentre Lyran alzava la spada per colpire un uomo che non poteva essere fermato, Bram corse avanti a tutti e, con lo stesso gesto rapido delle mani che conosceva così bene e che fino ad allora aveva usato solo in formazione, concentrò e poi di getto liberò quell'energia.

Lo spostamento d'aria che si originò dal ragazzo investì i presenti come lo schiocco di una frusta, andando a dirigersi verso il fabbro. Bram lo vide alzare lo sguardo e fissarlo negli occhi con stupore, poi il suo corpo venne sbattuto contro il muro e restò per lunghi istanti lì appeso a vibrare con violenza mentre la corrente lo trapassava. Poi, perse ogni colore e crollò a terra, inerme. Un silenzio assoluto sancì la fine della lotta.

Bram si sentiva come se avesse appena sollevato il mondo intero sulle sue spalle. Barcollò, crollò sulle ginocchia. Si guardò attorno per cercare aiuto, ma capì subito che non era lui ad aver bisogno di soccorso. Horst e Corber erano a terra accanto al fabbro. Anche il loro corpo, graffiato e scarnificato in più punti, sembrava lavato via da ogni colore: la pelle era grigia e secca, aderiva alle ossa come risucchiata da dentro. Le labbra aperte erano nere. Anche le ferite dalle quali avrebbe dovuto sgorgare sangue a fiotti erano opache e aride, come crepe nella pietra.

Ma Corber si sta per sposare... pensò Bram, come se quell'impegno preso con l'amore, con il futuro, fosse incompatibile con la morte, e potesse confutarla.

Bram guardò gli occhi del ragazzo, che la morte aveva reso opachi e sgomenti, e gli tornò in mente il modo in cui la sera prima aveva pronunciato il nome della futura moglie, Sylvia, con un tono morbido, protettivo. Non l'avrebbe mai più pronunciato. Non ci sarebbe stato alcun matrimonio. Qualcuno avrebbe dovuto bussare alla porta di Sylvia "Bella" a dirle che l'uomo che amava non sarebbe tornato.

Sentì la morte fermarsi beffarda a guardare insieme a lui tutto quel dolore ancora fermo, in attesa di riprendere slancio come una bestia dai denti aguzzi.

Il Capitano Lyran si alzò da terra puntellandosi contro il muro con la spada. Lasciò cadere un pezzo di metallo che aveva usato per tentare di proteggere sé stesso e gli altri. A parte gli abiti stracciati e qualche graffio sembrava incolume, ma aveva gli occhi incollati ai cadaveri dei suoi soldati e tutto il suo corpo era scosso dalla vibrazione della mandibola, che tremava violentemente.

Bram aveva paura a voltare lo sguardo verso i suoi confratelli e, quando lo fece, seppe il motivo.

Il corpo di Padre Zyen era per metà mangiato. La spalla destra, il fianco e la gamba erano scorticati in profondità, la pelle ridotta a brandelli e parti dell'osso visibili. La guancia destra sembrava essere stata raschiata via di netto. Al posto dell'occhio aveva una cavità scura e sbriciolata.

Padre Herr, che lo sosteneva, lo adagiò a terra, piano, con la testa sul suo grembo.

«Cos'hai fatto, Bram?» chiese con la voce di ghiaccio, senza sollevare lo sguardo verso il ragazzo.

Lui venne colto di sorpresa dalla domanda.

«Io... l'ho fermato» rispose confuso. «Ho avvertito la possibilità di usare l'energia del Cerchio e ho creduto...»

L'Armon si voltò di scatto e il suo sguardo di disprezzo andò a piantarsi al centro del suo petto, come un dardo.

«Cosa hai creduto, Bram?»

«Che fosse giusto provarci» farfugliò lui, sempre più spiazzato dalla reazione dell'uomo. Dove erano le lodi per aver neutralizzato l'uomo?

«Credere e sapere sono due cose diverse» sibilò il confratello, stendendo le mani sul corpo martoriato di Padre Zyen come a mostrarne lo scempio.

«Io l'ho fermato! Se non avessi fatto così, non saremmo sopravvissuti!» gridò Bram, che non sapeva per cosa si stesse giustificando.

«Ci eravamo quasi riusciti. Il Cerchio si sarebbe riequilibrato, quell'uomo si sarebbe indebolito e questo avrebbe dato modo agli Ardimenti di intervenire. Ma tu hai deciso di fare di testa tua e agire da solo, Bram, ignorando tutto quello che ti abbiamo insegnato» esclamò l'uomo con lo sguardo colmo di rancore. «Ed ecco il risultato!»

«Ma... non sono stato io! È stato quell'uomo, il fabbro, a fare questo!» disse Bram, sconvolto.

Avrebbe voluto piangere come quando era bambino. Non riusciva a credere che Padre Herr gli stesse dando la colpa di quanto accaduto. Come poteva sapere, lui, che erano così vicini a farcela. Il pensiero gli attraversò la mente tagliente come una lama: *Già, io sono quello che non riesce a gestire il Cerchio. Forse, se l'avessi davvero sentito avrei saputo che Padre Herr e Padre Zyen erano a un istante dal riportarlo in equilibrio, ma non l'ho fatto.*

Lo sguardo si spostò sugli Ardimenti, e non pronunciò più una sola parola. Aveva sbagliato tutto, di nuovo.

Il Capitano stava provando a rianimare i corpi prosciugati di Horst e Corber. Si chinò su di loro, chiamò piano i loro nomi, gli diede dei colpetti sulle guance grigie, afferrò delicatamente quel che restava delle loro spalle. Si piegò a sentire il petto prima di uno, poi dell'altro. Provò a premere sulla gabbia toracica per far ripartire il cuore, ma quando lo fece le ossa, semplicemente, si spezzarono al primo colpo, lasciando un buco concavo, come se il corpo del ragazzo fosse stato ridotto a legna secca. Anche il suono fu lo stesso.

Lyran proruppe in un lamento animale, coprendosi il viso con una mano. Restò per qualche istante in ginocchio e poi, con estrema delicatezza, sollevò le braccia dei ragazzi e gliele ripiegò sul petto. Scorse le loro palpebre con il pollice per chiuderle. Infine si voltò e guardò gli Armon con gli occhi pieni di una pena pura e assoluta, come lo sguardo di chi aveva visto morire un fratello.

«Solo un esercito possedeva queste tecniche: l'Artake» sputò fuori con disprezzo e spavento.

L'Artake. Era un secolo esatto che quel nome non veniva pronunciato: da quando Morhva era sotto il controllo della Federazione, e l'esercito dell'Imperatrice che aveva marciato contro le altre rive era stato sciolto.

«Sarshan Kean» sibilò Padre Herr, con disprezzo.

Fu quel giorno che Bram Cadaval sentì per la prima volta quel nome chiamato ad alta voce. Non l'*Imperatrice Maledetta, la Strega* o semplicemente quel *Lei* intriso di astio e disgusto. Il suo vero nome.

Forse neppure la terra e il cielo l'avevano più sentito, perché fu come se l'atmosfera fosse cambiata all'improvviso: un'aria gelida si insinuò fra le braccia, le gambe e sulla pelle dei presenti, facendoli rabbrividire e immaginare il peggio. Come se un sussurro di dolore avesse raggiunto gli angoli più remoti della loro mente, ripiombarono nelle storie dell'orrore sulla guerra con le quali erano cresciuti.

Plotoni annientati da incantesimi di morte. Distese di corpi lasciati a marcire nel fango. Villaggi pieni di innocenti divorati dalle bestie di Morhva. Famiglie uccise dal più piccolo di età, in modo che i genitori restassero a guardare. Cavità nella terra dove i civili venivano gettati ancora vivi in attesa di lunghe agonie. Tutto per la sete di potere di una donna che voleva dichiararsi Imperatrice di tutte le rive, riunendole sotto il suo perverso dominio, imponendo il culto di sé stessa.

Si guardarono fra loro con sgomento, cercando un appiglio, tentando di recuperare lucidità.

«Com'è possibile?» chiese infine Lyran.

Padre Herr abbassò lo sguardo e scosse la testa in silenzio, pensando al terrore che credeva ormai scomparso per sempre, per tutti, e realizzando con rabbia quanto si era sbagliato.

Lyran gli si avvicinò, lo afferrò per il kolet e ripeté, gridando: «Com'è possibile, Armon? Dovete saperlo voi, è la conoscenza a darvi questo stato di santoni. Parla. Onora i morti con la verità! Dimmi che ho portato i miei uomini in una missione suicida contro una strega che dovrebbe essere morta cento anni fa».

La mano di Lyran tremava, stretta attorno al gilet nero e oro di Padre Herr. Bram vide il confratello afferrare il polso del Capitano e stringere con forza finché quello, troppo esausto per opporsi, lasciò la presa.

Herr si risistemò il kolet, ricambiò quello sguardo feroce e rispose: «Non so quale sia la forza che onori, Capitano, ma fossi in te inizierei a pregarla più forte».

10
MESSAGGI

«Ma guarda! Già in piedi per colazione...» commentò Gerda quando vide Deva scendere dalle scale tenendosi al corrimano. La donna stava sistemando dei centrotavola di fiori essiccati mentre, nel grande camino di pietra, uno stufato si mescolava da solo e il latte ribolliva in un pentolino. Dalle finestre entrava una luce calda e polverosa che illuminava i tavoli di legno chiaro e le grosse pietre irregolari delle pareti.

«Ogni giorno va un po' meglio, non ho più bisogno di riposare come prima» commentò Deva cercando di mantenere un tono di voce vivo, o quantomeno non piatto e inerte come quello che faceva preoccupare e, insieme, un po' offendere la donna.

«Ecco,» disse Gerda rigirando a terra una delle sedie posate a gambe all'aria sui tavoli «siedi e aspetta qui. Daegal è andato a prendere del pane e sarà di ritorno a momenti. Puoi mangiarlo per colazione insieme al latte che è lì, nel pentolino. C'è anche dell'altra marmellata di more, dovrebbe essere sullo scaffale sotto il bancone...» Con la mano fece un gesto rapido e un barattolo uscì dal bancone, si fermò a mezz'aria e poi si depositò con grazia davanti agli occhi della ragazza.

«Non mi abituerò mai a tutto questo» sussurrò Deva. «Sapevo che a Riva di Alta si usa la magia, ma vederla è... diverso.»

«E cosa ne pensi?» chiese Gerda.

Era una domanda con molti sottintesi. Deva tacque un momento, la voce della nonna che le riempiva la testa di epiteti con i quali avrebbe cercato di sminuire tutto ciò che vedeva. Attese che un secondo pensiero, dalla voce più flebile, si facesse strada verso le sue labbra, e quel pensiero era il suo. «Incredibile» sussurrò ammirata, fidandosi della meraviglia che provava.

Mentre Gerda sorrideva compiaciuta, lei toccò il barattolo come per verificare che fosse reale. Continuava a restare a bocca aperta davanti a ogni avventore della locanda che arrivava conversando con un animale, o si cambiava d'abito con un semplice schiocco delle dita o, ancora, che faceva piovere sulla tavola una cascata di piccole stelle luminose per festeggiare un amico. Li studiava in silenzio, osservandoli di nascosto in cima alle scale come avrebbe fatto una bambina. Dai suoi studi sapeva ben poco anche di magia. Alle "particolarità" che possedevano alcune rive il tutore aveva dedicato una sola, svogliata lezione, e delle "capacità speciali" possedute dagli Altan aveva parlato con enfasi irrisoria. Deva conosceva la distinzione tra poteri minori, che padroneggiavano praticamente tutti gli abitanti ed erano detti Magia Ordinaria, e poteri estremamente più grandi e rari, che rendevano in grado di manipolare gli elementi, gli astri, l'energia fisica e psichica, addirittura di giocare con la vita e la morte: l'Alta Magia.

A Gerda aveva già chiesto che tipo di poteri avesse. «Niente di che» aveva risposto. «Animo piccoli oggetti, per lo più al fine di ottenere aiuto nelle pulizie e in cucina. Diciamo che più che scegliere questo lavoro, le mie capacità l'hanno scelto per me. Se avessi saputo distillare elisir incantati sarei diventata una ricca commerciante.»

«Come scoprite qual è il vostro potere?» aveva chiesto allora Deva, sentendo la curiosità accendersi per la prima volta dal giorno dell'agguato.

«Non so... casualità? Un giorno provi a fare qualcosa, e ti riesce. Oppure tenti di copiare quello dei tuoi genitori, poi quello dei tuoi amici, infine quello degli estranei... finché qualcosa non esce fuori: la cosa che ti aspettavi, o tutt'altro. Dovresti parlarne con Daegal, è un tema che lo coinvolge particolarmente e ne sa molto più di me.»

Ma Deva non aveva mai osato disturbare l'uomo con domande sulla magia di Alta. In fondo non era una questione così importante, dato che aveva in programma di lasciare la riva quanto prima per tornare alla tenuta.

A questo proposito, disse con voce ferma: «Gerda, ascolta, ora che mi sono ristabilita devo tornare al più presto a Terrena.»

La donna fece una smorfia di disapprovazione e, scuotendo la testa senza guardarla negli occhi, replicò: «Ne abbiamo già parlato. Sei ancora troppo debole per cavalcare distanze simili. Nei boschi, poi!».

«Il braccio è quasi a posto, posso farcela» ribatté Deva roteandolo con cautela e ignorando il fastidio che ancora sentiva attorno all'area della ferita che si era sì rimarginata, mantenendo però un colorito livido rispetto al resto del braccio.

«Hai detto bene: quasi a posto. Non del tutto ristabilito, lo sai perfettamente. Ti ricordi cos'è successo quando hai provato a cavalcare per più di un'ora, vero?» incalzò la donna, ricordandole che l'ultima volta che aveva montato Djavel spingendosi oltre la vallata, il braccio e la schiena le avevano fatto talmente male da dover rientrare lentamente al passo, quando ormai era buio e Daegal era già uscito a cercarla.

«Ho bisogno di andare, Gerda. Devo tornare alla tenuta immediatamente, tu non sai... non hai visto!» la sua voce si ruppe, colma di rabbia e angoscia «Non so cosa sia rimasto, non so chi sia rimasto. È la mia casa, la mia famiglia!»

Deva batté un pugno contro un'asse del muro, facendo tremare un ferro di cavallo appeso su un lungo chiodo di ferro. Riempì il petto lentamente di un respiro che servì a impedirle di gridare, ma che non la calmò in alcun modo.

Gerda intanto si era voltata e la fronteggiava occhi negli occhi, le gambe piantate a terra e le mani sui fianchi, con una decisione e una durezza che mai le aveva visto indossare.

«Conosci la strada per arrivare, Deva: da qui al confine ci sono boschi per centiaia di chilometri, e non sono luoghi amichevoli per noi Altan, figuriamoci per una come te. E lo dico senza offesa, tesoro. Qualsiasi malintenzionato con un briciolo di Magia Ordinaria potrebbe fermarti e rubarti tutto quello che possiedi, lasciandoti a piedi nel mezzo del nulla. O... fare di peggio. E se pensi che questi luoghi diano rifugio solo a scoiattoli e cerbiatti, beh, pensi male. È un miracolo che tu abbia attraversato il confine della foresta di Merlean e sia arrivata qui ancora viva!»

Quando parlava con Gerda, spesso Deva aveva la sensazione che le proprie parole fossero accuratamente filtrate e che la donna trattenesse solo le informazioni che reputava logiche secondo il suo personale giudizio. Il resto era scartato, ignorato, lasciato scivolare via con timore più che con cattiveria. La locandiera aveva bisogno di storie corrispondenti alle sue credenze per esercitare le sue ottime intenzioni, ma non era ciò di cui Deva aveva bisogno. Ancora una volta, lentamente, spiegò di nuovo: «Non ho attraversato nessun confine, nessuna foresta di Merlean e non conosco la strada per arrivare, Gerda. Continui a non ascoltarmi. Te l'ho detto: ho cavalcato per un paio di giorni, e basta. Siamo arrivati ad Alta come in un attimo, non so spiegarmelo».

«Mmh. E magari durante il viaggio l'aria per un istante si è fatta densa, quasi gelatinosa...» commentò Gerda arricciando il labbro.

«Io... sai, credo proprio sia stato così!» confermò la ragazza, ricordando vagamente la sensazione di resistenza dell'aria, ma anche tornando col pensiero al dolore fisico ed emotivo di quei giorni tragici e scacciandolo all'istante.

«Se così fosse, staremmo parlando di un Ambulacro, ma è impossibile perché nessuno ne apre da allora, sono stati banditi. Squadre di AltoMaghi hanno perlustrato i boschi in lungo e in largo per assicurarsi che non ne fosse rimasto aperto nemmeno uno. È un reato grave, Deva» chiarì Gerda alzando la voce, puntando con forza il dito verso terra e scatenando involontariamente il movimento del pulviscolo attorno.

«Quando dici "da allora" stai parlando della guerra, giusto?» chiese la ragazza con circospezione, sapendo esattamente dove stava andando a cacciarsi. La donna batté le palpebre, sgomenta, ma per fortuna si morse il labbro per evitare di risponderle con un insulto. Deva non aveva intenzione di incagliarsi nell'ennesima discussione sulla propria conclamata ignoranza, quindi tornò ai fatti pratici. «A ogni modo, non prevedo di cavalcare fino a casa, immagino che il tragitto per mare sia il più breve. Ho sentito un commerciante parlare l'altro giorno: il porto di Kerberch è dove partono le navi per Terrena, giusto?»

«Vorresti viaggiare in nave? Con che permesso e con quali soldi, Deva?» domandò Gerda. «Daegal ha parlato con gli Ardimenti: se, anzi, quando arriverà notizia ufficiale di quanto accaduto a Terrena, potremo provare a farti riconoscere come legittima figlia dei Loissen e a quel punto saresti scortata a casa da loro. Almeno, credo.»

«E se non dovesse arrivare? Io devo andare, Gerda, tu non capisci!» replicò Deva, colma di preoccupazione.

La donna fece un profondo sospiro. «Per favore, Deva, ragiona. A cosa serve una figlia che perde la vita lungo la strada di casa? Come puoi aiutare la tua famiglia se non ci arrivi neppure, a Terrena? Conosco questi luoghi, so di cosa parliamo. Ti senti abbastanza in forze per una normale giornata di lavoro qui alla locanda, e a noi fa molto piacere vedere che la tua guarigione procede. Ma le energie per compiere un viaggio simile sono un'altra cosa, forse non te ne rendi conto.»

Era vero, era tutto vero, eppure Deva rifiutava di arrendersi perché il solo pensiero di essere fuggita senza poter prestare aiuto, e di non essere ancora tornata, la impregnava fin nelle ossa di un senso di colpa pungente come veleno. Ma Gerda aveva centrato il punto: lei non se ne rendeva conto.

Non aveva idea di cosa significasse davvero intraprendere un viaggio di quella portata, e non solo perché non ne aveva mai fatti, ma perché per lei viaggiare significava avere domestici che le chiudevano il baule e lo caricavano sulla carrozza, e un cocchiere che conduceva tutta la sua famiglia fino al lago di Rennert. Era la loro annuale villeggiatura presso le proprietà del Governatore, che concedeva loro un piccolo ma confortevole cottage immerso nella natura. La sua comoda, felice esperienza di viaggio consisteva in poche ore su un sedile imbottito con i villaggi che scorrevano lungo il finestrino, e una breve sosta per gustare i sandwich preparati dal cuoco davanti a un piacevole paesaggio campestre. Una mano l'aiutava a salire sulla carrozza, un'altra a scendere: più che viaggiare, Deva era sempre stata consegnata da un luogo a un altro.

Man mano che vedeva il mondo dal punto di osservazione della Tricorna, si rendeva conto della sua differenza rispetto alle altre ragazze della sua età, e non solo in termini di classe sociale.

Le ragazze che cenavano alla locanda arrivavano guidando calessi e tenevano banco raccontando aneddoti di gite e incontri, di nuovi ragazzi e pessime esperienze. Avevano gruppi di amici chiassosi, sapevano cose, lavoravano al villaggio, a volte cambiavano lavoro e fidanzato, alcune avevano visitato la capitale più volte.

Deva aveva origliato quelle conversazioni, e si era sentita in difetto. Di più: si era sentita sbagliata e in ritardo su ogni cosa, un ritardo incolmabile e triste come sono tristi le occasioni perse, le cose non fatte e recuperate nel momento sbagliato, la fame di risate, di volti amici e di occasioni inaspettate. Adesso si rendeva conto dei confini tanto ristretti del suo mondo, fatto della sua splendida casa e degli ettari del suo terreno, dei picnic, delle cavalcate e delle sontuose feste dei Loissen, ma anche di poco altro: l'annuale villeggiatura a Rennert e il palchetto d'onore al teatro di Freyan per il concerto d'inizio stagione. Gli sporadici inviti a casa di qualche amica per giocare a scacchi e... basta, tutto qui. Il mondo sembrava entrare continuamente alla tenuta, ma il vero mondo era là fuori: non filtrato, eccessivo, pericoloso, sporco. Affascinante e terrificante al tempo stesso.

Fino a quel momento le era parso che nulla le fosse davvero mancato. Ora comprendeva che non si riconosce l'essenziale finché non si prova l'acuta nostalgia di non averlo mai vissuto.

«Starai con noi finché non ti sarai davvero ristabilita, tesoro. È quello che la tua famiglia vorrebbe» mormorò Gerda.

Afflitta e senza più argomentazioni, Deva sbocconcellò una rapida colazione, poi risalì la scala di legno e tornò nella sua stanza. Si lasciò cadere sul letto e affondò il viso tra le mani. Realizzò solo in quel momento che stava occupando da giorni una stanza della locanda senza pagarla. Aveva dato per scontato il diritto di farlo, «perché io sono una Loissen» concluse ad alta voce, rendendosi improvvisamente conto di come suonasse arrogante.

Ma se i membri della sua famiglia erano davvero tutti morti, chi era adesso Deva Loissen? Ora nulla di tutto ciò che costituiva la sua identità era più reale. Si guardava per la prima volta dall'esterno, e non le piaceva ciò che vedeva.

Un rumore argentino, che le ricordò i bracciali che sua madre impilava sui polsi, la distrasse per un attimo facendole spostare lo sguardo fuori dalla finestra. Era solo il mazzo di chiavi legato alla cintura di Daegal, l'uomo stava rientrando in quel momento.

«Deva!» si sentì chiamare dopo qualche istante, e immaginò che lui avesse scambiato due parole con la moglie e volesse farle lo stesso discorso, con meno enfasi e più fermezza.

Quando scese le scale, però, Daegal aveva un viso tanto scuro che lei sentì il cuore piombarle nello stomaco.

«Che succede?» chiese, con l'apprensione che le torceva la pancia.

«In città sono arrivati dei commercianti di Terrena» annunciò. «Confermano un attacco a Freyan. La tenuta dei Loissen è stata distrutta.»

Deva sentì le forze abbandonarla, dovette arrancare fino alla prima panca e, lì, lasciarsi cadere. Avere la conferma definitiva che non fosse stato tutto un incubo la devastò. «E i miei genitori? Mia nonna?» chiese con un filo di voce.

Daegal abbassò gli occhi, quasi non sapesse quali parole scegliere.

Quindi, è finita, pensò Deva.

«Oh, mi dispiace, cara» disse Gerda, mortificata, stropicciandosi le mani. «Per tutto questo tempo io non ho creduto che...»

Il locandiere la interruppe: «Fammi finire di parlare, è importante! La notizia dell'attacco non sarebbe giunta fin qui se non fosse qualcosa di grave. Il palazzo è stato raso al suolo in un modo che nessuno ha più visto dagli Anni delle Nebbie. Solo i più anziani ricordano qualcosa di simile, quando Kerberch fu conquistata. Anche allora interi edifici furono inceneriti in un attimo».

La donna soffocò un grido portandosi le mani alla bocca.

Il marito le posò una mano sulla spalla, poi si voltò verso Deva. «Gerda mi ha detto che vorresti tornare a casa e... Ecco, io non credo ci sia più una casa dove tornare. E non ci sono sopravvissuti, a meno che non abbiano portato via qualcuno con loro.»

Le ultime parole dell'uomo ridestarono una parte di Deva che si mise immediatamente sull'attenti. Era simile a qualcosa che si poteva definire "speranza".

No, non è finita.

«Via, dove? Chi sono loro?» chiese, il cuore che le scoppiava nel petto e la smania di sapere tutto. C'era, quindi, un luogo, e c'erano delle persone: era molto più di quanto sapesse un minuto prima, era una fievolissima luce nell'oscurità.

Daegal esitò, poi scosse la testa con veemenza. «Chi ha visto i resti dell'attacco ha detto che solo l'Artake era capace di radere al suolo una tenuta e tutti i suoi abitanti in quel modo, senza lasciare altro che polvere.»

Polvere... il ricordo del mucchio di corpi spazzati via dal vento le fece tremare le spalle in un brivido di orrore.

«L'Artake... è l'esercito di Riva di Morhva, giusto?» chiese. Leggere il libro *Storia delle Rive* aveva iniziato a darle qualche nozione su questa guerra di cui prima sapeva tanto poco.

«Era» specificò la locandiera con stizza. «Non sono più autorizzati ad avere un esercito autonomo, dopo gli accordi di pace.»

«Capisco il risparmiare una storia dell'orrore ai bambini ma, diamine, ragazza, sei un'adulta. Dovresti sapere tutto di come scoppiò la Guerra delle Rive e di come l'esercito di Morhva...»

«Sì, lo so. Quindi confermi?» lo interruppe Deva. «È a Morhva che devo andare per raggiungerli.»

«Non c'è nessuno da raggiungere, Deva» le disse l'uomo dolcemente.

Lei realizzò di desiderare un abbraccio, ma non il suo. «Allora perché hai detto quella cosa sui sopravvissuti, sui prigionieri?» volle sapere. «Hai sentito qualcosa, non è vero? Voglio la verità. La merito.»

Daegal allora riconobbe il suo passo falso, abbassò gli occhi e scosse la testa. «Sono il solito idiota» bofonchiò a denti stretti. «Non devi dar peso a quello che ho detto, Deva.»

«Dimmelo!» supplicò lei, e l'uomo le lesse nello sguardo che non avrebbe lasciato cadere l'argomento.

Parlò con fatica, consapevole del danno che stava facendo, che aveva già fatto. «Le voci che arrivano dai messaggeri non sempre sono affidabili. Corrono di bocca in bocca e ognuno aggiunge o toglie del suo, come sempre. Il messaggero ha detto, ecco, le parole esatte sono state: "Forse cercavano qualcuno o qualcosa, lo hanno preso, hanno raso al suolo tutto il resto e poi sono spariti". Ma hai visto la tua famiglia morire, lo hai detto tu stessa!»

Deva strinse il braccio dell'uomo mentre ripercorreva mentalmente quella giornata infernale sentendo il dolore che diventava fisico, come denti che le mordevano il cuore. «Ho visto le fiamme avvolgerli, ho visto il dottor Andergast staccarsi dal gruppo, continuare a bruciare e morire davanti a me. Non riuscivo a levargli gli occhi di dosso, poi ho iniziato a... vomitare. E se, mentre io fissavo Andergast, qualcuno fosse riuscito ad allontanarsi? Se mentre io vomitavo, mia madre o mio padre fossero usciti dal fuoco? E se poi li avessero presi? Non sono sicura di essere rimasta vigile per tutto il tempo, era tutto così...» si interruppe, portandosi le mani al petto.

«Non si sarebbero presi la briga di incenerire una persona che gli serviva, non pensi?» sussurrò Daegal.

«Ma se...» provò ad aggiungere lei.

«Ascoltami, Deva. Portare con sé degli ostaggi presuppone una strategia. Nessuno che si dia la pena di portarsi dietro una persona rischierebbe di ucciderla o menomarla. La speranza è una cosa bella a cui aggrapparsi solo se apre una strada. Se apre una botola, stalle lontana.»

L'uomo le posò una mano calda sulla schiena.

Deva inspirò in silenzio. La foga con la quale sarebbe corsa all'inseguimento di un qualsiasi sottile filo di possibilità di ritrovare qualcuno vivo, le implose dentro. Restò in piedi stringendo le unghie nei pugni e le labbra nei denti finché il sapore metallico del sangue non le invase la bocca.

«I Loissen sono... erano, ecco, benestanti» insinuò Gerda, alludendo a una razzia.

A Deva non parve azzardato immaginare un'orda di criminali che sterminava la sua famiglia per appropriarsi di tutto ciò che la tenuta conteneva, ma che senso aveva incenerirli e radere al suolo il palazzo? E poi, perché inseguirla? Lei non aveva visto niente, perché darsi tanta pena? Nulla le pareva avere senso.

«Ascolta, Deva...» L'uomo la riaccompagnò verso la panca e la fece sedere. «Ti dico io cosa farai, ora. Tu starai qui con noi finché ne avrai bisogno. Quando te la sentirai ti aiuteremo a trovare un lavoro, ricomincerai la tua vita. Non smetterà di fare male, ma imparerai a conviverci. Un giorno capirai che sopravvivere, e poi vivere, e infine ritrovare la felicità è l'unico vero modo per onorare la morte di chi ami.»

Deva non stava più ascoltando. Si divincolò dalle mani di Daegal e corse fuori dalla locanda, verso la stalla. Con le mani che tremavano sellò e infilò la cavezza sul muso di Djavel, ripetendosi mentalmente che si erano tutti sbagliati, che il suo mondo non era svanito in un attimo, ma esisteva ancora, e la stava attendendo. Immaginò il momento in cui avrebbe lanciato sul bancone della locanda soldi e gioielli quasi con disprezzo, per dimenticare quei giorni seppellendoli sotto un odio feroce.

Ma quando Deva provò a issarsi sul dorso del cavallo, il mondo intorno a lei divenne nero.

11
NYMPHE

Lyran fece cadere nella mano dell'uomo di Gerwynn un sacchetto colmo di karàn: era la cifra pattuita per il carro. Insieme avevano già deposto Corber e Horst sulla parte sinistra, coprendoli con il lenzuolo che sventolava dalla finestra, sopra la bottega del fabbro.

Quando era salito per andare a prenderlo, il Capitano aveva trovato una risma di fogli bianchi su un tavolino. Era insolito vederne nella casa di un fabbro, quindi li aveva presi in mano e, studiandoli in controluce, aveva notato dei rilievi sulla superficie. Gli era già capitata una situazione simile, quindi, frugando nel misero camino, aveva recuperato un tizzone di carbone che per togliersi ogni dubbio aveva strofinato sul primo foglio. Con sua sorpresa erano apparse quattro lettere, Sina, e quattro numeri, 0915.

Aveva avuto un'intuizione, e immediatamente dato una moneta a un ragazzino di passaggio per correre al porto e chiedere se esisteva e dove fosse diretta un'imbarcazione di nome *Sina*, partita dal porto alle 09:15 del giorno precedente. L'istinto lo aveva ripagato: la *Sina* era davvero una nave, trasportava stoffe, ed era salpata per Riva di Alta.

Poi aveva notato l'incisione sul muro della stanza. Era rudimentale, ma riconoscibile: due serpenti intrecciati, attraversati da una lancia.

«Maledetto...» aveva sussurrato Lyran tra i denti, travolto da un'ondata di disprezzo.

Prima di uscire con il lenzuolo tra le mani aveva sputato a terra, poi era sceso dalle scale tentando di togliersi di dosso la sensazione di terrore che non poteva permettersi di provare. Le parole di Herr gli risuonavano nelle orecchie: "Non so quale sia la forza che onori,

Capitano, ma fossi in te inizierei a pregarla più forte". Da tempo non onorava più alcuna forza se non quella del suo esercito, e aveva appena condotto due soldati alla morte con una leggerezza che ora gli pareva sconsiderata. Aveva sottovalutato tutto di quella missione, un errore da principiante che adesso si materializzava nei due cadaveri davanti ai suoi occhi, nelle parole che avrebbe dovuto dire ai genitori dei ragazzi, ma soprattutto nelle risate di Horst e Corber che sentiva ancora risuonare in testa. Continuava a pensarli vivi, come se quelli che vedeva non fossero che manichini con le loro fattezze, un gioco macabro, un semplice scherzo da plotone. Aveva voglia di fare tutto ciò che la sua divisa gli vietava: urlare, spaccare ciò che aveva intorno, gettare a terra la casacca e lasciare che lo stemma di Vidrian si sporcasse nella polvere. Ma aveva una missione da compiere, ed era più importante dei suoi soldati.

Avrei dovuto rifiutare, pensò allora. Che andassero pure a monte la carriera, i riconoscimenti. Forse tutto ciò di cui uno come lui aveva davvero bisogno, dopo tanti anni sul campo, erano una moglie, dei figli. Un cane, magari. Finire la sua casa e viverci, ecco cosa avrebbe dovuto fare.

«Capitano» chiamò Padre Herr, e lui tornò nel suo ruolo camminando a testa alta, ma con una certa, rigida stanchezza.

✶

Bram osservò i due uomini, il Capitano e l'Armon, sollevare con estrema delicatezza Padre Zyen e adagiarlo su un giaciglio improvvisato fatto di vari strati di paglia, stoffa e coperte, sempre provenienti dalla stessa casa. Un dottore della zona lo aveva coperto di un unguento che avrebbe dovuto aiutare la pelle a non infettarsi e Padre Herr avrebbe mantenuto il suo equilibrio vitale, ma aveva bisogno del Convicto e dei suoi medici.

Quando tutto fu pronto, Herr salì sul carro che avrebbe ricondotto i morti e il ferito a Larham. «Non appena potrò dare il messaggio saranno mandati altri Ardimenti e Armon in vostro supporto, ma non c'è tempo da perdere ora che sappiamo chi potrebbe essere coinvolto» disse, prima di congedarsi. «Il viaggio sarà più lungo del previsto. Lasciate detto a ogni avamposto la vostra direzione, sapremo trovarvi.»

«Ci imbarcheremo domani per Alta» confermò il Capitano, senza aggiungere ciò che pensava, ovvero: *Non avrei mai creduto di uscire dai confini di Vidrian.* Ma proseguire la missione in qualsiasi direzione portasse era semplicemente inevitabile. Lo doveva anche ai suoi ragazzi, ora. Pensò per un istante alla sua casa in costruzione, alle assi appena arrivate, alle intemperie alle quali sarebbero state esposte. Un lungo sospiro gli gonfiò il petto.

«Loro può lasciarli agli Ardimenti» aggiunse, riferendosi ai cavalli che lui e Bram non avrebbero potuto imbarcare con facilità. Ne avrebbero trovati altri all'arrivo.

«Chiaro» rispose Padre Herr, che non si rivolse mai a Bram per tutta la conversazione. Solo prima di partire gli lanciò una breve occhiata con un cenno del capo. Proprio come avrebbe salutato un servo, uno scudiere, un qualsiasi accompagnatore che aveva valore di essere riconosciuto solo perché accanto al Capitano.

✶

Lyran e Bram cercarono una nuova locanda per la notte, questa volta in centro città. Mentre consumavano in silenzio una porzione di *leme*, un arrosto di pollo e verdure, il ragazzo comprese appieno lo spirito, le confidenze, le risate e il "caos della sera prima". Ritrovarsi seduti in due era la più eclatante delle sconfitte, nessuno aveva voglia anche solo di incrociare lo sguardo dell'altro, figurarsi chiacchierare. Si coricarono in una camerata quasi piena, in giacigli lontani tra loro. Bram impiegò un'eternità per addormentarsi e, quando finalmente sentì la stanchezza vincere sul terrore, la luce fredda della nuova alba stava già rischiarando il cielo.

«Ragazzo» lo chiamò piano il Capitano dopo quello che gli sembrò un istante.

Gli occhi di Bram erano appesantiti e brucianti dal sonno non compiuto, ma si alzò di scatto. Lyran sembrava meno sconvolto della sera prima, come se il buio della notte avesse lenito il suo dolore e ora fosse semplicemente rassegnato alla tristezza.

«Se ti sbrighi fai ancora in tempo a prendere del pane nero e del latte per colazione» aggiunse, poi gli posò brevemente la mano sulla spalla e lasciò la stanza.

Bram si accorse che la camerata era rimasta vuota e il sole era già sorto: dovevano essersi alzati tutti prima di lui. Apprezzò quel gesto di gentilezza del Capitano, sapeva quanto doveva essergli costato non svegliarlo bruscamente per correre al porto. Condensò al massimo le pratiche del mattino e, quando scese nella sala della locanda, ora invasa da un sole caldo e brillante tanto improprio per il loro lutto, vide che Lyran era seduto a un tavolo su cui aveva posato una tazza e un piattino con del pane, evidentemente salvati da una colazione già portata via dalla locandiera. Dalle borse sotto gli occhi e dal modo in cui premette la parte inferiore dei palmi delle mani sulle palpebre, Bram indovinò che neppure il Capitano aveva dormito molto.

«La prima nave per Riva di Alta salpa alle otto in punto. Il molo è qui vicino, ma sbrigati» gli disse non appena Bram si sedette. «Vorrei arrivare il prima possibile» aggiunse, con gentile fermezza.

Bram si sforzò di fare colazione, ma aveva lo stomaco chiuso e tutto il suo corpo sembrava contratto: era dolorante e spossato come dopo un pestaggio. Aveva bisogno di parlare di quello che aveva visto e, soprattutto, di quello che aveva fatto. Seguì gli ordini del Capitano con solerzia e senza rispondere una parola, ma non vedeva l'ora di essere sul ponte di una nave, con il Mar Vasto tutto intorno, per lasciar uscire tutte le parole che ora si agitavano dentro la sua testa come animali in gabbia.

✶

Il porto era, se possibile, ancora più caotico del giorno precedente. Erano sbarcati alcuni bastimenti carichi di generi alimentari e animali dalle altre rive. Bram vide scaricatori e marinai coordinare la discesa di grandi casse lignee e trascinare carri carichi di piramidi di involti di stoffa multicolore. Notò un gruppo di uomini che, con attenzione, trasportava una cesta coperta da un panno. Quando un colpo d'aria ne fece sollevare un lembo, svelò lucide uova di *kryan*.

Le bestie erano native del Nord e dell'Ovest, Alta e Morhva, e il clima di Vidrian a malapena registrava temperature adatte alla loro schiusa. Probabilmente erano state acquistate solo come ornamento, e il ragazzo si chiese chi mai potesse essere tanto stolto o tanto impavido da sfidare i kryan di guardia al nido – con il loro corpo da lupo, il muso da rettile e le irte spine dorsali – per trafugare una decina di splendenti uova da vendere al Sud. Dovevano valere un accidente, si vedeva anche dall'attenzione con la quale erano trasportate.

La stessa attenzione non era riservata ai draghi. Decine di gabbie di bambù contenenti Lybisse della Tempesta erano accatastate una sull'altra, passate di mano in mano e quasi lanciate a terra quando era il momento di spostarle. Molte delle povere bestiole, cuccioli di tre o quattro mesi, sembravano morte schiacciate dalla noncuranza dei lanci, e rivoli di sangue violaceo macchiavano le tavole di legno. I cuccioli rimasti vivi, non più grandi di un gatto, pigolavano e tentavano di districarsi dai cadaveri dei compagni, cercando la strada verso l'aria.

Bram restò estremamente scosso da quello spettacolo. Sapeva in che condizioni avveniva il commercio di draghi, era al corrente della quantità di cuccioli che morivano ogni anno a causa delle esportazioni, ma vedere quelle bestie una volta tanto temute ridotte a carne da macello lo colpì nel profondo.

Mentre il Capitano Lyran mercanteggiava per l'acquisto di un mantello di lana, Bram si avvicinò alle casse e osservò gli animali più da vicino.

«La *calibania* gli ha fatto male, eh» esclamò un marinaio esplodendo in una risata catarrosa.

«Già» mormorò Bram per non contrariarlo, pensando che la pianta tossica avrebbe dovuto essere usata per scopi ben più nobili dello sterminio dei draghi adulti.

«Ormai ne basta poca, l'hanno raffinata» continuò il tizio, senza che Bram incoraggiasse la conversazione. «Ci intingi un'arma o ne spari direttamente una sfera e sei a posto. L'hai mai vista?»

«No, io... non mi interessa, grazie» rispose Bram.

Il marinaio però non sembrava voler desistere, sollevò la camicia sporca di grasso mostrando una cintura decorata con lucenti scaglie di Lybisse della Tempesta e disse: «Io ne ho vista parecchia, invece. Credimi: i draghi ormai neanche provano più ad attaccare. Dopo la guerra abbiamo lasciato vivere solo quelli più stupidi. È finito il tempo dei grandi Sethar, dei Taer Neri... guarda, che pulci che sono rimaste. E non ne trovi più uno, di genitore, che protegga il nido. Si nascondono, i vigliacchi. Mandano avanti i piccoli».

«Sono solo intelligenti» ribatté Bram, freddamente.

«Ma che dici?» replicò l'uomo, sempre tenendo la camicia sollevata.

«Sanno che resistere non conviene. Le Lybisse hanno uno spiccato senso della famiglia: branchi piccoli, tendenzialmente imparentati. È possibile che facciano molti cuccioli per riuscire a salvarne qualcuno, sacrificando gli altri.»

«Ah, ah, ah! Bene, meglio per noi!» rise l'altro, assestando una manata sulla gabbia. «Vendiamo tutto di queste qui. Ossa, cuore, carne, scaglie. Tra alchimisti, nobili e ristoranti di alto livello, siamo a posto. Grazie, Lybisse, continuate a essere così intelligenti e a figliare!» Prima di allontanarsi rise ancora, e la sua soddisfazione riverberò in Bram, scuotendolo come unghie stridenti sul metallo.

In una delle gabbie più basse notò una piccola Lybissa color blu profondo, dai riflessi verde brillante, che tentava di districarsi dai corpi senza vita dei suoi compagni. Le sue scaglie rilucevano a ogni sforzo, come se si illuminasse dall'interno. La membrana nittitante scorreva rapida sopra le sue pupille color mandarino e le unghie acuminate delle piccole zampe battevano sulle fibre che tenevano insieme la gabbia. Ce l'aveva quasi fatta. Solo la scheggia di una stecca le impediva di scostare l'ultimo cadavere e trovare aria e spazio al di sopra dei corpicini.

Bram infilò un dito e, con attenzione, sollevò il frammento di bambù. Con una mossa rapida e flessuosa, la Lybissa salì in cima agli altri cuccioli poi, con le zampette, afferrò il dito di Bram e, facendo leva con le unghie nella sua carne, sgusciò fuori dalla gabbia e corse via lungo il molo. Fu talmente rapida che il ragazzo non riuscì neppure a seguirla con lo sguardo: un istante, ed era svanita.

«Bram!» lo chiamò Lyran, che si avvicinò con due cappe di lana pesante, lanciandogliene una tra le braccia. «Le temperature di Alta sono rigide anche in questa stagione. Ti servirà.»

«Grazie» esclamò il ragazzo, sorpreso. Non riceveva un regalo da molto tempo. La mantella era ispida, ma si sentiva che la fattura era buona. Pensò con affetto alla sciarpa azzurra, ancora nella sua borsa, e le immaginò perfette indossati insieme.

«Vuoi contribuire al Commercio Culturale?» chiese sarcastico il Capitano, indicando le gabbie con un cenno del capo. Bram fu sollevato nell'individuare polemica nel suo tono di voce. Scosse la testa con tristezza.

«È legale, questo?» chiese il ragazzo, guardando il carico di creature.

«Sfortunatamente sì» confermò Lyran con amarezza. «Questo, le uova di kryan, le zanne di *tricorna*... Non c'è bestia che non vogliamo far estinguere, apparentemente. La Federazione deve aver deciso che i salotti dei governatori sono più importanti dell'ecosistema delle rive e non c'è niente che noi comuni mortali possiamo fare al riguardo. Nemmeno voi Armon ve ne siete mai davvero occupati: probabilmente eliminare tutte le Lybisse da Radian non disturba il Cerchio.»

Bram non aveva nulla da rispondere a Lyran, anche se il suo tono invitava alla discussione. Era vero: non aveva mai sentito un solo Armon preoccuparsi del commercio di animali vivi o morti, né il Reggente aveva rifiutato il dono di un lucido uovo di kryan che campeggiava sulla sua scrivania, cangiante e perfetto. Un uovo che lui stesso aveva talvolta lucidato.

«La nave è quella laggiù, la *Nymphe*» disse il Capitano, indicando un veliero di media grandezza che batteva bandiera di Alta, la volpe e la luna su fondo verde. Non sembrava forte ed elegante come altre navi in porto, piuttosto una vecchia signora sbattuta dalle onde con lo scafo opaco e lo smalto della polena – una ninfa delle acque – scrostato in più punti. Tuttavia aveva un che di calmo nell'andamento della sua ciurma e nel modo meticoloso in cui le merci venivano caricate e scaricate, che a Bram fece tirare un sospiro di sollievo. La nave attraccata alla sua sinistra, la *Vendetta*, risuonava di urla e di furiosi tacchi di stivali pestati sul ponte, i marinai sembravano ringhiarsi dietro più che chiamarsi tra loro e il nero di cui era verniciata la faceva apparire tutto tranne che rassicurante.

I primi giorni di navigazione scorsero rapidi e con i venti a favore. Il cielo era azzurro e le vele ben tese dal vento. Lo scafo della *Nymphe* tagliava l'acqua senza sforzo. Dopo alcuni giorni annuvolò appena e, anche se l'equipaggio li aveva avvisati di possibili rallentamenti dovuti al maltempo, avrebbero dovuto farcela nei tempi prestabiliti, ovvero circa due settimane.

Nella luce calda del tardo pomeriggio Bram sorprese Lyran sul ponte con le braccia tese contro il parapetto, lo sguardo fisso sulle mani invece che lanciato verso l'orizzonte. Il ragazzo gli si avvicinò e si mise nella stessa posizione, a un passo di distanza. Era la prima volta che riusciva ad avvicinarlo senza che lui, avvertendo la sua presenza, decidesse di spostarsi o di rientrare sotto coperta.

«So che non volete parlare di quello che è successo,» iniziò «ma io sì. Ho molte domande da farvi, Capitano.»

L'uomo staccò lentamente lo sguardo dalle proprie mani e lo spostò sugli occhi verde acqua di Bram Cadaval, apprendista Armon. Quel ragazzo per lui rappresentava soltanto una cosa, in quel momento: l'unico rimasto. «Puoi chiamarmi per nome, se lo desideri. Non sei un Ardimento, non sono il tuo Capitano» disse lentamente, con tono grave.

«Capitano va bene per me. Siete esattamente quello che immagino, quando penso a un capitano» replicò Bram.

«E tu sei quello che speravo quando mi hanno detto che avrei viaggiato con degli Armon, Bram. Tu hai fatto, io ti ho visto agire. Non posso dire lo stesso di altri tuoi compagni che hanno viaggiato con me.»

«Non tutto è visibile, Capitano» disse Bram, consapevole di quanto fosse complicato, se non impossibile, spiegare cos'era il Cerchio per chi vi si dedicava, e conoscere il lavoro silente che si nascondeva dietro ogni momento di equilibrio.

L'uomo rispose con una scrollata di spalle.

Il ragazzo indugiò un momento prima di chiedere: «Voi non credete nel Cerchio?».

«Se credo che l'equilibrio ci consenta di combattere meglio? Certo. Ma pensavo che le vostre capacità fossero piuttosto superflue. Fino a quando non ho visto te.»

Lyran lo fissò dritto negli occhi e Bram li distolse per fare un respiro profondo guardandosi le mani, le stesse con le quali il giorno prima aveva ucciso un uomo e, forse, compromesso la missione.

«È una fiducia che non credo di meritare, Capitano. Ma vi ringrazio» disse.

«Adesso sono io che ho una domanda, Bram. Riguarda Lei.»

A quel "Lei", il ragazzo sentì l'atmosfera incupirsi. Non era un'impressione: una grossa nuvola aveva coperto il sole, trasformando il blu del mare in una tonalità grigia e oleosa. Un vento freddo si alzò dalle onde.

Dopo quanto accaduto a Gerwynn, sapeva che ne avrebbero dovuto parlare, tuttavia gli parve di scoperchiare un vaso da tenere ben sigillato, come fosse maledetto, quando scandì il suo nome: «Sarshan Kean. Al Convicto abbiamo un'intera stanza dedicata alla memoria dei nostri confratelli caduti. Vidrian non è stata presa, è vero, ma gli Armon del Cerchio sono stati quasi sterminati, allora».

«Così come gli Ardimenti. Quante vite sono andate perdute, combattendo una folle» commentò Lyran tristemente. «Ma cosa sai di Lei? Della donna, intendo.»

Bram si portò una mano alla fronte e scostò all'indietro i folti riccioli neri, scoprendo le sopracciglia dritte e la curva dolce del naso. Inspirò ed espirò, radunando le sue conoscenze. «Era ossessionata dall'idea di unire le rive sotto il suo Impero. Attaccò Alta per un giacimento di pietra di Lumina al confine con Morhva del quale voleva possesso esclusivo, ma tutti ritengono che fosse una scusa per dare inizio al suo piano di conquista. Il Cerchio aveva un Sapiente allora, Libeus Jornas, e lui aveva una teoria al riguardo: pensava che l'Imperatrice traesse energia dalla devozione ricevuta dai suoi sudditi, e che per questo ricercasse il dominio. Non era soltanto una questione di febbre di potere: era come se, in qualche modo, ne andasse della sua stessa vita. Jornas era stato convocato ad Aeral Dome, l'aveva conosciuta personalmente.»

«Jornas il Sapiente, certo» disse Lyran. «Colui che porta una Rivelazione. Allora era la guerra, non è vero?»

«Noi non parliamo delle Rivelazioni» rispose Bram, con lo stesso tono con il quale l'aveva sempre sentito dire dai suoi superiori: assoluto, indiscutibile.

«E di Lei, ne parlate mai?» chiese Lyran, chiudendosi meglio il mantello sulla gola.

Bram sospirò, puntando gli occhi sull'ipnotico movimento delle onde per mettere a fuoco, nella sua mente, il ritratto della donna che campeggiava tra le pagine del suo libro: una condottiera dai lunghi capelli castano ramato che si muovevano al vento, con una lancia stretta fra le mani, mentre guardava il suo esercito dalla cima della collina. La prospettiva di quel disegno iconico era tutta sbagliata ma, al tempo stesso, rendeva perfettamente l'idea: Sarshan Kean dominava l'Artake anche a distanza incombendo, potente ed elegante, con le membra affusolate e gli occhi verdi dardeggianti. Bram aveva trascorso ore a studiarne ogni minimo dettaglio, dal mantello alle protezioni appuntite sulle spalle, dalle fasce incrociate sul petto al bustino rigido che le proteggeva il cuore, con i due serpenti e la lancia simbolo del suo culto. La cosa che l'aveva sempre colpito era la sua espressione: ferma e neutra, come se fosse semplicemente spettatrice dell'ineluttabile.

«La studiamo,» rispose infine «ma non se ne parla mai, non apertamente.»

«Anche per gli Ardimenti è oggetto di esame, ma immagino che le nostre prospettive di studio, come esercito, siano un po' diverse. Ti sei mai chiesto perché avesse cercato Libeus Jornas, uno di voi?» domandò Lyran.

Bram esitò. Certo che se l'era chiesto, la storia di quella donna aveva sempre esercitato una strana fascinazione per lui, come un incidente che non puoi evitare di fissare, o una storia dell'orrore su cui devi sapere di più, anche se ti fa paura. Rispose: «Prima di dichiarare guerra alle altre rive pare che l'Imperatrice avesse tentato la via delle alleanze, per questo Libeus era stato convocato. Nel suo diario il Sapiente racconta di aver letto il suo Cerchio e di averlo trovato diverso da qualsiasi altro. Era come se le quattro parti si alternassero a dominare interamente. Non c'era alcun equilibrio, solo questa strana, innaturale potenza: solo spirito, o solo mente. Solo cuore, o solo corpo.

E ogni volta che riceveva consensi, il suo Cerchio in qualche modo si rafforzava. Era una sorta di nutrimento, per lei, stando al Sapiente, e non solo metaforico. Si era chiesto se questo potesse un giorno darle...» esitò, consapevole dell'enormità di quanto stava per pronunciare «... la vita eterna. Secondo qualche teoria assurda, Lei non sarebbe davvero morta ma ferma nel tempo, per sempre, dal giorno della sua sconfitta. Questo fa capire quanto sia potente la sua leggenda.»

Il Capitano si stava fissando i polsi, bruniti dal sole e dalle intemperie. Ticchettò con le dita sul legno del parapetto, sempre più in fretta, come se stesse accelerando i suoi stessi pensieri. «Quindi è possibile che sia ancora viva?»

Bram scosse la testa con decisione, precisando: «È vero, più che sudditi aveva devoti, ma Morhva è sempre stata una sorta di teocrazia, è così che trattano le loro Imperatrici: le considerano incarnazioni del potere divino, le chiamano *Aen*, madri, pregano per loro, officiano cerimonie. Stando alle voci, dovremmo averle tutte vive e vegete, che circolano per Radian. Almeno per quanto riguarda Sarshan Kean, sappiamo che fine hanno fatto il suo Artake e i suoi più devoti seguaci, gli Aens».

«Perseguitati e giustiziati,» disse Lyran «lo so. Ma puoi uccidere le persone, non un'idea.»

Al ragazzo tornarono in mente le parole origliate dalle Destinatrici: "Sta per tornare". Un brivido gli corse lungo la schiena.

«Credete davvero che possa avere ancora dei fedeli nonostante l'orrore che si è lasciata dietro, e l'onta che circonda Morhva?» chiese allora, scrutando l'uomo.

«Io...» cominciò Lyran con veemenza, ma poi si interruppe, e le parole con cui concluse la frase gli uscirono in un sussurro: «Sul muro nella stanza del fabbro era inciso il suo stemma».

Bram ammutolì. Improvvisamente provò vergogna ad aver sciorinato la sua conoscenza accademica come se potesse proteggerli da ogni minaccia, o rispondere ai fatti che si potevano vedere, toccare. All'omicidio di due uomini davanti ai suoi occhi. Si rese conto che stava ancora pensando come un apprendista: lo studio prima di ogni cosa, la teoria come strategia. Ma la verità stava scombinando qualsiasi credenza avesse covato fino a quel momento, e ne aveva paura.

«Qualche idea sul perché abbiano preso proprio quel bambino?» chiese il Capitano, cercando i suoi occhi con lo sguardo.

Bram strinse il legno scuro della nave. Il bambino destinato a diventare il Sapiente. Dovette ricordare a sé stesso che tutti gli altri avevano giurato un Voto e, anche se lui non lo aveva fatto, era consapevole che nessuna informazione doveva trapelare, per nessuna ragione.

Il ragazzo prese un respiro profondo: «No. So solo che dobbiamo salvarlo a ogni costo».

La missione era la sola cosa che contava, la sua possibilità di riscatto. All'inizio pensava che avrebbe riportato Aral indietro per riportare indietro anche sé stesso, riconquistare la dignità perduta e un legittimo ruolo al Convicto. Quello che stava accadendo, però, iniziava a sembrargli immensamente più grande di lui, al di là non solo delle capacità che aveva sempre sognato di avere ma anche di quelle che non aveva mai osato sperare di possedere. Partito da Larham con un fardello di sensi di colpa da espiare, adesso gli pareva di essere stato trascinato dalla corrente in un luogo troppo lontano e pericoloso, e di non essere mai stato addestrato per nulla di simile. Più che a come non fallire, aveva iniziato a chiedersi come restare vivo.

Il Capitano gli posò una mano sulla spalla e la strinse. I suoi occhi limpidi, naturalmente languidi e dolci, gli confermarono un sostegno inaspettato e, per questo, ancora più profondamente apprezzato.

✶

La navigazione procedette alternando giorni di bel tempo a improvvisi temporali, durante i quali il cielo si oscurava senza apparente ragione e senza dare avvisaglie. Il Capitano degli Ardimenti e l'apprendista Armon erano costretti a trascorrere lungo tempo sotto coperta, fra le brande dei marinai e le merci stipate fitte, tenute ferme da reti di corda che sembravano sempre troppo lasche.

«Riposa più che puoi, Bram» consigliava Lyran al ragazzo, il quale però non era abituato alla navigazione, al rollio intenso, alle voci e ai rumori di una nave, e finiva per restare disteso solo per non vomitare, anche se la strategia non era delle migliori. Ogni fortunale si trasformava in ore di agonia, per lui. Nei momenti di bonaccia riemergeva sul ponte con il volto terreo e profonde occhiaie scure, cercando di evitare il suo compagno di viaggio per non dargli l'impressione di essere un debole, incapace anche di reggere una traversata per mare.

«Prendi questa» biascicò un pomeriggio un mozzo, avvicinandosi e allungandogli un pezzo di carne secca.

«No, grazie» rispose il ragazzo, disgustato all'idea di mettere qualsiasi cosa in bocca.

«Dai retta a me» insisté quello, aprendogli il palmo e mettendogli in mano una striscia rossastra. «E non ti nascondere: sono dieci anni che vado per mare e queste tempeste non sono come un tempo, a noi squassano le navi e a voi lo stomaco. Non ti preoccupare, state tutti così. Hai visto l'altro tizio che è sotto con voi, il venditore di legname? L'altro giorno ha occupato la latrina per tre ore di fila. Tre ore, ti dico!»

Bram non lo trovò particolarmente confortante, ma alla fine decise di provare la striscia di carne e iniziò a masticarla. Non era nauseante come avrebbe pensato, e il sapore salato aiutò effettivamente il suo stomaco a placarsi.

«Stanno cambiando anche le rotte» continuò l'uomo, che pareva avere una gran voglia di parlare. «Più ti avvicini all'asse centrale nord-est/sud-ovest del Mar Vasto, più si trovano burrasche, cicloni ma anche mulinelli improvvisi. La rotta Alta-Sama e quella Vidrian-Morhva erano già problematiche, ora stanno valutando se limitarle o addirittura dismetterle.»

Continuando a masticare la striscia di carne, Bram valutò l'impatto che questo avrebbe potuto avere sugli scambi fra rive, ma riuscì a trattenere i pensieri solo brevemente, distratto dall'obiettivo di placare la nausea e restare in piedi.

Pensò di allontanarsi dal ponte, ma in quell'istante il mozzo farfugliò: «Comunque, ragazzo, sei salito proprio al momento giusto: guarda che succede adesso!». Gli diede di gomito indicando un gruppo di marinai che si era riunito verso prua.

Qualcuno aveva iniziato a battere in terra con i piedi, qualcun altro aveva tirato fuori una fisarmonica e in breve il gruppo aveva iniziato a intonare una canzone. Il timbro degli uomini sembrava provenire dalle gole oscure di una caverna, cosa che fece notare ancora di più la voce femminile che, qualche istante dopo, si alzò sopra il canto del gruppo facendolo ammutolire. Cantava la stessa melodia ma storpiando le parole, come se non l'avesse mai davvero imparata, con un timbro avvolgente e un accento strascicato che a Bram era sconosciuto.

Si avvicinò. La voce apparteneva a una ragazza dal corpo sinuoso e con una matassa di capelli di uno strano color turchese, cinereo e senza luce, annodata sulla sommità della testa con delle corde sfilacciate.

Indossava un abito bordeaux stretto in vita da una fascia nera e se ne stava in disparte, appollaiata sul parapetto di legno, guardando verso il mare. A Bram pareva seduta così precariamente, col busto tanto inclinato verso le onde che, quando un colpo di vento più forte investì il ponte, d'istinto le si avvicinò e le afferrò delicatamente una spalla, sussurrando: «Attenta!».

La ragazza si voltò di scatto e gli sibilò qualcosa di feroce. Il suo viso era di un malsano grigio, gli occhi grandi e distanti erano circondati da fitte ciglia dritte come spade, minacciose come le labbra color rosso carminio sguainate sulle file di denti piccoli e acuminati.

Bram fece un balzo indietro, colto di sorpresa.

I marinai che stavano cantando scoppiarono in una risata fragorosa, appellandolo con vari insulti, tra cui distinse "imbecille" e "lattante". La ragazza guardò tutti con sprezzo, e si voltò nuovamente verso il mare, decisa a non essere più disturbata.

Il mozzo schioccò la lingua e commentò: «Lasciali stare, vivono per momenti come questo, in cui possono avere una persona da mettere in mezzo che non sia uno di loro. Non potevi sapere».

«Cosa?» chiese Bram, infastidito.

«Che lei è... beh, quantomeno era una sirena, per questo ha...» si indicò i denti. «È stata catturata, mutata e incatenata a questa nave. È la concubina del Capitano Roswald.»

Bram sentì un brivido scorrergli lungo la schiena per la quantità di orrore contenuta in una sola frase. Visti la loro diffidenza e il loro disinteresse verso il mondo di superficie, le sirene erano rarissime anche solo da avvistare: catturarne una era già di per sé un atto vile, e mutarla infondendole incantesimi di adattamento umano ancora di più. Ma a sconvolgerlo davvero era stata la parola "incatenata".

Incatenare era tra le più deprecabili pratiche di Alta Magia, utilizzarla sugli esseri umani era un reato perseguibile per legge in tutte le rive. *Questo però vale solo per gli esseri umani*, realizzò con amarezza. Sugli animali era un incantesimo diffuso: i ricchi proprietari terrieri avevano mandrie incatenate ai loro terreni e uccelli multicolore incatenati ai loro giardini. Perché non una sirena, allora? In fondo gli esseri del mondo di mezzo, non umani e non animali, quasi non avevano diritti. *Già*, capì con orrore, *è possibile incatenare una sirena a una nave senza commettere alcun reato.*

«È stato il Capitano Roswald? È un AltoMago?» chiese con sprezzo al mozzo.

«Macché, altrimenti riusciremmo a consegnare tutti i carichi per tempo. Ha riscosso un favore da qualcuno di passaggio.»

Bram trovava il tutto semplicemente spregevole e rimpianse di non essersi imbarcato sulla *Vendetta*.

«Per voi va bene, questa cosa? Che sia incatenata, che non possa andarsene?» sputò fuori rabbioso verso l'uomo.

«E cosa pensi che conti quello che a me va bene o non va bene, ragazzo?» rispose il mozzo, come sentendosi insultato dalla domanda. «Delphine non è affar mio. E neanche questa nave lo è.»

«Delphine?» ripeté lui, che non era certo di aver sentito bene.

«Oh, le sirene fanno pagare caro il loro nome, ragazzo. Ti pare che lo direbbe a noi? La chiamiamo Delphine. È il nome di donna più vicino a quello di pesce che conosciamo» rise, sbattendo rumorosamente le mani contro le cosce, a sottolineare la sua ilarità.

Bram rimase muto a guardare la figura minuta che si stagliava contro l'orizzonte, e che non avrebbe mai potuto oltrepassare il ponte della *Nymphe*. Solo chi l'aveva lanciato poteva annullare un incantesimo di quel tipo, e la sensazione di impotenza e rabbia rimase con lui per tutti i giorni successivi, quando la sirena sparì alla vista e rimase celata, chiusa nelle stanze del Capitano Roswald.

★

Arrivò l'ultimo giorno di navigazione, e Bram lo salutò come d'abitudine con le cinque pratiche del mattino, che si affrettava a svolgere in un'ansa dietro ad alcune casse di legno dove era riuscito a trovare l'unico spazio di solitudine in una nave affollata.

Allenò il corpo con gli esercizi statici in sequenza. Passò poi alla mente: radunò tutti i suoi pensieri e si impose di osservarli da fuori, guardando ogni sua preoccupazione, gioia, speranza, sofferenza, come un mero spettatore, familiarizzando col luogo dove sarebbe dovuto tornare per connettersi con l'energia del Cerchio. Lavorò sul respiro, prima lasciando che le sue onde lo attraversassero a loro piacimento, poi domandole e rallentandole, fino a placare anche il battito del suo cuore.

Rafforzare lo spirito era il passo che più detestava: doveva ampliare la sua tolleranza al dolore profondo, passando per quello fisico. Non aveva a disposizione nessuno dei mezzi del Convicto, ma aveva comunque qualcosa in grado di portarlo nella zona oscura della sofferenza: il pensiero. Indugiava sull'attacco rivivendolo ogni mattina, sui cadaveri di Horst e Corber, sul viso di Padre Zyen scavato dalla nebbia, su tutto ciò che avrebbe potuto fare e non aveva fatto. I primi giorni erano scese le lacrime, aveva soffocato lamenti e parole. L'ultimo giorno il dolore non si era attenuato ma il suo animo era saldo, lucido e fermo. Il dolore lo attraversava senza spezzarlo, lo colpiva senza sconvolgerlo. Imparava che poteva sopravvivere a esso.

L'ultimo passo erano le Leggi Sacre del Cerchio. Bram enunciò la sua preferita, la numero due: «Il Cerchio agisce per il bene. Lavora per l'armonia delle persone e del mondo, la difesa dei deboli, la cura degli ammalati, la serenità degli affranti, l'equilibrio della comunità. Colui che è chiamato al suo servizio è protettore di sé stesso e degli altri» mormorò, mentre il suo viso si distendeva in un'espressione pacifica.

«Allora facciamo un lavoro simile» lo interruppe la voce profonda del Capitano, appena ironica.

Bram saltò in piedi, imbarazzato e infastidito per essere stato osservato durante le pratiche, ma Lyran non era il tipo da fare ulteriori commenti, anzi, disse concisamente: «Ti disturbo solo per dirti che stiamo per toccare terra. Sbarcheremo a breve».

«Bene, grazie» rispose il ragazzo. Dopo un istante aggiunse con amarezza: «Anche se non sbarcheremo davvero tutti».

«Hai saputo anche tu della sirena. Proprio una brutta storia, ma d'altra parte non c'è molto che si possa fare, a quanto ho capito.» Il tono di Lyran esprimeva un certo dissenso ma, un po' come era accaduto per le Lybisse al porto, suonava rassegnato. A Bram dispiacque non sentirlo battagliero. Anche inutilmente battagliero.

«Cos'è quello sguardo?» lo rimbrottò subito Lyran. «Devi tirarti un po' su di morale, sai? Pensa a qualcosa di bello... Hai qualcosa di bello a cui pensare, vero? Alla fine non abbiamo avuto modo di parlarne, dimmi: c'è una ragazza, a Larham?»

Ragazze. Perché devono essere sempre le ragazze il pensiero felice?, soppesò Bram. Gli venne in mente Missa, ma ammise: «Una ragazza ci sarebbe, se volessi, ma lei non è il mio pensiero felice. Non ancora, almeno».

«Beh, meno male che non può sentirti» commentò Lyran con una risatina complice. «Qualcos'altro, almeno? Un luogo, un amico...»

Sì, qualcosa c'era.

La colazione nella sala comune del Convicto, con il sole che filtrava fra i grappoli di glicine. Le fette di pane nero calde, con sopra uno spesso strato di marmellata. La fine delle lezioni, quando poteva andare a sdraiarsi in giardino e sentiva l'erba accarezzargli le braccia. Chiacchierare con il Reggente sotto l'arco rosa di buganvillea. Il modo in cui i prati che si scorgevano dalla terrazza cambiavano colore con le stagioni, diventando verde acceso in primavera e giallo paglierino in estate, come campi d'oro. I bagliori argentei del mare, che all'alba sembravano frammenti stropicciati di stelle.

Vidrian. Il suo pensiero felice era Riva di Vidrian.

«Qual è il vostro, Capitano Lyran?» chiese all'uomo, con gli occhi addolciti dall'intimità di quella domanda.

«Solo Lyran, ti prego, Bram. Il mio è...» rimase a pensarci per qualche istante, poi affermò risoluto: «La mia casa. Le fondamenta che ho piantato nella terra, la struttura portante che ho appena finito, le assi che devo inchiodare. Ora sono a terra, forse dovrò buttarne qualcuna per le intemperie che prenderanno, ma a un certo punto arriverà quella soddisfazione di inchiodare il mio tetto, vivere nella casa che ho costruito con le mie mani».

C'erano molte altre cose che Bram avrebbe voluto chiedergli. Con chi avrebbe vissuto in quella casa, ad esempio. Se il suo ruolo gli avrebbe concesso di fermarsi abbastanza per goderla. Invece tacque e annuì.

«Bram, un'ultima cosa» mormorò il Capitano, puntandogli gli occhi addosso con fermezza. «Se sei a conoscenza di qualcosa che io non so, questo è un buon momento per tirarla fuori.»

Il ragazzo si augurò di non essersi tradito con il sussulto di sorpresa che la domanda aveva scatenato. «Perché questa domanda, Capit... Lyran?» chiese.

«Le avete sempre, voi Armon: informazioni che trattenete, profezie che non svelate, predizioni segrete. E spesso sono in grado di compromettere una missione. Quindi, te lo chiedo di nuovo, Bram: se sai qualcosa che io non so, parla adesso.»

Bram esitò, senza riuscire a sostenere lo sguardo dell'uomo. Aveva sempre pensato che non essere un bugiardo fosse una dote, ora si rendeva conto che rappresentava uno svantaggio. Ebbe, comunque, la prontezza di riflettere: poteva dire solo parte della verità. Fu lo fece.

«Sì. C'è un'informazione che ti manca, Lyran. Ma non comprometterà la missione e a ogni modo è stato giurato un Voto per proteggerla. Sai di cosa parlo, vero?» chiese.

L'altro alzò le braccia al cielo borbottando un improperio a mezza bocca, poi esclamò: «Come fate a essere sempre così fastidiosi, per la miseria!».

Prima che Lyran continuasse, un marinaio gridò: «Kerberch!» e il ponte si ammutolì per un istante mentre i naviganti si affacciavano dai parapetti per ammirare lo spettacolo della capitale di Riva di Alta emergere dalle onde.

Le coste si svelarono a poco a poco, facendosi più solide e più alte man mano che la foschia si diradava, ricamando un paesaggio di verdi colline e pinnacoli argentei.

Il Capitano Lyran emise un lungo sospiro, poi disse: «Per fortuna, di tutti i luoghi, Kerberch è l'unico dove conosco una persona che potrebbe davvero aiutarci».

12
L'ASTROMANTE

Da dove si comincia quando non si ha nulla da cui partire? Era la domanda che Bram continuava a ripetersi mentre si faceva largo lungo le banchine di Kerberch, la capitale di Riva di Alta, seguendo Lyran che, con le sue falcate rapide ed elastiche sembrava già sapere dove andare.

Bram Cadaval non aveva mai oltrepassato i confini di Riva di Vidrian, ma aveva studiato a fondo Alta e la sua magia. Nonostante questo, nulla lo aveva preparato a ciò che gli si parava davanti agli occhi. Il porto, un susseguirsi stranamente ordinato di banchine in legno chiaro perfettamente pulite e un vociare soffuso, sfociava in un mercato pieno di tende e grandi ombrelli multicolore, sotto i quali ogni venditore esponeva la sua mercanzia. La sensazione di impeccabile ordine, pulizia e ricerca estetica continuava a straniare il ragazzo, che osservava ogni dettaglio con occhi sgranati di stupore e curiosità.

Gli oggetti in vendita erano tra i più vari: dal cibo agli abiti, dai gioielli ai piccoli manufatti artigianali; alcuni erano contenuti in ceste intrecciate, altri in cassette colorate, inclinate per facilitarne l'esposizione, altre ancora posate su tavoli di legno. L'atmosfera era diametralmente opposta a qualsiasi mercato – lercio, rumoroso, caotico – che avesse visto in precedenza.

La maggior parte dei venditori aveva steso stuoie intrecciate sotto il proprio tavolo, ma altri accoglievano i clienti a piedi nudi su tappeti di erba finissima o morbido muschio. Certi ingressi erano ingentiliti da pedane di legno contornate di gerani rosso acceso, altri ancora avevano un accesso trionfale con ponti ricurvi che attraversavano minuscoli laghi turchesi. Sotto ad alcune tende galleggiavano globi di luce di dimensioni e tonalità diverse, dal bianco all'arancio.

Prima ancora che Bram realizzasse cosa stava guardando, notò con la coda dell'occhio un ragazzo che, sorpreso da una folata di vento, fece un rapido gesto delle tre dita in direzione della sua tenda. In un attimo il lembo agitato dall'aria tornò teso, e il tappeto che si era rigirato vi si rimboccò sotto ordinatamente. Dopo averci pensato un attimo, con un secondo gesto, questa volta di due sole dita, fece scendere un delicato tralcio di edera fino a terra. Quindi guardò compiaciuto la sua opera.

«Magia Ordinaria» sussurrò Bram, pensando che ciò che aveva appena visto di ordinario non aveva nulla, eppure doveva essere così per gli abitanti di Alta.

Più si addentrava nel mercato tentando di stare al passo con Lyran, più le voci e i gesti dei venditori sembravano attrarlo in modo irresistibile.

«Miele dalle montagne?» chiese una ragazza che sembrò ballare per lui mentre si muoveva mostrandogli ogni vasetto e decantando le mille proprietà dei fiori di cui le sue api si nutrivano.

Un uomo dal corpo imponente e dalle mani delicate lo afferrò per il polso e gli sussurrò: «Vedo qualcosa di grande nel tuo futuro...».

Bram aveva una voglia incredibile di fermarsi a curiosare, fare domande, parlare con i venditori, ma colse lo sguardo di Lyran che, ormai a una decina di metri di distanza, lo attendeva con impazienza.

Lo raggiunse correndo. «Dove andiamo?» gli chiese, più per continuare lo slancio della corsa che realmente interessato alla risposta. Il Capitano aveva riconquistato il suo fare deciso. Bram fissò lo sguardo fermo e sicuro che solo pochi giorni prima aveva visto riempirsi di lacrime. Gli arrivò addosso come un pugno, luminosa e chiara, la visione del suo Cerchio: Lyran era debolissimo in alcuni punti, il suo Cerchio sembrava inerme nella zona deputata allo spirito e al cuore, lì dove la fede era stata persa e dove aveva cullato come un padre i suoi soldati, ma era forte come acciaio nelle altre parti. La mente e il corpo apparivano saldi e splendenti come falci di sole.

Mai, fino a quel momento, Bram era davvero riuscito a leggerne uno con tanta chiarezza. Aveva come l'impressione che più si allontanava dal Convicto e dalla sua pressione, più riusciva a connettersi con la sacra energia, come aveva sempre desiderato.

Lyran lo fissò di rimando, un sopracciglio sollevato in segno di perplessità. Sembrava voler dire qualcosa, ma poi rinunciò a fare domande e dichiarò solamente: «Ho un'amica qui, forse può darci una mano. Faccio prima ad andarci che a spiegartelo, però sbrigati. Va bene, Bram?».

Il Capitano aveva un modo diverso di parlargli. Pronunciato da lui, il suo nome suonava sempre degno di rispetto. Non come quando il Reggente lo chiamava in ufficio, e Bram si sentiva un bambino. Neppure come quando Padre Zyen lo rassicurava con una nota accondiscendente nel tono morbido della voce. Non c'erano il risentimento di Missa né l'insofferenza di Padre Herr, nel modo in cui Lyran pronunciava l'unica sillaba del suo nome. Erano diventati due pari e Bram non aveva idea di come e quando fosse accaduto, se l'uomo l'avesse stabilito fin dal primo sguardo o se fosse stato il loro dolore comune ad appianare la distanza. Fatto sta che nelle parole del Capitano, Bram si vedeva finalmente per ciò che si augurava di essere.

Una delle ultime tende alla sinistra del mercato, appena prima di una grande porta lignea decorata con dipinti floreali che apriva la strada verso la Rocca, il palazzo del Governatore, era di un polveroso color pervinca. L'interno si intravedeva appena fra le nappe rosse che chiudevano il varco di ingresso. Dal modo approssimativo in cui la tenda cadeva da un lato, con l'apertura sciancata e parte della stoffa che strusciava a terra, Bram dedusse che, chiunque fosse stata questa amica del Capitano, o non praticava la Magia Ordinaria o non si preoccupava affatto delle apparenze.

Lyran sospirò e scosse la testa mentre tirava su un vaso di ciclamini ormai secchi che voleva forse essere decorativo e che ora giaceva a terra, probabilmente vittima della stessa raffica di vento alla quale gli altri venditori avevano subito posto rimedio.

«Évanette» chiamò con la sua voce seria e profonda, come cavata dalle profondità di un bosco.

Dalla tenda non arrivò alcuna risposta.

Il Capitano attese per lunghi secondi prima di chiamare di nuovo lo stesso nome, e ricevere in cambio lo stesso silenzio. Bram lo sentì borbottare qualcosa su una "solita storia", e mentre l'uomo era tutto preso a parlottare tra sé, il ragazzo colse un rapido bagliore provenire da dentro la tenda. Lo indicò con un cenno del viso al Capitano.

«Vieni» sussurrò Lyran, aprendo silenziosamente la tenda e scivolando nella sua ombra, seguito da Bram a breve distanza.

Quello che trovarono all'interno era lontano da qualsiasi idea si fossero potuti fare da fuori: fu come mettere piede in una notte stellata. Se il pavimento e le pareti apparivano ancora simili a qualcosa di solido, il soffitto della tenda riproduceva in tutto e per tutto la volta celeste. Di più: era il cielo nel buio del deserto, la notte osservata dalla spalla ruvida di una montagna lontano miglia dalle luci della civiltà, dove ogni costellazione si stagliava contro il nero dell'universo in un intrico di minuscoli puntolini iridescenti.

Quel soffitto sembrava estendersi fino alle galassie più lontane, in prospettive tanto profonde da non vederne la fine, mentre il resto era solo un mucchio di stracci di pesante velluto dai quali filtrava la luce del giorno.

La tenda era arredata come un caotico salotto di altri tempi: poltrone segnate dall'usura, lampade dalla luce fioca, vasi di fiori ormai secchi, pile di libri sparse a terra o pesanti volumi aperti su un paio di tavolini rotondi, e poi decine di mappe, cucite alle pareti o arrotolate in ceste di bambù, grandi specchi dalle cornici pesanti e un divano ricoperto da un paio di logore coperte pesanti.

Quando gli occhi si abituarono alla penombra, Bram riconobbe un corpo tra gli strati di lana e individuò il motivo del bagliore: una serie di bracciali dorati che, con il moto oscillatorio del respiro, riflettevano ritmicamente il fascio di luce che penetrava dalla porzione di tenda aperta.

«Év...» sospirò Lyran, scuotendo la testa.

Si avvicinò alla figura e, con un colpo secco, le scostò di dosso le coperte.

La persona che giaceva sul divano – in posizione tutt'altro che aggraziata – si lasciò sfuggire un lamento. Le mani tastarono alla cieca per recuperare le coperte e tirarle su di nuovo, senza successo. Prima di parlare, esalò un grugnito di disappunto. «Lyran» biascicò quindi, con tono stanco. «Dovevi arrivare qualche ora fa, mi sono presa un... momento.»

La voce, roca e profonda, apparteneva a una donna che, lentamente, si alzò a sedere sul divano e poi sollevò anche la matassa di capelli ricci e scuri che le copriva il viso.

«Buongiorno, Évanette. Dunque sapevi che sarei arrivato?» le chiese Lyran.

«Se sapevo che...? Cos'è, un insulto?» ribatté lei in tono sarcastico, sollevandosi a fatica e poi lisciandosi addosso il lungo abito nero e viola, che non ne voleva sapere di sistemarsi. Trafficò con lacci e incroci tirando il corsetto e la gonna finché, con un plateale gesto delle mani alzate al cielo, rinunciò.

Bram guardò il Capitano con aria interrogativa, ma l'uomo sfuggì alla domanda.

«Oh, non te l'ha detto?» chiese la donna, intercettando gli interrogativi di Bram. «Ti faccio un riassunto io. Allora, il qui presente Capitano Tomàs Lyran se l'è svignata dopo un certo periodo passato insieme. Mi deve più di una scusa, e invece cosa fa? Si presenta anni dopo in compagnia di un collega, e non per gettarsi in ginocchio e dire: "Évanette, mia Dea, come ho potuto svignarmela nel cuore della notte come un povero bastardo, un inutile verme spaventato", no! Viene a chiedere un favore. Un altro. Non è così, Lyran?»

A Bram venne da sorridere vedendo le labbra del Capitano aprirsi e chiudersi in un'imbarazzata danza. Che le cose stessero esattamente come diceva la donna era evidente anche solo dal modo in cui lo sguardo dell'uomo si incollò al pavimento, invece di sostenere quello di lei. Lei, che si avvicinò e, a un passo da Lyran, finalmente realizzò: «Ma che, ho il vestito al contrario?» e, come se non ci fosse nessuno, trafficò di nuovo con i lacci e se lo lasciò scivolare ai piedi prima di raccoglierlo e metterselo, finalmente, dritto.

Tutti e tre emisero un lungo sospiro, chi di imbarazzo e chi di sollievo.

«Cosa hai preso, Évanette?» chiese Lyran prendendola per le spalle, mentre lei si accasciava a terra, come esaurita dal solo sforzo di allacciarsi un abito.

La donna si aggrappò al braccio del Capitano e gli sussurrò qualcosa all'orecchio. Lyran sgranò gli occhi, poi scosse la testa sospirando.

«Sempre meglio dell'ultima volta!» esclamò lei indietreggiando, calpestandosi l'abito e finendo rovinosamente a terra, portandosi dietro il cesto delle mappe.

Il Capitano borbottò un'imprecazione e, raccogliendo Évanette da terra, la fece sedere sul divano e le versò dell'acqua direttamente tra le labbra da una brocca posata sul tavolino. Lentamente, la donna si rilassò. Sfilò uno dei nastri neri che chiudevano i polsini dell'abito e lo usò per legare i capelli a lato del volto. Levò i bracciali, immerse le mani nella brocca e se le passò sulla fronte e sulle guance più volte, finché il suo viso pallido tornò di un colorito più roseo e il respiro perse l'affanno.

Quando fu certo che la donna si fosse tranquillizzata, Bram si azzardò a prendere la parola. «Mi dispiace interrompere questo, ehm, momento, ma forse sarebbe il caso di fare le dovute presentazioni?» disse, facendo un cenno al Capitano.

Lyran recuperò la postura composta di sempre ed esclamò: «Bram Cadaval, lei è Évanette Starwyn, l'Astromante».

Ogni passo di quel viaggio sembrava animare qualche riga di un libro che Bram aveva studiato, facendogli realizzare quanto piccolo, astratto e distante dal mondo reale fosse il Convicto, quel mondo che gli Armon avrebbero dovuto conoscere per tenerlo in equilibrio. L'Astromante: un capitolo scarno del libro di Arti Mantiche, otto o dieci pagine in tutto. Évanette quindi praticava le arti divinatorie, e questo era incoraggiante. Bram ricordava che gli Astromanti erano estremamente rari e, quando identificati, finivano spesso cooptati alla Corte dei Maghi, il consiglio del Governatore di Alta. Si chiese come mai quella donna, invece, fosse nella tenda di un mercato circondata dal caos.

«Che tu sia compiuta. Io sono un...» Bram tentennò, quella parola da aggiungere lo infastidiva, ma rinunciò a escluderla. «Apprendista Armon del Cerchio. Se sei un'Astromante, forse sai che...»

«State cercando un bambino. Sì, lo so» tagliò corto lei, borbottando poi qualcosa sull'essere "compiuta, un accidenti".

«Puoi aiutarci a trovarlo?» le chiese Bram, senza preamboli.

«Posso» rispose lei, serrando gli occhi grigi in due fessure feroci. Si voltò verso uno dei vasi, e ci vomitò dentro.

«Év...» la chiamò Lyran, questa volta esasperato. «Credo sia stato un errore cercarti, è evidente che non stai bene. Mando qualcuno più tardi a controllare come ti senti. Bram, andiamo.»

«Buio dannato, aspetta!» gridò lei, afferrando la brocca d'acqua e rovesciandosela interamente sul viso, rabbrividendo mentre le colava sull'abito. «Nel cielo ho letto del bambino. Indossava una lunga veste gialla, aveva i piedi scalzi. Sono arrivati in una notte di cielo nascosto, è stato fatto intenzionalmente. Ho letto la loro venuta la notte successiva: quando le nuvole hanno lasciato Alta, le stelle li hanno visti. Erano in tre, un uomo dagli occhi di tigre, una donna di Terrena e il bambino.»

Occhi di tigre, rifletté Bram: così erano definiti gli occhi dei Morhvan, che spesso tendevano a un caldo giallo-arancio.

Évanette si alzò, controllò fugacemente la sua immagine quando la colse riflessa in uno degli specchi, e si avvicinò a Lyran. «Posso esservi utile» disse. «Portatemi con voi, leggerò le stelle mentre proseguiamo il viaggio e troveremo il bambino più velocemente.»

«Non sembri in condizioni» dichiarò il Capitano.

La donna e Lyran erano una davanti all'altro, l'aria carica di elettricità statica.

«Tu hai bisogno di me, e io ho bisogno di soldi» sussurrò quindi Évanette, molto semplicemente.

Si vedeva che il Capitano avrebbe voluto replicare, ma alla fine riuscì solo ad annuire con un gesto secco. «Duecento karàn, è tutto quello che posso darti» concluse, incrociando le braccia.

A Bram parve di notare una scintilla di cupidigia accendersi negli occhi dell'Astromante. «Duecentocinquanta» rilanciò, il mento alto e le mani sui fianchi.

«Duecento, ho detto. Duecentodieci se siamo rapidi e risparmiamo sul viaggio» replicò il Capitano.

«Bene» confermò la donna, seccamente.

«Ma questo non significa che...» incalzò il Capitano, che venne interrotto da Bram. Si piazzò tra i due con le braccia aperte, a schermarne i rispettivi Cerchi. Si stavano reciprocamente sbilanciando, e non se ne accorgevano nemmeno. Intervenne alzando la voce, con più veemenza di quanto aveva previsto: «Adesso dobbiamo andare, lei viene con noi. Se temete di perdere lucidità, mantenete una distanza. Ritrovare il bambino è più importante delle vostre questioni private» disse, deciso. Era come se aver assaporato la magnitudine della forza del Cerchio avesse sbloccato qualcosa in lui. Qualcosa che aveva profondamente a che vedere con il suo essere, il suo scopo. Il suo Xen. E non si sarebbe fermato prima di completare la sua missione.

L'Astromante si illuminò in un sorriso di gratitudine e, svelta, buttò alcuni oggetti personali dentro un sacco scuro, infilandolo poi a tracolla. Afferrò il mantello e si calcò in testa un cappello a punta.

«Stiamo andando a prenderei dei cavalli, tu... cavalcherai vestita così?» chiese Lyran.

«Armon, di' al Capitano che cavalco vestita come accidenti mi pare» ribatté lei, stizzita.

Bram sospirò scuotendo la testa.

✶

Évanette Starwyn, l'Astromante, aveva previsto l'arrivo di Lyran.

Lo aveva visto nell'ordine accurato in cui le stelle si erano svelate, alcune settimane prima, suggerendole qualcosa che aveva a che fare con il passato, con sentimenti troncati e con un disastro.

Non può essere che lui, aveva pensato, e aveva avuto ragione.

Del Tomàs Lyran di un tempo ricordava la consistenza ruvida dei polpastrelli sulla pelle, l'odore boschivo dei capelli e il sospiro languido che gli usciva dal petto dopo un lungo bacio. Nel Tomàs Lyran presente, che seguiva a una certa distanza, riconobbe le movenze sicure, il passo rapido e il colore chiaro degli occhi. Erano simili a quei torrenti di montagna dove in estate andava a bagnarsi immaginando una rinfrancante frescura e uscendone, invece, tremando di freddo.

Quei due Tomàs le parevano, ora, due persone diverse.

La ragione per la quale si era tanto affannata a unirsi a lui e al ragazzo che lo accompagnava era certamente economica, dato che le sue finanze erano in pessime condizioni, ma non si trattava solo di quello. Quando lo aveva visto nelle stelle, lei aveva visto anche sé stessa. Avevano qualcosa da fare insieme e, anche se non sapeva ancora cosa fosse, conosceva abbastanza i messaggi del cielo per comprendere che era ineluttabile. Grande, inutile, dolorosa, gloriosa: non le era dato sapere la qualità dell'evento, sapeva solo che si sarebbe verificato e che, quantomeno al principio, li avrebbe visti insieme. Forse si trattava di qualcosa che si augurava da tempo, anche se non riusciva ad ammetterlo con sé stessa. A ogni modo avrebbe sempre potuto negoziare duecentoventi karàn a fine missione, e sarebbe stata ugualmente contenta. Era una bugia che, nella sua logica razionale, la calmava, perché Évanette Starwyn non poteva pensare a sé stessa come a una donna disposta a chiudere la sua tenda durante l'inizio della bella stagione solo per seguire l'uomo che, molti anni prima, era sparito senza lasciare traccia.

Mentre uscivano in gruppo dal mercato, sistemò l'abito che continuava a caderle male sul petto e sui fianchi. Strinse il corpetto, tirò su le maniche, fece un doppio nodo alla cintura e afferrò la lunga gonna scura per agevolare le falcate. Lyran non aveva tutti i torti: era un abito ingombrante per un viaggio ma l'altro, seppur più comodo, era nel baule con vistosi buchi sui gomiti e non se l'era sentita di indossarlo. A lui desiderava confermare l'idea di un tempo, come se gli anni e gli insuccessi non l'avessero segnata con la stessa incuria che riservavano a qualsiasi altro essere umano.

La Évanette che il giovane Capitano Lyran aveva conosciuto non era soltanto una ragazza dalla parlantina veloce e dal viso immacolato, era anche l'Astromante della Corte dei Maghi di Alta. Ma quel momento in cui aveva avuto tutto era passato da un pezzo, e il tempo si era portato via ogni traccia di fama e ricchezza. Spesso alzava la voce con sé stessa, si diceva che avrebbe dovuto essere più come Thara, la Chiromante che non si mostrava mai senza quel meraviglioso trucco verde che le allungava gli occhi facendoli sembrare quelli di un felino. Mentre guardava Lyran procedere e voltarsi di tanto in tanto per assicurarsi che tenesse il passo, tentò di spegnere la speranza che questa missione potesse rimetterla sulla strada che aveva abbandonato da tempo, quella dell'espressione piena, eclatante, delle capacità che sapeva di avere. Perché il suo declino era stato anche, inevitabilmente, legato al Capitano.

Il ragazzo che accompagnava Lyran rallentò, le si mise accanto e le fece un sorriso. «Non ho mai incontrato un'Astromante prima d'ora» disse.

Lei gli rispose con uno sguardo di sufficienza, che però non riuscì a trattenere a lungo. Lui la osservava con evidente interesse, il sorriso ancora sulle labbra e gli occhi socchiusi a scrutarla come fosse qualcosa di inaspettato e raro da avere davanti. Era da tempo che non riceveva uno sguardo simile. *Forse anche perché ti sei isolata dal mondo, Évanette?*, si domandò sarcastica.

«Beh, allora sei fortunato. Hai trovato il miglior esemplare» disse aprendo le braccia come a mostrare la meraviglia che avrebbe dovuto essere, il che, a giudicare dallo sguardo stupito del ragazzo, parve quasi funzionare.

«Al Convicto sappiamo leggere le costellazioni e la posizione dei pianeti, ma in realtà lo facciamo solo una volta l'anno, per stabilire la data della Notte Viola. Per il resto, non è qualcosa che studiamo o che approfondiamo davvero a scopo divinatorio, però mi ha sempre affascinato. Come imparate a leggere il cielo?»

Évanette lo guardò con aria contrariata. «Sei ad Alta, ragazzo. Qui non studiamo, qui nasciamo con dei doni, la comunità ci spiega sommariamente come usarli e il resto sta a noi.»

«E lei è una delle migliori» commentò Lyran a qualche passo di distanza. Poi borbottò qualcosa sottovoce, come se quelle parole gli fossero sfuggite involontariamente di bocca.

Évanette incurvò le labbra, mordendosi il labbro prima che diventasse un sorriso. Tornò a rivolgersi a Bram: «Una volta l'Astromanzia andava di moda. Si diceva che, tra tutte le Arti Mantiche, fosse la più accurata e che chi riusciva a praticarla avesse un potere superiore a quello di qualsiasi altro veggente. Siamo in pochi, eravamo piuttosto richiesti. Adesso, invece, dopo che il consigliere del Governatore ha tirato fuori i suoi mazzi e le sue figure, parlano solo di Cartomanzia...»

Bram la osservò in silenzio. C'era qualcosa di spontaneamente teatrale nel modo in cui la donna si muoveva e camminava, nel suo abito scuro che si alzava a ogni passo, nelle maniche che si gonfiavano con l'aria, nel cappello appuntito coperto di stelle che un tempo erano finemente ricamate e ora si sfilacciavano ovunque. Sembrava si fosse vestita per prepararsi a entrare in scena molti anni prima, e che fosse ancora in attesa.

Con lo sguardo le percorse gli zigomi scolpiti del viso, gli occhi grigi lievemente sporgenti, il naso elegante, appena aquilino, le labbra piccole e piene, ma screpolate. Immaginava avesse diversi anni più di lui, quindi la stessa età del Capitano Lyran, ma si comportava con l'insofferenza esibita di una bambina che sulle spalle portava il carico di un centinaio di anni. Riusciva a comprendere come si potesse perdere la testa per lei, ma in qualche modo capiva anche che dimenticarla non era impossibile: portava con sé uno strano, fastidioso caos. Avvertì il suo Cerchio senza neppure averne l'intenzione, e leggerlo più a fondo lo lasciò con un senso di grande preoccupazione. L'Astromante era livida di stanchezza, una spossatezza cronica che le rendeva il corpo debole come durante una lunga febbre e contaminava tutto il resto del Cerchio. Solo una parte ne sembrava immune: quella della mente, per la precisione una zona che Bram aveva studiato di recente e di cui ricordava l'intensità amara: rabbia. Una rabbia silenziosa e incancrenita, covata da tempo. Stranamente quieta.

13
FULMINI

Era la sera, prima di dormire, che si concedeva le uniche lacrime. I pensieri indugiavano attorno ai piccoli dettagli: le pantofole di morbido velluto blu notte che sua madre aveva fatto ricamare con le iniziali, la sua sagoma controluce quando entrava al mattino nella sala da pranzo; il passo lento di suo padre, il sottile strato di cuoio verde smeraldo che ricopriva la scrivania su cui lui le aveva insegnato le operazioni da bambina; il modo rapido e sicuro con cui nonna Ina controllava i campioni di stoffe riservando un sorriso a quelli perfetti.

Non era stata ancora sufficientemente forte per salire in sella a Djavel e dirigersi verso casa, ma presto lo sarebbe stata. Non aveva abbastanza esperienza per viaggiare da sola, ma avrebbe chiesto, avrebbe studiato, avrebbe imparato.

Era per questo che al mattino si imponeva un rigore senza eccezioni: si alzava con l'inarrestabile decisione di guadagnare la forza e la consapevolezza necessarie per ripartire. Ora conosceva meglio il luogo in cui si trovava: la cittadina più vicina si chiamava Sarn, era nella zona centro-occidentale di Riva di Alta. La strada che costeggiava La Tricorna si chiamava Bassa Boschiva, correva lungo tutta la vallata e collegava diversi villaggi fino alla capitale Kerberch, da dove era possibile imbarcarsi o raggiungere il confine con Riva di Terrena.

Fino al momento di poter tornare alla tenuta, però, doveva fare del suo meglio per mischiarsi agli Altan e non destare sospetti nell'eventualità che qualcuno la stesse ancora cercando. Sfruttò la capacità che i lunghi anni trascorsi nello stesso luogo a fare le stesse cose avevano allenato meglio: quella dell'osservazione. Sapeva che a Riva di Alta l'uso della magia era largamente diffuso e incoraggiato, ma mai si sarebbe aspettata di vedere così tante manifestazioni quotidiane di Magia Ordinaria. Si stava abituando a notarla senza lo stupore e la diffidenza dei primi tempi. Gente che spariva e riappariva dal nulla nel giro di qualche istante. Case e giardini tenuti in ordine immacolato grazie a lievi movimenti delle mani. Formule sussurrate a mezza bocca in pieno giorno per riparare una scarpa rotta, far tornare un cane che si era allontanato, allacciare il cappotto a un bambino...

Ormai i movimenti di mani e labbra catturavano immediatamente la sua attenzione: aveva imparato a captare i piccoli segnali della magia che avvolgevano la vita di Alta rendendola apparentemente facile, agevole. Immaginava che con la stessa facilità quel potere avrebbe potuto causare danni a cose o persone, ma fino a quel momento tutto ciò che si ricollegava alla magia aveva a che fare con l'ordine e il bene comune. Niente "fattucchieri", nell'accezione peggiore del termine, o loschi individui che ricorrevano a mezzucci illegali o dispensavano illusioni per il loro personale tornaconto. Nonna Ina si era sbagliata sugli Altan, e con lei gli abitanti di Terrena, per lo meno quelli che aveva conosciuto.

A ogni modo, più cose scopriva su quel luogo, più passare inosservata le pareva impossibile. Notare tutta quella magia sparsa ovunque e trattata come una cosa normale, quasi di poco conto, la faceva sentire piena di desiderio e frustrazione, come qualcuno che osservava da dietro un vetro un luogo meraviglioso al quale non aveva accesso. Ad Alta scopriva il dolore pungente di sentirsi socialmente differente e non per il suo status di Loissen, ma in difetto, per qualcosa che avrebbe dovuto possedere e che, invece, le mancava.

Fece, quindi, ciò che era in grado di fare: aiutò Gerda e Daegal con i conti della locanda.

Indicò a Gerda le discrepanze più evidenti fra entrate e uscite, specialmente nelle spese abituali. Condusse un'indagine approfondita sulle forniture settimanali di ortaggi, frutta e carne e su quelle mensili di farine, alcol e cereali. Segnò su un pezzo di carta le sue attente osservazioni, come ad esempio le quantità di semi che erano ammuffiti sul fondo dei sacchi, o di cipolle marcite nella cassetta perché venivano usate per una sola ricetta del menu. Si fece consegnare da Daegal tutti i fogli di ordine e le ricevute delle merci che acquistava. Propose di ottimizzare sia le forniture che i trasporti, accordandosi con le famiglie che scendevano bisettimanalmente dai monti per la spesa. Si fece dire quali fossero i piatti più ordinati e stilò una piccola statistica indicando cosa eliminare, cosa aumentare, cosa scrivere sulla lavagna fuori dall'ingresso e, infine, cosa aggiungere per sfruttare al meglio le verdure di stagione.

Compilò fogli pieni di calcoli per capire quanto fosse possibile risparmiare tagliando sull'acquisto di quella particolare farina, o aumentando di prezzo quel dolce.

Daegal la osservava entrare e uscire dalla locanda mentre, china su una pila di fogli, verificava i suoi calcoli tenendo la matita tra i denti e annuendo convinta a ogni voce che risultava corretta. Da poche facciate diventarono presto una risma dai bordi ondulati tenuta insieme da uno spago.

Infine, Deva annunciò a Daegal e Gerda: «Ho finito. Adesso possiamo rivedere le vostre strategie commerciali».

I due locandieri si lanciarono un'occhiata, pensando entrambi la stessa cosa: *La ragazza sta tornando in sé.*

Quella sera, un lunedì di chiusura, i coniugi sedettero attorno al tavolo principale della sala, proprio sotto al lampadario di ferro battuto, e ascoltarono Deva Loissen che, dati alla mano, spiegò loro come guadagnare il diciotto-punto-tre percento in più in un anno seguendo una sfilza di rigide istruzioni alle quali non avevano quasi nulla da replicare. Erano idee indovinate e precise, che loro non avrebbero potuto concepire con tanta distaccata lucidità. Era un piano che pettinava, lucidava e risistemava quella vecchia signora di legno accomodata ai margini del bosco, ma senza chiederle di cambiarsi d'abito o smettere di intonare le sue canzoni un po' stonate.

Quando Deva terminò il suo discorso ed ebbe srotolato il suo piano dettagliato davanti alla coppia, vide un sorriso ammirato allargarsi sui loro volti. Capì allora di essersi sdebitata in piccola parte di tutto ciò che avevano fatto per lei. Quella notte, per la prima volta, si addormentò appena posò la testa sul cuscino.

Il mattino dopo comunicò a Daegal e Gerda che desiderava visitare Sarn. C'era un muro invisibile fra lei e il mondo, alla tenuta, e adesso era svanito insieme a essa. Non aveva più confini entro i quali restare, anzi, doveva fare esercizio del mondo se desiderava tornare indietro, perché avrebbe dovuto attraversarlo. Si sentiva ancora impreparata, ignorante e debole, diversa in tutti i modi in cui questo poteva essere inteso: aveva paura di mostrare il suo viso, di rendere evidente il fatto di essere una straniera, di ignorare ciò che tutti lì padroneggiavano, ma, per quanto lo temesse, aveva bisogno di confrontarsi con la vita là fuori.

Daegal scrollò semplicemente le spalle e rispose: «Sarn? Ci sto andando ora. Vieni!».

Il corpo di Deva si mosse un istante più veloce dei suoi timori e si ritrovò sul carretto, chiedendosi per tutto il tragitto sconnesso lungo la Bassa Boschiva se vivere senza regole significasse sentirsi sempre così colmi di eccitazione.

In soli venti minuti di trotto sostenuto attraversarono la vallata e scorsero l'ingresso di Sarn. Si presentava con case basse, uniformi, dai piccoli tetti aguzzi che scendevano a filo lungo le pareti di pietra attraversate da pesanti travi incrociate dipinte di bianco, nero o marrone scuro. Il sentiero si trasformò in un acciottolato fitto e ordinato e il carretto iniziò a vibrare mentre, superando un arco di pietra, entrarono nel villaggio. Deva spalancò gli occhi come se potessero contenere meglio ciò che osservava. Anche l'odore dell'aria era diverso. Racchiudeva mille segnali e storie diverse: cucina, fiori, animali, polvere, sapone di panni stesi ad asciugare. Le storie che l'aria raccontava, le strade le disegnavano, con quelle viuzze che spuntavano ovunque e quelle case tanto compatte e appoggiate una all'altra. Le finestre aperte erano così vicine che due persone affacciate insieme, allargando le braccia, avrebbero potuto facilmente prendersi per mano. Ogni abitazione aveva una combinazione diversa di fiori sui davanzali e delle decorazioni dipinte sulle facciate: piccoli paesaggi, scene montane, scudi e stemmi. Notò la volpe e la luna di Riva di Alta, uno dei suoi preferiti fra gli stemmi delle rive. Le piaceva decisamente di più del falco e della corona di Terrena, così severi.

Desiderava fermarsi ad annusare le torte esposte dal panettiere, ad ascoltare la storia che si raccontavano due signori seduti su una panchina, a sfiorare con le dita le foglie delicate di certi fiori grandi e azzurri che scendevano a cascata dal muro di una bottega.

«Ehi, scendi. Io mi fermo più avanti» le disse Daegal, dandole un colpetto sul ginocchio e indicando uno spiazzo defilato.

Deva annuì, scendendo dal carretto. Per la prima volta era libera di fare ciò che voleva. Perlustrò a grandi passi la piazza, scrutò le vetrine delle botteghe, toccò gli abiti appesi fuori, si piazzò al centro della strada per guardare meglio gli edifici dalle pareti dipinte e certe piante rampicanti che formavano nastri di foglie fra un tetto e l'altro. Solo dopo iniziò a notare le occhiate che riceveva: curiose, appena indagatorie, che provocavano sussurri a mezza bocca e le scatenavano addosso piccole danze di sguardi, parole, sguardi, parole. Si chiese se il suo essere Terrenean fosse così evidente, ma poi ricordò: la cicatrice. Erano giorni che non ci pensava, considerò stupita.

Fu grata al locandiere quando lo vide tornare verso di lei con passo deciso. Daegal la guardò accigliato e le tolse dalle mani due cervi di legno che aveva preso da un banchetto lì accanto, rimettendoli immediatamente al loro posto.

«Cosa credi di fare?» sibilò.

«Li stavo solo guardando...» rispose Deva.

«Non è quello che pensa la gente, se prendi oggetti dai bottegai senza prima chiedere, contrattare un prezzo e pagare» mormorò scuotendo la testa.

"Non li stavo rubando!" avrebbe voluto replicare, ma era chiaro che le cose in città non funzionavano come alla tenuta, quindi masticò la frase tra sé e sé, allontanandosi di qualche passo finché l'uomo non la strattonò via con forza.

Non fece in tempo a manifestare il suo disappunto che un carro le sfiorò la schiena, le pesanti ruote che giravano vorticose lì dove era in piedi un attimo prima.

Daegal la guardò con un misto di esasperazione e ansia, poi disse: «Dai, ti offro un dolce dalla Pauler, così magari ti tranquillizzi e sopravvivi a queste due ore al villaggio». La prese sottobraccio come fossero amici di vecchia data, e i loro passi si sincronizzarono istintivamente in un modo che diede alla ragazza una piccola scarica di benessere. Si avvicinarono alla vetrina della panetteria dove troneggiava una serie di torte farcite. «La mia preferita è Magia del Bosco,» disse Daegal indicando una torta piena di more succose e crema alla panna «ma sono tutte deliziose.»

Questo non era del tutto nuovo, per Deva: la cuoca della tenuta cucinava torte buonissime. Ma erano scelte da sua madre, servite in tavola già tagliate a fette, nel loro piatto di ceramica dipinta e con una forchettina d'argento che intimava "mangiami". Qui era diverso: scegliere era tutta un'altra cosa. Per ogni opzione che vagliava, temeva di sentire una voce che le diceva: "Hai sbagliato". In fondo, era così che funzionava a casa: le rare volte in cui Enna o Willem chiedevano «Quale vuoi?» o «Cosa vuoi fare?», alla sua risposta seguiva sempre una loro alternativa migliore, più adatta, meno bizzarra o rischiosa. Il risultato era che non si fidava del proprio giudizio.

«Allora?» incalzò Daegal, notando la sua difficoltà. «Scegli a caso se vuoi, tanto sono tutte buone.»

«Consigliami tu...» sussurrò.

«Non devo mica mangiarla io! Quale ti ispira di più?»

«Questa...?» disse Deva, indicando una delle torte a quattro piani con una crema color violetta, sormontata da mirtilli e lamponi glassati.

«Delizia Viola!» esclamò una donna con un abito tipico della zona, simile a quello che aveva visto indosso a Gerda ma più elaborato: un grembiule a righe blu e bianche, decorato con nastri e ricami sul petto. «Ha gusto, la ragazza. È lei che vi aiuta alla locanda, no? Mi è giunta voce...» cinguettò.

Daegal allungò le mani per prendere la sua fetta avvolta in carta marrone, e si limitò ad annuire facendo un rapido borbottio di assenso.

«Da dove vieni, cara?» le domandò la donna con espressione allegra, allungandole la sua fetta di Delizia Viola.

Gli occhi di Deva saettarono verso Daegal. Una storia su di sé: non ci aveva pensato fino a quel momento, ma ne aveva bisogno. Attese un suggerimento, una risposta, qualsiasi cosa.

«Dal... confine» blaterò, quando vide che l'uomo era impegnato a masticare un grosso boccone di torta.

«Oh!» esclamò la donna. «Quasi dai normali.» Ridacchiò, come se "normale" fosse un sarcastico insulto.

Era così che gli Altan chiamavano gli abitanti senza poteri di Terrena. Per non replicare, Deva affondò i denti nei soffici strati umidi di torta color lilla. Aveva un gusto deciso di lampone e mirtilli, perfettamente amalgamato alla crema vanigliata che la farciva.

«I normali...» si intromise una voce alle sue spalle. «Perché parlate di questa gentaglia arrogante?» Apparteneva a una donna riccamente abbigliata, con una versione lussuosa e aderente del grembiule a righe della pasticciera.

«Prego?» disse Deva, prima che Daegal le afferrasse un polso, stringendolo, e lei ricordasse di non doversi tradire.

La pasticciera ridacchiò per compiacere la donna. «Signora Hardin,» disse con tono squillante «si parlava della nuova aiutante di Daegal e Gerda, che è arrivata dal confine per lavorare alla locanda.»

Lo sguardo della donna si spostò dalla pasticciera a Deva lentamente, come fosse una scocciatura. «Il confine, eh?» ripeté. «E dimmi, com'è vivere vicino a Terrena?»

Il tono di voce con il quale pronunciò il nome della sua riva era intriso di disprezzo, ma Deva prese un profondo respiro e, invece di rispondere, alzò le spalle e incurvò le labbra, come a rispondere: "Ci sono abituata".

«Star vicino ai non credenti può mettere a dura prova la propria magia. Mi auguro che non abbia avuto alcun effetto su di te e sulle tue capacità.» La donna la osservò attentamente, come se dovesse trovarle addosso, da qualche parte, conferma o smentita delle sue parole.

«Non credo, no» mormorò lei.

«E quali sarebbero, queste capacità?» chiese la signora, con tono da interrogazione.

Un brivido attraversò Deva dal cuoio capelluto alla punta delle dita. Fu tentata di incrociare lo sguardo di Daegal per farsi suggerire la risposta esatta, ma sapeva che cercare i suoi occhi prima di replicare sarebbe apparsa come un'ammissione di colpa.

Per fortuna, l'uomo intervenne immediatamente: «Niente, signora Hardin. Non sa fare niente di utile!» rispose, poi si esibì in una risata che Deva sperò potesse passare per autentica. Non era un grande attore, per la verità.

«Dunque?» incalzò la donna fissando gli occhi su Deva, come se Daegal non avesse mai parlato.

Qualcosa di impossibile, qualcosa di indimostrabile, pensò lei mentre, con il sudore che iniziava a inumidirle le mani, scorse rapidamente possibili scenari. «Controllo... i fulmini» sussurrò, sentendosi immediatamente una perfetta imbecille.

«Oh» rispose la signora Hardin mentre, con un movimento rapido ma ben evidente a tutti i presenti, controllò che il sole fosse effettivamente alto e splendente in cielo. Poi fece per parlare, ma Daegal aveva già afferrato Deva per un braccio e la stava trascinando via con sé mentre borbottava: «Scusate, dobbiamo proprio andare, abbiamo un appuntamento».

Fecero diversi passi e svoltarono l'angolo prima che lui la afferrasse per le spalle ed esclamasse: «Controlli i fulmini? Ma come ti è venuto in mente?».

«Ho pensato a qualcosa che non si potesse mostrare!» si giustificò lei, sentendosi improvvisamente in grande imbarazzo.

«Se conoscessi una ragazza con poteri simili, non la chiamerei certo a fare l'aiutante alla Tricorna! Solo un AltoMago può avere un tale controllo sugli eventi atmosferici, e in tal caso "controllare i fulmini" non sarebbe che una tra le sue capacità, e ti assicuro che non avrebbe alcun problema a farne schiantare uno davanti ai piedi della signora Hardin nel bel mezzo di una giornata di sole. Hai idea di quanto tu possa averla confusa? Di quanto ne parlerà in giro facendo ipotesi su di noi, su di te? Questo è un posto tranquillo, ci si conosce tutti e con questo non voglio dire che siamo tutti amici, anzi. Se si venisse a sapere che ospitiamo una ragazza di Terrena senza alcun permesso speciale, c'è gente che potrebbe smettere di frequentare la locanda, o peggio. Non siete molto amati, te ne sarai resa conto.»

Deva fu presa dal panico. Provava vergogna e agitazione, e un dolore sordo al centro del petto iniziò a pulsare ritmicamente, incurante dei suoi tentativi di respirare più piano e di pensare che tutto sarebbe andato bene, come le dicevano sempre a casa.

«Potrei avere una crisi» annunciò al locandiere, col fiato tagliato dall'angoscia e le guance paonazze di vergogna. «Non è bello da vedere. In tal caso, per favore, contienimi in qualche modo, anche a costo di legarmi con una corda.»

Lo guardò con occhi pieni di imbarazzo e supplica. Daegal si accigliò, si avvicinò e la strinse di nuovo per le spalle.

«Una crisi? Cosa significa?»

«Mi dispiace non avervelo detto prima. Soffro di queste crisi da quando ero piccola. Perdo il controllo, non so più dove mi trovo... né ritrovarmi. A volte faccio del male a chi mi sta intorno o a me stessa...»

Non le servì sfiorare la cicatrice sull'occhio: lo sguardo dell'uomo era già corso al suo viso e la stava guardando con una pena tanto sincera da farla provare anche a lei. Le risparmiò, per fortuna, le domande di chi avrebbe voluto una spiegazione a quanto aveva appena sentito. Lo avvertì comunque, nell'aria, il peso del dubbio, ma era lieve e indulgente, e Deva sapeva che non sarebbe cambiato niente, tra loro.

Dalle spalle, le mani dell'uomo passarono alla schiena della ragazza chiudendosi in un abbraccio brusco ma confortante.

«Adesso voglio che tu faccia dei respiri profondi insieme a me, d'accordo?» mormorò.

Deva sospirò, pensando che i respiri profondi non avevano mai aiutato nessuno, ma per non contraddire il locandiere obbedì. Fu strano, perché per una volta sentì davvero il corpo rilassarsi.

«Come ti senti?» chiese lui.

Lei ci rifletté su. Le palpitazioni del petto si erano stranamente attenuate: un falso allarme. «Un po' meglio. Forse non sarà necessario legarmi» ridacchiò nervosamente.

«Senti, mi dispiace per prima» le disse Daegal. «Non volevo prendermela con te. So che vuoi confonderti con gli altri, passare inosservata. Ma non è questo il modo giusto. Se vuoi sembrare una cittadina di Alta, devi imparare almeno un po' di Magia Ordinaria.»

Lo annunciò con assoluta serietà, come fosse qualcosa di spiacevole che, tuttavia, andava fatto. Deva scoppiò a ridere di gusto per la prima volta dal giorno dell'agguato.

«Ma certo, Daegal! Insegnami la magia!» esclamò appena riuscì a parlare.

L'espressione impassibile dell'uomo le parve un'altra battuta molto ben riuscita. Deva rise ancora, ma poi, di fronte al suo prolungato silenzio, puntualizzò: «Ma mica si impara! Ci si nasce».

«Appunto. Ci si nasce, quindi ci sarai nata anche tu, solo che non te l'hanno mai detto.»

Daegal continuava a sembrare serio in un modo del tutto improprio, ora.

«Andiamo, pensi che una persona dotata di poteri magici non si accorga di averne?» chiese lei, sinceramente stupita.

«Certamente. Se nessuno ti ha mai detto che puoi volare, proveresti mai a lanciarti da un tetto?» Daegal allargò le braccia, come a dimostrare l'enorme ovvietà delle sue parole.

Deva allora tacque un attimo, riflettendo. «Bene, Daegal: insegnami la magia, ti sfido!» esclamò infine, con una risatina che proprio non riuscì a trattenere e una curiosità che, suo malgrado, le si arrampicò addosso come un branco di scimmie sovraeccitate.

14
XEN

Recuperati dei cavalli, lasciarono Kerberch. Se l'Astromante era abituata alle meraviglie naturali di Alta, lo stesso non si poteva dire del Capitano e dell'apprendista Armon che più volte, nel corso dei giorni, si stupirono della bellezza del paesaggio. Viaggiarono lungo verdi vallate disseminate da ruscelli di acqua limpida e rinfrescante, con la compagnia dei picchi argentei che risplendevano sotto il cielo terso, ma anche attraverso boschi ombrosi, dal profumo avvolgente di terra e resina. Incontrarono, tuttavia, anche gli effetti del disboscamento, e per alcuni tratti dovettero farsi strada su colline desolate senza più vita, fra un tronco mozzato e l'altro.

«Ecco un altro motivo per cui il Governo di Baladem è uno schifo» esclamò Évanette col suo fare definitivo, indicando il paesaggio.

«Oh, andiamo, Év. Hanno solo aumentato un po' le esportazioni» commentò il Capitano, affatto sconvolto da quanto aveva attorno, come se avesse attraversato scenari di devastazione da sempre, e forse era proprio così. Bram si chiese quanto, delle conseguenze pratiche delle inondazioni di Vidrian, ignorasse.

«Non avevo dubbi che per te non rappresentasse un problema» ribatté sarcastica l'Astromante, rivolgendo il suo sguardo a Bram con uno sbuffo.

«Ha ragione lei» disse il ragazzo. «Questo non dovrebbe accadere. C'è qualcosa che si può fare per contrastare il disboscamento? Parlare col Governatore, portargli le istanze dei cittadini?»

«Parlare col...?» Évanette scoppiò in una risata amara che le fece lacrimare gli occhi. Mentre se li strofinava aggiunse: «Certo, Bram. Chiedi udienza a Baladem, vai a parlarci. Ti risponderà serio e contrito che è a conoscenza del problema, che sta facendo di tutto per risolverlo e ti ringrazierà per averlo portato alla sua attenzione. Poi tu uscirai dalle porte della Rocca e, sai cosa? Non cambierà proprio nulla. Io ero lì, ho visto queste scenette centinaia di volte. Al Governatore importano solo due cose: il potere e il potere. Beh, anche i soldi, ma in quanto forma di potere. Ecco, guarda! Un altro bell'esempio».

Indicò una miniera che sembrava essere stata abbandonata in fretta e furia. Le travi all'entrata erano parzialmente divelte e un cumulo di pale e picconi arrugginiti giaceva accatastato a terra, accanto a una porzione di roccia franata. Non era la prima che incontravano, sembravano essere state scavate con brutalità, facendo esplodere le montagne senza cura né criterio, dismettendole subito dopo averle depredate il più possibile o dopo aver cercato qualcosa senza successo.

«Hanno testato praticamente qualunque cosa» disse Évanette.

«Per Lumina, intendi?» chiese Lyran.

«Sai cosa? So che l'estrazione è importante e tutto il resto, ma vorrei davvero vedere la faccia di Balادem quando tira fuori un arsenale e... bum! Funziona su tutto tranne su ciò che gli serve» l'Astromante espirò una risatina malefica.

«Il potenziale energetico di Lumina serve a tutti, Év. È inutile fare del sarcasmo» rispose il Capitano.

«Certo, che serve a tutti! È esattamente questo il motivo per cui il Governatore la vorrebbe per sé» replicò lei spazientita, come se l'uomo non avesse affatto colto le sue insinuazioni.

Bram registrò le informazioni senza intervenire: sapeva dell'enorme capacità energetica della pietra e del suo potenziale utilizzo come risorsa, e conosceva anche le difficoltà di estrazione che la Federazione aveva incontrato, riuscendo a ottenere minime quantità in decenni di sforzi, ma non aveva voglia di sfidare l'Astromante, infiammata da convinzioni tanto certe.

Si fermarono per una pausa e per abbeverare i cavalli a uno striminzito ruscello che un tempo era certamente un fiume.

Arrivarono infine alla destinazione suggerita dalla donna, un villaggio ai margini della valle di Ragenfall. Seduti in una locanda alla buona, a un tavolo di legno reso lucido dallo strofinio di avambracci e piatti, Lyran si fece prestare una cartina di Alta, un foglio di carta e un carboncino, mentre l'Astromante si dedicava a ciò che sapeva fare meglio: uscire a osservare la notte.

Quando rientrò, il Capitano aveva ricalcato le forme principali e indicò sommariamente i luoghi sulla pagina. «Domani acquisteremo una mappa per il viaggio, per ora accontentatevi di questa» spiegò. «Qui è dove siamo partiti: il porto di Kerberch, e qui è dove siamo ora, Ragenfall.» Con il dito tracciò un breve percorso verso nord-ovest, che dalla costa conduceva a un luogo più interno, non troppo lontano dai grandi picchi innevati disegnati come punte aguzze. «Come riferimento per capire le distanze, qui c'era la miniera abbandonata che abbiamo passato...» indicò un punto intermedio.

«Vedo che ti è rimasta impressa, Lyran» commentò Évanette, acida.

Il Capitano non si scompose, anzi, le chiese: «Évanette, hai qualcosa da condividere con noi?».

«Beh, se mi versi un altro bicchiere...» rispose lei.

Lyran la guardò senza trattenere una smorfia divertita, poi le riempì il bicchiere con attenzione, senza però riempirlo. C'era qualcosa, in quel gesto, che a Bram fece pensare a un senso di cura. Li guardò uno accanto all'altra, con i gomiti che si sfioravano e una sensazione di vago disagio sul volto di lei nell'averlo così vicino.

«Credo si stiano spostando verso il confine ovest attraverso strade secondarie» li aggiornò lei senza farsi pregare. «Ho letto di vegetazione gelata, zone non battute e color rosso sangue: deve essere la zona dei mulini di Milisan, che devia leggermente verso est prima di ricongiungersi ai sentieri che portano, appunto, a nord-ovest. Sono quasi certa che viaggino in carrozza e questo ci favorisce in termini di velocità, ma hanno un vantaggio di almeno un giorno e mezzo. Anche se mi sembra improbabile da considerare, potrebbero essere diretti a Morhva.»

Era mortalmente seria mentre spiegava la sua visione. I bagliori delle lanterne le scolpivano il viso aggiungendo intensità alla sua voce, diventata all'improvviso ancora più profonda, come se arrivasse da un'altra donna annidata dentro di lei, un essere saggio e senza tempo che la abitava in silenzio per tutto il resto del tempo. A

Bram non sembrava più tanto innaturale immaginarla come qualcuno davanti al cui potere ci si inchinasse con reverenza e un certo, ardito, desiderio. Qualcosa dentro di lei un tempo era in fiamme, e ogni essenza del suo corpo se ne ricordava molto bene.

Anche Lyran ne subì l'effetto. I suoi occhi chiari, che rimandavano i bagliori caldi delle lanterne, erano fissi sulla donna. La ascoltava rapito, le labbra dischiuse e le dita delle mani che tradivano un lieve turbamento accarezzandosi una con l'altra. Quando lei finì di parlare, lui sorrise come se non avesse appena ascoltato la lettura delle stelle, ma quella di un biglietto che accompagna un regalo.

«Lyran, hai capito?» lo riscosse lei.

«Ovviamente» rispose lui, tornando in assetto da Capitano degli Ardimenti. «Puntano a ovest: non quello che volevo sentire. E poi? Non hai visto altro? Chi ci attende, ad esempio?»

Évanette sembrò offesa. «Non ho visto altro?» ripeté. «Una direzione quando non sai dove andare non ti basta?»

«No, era solo per... non tralasciare nulla» tagliò corto l'uomo. Consultò la cartina in prestito per segnare sulla propria i campi coltivati e le vallate incolte, grandi stabilimenti, cave, rovine: qualsiasi cosa, insomma, che Évanette potesse riconoscere e prendere come punto di riferimento per quella e per le visioni future. Fece un grande cerchio attorno ai mulini. «Bram» disse poi, rivolgendosi a lui. «Pensi di poter ripetere ciò che hai fatto a Gerwynn?»

Il ragazzo fu attraversato da un brivido, dalla base del collo fino alle caviglie. Ripensò all'occhiata di Padre Herr, al volto scarnificato di Padre Zyen. «Quello che ho fatto è stato un incidente!» esclamò, quasi inorridito dalla domanda.

L'occhiata sconcertata di Lyran, però, lo fece vacillare. «Bram, se non fossi intervenuto, non saremmo qui a parlare. Come puoi chiamarlo "incidente"? Sono anni che non vedo un Armon capace di fare qualcosa di più che una posa con le mani» replicò il Capitano, battendo un pugno sul tavolo.

Bram era in bilico: non sapeva se difendere l'onore dell'ordine al quale apparteneva dalle accuse dell'uomo, o se farsi permeabile a quella ventata di incredibile fiducia che posava sulla stessa ragione del suo senso di colpa. Era una sensazione di benessere che gli pareva un tradimento verso il Reggente, e che non riusciva davvero a sostenere. Sentiva la responsabilità di quella missione, e il senso che aveva acquisito per lui. Sarebbe stato Bram Cadaval, che nonostante tutto aveva riportato il piccolo Aral a casa? O sarebbe stato Bram l'eterno apprendista, che aveva quasi ucciso i suoi confratelli per una stupida insubordinazione, facendo fallire la missione? Pregò il Cerchio che gli desse l'equilibrio e la forza. Che la desse a tutti loro. Era l'unica cosa che poteva davvero fare la differenza.

«So che voi non credete, ma noi non operiamo in questo modo. La forza del Cerchio è nelle sue parti. Padre Herr e Padre Zyen stavano per combattere in un modo molto più efficace, un modo che avrebbe salvato Zyen dalle ferite e forse anche risparmiato Horst e Corber. Erano i tuoi soldati, Lyran! Come puoi chiedermi di farlo di nuovo? Io ho sbagliato. Mi sono separato dal Cerchio, ho agito per conto mio, seguendo la mia voce anziché quella del mio gruppo, composto da persone infinitamente più sagge di me.»

Bram si era alzato in piedi, il busto e le braccia tese e tremanti, gli occhi lucidi e il mento alzato come per sfidare il Capitano a ripetere quella richiesta scellerata.

«La colpa della morte di Horst e Corber è tua» disse l'uomo, calmo. «Oppure è mia. O di Padre Herr. O solo del fabbro. Vogliamo dibatterne? Bene, allora chiamiamo in causa anche loro, i miei soldati. Hanno agito troppo presto? Si sono lasciati guidare dalla fretta in una situazione che hanno erroneamente reputato sicura? Si sono sentiti di certo più forti di un uomo solo. È anche colpa loro, quindi.»

Bram era confuso, scosse la testa con decisione ma, prima che potesse controbattere, Lyran si alzò in piedi e aggiunse: «Non so cosa tu abbia fatto, non so se rientra nelle regole del tuo ordine, se il Cerchio ammette o meno che un Armon concentri tanto potere tra le sue mani. Ma se sono il tuo Capitano, come mi hai detto in nave, ti ordino di farlo nuovamente se dovessimo trovarci in una situazione di pericolo».

L'uomo troneggiava su di lui, non in modo minaccioso ma autorevole e complice al tempo stesso: come se entrambi fossero sempre dalla stessa parte nonostante i diverbi, a combattere per una verità assoluta che andava difesa a ogni costo, per il bene della missione. Bram comprese che il suo carisma non era soltanto ciò che gli permetteva di comandare plotoni: era ciò che gli permetteva di stabilire la direzione, di essere il faro da continuare a seguire. Funzionava: il potere che Lyran vedeva in lui stava diventando il potere che sentiva in sé stesso, e aveva un gusto inebriante e giusto, come di acqua fresca versata sulle labbra di un assetato.

Consumarono un piatto a base di cereali ed erbe che somigliava vagamente a quelli del Convicto, che Bram apprezzò particolarmente, e l'avvolgente e pastoso vino della casa. Bram stava per andare a coricarsi ma, quando fece per salire verso la camera che avrebbero condiviso con altri ospiti, Évanette gli sfiorò il braccio. «Vieni con me» sussurrò.

Il ragazzo si sentì a disagio mentre la donna lo prendeva per mano e lo conduceva sul retro della locanda. Uscirono e camminarono verso i margini del villaggio e lungo un sentiero sterrato, dove l'erba era alta e le luci alle loro spalle iniziavano a sbiadire.

L'Astromante si tolse il cappello scompigliando i folti capelli scuri, poi lo arrotolò e lo usò come cuscino per sdraiarsi a terra. Bram le si sedette accanto, ma non troppo vicino.

«Volevo mostrarti le stelle...» disse lei a voce bassa, quasi sussurrando.

Bram lanciò un'occhiata al cielo sopra di loro, erano abbastanza distanti dal villaggio da poter scorgere le costellazioni in tutta la loro misteriosa luminescenza. Uno spettacolo che gli diede un inaspettato conforto.

«Ogni notte, durante la nostra missione, verrò a leggerle» continuò Évanette, sempre a voce bassa, come se gli stesse confessando un segreto. Si sentivano piccoli rumori di animali notturni, il vento che muoveva le foglie degli alberi.

«Devi stare attenta a non stancarti troppo, Évanette» replicò Bram, che immaginò tutta la parte di lavoro che la donna doveva svolgere restando sveglia di notte senza poter recuperare il mattino dopo. Che fosse estenuante lo aveva intuito leggendo il suo Cerchio, ma le profonde occhiaie scure che le solcavano il viso lo confermavano. «Dovrei ringraziarti per conto del Convicto per esserti unita alla missione, ma certe volte quando ti guardo vorrei che Lyran non te l'avesse mai chiesto. Non credo che questo ti faccia bene.»

«Ma è il mio lavoro, no?» replicò lei alzando le spalle. «E poi, non sempre le stelle hanno un messaggio per me, a volte in cinque minuti capisco che non è serata di letture.»

«Posso... aiutarti?»

«Mi aiuto da sola, Bram» rispose la donna, come fosse la cosa più ovvia del mondo.

Lui si permise di leggere ancora il suo Cerchio, immutato in quanto a debolezza. Aprì ogni senso ed esercitò lo sguardo espanso per diventare consapevole anche del proprio, così come dell'energia che li circondava e che scorreva in quell'istante per come era composto: con la loro presenza ma anche quella degli animali, ognuno con il proprio piccolo Cerchio, col respiro del bosco e dell'erba, il calore della terra, la notte sopra ogni cosa. Da tutto questo Bram trasse l'equilibrio necessario e fu in grado di sostenere il Cerchio di Évanette, placare la sua rabbia, darle sollievo.

La donna teneva le mani giunte come in preghiera a pochi centimetri dall'ombelico. O almeno, da dove lui immaginava che fosse il suo ombelico. Distolse immediatamente lo sguardo. Lei si sollevò sui gomiti, per un attimo tra i loro sguardi la distanza fu troppo breve. Lei se ne accorse e arretrò.

«Ti ho visto, Bram» sussurrò, il respiro più calmo e profondo, ora. «Nelle stelle, ho visto il tuo arrivo. Ti hanno raccontato come qualcuno di molto potente...» Sembrava voler aggiungere qualcosa, invece tacque.

Bram scosse lievemente la testa, con i riccioli che gli sobbalzavano davanti agli occhi. «È una vita che le stelle si sbagliano su di me» disse, quasi ridendo. «Prima o poi dovranno farsene una ragione.»

«Non dire così! Un grande pericolo ci attende. Quando quel momento arriverà, io ti prego di dimenticare ciò che ti è stato insegnato e fidarti delle stelle, se questo servirà a proteggerci.»

«O magari sarai tu a proteggere me...» disse lui, scherzando. Sentiva il bisogno di alleggerire l'atmosfera.

Évanette buttò indietro la testa e fece una risata appena troppo acuta, mentre la luna le illuminava il lungo collo sottile e le clavicole sporgenti come due rami bianchi che le tagliavano le spalle. C'era tanto che il ragazzo avrebbe voluto chiederle, e che non era appropriato domandare. Come riusciva a fare ciò che faceva, ad esempio. Cosa teneva nella sua borsa, dove ogni tanto pescava qualcosa che portava alle labbra. Cosa era successo tra lei e Lyran. E, più di tutto, per quale immenso dolore covava una rabbia tanto feroce e bramava così disperatamente vendetta.

Ma tutte le domande gli restarono aggrappate in un punto imprecisato tra gola e petto, quando lei chiuse gli occhi e non disse più una parola. Allora lui capì che era un segnale e si allontanò piano, cercando di non fare rumore mentre i piedi affondavano nello spesso tappeto di erba umida.

✶

Al mattino il Capitano e l'Astromante erano seduti allo stesso tavolo della sera prima, con due tazze di tè nero e delle pallide gallette davanti. Stavolta Bram rimpianse il latte e il pane nero caldo del Convicto. Mentre lui mangiava qualcosa, Lyran riprese la conversazione che stava avendo con la donna: «Dobbiamo dirigerci verso la regione dei mulini tagliando per la foresta di Avelie, in modo da guadagnare almeno mezza giornata. I cavalli sono stati rifocillati, stamattina sono andato a controllare i ferri e sembrano a posto. Évanette, monterai il mio. Il cavallo che hai sembra meno allenato, mi assicurerò io che tenga il passo».

La donna rispose con una smorfia di insofferenza, poi si alzò e andò a posare la sua tazza in un lavello comune sul fondo della sala.

«Lei è sempre una pessima idea» borbottò Lyran, fingendo una considerazione personale ma alzando la voce quanto bastava per condividerla con Bram.

Era una mattina assolata, e l'aria fredda risvegliò le loro energie. Bram provò una fitta di nostalgia quando tirò fuori la sciarpa azzurra, avvolgendola attorno al collo. Era morbida, profumava di casa.

Per la maggior parte del tempo cercarono di tenere un galoppo leggero, rapido abbastanza da percorrere buone distanze ma non troppo pesante per i cavalli. Tennero i monti a ovest, lasciando che le vette innevate scorressero alla loro destra oltre le cime degli alberi, bianche e luccicanti come se fossero coperte di glassa. Bram non aveva mai visto la neve, né ancora se ne trovava a quella quota e in quella stagione, ma talvolta ne sentiva l'odore in certe folate di aria pungente. Fecero brevi pause regolari in cui smontavano, sedevano o camminavano per evitare dolori da postura, abbeveravano le bestie a qualche ruscello e controllavano la loro posizione con la bussola e la mappa. Durante quei momenti Bram si fermava a osservare i dettagli di quei luoghi dall'aspetto fiabesco: fiori violacei e giallo acceso ricoperti di una morbida peluria, l'intrico delle radici degli alberi che, coperte di muschio, uscivano dal terreno accavallandosi in complicati intrecci, acqua tanto limpida da sembrare ghiaccio, che dichiarava il suo scorrere solo con un delicato gorgoglio cristallino. Anche accamparsi per la notte fu un'esperienza diversa: con il silenzio dei monti attorno e migliaia di stelle sopra la testa, l'unione con la natura gli parve assoluta.

Il giorno dopo fu felice nel notare che la strada li conduceva nel fitto del bosco. Quando il sentiero tra gli alberi si restrinse, e le pareti di imponenti radici che li circondavano come un labirinto permisero di procedere solo al passo, il gruppo si concesse qualche breve conversazione.

Bram raccontò della sua esperienza al Convicto, e della sparizione di Aral durante la Cerimonia della Destinazione.

«Prima della scomparsa del bambino com'era il clima, a Larham?» gli chiese Lyran.

Il ragazzo alzò le spalle: «Normale, immagino. Qualcuno era al Nord perché un'ansa del fiume Auren aveva straripato di nuovo ma non è nulla di insolito, purtroppo».

«E al Convicto c'era preoccupazione per qualcosa, voci su qualcuno?» incalzò l'uomo, che voleva chiaramente tentare di nuovo la fortuna con la sua personale indagine sul Convicto.

Prima che Bram potesse rispondere, però, intervenne l'Astromante: «Vidrian è un luogo che non ho mai capito... Non praticate la magia, eppure vi appoggiate ciecamente sulle predizioni di quelle che, alla fine, sono divinatrici a tutti gli effetti. Anche l'ordine del Cerchio, in fondo, nasce su una concezione di potere mistico, eppure non è davvero esercitata come Alta Magia ed è riservata solo agli Armon. Perché?».

«Non tutti nascono con la capacità di comprendere e usare il Cerchio» rispose Bram.

«Ecco, vedi, è qui la differenza. Ad Alta crediamo che tutti nascano con un qualche tipo di magia. Se poi nel corso della loro vita eserciteranno solo Magia Ordinaria, questo non ha importanza. Il punto è: se convinci le persone che non hanno alcun potere, è chiaro che non ne avranno» esclamò lei, con una smorfia che intendeva sottolineare la presunta ovvietà del discorso.

«Serve una predisposizione alla connessione e soprattutto occorrono anni di studio per imparare a leggere, interpretare e agire sul Cerchio» ribadì Bram. «Non è una cosa per tutti.»

«Avete complicato le cose per allontanarle dal popolo, insomma» commentò Évanette.

Bram era colpito dall'intenzione delle sue parole, ma non dal loro senso: lui credeva fermamente in ciò che gli avevano insegnato. Immaginare il Cerchio nelle mani di chiunque era un'idea che lo faceva rabbrividire. «Oppure le abbiamo semplificate» ribatté. «Se ci pensi, le Destinatrici esistono proprio per questa ragione: leggono il tuo Xen, ti indicano una strada. Se sei destinato al Cerchio, loro te lo diranno.»

«È questo che ti hanno insegnato?» gli chiese la donna, a bruciapelo.

Bram non rispose, infastidito dalla domanda.

«Lo Xen» ripeté lei. «Che concetto interessante. Ehi, Bram, tu sapresti leggere il mio?»

«Non è qualcosa che facciamo noi Armon, se ne occupano le Destinatrici.»

«Ma lo Xen fa parte del Cerchio, no? Una parte piuttosto importante, che io sappia... Quindi potresti dare una sbirciatina al mio» sussurrò, fissandolo con occhi socchiusi e fare indagatore. Poi, alzando la voce, aggiunse: «O a quello del Capitano Lyran! Il suo Xen è probabilmente legato all'idiozia completa».

Lyran si voltò per la prima volta dall'inizio della conversazione. «Non sarei un gentiluomo se dicessi qual è il tuo, Év...» commentò, mentre il primo, sarcastico sorriso della giornata gli illuminava il viso.

«Le famiglie dello Xen sono Coraggio, Cura, Creazione e Conoscenza. Idiozia non è contemplata, perché puoi essere un idiota con qualsiasi Xen...» disse Bram.

«Oh, prendi appunti, Évanette!» ribatté Lyran.

La donna accelerò l'andatura per raggiungerlo, allungò la mano per cercare di slacciargli il mantello come avrebbe fatto una bambina dispettosa e poi, quando lui la scacciò, lei piantò i talloni nella pancia del cavallo e partì al galoppo nonostante l'intrico di rami che minacciava di strapparle i capelli.

«Le stelle non te l'hanno detto che così fai innervosire i cavalli? Stupida di un'Astromante!» gridò l'uomo, mentre il ronzino su cui prima procedeva al passo, punto nell'orgoglio, si era lanciato dietro al cavallo di Évanette senza che lui potesse fermarlo.

A Bram non restò che seguirli, e mentre recuperava terreno sentì le risate di lei e le parole di lui inseguirsi nel bosco come in una danza di punzecchiamenti fastidiosi. Li raggiunse mentre il Capitano aveva ripreso le redini del suo cavallo e stava facendo qualcosa che somigliava allo sgridare la donna. Lei, però, non lo stava guardando. Tornò di qualche passo indietro e, con gli occhi fissi su Bram, appena fu abbastanza vicino dichiarò: «Le famiglie dello Xen sono quattro... come gli elementi. E come le parti del Cerchio, giusto? Qualcuno direbbe anche come le rive nei tempi antichi, quando Vidrian era una penisola di Sama. Ci avevi mai pensato, Bram?».

Lui fu preso in contropiede, esitò prima di rispondere. «È corretto, sì. Anche se i quattro elementi ne hanno un quinto, l'etere.»

«Come il Cerchio ha lo Xen, e le rive hanno...» disse lei, gli occhi accesi a cercare una conclusione geniale, che non arrivò.

«Il Mar Vasto? La magia?» intervenne Lyran «Dai, Év, comincia con le tue teorie complottiste sulla Federazione, non ne ho ancora sentita una da quando siamo partiti. Bram, devi sapere che, avendo lavorato alla Corte dei Maghi, l'Astromante conosce tutte le trame oscure dei Governatori delle rive.»

«Non scherzare su questo con me, Lyran» ringhiò la donna. «Non sai di cosa parli, né hai mai voluto saperlo. A te sta bene qualsiasi versione ufficiale perché ti concede quell'ordine sociale dove hai un ruolo, dove sei quasi al vertice. Se questo crollasse cosa ne sarebbe di te, Capitano? Chi saresti, allora?»

Lyran sembrò gonfiarsi di rabbia prima di rispondere: «Senti da che pulpito: l'Astromante decaduta! Se non avessi iniziato a fallire, ora mi parleresti ancora dalla Sala delle Udienze della Rocca. Ti andava bene finché indossavi le tue corone di stelle, non è vero?».

Ci fu un attimo di tensione estrema in cui Bram temette che i due potessero davvero scagliarsi fisicamente uno contro l'altro, e farsi del male. Per questo fece un silenzioso lavoro di riequilibrio e sottrazione, cercando di spegnere l'incendio emotivo che avvolgeva il Cerchio dei due finché il respiro di Évanette tornò regolare e i muscoli di Lyran si rilassarono.

Stavano perdendo di vista l'obiettivo. Padre Herr non l'avrebbe mai permesso, ma lui non riusciva a impedirlo. Non stava riuscendo a compiere l'unico compito per il quale era partito: tenere in equilibrio la squadra.

✶

Quella notte, prima che l'Astromante potesse dirgli qualsiasi cosa o fare qualsiasi domanda, quando la vide arrotolare il suo cappello per andare a sdraiarsi a guardare il cielo, Bram bofonchiò un «Buonanotte» e si girò dall'altra parte coprendosi con il mantello di lana.

Évanette si sdraiò a distanza dal fuoco che avevano acceso, e dove credeva di non essere vista. Il bosco aveva un rumore che avrebbe potuto inquietare chi non lo conosceva, ma non lei. I fruscii, i richiami improvvisi, i rami che sibilavano le canzoni del vento non la disturbavano. Si mise comoda sistemando nuovamente il cappello e stava per iniziare a osservare le stelle quando sentì dei passi leggeri e, prima ancora che potesse pensare di allontanarsi, Lyran le fu accanto.

«Mi dispiace, Év» mormorò. «Quella cosa che ho detto… è stata cattiva. Voleva essere cattiva.»

«Lo so» sibilò lei.

«Eri una fantastica Astromante di Alta. Non so perché tu non lo sia più, ma non è certo un fallimento.»

«Cos'è, allora? Dimmelo secondo i tuoi standard di carriera, Capitano. Perché nella mia lettura si è illuminata anche Aelis, l'astro dei grandi obiettivi, anche detta la stella dei Generali. Sei in missione per la tua carriera, prima che per salvare un bambino?»

domandò lei, stringendosi di più nel mantello, gli occhi fissi nel buio della notte.

«Non hai una bella opinione di me, Év. Lo sapevo quando sono venuto a cercare il tuo aiuto. E, sai cosa? Hai ragione.»

L'uomo sedette troppo vicino a lei. L'Astromante avvertì il calore del suo corpo e il movimento del suo respiro profondo. Una parte di lei lo desiderava, l'altra lo temeva più di ogni altra cosa: sapeva che averlo accanto significava, poi, inevitabilmente perderlo.

Lyran tirò indietro i capelli scoprendo la fronte dritta e gli occhi socchiusi, le sue labbra sottili si aprirono in un sospiro. Per lunghi minuti restarono in perfetto silenzio fra il frinire di insetti notturni e il fruscìo della notte. Poi, lui parlò per primo: «Come sei stata in questi anni?» le chiese.

Da dove comincio?, si domandò lei. *Da quando per settimane ho bevuto fino ad addormentarmi per non sentire nulla? O da quando ho smesso di vedere nelle stelle, perché vedevo te soltanto? Dalle porte chiuse a chiave, o da Eron Baladem?* Invece alzò le spalle, rispondendo: «Bene! Perché, non si vede come sto bene?». Lo disse avvertendo, sul collo, le sfilacciature pungenti delle stelle sul cappello. Sentendo, nel fondo della gola, il sapore della sua ultima caramella nera.

Lui tirò fuori un lungo sospiro. «Non volevo andare via così, Év... Ero giovane, e imbecille. Non sapevo niente dell'amore» disse, la voce come un sussurro.

Non era una buona ragione per testarlo su di me, pensò lei. *Sembravo così forte, così potente, e invece ero cristallo. Mi sono rotta in mille pezzi prima di capire di averti dato me stessa tra le mani.* «Va tutto bene» disse. «Sono passati quasi dieci anni, Lyran. Sono andata avanti.»

Lui le percorse il viso con lo sguardo finché lei non lo sentì troppo addosso per far finta che, in qualche modo, non la stesse toccando.

«È strano, Év. Perché io quando ti guardo vedo ancora lei.»

«Chi, Tomàs? Cosa vedi?»

«La donna che non avrei dovuto lasciar andare.»

Évanette lo guardò e gli occhi le si riempirono di lacrime, ma rise. Istericamente, violentemente, rise per lasciar uscire un pianto che riteneva più onorevole. «Hai lasciato andare una ragazza potente e bellissima, Lyran. È lei che vuoi continuare a vedere, ma è me che hai davanti. E guarda te stesso: un uomo che non ha mai saputo capire il suo cuore. Credi che io non abbia visto la tua bella casa, come la stai costruendo per la donna che sposerai tra pochi mesi? Beatrix, si chiama, non è così? È bellissima, Capitano. Hai fatto bene a pensare ai davanzali dove può mettere i suoi fiori, alla stanza in più per un bambino...»

Lyran tacque, Évanette sapeva di aver affondato la sua lama, anche se era dentro di sé che sentiva la ferita.

«Perché sei venuta con noi, se mi odi così tanto?» chiese l'uomo.

«Duecento karàn, Capitano. A una che non abita più al Palazzo del Governatore fanno comodo» concluse seccamente.

Avrebbe potuto dire che erano state le stelle a guidarla, e non era riuscita a sottrarsi. Avrebbe potuto dire che voleva rivederlo dopo anni e trovarlo invecchiato, indesiderabile, vederlo finalmente sbagliato. O avrebbe potuto aggiungere un piccolo ma determinante dettaglio: Seyoo risplendeva rapidamente a ogni lettura del cielo riguardo la missione. La stella della risoluzione del passato, delle porte chiuse per sempre. Seyoo, detta anche "la stella della vendetta". Ed Évanette Starwyn sapeva che splendeva per lei.

Mentre crollava di nuovo a terra sul suo cuscino di stelle sfilacciate le lacrime le offuscarono la vista e, quando si asciugò gli occhi, non c'era più nulla da vedere: Lyran era andato via, e il cielo era coperto da spesse nubi.

Frugò in tasca e ne cavò una pallina nera, che infilò subito in bocca. Quasi immediatamente sentì il corpo rilassarsi e la mente seguirlo, in uno strano tunnel ovattato dove il rimbombo dei suoi pensieri non faceva più così rumore.

15
ALTA MAGIA

Dopo un pranzo che fu un lungo resoconto a Gerda sulle fantastiche avventure della "misteriosa ragazza che controlla i fulmini ridotta a sguattera da due crudeli locandieri", Daegal e Deva si ritrovarono in una radura oltre il retro della Tricorna, circondata da un fitto bosco.

Lui aveva con sé un libro.

«Partiamo dalla teoria, quindi...» commentò la ragazza, un tantino delusa.

«Oh, no. Devo solo farti vedere una cosa» disse l'uomo, aprendo il libro e mostrando una grande mappa che riportava la forma circolare di Radian, il Mar Vasto al centro.

«Cosa sai della presenza della magia nelle Cinque Rive, Deva?»

«Che Alta è la riva dove tutti sono dotati di poteri e Terrena quella dove nessuno ne ha. In mezzo ci sono varie gradazioni come Vidrian dove c'è il Cerchio, e Sama e Morhva dove solo alcuni individui sono dotati di capacità soprannaturali.»

Daegal percorse con il dito le Cinque Rive, partendo da Alta. Batté l'indice su ogni confine o stretto, recitando quali terre dividesse, mentre Deva ascoltava quelle ovvietà senza interrompere. Percorse tutto Radian, poi tornò ad Alta e alla sottile riga sulla mappa che la separava da Terrena. «Focalizziamoci sulla mia riva e sulla tua. Tu lo sai che questo confine è stato tracciato da un cartografo, vero? Non è un mare, una catena montuosa o un fiume. Non esiste in natura.»

Deva annuì.

«Come pensi che la magia abbia potuto essere circoscritta da una riga su una mappa, Deva? In che modo avrebbero potuto fermarla dall'espandersi? No, non parlare, te lo dico io: è impossibile, non avrebbero potuto. E allora cosa pensi che siano queste divisioni, se non scelte politiche? Qualcuno, a Terrena, ha fatto una scelta. O forse nessuno aveva davvero bisogno di magia, avrebbe complicato troppo le cose. Ma di certo non è rimasta confinata ad Alta. In generale, non puoi confinarla, e Radian è un intero. Persino i mari che separano le nostre terre sono superficiali, e la ragione è che siamo un'unica terra.»

«Quindi, secondo te, anch'io ho dei poteri magici? Non credi che io mi conosca abbastanza bene da sapere che sono solo una banale persona normale?»

«Siamo tutti banali persone normali, Deva, anche con la magia. Siete voi che l'avete tagliata fuori, sopravvivendo senza.»

A Deva sembrò di risentire la voce del padre, quando diceva: «Non abbiamo bisogno di magia, noi abbiamo la tecnologia, e vedrai che avanzerà sempre di più».

Daegal le si avvicinò e iniziò a girarle attorno con passo misurato, senza mai distogliere lo sguardo dal suo viso. «Mi hai mai visto usare la Magia Ordinaria, Deva?» le chiese.

Lei scosse la testa. Ora che ci pensava, aveva visto Gerda fare un milione di piccole cose, l'ultima quella mattina: accendere e spegnere il fuoco con uno schiocco di dita, allineare le sedie spingendole a distanza muovendo appena la mano. Ma Daegal, no: a lui non aveva mai visto fare nulla del genere.

«Alta Magia» sussurrò. Stando alle regole di Alta che aveva studiato insieme al suo tutore, per una sorta di meccanismo energetico che assomigliava ai vasi comunicanti, chi praticava l'Alta Magia era solito ricorrere meno a quella Ordinaria.

Le labbra di Daegal si arricciarono in una smorfia soddisfatta. «Brava. Adesso, una domanda per te: che tipo di Alta Magia posso praticare?»

«Controlli i fulmini?» chiese, alzando un sopracciglio.

L'uomo scoppiò a ridere.

«Anche quello» rispose, asciugandosi gli occhi. «Ma non esattamente. Riprova.»

Lei non ne aveva idea.

«Bene, possiamo già escludere che tu sia una divinatrice...» disse l'uomo, ridacchiando.

Deva, invece, non rise affatto. Le sembrò improvvisamente di essere sotto giudizio e la sensazione di pressione e disagio le fece chiudere la gola e arrossare le guance. «Dai, è tutto uno scherzo, vero?» chiese, sperando che l'uomo ammettesse di averla portata lì soltanto per prenderla in giro.

«Dipende come la prendi tu, Deva» rispose lui.

Ci fu un momento di silenzio in cui nulla accadde, tanto che la ragazza credette di aver indovinato nel pensare a uno scherzo, ma subito dopo avvertì un fruscìo al limitare del bosco, lì dove l'ombra tagliava di netto la luce dei campi e le tenebre inghiottivano i tronchi degli alberi e le forme frastagliate dei cespugli. Un alito di vento le portò il suono cupo e vibrante di un ruggito roco. Con una scarica di paura che le corse lungo la spina dorsale, il suo corpo si contrasse istintivamente.

«Cos'è?» sussurrò a Daegal, con la voglia di nascondersi alle sue spalle.

«Come "cos'è?". La locanda porta il suo nome, Deva!» esclamò il locandiere fingendo un divertito stupore.

«No, non è possibile.» Deva sentì che le gambe le tremavano. «Sono praticamente estinte.»

Vide la massiccia sagoma scura uscire lentamente dall'ombra del bosco prima che l'uomo potesse smentirla. La prima cosa che notò fu la folta pelliccia irta sulla schiena in ciuffi densi e scomposti, che si muovevano ondeggiando insieme alle alte scapole. Poi le zampe da felino, enormi e muscolose, che premevano a terra con una strana delicatezza senza peso. Infine il muso: il naso affusolato da lupo e gli occhi da gatto, le lunghe orecchie appiattite indietro sulla testa, le tre corna contorte che spuntavano due ai lati e una al centro del cranio, le zanne lucide e acuminate che compivano un semicerchio dal labbro superiore al mento.

La tricorna le appariva enorme, più alta al garrese di Djavel, con la stazza larga da bufalo e i muscoli che guizzavano sotto il pelo denso. Le strisce nere che la attraversavano verticalmente slanciavano la sua mole e rendevano più crudeli i suoi occhi, allungati dalle profonde righe scure come segni di guerra. La delicatezza elastica con la quale la bestia percorse lo spazio aperto che la separava da Deva la faceva sembrare incedere a mezz'aria, un'enorme zampa dopo l'altra, senza fare alcun rumore se non quel costante, ovattato ringhio che le vibrava in gola.

Folle di terrore, Deva valutò i modi orribili in cui la tricorna avrebbe potuto ucciderla: con gli artigli o tra le fauci, le zanne che avrebbero facilmente trapassato intera la sua cassa toracica. Si spostò piano per cercare di mettere distanza fra lei e la creatura, ma sapeva che non avrebbe fatto in tempo a fuggire.

Man mano che la bestia si avvicinava il suo fiato esalava un forte olezzo di sangue e selva, di erbe bagnate e carne viva.

Ci siamo, allora, pensò Deva. *È questo il momento. Tutto questo dolore, questo fuggire e tentare di salvarmi per finire sbranata. Quest'uomo, dunque, era dalla parte di chi voleva uccidermi sin dall'inizio.*

Daegal alimentò la sua ipotesi arretrando, come per non lasciarle altro spazio per nascondersi e allargare quel campo libero tra lei e la tricorna, che si riduceva sempre più rapidamente.

Deva sentì la stessa corrente di terrore attraversarla nuovamente e, questa volta, scaricarsi al centro del suo petto come a spezzarla: riconobbe l'arrivo di una crisi. Mentre cadeva in ginocchio chiudendo gli occhi e sperando in una morte rapida, con la coda dell'occhio avvertì Daegal lanciare un lamento gutturale e violento.

Si voltò. Quello che vide le gettò addosso un'inquietudine e un terrore pari a quello causatole dalla bestia che aveva davanti. L'uomo era inarcato all'indietro, curvo in una posizione innaturale. Deva vide chiaramente il suo petto spaccarsi, aprirsi come se un pugnale avesse inciso una fenditura verticale. Lo stesso avvenne ai polsi: tagli sottili come occhi che si spalancarono nella pelle, lungo le vene. Dalle faglie aperte nella sua carne fuoriuscì una sostanza densa e oscura. Si riversò fuori da lui restando a mezz'aria.

Daegal sembrò paralizzato per qualche istante, immobile e con gli occhi fissi su quella chiazza di materiale oscuro. Poi, dopo alcuni tentativi, riuscì a confinarla tra le sue mani. Con lo sguardo denso di orrore e meraviglia, ammirò incredulo il prodigio di cui era capace. Socchiuse gli occhi e prese la mira, come se dovesse lanciare un sasso.

La sostanza investì il terreno a qualche decina di centimetri dalla spalla della tricorna, che lanciò un ruggito acuto e spaventato. Per un attimo, tutto si oscurò. Quando la polvere sollevata dal colpo si disperse, l'uomo si avvicinò lentamente alla bestia. Portò un piede, poi l'altro, accanto al corpo muscoloso dell'animale che giaceva ansante su un fianco. Poi lo guardò negli occhi, ed esclamò: «Dimmi che te la sei fatta sotto!».

«Per la merda di cento draghi, Daegal, per un momento ho pensato che facessi sul serio. Mi hai quasi preso, imbecille!» rispose la bestia parlando con tono roco e cantilenante, le "r" arrotolate fra i denti come un ringhio.

Se Deva aveva ancora un'espressione in viso, doveva tradire tutto lo sgomento con cui osservava la scena: la tricorna parlare, l'uomo risponderle. A dire il vero, Daegal stesso sembrava ancora incredulo. Con le mani si tastò il petto, lì dove lo spacco si era aperto, e si osservò i polsi, ora di candida e tesa pelle intonsa, come se nulla fosse mai accaduto.

Deva lo fissava, quasi iperventilando. La bestia si voltò e la guardò con una pena ironica negli occhi, poi si rivolse a Daegal: «Diglielo, ché altrimenti le prende un infarto. Guarda, che faccetta pallida!».

L'uomo impiegò diversi secondi prima di tornare in sé e ricordarsi che si trovavano lì per Deva. Sollevò il viso e la guardò allarmato, come se si fosse dimenticato di lei troppo a lungo. Le corse incontro, la strinse per le spalle come avrebbe fatto con un bambino e le disse, con la voce un po' tremante: «Ehi, Deva. Accidenti che potenza, ragazza! Che cosa inusuale, io... non ho mai visto niente del genere!».

Il terrore negli occhi della ragazza rispose per lei. Non aveva idea di cosa stesse accadendo e non sapeva dare alcun senso a ciò che vedeva, il che rendeva tutto più spaventoso.

«No, non fare così, è tutto a posto. Ora ti spiego» si affrettò ad aggiungere il locandiere.

Lei non riusciva a parlare. Il suo sguardo angosciato rimbalzava dai denti della tricorna al viso dell'uomo, e ritorno.

«Niente? Non le avevi anticipato proprio niente?» domandò l'animale, che si mise a sedere comodo e sciolse le spalle roteandole avanti e indietro come avrebbe fatto un essere umano, ma con una massa muscolare decisamente più minacciosa.

Daegal scosse la testa.

«Certo che ci sai fare tu, con la gente...» commentò sarcastico l'animale, mentre Deva provava a muovere i primi passi per allontanarsi. Si chiese se fosse abbastanza svelta per scappare.

«No, Deva, aspetta. Hylantikras ha ragione, mi dispiace, ho sottovalutato l'elemento sorpresa. Ero convinto che alla vista di una tricorna avresti manifestato la tua Magia Ordinaria, che so, sollevando in aria la legna o rivoltando una zolla di prato, una roba così. E invece... per la miseria, ragazza!» L'uomo si massaggiò il collo, come se questo potesse sbloccare parole adeguate per descrivere la sua magia, ma non arrivarono.

Deva, comunque, non lo stava quasi ascoltando. Cercava semplicemente di riprendere un ritmo normale del respiro per non svenire, e di trovare una via di fuga dall'uomo e dalla tricorna. L'impresa, con Daegal a un passo di distanza e l'animale a mezzo metro, non era tra le più facili.

La tricorna, dunque, aveva un nome. *E... parla!*, pensò la ragazza. Daegal dialogava con lei, scherzava con lei. Il locandiere, però, praticava l'Alta Magia, quindi: c'era davvero una tricorna davanti ai suoi occhi o si trattava di un'illusione?

«Daegal, ti prego, parlale, perché le sta andando in fiamme il cervello...» commentò Hylantikras.

«Deva, quello che hai fatto...» riprese lui, con un improbabile tono paternalistico.

«Io non ho fatto NIENTE!» gridò lei, riprendendo finalmente possesso della capacità di reagire. Fece di nuovo per allontanarsi, ma la tricorna fu rapida e leggera nel bloccarle la strada alle spalle. «Almeno ascoltalo, ragazza!» esclamò, con un piccolo ringhio di avvertimento.

Daegal scosse la testa, si pulì i pantaloni dalla polvere e disse: «Non era la terapia d'urto che speravo, ha urtato un po' troppo. Torniamo un attimo indietro, Deva, all'Alta Magia. Sai che ne abbiamo di tre Nature: la Prima riguarda la sfera fisica e naturale, la Seconda la sfera mentale e spirituale. Il tipo che pratico io è invece un raro caso di Terza Natura: posso appropriarmi brevemente dei poteri degli altri, togliendo loro la possibilità di usarli. È un potere piuttosto ridicolo perché, ahimè, posso farlo una volta soltanto per capacità magica, ma è sempre meglio che spazzare per terra muovendo un dito come fa Gerda». Rise da solo, sperando di stemperare un'atmosfera troppo densa, mentre la tricorna scuoteva lentamente la testa.

Deva lo fissava in silenzio, ancora con l'orrore negli occhi.

Lui proseguì nel chiarimento: «Oggi sapevo che, mettendoti di fronte a un pericolo mortale, tutte le tue risorse sarebbero uscite fuori, persino la magia» continuò. «È un po' come l'urina: in quei momenti te la fai sotto perché non riesci a trattenerla. Beh, succede così anche con i poteri.»

«Ah, Daegal, sei disgustoso» commentò Hylantikras mentre si puliva il pelo con lunghe, lascive leccate sulle zampe senza per questo scollare gli occhi da Deva, il che rese il gesto estremamente inquietante ai suoi occhi.

«Che c'è, non è forse un paragone calzante? A ogni modo io, da brava sanguisuga che sono, appena ho avvertito la tua magia me ne sono appropriato per mostrartela, nel dubbio che la prima volta non riuscissi a utilizzarla. Ecco: hai visto cosa ho fatto? Quella... cosa che poteva tranquillamente stordire, se non uccidere, Hylantikras. Porca miseria, ragazza, quella sei tu! È il tuo potere! Alta Magia, Prima Natura.»

«Perché ti sei... spaccato?» chiese Deva, con la voce che le tremava quanto le poche certezze che le rimanevano.

«Non lo so. È anche quello parte della tua magia, temo. È il modo in cui riesce a uscire, erompendo fuori da te. Non ho mai visto una cosa simile, di solito è tutto un agitare mani, fare pose plastiche o recitare formule. Ammetto che non è stato tra i poteri più piacevoli che io abbia provato, mi dispiace un po' per te, ma è senza dubbio tra i più forti. Mi chiedo come tu abbia fatto a non saperlo finora. Devi aver vissuto tutta la vita senza un solo, singolo motivo per tirarlo fuori.»

Già, è stato esattamente così, pensò Deva. La vita alla tenuta era bellissima. Tranquilla e meravigliosa. C'era l'amore di cui aveva bisogno, e c'erano anche litigi talvolta, ma mai tali da giustificare lo spaccarsi la pelle per sterminare qualcuno con... colpi di quella specie di fango? Credere a Daegal era quasi impossibile. Una parte di sé era ancora convinta che fosse tutta una pantomima, che a un certo punto l'uomo avrebbe fatto un gesto e permesso alla tricorna di divorarla intera, scarpe e tutto.

«Mangio anche quelle, all'occorrenza» disse la bestia, mettendosi esattamente davanti a lei. La guardò con i suoi occhi gialli pieni di particelle lucide e strati filamentosi, sembravano piccoli universi di luce.

«Senti... i miei pensieri» mormorò Deva.

«Non i tuoi in particolare, non sei mica speciale. Sento quelli che hanno bisogno di essere espressi» commentò la tricorna, con il pelo cangiante che si agitava ritmicamente mentre le camminava intorno, sollevando morbidamente una scapola dopo l'altra in un moto ondoso ipnotizzante.

«Bene, appurato che avevo ragione sulla magia, ti va se cominciamo un piccolo addestramento?» esclamò l'uomo.

Deva pensava che avrebbe preferito fosse rimasto il taciturno marito di Gerda, che tanto poco aveva considerato fino al giorno prima. Stava per dire un "no" deciso. *No, non mi farò spaccare da voi, per dimostrarvi che avete torto.* Poi però arrivarono di colpo, come una folata di vento, il ricordo di corpi dissolti nell'aria, di proiettili che le piovevano addosso, di fughe nel bosco. E la sensazione del precipizio che la chiamava, che sapeva il suo nome.

In un febbrile teatro dell'orrore immaginò il suo riscatto e la sua vendetta, un potere che trapassava porte e corpi fino ad arrivare a chi si era permesso di entrare nella sua vita e bruciarla intera. Le pareva quasi di sentirle, le sue braccia fendere l'aria e le sue urla portate dal vento.

La parte di Deva che voleva giustizia si risvegliò, ed era affamata.

Non guardò Daegal negli occhi quando rispose «Va bene», per paura che anche lui vedesse la furia che, come una bestia ridestata da un lungo sonno, si era accesa in lei. Ma ci fu qualcuno a cui non sfuggì.

«Chi sei, ragazza?» chiese Hylantikras, circondandola con il suo corpo massiccio e il suo odore di sangue.

Per un attimo gli occhi nocciola di Deva e quelli gialli della tricorna si specchiarono gli uni dentro gli altri, e la ragazza ricordò come ci si sentiva a essere braccati, mentre l'animale rammentava cosa si provava a veder morire la propria famiglia.

«Sono Deva Loissen» rispose lei freddamente, ma l'ultima sillaba le uscì debole, sbilenca, come se la forza di quel cognome si stesse affievolendo.

Chi sono? Chi sono? Chi sono?, fu quello che sentì Hylantikras.

✶

Se qualcun altro oltre alla tricorna avesse letto nei pensieri della ragazza, nelle ore successive alla dimostrazione di Daegal, ci avrebbe trovato uno spavento tenuto ben circoscritto da barriere di determinazione e stupore tanto forti da somigliare a entusiasmo.

«Ho dei poteri» aveva sussurrato la sera, a letto, con le labbra così vicine alla trapunta che le parole le echeggiarono morbidamente attorno in modo segreto e solenne. Desiderava leggere qualcosa di profetico in quanto era accaduto. A tutti i costi, voleva riconoscere che la tragedia l'avesse condotta a quel percorso di magia. Alta Magia.

Quello che Daegal aveva chiamato "l'addestramento" iniziò il giorno dopo, al termine del pranzo e prima della riapertura serale della cucina. Si recarono nella stessa radura, dove Deva avrebbe dovuto tirar fuori le stesse capacità che aveva mostrato l'uomo.

Dopo ore di tentativi in cui aveva provato a "connettersi col potere", come diceva Daegal, l'unica cosa in cui Deva era riuscita era farsi venire un gran mal di testa. Vista la sua forma fisica ancora precaria, l'uomo le aveva proposto delle situazioni di rischio piuttosto blande, ma una parte di lei continuava a chiedersi se non fosse tutto uno scherzo. Iniziò a odiare la versione di sé che ci aveva creduto. *Credere.* A sentire Daegal sembrava essere esattamente questo, il suo problema. Secondo lui esisteva un percorso piuttosto lineare per entrare in contatto con le proprie capacità magiche, tutto stava nel credere fermamente di averne, condizione che però si verificava solo a Riva di Alta, per la sua lunghissima tradizione di accettazione, uso e considerazione della magia nel quotidiano, anche per le più banali faccende.

Quella di Deva era una lotta continua per mettere in discussione tutti i pregiudizi di cui i suoi pensieri erano impregnati. Eppure, più Daegal provava a lanciarle tra le mani un bastone e ingaggiare una lotta, più le chiedeva di salire su un albero e saltare giù, più la pregava di tentare di dare per scontato di essere forte, invincibile, più i lividi, il dolore per le cadute e le schegge tra le dita la umiliavano. Non cedeva solo perché l'uomo insisteva con una fiducia che la metteva a disagio, e la sola gratitudine che poteva mostrargli era un minimo di determinazione.

«Devi credere, Deva» le ripeteva Daegal. «Non sono capace di fare quello che hai visto, sei tu. Sei stata solo tu.»

Deva non capiva quello slancio nel volerla aiutare, e i gesti pazienti e protettivi che ogni tanto lo sorprendeva a dedicarle. Da una parte la infastidivano: lei non aveva bisogno di un padre surrogato. Dall'altra, però, notava che quella dedizione lo entusiasmava: Daegal sorrideva più spesso, era meno silenzioso. Non voleva deluderlo ma, passato il primo entusiasmo e inanellando un fallimento dopo l'altro, non riusciva più a credere a quell'allenamento fino in fondo. Le sarebbe piaciuto infinitamente essere ciò che l'uomo vedeva in lei, poi inseguire gli assassini della sua famiglia fasciata di rabbia e armi e distruggerli tutti, dal primo all'ultimo. Guardare le loro teste rotolare, sputargli addosso il loro sangue come per qualche misero, volatile istante aveva sentito di poter fare.

Chiudendo gli occhi e concentrandosi per l'ennesima volta, si chiese quanto ancora sarebbe dovuta andare avanti prima di vedere le fiamme nello sguardo dell'uomo spegnersi. Forse continuava solo perché temeva quel momento.

✶

Il giorno dopo, con i grilli che le cantavano nelle orecchie e il caldo del sole a picco, si sentiva esasperata e furiosa. Daegal cercava di colpirla e lei non riusciva a scansarsi, prese un colpo di bastone sui polpacci e cacciò un urlo eccessivo. Continuò a urlare finché dal bosco non riemerse la massa pelosa e ondeggiante di Hylantikras.

Aveva scoperto da Daegal che la locanda prendeva il nome proprio dalle sue sporadiche e sfuggenti apparizioni in pubblico.

Deva desiderava parlare alla bestia e, quando trovò il coraggio di farlo, la scoprì meno affabile di quanto fosse con l'uomo, come se covasse verso di lei una certa diffidenza.

«Sei sola, nella foresta?» le chiese cautamente, a una certa distanza di sicurezza.

«Non ci sono altre tricorne in queste zone, se è la domanda che mi poni. Merito della guerra, degli incendi che funestano le foreste, e del lavoro proseguito dagli esseri umani. Valiamo più da morte, ormai» rispose laconico l'animale, ricordando a Deva che il Commercio Culturale proponeva anche una vasta gamma di pellicce di tricorna, e ornamenti ricavati dalle loro zanne.

«Ma potete difendervi... no?» chiese stupita Deva, alludendo alla stazza e alla potenza dell'animale.

«Le armi da fuoco stanno arrivando anche qui, ragazza. Da Terrena si diffonde ogni sorta di meraviglia tecnologica: fucili, esplosivi, ritrovati chimici. Siete una continua sorpresa!» esclamò con sarcasmo l'animale.

Deva era al corrente degli investimenti della sua riva in sviluppo militare, era un argomento di discussione frequente alle feste dei genitori. L'aveva sempre considerato come tale: materiale da conversazione, ma era consapevole di quanto la sua riva ne facesse un vanto.

«Ma anche la magia può crearvi altrettanti problemi...» commentò, soppesando mentalmente i due diversi tipi di attacco.

«La magia è regolamentata, cara, o almeno è quello di cui il Governatore Baladem dovrebbe assicurarsi. Ma che siano armi o che sia magia, quello che conta è l'intenzione. Hanno deciso che eliminarci fosse conveniente. D'altra parte, non siamo una razza che resta ferma a guardare quando uccidono i nostri simili, quindi ci siamo fatti una pessima fama. Sarà giunta voce anche a te che siamo creature aggressive e letali, giusto? Vorrei sapere come definire la vostra, di razza... I tuoi simili facevano delle feste di paese, quando mi ammazzavano un fratello.»

«Hanno provato a sterminare anche la mia, di famiglia» replicò Deva, fissando un punto fra i suoi piedi prima di rialzare lo sguardo e specchiarsi negli occhi caldi di Hylantikras.

«Lo so» disse la creatura. «Il lutto ha un suo odore inconfondibile. Tu, Daegal e Gerda lo condividete.»

«Cosa intendi? Chi hanno perso?» domandò Deva, stupita.

«Figli» rispose la tricorna. «Figli mai nati, o nati morti. Un antenato di Daegal fu tra i migliori durante la Resistenza. L'Artake non si limitò a ucciderlo: un AltoMago di Morhva maledisse la sua discendenza. Daegal fu l'unico di sette figli a sopravvivere. I suoi, invece, non hanno mai fatto il primo respiro. Ci siamo incontrati perché lui e Gerda li hanno seppelliti dove un tempo avevo la mia tana. Forse è stata la terra condivisa dalla vita della mia famiglia e dalla morte della sua a legarci.» La voce dell'animale era scesa di un tono, risuonando nella gola chiusa come se le parole facessero fatica a uscire. Ma aprì bene le fauci per darle un avvertimento: «Te lo dico affinché tu capisca: Radian è tutto, ancora, permeato dal dolore e da una magia oscura. Attenta a quello che evochi, e attenta a disposizione di chi lo metti».

Deva sospirò di frustrazione. «Daegal si ostina a perdere tempo con questo allenamento inutile! C'è una ragione per cui a Terrena non usiamo la magia, e la ragione è che NON LA ABB...»

Prima che potesse finire la frase, la tricorna la colpì con la zampa. Non tanto forte da farle male, ma abbastanza da gettarla a terra. E la rabbia prese il sopravvento su Deva. «Non capite che, se avessi il potere che credete, avrei salvato la mia famiglia? Cos'altro avrebbe potuto farmela tirare fuori, eh, Hylantikras? Quale trauma è superiore al vedere i tuoi genitori bruciare? Siete degli illusi! IO SONO UN'ILLUSA!» lo urlò con tutto il fiato che aveva in corpo, col ricordo di quell'impotenza che le attraversava il cuore come una spada.

La tricorna le fu sopra col suo corpo imponente, la ragazza quasi provò sollievo nell'immaginarla aprire le fauci e inghiottirla nel buio. Invece, con tono colmo di delusione, avvicinò il muso al suo viso e le ringhiò addosso: «Non sei abbastanza forte per sostenere la verità, Deva Loissen. Questo è il problema. Tu sei il problema!».

Un attimo prima che le parole le affondassero nel petto come una nuova lama, una voce emerse dalla mente di Deva come una mano tesa.

Ti sbagli, diceva, inaudibile al mondo ma esplosiva nella sua testa.

TI SBAGLI!

Prima di riuscire a comprendere cosa significasse, la ragazza sentì uno strappo nel petto. Il cuore sembrò svuotarsi, il terrore la avvolse e riconobbe immediatamente cosa stava per accadere. Fu un attimo: il corpo sembrò implodere mentre le membra non riuscivano a contenerlo, graffiavano e si aggrappavano in cerca di un appiglio, di salvezza. Le sembrava di annegare senza un goccio d'acqua, di annaspare circondata da aria irrespirabile, che non riusciva a penetrare le sue narici né la sua bocca spalancata. Conosceva ogni attimo di quelle crisi, ma ogni volta sembravano più vicine a ucciderla: prima o poi, il suo corpo avrebbe ceduto.

Vide il cielo così nitido, le nuvole passare, eppure non erano nuvole e correvano troppo in fretta, agitandosi insieme al suo corpo. Era Daegal, che la scuoteva. Era Hylantikras, che si avvicinava appena e annusava l'aria attorno. Era Gerda, che era accorsa con un bicchiere d'acqua. Tutto in un attimo dilatato in un tempo che non esisteva più perché lei era altrove, nel luogo del dolore, e sapeva che non c'era più speranza, che il corpo e la volontà non le appartenevano più. Sentì il panico risalirle vertebra dopo vertebra lungo la spina dorsale, era un dolore quasi fisico e desiderava soltanto che sparisse. Le urla che udiva erano le sue? La stoffa che lacerava tirando, erano i suoi abiti?

Non seppe calcolare quanto durò la crisi. Poi, com'era arrivata, si placò.

Rimise a fuoco le file disordinate di alberi del limitare del bosco, un tronco per volta, un ramo per volta, una foglia per volta. Mentre contava i fili d'erba sotto i suoi piedi sentì un sapore metallico in bocca: doveva essersi morsa le guance o la lingua. Sputò un grumo rosso schiumoso di saliva, sentì la viscosità del sangue sul dorso della mano mentre tentava di ripulirsi. Gradualmente i sensi ricominciarono ad avvertire la realtà attorno e tutto tornò a esistere, anche lei.

Teneva gli occhi bassi, temendo il momento in cui avrebbe incontrato lo sguardo di Daegal. I locandieri non erano la sua famiglia, che la conosceva e che sapeva come affrontare quei momenti, e che non l'avrebbe mai guardata con gli occhi pieni di angoscia e timore.

L'uomo, di cui sentiva le mani che la sorreggevano, era uno sconosciuto, e la pena nei suoi occhi sembrava grande come la sua paura, tracimava dai gesti che lo facevano indietreggiare e gesticolare, come se cercasse qualcun altro a cui mostrare ciò che aveva appena visto, per dargli un senso.

«Non parlare. Non chiederle nulla» disse la voce profonda della tricorna, dando fiato ai pensieri della ragazza. Deva le fu grata.

Lasciò che Daegal la aiutasse ad alzarsi e le togliesse la terra dai vestiti e dai capelli. Lei gli assicurò che era tutto passato, che aveva solo bisogno di bere dell'acqua e riposarsi. Che se avevano della polvere di *anthesilia* le avrebbe fatto bene prenderla in una tisana.

L'uomo annuì preoccupato, poi cercò di richiamare l'attenzione di Gerda, ma la donna stava correndo a passi rapidi verso la locanda. Era già sera e, nonostante quello fosse il giorno meno caotico della settimana, era possibile ci fossero dei clienti. Che pessimo tempismo.

«Come ti senti?» le chiese Daegal mentre la sorreggeva e, insieme, tornavano lentamente verso l'edificio.

«Sai una cosa?» rispose lei in un soffio. «Io ti ringrazio, ma ho deciso che forse va bene essere solo me. Di più io non riesco a fare, e sono stanca. Sono stanca da morire. Per favore, lasciatemi riposare.»

A quella Deva furente che covava dentro di lei, le mani pronte a brandire un'arma e a sentire l'odore del sangue, lei non doveva niente. Avrebbe trovato un altro modo per dare giustizia alla sua famiglia. Tutto questo non era utile. Lei non era utile.

«Va bene» rispose lui, sorreggendola senza mai guardarla in faccia, stringendole la mano con più forza, per farle sentire che c'era.

La tricorna rientrò nel bosco con una preoccupazione che non avvertiva da decenni. La presenza di quella ragazza sconosciuta le aveva risvegliato ricordi che sperava di aver messo da parte, e che invece ora le palpitavano di nuovo nella testa in un turbine di lampi neri e campi insanguinati. Un peso nel cuore che non era più abituata a portare, che la turbava e che le scatenava dentro presagi di distruzione.

16

LOCANDA

La notte seguente, dopo una cena a base di coniglio arrostito sul fuoco e una breve ricerca per individuare una radura dalla quale poter vedere una buona porzione di cielo, i mulini di Milisan apparvero di nuovo nelle stelle davanti allo sguardo di Évanette, e raccontarono la loro storia. Si accese Raalia, che rappresentava il lavoro e l'intervento umano, e fu come se la donna li vedesse di nuovo in funzione, eleganti e candidi, con le grandi ruote lignee che ruotavano in sincrono. Ma poi furono anche Tamia e Dun a dire la loro – acqua e rovina – e l'Astromante vide il fiume prosciugarsi e le ruote venire assalite dai rampicanti mentre nelle mura si aprivano ampie crepe e i tetti cedevano lasciando solo scheletri decadenti. Dopo le sue visioni, al mattino, Évanette aveva le palpebre gonfie, la pelle spenta e un pessimo umore. A volte si piegava a vomitare prima di risalire a cavallo, o procedeva in sella con gli occhi serrati e le labbra tirate, come se avesse voluto trattenere un grido.

Nessuno lo sapeva per certo, ma si poteva immaginare che detestasse il potere che aveva avuto in dono. Tranne la Necromanzia, in fondo alle sue preferenze per l'orrore che le avevano sempre fatto i cadaveri e per una pessima fama della cerchia, lei avrebbe preferito qualsiasi altro tipo di divinazione. La sua personale classifica di Arti Mantiche era: al primo posto la Cleromanzia – immaginava che avrebbe avuto a che fare con sortilegi pescati tra oggetti di uso comune, e non avrebbe varcato il confine della morte – poi l'Aeromanzia e, faticava a confessarlo persino a sé stessa, la Cartomanzia. Era brava anche con le carte. Non *fantastica* come con le stelle, ma una lettrice decisamente sopra la media.

Lo conosceva, il Cartomante che aveva preso il suo posto come favorito della Corte dei Maghi. Si chiamava Cain Thierrel. Al tempo in cui lei riceveva Ministri e Governatori alla Rocca, lui aveva una piccola tenda di lusso all'ingresso ovest del mercato, con un patio sul davanti. Sedeva circondato da piante rampicanti che celavano la vista di qualsiasi altro banco, come se il mondo attorno sparisse, e leggeva mazzi di carte che aveva fatto disegnare egli stesso dopo aver studiato religioni, filosofia, sogni e simbologia per tutta la sua vita. Erano bellissime, e vergate in polvere di oro puro. La loro fama si era sparsa in tutta la riva: le "nuove carte" erano le migliori mai concepite, si diceva.

Évanette lo aveva sempre considerato un Cartomante dalla grande abilità teatrale ma dalle doti mediocri. Era convinta che, nonostante la ricchezza di cui l'uomo si circondava, le persone che riusciva ad affabulare e tutti gli abiti e i monili che indossava, alla fine chiunque avrebbe visto che mancava della dote principale, e cioè il talento. Ma la vita aveva un certo gusto nel sovvertire quello che lei riteneva palese ovvietà e dannato buon senso, perché la cosa aveva funzionato, invece. La voce si era sparsa in fretta: il Divinatore dalle carte dorate sapeva trasportarti in un altro mondo, le sue letture erano esperienze mistiche e bellissime, ne uscivi rigenerato. E se poteva permettersi polvere d'oro e abiti tanto sontuosi di certo era perché aveva un grande successo nel suo lavoro, quindi doveva essere bravo. Il più bravo. E per di più, era anche un bell'uomo.

Anche su quest'ultimo punto Évanette non era affatto d'accordo. Cain Thierrel aveva la bellezza della cura: degli abiti puliti, dei profumi costosi e dei capelli perfettamente pettinati in un'onda all'indietro. Pur non avendolo sperimentato personalmente, era pronta a giurare che appena sveglio, con il suo naso a bottone e quegli occhietti pungenti, fosse un uomo del tutto normale, privo di fascino.

Eppure, eccolo lì adesso: consigliere di Eron Baladem, il Governatore di Alta. Il Divinatore più pagato e riverito della riva. L'uomo che, a forza di fingere il successo, se l'era costruito per davvero. Non che lo invidiasse ma, ecco... No, la verità era che lo invidiava. E lo invidiava perché era certa che, se avesse avuto una seconda possibilità, lei avrebbe fatto le cose diversamente. Le avrebbe gestite nel modo più conveniente per lei, facendosi furba e rivelando strategicamente solo alcune informazioni, tramando al pari degli altri consiglieri del Governatore. L'innocente Évanette Starwyn di un tempo non c'era più. La donna che era oggi avrebbe preso il potere, senza lasciare che usassero a piacimento il suo. Forse sarebbe anche riuscita a cambiare il corso delle cose.

La notte in cui aveva saputo dell'ingresso di Thierrel alla Corte dei Maghi non aveva resistito, era corsa a leggere le stelle per vedere se le avrebbero rivelato qualcosa su di lui. Era stata una delusione: era come se, per la notte, il Cartomante non fosse nemmeno esistito. Non un accenno, né allora né mai.

Sapeva solo che la tenda dell'uomo era stata smantellata, perché viveva alla Rocca mangiando pasti raffinati e vestendo di lino di Terrena e seta di Sama, mentre lei era in un bosco di cui non ricordava il nome, col tizio che l'aveva abbandonata dieci anni prima, con un abito liso in più punti e che le prudeva sulla schiena. Per duecento karàn.

«Non bene, Év, non bene...» sussurrò a sé stessa, dando una tallonata al cavallo di Lyran per raggiungere il gruppo che si stava fermando sotto un grande abete rosso.

Era una giornata tiepida e assolata, sotto la luce chiazzata che filtrava tra le fronde vide i due uomini armeggiare con la mappa e discutere in tono sommesso. Lyran aveva tracciato una riga contorta che da Kerberch tagliava per due zone boscose – Avelie, da cui stavano per uscire, poi dopo una vallata, la foresta di Vahel – e si ricongiungeva quindi alla zona dei mulini. Con il carboncino fece un cerchio spesso intorno al punto dove, secondo i suoi calcoli, si trovavano in quel momento.

«Più o meno qui» affermò, battendo il dito. «Avremo la conferma domani, quando arriveremo nei pressi di questo villaggio.» Indicò un puntolino al limitare del bosco, poi sollevò lo sguardo incontrando quello di Évanette, come ad attendere un commento.

Lei scrollò le spalle, li aveva già informati di non aver visto molto oltre ai mulini.

Bram, allora, si schiarì la voce: «Vorrei fare qualcosa per voi prima di arrivare al villaggio» disse.

«Ti sei deciso a leggere il nostro Xen?» domandò la donna, riaccendendo improvvisamente lo sguardo.

«No, mi occuperò del vostro Cerchio. L'ho fatto rapidamente in questi giorni, ma vorrei farlo per bene e...»

«L'hai fatto?» chiese stupita l'Astromante, sgranando gli occhi. «Io non me ne sono accorta. Tu lo sapevi, Lyran?»

«Uhm, no?» mormorò lui, guardando di sottecchi la reazione del ragazzo.

Bram fece un lungo sospiro affranto. «Se lo faccio con più intenzione, i benefici che potreste avere...» cominciò a spiegare l'apprendista Armon gesticolando con grazia, in un atteggiamento estremamente istituzionale che Évanette catalogò immediatamente come "da Armon".

Lyran scosse la testa e parò le mani aperte davanti a sé: «Non fa per me, Bram. Seriamente».

L'Astromante vide le labbra morbide del ragazzo arricciarsi in una smorfia frustrata. Sapeva che non stava per arrivare nulla di buono.

«Lyran, cosa pensi che vadano a fare gli Armon durante le missioni, una scampagnata?» ribatté infatti Bram, che sembrava averne abbastanza. «Sono qui per una ragione, se non svolgo il mio compito la ragione decade e tanto vale che io me ne torni a casa. Comandalo, dunque, Capitano. Dimmi che il mio lavoro è inutile, e ordinami di tornare a Larham.»

«Il tuo lavoro è certamente utile,» replicò pacatamente Lyran «ma non adesso.»

Una rissa era una cosa che Évanette aveva sempre reputato un momento di intrattenimento interessante, ma il tempo giocava a loro sfavore, quindi pensò di intervenire dicendo: «Quella cosa che hai fatto che mi ha raccontato Lyran invece, lo... stermina-nemici, quello è utile. Lo manterrei nel repertorio, per il futuro». Aggiunse un gesto esplosivo delle mani seguito da due pollici alzati e si esibì nel suo miglior sorriso di incoraggiamento.

Bram abbandonò le braccia lungo i fianchi in segno di esasperazione e Lyran trattenne a stento una risatina stupida e del tutto fuori luogo.

L'Astromante li vide uno davanti all'altro, tesi, pronti a detonare. Se fosse accaduto il gruppo si sarebbe separato: l'apprendista Armon sarebbe tornato indietro o si sarebbe lanciato in una missione parallela e suicida, e il Capitano sarebbe rientrato alla base riversando la colpa sul ragazzo, perché riteneva le sue presunte arti spirituali più importanti delle sue decisioni. Sapeva molto bene com'era un certo tipo di milizia, dove le parole del Capitano avevano il potere di "riscrivere" lo svolgimento di un evento. Per dimostrare la sua fedeltà agli Ardimenti, Lyran avrebbe fatto anche del suo peggio.

Non le era chiaro però come mai, se il ragazzo possedeva davvero le capacità che diceva di avere, il Capitano facesse di tutto per contrariarlo. Che si trattasse di paura? *Oh, sarebbe tipico di Lyran*, pensò con sarcasmo e un certo disappunto. Il problema era che interrompere la missione non conveniva neppure a lei: non ne aveva ancora ricavato nulla di quanto le stelle le avevano lasciato intendere. E le stelle non mentivano.

«C'è una cosa che non vi ho detto...» dichiarò Év, attirando l'attenzione su di sé e giocandosi un'ultima, disperata carta. C'era davvero qualcosa, in effetti, ma era una lettura parziale e lei non condivideva mai nulla di cui non fosse certa. Viste le condizioni, però, valeva la pena rischiare. «Siamo vicini a qualcosa di importante. A una svolta nel nostro cammino» disse, con la sua miglior voce da Astromante, quella che usava un tempo per esporre le sue letture.

Lyran alzò un sopracciglio, perplesso. «Come mai questa improvvisa voglia di condividere un dettaglio di cui finora ci hai tenuto all'oscuro?» chiese, con il piglio sarcastico che precedeva una ramanzina da primo in comando, e che Évanette disperse agitando le mani con sufficienza.

«Xavra, novità, e Parvisse, cambiamento. Ho ricollegato adesso, perché la prima accezione di Parvisse è "alternativa", "strada secondaria", e quella di Xavra è "nascita", quindi...»

«Quando entri nel tecnico mi fai venire mal di testa» mormorò il Capitano portandosi due dita alla fronte.

A quelle parole l'uomo e la donna si guardarono per un frammento di secondo, ricordando entrambi il medesimo momento, lontano nel tempo, per questo molto bello ma anche molto triste.

Non pensare al passato, Év. Pensa al futuro, si impose lei, sbattendo con intensità le palpebre e intimando al Capitano, puntandogli l'indice contro: «Sono la migliore nel mio lavoro o non lo sono, Lyran? Deciditi».

L'uomo esitò, valutando probabilmente anche lui gli svantaggi di un conflitto da un punto di vista personale e strategico, prima di arrendersi e asserire: «Sì, quando sei disciplinata. Quindi fai in modo di esserlo, fatelo tutti».

«E per fortuna che non sei il nostro superiore...» mormorò l'Astromante.

«Qualcuno deve prendere in mano la situazione. Adesso pensiamo alla missione e muoviamoci. In marcia» esclamò Lyran.

Bram li guardò torvo prima di risalire in sella al cavallo con un gesto elastico, fermandosi i riccioli con un cordino come faceva quando non voleva capelli sul viso mentre galoppava.

L'Astromante non seppe mai se avesse davvero portato a compimento una complicata lettura o se fu semplicemente un colpo di fortuna. Fatto sta che, dopo diverse ore di sentiero e quando il cielo si stava rabbuiando, sentì il ragazzo esclamare: «Vedo del fumo, delle luci. Credo ci sia una locanda, laggiù!».

«Beh, Capitano... Come vedi, qualcosa abbiamo trovato» sussurrò Évanette a Lyran, che fece un gesto con le spalle, come a dire: "Staremo a vedere".

17
NOVITÀ

Quando Gerda arrivò, trafelata, all'ingresso della Tricorna, trovò tre persone a cavallo che attendevano. Non avere ospiti le era sembrata l'unica fortuna della giornata, ma evidentemente non poteva durare. A prima vista le parevano viandanti, e lei non amava i viandanti. Spendevano il minimo, sporcavano le stalle e i bagni, chiedevano cibo e acqua per i cavalli e ne consumavano più di quanto sarebbe stato necessario. In più, spesso non avevano un buon odore, e infastidivano i clienti.

Quando si avvicinò di più, però, notò che uno tra loro – un bell'uomo dai capelli biondo ramato e dallo sguardo espressivo – indossava la casacca degli Ardimenti di Vidrian e il secondo, un ragazzo dai tratti aggraziati, sembrava portare quella dell'ordine del Cerchio. Le sfuggiva il ruolo della terza persona: una donna bassa dagli occhi sfuggenti, con un abito lungo del tutto inadatto a un viaggio e un cappello a punta che sembrava uscito da uno spettacolo teatrale.

«Avremmo bisogno di mangiare e dormire» dichiarò l'Ardimento.

«Mi spiace, abbiamo solo due stanze e una è già occupata, forse non volete condividere tutti insieme l'altra. Potete tornare indietro e deviare a ovest verso Sarn, ci sono altre due locande al villaggio» disse Gerda, sperando di toglierseli di torno. Lei e Daegal avevano già avuto i loro problemi, quel giorno, non gli serviva anche quella che sembrava una scalcagnata spedizione governativa da un'altra riva.

«Ci faremo andare bene quello che ha. I cavalli sono stanchi, e noi anche» ribatté Lyran e, senza attendere che la donna replicasse, si diresse verso le stalle conducendo le bestie per le redini.

«Le prime due stalle sono occupate» gli gridò dietro Gerda. Il ragazzo e la donna, intanto, entrarono e presero posto al tavolino con le panche imbottite.

Nello stesso momento, Daegal stava entrando dalla porta sul retro insieme a Deva. L'accompagnò in camera, poi scese a consultarsi con sua moglie. Insieme, convennero che il dottore non sarebbe venuto a quell'ora, avrebbero dovuto attendere la mattina. La ragazza, comunque, sembrava in buone condizioni fisiche nonostante lo stress.

Daegal frugò tra le bottigliette della farmacia per vedere se c'era dell'anthesilia e, quando ne trovò una vecchia boccetta, tirò un sospiro di sollievo. Ne fece un decotto dall'inconfondibile tanfo tossico, e lo portò alla ragazza. Quando entrò nella stanza si intravedeva ancora un alone di tramonto rosa che tingeva la cima delle montagne. La sagoma di Deva si stagliava netta contro la finestra. Tristemente, Daegal considerò che forse era abituata a ciò che le era accaduto.

«Ecco» disse l'uomo, appoggiando la tazza fumante sul comodino. L'odore terroso, marcio e acido si sparse nella stanza. «Sei sicura di voler bere questa roba disgustosa?»

«Sì, grazie» rispose Deva, posando sulla bevanda uno sguardo vuoto.

«Se hai bisogno, siamo di sotto» concluse l'uomo, facendo per uscire.

La ragazza annuì e lui scese a dare una mano alla moglie, che stava riscaldando uno stufato alle mele cucinato il giorno prima.

«Come sta?» chiese Gerda.

«Sembra si sia ripresa. Ma mi sento in colpa: ho esagerato, non avrei dovuto insistere con l'allenamento» ammise Daegal.

«Non è colpa tua, ma... lo sai che la magia attecchisce soltanto su chi è nato qui, e non è solo perché ce l'hanno insegnato. Sarà qualcosa in quest'acqua e questa terra, nelle canzoni che ci hanno cantato e nelle parole che ci hanno cresciuto. Non tutti i poteri che tu puoi leggere, evidentemente, possono essere davvero usati. E, a quanto mi dici, forse è meglio così. Ora, fammi il favore: porta questo vino al tavolo dei viaggiatori, così magari si ubriacano e non notano che lo stufato è di ieri» disse, porgendogli una caraffa.

«Lo stufato del giorno prima è il migliore» sentenziò lui, facendole l'occhiolino e ricevendo in cambio uno sguardo dolce, ma velato di preoccupazione.

«Cosa c'è?» chiese l'uomo, posandole una mano sulla spalla.

La donna esitò, prendendo diversi respiri prima di riuscire a mormorare: «Da grande sarebbe stata come lei? Come Deva? Anche lei aveva i capelli del colore del miele...».

Daegal sapeva perfettamente a chi si riferiva: Eileen, l'unica bambina che avevano avuto, che dal suo secondo giorno di vita riposava tra le radici di un larice. L'uomo posò la brocca e strinse la donna in un abbraccio delicato, posandole un bacio sulla testa e tenendosi dentro, come ogni volta, quelle parole che avrebbe voluto dire e che avrebbero solo peggiorato le cose.

«Vai adesso, che stanno aspettando» bisbigliò lei, districandosi dall'abbraccio e rimettendogli in mano il vino.

I pensieri del locandiere furono interrotti dallo strano trio che si trovò davanti. «Mia moglie si scusa per il ritardo, la cena è quasi pronta» dichiarò, posando la brocca di ceramica colma di vino.

«Nessun problema» rispose il ragazzo con gentilezza, chiaramente un Armon del Cerchio, con un sorriso offuscato solo dalla stanchezza.

«Per te, forse...» borbottò la donna, con un cappello posato accanto, la massa di ricci scuri un po' elettrici e grandi occhi grigi spiritati. Il suo accento era di Alta.

«È un onore ospitare l'Astromante nella nostra locanda» commentò Daegal, guardandola dritto in faccia. «Cosa vi porta fin qui da Kerberch?»

Évanette sgranò gli occhi quando capì che l'uomo l'aveva riconosciuta. Forse era uno dei tanti che aveva frequentato la sua tenda nei bei tempi andati, oppure aveva chiesto udienza alla Corte dei Maghi. Chissà cosa gli aveva detto, all'epoca. Si chiese se le stelle gli avessero mandato un messaggio di speranza, di dolore, o nessun messaggio. Rimanevano sempre delusi, quando non c'era alcun messaggio. Non capivano che spesso era meglio così: il futuro non era cosa per tutti.

«No, no,» si affrettò ad aggiungere l'uomo «non avete mai letto le stelle per me, se è questo che vi state chiedendo, signora. Ma sono curioso per natura dei poteri altrui. Daegal Bex, al vostro servizio.»

Ora l'attenzione del resto del gruppo era concentrata su di lui. Era consapevole di non apparire un pericolo, ma intuiva che sarebbero rimasti in allerta perché avrebbe sempre potuto diventarlo, come qualsiasi cosa sul loro cammino. I loro corpi si irrigidirono, il sorriso si diluì in un'espressione vigile e attenta.

«Molto bene, Daegal Bex. Vi è capitato di incontrare maghi con poteri particolari, ultimamente?» gli chiese il Capitano.

«Di cosa siete in cerca, esattamente?» chiese l'uomo, abbracciandosi i gomiti in un gesto difensivo.

«Di *chi*» lo corresse l'Ardimento. «Un bambino di nove anni è stato rapito, viaggia con uno o due adulti. Stiamo seguendo le loro tracce da Larham, sono in direzione del confine con Morhva.»

La pelle dell'uomo fu attraversata dall'ondata di un brivido. C'era troppo parlare di Morhva, ultimamente. La distruzione della tenuta di Deva, il fuoco nero, ora rapitori di bambini diretti verso gli Altipiani. Non erano notizie usuali e, se singolarmente potevano essere interpretate come casualità, messe insieme facevano accendere un allarme che gli vibrava lungo ogni vertebra della schiena. Era sicuro che anche Hylantikras stesse avvertendo qualcosa, osservandola aveva notato certi sguardi e lunghi silenzi. *Non può essere tornata, non è possibile,* si disse.

L'Armon si alzò lentamente. Diamine, si era dimenticato di lui.

«Il vostro Cerchio sta alimentando con forza una zona della mente dove riteniamo risieda la paura» affermò con enorme compostezza. Con altrettanta calma, lo fissò con occhi color smeraldo e chiese: «Potreste dirci tutto quello che sapete?».

«Per la magia suprema, Bram!» esclamò Évanette travolta dalla sorpresa, dando di gomito a Lyran e indicando compiaciuta il ragazzo con entrambi gli indici.

Alle spalle dell'Armon, Daegal vide l'Ardimento portare la mano al fianco in modo casuale, e l'Astromante infilare la mano sotto il cappello.

«No, un momento, ci siamo capiti male!» si affrettò a esclamare il locandiere mentre, col pensiero, correva a Deva e si chiedeva se parlare di lei potesse metterla in pericolo più di quanto non fosse già. Scandagliò con gli occhi i tre viaggiatori e, anche se non riusciva a percepirli come una vera minaccia, non gli parve così impossibile l'idea che potessero trovare interessante la ragazza scampata al massacro. Gli costava fare ciò che stava per fare, eppure ritenne che fosse l'unico modo per allontanarli da Deva.

«Io e mia moglie abbiamo perso diversi figli, alcuni anni fa. Nati morti» mormorò, con il corpo che reagiva a quelle parole scatenando un dolore quasi fisico nella gola, lì dove si erano formate. «Ecco, vedete, parlare di bambini scomparsi non... aiuta» concluse.

«Peggio ancora: voi venite qui a parlare di Morhva. Beh, sapete cosa? È stata Lei!» sputò fuori Gerda che, sentendoli parlare, in un impeto di rabbia li aveva raggiunti. «Dove non poteva annientare, malediva. Se l'è presa con i bambini... Fatevi un giro in questa zona, chiedete quante donne hanno partorito figli morti, o che sono morti appena nati. Loro non avevano colpe.»

La donna si coprì il viso con le mani poi, imbarazzata dalle sue lacrime, tornò in cucina. Si sentì sbattere qualcosa.

Daegal tenne lo sguardo fisso sulle scarpe per alcuni istanti, respirando a fondo per riprendere il controllo di sé.

«Se stai mentendo, Daegal Bex, questa notte le stelle me lo diranno» sibilò l'Astromante, soffiando come un felino.

Lyran si affrettò a stringerle il polso: guardando la pena negli occhi del locandiere, quella diffidenza sembrava inappropriata, se non offensiva.

Daegal si esibì allora in un talento ben sviluppato, ma che nessuno gli aveva mai riconosciuto: prese il pensiero dei suoi bambini e lo spostò in un luogo chiuso della sua mente. Poi, tornò al presente. «Ottimo, allora è tutto risolto: l'Astromante garantirà per me» concluse.

Gerda tornò con il viso asciutto, portando una pentola di profumato stufato e una montagna di patate arrostite, che distrassero momentaneamente il gruppo. Tutti si servirono una generosa porzione del famoso stufato alle mele della Tricorna, trovando conforto in quel piatto caldo e morbido, che si scioglieva in bocca forse proprio perché era stato preparato il giorno prima.

«Ovviamente non sono sicura che le stelle mi diranno qualcosa» sussurrò Évanette a Lyran.

«Ho continuato a leggere il suo Cerchio fino alla fine» aggiunse Bram. «All'inizio vibrava sulla paura, ma quando ha parlato dei figli il dolore ha preso il sopravvento. La paura è rimasta, però. Cercava di mascherarla.»

«L'uomo ha chiaramente qualcosa da raccontarci. Dopo cena ci metteremo a fare due chiacchiere» affermò Lyran, seguendo con lo sguardo Daegal oltre il bancone.

✶

L'infuso le bruciò in gola ed era disgustoso come ricordava. Forse era quello, il suo beneficio: distrarre i sensi con qualcosa di eccessivo. In qualche modo l'aveva sempre rimessa un po' in forze e stava iniziando a farlo anche questa volta, pur senza le medicine di Andergast.

Deva restò per un attimo a fissare il muro davanti a sé, che appariva più sfocato man mano che gli occhi perdevano definizione e la testa sospendeva i pensieri perché erano tutti molto difficili da maneggiare, pieni di punte e spine, e orribili a guardarsi da vicino. Rimase così, fuori dal mondo e da ogni cosa, con lo sguardo che attraversava il nulla, finché un fastidio non la riportò al presente.

«Maledizione» sussurrò, mentre tornava in sé solo per scoprire che doveva urgentemente andare in bagno. Mise a terra prima un piede e poi l'altro. Si alzò sollevandosi con cautela, appoggiandosi alle pareti. Bene: sembrava che anche quella volta si fosse ripresa dalla crisi.

Percorse il corridoio fino alla porta in fondo, entrò nel bagno comune e tirò il chiavistello. Svuotare la vescica fu l'unico, vero piacere della giornata. Che era andata di schifo, ora che rimetteva a fuoco tutto quanto. Solo una cosa si salvava, in quel mare di orrore: una tricorna era intervenuta in sua difesa. Il pensiero che una bestia che credeva quasi estinta, enorme e feroce, si fosse presa la briga di rispondere al posto suo era troppo assurdo per poter essere esaminato con la sola prospettiva della serietà.

Mentre usciva dal bagno e si appoggiava di nuovo al muro, iniziò a sghignazzare. Il suo corpo reagì provando una scarica di benessere che aveva dimenticato: da quanto tempo non rideva? Rise senza fare rumore, attenta a non destare attenzioni dal piano di sotto e, nonostante questo, sentì le lacrime riempirle gli occhi come se si stesse davvero lasciando andare a un'ilarità liberatoria. In quel momento dove tutto sembrava volerla annientare capiva che gli opposti potevano convivere, e che anche nel mezzo del dolore assoluto poteva provare attimi di assurda, incontrollata speranza, come un'invincibile scintilla che aveva resistito nonostante tutto. Si sentì fiera di sé in un modo che nessuno avrebbe potuto capire. Si percepì dalla sua parte, come se per la prima volta si stesse aiutando a sopravvivere.

Non si rese conto che di fronte a lei si stagliava la figura di un ospite della taverna fino a quando non gli fu quasi davanti.

«Salve» balbettò, senza sapere bene perché stesse salutando uno sconosciuto che cercava il bagno.

Avvicinandosi ancora, la presenza cessò di essere una sagoma controluce e diventò un ragazzo dai riccioli color carbone e dagli occhi chiari.

«Salve» disse anche lui.

La sua voce era giovane ma vellutata e piena, con una calma più grande dei suoi anni.

Restarono per qualche istante a guardarsi, in piedi nel corridoio in penombra. Lei, che raddrizzò la schiena e la testa come se un filo invisibile la rimettesse in assetto da Loissen. Lui, con il suo corpo slanciato che sembrava egualmente leggerissimo e inchiodato a terra.

«Il bagno è da quella parte» indicò Deva, riferendosi alla porta alle sue spalle, alla fine del corridoio.

«Ah...» commentò lui allungando la vocale, senza nascondere il lieve imbarazzo di quella conversazione e cercando, invano, qualcosa da aggiungere.

Sorrise, e due piccole borse gli socchiusero lo sguardo dandogli un'espressione affabile.

Quando il ragazzo entrò nel bagno, lei si affrettò a chiudersi nella sua stanza e sussurrò in silenzio, tra sé e sé: «Chi sei?».

18
VISITE

La mappa di Lyran era di nuovo srotolata sul tavolo, tenuta ferma dagli spessi bicchieri pieni di vino che avevano già lasciato i loro aloni tondi sulla carta.

Dopo i giorni di viaggio, l'itinerario era pieno di macchie, ma anche di piccole annotazioni. Il Capitano era meticoloso e rapido nel segnare con una scrittura appuntita e minuta fonti d'acqua, scorciatoie e ostacoli al percorso, ma soprattutto consigli e avvertimenti ricevuti dai locali.

«Questa è la zona dei mulini, non siamo lontani» dichiarò con voce sommessa, seguendo il percorso con il dito e battendo due volte sullo schizzo di una ruota.

Évanette annuì mordicchiandosi un'unghia e sperando di poter contribuire in modo più sostanziale quella notte. Erano giorni, ormai, che le stelle continuavano a raccontarle esattamente la stessa storia: il gruppo con il bambino ai mulini, senza aggiungere null'altro.

«Pensi che siano ancora lì?» le chiese il Capitano.

«Li *leggo* ancora, è tutto quello che posso dire» rispose lei seccamente, alzando le spalle. Nessuno dei due pronunciò a voce alta la domanda: "Cosa succede se arriviamo e non troviamo Aral?", ma aleggiava silenziosa.

Intanto, il vino stava scendendo giù un po' troppo facilmente, quella sera. Évanette osservò Bram tornare al tavolo un po' barcollante, la testa chiaramente altrove.

«Vacci piano col vino, Armon» lo apostrofò, allungandosi a spostare il bicchiere che il ragazzo stava già cercando con la mano.

«Non levarlo...» si lagnò Bram, lasciandosi cadere sulla panca e prendendosi la testa tra le mani affusolate, che sparirono nella chioma scura.

«Ehi,» fece la donna, agganciandogli il mento con un dito e sollevandogli il viso «cosa c'è?»

«Ho visto una ragazza, al piano di sopra. Occupa lei l'altra stanza» rispose Bram, lasciando la frase sospesa come se volesse aggiungere altro. Poi rinunciò, abbandonando la testa sul tavolo, fra le braccia.

«Vuoi dormire con lei, Bram? Potrei offendermi...» lo stuzzicò l'Astromante, con una risatina e la testa che si faceva sempre più leggera. Anche lei aveva decisamente bevuto un bicchiere di troppo.

Lyran osservò la scena con un silenzio tombale, che in un attimo calò sull'intero tavolo insieme a un istante di imbarazzo difficile da dissipare con una battuta, che comunque non venne in mente a nessuno. I suoi occhi agganciarono quelli dell'Astromante che, invece di spostare lo sguardo, sostenne il suo con una fierezza densa di intenzioni.

«Cosa c'è, Capitano? Un tempo ti divertiva vedermi bere» sussurrò con tono di rimprovero, avvicinandosi a Lyran fino ad avvolgerlo con l'odore dell'alcol che aveva bevuto, dandogli una visione precisa e ravvicinata del suo volto che ricordò all'uomo momenti infinitamente più intimi trascorsi insieme. Lei lasciò che la guardasse, e il Capitano lo fece: osservò i suoi occhi grigi cerchiati dalla stanchezza, con quel sopracciglio più alto dell'altro che le dava sempre un'espressione sarcastica. Fece scivolare lo sguardo sul suo naso, che lei riteneva le corrispondesse così bene: lievemente aquilino e sottile, con narici strette. Imperfetto, ma con una sua innata autorevolezza. Le labbra erano cambiate: un tempo morbide come frutti maturi, adesso invece erano spaccate e screpolate in più punti. Tuttavia, Évanette volle immaginare che gli facessero ancora lo stesso effetto. Il vino annacquava le sue insicurezze, lasciandola aderente e fedele alla parte più sicura di sé.

Inclinò impercettibilmente il corpo finché le loro gambe non entrarono in contatto, calore contro calore. Restarono immobili, entrambi sorpresi dall'effetto che quella minima vicinanza stava scatenando nel resto del loro corpo, mentre le mani erano ferme a distanza sul tavolo e resistevano all'impulso di toccarsi.

«Lo sai cosa c'è, Astromante. Anche senza leggere le stelle» mormorò lui lievemente, anche se l'apprendista Armon sembrava essersi addormentato sul tavolo.

«Certo che lo so. Non la senti addosso questa necessità, come sete? Potrei elencarti le cose che vorrei fare, e le cose che ti lascerei fare. Ma è l'alcol, Capitano. Ho scoperto che il vino mi dà accesso a quello che voglio veramente, e sai cos'è che voglio *veramente*?» sussurrò lei avvicinandosi al suo orecchio, con parole che si sciolsero morbide fra i suoi capelli.

«Cosa?» chiese Lyran, posandole la mano sulla gamba e poi lasciandola scivolare verso il punto dove era più incandescente.

«Autodistruggermi. Io voglio *autodistruggermi*» soffiò la donna sul collo di lui, appena sotto il lobo dell'orecchio. Lyran non capì immediatamente finché lei, con uno sforzo di volontà notevole, non gli tolse la mano dalla gamba «Ma, per quanto mi costi, non mi permetterò di farlo. Ho delle cose da sbrigare, prima di morire».

Lyran sospirò, sembrava a corto di risposte. Forse avrebbe voluto farle promesse che non sarebbe riuscito a mantenere e per una volta aveva deciso di tacere, si augurò lei. Il Capitano si scansò dal corpo rovente della donna, arrotolò e ripose la mappa, quindi, con quello che pareva un tentativo di ricomporsi, annunciò enfatico: «Bene, è ora di fare due chiacchiere col locandiere».

Bram sussultò, si strofinò gli occhi e li aprì in due fessure. Guardò Lyran e, senza aggiungere nulla, rabbrividendo di freddo si alzò e lo seguì.

★

Daegal Bex, come indicato dalla moglie, era seduto a un tavolo esterno che dava sulla porzione di bosco preceduta dalle stalle. La serata era fredda e limpida, dal folto degli alberi arrivavano i rumori fruscianti del vento notturno e un profumo di terra umida. Il locandiere aveva appena arrotolato una sigaretta di erbe e non alzò neppure lo sguardo quando sentì i passi arrivare: li stava aspettando.

«Un tiro?» chiese ai tre viaggiatori, che scossero tutti la testa.

La sigaretta, che si accese piano tra le labbra, si stagliò contro la luce azzurrognola che precedeva il buio.

«È un peccato che siate arrivati così presto» dichiarò Daegal. «Ancora un po' e avrei potuto usare il potere dell'Astromante per leggere le stelle, e capire le vostre intenzioni.»

«Terza Natura» commentò Bram. «Avevo questo sentore. Il tuo Cerchio ha degli aloni che non gli appartengono.»

Più il viaggio procedeva, più Bram comprendeva non solo i lunghi anni di studio sulle altre rive, ma anche il vantaggio del duro addestramento fisico e mentale del Cerchio. Ne era grato: con i sensi allenati, senza che nulla apparentemente lo indicasse, sapeva quando era il momento di sintonizzare la sua attenzione su qualcuno in maniera discreta, ma ricettiva. Il Cerchio non era soltanto un indicatore dello stato di una persona, in qualche modo era come un racconto su di lui, una storia. Quello di Daegal raccontava dolore, ma anche rabbia (*qualcosa gli è stato sottratto, qualcosa che amava*) e la parte dedicata alla paura era accesa e chiara (*ha paura che succeda qualcosa, sta proteggendo qualcuno*). Bram iniziava a ricomporre i pezzi.

«E dunque,» continuò l'uomo «quest'occasione sfuma perché avete mangiato troppo in fretta o bevuto troppo poco. Niente Astromante: cosa mi resta? Un Armon del Cerchio, non ci faccio granché. Un Capitano senza fede, e temo di non poter usare la tua forza fisica. Sono un AltoMago inutile, insomma.»

Si mise a ridere. I tre non stavano seguendo il suo filo logico, si guardarono tra di loro senza riuscire a ribattere.

«Ma poi ho pensato che, se qualcuno di voi avesse davvero un potere così grande da rappresentare una minaccia, allora l'avrei avvertito. Badate bene, magari non sarei riuscito ad appropriarmene, ma avrei sentito forte e chiaro un potere messo a servizio di *qualcun altro*, se capite cosa intendo. Quindi, mi sono rilassato. E mi sono acceso una sigaretta.» L'uomo soffiò fuori lentamente una voluta di fumo grigio contro il cielo, dove iniziavano a comparire le prime, fioche stelle.

«Perché dovremmo essere una minaccia per te, Daegal?» chiese Lyran.

L'uomo fece una lunga tirata di sigaretta, la brace si accese di un arancione vibrante. Esalò un'altra nuvola di fumo, prima di rispondere con tono vago: «Passa gente di ogni tipo, qui».

«Grazie per l'illuminante precisazione,» commentò Lyran «ma adesso spiegaci il motivo della paura che ha letto il nostro Armon nel tuo Cerchio.»

Daegal sembrava voler mettere alla prova la loro pazienza, perché tornò a parlare solo dopo alcuni lunghi secondi di silenzio e fumo. L'aria, intanto, si faceva sempre più fredda.

«Che strada avete fatto per arrivare qui? Siete per caso passati da Riva di Terrena?» chiese, ottenendo la risposta negativa che si aspettava, così proseguì: «È giunta una notizia, da Terrena. Pare che sia stata rasa al suolo una tenuta, a Freyan. Dicono che abbiano usato del... fuoco nero,» esitò un istante «e che non sia rimasto nulla. Quando senti "fuoco nero", pensi all'Artake. E poi arrivate voi, citando Morhva. Ho capito che intendevate *Lei*».

Bram intervenne: «Non abbiamo detto Morhva per intendere *altro*».

Daegal Bex sospirò. «Era nei vostri occhi, ragazzo. E, a giudicare, dallo sguardo dei tuoi amici, ho indovinato: Sarshan Kean.» Scandì quel nome con lentezza e gravità, come se con quelle poche sillabe potesse evocare qualcosa di spaventoso. «Speravo non sarebbe mai arrivato il giorno in cui avrei sentito voci sul suo ritorno, e invece eccoci qui. Questa terra non ha ancora superato il lutto per ciò che ha fatto e il suo nome già risuona di nuovo, come un incubo infinito. Parlate piano, di Lei: c'è gente che piange ancora i cari uccisi e che non reggerebbe al colpo come facciamo noialtri. Anche dei bambini nati morti sono poca cosa, per qualcuno. C'è chi i figli li ha cresciuti e amati per anni, solo per vederli massacrare davanti ai propri occhi, uno per uno. E c'è chi non è potuto mai tornare a casa, perché le sue terre sono impregnate di una morte che ancora riecheggia.»

Calò di nuovo un silenzio teso mentre Daegal faceva un altro lungo tiro di sigaretta e, infine, spegneva il mozzicone schiacciandolo su un sasso cavo al centro del tavolo di legno.

«L'attacco a Terrena, quanto tempo fa è accaduto?» chiese il Capitano, ma il locandiere non stava più prestando attenzione. I suoi occhi erano fissi verso i margini del bosco, e si incupivano rapidamente. Si era udito un debolissimo suono argentino nell'aria, e solo lui lo aveva decodificato immediatamente: qualcuno a un centinaio di metri di distanza, ancora nel buio del bosco, aveva urtato il loro cartello dipinto a mano della locanda, dove Gerda aveva voluto mettere un piccolo campanello.

L'uomo si irrigidì e si alzò di scatto. «Abbiamo ospiti...» dichiarò, allertando gli altri.

Mentre Lyran portava la mano sull'elsa della spada ed Évanette cercava qualcosa nella gonna dell'abito, Bram si fece da parte cercando la concentrazione per leggere la situazione. Maledisse i bicchieri di vino e la sensazione che aveva avuto fino a un momento prima: quella di essere lontano da qualsiasi pericolo e di potersi permettere sensi rallentati.

Anche il Cerchio dei presenti, però, sembrava ostacolare le sue capacità, impedendogli di abbracciare la vallata e arrivare al bosco. La sua mente gli pareva una sinfonia con troppe note: la rabbia di Évanette, la paura di Daegal, l'ansia di Lyran, tutto gli arrivava addosso e attutiva la visione del resto. Ancora una volta non riuscì ad avvertire nulla con chiarezza, e il ricordo della sensazione di fallimento che aveva osato mettere da parte durante quei giorni di missione gli cadde addosso con il peso di una montagna, facendo vacillare ulteriormente le sue percezioni.

Si avvicinavano, erano quattro stranieri. I loro cavalli avanzavano con un suono cupo e attutito sul terreno del sentiero, le loro schiene solide promettevano uomini forti e allenati. Lyran cercò di scorgere qualche segno di riconoscimento, ma i cavalieri non ne avevano.

A una decina di metri dalla Tricorna rallentarono e si fermarono. Uno di loro smontò da cavallo, si ravviò i capelli e si spolverò il mantello come per fare una migliore impressione, poi parlò con una voce tranquilla che spiazzò tutto il gruppo: «Buonasera, signori, e scusate l'ora tarda. Era nostra intenzione presentarci con il favore del sole, ma volevamo arrivare il prima possibile. Siamo stati mandati in missione da Riva di Terrena, cerchiamo Deva Loissen. Al villaggio ci hanno detto che potrebbe essere qui, ospite da voi» dichiarò, aprendo le mani per mostrare di non essere armato.

«Maledetti siano i fulmini...» mormorò Daegal a mezza bocca, indovinando chi potesse aver fornito quell'informazione.

Lyran, Bram ed Évanette si guardarono l'un l'altro prima di dirigere i loro sguardi verso il locandiere, in cerca di lumi.

Intanto, il cavaliere aggiunse in tono cortese: «Il signor Daegal Bex, immagino? Non c'è bisogno di preoccuparsi: siamo qui per riportare la ragazza a casa. O meglio, per ricondurla a un ambiente a lei più consono dove potrà ritrovare volti amici, che l'aiuteranno a ristabilirsi». Poi si avvicinò all'uomo che, ora, lo guardava con un misto di apprensione e curiosità.

«Capisco. Lei è stato mandato da...?» domandò Daegal, replicando la cortesia dell'uomo.

«Siamo la guardia personale del Governatore Lennar Dean, amico di famiglia dei Loissen, probabilmente Deva gliel'avrà detto. Io sono il Comandante del gruppo.»

«Chi diavolo è Deva Loissen?» sussurrò Évanette.

Bram non rispose, ma intuì che si riferissero alla ragazza che aveva incontrato al piano di sopra. Mentre gli animi si calmavano, l'apprendista Armon iniziò a leggere il Cerchio dei cavalieri.

Deva, intanto, si era affacciata alla finestra attirata dal trambusto e aveva sentito pronunciare il suo nome. Scese in fretta, colma di una speranza difficile da descrivere a parole: eccessiva e spaventosa al tempo stesso.

«Sono io Deva Loissen» dichiarò, muovendosi lentamente verso il gruppo. Daegal la guardò come se avesse voluto picchiarla. Provò a muovere le labbra per dirle "torna dentro", ma l'attenzione della ragazza era interamente concentrata sui cavalieri. Riconosceva qualcosa di familiare, in loro. La postura, l'accento. Il suo viso si allargò in un sorriso.

«Molto bene, il mistero è risolto!» esclamò sempre l'uomo che si era presentato come comandante. «È davvero un sollievo ritrovarvi illesa, signorina Loissen.»

Signorina Loissen. Le parole affondarono dentro Deva risvegliando una tempesta di ricordi.

«Grazie di cuore per essere venuti a prendermi. In qualche modo, vi stavo aspettando» disse, con la voce rotta dalla commozione. «Ma, ditemi, per favore: ci sono sopravvissuti alla tenuta?» chiese, affondando le unghie nei palmi e irrigidendo le spalle.

Il Comandante aprì la bocca per parlare, poi invece guardò a terra fra i suoi piedi. A Deva bastò, e strinse i pugni più forte che poté per non gridare. Il dolore era esploso talmente forte ormai, dentro di lei, da averla già spezzata più di quanto l'esitazione dell'uomo potesse fare. E poi, aveva davanti a sé un intero viaggio per chiedere, capire. Piangere.

«Potete concedermi il tempo di radunare alcune cose?» chiese, con la voce flebile che si sforzava di restare intera.

«Ma certo, però vorremmo ripartire prima possibile per non perdere altro tempo prezioso. La attenderemo qui» rispose l'uomo, mentre anche gli altri cavalieri si rilassavano un momento, smontando da cavallo.

Fu il movimento di un secondo cavaliere: lo scendere dalla sella in modo troppo atletico, il sollevarsi di un lembo di mantello, la minuscola porzione esposta di un oggetto metallico nascosto in un fodero, che catturò la luce delle finestre della Tricorna. Si trattò di un bagliore rapidissimo, ma Deva lo avrebbe riconosciuto tra mille. Era lo stesso riflesso cangiante che aveva provato a scavare fuori dalla sua carne, di un bianco violaceo simile a una perla marina.

Argento di Moltess, realizzò immediatamente, sentendo le gambe farsi deboli.

Fu nello stesso esatto momento che Bram riuscì, sopra la disperazione di Deva, a *vedere* finalmente il Cerchio degli sconosciuti.

«Sono ostili» fu tutto quello che disse. Bastò a cambiare di netto la situazione.

Daegal spinse Deva dentro la locanda mentre, con un fischio, chiamava l'unico aiuto che conoscesse, augurandosi di essere udito.

Il Comandante aprì il mantello e sfoderò un'altra pistola, questa volta di un cupo metallo nero. Un attimo prima che premesse il grilletto, Lyran gli si avventò contro, deviando il colpo verso il cielo.

Évanette saltò all'esplosione, urlando: «Questo non è *per niente* incluso in una missione da duecento karàn, voglio almeno il doppio!», mentre sfoderava due piccoli pugnali dall'abito, che lanciò verso il secondo e il terzo cavaliere, colpendone uno al braccio e mancando clamorosamente, ma almeno distraendo, l'altro.

Prima che potesse correre a riprenderne almeno uno, si sentì afferrare dal Capitano, che le intimò: «Entra. Dentro».

«Non entro. Dentro» replicò lei con lo stesso tono. Ma, quando vide due cavalieri ricaricare le armi, pronti a colpire, si corresse: «Scherzavo, entro».

Fecero di nuovo fuoco. Bram schivò un proiettile con un movimento rapidissimo, un altro si piantò sul tronco di un albero solo perché Lyran si era abbassato in tempo.

«Ragazzo, fai quello che sai fare» sussurrò il Capitano.

Immediatamente, si sentì esplodere un altro sparo. Daegal, che stava avanzando armato di un modesto pugnale, si portò la mano alla spalla, e si trascinò dietro a uno dei tavoli esterni.

Bram non poteva attendere oltre: piantò i piedi a terra, aprì i palmi delle mani verso gli uomini come se fosse ancora nella formazione insieme ai confratelli, perché quello era l'unico modo che conosceva. Per potersi davvero connettere col Cerchio doveva lasciar andare ogni emozione, ma i sentimenti gli erano d'intralcio. La paura gli ottenebrava la vista come inchiostro, l'angoscia di sbagliare gli inchiodava i pensieri allo scontro di Gerwynn, a chiedersi ancora cosa avrebbe potuto fare meglio.

Quando udì di nuovo il rumore delle armi che venivano caricate, il ragazzo capì di non avere più tempo: non sarebbe mai stato pronto, doveva tentare con quello che aveva. Con quello che era.

«Coprimi» mormorò al Capitano Lyran.

Abbandonare le sensazioni di quel momento fu la cosa più difficile mai fatta prima, ma tentò comunque il passo indietro nel luogo da cui osservare senza essere coinvolti, nel grande spazio candido dove ogni pensiero si agitava sotto un velo che lo separava dalla sua mente. Era quello che aveva fatto quel giorno in nave, quando Lyran l'aveva interrotto. Era quello che aveva fatto *ogni giorno*, da quando era entrato al Convicto: le cinque pratiche del mattino.

Dalla quiete di quel luogo tornò sentendo sfrigolare il Cerchio tra le mani come fosse una sfera dalla consistenza densa, quasi acquea. Ne avvertì le fratture così come i punti di forza, e fu come se stesse riflettendo non solo il *suo* personale Cerchio ma anche quello dei presenti, perché sentì le mancanze lì dove i suoi compagni ne soffrivano.

Lo tenne tra le mani e lo afferrò come poté, per quanto poté, prima che i cavalieri facessero ancora fuoco. Non era questo che gli avevano insegnato, al Convicto: il Cerchio come energia creata era un'azione collettiva, un momento di ricezione e riequilibrio. Eppure, fu l'unica cosa che Bram sentì di dover fare: concentrò tutta la potenza che riuscì tra le dita – un peso vivo, elettrico, caldo – poi la rilasciò.

L'onda d'urto non fu potente come quella di Gerwynn, ma comunque sufficiente a spazzare via con violenza tutto ciò che trovò sul suo cammino e a respingere due dei cavalieri. Il primo fu scaraventato contro un albero, il corpo colpì con violenza il tronco e la pistola dai bagliori perlacei cadde nell'erba alta. Il secondo cavaliere ne uscì piegato da un lato, come se il colpo gli avesse rotto una gamba e curvato la colonna vertebrale. Contorto, cercò di rimettersi in posizione verticale quando Lyran atterrò sulle ginocchia davanti a lui falciandogli la seconda gamba e, con un fendente più violento, parte della calotta cranica mentre si rialzava. Il bel viso del Capitano si coprì di schizzi di sangue rosso acceso mentre parti del corpo dell'uomo si disperdevano attorno.

Nel frattempo il Comandante e l'altro cavaliere si erano lanciati addosso a Bram prima che lui potesse accorgersene, immobilizzandolo stretto. Soffocò un lamento di dolore.

«Te l'ho detto che hai bevuto troppo, Bram» borbottò Évanette accorsa in suo aiuto, ferendo con il pugnale la spalla del Comandante. Gli fece mollare la presa sul ragazzo, ma l'uomo la spostò subito sulla pistola scura, puntandogliela addosso.

«Elegante. Elegantissima, questa pistola» dichiarò la donna con una smorfia ammirata. «Ma possiamo magari... prenderci un attimo...» biascicò, facendo un passo indietro con le mani ben alzate che ancora brandivano i due pugnali.

Bastavano una manciata di minuti a riempire di cadaveri un giardino. Deva lo sapeva già, e non ne cercava alcuna conferma. Fissava la scena con angoscia. Vide un cavaliere recuperare da terra l'arma di argento di Moltess e al tempo stesso notare Daegal, nascosto dietro al tavolo. Con lo sguardo fisso sul locandiere, l'uomo ricaricò la pistola.

Fu allora che Deva riuscì davvero a dirselo: poteri magici o meno doveva aiutare anche lei, non poteva restare a guardare. Non un'altra volta.

Gerda era in piedi accanto alla porta, aveva afferrato un lungo coltello da cucina. Tutto il suo corpo, dalla punta dei capelli alle caviglie, tremava incontrollabilmente. Dagli occhi scendevano lacrime pesanti, che le bagnavano le guance e il collo. Quando Deva le si avvicinò, la locandiera le sussurrò: «Non ci riesco. Non riesco a uscire».

In quelle parole Deva si specchiò. Si rivide impotente, vomitare a terra, sentire l'odore di corpi bruciati. Parte di lei desiderava follemente nascondersi insieme alla donna, chiudersi da qualche parte o fuggire ancora. Ma le parole uscirono dalle sue labbra prima che se ne rendesse davvero conto: «Vado io, Gerda» dichiarò, senza sapere se sarebbe stato vero, con la paura che le faceva tremare i denti e le labbra. Poi aggiunse: «Vai di sopra e chiuditi in camera».

La donna non fece altro che passarle il coltello, e lei lo afferrò. Quando sentì il pugno stringersi attorno al manico, seppe che l'avrebbe usato. La scelleratezza con la quale stava marciando verso la morte le diede un senso di orrore, potenza, sollievo.

Forse è così che finisce, pensò.

Nel momento in cui uscì, i cavalieri erano riusciti a disarmare e radunare Daegal e gli altri, e si preparavano a un'esecuzione.

Offri un diversivo, disse una voce dentro di lei, la stessa che l'aveva convinta a uscire. La stessa che quel giorno, durante la fuga, le aveva impedito di trovare sollievo giù dal dirupo.

Prese la decisione in un istante. Si lanciò correndo verso gli uomini e, in silenzio, si frappose tra loro e gli altri. Vide nitidamente la loro reazione sorpresa e compiaciuta.

«Bene, signorina Loissen, dovrete aver finito di radunare le vostre cose. Adesso, risparmiateci ulteriori spargimenti di sangue e venite con noi.» Il Comandante dei cavalieri voleva di nuovo apparire garbato, ma la sua voce era aggressiva come un latrato. «Vi garantisco che stiamo facendo tutto questo nel vostro interesse!» gridò, quasi perdendo le staffe.

Deva li osservò sentendo il coltello vibrarle nel pugno.

«Guardatevi intorno: sapete di non appartenere a questa gente» aggiunse lui con tono mellifluo.

«Non appartengo nemmeno a voi. Sono appena guarita da una ferita causata dall'argento di Moltess, signore» sibilò Deva, fissando la pistola dell'uomo senza smettere di sentire brividi lungo tutto il corpo.

«Sopravvissuta all'argento di Moltess?» rise quello. «Dovete sbagliarvi. Ma avrete certamente risposte a tutti i vostri dubbi quando parlerete col Governatore.»

«Voglio risposte *adesso*» intimò lei.

«Uno dei nostri è stato ucciso, non vi basta?» urlò quello, con gli occhi spalancati e una smorfia rabbiosa. «Quanta gente deve ancora morire per voi, signorina Loissen?»

La frase colpì Deva con più forza di quanto un proiettile avrebbe mai potuto fare.

Il Comandante, tuttavia, incalzò: «Stabilitelo voi: per ogni minuto che ci fate attendere, un'altra persona perderà la vita, a cominciare dal vostro amico locandiere».

Lo stomaco di Deva si svuotò quando l'uomo fece per prendere la mira, ma una vibrazione profonda cominciò a risuonare nell'aria, distraendolo per un istante. La tricorna apparve, enorme e silenziosa, alle sue spalle. Con la poderosa muscolatura si mosse svelta a testa bassa, minacciosa e agile come una lince ma almeno cinque volte più grande. Il ringhio le risuonò cupo in gola mentre piombava su uno dei cavalieri rimasti e, dopo averlo guardato in faccia per un attimo, con un singolo morso gli staccò la testa di netto con uno schiocco secco seguito da un rumore gorgogliante, sputandola poco lontano. Il viso dell'uomo aveva ancora gli occhi stupiti mentre rotolava sul prato sporcandosi di terra, e il suo corpo lanciava un alto zampillo di sangue. Questo distrasse per un istante la tricorna, che non vide il secondo cavaliere avvicinarsi di lato. Le piantò un coltello nell'occhio sinistro. L'animale proruppe in un grido di dolore.

Il diversivo aveva però concesso al gruppo il tempo per reagire: Daegal si era spostato fuori tiro, Lyran aveva recuperato la spada. E quando il Comandante fece per puntare la sua arma verso la fronte della bestia, l'erba cominciò ad agitarsi e il terreno a vibrare. Se Deva si fosse voltata avrebbe visto il ragazzo, in piedi alle sue spalle con i piedi saldamente ancorati a terra e le mani aperte. Lo avrebbe visto chiuderle sul petto in due pugni, con pollici e mignoli a contatto per formare un cerchio e poi, dopo un istante, aprirle di scatto.

Quello che accadde dopo avrebbe riecheggiato a lungo nei ricordi di tutti i presenti.

Dal ragazzo si alzò un'onda d'urto che si sparse attorno con un boato profondo. Fu come se Bram avesse preso tra le mani il suolo, con tutte le sue creature, e l'avesse violentemente scosso come si fa con un panno da stendere. L'energia scatenata ignorò sia Deva che Lyran, Évanette e Daegal: passò loro accanto come vento. Sui cavalieri, invece, si dispiegò in tutta la sua potenza. Ne investì i corpi e li spinse lontano con tanta forza da trapassarli e smembrarli in un istante disperdendone i brandelli nel vento, oltre le chiome degli alberi all'orizzonte.

L'onda proseguì nella sua corsa fino al bosco, poi sparì con un fruscio oltre gli alberi.

Davanti alla locanda scese il silenzio.

19
CASSIYA

Quando il terrore defluì, sei paia di occhi si guardarono sconvolti.

Servì tempo e fatica per ogni cosa: per realizzare che nulla dei cavalieri poteva davvero essere raccolto, e si stava già fondendo col terreno. Per medicare l'occhio di Hylantikras, cosa che Daegal fece con infinita pazienza, sopportando i fischi aggressivi che l'animale soffiava fuori dalle fauci, e scostandosi quando il dolore le faceva scattare le mandibole. Per riprendere possesso di corpi che avevano compiuto sforzi che avrebbero pagato in lividi e ossa contuse.

Lentamente, si trascinarono uno alla volta all'interno della locanda. La tricorna si accucciò sotto la finestra del tavolo dove scelsero di sedersi, sospirando rumorosamente.

All'inizio parve che nessuno avesse voglia di prendere la parola per primo. Avevano combattuto dalla stessa parte, ma ciò non escludeva che potessero rappresentare un pericolo reciproco, quindi i gesti erano cauti, velati di sospetto.

Fu Gerda che, alla fine, decise che era giunto il momento di sbattere al centro del tavolo un vassoio pieno di frittelle alle fragole che aveva preparato per l'apertura del giorno dopo. Con i primi bocconi, dapprima timidi e poi sempre più voraci, mentre la notte era una coperta di buio e silenzio tutto attorno, corpi e animi si rilassarono. Venne acceso il fuoco nel camino, che prese a scoppiettare come se volesse consolarli. La stanza si scaldò e un tepore confortante avvolse le membra stanche del gruppo. Le camicie si slacciarono intorno ai polsi, le armi si slegarono di dosso.

In breve si presentarono, e scambiarono i rispettivi racconti omettendo ciò che reputavano troppo personale. Dopo aver sbriciolato insieme quattro cavalieri, in realtà, poco lo era ancora. Fra tutte, fu la storia della tenuta Loissen a suscitare più domande.

«Raccontami meglio cosa hai visto» chiese Lyran.

Per l'ennesima volta, con la voce che si spezzava, Deva raccontò delle fiamme nere che avevano avvolto i suoi genitori, la nonna e il medico. «Sono stati consumati, ma molto più rapidamente che da una fiamma normale. Immagina l'esito di un fuoco che ha bruciato un corpo per giorni!» Lo esclamò con rabbia, perché l'alternativa era rompersi di nuovo in mille pezzi dal dolore. Ma c'era abbastanza sofferenza in quel gruppo da farle sentire che tutti erano in grado di capire la sua, anche senza versare alcuna lacrima. Fu questo a lasciarle lo sguardo fermo e asciutto.

Il ragazzo che si era presentato come apprendista Armon la fissava con inconsueta intensità. Lei si ritrovò suo malgrado a cercarne lo sguardo, perché lo trovava bello. Non aveva mai visto nessuno come lui, i capelli neri come la notte gli incorniciavano un viso smagrito dove i due occhi color smeraldo si aprivano, allungati e luminosi, come squarci di stelle lontane. Le spiegavano in un solo istante i motivi per cui tutto ciò che aveva vissuto fino a quel momento con i ragazzi selezionati dalla sua famiglia non aveva funzionato: lei aspettava *questo*, e non era mai arrivato. Non a casa Loissen.

Indugiare sulla bellezza del giovane era un pensiero superficiale che in quel momento di morte acquisiva il rango di necessità, perché le faceva ricordare di abitare nello stesso mondo dove non c'era posto solo per la violenza e il dolore ma anche per la felicità, i baci, la leggerezza e i pensieri d'amore. Questo la confortava. Guardò Bram e pensò che, se quello fosse stato il suo ultimo giorno, tra le persone che aveva attorno avrebbe scelto di passarlo con lui. Allora, contraddicendosi, smise di posargli gli occhi addosso, di parlargli e di cercarne la vicinanza: l'attrazione che provava era tanto potente e così piena di speranza che non aveva abbastanza forze, in quel momento, per vederla spezzata dal dolore di un rifiuto.

Lanciò uno sguardo fuori dalla finestra e lo posò per un istante su Hylantikras. Si preoccupò che la creatura potesse verbalizzare ciò che le passava per la testa, ma lei non sembrava curarsi dei suoi pensieri, né di quelli di chiunque altro. Le era stata servita la stessa quantità di dolcetti, li masticava lentamente con l'unico occhio aperto fisso sul piatto di latta.

Fu allora che il Capitano Lyran prese la parola e, squadrandola, diede voce ai dubbi di tutto il gruppo: «Chi diavolo sei, Deva Loissen? E perché gli uomini che dovevano recuperarti hanno tentato di sterminarci?».

La ragazza fece per rispondere, ma prima che le parole le uscissero dalle labbra fu folgorata dal ricordo di un dettaglio che, fra i deliri della febbre e l'angoscia per la sua famiglia, aveva dimenticato. Si sentì una perfetta idiota a non averci pensato prima. Uscì come una furia e corse alle stalle, frugò nella sua sella e poi rientrò sbattendo un proiettile davanti agli occhi stupiti dei presenti, specialmente quelli di Gerda.

«Questo!» esclamò. «Questo è il proiettile che mi sono tirata fuori dal braccio: argento di Moltess. Lo stesso della pistola di uno dei cavalieri. Non ho idea del perché quel gruppo ci abbia attaccato, ma una cosa la so: non volevano davvero riportarmi a casa.»

«Per la magia suprema!» strillò la locandiera, indietreggiando di un passo.

Lyran prese il proiettile perlaceo tra le mani e, sollevandolo alla luce della lanterna, lo squadrò facendolo rilucere davanti agli sguardi della tavolata.

«Non ne avevo mai visto uno. Non credevo esistessero davvero armi di questo tipo, ma in ogni caso usarle in tempo di pace va contro ogni regola della Federazione» enunciò con la massima serietà.

«Girava voce che gli Ardimenti avessero sequestrato le scorte dell'Artake durante la guerra proprio per tenerle sotto chiave. Ma è possibile che i Morhvan abbiano ancora qualche arma, nascosta da qualche parte...» mormorò Daegal.

«I cavalieri non erano Morhvan, sembravano piuttosto Terrenean» commentò Bram, rivolgendo lo sguardo a Deva, che annuì.

«Con armi vietate dalla Federazione, utilizzate in precedenza alla tenuta di Deva in un assalto insieme al fuoco nero, io mi chiederei: dei Terrenean fedeli a chi?» intervenne Daegal, facendo scendere un silenzio pesante fra i presenti.

Fu Lyran a riprendere la parola: «Daegal Bex, c'è del vero in quello che sospetti. Ci sono troppi riferimenti a Lei, ultimamente. E trovo a dir poco strana la coincidenza di esserci incontrati qui, il nostro gruppo e Deva, con alle spalle attacchi che riecheggiano le *grandi imprese* dell'Artake» dichiarò, con un sarcasmo amaro.

Il locandiere era seduto immobile, mentre sua moglie terminava di fasciargli il braccio.

«Non è una coincidenza» ringhiò Évanette rientrando in quell'istante, con l'umore nero. Nonostante la stanchezza della battaglia appena trascorsa, aveva sentito di doversi allontanare un momento per controllare il cielo. I suoi occhi erano lividi, il suo corpo avvolto nel mantello era scosso dai brividi. Bram allungò istintivamente la mano verso il proprio e le mise anche quello sulle spalle, ma lei non cessò di tremare.

Daegal la guardò trattenendo il fiato per un attimo, sperando di aver frainteso le sue parole.

La donna proseguì: «Ricordi quando ho visto il bambino nelle stelle, Lyran? Con lui c'erano un uomo dagli occhi di tigre...» disse, tentando di afferrare l'ultimo dolcetto rimasto e riuscendoci solo al secondo tentativo.

«Un Morhvan» sussurrò Gerda con disprezzo.

«Già, un Morhvan. E c'era anche una donna. Avevo detto "una donna di Terrena", ricordi? Indovina un po'? Li ho appena rivisti. Stessi occhi lui, stessa pettinatura lei, le stelle hanno detto che ha pure un abito ricamato da gran signora. E adesso incontriamo questa ragazza, sopravvissuta dell'attacco a Terrena. Che si sappia, l'unico segnalato. Ti pare qualcosa che possiamo ignorare?»

Deva fece un salto sulla sedia e chiese concitata, quasi urlando: «La donna che era con lui, era sua prigioniera? L'abito era verde? Aveva i capelli castani in un'acconciatura intrecciata sulla nuca? Dimmelo, per favore!».

Évanette le scoccò un'occhiata fredda. «Le stelle non mi forniscono resoconti così dettagliati. La donna era pettinata e abbigliata secondo la moda di Terrena e viaggiava con il gruppo. Non so dirti altro.»

«Ma domani le stelle potrebbero dirti di più» la interruppe

Bram, guardando con fervore prima lei e poi Deva. La ragazza gli concesse lo sguardo per un solo attimo, e bastò a farla avvampare.

«Devo venire con voi» dichiarò, piantando gli occhi in quelli del Capitano Lyran.

«Cosa sta blaterando?» brontolò Évanette.

«Voi non capite, potrebbe essere mia madre. Indossava un abito verde ricamato, aveva i capelli raccolti in un'acconciatura molto comune a Freyan, e...»

«Scusate, ma sua madre non era morta?» chiese cinicamente l'Astromante ai locandieri, ma Deva aggiunse, ancora più infervorata: «Non ho visto il suo corpo. Non l'ho visto!» gridò, in preda a un'agitazione che le fece infiammare le guance. «Devo venire con voi, e accertarmi che non sia lei.» Si era alzata in piedi e non staccava gli occhi da quelli di Lyran.

«Non se ne parla!» dichiarò l'uomo, sbattendo sul tavolo il pugno con più forza del necessario, usandolo come punto. Il silenzio che scese nella sala aveva la sua stessa indignazione. Non era difficile, per Deva, indovinare che il gruppo lo ritenesse uno stupido capriccio, e che l'assenza di addestramento fisico l'avrebbe resa solo un problema per tutti. Lei stessa tremava al solo pensiero di trascorrere una notte all'addiaccio, ma per accertarsi che la donna non fosse sua madre avrebbe corso il rischio. Nessun altro sarebbe arrivato in tempo per lei. O forse, semplicemente, nessun altro sarebbe arrivato. E dopo i cavalieri appena incontrati, quasi se lo augurava.

Il pesante sospiro vibrato che ruppe il silenzio fu sufficiente per far voltare tutti in direzione di Hylantikras. «Non vi state solo dirigendo in direzione di Morhva. Voi volete andare ai mulini di Milisan» esclamò, con una voce che la debolezza rendeva ancora più arrotata e scura, tanto che Deva la sentì vibrare nella pancia.

Il gruppo non aveva mai citato apertamente la sua destinazione davanti ai locandieri e alla ragazza quindi, all'udire queste parole, Lyran si irrigidì.

«Sì, le tricorne possono ascoltare alcuni pensieri» si sentì in dovere di spiegare Deva.

«E svelarli al pubblico, evidentemente! Gentile, da parte sua, condividere i nostri piani con gente appena incontrata» replicò il Capitano, con una nota di ostilità nella voce.

Hylantikras proseguì come se soltanto il proprio discorso avesse importanza: «E volete andarci senza neppure un AltoMago che vi sia utile in caso di bisogno. Il ragazzo è forte ma troppo inesperto, e tu, donna: leggere le stelle non ti salverà in battaglia» disse, rivolta all'Astromante seduta proprio accanto alla finestra, che aprì la bocca per protestare.

«Ah! Fatemi finire, prima di intervenire!» proseguì la tricorna. «Volete andare a Milisan, e si dà il caso che fosse casa mia, un tempo. Lasciami indovinare, *stellina*: hai letto nel cielo che il bambino e i suoi rapitori si trovano nel mulino grande accanto all'ansa del fiume, anzi, l'ansa di quello che *era* un fiume.»

«E quindi?» chiese l'Astromante con strafottenza.

«E quindi, quella zona per noi ha un nome. Si chiamano Lande Perdute. Hanno questo nome perché, anche se oggi appartengono di nuovo ad Alta, le avevamo perse durante la guerra. Era forse il luogo più bello di tutta la riva: immense distese di fiori alle pendici dei ghiacci, fiumi limpidi e laghi multicolore. Terre gelide ma fertili di una natura deliziosa, profumata. Un tempo c'erano anche molti piccoli animali, per noi era una sorta di idillio. Avevo una tana nel muschio più delicato, circondata da alberi dalle pigne morbide e dalle resine dolci. Eppure oggi nessuno ci costruirebbe una tana né una casa, gli uomini hanno abbandonato quelle terre e non una bestia magica ci si avventurerebbe, se tiene alla vita. E il motivo è che riecheggia ancora del sangue di una delle battaglie più atroci della Guerra delle Rive, e forse la terra ne è rimasta impregnata perché è dagli Anni delle Nebbie che il fiume ha smesso di scorrere, i laghi sono diventati acidi e gli animali hanno rinunciato a viverci. Milisan è l'ultima frontiera prima delle praterie, e dopo di esse il terreno è solo roccia. Sassi e roccia e pareti inviolabili fino agli altipiani di Morhva. Qualsiasi creatura che si fermi ai mulini lo fa per il male, o è protetta dal male. Chi seguite non si è semplicemente fermato lì: vi ci sta attirando.»

«Le stelle non lavorano per gli altri, lavorano per *me*» ribatté Évanette, stizzita. «Che mi dicano di andare alle Lande Perdute, al

Pozzo della Morte, al *Monte della Follia* o nel *Deretano del Fuoco* è esattamente lì che devo andare. Non so se ci siamo intesi. Io facevo girare la Corte dei Maghi, *gatto*. Prendevano le decisioni consultando *me*.» L'Astromante si era alzata in piedi sulla panca e gesticolava furiosamente.

Il Capitano la tirò di nuovo giù a sedere con una spinta decisa, mormorandole di calmarsi.

«Molto bene, stellina. Fai pure: avventurati senza un AltoMago. E non ricordarti delle mie parole quando sarai tu quella bruciata dal fuoco nero: non servirà» ringhiò Hylantikras snudando le zanne ancora coperte da macchie scure di sangue. Questo la rendeva già convincente ma fu il suo tono di voce, senza alcuna traccia di sarcasmo e denso di una profonda amarezza, a depositare le sue parole come brividi lungo le ossa di tutti i presenti.

«Credo che dobbiate portare la ragazza con voi» dichiarò Daegal, che fino a quel momento era rimasto in silenzio a scandagliare, uno per uno, i volti dei presenti. Gerda gli afferrò il braccio guardandolo allarmata, ma il marito non se ne curò.

«Dopo aver saputo tutto questo? Ancora più fuori questione» replicò stizzito Lyran, lanciando a Deva lo sguardo che avrebbe riservato a una bambina capricciosa.

«Diglielo, Daegal» aggiunse la tricorna.

Deva sapeva esattamente a cosa si stesse riferendo, e una scossa di terrore le agitò ogni parte del corpo. Temeva ciò che l'uomo stava per rivelare, e sapeva anche che non sarebbe servito a nulla: il gruppo avrebbe giustamente voluto delle prove, e lei non aveva nulla da mostrare. Il locandiere, però, parlò prima che lei potesse fare alcunché: «Deva è un AltoMago, Prima Natura» dichiarò con assoluta certezza.

Per un attimo la tavolata tacque e tutti gli occhi si avventarono su Deva, appuntiti di incredulità e risentimento, mentre lo spavento la aggrediva alla gola come un animale selvatico. «Non è vero!» esclamò allarmata. «Non dovete credere a quest'uomo, sta farneticando. Se fossi un AltoMago sarei riuscita a salvare la mia famiglia, no? Se avessi il potere che dice, sarei stata io a uccidere i cavalieri oggi. Voglio venire con voi, e vi prego di permettermelo, ma non voglio ingannarvi: non sono un'arma. Se quest'uomo vi convince del contrario, lo farà con la menzogna.»

Le sue ultime parole furono coperte da quelle degli altri. Pareva che ognuno avesse qualcosa da recriminare, da obiettare, da urlare. Era impensabile immaginare di avere avuto un AltoMago fra loro tutto il tempo, e sapere che non aveva fatto assolutamente nulla.

Il ringhio di Hylantikras irruppe nuovamente nella conversazione. «Non ci sono dubbi, ragazzina, che tu non abbia potuto salvare la tua famiglia. Non hai creduto per un solo momento di poterlo fare. Conosco Daegal Bex da vent'anni, e credimi quando ti dico che metterei la mia vita nelle sue mani. Lui ti ha visto. *Io* ti ho vista. È comodo continuare a mentire per non fare la fatica di capire chi sei davvero.» Il pelo sulla schiena le si era rizzato fino a formare una cresta, che fremeva di rabbia.

Daegal rincarò la dose davanti a Lyran, Bram ed Évanette, sempre più confusi dal dramma in atto. «Ho testato io stesso il suo potere. Ne ha più di voi messi insieme, deve solo imparare a evocarlo e, nel dubbio che ci riesca, io la porterei con me.»

«Non ascoltatelo, ma fatemi venire con voi, per favore. Mi renderò utile...» esclamò Deva, passando in rassegna tutte le cose utili che *non* sapeva fare, e concludendo: «... in qualche modo».

«Sicuramente sulla velocità non avrà problemi, ha un Real di Morhva» aggiunse Daegal, indicando le stalle. Al nome della razza del cavallo, sul tavolo scese un ammirato silenzio, almeno finché Évanette non esclamò: «Un *Real di Morhva*? Oh, merda!» si sbatté la fronte tra le mani. «Oh, merda, merda, MERDA!»

«Devi sempre essere così eccessiva? *Oh, merda*, cosa? Parla, e basta!» si lamentò Lyran.

«No, perché a te le spiegazioni tecniche non piacciono» lo sfotté lei, imitandolo.

«Év... ti prego. È già difficile così. Illuminaci» replicò lui, esasperato.

«Molto bene, invito i signori e le signore a un'immersione profonda nella mia ultima, *illuminata* lettura, di cui ho appena decifrato un complicatissimo dettaglio. Nella Costellazione del Calice, che indica elementi legati al mondo umano, c'è Cassiya. È una stella che indica un circolo o un movimento rotatorio, ad esempio la ruota di un frantoio o di un mulino. E sapete cos'altro è circolare? Una discendenza diretta. Un cerchio ininterrotto di sangue reale, tanto che a volte in concomitanza con altre stelle la si può usare per parlare di regnanti. Ci siete? Ecco, pensavo che Ena, tradizionalmente considerata la stella di Morhva, più Cassiya, ruota, unita a Raalia, lavoro e intervento umano, significasse "i mulini vicino a Morhva", quindi Milisan. Era apparsa anche Xya, che significa corsa, velocità. Quindi avevo dedotto "fate in fretta", il che è corretto. Ma ora entra in gioco un cavallo che è un Real di Morhva. Capite cosa intendo?»

Fu Bram a mormorare: «Sangue reale, Morhva, velocità. Sì, nelle stelle c'è un chiaro riferimento...».

«Non possiamo ignorarlo, merda!» gridò l'Astromante, buttando la testa sul tavolo e singhiozzando per la stanchezza.

Deva sentì di nuovo gli sguardi concentrati addosso, questa volta pieni di domande che non si collegavano in apparenza l'una con l'altra: perché questa ragazza dovrebbe essere un AltoMago? Perché vuole unirsi a questa missione suicida per fugare solo un dubbio? Perché non riesce a usare alcun potere, e quanto ci vorrà prima che lo faccia? E l'ultima, che venne espressa a gran voce: «Come accidenti fai ad avere un Real?» chiese l'apprendista Armon, fissandola con gli occhi socchiusi come fosse l'unico vero dettaglio sospetto, che meritava una lunga, dettagliata spiegazione.

20
TERRENEAN

La ragazza aveva definito il cavallo, un Real di Morhva di razza purissima, un "acquisto casuale", ma raramente a Bram era capitato di vedere un esemplare tanto pregiato: commerciare bestie simili non lasciava nulla al caso. Deva aveva solo un paio di anni meno di lui, eppure non aveva mai studiato approfonditamente la Guerra delle Rive. Anche se aveva ammesso di essersi sforzata di colmare qualche lacuna, non sapeva quasi niente di ciò di cui avevano discusso.

E quest'uomo, Daegal Bex, che sosteneva di aver visto – di più, di aver *usato* – il potere di AltoMago della ragazza, non aveva dato prova della sua affidabilità.

Nonostante la lettura delle stelle di Évanette, non poteva permettere che ci fosse margine di errore: Bram *doveva* leggere approfonditamente il suo Cerchio. Si avvicinò alla ragazza Terrenean con il suo passo più calmo, quello delle cerimonie al Convicto, degli incontri amichevoli e delle buone intenzioni. Lei non arretrò, ma si scostò i capelli in modo che ricadessero sulla cicatrice che aveva in viso.

«Che tu sia compiuta,» esordì l'apprendista Armon, prima di aggiungere «vorrei leggere il tuo Cerchio, se me lo permetti.»

Alla richiesta di Bram, Deva annuì senza lasciar trapelare timore o fastidio, ma con lo sguardo che deviava sempre altrove quando lui lo cercava, come se avesse qualcosa da nascondere. Questo lo rese nervoso.

Avevano bisogno di un ambiente quindi il ragazzo la seguì su per le scale, dentro la sua stanza. Chiuse la porta e si ritrovavano soli accanto al letto appena illuminato dalla luce della luna.

Deva era pallida e le sue labbra tremavano impercettibilmente, le teneva ferme stringendole fra i denti. Bram notò il respiro agitato che le alzava e le abbassava ritmicamente la camicia, e i pugni chiusi contro le gambe come per non farsi scappare qualcosa. Si capiva che quel momento rappresentava molto, per lei.

«Per favore, mettiti qui davanti a me. Ecco, ferma così» disse il ragazzo dolcemente, spostandola di qualche centimetro con un movimento morbido della mano. Quando le sue dita entrarono in contatto col suo fianco, furono attraversate da una piccola corrente elettrostatica. Lei si fece sfuggire un sospiro divertito, e questo smorzò la tensione.

«Non farà male, anzi, non sentirai nulla» dichiarò Bram. Il modo in cui le stava in piedi davanti era inusuale: dritto e aggraziato nonostante l'evidente incertezza della situazione, come fosse abituata a mascherare le insicurezze a vantaggio dello sguardo altrui.

Non appena aprì le dita, le mani di Bram iniziarono a pizzicare come punte da capocchie di spillo. Lui sospirò: era ironico che, proprio nel momento in cui il Reggente non poteva vederlo, la sua capacità gli si fosse finalmente infusa nelle vene, come una fiala sempre custodita intera e finalmente spezzata. *Sentiva* il Cerchio adesso, in ogni momento, come una frequenza che si trovava al di sotto di tutte le cose e le univa come un unico filo.

«Per cominciare, devo ringraziarti. Se non ti fossi messa tra me e loro, non sarei riuscito a difendervi come ho fatto» le disse. «Se ho potuto sfruttare quel momento è stato solo perché tu li hai distratti.»

Deva abbozzò un sorriso. «Non ho fatto niente. Anzi: se non avessi visto l'argento di Moltess mi sarei fatta catturare, e probabilmente ammazzare» ribatté, poi prese un respiro profondo come per calmarsi e ricomporsi. Lo guardò per un istante, in cui stirò le labbra in un sorriso, poi distolse di nuovo lo sguardo.

«Sei stata brava, svelta e coraggiosa. Il mio Reggente dice sempre di non smentire gli altri, quando dicono cose belle di te» aggiunse lui, cercando di nuovo i suoi occhi.

«Conosco i miei pregi, e conosco anche i difetti» dichiarò lei, sollevando lo sguardo e sostenendo quello di lui. «Non ho bisogno di credere di essere migliore, o più potente. Posso esservi utile anche così, farò di tutto per esserlo. Avanti, fai quello che devi e guarda tu stesso, per favore.»

Bram restò spiazzato dalla risposta, e dal tono sicuro con cui la pronunciò. Non trovò miglior replica che iniziare a leggere il suo Cerchio mentre lei gli stava davanti a testa alta, con la postura fiera di una regina.

Le sue mani si scaldarono, e iniziò a vedere i quattro elementi del Cerchio della ragazza. Il primo che notò fu la mente: salda, allenata e analitica, capace di ragionamenti netti e taglienti. Lo spirito era insolito: tumultuoso ma obbediente, predeterminato, come plasmato per restare stabile. Gli ricordava quello di certi Armon devoti del Convicto, indottrinati fin dall'infanzia e fedeli al loro mondo più che a sé stessi. Il suo corpo era ancora debole, dichiarava una convalescenza, ma ciò non significava che non potesse stare al passo con una missione, perché pareva in rapida ripresa. E, infine, il cuore: quella parte del Cerchio era accesa e fiammeggiante come una torcia nel buio. La sua forza gli ricordò quella di Évanette, ma questa appariva pura, intonsa.

Gli sembrò di avere una fugace visione del suo Xen, ma non era qualcosa che gli Armon fossero allenati a leggere. Ebbe però un'impressione familiare, come se il centro di Deva fosse simile al suo, rendendoli in qualche modo affini.

Mantenne la visione ancora per qualche attimo prima di sentirla svanire tra le mani, come spazzata da un colpo di vento e dispersa nell'aria. Quando guardò la ragazza, lei si stava rapidamente ritraendo.

«Cosa succede, tutto bene?» chiese, toccandole istintivamente la spalla.

«Certo, tutto bene» rispose lei, scompigliandosi nuovamente i capelli per mandarli davanti all'occhio destro, senza riuscirci. Lui indugiò con lo sguardo sulla cicatrice. Gli ricordò quella che aveva sul braccio una delle Destinatrici, che per la Notte Viola era stata decorata di foglie d'oro. Si figurò il viso della ragazza dipinto anch'esso con pigmenti dorati sulla palpebra e tutto intorno, i contorni frastagliati come raggi di luce, e pensò che sarebbe stato molto bello.

Si rese conto improvvisamente che la stava osservando troppo, e con troppa intensità, quando lei irrigidì le spalle e arretrò in un moto di disagio.

«Abbiamo finito, vero?» chiese, brusca.

Quando lui annuì, lei stava già prendendo la porta.

Bram restò a fissare il vuoto lasciato dalla ragazza sentendosi in colpa senza sapere bene il perché, poi scese rapidamente le scale per comunicare a Lyran di non aver trovato criticità evidenti nel lasciarla unire alla missione.

Évanette sbraitò: «Quindi dobbiamo portarcela dietro? Un'ottima notizia dietro l'altra, stanotte!».

Poi lanciò il cappello a terra e sbraitò un verso di rabbia coprendosi il volto con la mano.

Lyran le si avvicinò e, con accortezza, le mise una mano sulla testa come avrebbe fatto con un cucciolo di cane. Persino lui, notò Bram, finalmente si rendeva conto della condizione della donna.

«Che c'è?» sussurrò il Capitano all'Astromante.

Lei si scrollò la sua mano di dosso e sollevò lo sguardo, incuneato in due occhiaie profonde.

«C'è che sono una perfetta idiota, perché ho dato una sbirciatina al cielo, e le stelle hanno parlato di nuovo. Io non volevo... non pensavo. È notte fonda, Tomàs. Non dormiamo abbastanza da *giorni.*» Era la prima volta che Bram la sentiva chiamare Lyran per nome. L'uomo le strinse la spalla, avvicinò il viso al suo e le chiese di spiegarsi meglio.

Lei si strofinò il naso, e continuò con voce rotta: «Si è illuminata di nuovo Xya, e con insistenza: dobbiamo sbrigarci. Li incontreremo solo se arriviamo in fretta, il che significa che dobbiamo partire ora. E io sono così stanca che potrei morire. Nessuno sa quanto io sia stanca, nessuno...» si permise un ultimo singhiozzo di rabbia e sfinimento contro la spalla dell'uomo, prima di ricomporsi ed esclamare con durezza: «Chiama tutti. In sella adesso, subito!».

Bram notò che, di nuovo, si portava con discrezione la mano alla tasca e poi alle labbra, strizzando gli occhi per un momento e poi strofinandoseli forte con le dita, macchiandosi appena di nero. Qualunque cosa fosse la teneva in piedi, ma il ragazzo avrebbe di gran lunga preferito saperla sdraiata su un letto a riposare. Il suo Cerchio era elettrico e fragile, quel ritmo la ubriacava di stanchezza e alterava la sua lucidità.

«Vi ho sentiti» disse Deva, scendendo le scale prima che fosse il ragazzo a risalirle. Indossava una giacca con una manica di colore diverso, quella che Gerda le aveva rammendato, e una mantella corta.

La locandiera la guardò con disapprovazione: «No, Deva!» esclamò, scuotendo la testa.

Per la ragazza fu difficile trovare le parole giuste, perché anche se dentro di sé sentiva di dover partire, temeva di lasciare la Tricorna e avventurarsi nel mondo.

«Gerda, mi avete aiutato più di quanto avreste dovuto. E lo sai bene, perché anche tu hai perso qualcuno che amavi: no, non posso restare. Se esiste anche una minima speranza, devo andare. Devo vedere coi miei occhi» disse, stringendo la donna in un abbraccio breve. Se avesse indugiato anche un solo istante forse non sarebbe riuscita a staccarsi da lei, dai suoi cucchiai che giravano la zuppa, dalle sue marmellate a mezz'aria, dal grembiule a righe blu e bianche.

La locandiera tacque, stringendola a lungo. Poi, con la tristezza che cantilenava le parole, disse: «Dove pensi di andare, vestita così?».

Aprì un baule per tirarne fuori un secondo mantello scuro simile a quello di Bram, di lana spessa e calda, e una piccola stola di pelle. Deva li strinse con gratitudine.

«Porta con te anche questo» aggiunse la voce seria di Daegal nel suo orecchio. Le fece scivolare in mano un sacchetto marrone da cui si diffondeva un sentore amaro. «È l'anthesilia, prendila se stai male. Ne è rimasta poca, ma è meglio di niente» aggiunse piano.

Deva aveva un grumo pungente nel petto che non riusciva ad arrivarle agli occhi, ma la faceva sentire come se stesse piangendo tutte le sue lacrime. Avrebbe voluto replicare qualcosa, ma l'uomo scosse la testa e le strinse le spalle guardandola fisso negli occhi, come a ribadire: "Credi in quello che ho detto".

Poche ore dopo la battaglia, stanco, infreddolito e confuso, il gruppo era di nuovo in viaggio. A Lyran, Bram ed Évanette si era aggiunta Deva e, in testa al gruppo, Hylantikras, che aveva promesso di accompagnarli fino ai pressi di Milisan tagliando per le sue scorciatoie segrete, in modo da anticipare il più possibile l'arrivo e concedere al gruppo, forse, qualche ora di riposo.

"Freddo" non rendeva l'idea della sensazione che premeva loro addosso, passando attraverso gli strati di vestiti come fossero di leggerissimo velo, quando attraversarono la vallata nelle ore che precedevano l'alba. Con una mano Deva teneva chiuso il più possibile il cappuccio del mantello in modo che restasse aderente alla testa e al viso, con l'altra teneva salde le redini di Djavel fidandosi più del cavallo che di sé stessa, tanto il vento le sferzava negli occhi ciocche di capelli e polveri gelate. La vicinanza alle vette si stava facendo sentire più di quanto avrebbe immaginato: improvvisamente sembrava calato un inatteso inverno.

I compagni procedevano allo stesso modo, curvi sulla sella per incontrare meno resistenza possibile alle folate di vento gelido che battevano la piana come fruste. L'umidità della notte che saliva dal terreno non concedeva tregua neppure agli arti inferiori: la ragazza non sentiva più la punta né delle mani, né dei piedi. Il freddo era uno stiletto che colpiva di continuo, e la martellava con un unico pensiero possibile: *basta*.

Quando, dopo ore, intravide Hylantikras rallentare e poi tutto il gruppo fermarsi, non riusciva a riaprire le dita delle mani tanto il freddo le aveva contratte.

«Come promesso avete due ore, forse anche qualcosa in più» dichiarò la tricorna con una certa soddisfazione.

Lyran non perse tempo. «Bram, copri i cavalli. Voi altre, dobbiamo accendere un fuoco» esclamò indicando a Évanette e Deva i rami secchi al limitare del bosco.

Servirono diversi tentativi prima che una piccola fiamma prendesse vita ma, quando un bel fuoco cominciò a scoppiettare, Deva avrebbe voluto gettarvisi dentro dal freddo che aveva. Si avvicinò a tal punto che si sentì afferrare per la vita e trascinare indietro.

«Tutta questa fatica per poi finire carbonizzata?» scherzò Bram, con lo sguardo divertito ma gentile e la mano che non interruppe immediatamente il contatto, così caldo contro la pelle infreddolita di Deva.

«Grazie» rispose lei.

Bram non aveva molto più del suo mantello a coprirlo, ma non tremava quanto lei. Si sfilò una sciarpa azzurra dal collo e gliela porse dicendo: «Non è molto, lo so, ma è meglio di niente».

«Non posso accettare, fa freddo per tutti» rispose lei cercando di restituirgliela, ma il ragazzo scosse la testa.

«Tienila finché non ti scaldi. Prova anche a tenerti in movimento: saltella, cammina, corri. Se aumenti l'afflusso di sangue lo senti di meno. Prima di fare le pratiche del mattino, quando fa molto freddo, faccio sempre qualche giro di corsa» aggiunse.

Lei annuì con un mezzo sorriso, avvolgendosi la sciarpa attorno al collo e iniziando a fare qualche passo avanti e indietro mentre lui la seguiva con lo sguardo, ma si fermò quasi subito.

«Dovrei davvero mettermi a correre? Non credo di potercela fare» commentò, sentendo un sorriso che voleva affiorare sulle sue labbra, ma centinaia di pensieri orribili che lo tenevano a fondo.

«In effetti è stata una lunga giornata.» Bram invece sorrise, e delle piccole borse gli si formarono sotto gli occhi rendendoli più dolci, ma in qualche modo anche più intriganti.

«E ora che siamo in viaggio tu farai comunque le... pratiche?» chiese lei, incuriosita.

«Immagino di sì, non appena ci riesco» scrollò le spalle il ragazzo. «Non posso perdere l'allenamento.»

Deva annuì, sentendo nella stoffa azzurra l'odore caldo e confortevole del ragazzo.

«Voi due, invece di chiacchierare, pensate a stendervi» ruggì la tricorna, interrompendoli.

Lyran, Bram ed Évanette presero ciascuno chi una stola chi una coperta dai loro bagagli. Deva fece lo stesso con la piccola stola di pelle che le aveva dato Gerda e, non sapendo bene cosa fare, seguì l'esempio degli altri posizionandola attorno al fuoco, su porzioni di terra asciutta. Trattenne un'imprecazione quando scoprì che non attenuava affatto il gelo del suolo. Si avvicinò ancora di più al falò scoppiettante.

«Allora vuoi davvero morire tra le fiamme...» commentò Bram, accanto a lei, con un accenno di ilarità.

«Non so scegliere: congelata o carbonizzata? Cosa consigli?» rispose lei, sarcastica.

«Io vi consiglio di mettervi più vicini e smettere con gli imbarazzi: siamo in missione, si divide tutto e nessuno vuole prendersi un malanno» intervenne Lyran.

«Ha ragione...» disse Bram, invitando Deva ad avvicinare la stola alla sua.

L'espressione di disagio di Deva dovette notarsi chiaramente, perché Bram si affrettò ad aggiungere: «Ovviamente non voglio insistere, fai come preferisci».

Il fatto che le alternative fossero tanto poco piacevoli diede a Deva il coraggio necessario ad avvicinarsi, nonostante tutto, con una certa disinvoltura. Gli occhi verdi di Bram riflettevano i bagliori dorati del fuoco, che allungava le ombre morbide delle sue ciglia e delle sue labbra.

Deva scivolò accanto a lui, sulle stole unite, e il tepore del corpo del ragazzo sembrò arrivare a scioglierla fino al centro del suo essere, nel luogo dove tutte le sensazioni più belle facevano la tana. Istintivamente, lui la coprì con un pezzo del suo mantello. I loro corpi rigidi per il freddo pian piano diventarono un rifugio delizioso, caldo e perfetto contro un mondo gelido e ostile, dove ritrovarono qualcosa che a entrambi ricordò casa.

«Grazie» disse lei in un soffio.

«Di nulla, Deva Loissen» rispose lui, con la voce che sorrideva.

«Non ci siamo nemmeno davvero presentati...» sussurrò lei.

«Ormai avrai capito che mi chiamo Bram. Bram Cadaval, apprendista Armon del Cerchio» disse lui, educatamente.

Bram Cadaval, ripeterono le labbra di lei senza emettere un suono.

Poi, entrambi si abbandonarono al sonno. I sogni di quella notte ebbero spigoli acuti ed echi di orrore, peggiorati dal freddo che, quando il fuoco si affievolì, li morse con i suoi denti di ghiaccio. Deva si strinse istintivamente a Bram e lui si sistemò per avvolgerla meglio. Premettero l'uno contro l'altro, curve contro ossa, petto contro schiena, bacino e gambe incastrati in cerca di conforto. Solo la temperatura rigida impedì che i loro corpi reagissero davvero a quell'improvvisa, intima vicinanza. Quando il mantello si scostò, scoprendo le spalle di Deva, Bram allungò una mano e la intrecciò alla sua per tenerla più vicina. Lei la strinse vicino al petto, come un dono inaspettato. Il ragazzo aveva mani sottili, dal dorso setoso e dai polpastrelli ruvidi e callosi.

Si addormentarono un'ultima volta, in un groviglio di incubi, prima di essere svegliati dalla zampa leggera della tricorna.

«In piedi, tra poco si riparte» grugnì.

I due riaprirono gli occhi a fatica, come se le palpebre pesassero quintali e non fosse passato che un istante da quando si erano addormentati. Raccolsero le loro poche cose mentre Évanette accendeva nuovamente il fuoco per bere qualcosa di caldo prima di avviarsi, e Lyran distribuiva del pane e del formaggio donati dai locandieri. Deva guardò con ammirazione Bram sparire nel folto del bosco qualche istante per le sue pratiche. La sua devozione le era incomprensibile, ma la affascinava.

Quando il ragazzo tornò Lyran era già in sella, Évanette stava montando in quell'istante mentre Deva faceva ancora fatica a calmare Djavel, innervosito dalla concitazione. Bram la aiutò a tenerlo fermo, accarezzandolo piano sul collo e sussurrando parole soffici accanto al muso fremente. Lentamente, il cavallo si acquietò permettendo alla ragazza di accomodarsi in sella.

«Di solito non gli piace nessuno» commentò lei, rivolta all'apprendista Armon.

«È un animale splendido» disse lui. Poi, con uno sguardo tagliente e intenso, diverso dalla dolcezza che Deva gli aveva sempre letto in volto, aggiunse: «E ti si addice. Siete... molto belli, insieme».

Lei blaterò un ringraziamento e si allontanò prima di ragionare su come si sentisse. Lusingata e felice, in superficie. Ma in fondo al suo cuore, temeva di essere presa in giro. Era vero quello che aveva detto a Bram: lei conosceva i propri pregi, e anche i propri difetti. Era intelligente, sveglia e abile nel lavoro. Era elegante nei modi, piacevole alla conversazione e anche una brava ballerina. Ma per il resto? Era *abbastanza* bella per piacere a uno come lui, con quel suo viso segnato? Realizzò che il problema era un altro: in cuor suo Deva *si sentiva* abbastanza, perché nel suo mondo piccolo e circoscritto l'avevano sempre fatta sentire tale. Quasi *confezionata* perché fosse abbastanza, con le sue bende ricamate e gli abiti di seta, con le sue pettinature sofisticate e il cognome che incuteva rispetto. E non era pronta a sentirsi niente di meno, non agli occhi di quel ragazzo.

21
MILISAN

Piccole macchie di alberi si alternavano a brevi radure, ma più di una volta si ritrovarono ad attraversare zone spettrali dove gli effetti di recenti incendi avevano lasciato un tappeto nero di rami bruciati e tronchi mozzi che uscivano dal suolo come spine. Hylantikras aveva accennato al problema degli incendi, ma a Deva, abituata solo al verde acceso attorno alla locanda, era sembrato qualcosa di remoto e inverosimile. Ora che il legno carbonizzato scricchiolava sotto gli zoccoli di Djavel, capiva il motivo di quel nervosismo.

Non erano in cammino da nemmeno un'ora quando la tricorna rallentò il passo e le si accostò. La sua mole, vista dalla sella di un cavallo, non faceva meno impressione. La schiena della bestia superava quella di Djavel di almeno un metro, il pelo fitto sotto il cielo nuvoloso aveva perso ogni riflesso cangiante e ora sembrava grigio e freddo. Il Real di Morhva, però, non ne aveva alcun timore, anzi: nonostante i comandi di Deva, tentava continuamente di superarla e portarsi in testa al gruppo. La bestia lo rimise a posto un paio di volte con un grugnito, finché il cavallo non si arrese e iniziò a correre fianco a fianco.

«Devi sbloccarti, lo sai, vero?» intimò Hylantikras alla ragazza, guardandola di sguincio con gli occhi gialli pieni di rimprovero. «Presto avranno tutti bisogno di te.»

Pareva volessero convincerla tutti, a tutti i costi, di possedere queste capacità speciali. Ovvio che possedeva qualcosa di diverso dagli altri, l'aveva sempre saputo: le sue crisi. Per il resto, parafrasando la persona che più la conosceva al mondo, lei "aveva la caratteristica meravigliosa di essere sé stessa, con tutti i suoi limiti". E Deva li conosceva uno per uno, avrebbe potuto recitarli come una preghiera tanto se li era sentiti ripetere da sua madre, con tutto l'amore e l'accettazione del mondo, in modo che lei stessa li amasse e li accettasse. Deva Loissen era una ragazza distratta e un po' goffa. Doveva stare attenta a cosa faceva, perché spesso si faceva male. Deva Loissen era forte di carattere ma debole fisicamente, quindi c'era un limite agli sforzi che poteva compiere. Deva Loissen non portava nulla a termine e raramente si appassionava a qualcosa. Deva Loissen era questo e molto altro, ed era amata nonostante tutto.

«Dovete smetterla, tutti quanti» intimò Deva di rimando, con gli occhi più feroci di quelli della bestia. «Mi sono unita a voi dichiarando ciò che sono. Se non volete vederlo, se avete voglia di continuare con questa storia inutile, sono fatti vostri.»

Voleva che le loro aspettative eccezionali si riducessero al minimo possibile e tornassero ai fatti: lei aveva dimostrato coraggio, anche se per pochi istanti. Non si era nascosta, non aveva evitato il rischio. Era questo che la faceva sentire degna di essere con loro, non le occorreva altro. Avrebbe ritrovato sua madre o avuto una risposta definitiva sulla sua morte, e li avrebbe lasciati proseguire con il loro cammino.

I suoi occhi si posarono su Bram, e al pensiero di separarsi da lui fu attraversata da un'ondata di delusione. Era così diverso dai ragazzi che riceveva alla tenuta, così familiari nel loro stile di vita, tanto appropriati a lei per abitudini, valori, cognome. Eppure, a smuoverle qualcosa dentro, era questo apprendista Armon con i tratti di un'altra riva e la sua vita sconosciuta. Quello che avvertiva, guardandolo, era un'agitazione diversa da qualsiasi altra mai provata prima.

Oh, Deva. Non sai niente di lui. Smettila: ti stai rendendo ridicola. Sai anche come verrebbe chiamato da tua madre: il Vidrianian. Senza un nome, senza un ruolo. Con la sua sola provenienza a connotarlo, e in tutti i modi più sbagliati per una Loissen di Riva di Terrena.

La ragazza strinse le gambe attorno al cavallo, colpì Djavel quel tanto che bastava per farlo di nuovo essere degno del suo nome e distanziare una tricorna.

★

La nebbia li colse al termine di un piccolo bosco, anticipando la luce e brillando sospesa fra i rami più bassi. Davanti a loro si apriva un'ampia vallata dove si scorgeva a distanza la foresta di Vahel, che avrebbero attraversato nel pomeriggio. Le limitate ore di sonno avevano potuto poco di fronte alla stanchezza della battaglia contro i cavalieri, ma Bram aveva tentato di equalizzare il Cerchio dei presenti in modo che sentissero meno lo sfiancamento, e sembrava che stesse funzionando.

Il ragazzo chiudeva la fila dietro a Deva. In teoria avrebbe dovuto assicurarsi che Djavel non perdesse terreno, nella realtà dei fatti era più il suo cavallo a dover stare al passo e seguire l'andamento di quell'esemplare dal lucente mantello corvino. Gli erano sempre piaciuti, gli animali da monta. Non aveva importanza che si trattasse di un asino o di un purosangue: il rapporto che si creava fra conducente e animale era simile all'armonizzazione di due Cerchi, in qualche modo si equilibravano a vicenda. Fra Deva e Djavel lo notava in maniera particolare: la bestia sembrava quasi sapere dove stesse andando, accudendo la sua cavallerizza con passo svelto ma morbido, evitando gli ostacoli. Anche durante la notte gli era parso di sentire il suo sbuffo caldo alle spalle, e la presenza del suo corpo massiccio fra loro e il buio.

Controllò la sua reazione prima di avvicinarsi a Deva, ma l'animale non diede segni di nervosismo quindi Bram si concesse di cavalcarle a fianco per un po'. La ragazza di Terrena chiuse gli occhi per qualche istante e Bram ne approfittò per osservare il suo profilo armonioso, le ciocche color miele che sfuggivano da una coda disordinata, le labbra piccole e rosate, la schiena dritta. Sentì il bisogno di parlarle.

«Dimmi qualcosa su di te. Ad esempio, cosa ti piace fare?» chiese, senza pensarci.

Lei sembrò confusa e sorpresa.

«Dunque... rispondere a domande sui miei interessi dopo essere sopravvissuta a una battaglia, mentre vago nel gelo di una terra sconosciuta, non è sicuramente ai primi posti» commentò seria.

Bram si pentì immediatamente della richiesta tanto inappropriata, almeno finché lei non arricciò il naso resistendo all'impulso di sorridere, e infine lo fece.

«Ti prendevo in giro! Allora, innanzitutto mi piace cavalcare e, considerato questo viaggio, è una gran fortuna, non trovi?»

«Direi proprio di sì. Cos'altro?» chiese lui, sorridendo di rimando.

«Leggere. Insomma, le storie.»

«Che tipo di storie?»

«Non ti piacerà saperlo» rispose lei. «Storie d'amore. Lo so, fa tanto "ragazza nobile nel suo palazzo che sospira sfogliando romanzetti sentimentali". Però io leggevo autori di un certo livello, e...»

«Mi piacciono, le storie d'amore» la interruppe lui. «Non che ne abbia mai lette, ma ne ho viste parecchie.»

«Fra gli Armon?» chiese lei, disorientata.

«Forse proprio perché devono essere limitate nel tempo, le relazioni degli Armon hanno un'intensità maggiore. Li dovresti vedere, quando sono innamorati: il loro Cerchio si accende con il fulgore di una stella. Non possono nemmeno *tentare* di nasconderlo.» Bram rise, ripensando alle mattine in cui si riunivano per la pratica del controllo e qualcuno esclamava: «Oh, andiamo, chi ha perso la testa stavolta?». C'erano persone alle quali accadeva regolarmente, come Padre Zyen, che aveva spezzato più cuori che tavolette di legno, e altre a cui "l'amore" non aveva mai creato alcun problema, come lui. Nessuna delle ragazze con cui era stato aveva fatto accendere il suo Cerchio con l'intensità di una stella.

«Oh» esclamò Deva. Poi si schiarì la voce per aggiungere: «Penso che dall'esterno si abbia un'idea diversa degli Armon, più spirituale e meno fisica, diciamo. Sono contenta che abbiate delle storie d'amore, è una bella cosa, sono sicura che sia... uhm, piacevole». Deva si chiese che cosa accidenti stesse blaterando.

«E tu? Hai un fidanzato o qualcosa del genere?» le chiese Bram, notando che la domanda la lasciò boccheggiare imbarazzata, in cerca di una risposta.

«No» disse infine Deva. «Nessun fidanzato. Non sono una promessa sposa o roba del genere.»

«Bene» replicò lui.

Bene?, rifletté Bram, subito dopo. *Come ho potuto rispondere "bene"? Magari a lei questa cosa dispiace.* La guardò di sottecchi. Deva aveva continuato a cavalcare a testa alta e con le labbra curvate in un lieve sorriso. Non sembrava dispiaciuta, ma il ragazzo si affrettò comunque a cambiare argomento: «Terrena è elegante e moderna come dicono? È vero che, oltre alle armi da fuoco, avete delle fabbriche?» domandò lui, e in quella sua inesperienza delle altre rive Deva lo sentì più vicino.

«Iniziano a diffondersi, sì. Ma i macchinari sono ancora per pochi.» Sorrise, alludendo alla stramba idea che chiunque, a Freyan, avesse accesso a incredibili meraviglie tecnologiche. «A quanto dicono, però, sono sempre più sofisticati: alcuni riescono a fare, da soli, il lavoro di cinque uomini! Anche mia madre...» si fermò di colpo. A volte riusciva a distogliere i pensieri da quanto accaduto, ma non in quel momento. Ricordò una Enna Loissen vivace e determinata, negli occhi la passione mentre raccontava di un nuovo macchinario per tessere e di quanto avrebbe potuto aumentare l'efficienza dell'azienda familiare. Finalmente mise a fuoco il pensiero che si nascondeva sotto una coltre oscura di dolore e sofferenza fisica, di paura e angoscia: la sua famiglia le mancava, terribilmente. Bram colse la disperazione nel suo sguardo.

«È colpa mia, non dovevo parlarti di Terrena. Deve essere stato molto doloroso. Mi dispiace, Deva. Posso fare qualcosa per te?» allungò una mano fino a prendere la sua. La strinse. La pelle del ragazzo era tiepida e confortevole.

Lei scosse la testa, sperando di non tradirsi col rossore delle guance, e per non indugiare sul pensiero di casa domandò: «Parlami di Vidrian. Quando studiavo la geografia di Radian l'ho sempre immaginato bellissimo». Era sempre stata affascinata da quella riva esotica e lontana, tra due lembi del Mar Vasto.

«È il posto più bello del mondo, dovresti vederla, anche se ultimamente le inondazioni non ci danno tregua. La marea sale e le onde travolgono la costa, spesso arrivano ai villaggi. A volte anche il fiume Auren ne risente.»

«Per noi è lo stesso con gli uragani. Arrivano quasi ogni mese o due, ormai, fanno danni alle coltivazioni, alle strade e agli edifici. A noi hanno distrutto la serra due volte, tanto che è stata abbattuta...» rispose, dicendo a sé stessa che se chiedeva a Bram di parlare di Vidrian e poi lei tornava a parlare di casa, non avrebbe risolto nulla.

«C'è qualcosa di... sbagliato, in quello che sta accadendo a Radian. Hai notato i residui degli incendi lungo la strada?» chiese il ragazzo.

«Se continuiamo così, questi saranno chiamati gli Anni del Disastro» commentò Deva per stemperare una sensazione di amara consapevolezza, disturbante da decifrare per intero.

«Ah! Pensavo di essere l'unico a chiedermi sempre che nome daranno alla nostra epoca. Diciamo che avere qualcosa di meglio degli "Anni delle Nebbie" sarà facile.»

Per qualche minuto, i ragazzi riuscirono a scherzare tra loro provando a indovinare il termine più adatto per quegli anni, poi la stanchezza riemerse di colpo e proseguirono la strada in silenzio.

Il gruppo arrivò a sera troppo sfiancato per prestare attenzione ad altro che al sonno. Bram e Deva si sistemarono uno vicino all'altro e si addormentarono di colpo. Al mattino, quando lei si svegliò, il ragazzo non le era più accanto.

✶

Quel giorno attraversarono la foresta concentrati, col fruscio delle foglie a far compagnia al silenzio. Continuavano a salire di quota, temperatura e paesaggio mutavano rapidamente sotto i loro occhi, e al verde intenso della foresta si sostituì una distesa di bassa vegetazione scura e monotona, che percorsero a lungo. I frequenti cambiamenti del terreno imponevano diverse soste per evitare che i cavalli si sfiancassero troppo e per concedere loro di abbeverarsi adeguatamente. Nel pomeriggio incontrarono alcune vallate rocciose dopo le quali il terreno cambiò bruscamente aspetto, e, quando le nuvole fecero largo a un freddo sole, davanti ai loro occhi si svelò una distesa di terra arida, nera e crepata, intervallata da zolle di fiori rosso acceso e arbusti secchi, alti e articolati come scheletri.

«Le Lande Perdute» mormorò Lyran. Il resto del gruppo taceva con lo sguardo fisso sul rosso dei fiori, unico segno esplosivo di vita in un luogo che sembrava senza alcuna linfa. Si chiedevano se fosse davvero possibile che le loro radici affondassero nel sangue versato durante la guerra, mentre l'Imperatrice piantava la sua bandiera strappando quelle terre ad Alta.

Hylantikras osservò i loro volti, e gorgogliò un commento rattristato: «Avreste dovuto vederle prima. Una volta le zone aride erano coperte di fiori bianchi e dove stiamo camminando scorreva un ruscello dalle acque limpide e deliziose. Il terreno era prato e muschio, morbido come una carezza». L'animale si perse per un attimo nei ricordi, mentre Bram si chiedeva da quanti decenni la tricorna dominasse quelle terre, e quante cose avesse avuto il privilegio o la maledizione di vedere con i suoi occhi. Ognuno di loro avrebbe avuto domande da farle, ma il tempo della conversazione era finito e l'animale, enorme e lieve, fece strada sul terreno spaccato.

Deva non sentiva la stanchezza come prima, forse perché lo sguardo di Bram, che ora avvertiva addosso più spesso di quanto avrebbe osato sperare, le aveva acceso qualcosa dentro, alla fonte di ogni calore.

Furono interrotti dal richiamo del Capitano, che indicava qualcosa. Davanti a loro, nella luce tenue del pomeriggio, si stagliava sempre più netto un edificio cadente.

«Signori, benvenuti ai mulini di Milisan. O meglio, *al* mulino: l'unico ancora in piedi» ruggì la tricorna.

Era un vecchio, maestoso casolare in pietra bianca e pesanti assi di legno dipinte di nero che si ergeva ormai solitario al centro delle Lande. Del torrente che una volta lo alimentava restava un solco profondo che si snodava sinuoso lungo porzioni di terreno fiorito. Lo scheletro dell'enorme ruota era coperto di muschi e piante rampicanti che pendevano come ragnatele, conferendogli una solennità spettrale.

Dopo uno sguardo d'intesa con Lyran e Bram, Évanette raggiunse la tricorna, scambiò con lei qualche parola e poi prese il comando del gruppo.

L'animale si voltò e, con un profondo inchino del capo, fece un cenno di saluto. La sua promessa di condurli ai mulini era stata mantenuta, da allora in avanti non sarebbe più stata la sua missione.

«Non fidatevi di questo luogo» fu l'ultimo ammonimento della sua voce roca, poi si allontanò con la sua corsa imponente e silenziosa.

22
MALEDICTO

Deva capì di dover tallonare l'Astromante. La donna si era fatta un nodo alla gonna del vestito per accorciarlo, il corpetto era stretto da una vecchia cintura prestata da Gerda e il cappello era ben assicurato alla sella. Sapeva dove dovevano andare perché da quel punto iniziava la sua visione: ora toccava alle stelle guidarli.

La donna fece un cenno a Lyran a indicare il retro del mulino. Il Capitano seguì il gesto, staccandosi dal gruppo insieme a Bram e girando attorno all'edificio.

Évanette e Deva fermarono i cavalli, legandoli a un arbusto contorto a pochi metri dalla porta d'ingresso della costruzione, un enorme arco dove un portone di legno penzolava tristemente dall'unico cardine rimasto in piedi. La donna non ebbe bisogno di far cenno alla ragazza di tacere: ogni suo gesto – lento, misurato e leggero – era un invito al silenzio più assoluto.

Pianissimo, con i talloni che non toccavano terra e i vestiti tenuti stretti al corpo per evitare qualsiasi fruscio, si accostarono ai lati esterni della porta. Évanette fece un conto alla rovescia con le dita e, quando l'ultima falange si chiuse nel pugno, Deva seppe che era giunta l'ora di entrare. Come ballerine della stessa coreografia, le donne si voltarono e varcavano la porta.

La prima cosa alla quale Deva non era preparata fu il calore: dentro il mulino abbandonato faceva caldo, come se un'enorme stufa di ghisa stesse diffondendo una temperatura di decine di gradi superiore all'esterno.

Quando i suoi occhi misero a fuoco la penombra dell'interno, però, le si parò davanti uno scenario inaspettato e bizzarro. La seconda cosa che percepì fu una sensazione soffice e confortevole sotto ai piedi, dopo giorni di duro terreno. Stavano camminando, infatti, su spessi tappeti decorati con intricati disegni di fiori e simboli. Si stendevano lungo la stanza e coprivano tutta la lunghezza del mulino: venti, forse venticinque metri. Formavano un passaggio centrale circondato da cuscini e da eleganti mobili di legno lucido, appoggiati alle pareti di pietra coperte da arazzi dai colori caldi che scendevano fino a terra. Ogni tre o quattro metri, un piccolo camino scoppiettava allegro diffondendo un tepore confortante, accompagnando i visitatori come pietre miliari fino all'ultimo, grande camino sul muro di fondo, attorno al quale erano sistemate due poltrone e un divano dagli schienali alti.

Quello che strabiliò la ragazza, però, fu l'uomo accanto al divano. Indossava un elegante completo scuro dal taglio sartoriale, che gli andava un po' corto sulle braccia, e iniziò a suonare al violino una melodia struggente.

Man mano che, in silenzio, si avvicinavano, scorsero anche due figure sedute una sul divano e l'altra su una delle poltrone. Notarono una testa piccola e bassa, che ondeggiava insieme alle note, e una più slanciata, con un'acconciatura intrecciata sulla nuca.

«Mamma...» sussurrò Deva.

Immediatamente, le mani di Évanette l'arpionarono per l'avambraccio. I suoi occhi le intimarono di "non fare scemenze" e poi corsero in fondo alla sala, lasciando intendere che Lyran e Bram sarebbero entrati da un momento all'altro.

Passarono i secondi, poi i minuti e, mentre Deva fremeva dalla voglia di correre dalla donna, il Capitano e l'Armon non si palesavano. Provò a divincolarsi dalla presa dell'Astromante, che si fece più salda.

La donna si guardava intorno allarmata.

«Per fare la mia tenda ci sono voluti giorni» spiegò. «Per riuscirci in così poco tempo serve un'altissima padronanza dell'Alta Magia.»

Deva non fece in tempo a replicare, che la musica si interruppe. La sala precipitò in un silenzio assoluto, dove anche i respiri delle due donne sembrarono fare rumore. Per lunghi attimi sentirono solo lo scoppiettio del fuoco, poi un inequivocabile movimento di stoffa e lo scricchiolio di suole di scarpe dichiararono che qualcun altro, nella sala, si stava muovendo.

«Volete accomodarvi?» chiese una voce proveniente dal grande camino. L'uomo teneva il violino lungo il fianco, e le fissava con un sorriso. Aveva occhi dalle folte ciglia scure e iridi di un caldo arancione.

Occhi di tigre, pensò Deva.

L'archetto che gli pendeva dalla mano, il modo in cui il sorriso gli restò addosso molto più del dovuto, la testa del bambino che si voltò lentamente verso di loro, la donna col viso in controluce davanti alle fiamme: tutto sembrava essere orchestrato per infondere in Deva ed Évanette un senso di profonda inquietudine.

La ragazza non riuscì ad attendere un istante di più. Si avvicinò a passi incerti verso il grande camino, poi deviò verso la poltrona dove la figura femminile sembrava stesse cercando a sua volta di metterla a fuoco. Il suo abito era di elegante stoffa verde, le sue mani erano coperte di anelli e bracciali tintinnanti.

La ragazza si lasciò cadere contro il bracciolo della poltrona, le prese una mano e, con la voce rotta dai singhiozzi, mormorò: «Mamma».

La donna appoggiò l'altra mano sopra le sue. Chinò la testa, le posò le labbra sui capelli spettinati ed esalò un lungo sospiro dal suono acuto. Con la stessa forza di una pietra lanciata contro una vetrata, il tono sconosciuto di quel verso ruppe in mille pezzi la speranza di Deva. La ragazza sollevò lo sguardo che, da intenso e commosso, perse ogni emozione e si fece di ghiaccio.

La donna aveva tempie alte, labbra carnose e lievemente all'ingiù, occhi tondi e scuri. Non c'era traccia, in lei, del volto confortevole di sua madre. Deva lasciò andare la sua mano come se scottasse. «Mi dispiace, vi ho scambiato per qualcun altro» balbettò.

«Oh, nessun dispiacere» rispose la donna, con apparente sincerità. «D'altra parte, sono qui per questo.»

Prima che Deva potesse replicare, l'Astromante le si parò accanto, i due pugnali già sfoderati. Il piccolo corpo della donna vibrava in preparazione dello scontro, ma la tensione fu interrotta da un grido.

«No, no, no!» urlò l'uomo col violino, quasi fosse un maestro che redarguisce i suoi inetti alunni. «Ce lo avevano detto, che sareste stati impulsivi. Non volete parlare? C'è una conversazione da avere, qui.»

Deva gli cercò addosso un qualsiasi dettaglio che dichiarasse chi fosse e quali fossero le sue reali intenzioni, ma più guardava la sua figura dinoccolata e nervosa, più la scena la confondeva: cosa stava succedendo? Davanti a che assurdo spettacolo erano capitate?

L'uomo si lasciò cadere sulla poltrona libera, con le gambe che crollarono aperte e il violino che sbatté a terra con un suono stridulo. Sembrava tutto tranne che pronto ad aggredirle. Anzi, appariva estremamente seccato. «I tappeti, i camini. Tutto questo, per niente? Sono anche venuto di persona!» mormorava tra sé e sé affranto, indicando l'arredo con l'archetto.

Mentre Deva fissava ancora la donna inghiottendo a fatica le parole che le erano sbocciate tra le labbra per sua madre, Évanette colse l'attimo per avvicinarsi al bambino. Lui la guardò con i grandi occhi azzurri dietro una zazzera di capelli castani. Se era spaventato, non lo mostrava. L'Astromante provò ad afferrargli la manina, ma lui la ritrasse.

«Sei Aral, vero? Andiamo, ti riporto a casa» disse lei, amichevole ma sbrigativa.

«Ma io non posso» rispose il bambino.

«Certo che puoi» incalzò Évanette. «Ti aiuterò io. Devi solo fidarti di me e seguirmi. Con una certa rapidità, va bene?»

«Davvero, non posso» insistette il bambino.

La donna si guardò nervosamente attorno, ma né Lyran e Bram sembravano voler fare il loro ingresso trionfale, né gli sconosciuti sembravano prestarle attenzione. Tutto era talmente rallentato e banale da farle venire il dubbio che si trovassero in un'illusione, e questo la rendeva ancora più incerta e nervosa.

«Andiamo, Aral» ribadì tra i denti, tendendo la mano al bambino.

«Te l'ho già detto: non posso venire» ripeté il piccolo.

«Perché?» chiese Évanette, irritata.

«Perché io non sono qui, sono nel palazzo bianco» rispose lui facendo uno strano gesto con la mano, come un semicerchio rovesciato.

In quel momento l'uomo si diede uno slancio con le gambe e si rialzò dalla poltrona, lasciando a terra il violino ma continuando a impugnare l'archetto. «Dunque, ricapitoliamo» esclamò con quel tono da maestro di scuola, indicando i presenti con l'archetto. «Lei è inequivocabilmente Deva Loissen, un "brava" alla nostra comparsa qui presente, per aver interpretato con lode la parte di sua madre Enna.»

La donna con l'acconciatura di Terrena mimò un breve inchino con la testa e fece un sorriso.

L'uomo si grattò il mento con l'archetto, quindi lo puntò alle sue spalle. «Nelle retrovie abbiamo lasciato il buon Capitano Tomàs Lyran e l'Armon mancato, Bram Cadaval. Un "bravo" a me, in questo caso!»

Lisciando con le dita le corde dell'archetto che brandiva, proseguì: «E ora, il colpo di scena: puoi verificare che non ci sia nessun bambino?» chiese rivolto alla donna in abito verde, che si premurò di passare un braccio attraverso Aral come fosse un numero di illusionismo.

L'uomo sgambettò un inchino mentre Évanette lo guardava a bocca spalancata in un'espressione sconcertata. Era confusa sul da farsi perché le intenzioni di quel tizio non le apparivano chiare: aveva condotto Deva fin lì con l'inganno, probabilmente avevano avuto informazioni sul suo arrivo ad Alta e si erano risparmiati lo sforzo di seguirla disseminando voci sulla madre come possibile ostaggio. Al tempo stesso, avevano attirato anche la missione di recupero di Aral: perché? Le sue mani tornarono a stringere i pugnali. I suoi muscoli si fecero tesi e pronti a scattare. Si domandò una volta ancora dove diavolo fossero Lyran e Bram, ma non permise alle sue congetture di correre oltre. Se solo fosse stata un AltoMago come si deve, avrebbe levato la pelle dal viso di quell'uomo centimetro dopo centimetro o gli avrebbe scatenato contro una maledizione, fino a estorcergli tutta la verità. Invece, poteva solo stringere quei dannati pugnali e sperare che lui non attaccasse, perché un individuo capace di tirare su dal niente un salone simile, e soprattutto di evocare il corpo vivo di un bambino, era capace anche di molto altro. Nulla a cui le facesse piacere pensare.

L'uomo le si avvicinò, svelandosi meglio alla luce scoppiettante delle fiamme. Era magro, con arti lunghi e una postura rigida. I capelli scuri e lucidi erano raccolti in una coda e l'attaccatura alta faceva risaltare ancora di più la fronte ampia. Il naso importante e le labbra sottili, sormontati da occhi sporgenti, gli conferivano un aspetto sospettoso e indagatore.

Si fermò a breve distanza dalla donna e, come studiandola approfonditamente, con lentezza esasperante tracciò un circolo di passi attorno a lei.

«Era tutto studiato in modo che le tue letture ti avrebbero fuorviata, Astromante» esclamò, rispondendo alla domanda che echeggiava nella testa di Évanette. «Ciò non toglie che io ritenga la tua Alta Magia del tutto inutile. Vedere l'immediato futuro senza poter scorgere il passato... e solo se le stelle sono d'accordo!»

Tirò fuori un verso sibilante di scherno, mentre lei si chiedeva cosa sarebbe accaduto se avesse deciso di attaccarlo. Sentì il corpetto dell'abito appiccicarsi alla pelle mentre tutto il suo corpo sudava freddo, in attesa.

L'uomo le girò attorno ancora un paio di volte prima di perdere attenzione nei confronti della donna e avvicinarsi rapidamente a Deva.

«Dunque, per quanto mi piaccia star qui a suonare il mio violino, visto che la conversazione langue temo sia giunto il momento di andare» dichiarò, come se fosse profondamente rammaricato.

«Dov'è mia madre?» domandò la ragazza, con la voce resa flebile dalla delusione.

L'uomo sbuffò rumorosamente, poi la imitò muovendo la mano come una bocca e ripetendo le sue parole con tono da bambina lagnosa. «Molto bene, finalmente una domanda. Quella più banale, però. Qualcos'altro?»

«Dov'è mia madre?» ripeté furiosa Deva.

«Tutto qua? Niente, non... non collaborate, non siete curiose, non avete un briciolo di *visione*. Questo,» continuò, indicando con un gesto circolare tutti i presenti «è un errore. Ma, ahimè, non sta a me decidere. Dunque, Deva Loissen: è nostro compito accompagnarti in un luogo dove troverai tutte le risposte.»

«Oh, certo! Sembri una persona così affidabile, perché non lasciarla venire con te?» intervenne l'Astromante.

Deva indietreggiò, ma l'uomo si mosse velocemente, come se potesse amplificare la normale andatura del corpo, e le fu di nuovo accanto.

Un'ulteriore capacità. Non è possibile, pensò Évanette.

Seccato, il violinista sembrò soppesare il da farsi e decidere che non valeva la pena sprecare parole ulteriori. Si ricompose in una postura solenne e cominciò un movimento lento e discreto delle mani, come a voler plasmare qualcosa. Évanette incrociò istintivamente i pugnali davanti al viso, ma servì a poco: un colpo deciso la investì all'altezza della pancia, come un calcio sferrato con violenza. Cadde all'indietro investendo anche Deva.

«Deva Loissen, fatti da parte. Prima di andare mi devo occupare della tua amica» disse l'uomo.

«Di tua madre, ti devi occupare!» ruggì Évanette, recuperando i pugnali e rialzandosi con aria furente.

«Uh, insultiamo gli affetti come nelle peggiori bettole... Che classe, Astromante» mormorò l'uomo scuotendo la testa, poi mosse nuovamente le mani, questa volta disegnando alcune croci in aria che si abbatterono sulla donna immobilizzandola contro il muro alle sue spalle, come una rete. Dietro di lei, l'arazzo si dissolse svelando pietre aguzze e ruvide.

«Merda, fai qualcosa, ragazza!» urlò Évanette a Deva. La ragazza si muoveva nervosamente nello spazio fra lei e l'uomo senza sapere dove andare. Corse dall'Astromante, constatò che la rete era di un materiale semisolido e prese a tirarla a mani nude.

«Oh, Aen...» sussurrò l'uomo tra sé, coprendosi il viso.

«Prendi un pugnale!» la esortò la donna. Deva ne afferrò uno dalle sue mani e, per quanto le sembrasse un'idea sciocca, provò a tagliare la rete. Il materiale, lentamente, pareva cedere.

Spettacolare, ma inconsistente, pensò l'Astromante dell'incantesimo dell'uomo. Forse avevano una possibilità.

«Andiamo, aiutami a liberarmi» disse a Deva, riuscendo a sfilare un braccio.

Fu allora che la donna lo vide. Sfuggito al colletto della camicia, sobbalzava sul petto della ragazza catturando il bagliore dei fuochi accesi. La fissò con gli occhi sgranati e la sua espressione mutò in disgusto.

«Sono ferita?» chiese Deva allarmata, tastandosi il petto.

«BUIO DANNATO!» gridò Évanette, tirando fuori un improbabile acuto per il suo tono di voce. «Tu porti un *maledicto*.»

Era inorridita come alla vista di qualcosa di osceno e, mentre l'uomo muoveva di nuovo le mani pronto a lanciare su di loro un altro incantesimo, l'Astromante si allungò fino ad afferrare un pugnale e tagliò, di netto, la catenina al collo di Deva.

«E adesso, fai la tua parte!» sibilò tra i denti, un attimo prima che il suo corpo venisse sollevato in aria e trascinato verso il violinista.

Per quanto le sue architetture magiche fossero flebili, l'uomo riusciva a tenerla sospesa sopra la sua testa con poco sforzo. A volte non era questione di potere, ma di strategia. Con la coda dell'occhio Évanette vide cosa la attendeva alle sue spalle. Rivolse alla ragazza uno sguardo pieno di supplicante attesa.

✶

Se solo un mese prima qualcuno avesse detto a Deva che un giorno si sarebbe trovata a essere l'ultima difesa di un essere umano contro l'aggressione di un "fattucchiere", avrebbe riso di cuore. Quel nomignolo, però, era quanto di più lontano dalla scena che aveva davanti.

L'Astromante era sospesa a mezz'aria e lo sconosciuto, adesso, stava tirando il dito indietro come per caricare il tiro e scagliarla all'altro capo della sala, là dove le assi rotte del soffitto che si intravedevano oltre l'illusione degli arazzi sembravano picche appuntite che aspettavano solo di trafiggere un corpo.

Lo avvertì salire nelle vene ancor prima di sapere cosa sarebbe successo: una crisi. Un'altra. Si preparò a sentire il petto che si svuotava, la testa farsi opprimente, le gambe cedere.

Sei così intelligente, Deva. Non perdere tempo a cercare di fare cose che non sono adatte a te.

Devi accettare di avere un corpo debole, tesoro. Ma ci sono altre cose nella vita.

Oh, Deva. Sicura che vuoi montare quell'animale? Sei così maldestra, finirai per farti male!

Riposati, cara. Sei sempre così pallida e ti stanchi troppo facilmente.

Impietrita, osservò il corpo minuto di Évanette Starwyn appeso in aria come una bambola di pezza, il suo abito viola e nero che pendeva senza forma e il cappello con le stelle che, piano, si sfilò dalla cintura e cadde a terra senza rumore.

Deva posò lo sguardo su una delle stelle sfilacciate. La pena che provò, lo smarrimento che l'invase all'idea di vederla morire, furono più forti della paura e del dubbio.

La sua non fu un'esplosione, o un'improvvisa illuminazione. Fu la scelta dolorosa e determinata di prendere qualunque cosa fosse, quel grumo di dolore che portava dentro e che aveva sempre chiamato "crisi", e di usarlo.

Non ci fu un grido liberatorio. Non ci furono bagliori, globi splendenti, scintille di luce. Ci fu soltanto una ragazza che piantò meglio le gambe a terra e, sentendo l'onda del dolore che arrivava a soverchiarla, scelse di non resistere e di lasciarsene attraversare a costo di spaccarsi.

E Deva Loissen si spaccò.

Qualunque cosa albergasse dentro di lei dilagò decisa, forte, nel sangue e nelle ossa e fin sotto la superficie liscia della pelle. Deva non lottò ma l'accolse come l'unica energia possibile, consapevole che da tempo, ormai, aveva accettato la possibilità della morte.

La schiena le si inarcò violentemente mentre, al centro del petto, sentì la pelle lacerarsi con un dolore acuto. Uno spasmo le fece spalancare le braccia tese e lungo le vene sentì la stessa forza scorrere e trovare un varco lacerandole i polsi, fuoriuscendo da lei traboccante di pressione.

Si percepì senza più peso mentre ciò che la riempiva, qualunque cosa fosse, stava dilagando. Poi fu come se rientrasse nel suo corpo, solo che a ciò che conosceva già si era aggiunto un altro elemento, come un nuovo organo, pulsante e vivo.

Come un movimento involontario, un respiro o un battito del cuore, le sue dita si congiunsero attorno alla fenditura al centro del petto. Aveva qualcosa tra le mani, ora. Era oscuro, denso e mutava forma, instabile. Prese una strana consistenza grumosa, fremente come un nugolo di insetti. Sapeva solo che era a sua disposizione, che era lì per essere usato. Deva prese un respiro, cercò di concentrarlo in qualcosa di appuntito e lo rilasciò contro l'uomo, come avrebbe fatto con un branco di lupi rabbiosi.

Per un attimo tutto restò sospeso: Évanette in aria, la stanza con i suoi camini scoppiettanti e gli arazzi rosseggianti, l'uomo con il dito alzato, la donna in abito verde che lo osservava, il bambino che non c'era.

Poi, quando una falce scura si espanse dal corpo di Deva, tutto diventò buio.

Gli occhi accecati che pian piano rimisero a fuoco i contorni della realtà restituirono a Deva la visione dell'ampia stanza di un rudere, con pozze d'acqua a terra, pareti parzialmente crollate e muschio che pendeva dalle travi spezzate. L'uomo, la donna e il bambino erano svaniti nel nulla insieme al resto.

Sul pavimento, una Évanette sporca di fango si guardò attorno spaesata. La vide strisciare a terra verso di lei, poi prenderle le spalle e scuoterla lievemente.

«Deva, stai bene?» chiese. Non l'aveva mai sentita tanto allarmata.

La ragazza mugugnò una parola di assenso.

L'Astromante mosse le labbra gesticolando, per dire qualcosa, poi fu come se un altro pensiero le cadesse addosso e le facesse, invece, gridare: «Dove l'hai presa quella?». Indicò la collana che giaceva a terra a pochi passi da Deva.

Solo allora la ragazza si ricordò del piccolo ciondolo dorato a forma di triangolo. Quando lo prese istintivamente tra le mani, Évanette soffiò fuori un verso di dolore.

«No» le disse, cercando di strappargielo via.

«Dove l'hai preso?» ripeté la donna.

«È un regalo di mia madre» rispose lei, chiudendo il ciondolo nel pugno come a proteggerlo. La sua forma le era familiare come una carezza ricevuta, come la voce di Enna che le dava il buongiorno. Le sembrava ancora di sentire le sue mani accarezzarle le spalle e il collo, indugiare sulla forma della catenina sotto agli abiti, sussurrarle: "Portalo sempre con te, questo è il simbolo del mio affetto".

Évanette le si avvicinò piano, con circospezione, come se il corpo della ragazza esalasse un qualche vapore tossico con cui temeva di entrare in contatto. Deva non sapeva come decifrare quelle sopracciglia aggrottate, né il modo in cui la donna si inumidì le labbra e prese un respiro lento prima di parlare.

«Perché mai, dimmi, tua madre avrebbe dovuto metterti al collo un maledicto?» chiese.

Deva scosse la testa, come a dire che non sapeva di cosa stesse parlando.

«È un artefatto di Alta Magia» spiegò Évanette. «Congegnato per impedire a chiunque lo indossi di avere accesso al suo potere. La tua collana contiene una maledizione, Deva.»

Quelle parole furono come una freccia: una volta scoccate, andarono a trafiggere qualcosa che si era sempre dibattuto dentro di lei. Qualcosa che ora, anche se poteva, non voleva vedere nitidamente.

«Non dire idiozie» replicò, furente. «È solo una collana.»

Fu negli occhi di Évanette che vide la verità prima ancora di sentirla. Nello sguardo dell'Astromante c'era la pena di chi ha realizzato che qualcosa di molto grande e molto triste è accaduto all'altro. Non importava che non si fossero mai davvero prese per il verso giusto fino a quel momento: quando la donna le tese la mano e le sfiorò il braccio, sentì che dirle la verità le stava costando.

Évanette attirò a sé Deva e, mentre la stringeva in un abbraccio, avvicinò le labbra al suo orecchio per dirle soltanto tre parole: «Ti hanno mentito».

★

Uscirono dal mulino insieme, mano nella mano, una donna e una ragazza sporche e contuse, con strisce pulite di lacrime sul viso impolverato.

Bram e Lyran gli furono addosso in un attimo. Tutti e quattro insieme si unirono in un unico abbraccio che non lasciava dubbi sull'apprensione che l'uomo e il ragazzo dovevano aver provato.

«Non siamo riusciti a entrare» spiegò Bram. «Non siamo mai riusciti a entrare. Mi dispiace tanto.»

Lunghe tracce di terreno sconnesso attorno al mulino denunciavano quelli che erano stati i suoi ripetuti tentativi.

Affondò il viso tra quelli delle compagne e chiuse gli occhi, grato per averle ancora.

Né Évanette né Deva volevano rientrare nell'edificio, quindi, fra i rottami, Lyran recuperò un grande telo di iuta e poi, con i legni spezzati del tetto, mise insieme una specie di tenda aperta sulla sommità. Mentre il cielo si rabbuiava, il fuoco riscaldò il loro provvisorio rifugio.

Avevano molto di cui parlare. C'erano ferite, quelle di Évanette, da ricucire con pazienza alla luce di un fuoco da campo, e c'erano ferite, quelle di Deva, che continuavano a espandersi a ogni domanda che sollevavano.

Bram osservò lo sguardo della ragazza fisso nel fuoco, le fiamme che si riflettevano negli occhi sgranati e lucidi. Non capiva come sua madre le avesse permesso di indossare un maledicto al collo per tutta la vita. Per di più lo aveva fatto presentandolo come un dono, un simbolo di affetto.

Bram lesse il suo Cerchio. Il cuore, la sua parte così luminosa, sembrava svanita nell'aria gelida. La mente, di contro, pulsava in agitazione costante. Poteva solo immaginare le congetture che stava facendo, le parole che avrebbe voluto urlare. Con estrema delicatezza, cercò di riequilibrarla per quanto possibile: restituendo vita al cuore, spostando l'attenzione della mente, svegliando il corpo, rafforzando lo spirito. Ma il suo era un lavoro fioco e debole al cospetto di una rottura tanto violenta. Equalizzare e riparare erano due cose molto diverse.

Le si avvicinò piano e le sedette accanto senza rumore. Lasciò passare qualche minuto di silenzio, in modo che lei potesse dirgli di essere lasciata in pace, ma la ragazza non proferì parola.

Pensò a lungo a cosa dirle, fissando anche lui la danza sinuosa e strattonata delle fiamme verso il buio. Poi, alla fine, decise di fare l'unica cosa che gli venne in mente. Le mise un braccio intorno alle spalle e la attirò a sé. Con l'altro braccio la strinse al petto e, posandole appena le labbra sui capelli, le sussurrò: «Ci siamo noi, Deva. Non sei sola».

Per un attimo udì solo il respiro di lei, profondo e a singhiozzo. La ragazza restò con gli occhi piantati a terra e lui avvertì la sua vergogna, unica traduzione comprensibile del dolore delle vittime, ma sentì anche la sua forza. Il suo corpo piegato, con i capelli spettinati che le cadevano sulle spalle e le dita delle mani strette tra loro come in preghiera era, ai suoi occhi, un monumento alla resistenza.

«Dobbiamo parlare di lei» mormorò Évanette a Lyran, indicando con la testa la ragazza.

«Quindi si tratta davvero di un AltoMago, Daegal Bex diceva la verità» considerò lui, con la voce ovattata dalle mani sulle quali appoggiava la bocca.

La donna annuì gravemente, cercò le parole per spiegare quanto aveva visto, ma non riuscì a trovarle. Allargò le braccia, gesticolò, infine si arrese a un: «Ma è diverso, Lyran. Non ho mai visto una cosa del genere. Il suo potere la spacca... fisicamente».

«Non lo farò mai più, se può consolarvi. Ammesso che sia un potere e non una maledizione, è una cosa orribile da fare e anche da vedere» ribatté Deva, piccata.

«Quello che resta da capire è: cosa c'entra tua madre con il bambino Vidrianian?» chiese Lyran.

Évanette rifletté ad alta voce: «Sembrava una trappola per entrambi: avevano la donna per Deva, e il bambino evocato per noi. È possibile che conoscano il potere della ragazza...».

«E chi, di grazia, avrebbe informato un violinista psicopatico del fatto che potessi fare questa cosa di cui, tra l'altro, non ero nemmeno consapevole?» chiese Deva.

«È evidente che qualcuno lo sappia» borbottò l'Astromante.

«Bene, perché *sapere* è quello che voglio» rispose Deva.

«Ottimo: procedi pure, vai a farti ammazzare!» esclamò la donna, gesticolando.

«Mi pare volessero ammazzare te, non me. Almeno finché non li ho fermati» sottolineò la ragazza, realizzando in quel momento di non essere mai stata fisicamente aggredita. Era stato tutto concentrato su Évanette. «E comunque, le mie alternative non sono particolarmente allettanti: o vi seguo, o resto da sola, lontana centinaia di miglia da tutto quello che conosco. Le mie speranze di farcela mi sembrano comunque minime.»

Lyran fece un gesto che invitava alla calma, affermando: «Questo non è il momento per le discussioni. Siamo esausti, fisicamente e mentalmente: in queste condizioni non siamo d'aiuto a nessuno, neppure a noi stessi. Adesso bisogna solo sfamarci e riposare. Mi occuperò io di cibo e acqua. La tenda è calda, faremo i turni per mantenere il fuoco acceso. Anche se non siete sotto il mio comando, stavolta non è un consiglio, è un ordine».

Guardandosi reciprocamente lessero ognuno sul viso e sul corpo dell'altro quanto logori e stanchi fossero, e alla fine non trovarono nulla da obiettare: dopo le poche ore di sonno e la battaglia appena affrontata, avevano davvero bisogno di riposo.

Fu dopo aver bevuto e mangiato qualcosa che il cuore di Deva iniziò a battere come un tamburo. Stava iniziando a escogitare un piano per avere la certezza di dormire di nuovo vicino a Bram: aveva assoluto bisogno almeno di una cosa bella, per cui valesse la pena resistere, andare avanti.

La voce del ragazzo la sorprese: «Deva» la chiamò piano, sollevando il mantello per accoglierla. Il petto di lei si sciolse di sollievo.

Sembrò un mondo a parte, quel cantuccio di stoffa e terra dove si rintanò come un animale al sicuro, il corpo chiuso su sé stesso e quello di Bram che le si adattava attorno come se non avesse mai fatto altro. In un istante dimenticò ogni altra cosa e ci furono solo il suo respiro che rallentava, quello di lui profondo e calmo, e il rumore del fuoco che scoppiettava.

«Come ti senti adesso?» le domandò.

Lei non voleva rispondere a quella domanda, almeno non sinceramente. Per questo disse: «Fisicamente, meglio. E tu, come stai?».

«Non lo so. Tutto quello che penso è che non posso fallire» sussurrò lui pianissimo alle orecchie di Deva arrivò come un soffio. «Devo salvare il bambino.»

Lei cercò la sua mano, la prese tra le sue e la strinse. Non seppe cosa aggiungere: in quel momento le sembrava che tutti loro avessero fallito, e che nulla avesse più senso. Restò così, con la sua mano morbida fra le proprie, come se stesse tenendo tra le dita una creatura rara e delicata.

Fu allora che avvenne: entrambi avvertirono qualcosa nascere e crescere dal contatto delle loro mani, un calore dalla consistenza fisica. Durò per un solo, stupefacente istante, e li lasciò con la stessa domanda.

«Dovremmo provare...» mormorò Bram.

«È pericoloso» ribatté lei, la voce che si fece leggermente meno timorosa quando sentì il respiro profondo del sonno di Lyran e vide che Évanette si era già allontanata nel buio della notte. «Non so ancora controllare questa cosa. Né so cosa sia.»

Bram sospirò. Entrambi corsero col pensiero al maledicto, ora custodito nel vano della sella di Lyran dopo essere stato accuratamente spezzato dalla sua spada su consiglio dell'Astromante.

«Finora la *cosa* era sotto controllo perché tu lo eri. Adesso devi imparare a capire chi sei, e cosa sei in grado di fare senza nessuno che ti fermi.»

A quella frase Deva si voltò delicatamente e cercò il suo sguardo. La distanza tra i loro visi era un soffio. Provò ad allontanarsi, ma il mantello incastrato sotto il suo corpo la trattenne.

«Ho vissuto un'infanzia bellissima, Bram» sussurrò senza più avere il coraggio di incontrare i suoi occhi in quell'intreccio intimo. «Non guardatemi come se fossi vittima della mia famiglia. Ammesso che sapessero cosa fosse quel ciondolo l'hanno fatto per proteggermi, io ne sono certa.»

«Limitare è proteggere?» chiese lui.

«Forse non avevano scelta. Magari rischiavo di fare del male a qualcuno, o a me stessa» ribatté. «Non permetterti di giudicarli, Bram. Non li conosci...» Si corresse: «Non li hai mai conosciuti. Mi hanno dato una vita piena di affetto.»

Lui non la capiva. Nei panni di Deva, avrebbe dato tutto pur di sapere di essere dotato di un potere così grande.

«Non l'hai mai sentita, dentro di te, questa cosa? Non hai mai creduto di essere... diversa da loro?» chiese, come fosse ovvio sentirlo dentro, di essere speciali, appagando quel vuoto che lui aveva sempre provato.

«Sono sempre stata diversa, Bram. Per questo, da fuori, il mio lavoro era sembrare uguale a tutti gli altri. Anzi, migliore: più benestante, più raffinata, in modo che fosse tutto ciò che gli altri avrebbero notato» rispose lei con amarezza, la mano che corse a sfiorare l'occhio.

Si voltò dall'altra parte, accostandosi nuovamente al corpo di Bram. Era sottile e forte, e stava iniziando a conoscerne la forma.

Lui aspettò qualche istante, poi le passò il braccio attorno alla vita e rimase così, la mano posata accanto al suo petto e il busto contro la sua schiena, le labbra a un soffio dal suo collo. Di nuovo, Deva riuscì a chiudere altrove tutto il resto. Sentì i loro corpi scaldarsi e sciogliersi, le ossa del loro bacino tanto vicine da premere una sull'altra quasi dolorosamente, e provò il fortissimo istinto di fare qualcosa in più. Lui sembrò leggerle nel pensiero perché, d'improvviso, liberò il mantello e si voltò in modo che fossero schiena contro schiena.

Nel petto di Deva, un granello di dolore esplose nel silenzio.

23
ÉVANETTE

Évanette si alzò dal calore della tenda, prese la stuoia e anche un secondo mantello, più leggero, che aveva fortunatamente portato con sé: un altro strato fra lei e il gelo. Poi, si allontanò nella notte. Lo vide immediatamente senza aver bisogno di cercare: un secondo, piccolo fuoco che brillava accanto ai cavalli. Lyran aveva pensato a loro, e a lei. Scosse la testa con un lieve sorriso: era così tipico del Capitano, prendersi cura degli altri solo quando poteva renderlo evidente e pratico.

Ha imparato a farlo anche con me, con soli dieci anni di ritardo, pensò.

Il gelo era così tagliente che, guardando le fiamme, le venne voglia di darsi direttamente fuoco. Invece non solo dovette resistere all'impulso, ma anche restare a una distanza dalle fiamme che le consentisse di non avere la visuale del cielo offuscata dal suo baluginio dorato.

Le carte! Non potevo leggere le carte?, si ritrovò di nuovo a pensare. *Dentro la tenda, il fuoco scoppiettante attorno, a qualsiasi ora del giorno. No! Dovevo essere l'Astromante, ad ascoltare le stelle, e solo se ne hanno voglia. Che fortuna sfacciata.*

Borbottò, sistemando la testa sul cappello arrotolato e portandosi i mantelli fino al naso.

Il cielo, quella notte, era di una bellezza sconvolgente. Il freddo aveva spazzato via ogni foschia restituendole una visione profonda e tridimensionale degli strati e strati di stelle disseminate nella volta celeste. Fu come vederla senza alcun filtro per la prima volta in anni. Fece un lungo sospiro sperando di scorgere qualcosa, e presto.

Per lei il cielo era un libro dove le stelle scrivevano storie affinché lei le leggesse. Ogni stella una parola, o meglio: uno dei suoi significati, da interpretare lentamente dopo averle viste tutte accendersi per lei, una dopo l'altra, come se una scia luminosa le indicasse la via. Sembravano illuminarsi per lei in sequenze ogni volta diverse, portando il suo sguardo ora sulle costellazioni più ovvie, ora più lontano nello spazio, suggerendole i fatti della vita che stava per giungere.

Non sempre gli astri avevano voglia di raccontarle qualcosa. Quando doveva succedere, però, era come se la avvertissero: qualche istante prima di cominciare a parlarle le sembrava di notare un aumento di luce nel cielo della notte, come se tutti insieme le dicessero: "Preparati".

Era stato così che aveva visto l'arrivo di Lyran, anni prima. Le stelle non avevano detto "Arriverà un uomo, e ti innamorerai di lui", ma si erano accese in sequenza intermittente Parvisse, cambiamento, e Rayea, sorgere del sole: "Domani la tua vita cambierà". Avevano il dono della sintesi, le maledette stelle.

Lui era arrivato, irradiava una bellezza spigolosa e nobile, e lei l'aveva incontrato indossando i panni di Astromante di Riva di Alta.

Ricordava ancora l'abito con il quale l'aveva ricevuto: una cascata di seta e organza blu cobalto intrecciata sotto il petto e attorno alle spalle con strisce ricamate di perle e diamanti, che splendevano a ogni suo movimento. Sul capo aveva una corona che partiva a punta dal centro della fronte per terminare con un cerchio di stelle, appoggiato dietro la testa come un'aureola.

Allora, lei non era solo il simbolo di sé stessa, ma del Consiglio del Governatore di Alta: la Corte dei Maghi. Era parte dell'opulenza del palazzo, dell'eleganza dei Ministri, dell'appropriatezza delle Leggi, della crudeltà delle Prigioni. Era, insieme a tutta un'orchestra dalla scenografia maestosa, il simbolo del Potere dell'unica riva che poteva dichiararsi *magica*. Nessun'altra lo era interamente, ma loro sì. Gli Altan rappresentavano la magia agli occhi di tutte le rive.

A quell'epoca si trovava a palazzo già da due anni. Aveva personalmente assistito alla modifica dell'ultima legge sull'Alta Magia, conosceva a memoria le regole e lei stessa doveva esserne esempio e vessillo.

Gli AltoMaghi dovevano dichiararsi o essere dichiarati alle autorità competenti entro e non oltre un ciclo lunare dal manifestarsi del loro potere. Accettavano di essere sottoposti a verifica periodica e non pianificata delle loro attività, per assicurare che il campo di azione dei loro poteri fosse esercitato in conformità con le leggi promulgate in merito a Prima, Seconda e Terza Natura. Erano soggetti ai limiti previsti dall'articolo 7 del Codice di Condotta Magica.

A ripensarci, a Évanette sfuggì un sospiro lamentoso. L'articolo 7 prevedeva, fra le altre cose, il divieto di danneggiare cose o persone, anche in caso di difesa personale.

Aveva perso il conto dei cortei e delle manifestazioni, delle assemblee di piazza e delle raccolte di firme fatte dagli AltoMaghi di tutta la riva per modificare quell'articolo che pareva semplicemente assurdo. Quale momento più adatto a sfruttare il proprio potere se non quello in cui la propria vita era messa in pericolo? Non c'era stato nulla da fare: la Corte dei Maghi rispondeva al Governo di Alta, che riportava alla Federazione delle Rive. Nessuno di loro voleva che circolassero individui "in grado di togliere la vita con uno schiocco di dita". Questo, in realtà, non era tecnicamente possibile per alcun AltoMago, ma la frase fu usata moltissimo ai tempi come propaganda per l'articolo 7. Non che questo avesse impedito agli Altan di essere guardati con sospetto dalla maggioranza dei commercianti stranieri, che dietro modi ossequiosi nascondevano il disprezzo scaturito dalla paura e sussurravano fra di loro il dispregiativo "fattucchieri".

Évanette fece i suoi conti: secondo le leggi, Deva si sarebbe dovuta autodenunciare presso la Corte dei Maghi entro il successivo ciclo lunare, diciannove giorni da quel momento. Avrebbe anche dovuto ammettere di aver scatenato il proprio potere contro altri esseri umani, ma tecnicamente questi ultimi erano svaniti e non sarebbe certo stata lei a tirar fuori la questione.

Tutto restava, comunque, molto complicato, e il fatto che lei avesse frequentato la Corte dei Maghi e sapesse che tipo di ambiente rigido e infido fosse, aiutava solo a darle un certo, giustificato, timore.

Era un posto che ti cambiava. La ricordava, la Évanette Starwyn di allora: talentuosa e arrogante, capace di incantare la Corte con le sue letture impeccabili delle stelle e le interpretazioni brillanti, bella e superba nel suo incedere con il mento sempre ben sollevato, i ricami di pietre e stelle d'argento dell'abito che tintinnavano a ogni passo e quello sguardo di ammirazione e compiacenza che assorbiva come un secondo potere, inebriandosene.

Lyran era arrivato al culmine di quella parabola. Alla Corte dei Maghi era stata ricevuta una delegazione di Vidrian alla quale il Governatore aveva gentilmente concesso una lettura dell'Astromante in cambio di un avamposto commerciale fisso nel porto di Gerwynn.

Lyran era un giovane Tenente che scortava il Governatore di Vidrian, Tahmer Yasal. Ricordava di averlo notato fra tutti, perché era l'unico ad avere capelli biondo rame invece che scuri: sembrava provenire da Terrena o Alta, ma i modi poco cerimoniosi e naturalmente eleganti, gli abiti semplici e il sorriso aperto erano senza dubbio Vidrianian.

L'Astromante aveva sempre desiderato visitare quella riva straniera. C'era un libro illustrato alla Rocca, che amava sfogliare. Conteneva illustrazioni di natura rigogliosa e aranceti in fiore, immagini di palazzi dalle arcate appuntite e dalle grandi fontane ricoperte di maioliche finemente dipinte. Di Vidrian aveva assaggiato, una volta, frutti dolci e polposi, e talvolta ai banchetti del Governatore servivano il loro miele ai fiori d'arancio. Più di ogni altra cosa, avrebbe desiderato vedere la famosa Cerimonia della Destinazione nella Shedir, la piazza illuminata da centinaia e centinaia di candele, mentre i bambini venivano assegnati al loro destino.

Si era sempre chiesta se le Destinatrici fossero simili ad Astromanti che, invece del futuro prossimo, erano in grado di leggere molto lontano nel tempo, nel punto in cui la vita di un individuo raggiungeva il suo culmine, ma qualcuno le aveva raccontato che si trattava di una cosa molto diversa. Nessun cielo da guardare: le donne scendevano invece in profondità, lì dove anche il Cerchio traeva la sua conoscenza, e ciò che vedevano non era il futuro, ma lo Xen di ogni persona. Non era il destino, né il cuore, non era lo spirito né la mente, e neppure lo scopo nella vita. Era tutto questo insieme, il nocciolo dell'essenza di ciascun individuo, chiaro e luminoso. Lei si era sempre domandata quale fosse il suo.

A Vidrian sostenevano che solo chi tradisce il proprio Xen conduce la vita di dolore e sofferenza che siede alla radice di ogni male, e guardando il viso disteso della delegazione davanti a lei si era chiesta se non avessero ragione loro.

Su ogni cosa.

Il giorno in cui Lyran era arrivato alla Rocca, il Governatore Eron Baladem l'aveva presentata nel solito modo grandioso. Nella Sala delle Udienze, attorno alla sua poltrona di velluto azzurro e dagli intarsi d'oro che non aveva nulla da invidiare a un trono, si erano radunati prima i membri della Corte dei Maghi. Quattro AltoMaghi, due per ognuna delle prime due Nature. Si erano lentamente avvicinati e posizionati in circolo: alla sinistra della poltrona due Prima Natura vestiti di bordeaux, alla destra due Seconda Natura con abiti blu.

Per mostrare la potenza di Riva di Alta alla delegazione, ogni gruppo si era presentato accompagnato da una breve dimostrazione.

I Prima Natura avevano scelto di arrivare sospesi a mezz'aria per poi scendere lentamente a terra su un tappeto di fiori sbocciato per l'occasione. I Seconda Natura, di infondere una sensazione di benessere e ilarità nel gruppo tanto che, quando terminarono il loro numero, i soldati della delegazione si guardarono stupiti l'un l'altro.

I Terza Natura non erano contemplati nel gruppo, a Corte erano utilizzati prevalentemente come strateghi dietro le quinte o, più spesso, come banali riserve, e non avevano seggi. I loro poteri erano troppo vaghi ed evanescenti per dar loro un ruolo di risonanza rappresentativa.

Quando le dimostrazioni furono terminate, il Governatore le aveva dato il suo segnale mormorando con tono profondo: «E adesso, signori e signore, Évanette Starwyn: l'Astromante».

Come a ogni incontro, l'illusione di un AltoMago di Seconda Natura aveva cambiato l'aspetto del soffitto in quello della volta celeste.

Sentendo le voci alzarsi in un coro di stupore, lei aveva fatto il suo ingresso.

L'abito, la corona, l'illusione e la lieve musica che aleggiava nella stanza a opera dell'orchestra della Rocca, tutto sembrava passarle sotto la pelle, dentro le ossa, ad amplificare il suo potere più grande e segreto: la percezione di sé.

In quel momento Évanette si era sentita il vero centro del potere della sala, capace di far scaturire una guerra con una parola, di far impazzire un uomo con un cenno del capo.

E lo aveva fatto.

Aveva scelto Tomàs Lyran, il Tenente più giovane della delegazione di Riva di Vidrian. Lo sguardo le era rimasto impigliato nella sua bellezza esplicita, innegabile, ma non si era trattato solo di quello. A differenza degli altri, gli occhi di Lyran non sembravano guardarla solo con cieca ammirazione ma con ironia, curiosità e intelligenza, con parole da dire, domande da fare. Ogni tanto si inumidiva le labbra sottili come se quelle parole volessero scappare fuori, poi sorrideva come per dirle: "Aspetta, le sto tenendo per te".

Lei aveva fatto il suo spettacolo. Aveva dato loro l'informazione per la quale erano venuti e, al ricevimento serale, prima che ripartissero, aveva fatto in modo di sedersi accanto a lui. Quando il compagno di Lyran aveva trovato il suo posto occupato dall'Astromante aveva balbettato qualcosa, pensando a un errore. Évanette aveva semplicemente replicato, sicura e arrogante: «Puoi sederti al mio posto. Io stasera voglio stare qui», e l'imbarazzo del soldato era mutato in profonda invidia, resa più acuta dal fatto che il suo Tenente non sembrava aver intenzione di contraddirla o di scansarsi, né di fare appello al suo essere in servizio o a qualsiasi etica militare.

Dal momento che la sua fame era di un altro genere, ogni boccone della cena era costato a Évanette l'immensa fatica dell'attesa. Ricordava ancora tutto ciò che aveva assaggiato quella sera. Il vino rosso, per cominciare, la seconda migliore riserva di Corte. Gli enormi fagiani arrostiti con carote caramellate e fichi, avvolti in sottili strisce di pancetta glassata. Gli sformati di verdure decorati con intricati disegni floreali. I vassoi di frutta tagliata sottile e aromatizzata con spezie, sale e liquore dolce di mirtilli. Le torte di panna e lamponi, di limone e glassa, di mele e rabarbaro.

Le portate erano state un lento conto alla rovescia fino al momento in cui sarebbero stati liberi dagli impegni cerimoniali. Ogni movimento di quell'uomo le aveva fatto agognare di trovarsi sola con lui. Aveva desiderato attorno a lei i suoi avambracci forti che terminavano in polsi eleganti e mani affusolate. Aveva osservato la delicatezza con cui muoveva le dita per gesticolare o tagliare il cibo, e le aveva immaginate percorrere tutto il suo corpo. Lo aveva guardato parlare nel suo modo educato e fermo, ma lievemente ironico, e aveva desiderato quelle labbra sulle sue, immediatamente.

Più cibo non era riuscita a inghiottire, più il tasso alcolemico si era alzato, più Évanette aveva sentito il suo corpo scottare.

Quando erano stati serviti gli ultimi liquori e si erano uditi i primi rumori di sedie strusciate via dalla tavolata, Évanette aveva colto con la coda dell'occhio il Governatore che iniziava a farle un cenno e aveva deciso di ignorarlo, accettandone le conseguenze. Aveva stretto, invece, la mano di Lyran e sussurrato: «La Sala delle Udienze, tra cinque minuti».

Mentre aspettava nella sala vuota dove poche ore prima si era esibita nel suo spettacolo, le sue mani avevano preso a tremare. Non le era mai successo. In fondo era la stessa di prima: l'Astromante, con il suo vestito e la sua corona, la donna più potente di Riva di Alta. Eppure, non era riuscita a calmarsi solo perché attendeva lui, un Ardimento qualunque.

Si era sentita ribollire tanto che, guardando il pavimento di marmo dai disegni romboidali concentrici che convergevano verso il punto esatto dove si era fermata, le era venuta voglia di sdraiarsi a terra. A un certo punto si era chiesta se sarebbe venuto davvero, o se lei aveva puntato le sue aspettative sul cavallo sbagliato, ma il cigolio delle grandi porte bianche aveva annunciato il suo arrivo.

Tomàs Lyran non era stato timoroso. Non aveva avuto alcuna remora nello spalancare le porte di una sala dove non sarebbe dovuto essere, certo di violare le usanze del Palazzo del Governatore. Indossava ancora quel sorriso, innocente e cospiratore al tempo stesso, pieno delle parole che adesso avrebbe pronunciato.

Le si era avvicinato lentamente, come a sondare la sua reazione al suo corpo, l'elettricità della stanza che si addensava loro intorno.

Si era fermato a un passo di distanza, inumidendosi di nuovo le labbra. «Sono desiderato dall'Astromante, a quanto pare» aveva mormorato con voce profonda e morbida.

La sua sicurezza l'aveva investita in pieno, facendola trasalire per un attimo prima di capire che le piaceva, quell'essere colpita, e che, per una volta, aveva a che fare con un tipo diverso di potere.

Cos'era a dargli quell'arroganza? *La bellezza*, aveva pensato. Ma aveva visto uomini più belli che non avevano avuto il coraggio di fare ciò che stava facendo lui adesso: prenderla per la vita posando entrambe le mani sulle ossa del suo bacino e attirarla a sé con un unico, rapido movimento.

Quando lei aveva avvicinato le labbra alle sue, lui era arretrato lasciandola di stucco.

«Non ho garanzie che tu non sparisca, subito dopo» aveva dichiarato lui dolcemente, quasi fossero parole d'amore. «Quindi voglio farti delle domande. Ora.»

A fatica, lei era indietreggiata di qualche passo e, con uno sforzo ancora maggiore, si era ricomposta, asserendo: «Non ci sono condizioni, Ardimento».

Lui aveva annuito percorrendole il corpo con lo sguardo. «Raccontami di te. Évanette Starwyn è il tuo vero nome?» le aveva domandato.

Camminavano in circolo nella sala vuota. Nonostante sussurrassero, le parole rimbombavano ovattate lungo le pareti e il soffitto a cassettoni dipinti d'oro e cobalto.

«Perché non dovrebbe?» aveva mentito lei. In realtà il suo cognome originario era Wyn, le stelle erano state aggiunte. Aveva avvertito il corpo di lui come rientrare nella sua orbita.

«Sei una di quei maghi che può vivere per sempre? Hai cinquecento anni o qualcosa del genere?» aveva chiesto, ironico.

A lei era venuto da ridere, aveva scosso la testa.

«Ne ho venticinque» aveva risposto.

«Oh» aveva commentato lui, colpito. «Sei comunque un anno più grande di me!»

Lei aveva scrollato le spalle, guardandolo con aria interrogativa.

«Sono un semplice uomo di Vidrian, quindi, spiegami: perché leggere l'immediato futuro ti dà questo status? Sai, non capisco. I pericoli non arrivano dall'oggi al domani. Immaginavo un potente e feroce AltoMago come consigliere del Governatore. Uno di quelli che entra in sala e cala il silenzio. Qualcuno che incute un certo timore, no? Magari che scaglia fulmini, e saette...»

«Voce bassa, Tenente» aveva risposto lei, portandogli le mani vicino alla bocca. «Ammesso che tu ti meriti questo ruolo. Sei tanto sciocco da non capire che sono le scelte di domani, di ogni singolo domani, che avvicinano o allontanano dal pericolo, dalla carestia, dalla rivolta?»

Lui ci aveva riflettuto un attimo, aveva storto la bocca in una smorfia di sufficienza e risposto: «Forse. Oppure è la visione del futuro che ci consente di scegliere le azioni di oggi. A ogni modo, sono curioso: raccontami come fai».

Ma lei era stanca di aspettare. Con un gesto rapido e un trucchetto da bambini ancora capace di stupire chi arrivava dalle altre rive, aveva tolto per un istante il volume alle sue parole quando stava per domandare qualcos'altro e aveva sussurrato: «Se rivuoi la tua voce, vieni qui».

La cosa era sembrata divertirlo più che spaventarlo. Lyran le si era avvicinato dapprima lentamente ma, quando un passo di distanza era tutto quello che mancava, lo aveva percorso con uno slancio improvviso. Aveva intrecciato le mani a quelle di Évanette e le aveva portate dietro la sua schiena. Poi l'aveva guardata indugiando sul suo viso, tracciando una rotta con lo sguardo fino alle labbra, che aveva preso fra le sue, schiudendole in un bacio caldo e appassionato.

«Oh, ecco dove avevi nascosto la mia voce...» aveva sussurrato quando, molti minuti più tardi, aveva separato le labbra dalle sue.

L'Astromante sapeva che il Governatore, non trovandola, avrebbe chiesto di lei. Le guardie l'avrebbero cercata nelle sue stanze. Sui terrazzi del primo piano. Nel giardino. Nella sala del ricevimento. Forse anche nelle cucine. Ma a nessuno sarebbe venuto in mente di cercarla nella sala dove avevano accolto la delegazione, perché sarebbe stato troppo sfacciato, troppo irrispettoso, quasi sovversivo chiudersi con un soldato di Vidrian nella Sala delle Udienze. Per questo era stato esattamente ciò che aveva fatto.

Mentre le guardie percorrevano la Rocca chiamando il suo nome, Évanette e Tomàs erano scesi a terra, sul pavimento gelido di marmo, come seguendo una coreografia improvvisata: erano fuori tempo, erano sgraziati, lui le aveva bloccato l'abito col ginocchio, lei si era messa a ridere, lui aveva soffocato le sue risate con la bocca, lei l'aveva morso. Le labbra del Capitano avevano il gusto dei frutti selvatici del dolce appena servito, quelle di lei, del vino rosso che aveva bevuto. Nel silenzio della sala illuminata solo dalla luce della luna e delle lontane lanterne del giardino, la musica era stata un coro soffocato di sospiri, baci e gemiti.

L'uomo era riuscito in qualche modo a indovinare i suoi desideri, percorrendo il suo corpo con lentezza quando aveva voluto farla incendiare piano, tra le sue dita, e accelerando quando sentiva le sue gambe sciogliersi liquide, pronte ad averlo.

Évanette ricordava la scena come se fosse stato ieri: era scesa su di lui lentamente, per avvertire ogni sensazione mentre lo accoglieva dentro di sé, i loro corpi che aderivano come due parti perfettamente complementari. Non le era mai accaduto prima, non le sarebbe accaduto di nuovo.

Gli occhi dell'Ardimento erano rimasti aperti, fissi su di lei. I suoi invece si erano chiusi, assaporando l'estasi che cresceva. Mentre si chiedeva come avrebbe fatto a non innamorarsi, nella sua testa ci fu come un'esplosione di stelle.

La corona le sfuggì dai capelli, ma Lyran non si preoccupò di afferrarla perché le stesse stelle stavano esplodendo dentro di lui.

«Tomàs» era stata la prima cosa che aveva detto lei quando, esausta, si era accasciata sul suo petto. Il suo nome intimo, da uomo e non da Tenente, lo assaporò in bocca, lo inghiottì e se ne appropriò per sempre.

«Hai rotto la tua corona, regina di Alta» aveva replicato lui, sollevandola con un dito. Una stella si era staccata, un'altra pendeva appesa per un filo.

Lei aveva ripensato a Parvisse e a Rayea.

Domani la tua vita cambierà.

✶

Il filo usato per le stelle era metallico, le pungeva il collo e il viso se il cappello non era ben sistemato e arrotolato stretto, ma in quel momento faceva troppo freddo per tirare fuori le mani dal mantello o anche solo per muoversi, rischiando che un rivolo di aria ghiacciato penetrasse a raffreddarle il corpo.

Quella notte, a pochi metri dal mulino dove aveva rischiato di perdere la vita, gli astri non si fecero attendere. Il cielo denso di puntolini luminosi iniziò la sua danza. Agli occhi dell'Astromante la volta celeste apparì attraversata da una vibrazione, una danza di luci che sembrava voler dire: "Preparati, dobbiamo parlarti".

«Sono pronta» sussurrò lei, col vapore che uscendo dalla bocca fece un piccolo ricciolo bianco.

Quando era giovane prendeva nota, aveva quaderni fitti di nomi di stelle e significati che sarebbe andata a verificare successivamente, ora non più. Ora tutto ciò che le occorreva era la sua esperienza, gli anni passati a guardare il cielo, le combinazioni di senso imparate e quelle da trovare, ma ormai erano le stesse stelle a insegnargliele.

Évanette era un foglio bianco dove gli astri scrivevano storie. A volte erano così complicate che servivano giorni per interpretarle, altre il suo compito era solo raccoglierle. Ma c'erano anche notti di assoluto silenzio.

Come quella.

Balzò a sedere nonostante il gelo, restando a fissare le galassie con occhi sbarrati e la pelle che si sollevava in brividi violenti.

Avvertì un fruscìo, poi qualcosa di caldo e pesante che le calò addosso come l'abbraccio di cui non sapeva di avere bisogno. Sollevò lo sguardo in tempo per cogliere quello di Tomàs Lyran mentre sedeva accanto a lei.

«So che non ha un ottimo odore, ma è calda. Il mio cavallo potrà resistere per qualche minuto» le disse, sedendosi così vicino a lei che offrirgli parte della coperta le parve dovuto. Lui, invece, scosse la testa. «Non sono venuto a fare come quei due, là dentro...»

«Beh, non si può dire che l'Armon abbia perso tempo» commentò lei con una fitta di irritazione nella voce.

«Lasciali vivere, hanno visto così tanto dolore» disse Lyran. «Io stesso non farei diversamente» aggiunse, ma senza guardarla, in modo che non si capisse a chi fosse indirizzato il pensiero.

«Lo sappiamo, come faresti tu» sbuffò Évanette, chiudendosi meglio la coperta addosso.

Prima che potesse aggiungere qualcos'altro, lui le prese il viso tra le mani. Con le dita scostò delicatamente i riccioli che le attraversavano la fronte cadendo sugli occhi. «Stavi per morire, oggi» mormorò, guardandola con una dolcezza spiazzante. «Non azzardarti a farlo di nuovo, Astromante.»

«Vuoi che ti racconti tutti i momenti in cui sono stata a un soffio dalla morte e tu non c'eri, Lyran?» gli sputò addosso Évanette, colma di una rabbia che, se avesse avuto un altro tipo di potere, avrebbe spaccato la terra sulla quale sedevano.

«Év... sono una persona diversa, oggi» sussurrò l'uomo, guardandola negli occhi grigi.

Sembrava sincero. Il problema era che lo sembrava sempre. Lei scoppiò in una risata sarcastica e nervosa, con il volto seppellito negli strati di mantelli e coperta. «Oh, Tomàs, veramente vuoi rifilarmi la storiella del "sono cambiato"? A me? Pensi che non abbia chiesto di te alle stelle? Non sono state così crudeli da celarti per tutto il tempo.» Poi, mordendosi un labbro e sospirando, aggiunse: «Più di una, a dire il vero. Non manca mai la cara Aylayse, Costellazione dell'Altare: la stella del rimorso».

«Una volta non eri una donna che si faceva spaventare dalle conseguenze» commentò lui, stuzzicandola.

«Una volta ero l'Astromante di Alta, Capitano» ribatté, fissando il cielo. «E l'Astromante non temeva niente e nessuno. Figuriamoci un soldato di Vidrian.»

Parlò come se si stesse rivolgendo a sé stessa, ricordando una persona lontanissima nel tempo. Per un lungo attimo restarono in silenzio, poi lei srotolò il cappello e, sbattendolo con la mano per pulirlo, disse: «Non ho visto ancora nulla, Lyran. Devo provare a spostarmi, per leggere meglio...».

Lui fermò il suo slancio proprio mentre lei stava per alzarsi e si ritrovano entrambi in ginocchio, aggrappati uno all'altro. Ci fu un istante in cui tutto sarebbe potuto accadere, nel quale più Évanette trovava lo sguardo trasparente di Lyran, più le sue difese si facevano sottili e permeabili. In quell'istante si chiese se il sapore della sua bocca fosse cambiato, se il proprio corpo sarebbe ancora stato pronto ad accoglierlo o se avrebbe provato vergogna, se le mani di lui si sarebbero ancora infilate sotto il suo abito prima ancora di aver finito di slacciarlo. Ma Évanette fece l'errore di immaginare il futuro, e non poté che vederlo esattamente come il passato.

«Te ne andrai di nuovo, Tomàs» gli disse, come fosse una comunicazione, un impegno già preso da ricordargli. «Devi tornare a costruire la tua casa. Devi tornare da quella che si crede la tua donna.»

Lyran prese una boccata di niente. Non c'erano scuse che potessero arrivare alle sue labbra, o promesse da tirar fuori dal cilindro: lei conosceva tutti i suoi trucchi.

La donna lo guardò senza espressione, confermandogli di essere partita per una missione suicida per soldi o per noia, per ragioni nascoste o progetti segreti magari, ma non per illusione. Quale fosse il reale ordine di queste motivazioni nel suo cuore, questo non riusciva ad ammetterlo. Sapeva che se avesse indugiato ancora, avrebbe ceduto. Lo avrebbe baciato a lungo, recuperando tutti i baci che non si erano dati nel corso di quegli anni. Lo avrebbe trascinato davanti al fuoco, l'avrebbe spogliato e si sarebbe spogliata sotto alle luride coperte dei cavalli, si sarebbe presa il suo corpo e avrebbero avuto entrambi la stessa fame uno dell'altra. Era tanto evidente da essere doloroso. Avrebbero continuato così per tutto il viaggio, ogni istante possibile, incuranti dei ragazzi ma non della missione: Lyran avrebbe sempre messo il dovere al primo posto. E dopo, cosa? Trionfanti, forse, sarebbero tornati indietro. Lei ad Alta, lui a Vidrian dalla sua donna.

Non sarebbe riuscita a sopportarlo.

«Vai, adesso» gli disse, e lui incassò il colpo con evidente delusione, ma non tentò di insistere e questo fu d'aiuto.

L'Astromante seguì la sua sagoma scura con lo sguardo. Staccarsi da lui fu esattamente come dovrebbe essere voltare le spalle a ciò che ami: sofferto, gelido e tagliente. La fece rabbrividire fin dentro le ossa. Pescò dalla tasca due palline nere, e le inghiottì rapidamente.

24
DIREZIONE

Al mattino, quando i corpi intirizziti dal freddo si sollevarono uno dopo l'altro cercando di far riprendere la circolazione agli arti rattrappiti dal sonno, Lyran stava mescolando qualcosa sul fuoco in un piccolo pentolino, producendo un rumore metallico e raschiato.

Deva aprì gli occhi lentamente, lasciando entrare la luce fredda del mattino che fino a quel momento aveva accuratamente schermato con una mano. Era sveglia da un pezzo, ma non aveva voluto in alcun modo lasciare lo spazio caldo accanto a Bram, che durante la notte si era voltato e l'aveva abbracciata attorno alla vita come fosse un cuscino, posandole il naso contro il collo. Lei aveva ascoltato il suo respiro straniero come fosse una rivelazione. Quella vicinanza e quel calore l'avevano sconvolta per la loro corporeità palpitante che si riverberava dentro di lei, facendola sentire per la prima volta non Deva Loissen, ma una donna.

Il ragazzo si sollevò poco dopo di lei, rimettendosi a posto la matassa di capelli scuri. Sembrava che i suoi pensieri fossero focalizzati solo sul dolore a spalle e caviglie, che massaggiò con una smorfia dolorante.

Lyran fece un gesto con la mano per portare il fumo del pentolino alle narici e, dopo averne inalato l'odore aromatico, lo allontanò dalle fiamme.

«C'è dell'*ybar* nero qui» disse, passando il pentolino in modo che ognuno potesse servirsi della bevanda.

Il primo a prenderne qualche sorso fu Bram. Lo fece lentamente, per avere il tempo di soffiare sul liquido fumante e concedersi il piacere di tenere tra le dita qualcosa di tanto caldo.

Dopo qualche istante lo passò a Deva, che fece lo stesso sospiro di sollievo nello stringere qualcosa di bollente. Il tè le scottò la lingua, soffiò fuori il vapore come un drago ma ne prese subito un altro paio di sorsi, prima di voltarsi a cercare con lo sguardo Évanette.

La donna era sdraiata, coperta dal mantello fino al naso, ma i suoi occhi erano aperti. Quando si sollevò, faceva quasi paura. Le occhiaie le scavavano cerchi scuri sotto gli occhi, facendoli apparire ancora più sporgenti e allucinati. Sembravano lucidi, come se avesse la febbre alta. Aveva un colorito grigiastro, e la sua mano ebbe un lieve tremito quando la avvicinò per afferrare il tè.

Bram si sporse verso di lei e posò la mano sulla sua. «Stai bene?» le chiese.

La donna gli lanciò uno sguardo feroce, come a rispondere: "Cosa ti sembra?", poi si aggrappò al pentolino caldo come fosse l'unico baluardo rimasto fra lei e il completo disfacimento.

«Puzziamo tutti come cavalli, per la cronaca» commentò con voce roca, storcendo il naso.

Si premette i pugni sugli occhi, si tirò indietro i capelli che le cadevano in densi ricci scomposti attorno al viso, si sistemò per l'ennesima volta l'abito e poi dichiarò senza preamboli: «Le stelle non hanno parlato, ieri notte».

«Stai scherzando, vero?» ribatté Lyran, contrariato. «Proprio adesso? Nel momento più delicato della missione?»

«Non sto scherzando» rispose lei, seccata.

«Beh, hanno un certo senso dell'umorismo...» mormorò Deva a Bram, che era troppo agitato per cogliere la battuta.

«Merda!» commentò il Capitano tra i denti. «Ora sappiamo che il bambino è con dei Morhvan, ed è sparito di nuovo.»

«Non è solo con dei Morhvan» mormorò Évanette, fissando un punto nel vuoto e portandosi le mani alla bocca. «Lui *è* già a Morhva.»

«Come puoi saperlo?» chiese Bram, la voce che gli tremava lievemente.

«Come ho potuto dimenticarlo, vorrai dire. Ieri mi ha detto che non si trovava ai mulini, ma "in un palazzo bianco".» Guardò i volti dei compagni uno a uno e sollevò la mano, lentamente, mostrandola nella posizione di un semicerchio rovesciato.

Fu Bram a riconoscerne il significato, mormorando con sgomento le due parole che non avrebbe mai voluto associare al bambino. «Aeral Dome.»

«Le stelle continuavano a leggerlo con l'uomo e la donna perché era evocato con loro, e perché la mia attenzione in qualche modo era diretta verso un gruppo in viaggio» spiegò l'Astromante, tentando di capire lei stessa come fosse potuto accadere.

Il Capitano Lyran proruppe in un moto di disgusto, quasi sputando fuori le parole: «Morhva, dunque. Siamo sicuri, ora? Speravo di ritrovarli prima di uscire da Alta. Pessima, *pessima* notizia».

Era assalito da immagini orribili, perché dalla riva degli altipiani dove si era annidato il male esso continuava a risuonare anche in tempo di pace come un monito, un avvertimento sottinteso. Con Morhva si commerciava, ma a Morhva non si andava. Di Morhva si parlava solo al passato, perché il presente era sconosciuto ai più: era la Federazione a tenerla sotto controllo. Arrivavano voci, ogni tanto, di un popolo ancora altamente misto fra maghi e individui comuni, che aveva tuttavia ridotto la magia al minimo per evitare di farsi notare. Nonostante si avesse l'impressione di una riva penitente, divenuta mite e chiusa verso l'esterno, aveva continuato la sua tradizione: essere rifugio per i reietti fuori dall'ordine sociale. Il suo nome restava il simbolo dello sterminio calcolato, della crudeltà insensata. Sentirlo associato al rapimento di un bambino di Vidrian era una notizia piccola in sé, ma potenzialmente sconvolgente a livello politico.

«Se è davvero ad Aeral Dome si tratta di un atto dichiaratamente ostile: gli equilibri mantenuti dalla Federazione saranno rotti» commentò Lyran, avvertendo un brivido lungo la schiena.

«Non saltare alle conclusioni, Capitano. Potrebbe essere solo opera di quello squilibrato col violino, non è detto che il Governatore reggente di Morhva sia coinvolto in alcun modo» commentò Évanette, riferendosi al governo che amministrava autonomamente, sotto concessione della Federazione, la riva degli altipiani.

«Hai o non hai appena detto che il bambino è al palazzo dell'Imperatrice?» rispose stizzito Lyran.

«Oggi è il Palazzo del Governo» precisò l'Astromante.

«Sì, quello che vuoi. Resta il fatto che non mi diverte il pensiero di andarci, e di portare anche voi. Forse sarebbe saggio...» cominciò a dire, anche se elaborare quella frase gli costava. Si era sempre figurato un rientro piuttosto trionfale, col bambino per mano e i complimenti del Governatore Yasal che avrebbero reso quella famosa promozione di rango cosa certa. Adesso invece era costretto a immaginarsi rientrare sconfitto, per di più con la notizia di un atto ostile da parte di Morhva. Ma valeva la pena mettere a rischio, oltre alla sua vita, anche quella di tre persone non addestrate militarmente?

L'apprendista Armon intervenne con foga, impedendogli di concludere la frase: «Non se ne parla, Capitano! Il bambino non può assolutamente restare con i Morhvan, lui è...» si interruppe, combattuto tra il desiderio di parlare e il dovere di tacere.

«Lui è cosa, Bram? Parla!» Lyran non ebbe bisogno di alzare la voce per esprimere la sua rabbia verso la reticenza del ragazzo, che confermava i suoi dubbi.

«È importante. È molto più importante di quello che possiate immaginare. E dobbiamo fare qualsiasi cosa in nostro potere per riportarlo a Vidrian» rispose Bram, augurandosi di non aver svelato troppo.

«Merda, Armon. Merda! Io vi detesto!» ruggì l'uomo fra i denti, stringendo i pugni come a stritolare qualcosa fra le dita.

Anche Évanette scoccò al ragazzo un'occhiata infastidita.

Fu Deva a fare un passo avanti e mettersi in mezzo al gruppo, aprendo le braccia per distanziarli e dichiarando bruscamente: «Discutere è tempo perso. Come si arriva a Morhva?».

Per quanto suonasse impossibile, dopo i mulini aveva compreso che esisteva un collegamento fra il rapimento di Aral e lo sterminio della sua famiglia, e sapeva che a Morhva avrebbe trovato qualcosa per lei, fosse stata vendetta, verità, o morte. Sarebbe stato comunque meglio che tornare al nulla rimasto della sua vita.

I tre compagni di viaggio la guardarono in silenzio con un misto di contrarietà e stupore, ma ormai dentro di loro sapevano che non si sarebbero fermati.

«Dobbiamo... pianificare il percorso» mormorò Lyran senza entusiasmo, srotolando la mappa.

Iniziò a seguire con il dito la distanza fra loro e il confine di Morhva, ed era esattamente come aveva descritto Hylantikras: grandi praterie, poi roccia, calanchi e gole fino alla riva degli altipiani.

«Ci vorranno giorni» mormorò Bram, frustrato. Poi ragionò un momento prima di aggiungere: «Aspettate. Évanette, hai detto che il bambino è già a Morhva, giusto? E come ci è arrivato così rapidamente? Voglio dire, nessuno potrebbe evocare un bambino tutto il giorno, tutti i giorni, ma tu l'hai sempre visto insieme al gruppo. Questo significa che all'inizio del viaggio era insieme a loro, e solo negli ultimi giorni è stato evocato, perché nel frattempo aveva raggiunto Aeral Dome. Ma in che modo? Ci sarebbe potuto riuscire solo con...».

«Un Ambulacro» dissero insieme Évanette e Bram, guardandosi negli occhi con stupore.

«Ma certo!» continuò l'Astromante. «Abbiamo evitato di pensarci perché sono fuori legge, ma cosa vuoi che importi a dei rapitori di bambini di fare ulteriori azioni illegali? Voglio dire, è esattamente il loro miglior talento...»

«Quindi a Morhva ci sono ancora AltoMaghi capaci di manipolare lo spazio e il tempo: un'altra ottima notizia» mormorò Lyran, quasi sconsolato.

«Io credo... di averlo attraversato, un Ambulacro» intervenne Deva, e per la prima volta non ebbe paura di raccontarlo senza essere creduta. «Quando scappavo dall'attacco alla tenuta devo averne varcato uno, perché mi sono ritrovata da Terrena ad Alta in un attimo.»

«Vedi? Lo *vedi*? Sono loro: li stanno aprendo!» esclamò l'Astromante, guardando Bram.

I due sembravano galvanizzati alla scoperta di qualcosa che, se confermato, avrebbe potuto far risparmiare non solo al bambino ma anche a loro una lunga e faticosa traversata di roccia e gole verso Morhva.

«Come lo troviamo?» chiese timidamente Deva che, non avendo l'esperienza per contribuire in alcun modo, non si trovava a suo agio con tutto quel parlare di magia.

«Beh,» iniziò Bram, incerto «un Ambulacro è a tutti gli effetti un'alterazione del Cerchio del luogo in cui si trova. Potrei provare a...»

Évanette gli diede una spinta di incoraggiamento verso l'ultima foresta che li separava dalle praterie, incitandolo: «Avanti, prova! Non c'è tempo da perdere».

Radunarono le loro cose rapidamente e si misero in cammino mentre i fiori rossi si riaprivano al sole. Decisero di condurre i cavalli al passo fino alla fine del campo, ancora ghiacciato dalla brina del mattino, per evitare che il peso li facesse scivolare, ma anche per permettere ai loro muscoli di scaldarsi.

Passarono diversi mulini, alcuni diroccati come quello di Milisan, altri ancora in buone condizioni, con la pietra dei muri salva dai muschi, il tetto integro e la ruota come pronta a girare di nuovo. Erano tutti, comunque, abbandonati. Grazie al sole, che fece risaltare ancor più i colori dei fiori e dei lunghi arbusti violacei che iniziarono a incontrare, la temperatura era più sopportabile del giorno precedente. Dopo un'ora di cammino poterono addirittura levare il mantello, posarlo sui cavalli come un fantasma a riposo, e procedere verso le vallate.

Deva si accorse di avere ancora al collo la sciarpa di Bram. La sfilò e, ripiegandola con cura, la porse al ragazzo dicendo: «Grazie, è stata davvero utile».

«Ne sono felice» rispose lui, stringendola per un istante tra le mani prima di riporla nella borsa.

Con un certo piacere sentì gli occhi di Bram restarle addosso, ma si rese conto che il ragazzo stava fissando la sua camicia, di almeno tre taglie più grande e ben lontana dallo svelare il suo corpo.

Si affrettò a dire: «Era di Daegal. Non avevo più abiti, mi serviva qualcosa di comodo per allenarmi. Preferisco comunque la mia, questa al confronto è ispida».

Lui si avvicinò, toccò la stoffa della manica con il pollice e l'indice, e annuì. Nel farlo, sfiorò la pelle nuda di lei con un dito. Per un attimo l'aria si fece tesa e il respiro del ragazzo rallentò, poi scosse lievemente la testa e proseguì, come se nulla fosse accaduto. Deva si chiese se fosse la sola a romanticizzare quei momenti e si rispose che, se questo le era necessario per non crollare, allora andava bene così e non le importava.

«Anche da noi, una volta, arrivarono le vostre stoffe, sai? Loissen.

Ricordo il nome inciso in oro sulla scatola della spedizione. Era bella anche la scatola: verde smeraldo, di velluto. Ero un ragazzino, pensavo contenesse un tesoro e andai a sbirciare. Ci rimasi male quando scoprii che erano solo drappi da cerimonia» raccontò.

«Le ricordo, quelle scatole...» commentò Deva, la mente che corse al passato troppo in fretta. «Per quel colore esattamente smeraldo come lo voleva mia madre il fiume vicino a casa è stato verde per giorni, non si trovava mai la tintura giusta, bisognava buttarne via interi barili.»

«Nel... fiume?» chiese lui, sorpreso.

«Lo so, è una delle cose che ho costretto i miei a cambiare. O forse si sono decisi da soli quando hanno visto le carote dell'orto iniziare a cambiare colore...» mormorò lei, con un velo di tristezza negli occhi.

«Non volevo di nuovo farti parlare dei tuoi, perdonami» si scusò Bram. «Anche io tengo molto a quello che, beh, in fondo è mio padre... il Reggente Cadaval. Lui in realtà è il maestro del Convicto, prima di essere il mio genitore destinato.»

Lei annuì, senza voler trovare altre parole. Allora lui continuò: «Parliamo d'altro. Ad esempio, di come ti doni la camicia nonostante sia di un uomo di almeno cinque taglie più grandi di te!» esclamò.

Deva sorrise. Sapeva che l'aveva detto per farla sentire meglio. Funzionò.

Lui ricambiò l'espressione. Aveva un sorriso sghembo, che si scherniva da solo, ma che denotava la consapevolezza di essere guardato. *Sa di fare un certo effetto sulle persone*, pensò Deva. E si chiese se anche lei possedesse un gesto simile, un particolare, qualcosa che facesse pensare a Bram: "Anche altrove, qualcuno apprezza questa ragazza".

✶

Proseguirono il cammino, determinati ma circospetti. Se fossero stati in un'altra epoca, in cui le enormi bestie non fossero ormai rintanate nelle loro grotte, guardinghe e terrorizzate, quello sarebbe stato il luogo dove avrebbero dovuto iniziare a preoccuparsi dei draghi. Quelle lande aperte e senza nascondigli sarebbero state percorse piano, in silenzio, col timore di avvistare la sagoma scura e sinuosa di una Lybissa della Tempesta o di un Rauco Nobile. In tal caso, solo avere una balestra a traino carica di sfere tossiche a base di pianta di calibania avrebbe fatto la differenza tra la vita e la morte. Adesso, invece, procedevano con la sola incognita del tempo.

In testa al gruppo, Bram si fermava periodicamente per concentrarsi e avvertire l'energia del Cerchio attorno a lui.

Attraversarono l'erba alta come avrebbero guadato un fiume, con passi alti e ritmati.

Più si avvicinavano al confine con Morhva, più il terreno sotto ai loro piedi cambiava. Prima i fiori si diradarono, trasformandosi da distese rosse a sparute strisce cremisi che tagliavano il terreno come tratti di colore a matita. Poi l'erba divenne terra dura e compatta, e da un caldo marrone caffè si schiarì man mano, prendendo tonalità pallide e polverose. Il terreno era intervallato solo da campi giallo ocra e distese di erba alta che si muoveva nel vento in onde continue, ipnotiche da guardare.

Deva sentì il naso scottare nonostante una coltre sottile di nubi schermasse il sole alto di metà giornata. Quando risalirono a cavallo, Lyran rallentò e le si fece accanto. Djavel scartò lateralmente, mai felice di interagire con i suoi simili. Era un animale strano, da irruento e ribelle ultimamente sembrava quasi volerla proteggere.

«Cosa pensi di trovare, Deva?» chiese il Capitano, guardandola con quegli occhi trasparenti come acquamarina, socchiusi da un intento di empatia.

«Sei venuto a dirmi che è inutile che io prosegua nella missione perché non troverò mia madre, vero? Forse hai ragione, o forse sono quel tipo di persona che deve verificare anche l'ultima delle speranze rimaste. Ma sono risposte che cerco, ora. Non le troverei certamente a Terrena.»

Il Capitano annuì. Gli scappò un sorriso quando pensò che quello di Deva fosse l'unico spirito possibile per una missione di soccorso. A volte il senso di una missione era la missione stessa, lui ci aveva messo anni a comprenderlo.

Lyran le rimase accanto. Era troppo abituato ad avere attorno giovani soldati pieni di emozioni contrastanti per non riconoscere qualcuno che aveva bisogno di sfogarsi.

Furono lunghi, e densi di respiri pesanti, i momenti in cui Deva tacque, limitandosi a guardare l'uomo di sottecchi mentre fissava l'orizzonte, pensando che la sua fisicità decisa e il suo viso spigoloso e gentile al tempo stesso emanavano il carisma di un Governatore, più che di un Capitano. Al contrario di quando lo vedeva interagire con Évanette, in quel momento sembrava un uomo che aveva faticosamente tessuto per anni fili di comprensione e buonsenso e che ora li indossava con fierezza, non senza un certo dolore per il ricordo di ciò che gli erano costati.

«La mia vita... l'ho passata quasi tutta all'interno della tenuta, Capitano. Vi sto seguendo a fatica, faccio finta di capire alcune cose che per voi sono scontate, ma che io non ho mai visto o fatto. Il più delle volte mi sento una perfetta idiota, e questo non mi aiuta nemmeno a fare quella cosa del... *potere*? Non so nemmeno come chiamarla.»

«Ho avuto questa percezione, Deva, ma pensavo fosse solo un effetto collaterale del privilegio in cui sei cresciuta» commentò Lyran, con sincerità. «A dirti la verità, per una con così poca esperienza del mondo, te la stai cavando piuttosto bene.»

«Oh, non è solo per quello che mi sento un'idiota: so che me la sto cavando, e il merito è anche vostro.» Intendeva "di Bram", ma preferì includere tutti. «Però mi tormenta la domanda: perché ho lasciato che accadesse? Come ho fatto a non capire che vivere chiusa in un recinto non fosse normale? A me stava bene! Non ho mai chiesto di più. Ma non era giusto, era crudele, specialmente per un figlio. E sono furiosa, Capitano, ma non ho più i miei genitori davanti per urlargli contro e chiedergli il perché. Forse non avrò mai risposte. È tanto brutto, essere arrabbiati con i tuoi morti?»

Lyran fu sorpreso dalla sua schiettezza, che risuonò in lui più di quanto avrebbe voluto.

«Ho perso un amico, durante i soccorsi dopo un'inondazione» sentì di poter confessare. «L'ho perso perché ho seguito un suo consiglio, che poi si è rivelato sbagliato. Fatale. Per lungo tempo, invece di piangerlo, sono stato arrabbiato. Molto arrabbiato. Con lui, per aver insistito, e con me stesso, per averlo ascoltato. Ma ho capito che a volte devi accettare semplicemente che le cose sono quello che sono, e che quasi nessuno riesce a dire addio alle persone come vorrebbe, ad avere risposte, conforto, a chiudere il cerchio. Facciamo tutti del nostro meglio per andare avanti, ed è il massimo che possiamo fare.»

Deva trovò le sue parole di conforto, e continuò. Ora che aveva aperto una breccia, i pensieri fluivano fuori con forza: «Ho perso così tanto, Capitano, che adesso mi chiedo se andare avanti abbia senso. Qualcosa dentro di me vuole morire, forse da sempre. Quando ero nel bosco, solo il mio cavallo, in qualche modo, mi ha impedito di mettere fine alla mia vita in un precipizio. E anche questa missione... il pensiero della morte non mi spaventa quanto dovrebbe. È quasi allettante, l'idea di scomparire per sempre».

«E perdere ancora di più?»

«E smettere di perdere» mormorò lei.

Lyran non rispose. Avrebbe avuto molto da chiederle e da dirle, ma le confessioni della ragazza meritavano di essere ascoltate, non dibattute.

«Per favore, non dirlo a Bram» aggiunse lei in un sussurro.

«Queste sono confidenze, le tratto come tali e ti ringrazio per aver riposto la tua fiducia in me» le disse Lyran con serietà.

Il dialogo fu interrotto proprio da Bram. «Avverto qualcosa» annunciò il ragazzo, smontando agilmente da cavallo e facendosi largo oltre uno spiazzo erboso, fino a una zona da cui sembrava salire del vapore.

Quando il gruppo lo raggiunse, dinanzi a loro si stagliava un piccolo lago dai colori sulfurei, che dal turchese del centro sfumava in verde acqua e giallo prima di lambire le rive con un'acqua color rosa intenso. Sparuti arbusti magri tiravano le loro braccia verso l'acqua, come in un inchino di preghiera.

Deva lasciò andare un'esclamazione di meraviglia e stupore.

Lyran controllò sulla mappa. «Il Lago Raissa» lesse, confermandone la forma e la posizione. «Deve essere uno dei laghi corrotti e acidi di cui parlava la tricorna.»

Bram chiese un istante di silenzio, e si mise in posizione. Fra tutti, solo Deva avvertì un cambiamento nell'aria mentre leggeva il Cerchio, come se quel potere riverberasse tutt'attorno a lui, ma fu molto lieve. Suggestione, forse.

«È qui. C'è un Ambulacro al centro del lago» dichiarò Bram.

«Al centro del lago acido che ribolle? Confortante...» commentò Évanette.

Bram vi si avvicinò circospetto, piegandosi sulle ginocchia per esaminarlo meglio. Annusò l'acqua prima di toccarla con le dita, poi sfiorò la formazione di alghe di un rosa più scuro, che fioriva non appena le vene di acqua terminavano nel terreno.

«Invece potrebbero essere... Accidenti, se solo avessi un reagente!» esclamò il ragazzo, frustrato.

«Cosa ti occorre, Bram?» chiese Lyran.

«Ho una teoria. Ma per verificarla mi servirebbe una sostanza puramente alcalina. Alcune piante hanno valori basici elevati, potrei usare quelle. Ma in questa zona non crescono la *cryptaria* o l'anthesilia...»

Deva frugò nelle bisacce del cavallo, poi andò dal ragazzo porgendogli un sacchetto. «Ecco,» disse «è anthesilia.»

Il ragazzo sgranò gli occhi, ammirato. «Come fai ad averne?»

«L'importante è averla, no?» rispose lei con un sorrisetto, un po' per evitare spiegazioni e un po' per darsi una certa aria di mistero.

Il ragazzo intinse un dito nella polvere botanica, poi lo strofinò su una delle fioriture. Queste mutarono immediatamente colore, prendendo una sfumatura biancastra. Lui si voltò, con un ampio sorriso. «*Dydrangee*» disse. «Sono piante che contengono una sostanza estremamente acida, urticanti se la pelle ne resta a contatto per più di qualche secondo, da qui l'illusione che il lago sia interamente acido» affermò, indicandolo con una certa soddisfazione.

«Aspetta, aspirante Armon: quale parte di "urticanti" dovrebbe confortarci, esattamente?» chiese Évanette.

«Dobbiamo essere semplicemente rapidi» commentò lui. «Non sarà piacevole, ma nulla che ci metta in pericolo di vita.»

«Sei assolutamente certo che ci sia un Ambulacro al centro del lago?» domandò ancora l'Astromante.

«Ho controllato due volte» rispose lui.

«Te l'ho detto quanto mi paga Lyran? Duecento karàn, Bram. Non pensi sia il caso di aumentare il compenso? È un prezzo stracciato per un viaggio che include maledizioni, laghi acidi e violinisti impazziti» esclamò la donna a voce alta, iniziando a entrare in acqua con l'abito che prima restò a galla, poi si impregnò e le ostacolò i movimenti, facendola sembrare una che avanzava tra le sabbie mobili.

«Per odiare questa missione, mi pare una che non perde tempo» gridò Lyran dalla riva.

«Prima entro, prima esco, Capitano» urlò lei di rimando, insieme a gridolini di dolore mal soffocati, e a profonde inspirazioni esasperate per tentare di resistere alla sensazione urticante che le stava mandando la pelle a fuoco. La verità era che, se non fosse entrata subito in acqua, temeva che non l'avrebbe fatto mai.

Attraversò a fatica le acque arancioni e giallastre. Appena toccò l'anello di acqua turchese, però, il suo corpo semplicemente sprofondò, come se il fondale fosse scomparso all'improvviso, e lei con esso. L'acqua tornò immobile prima che Lyran cacciasse un grido: «Év? Év, per la miseria!».

Si gettò a sua volta nel lago chiamandola, incontrando la stessa difficoltà ad avanzare non solo per gli stivali che si riempirono d'acqua ma per la consistenza del liquido stesso, denso e oleoso. «Évanette Starwyn! Tu e i tuoi momenti di rabbia» gridò, schizzando ovunque mentre la cercava con le braccia sott'acqua. «Merda!» imprecò, toccandosi le parti del corpo bagnate come se volesse togliersi gli abiti di dosso. Anche lui tirò fuori lamenti di dolore prima di arrivare verso il centro del lago, e subì la stessa identica sorte: non appena mise piede nell'alone turchese, sprofondò come se il suo corpo venisse risucchiato.

Bram fece per seguirlo, ma venne fermato dalla mano di Deva: «Aspetta, assicuriamoci che entrino tutti» disse, indicando i cavalli.

Le bestie, Djavel incluso, stavano seguendo i cavalieri. Scrollando appena le orecchie e il collo in segno di fastidio, entrarono in acqua provocando una serie di risucchi tondi con gli zoccoli, ed esattamente come gli altri sparirono nelle profondità del lago non appena arrivarono al centro.

«Non sono morti, vero? È sul serio un Ambulacro?» non riuscì a non domandare Deva, vedendo Djavel sparire davanti ai propri occhi.

Bram si mise perfettamente dritto, le gambe semiaperte ancorate al terreno. Chiuse gli occhi, portò le mani nella posizione del Cerchio, si concentrò. Sul suo viso si stese un sorriso di sollievo. Guardò Deva, e disse: «Quando muori, il tuo Cerchio non si dissolve in un attimo. Resta sospeso per alcuni minuti, a volte ore, come un'eco che lasci nel mondo. Non avverto alcun Cerchio, Deva. Loro non sono più qui».

La ragazza si stupì della gioia che riuscì a provare.

Bram tese la mano a Deva per invitarla ad andare, ma quando si voltò verso il lago la vide di nuovo: la piana di bianco marmo. Grandi uova, una accanto all'altra, allineate e ferme.

Non si aspettava un sogno di veglia, non in quel momento.

È la stanchezza, si disse. *Sono anni che accade, e non ha mai significato nulla.*

Strinse la mano della ragazza con forza, e insieme si avviarono verso il centro del lago. In pochi attimi un dolore acuto iniziò a bruciare lungo tutta la pelle, risalendo anche laddove non erano ancora immersi. Bram avrebbe voluto imprecare, ma si sforzò di tirare un sorriso di comprensione a Deva, che procedeva con una smorfia di sofferenza.

Per fortuna solo una quindicina di passi li separava dalla zona turchese. La mano di Deva aveva preso a sudare in quella di Bram, ma non c'era tempo per l'imbarazzo: tre passi e sarebbero precipitati sul fondo del lago, oppure ovunque esso conducesse. Se tutto ciò che sapevano era corretto avrebbero percorso la stessa strada di Aral e sarebbero arrivati direttamente a Morhva, vicini al palazzo.

«Conto fino a tre» esclamò Bram. «Uno, due...»

Al tre, Deva non fu più quella che procedeva, ma quella che veniva trascinata in modo impetuoso. Fu molto diverso dall'Ambulacro che aveva attraversato durante la fuga dalla tenuta, anche se avvertì la stessa consistenza gelatinosa dell'aria e lo stesso vento. Qui le parve di aver fatto un passo verso l'abisso, sotto i piedi non sentì più il terreno ma un vuoto vertiginoso, e la sensazione di affondare nell'acqua oleosa si trasformò in quella di scivolare giù, precipitando lungo un tunnel di venti gelidi. Durò un istante appena, poi i piedi ritrovano terra. Era stato un volo breve, come balzare giù da un muretto o fare un saltello sul posto. La semplicità del tutto la confuse.

Quando riaprirono gli occhi, che entrambi avevano istintivamente chiuso, attorno a loro trovarono un paesaggio friabile e lunare, di un denso color ocra. Nulla del suo aspetto era, tuttavia, monotono: a conformazioni a pinnacolo si alternavano archi di roccia, vallate di cespugli violacei e spinosi e rivoli di acqua limpida incastrata tra le fratture del suolo. Alcuni arbusti bassi sembravano rilucere dall'interno, emanando bagliori rosacei. A distanza potevano vedere le montagne di Morhva stagliarsi, con i loro inquietanti profili seghettati, lungo tutto l'orizzonte.

Il lago era svanito, i loro abiti erano asciutti.

«Gli altipiani» sussurrò Bram.

«Ce l'abbiamo fatta, quindi?» chiese Deva.

Bram sgranò gli occhi come ad assorbire tutto ciò che vedeva, e sussurrò: «Credo di sì. Studiare gli Ambulacri è un conto, provarli è... incredibile».

«Lo è» confermò Deva, per una volta orgogliosa del vantaggio di esperienza.

I loro due cavalli erano già lì. Deva accorse al fianco di Djavel e gli assestò due sonore pacche sul collo, poi si guardò nervosamente attorno. Bram stava facendo lo stesso.

«Dove sono Évanette e Lyran, e gli altri cavalli?» chiese il ragazzo allontanandosi di qualche passo e spaziando con lo sguardo, senza scorgere nessuno.

«Potrebbero essere arrivati da qualche altra parte» ipotizzò Deva.

Lui scosse la testa. «No, gli Ambulacri sono legati a un luogo preciso, non ti scaricano ovunque. Sai che caos, altrimenti?»

Si mise in allerta, cercando di ascoltare il Cerchio per trovare l'Astromante e il Capitano dall'energia che diffondevano. Deva gli si posizionò istintivamente alle spalle, come a proteggerlo nel momento in cui avrebbe chiuso gli occhi.

Bram lo sentì addosso prima che arrivasse. Era un Cerchio dalla potenza assoluta, luminoso e saldo come raramente ne aveva visti.

Non apparteneva ai suoi compagni di viaggio, ma a una figura che incedeva verso di loro in modo elegante e deciso, oltre uno sperone di roccia.

Deva restò a guardare: era una donna dal viso severo, con uno sguardo inquisitore, naso sottile dalle narici alte e sprezzanti e labbra serie. I suoi capelli castani dalle sfumature ramate erano trattenuti sulla fronte da una sottile tiara metallica, e si agitavano nel vento in spesse ciocche lucide. Quando li vide, il suo sguardo si ammorbidì.

«Siete arrivati, finalmente» esclamò con voce profonda, appena increspata dall'emozione.

Deva e Bram arretrarono, intimiditi dalla foga con la quale la donna avanzò seguita dal suo lungo mantello, che sbandierava ampio. I suoi occhi apparivano lucidi, le guance appena arrossate.

Quando arrivò a pochi passi tese loro le braccia e, nonostante il viso non avesse perso nulla della sua compostezza, lacrime grandi come perle iniziarono a scivolarle giù dalle guance, lasciando chiazze rotonde nella polvere del suolo.

«Deva, Bram» disse, con una lieve commozione che somigliava a rispetto e sussiego. «Vi stavo aspettando.»

25
ALTROVE

Lyran si strofinò gli occhi dalla polvere scura che aveva accolto il suo atterraggio in quello che pareva essere il fondo di una grotta. L'aria era gelida e appiccicosa di umidità, i venti delle gallerie portavano fischi sottili ed eco di gocce d'acqua. L'oscurità dominava completamente, tranne che per un tenue bagliore in lontananza.

Era arrivato in piedi e tutto intero, aveva già mosso le gambe e le braccia per assicurarsi di esserlo. La testa era ancora confusa per il salto ma la scosse lievemente, premette sulla fronte, aprì e richiuse gli occhi più volte fino a rispondere di nuovo a sé stesso.

«Ragazzi» sussurrò, mentre lo sguardo si abituava al buio e lui non riusciva a cogliere, nel condotto di pietra, alcuna forma che non fosse roccia.

Nessuno rispose all'appello.

Attese qualche istante, poi gridò i loro nomi e anche quello del cavallo. La sua voce profonda risuonò nelle cavità di pietra e gli tornò indietro, cupa e tremante.

L'ingresso della caverna era a una ventina di metri. Si affrettò a uscire per capire dove si trovasse con esattezza, certo che gli altri fossero già fuori, ma quando sbucò all'aperto su un terreno piatto e sassoso, circondato da montagne color del tramonto, attorno a lui non vide che cespugli e magri arbusti. La tonalità rossastra della terra gli comunicò in modo inequivocabile che nonostante tutto ci era riuscito: si trovava a Riva di Morhva.

Iniziò a perlustrare l'area correndo lungo il limitare della grotta. Alle sue spalle, una parete verticale indicava che poteva andare solo in una direzione, ed era avanti.

L'altopiano si estendeva a vista d'occhio e offriva poco riparo. Se ci fossero state persone, e se avessero avuto voglia di essere trovate, le avrebbe notate da un pezzo. Imprecò tra i denti.

«Bram! Deva! Év!» chiamò di nuovo, correndo forsennatamente verso il campo aperto.

La stessa sensazione di angoscia che aveva provato dopo l'attacco di Gerwynn iniziava ad avvolgergli il petto. Con profondi respiri tentò di tenerla a bada mentre si fermava, inghiottiva un grumo di saliva polverosa e, socchiudendo gli occhi, si guardava attorno perlustrando con lo sguardo la distesa rocciosa in ogni direzione.

Non sembrava esserci nulla di vivo, lì intorno.

Si morse la guancia fino a sentire il sapore metallico del sangue sulla lingua.

✶

Ce l'ho fatta, pensò. I piedi toccarono terra senza il fastidio di un atterraggio, era solo un dislivello minimo, come scendere uno scalino. Si portò le mani al petto e alle braccia, poi le fece scivolare addosso per assicurarsi che fosse tutto a posto. Anche il cappello era intero, o quantomeno non più rovinato di prima. Mantenendo l'equilibrio sul terreno dissestato si voltò trionfante, con le mani sui fianchi.

«Alla fine non è stato così mal...» le parole le morirono tra le labbra quando si rese conto che non c'era nessuno alle sue spalle. Per essere precisi, dietro di lei non c'era assolutamente nulla: solo pietra. Si trovava in uno spazio roccioso circolare, la luce filtrava da un'apertura tondeggiante sopra la sua testa illuminando la terra sotto ai suoi piedi e lasciando nell'oscurità le pareti. Era sul fondo di una sorta di grande pozzo dal terreno irregolare e pieno di escrescenze.

«Lyran!» gridò, con tutto il fiato che aveva in corpo.

Si portò subito le mani alla bocca, soffocando un secondo grido che avrebbe potuto attirare attenzioni non desiderate.

«Qualcosa non va. No, non va» sussurrò appena.

Si chiese dove diavolo fossero gli altri mentre, allontanandosi dal cono di luce, scorreva le mani sulle pareti viscide in cerca di un'uscita.

Provò una seconda e una terza volta a chiamare i nomi dei suoi compagni, prima sussurrando e poi gridando. L'unico suono che le ritornò fu l'eco della sua voce rimbalzata contro le pareti del cono.

L'aria era gelida e aveva un odore ripugnante, di umidità e marciume. Le sue dita erano sempre più fredde mentre scorreva freneticamente sulle sporgenze di roccia coperte di muschi molli, in cerca di un'uscita che non pareva esserci. Incontrò qualcosa che sembrava erba stopposa e, quando ne seguì la direzione, i polpastrelli avvertirono un oggetto duro, pieno di cavità, coperto da un sottile strato imputridito dove le sue unghie scivolarono lasciando solchi.

Lanciò un grido acuto mentre si rendeva conto che le sue mani erano posate su ciò che restava di un cadavere. Indietreggiò verso il centro del pozzo, ma comprese che non avrebbe mai potuto vedere ciò che aveva intorno se abituava le pupille alla luce. Tornò al buio, quindi, schermando il più possibile lo sguardo per farlo adattare all'oscurità.

Dopo lunghi minuti Évanette iniziò a distinguere la parete di roccia, con le sue esigue sporgenze affilate, e il corpo adagiato contro di essa, seduto in una posizione innaturale. Si accorse che non si trattava dell'unico. Attorno a lei erano disseminate diverse ossa umane, alcune ancora composte in scheletri, molte sparse a terra. Altre – centinaia – erano ciò che aveva scambiato per sassi, coperte dalla terra e dalle intemperie sbucavano irregolari dal terreno.

Con raccapriccio, Évanette Starwyn si rese conto di essere in una delle prigioni usate durante la Guerra delle Rive: le Fosse. Il solo pensiero le fece tremare violentemente i denti e le mani, come se fosse scossa da un terremoto interno e si stesse per sbriciolare sotto il peso della paura.

Le Fosse.

Nessuno pronunciava più quel nome, era troppo impregnato di orrore. Le Fosse erano il modo in cui l'Artake si liberava dei dissidenti. Non sprecavano munizioni, non affilavano lame. Gettavano gente ancora viva sul fondo di grandi pozzi scavati nella terra e, per assicurarsi che chi fosse sopravvissuto alla caduta, alle fratture, alle infezioni, al dolore e alla fame non potesse uscire, gli AltoMaghi fedeli all'Imperatrice scagliavano tre diverse maledizioni. La prima era per sigillare le Fosse: sembravano aperte, ma la loro sommità era impenetrabile e, dall'esterno, apparivano semplici formazioni rocciose come tante altre. La seconda creava un ambiente inadatto alla magia, in modo che anche i maghi dissidenti potessero essere gettati laggiù senza il rischio che riuscissero a liberarsi grazie alle loro capacità. La terza, la più orribile, era quella del silenzio. Ciò che lei aveva fatto brevemente su Lyran – uno scherzo di cattivo gusto, realizzava ora – alcuni AltoMaghi erano capaci di farlo in modo permanente. Toglievano la voce ai prigionieri, così che dalle Fosse non uscisse un solo fiato e i prigionieri non potessero chiedere aiuto, ma neppure consolarsi a vicenda, dirsi le ultime parole di conforto o di amore prima di morire fra atroci stenti.

L'Astromante però aveva già gridato, e la sua voce era riecheggiata squillante e acuta. Dunque gli incantesimi non erano più attivi. In tutto quell'orrore, un sollievo notevole.

Suo nonno, Edryan Wyn, AltoMago patriota, era morto nelle Fosse. La medaglia al valore conferitagli dal Governo di Alta giaceva impolverata in uno dei bauli della sua tenda a Kerberch. Ogni anno, in estate, si celebrava la commemorazione della Morte Silenziosa, che ricordava tutti gli uomini, le donne e i bambini morti senza una voce, sul fondo di un buco nero, per la sola colpa di essere nati in un mondo libero che non voleva essere conquistato né sottomesso.

Évanette si lasciò cadere a terra, in una posa simmetrica al cadavere che aveva a fianco. Strinse il cappello tra le mani e lasciò che si impregnasse delle sue lacrime salate. Sussurrò un'imprecazione che aveva sempre usato con leggerezza e che ora si svelava in tutta la sua drammaticità, perché era nata nell'oscurità di quei pozzi di morte: «Buio dannato!».

26
SARSHAN

Era tutto sbagliato il modo in cui la donna si avvicinò e la cinse, con le braccia che la stringevano attorno al busto e le mani che si appoggiavano sulle sue scapole con delicatezza. Le ricordò l'affetto che aveva perso, la fece sentire di nuovo Deva Loissen, un essere amato e prezioso, e invece davanti ai suoi occhi aveva una perfetta sconosciuta.

Quel che era peggio, il suo corpo avrebbe dovuto irrigidirsi e invece si ammorbidì. I suoi occhi avrebbero voluto lanciare dardi infuocati di disgusto, e invece si socchiusero dolcemente. Resistette dal ricambiare la stretta con immensa fatica, tanto era commossa da quello slancio che aveva i gesti della sincerità.

Quando riuscì a sciogliersi dall'abbraccio e guardò di nuovo la donna, restò senza fiato davanti al suo viso straniero. Sapeva che avrebbe dovuto riconoscerla. Qualcosa dentro le gridava di averla già vista da qualche parte. Si voltò verso Bram, e vide che la sua reazione era stata del tutto diversa: il ragazzo sembrava sapere perfettamente chi aveva davanti e nel suo sguardo c'era soltanto un muto sgomento. Quando la donna gli si avvicinò per abbracciare anche lui, il ragazzo si scansò rapidamente, accostandosi a Deva, e assunse una posizione di difesa con le mani aperte.

«Preparati a colpire» mormorò tra i denti, rivolto alla ragazza.

«Ho fatto preparare un pranzo in vostro onore» disse la donna, con voce calma e i palmi alzati come in preghiera, attenta a non apparire minacciosa. «Potrete riposarvi, fare un bagno, rifocillarvi. E risponderò a ogni domanda: dovete essere confusi.»

«Noi non verremo con te» ringhiò Bram, indietreggiando e spingendo anche Deva ad arretrare, con una nota di terrore nella vibrazione della voce.

La ragazza stava ancora guardando la donna come se ne fosse ipnotizzata. Era minuta, questa fu la prima cosa che registrò. Il suo corpo era fasciato da pantaloni neri e da una corta tunica grigio scuro che correva morbida sul petto e si irrigidiva sulle spalle, coperta da un'armatura leggera e aderente che le arrivava fino al collo. Le braccia erano ornate da spesse fasce di cuoio, le maniche tenute ferme sui polsi da fascette legate attorno alle dita centrali.

Deva non sapeva che Bram la stava sovrapponendo all'immagine che pescava dal ricordo di un'illustrazione: una guerriera con addosso un bustino rigido, fasce incrociate sul petto e coprispalle appuntiti. Avvertì la forza che Bram stava concentrando tra le sue mani, solo un'eco del potere che avrebbe rilasciato. Il corpo del ragazzo si contrasse, mentre le braccia si scostavano di nuovo dal torso e le dita si aprivano piano.

A quella vista le braccia della donna, invece, si abbassarono. Tutto il suo corpo si ripiegò mentre emetteva un lamento di profonda delusione e gli occhi, prima fiammeggianti e vivi, si riempirono di tristezza.

«Aspetta!» gridò Deva, correndo a frapporsi fra lei e Bram, mentre un colpo stava già sfrigolando tra le mani del ragazzo.

«Levati di mezzo, subito!» gridò lui, il viso contratto dallo sforzo.

«Falla parlare, almeno! Non sappiamo nemmeno chi sia...» rispose Deva, fieramente stagliata tra i due, gambe e braccia spalancate per occupare più spazio possibile e impedire lo scontro.

Bram sgranò gli occhi: «Certo che lo sappiamo, Deva!» e concentrò la rabbia che provava in un unico nome, dichiarandolo con tutta la violenza di cui era capace: «Lei è Sarshan Kean».

La ragazza si voltò a guardare la donna e scosse la testa, pensando che non fosse possibile: avrebbero dovuto avere davanti una donna risorta dalla morte. L'Imperatrice Maledetta era deceduta così come lo erano i suoi seguaci, sepolti negli Anni delle Nebbie insieme alla Guerra delle Rive. Quando incontrò gli occhi della donna, però, dentro non ci trovò l'allarme della menzogna o l'urgenza di giustificarsi: al contrario, emanavano un'infinita calma. Erano placidi del benessere di un'immensa attesa ripagata, come un profondo respiro dopo una lunga apnea, che poteva derivare solo dal sollievo e dall'ineluttabilità dell'essere riconosciuti.

Deva lasciò la sua posizione, corse al fianco di Bram e si preparò, per quanto potesse, a colpire. Non aveva idea di come ripetere ciò che aveva fatto al mulino, quindi si schierò semplicemente accanto a lui, augurandosi che qualcosa potesse accadesse. Avvertì un dolore sordo farsi strada lento e sinuoso come un serpente lungo le sue vene, ma quando sentì la pelle dei polsi farsi più calda, qualcosa nel suo corpo la trattenne dal proseguire.

Fu a quel punto che lo vide: un sorriso disarmante. Si aprì sul viso della donna, illuminandole gli occhi di quella che pareva sincera commozione.

«Allora è vero, ce l'hai fatta...» sussurrò a lei, e lei soltanto. «Ti hanno presa, ti hanno tenuta in gabbia, ti hanno mentito, ti hanno maledetta. E nonostante questo, guardati: sei riuscita a trovare te stessa. Sono così orgogliosa.»

Noncurante della postura minacciosa dei ragazzi, con due falcate la donna coprì lo spazio che li separava e in un attimo fu davanti a Deva. Le prese le mani, le strinse fra le sue come fossero il più prezioso dei tesori. Lo sguardo della donna indugiò sul suo viso, più precisamente sul suo occhio destro.

«Cosa ti hanno fatto?» sibilò, la voce improvvisamente feroce.

Deva si affrettò a scuotere la testa senza parlare, perché non trovava parole per quanto stava accadendo. Eppure quel "cosa ti hanno fatto", andò a colpire una parte indifesa dentro di lei: la bambina accusata, colpevole di essersi rovinata. Mai, in tutta la sua vita, qualcuno le aveva fatto vedere la situazione da quella prospettiva: cosa *ti hanno* fatto. Fu una freccia dritta al cuore, lì dove non sapeva ci fosse già una ferita aperta da sempre.

«Ci sarà tempo per raccontare» promise la donna, lo sguardo denso di determinazione. Poi si voltò verso il ragazzo: «Come ti hanno trattato al Convicto, Bram?» chiese.

Il ragazzo, al colmo della confusione, aveva allentato la tensione. La guardò scuotendo la testa, con gli occhi sconvolti e l'energia raccolta tra le mani che scivolava via come fossero granelli di sabbia.

«Come sai chi sono?» domandò, cercando di mantenersi in allerta nonostante i dubbi si insinuassero come formiche: a centinaia, brulicanti e affamati.

La donna sbatté le palpebre lentamente, affranta. La sua espressione navigava sempre più verso la frustrazione. Si muoveva in scatti nervosi, che sembravano false partenze. Era come se non sapesse da dove cominciare, sia nel parlare che nel muoversi.

Si fermò davanti a loro e, guardandoli addolorata e con gli occhi lucidi di rabbia, riprese: «Le bugie che vi hanno raccontato...».

Era una frase semplice, sei parole messe in fila, ma scosse i due ragazzi fin nelle loro più profonde fondamenta. Fu come trovarsi per la prima volta davanti a uno specchio dell'orrore, che mostrava loro le cose così come avevano sempre temuto che fossero. I pensieri che li tormentavano, e dai quali i loro cari li avevano fatti desistere, tornarono a galla per dire: "Avevamo ragione noi". Nella mente di Bram e Deva si stava svolgendo la più sanguinaria delle battaglie.

Il pensiero di Deva corse all'espressione buona di sua madre quando le ricordava di non togliere mai il ciondolo dal petto. Le sembrò di sentire di nuovo le sue dita sfiorarne la catenina, in una carezza distratta, e adesso le parve di ricordare che la cosa accadeva ogni giorno: ogni singola mattina al buongiorno e ogni sera alla buonanotte. Le venne quasi istintivo ripetere il gesto con il quale le rispondeva: posare la mano sulla sua, e stringerla.

Il ricordo, come un uncino, si agganciò alla rete delle sue memorie e tirò, sfilandole come maglie finché il ricamo stretto e compatto come fiori sulla stoffa dei Loissen si disfava, svelandosi per la sequela di inganni che era stato.

Era stata cresciuta come libera e indipendente nei confini di un recinto invalicabile. La sua possibilità di scelta si esercitava entro le poche possibilità offerte, e lei si era sentita così stupidamente autonoma... Si chiese se tutti ne fossero stati al corrente. I tutori e la servitù, certamente. Ma i ragazzi? I figli degli amici che apparivano, educati e ben vestiti e così interessati a lei, durante le feste, le merende, i picnic nel giardino. Anche loro sapevano tutto? Recitavano la parte di chi vive la stessa vita solo per non confonderla, per non metterle in testa dei dubbi?

Come sganciata dal suo peso, risalì a galla una frase pronunciata da uno di loro. «Mi piaci, Deva» aveva detto il ragazzo passandosi una mano tra i capelli chiari, in un gesto che allora lei aveva interpretato come timidezza e che ora le appariva, invece, d'imbarazzo. «Ma mi piace di più il mondo» aveva concluso, mettendo fine a una sorta di corteggiamento che non era mai davvero iniziato.

Adesso capiva. L'implicito divieto di uscire dalla tenuta senza una valida ragione, il modo in cui qualsiasi suo desiderio venisse soddisfatto immediatamente, e tutto quell'affetto. Quella era la cosa che le faceva più male: l'amore che aveva avvertito, la cura con la quale si sentiva trattata e che invece forse erano solo un sedativo, la copertura di zucchero per farle ingoiare il boccone amaro di una vita in gabbia...

Le cose stavano davvero così? Si voltò verso Bram cercando conforto alle sue domande, e lo vide curvo e con il capo tra le mani.

✶

Nella testa del ragazzo c'era un solo e unico pensiero – *Allora non ero sbagliato io* – ma andava contro tutto ciò che gli avevano insegnato, e non riusciva ancora a credere che l'errore fosse stato esercitare proprio quelle che gli Armon ritenevano doti: ascoltare, seguire il bene della comunità, lasciarsi plasmare.

La donna gli si avvicinò, si chinò alla sua altezza e, con l'indice, gli sollevò il mento. «No, non eri sbagliato, Bram» disse, come rispondendo alla sua domanda. «Eri solo più potente. Dovevano metterti in condizione di non saperlo, e quale modo migliore che farti sentire un incapace? Lo sai, da dove nasce il potere: dalla certezza di averlo.»

Il ragazzo sussultò, ma come un animale selvatico si staccò dal contatto e socchiuse gli occhi con espressione ancora feroce.

«Stai mentendo» ringhiò.

La donna non perse tempo a smentirlo, invece, proseguì: «Prendi un mago con una straordinaria capacità individuale. Mettilo in un gruppo, fagli credere che il suo unico valore stia nel sintonizzarsi con gli altri senza mai emergere, senza mai mostrarsi. Un ingranaggio in una catena ben oliata, che deve stare sempre attento a non strafare, a non eccedere, a non esprimersi. Cosa ottieni?».

Si rialzò girandogli attorno lentamente, passo dopo passo, senza nemmeno attendere la sua replica. Il silenzio costituiva una risposta sufficiente, era il suono dei pensieri che il ragazzo non riusciva a pronunciare e che faticava anche solo a elaborare.

«Ottieni te, Bram. Talmente preoccupato di dover essere come gli altri da dimenticare di essere te stesso. Da un immenso potere, al nulla. Ecco cosa ti hanno fatto al Convicto» concluse con tono secco, come se la cosa improvvisamente non la riguardasse.

"Non è vero" avrebbe voluto rispondere Bram, con un grido e una forza che, però, non arrivarono.

La donna troneggiava sopra i ragazzi in ogni modo, adesso. Chini sui loro pensieri, curvi del peso dei loro dubbi, non guardavano che dentro sé stessi.

Lei che aveva il privilegio di osservarli da fuori ne studiò i contorni, gli sguardi, e in entrambi riconobbe la bellezza che sboccia solo nel dolore.

«Tutto quello che vi chiedo è di prendere una decisione» proclamò Sarshan Kean dopo qualche istante. «Scoprire la verità e decidere cosa farne, o tornare indietro e continuare a credere alle storie che vi hanno raccontato.»

Le sembrava di poter leggere la loro anima così nitidamente da vederli quasi nudi.

Deva la osservò a sua volta, come se volesse decifrarla. La sua mente non riconosceva quella donna, anzi: rifiutava il solo pensiero di avere davanti la sanguinaria Imperatrice. Ma il suo corpo raccontava un'altra storia: era indotto ad avvicinarsi, come se avesse iniziato a subire la sua forza di gravità.

«Dove sono i nostri compagni?» esclamò Bram, come ricordandosi della sua missione solo in quel momento, scivolata com'era sul fondo della sua confusione.

«Non avevate bisogno di loro, quindi l'Ambulacro li ha condotti altrove. E, no: non sono stati uccisi» rispose brevemente la donna. «Non vi occorre sapere altro, dal momento che la loro presenza ostacolerebbe la ragione per la quale siete qui.»

«L'unica ragione per la quale siamo qui è Aral» replicò il ragazzo.

Sarshan Kean schioccò la lingua e sospirò annoiata, come se fosse l'ultimo degli argomenti di suo interesse. «Il bambino sta bene. Lo vedrete presto.»

«Adesso» intimò Bram, i palmi delle mani che sfrigolavano di nuovo.

«La virtù della pazienza ti ha già abbandonato?» chiese lei, come annuendo a qualcosa che entrambi conoscevano.

«Quella non l'ho mai avuta...» sussurrò lui mentre, con un movimento repentino, portò le mani al petto per poi aprirle di scatto.

Deva percepì l'onda d'urto ancor prima che arrivasse. Quando il terreno iniziò ad aprirsi in crepe e l'aria a farsi densa di energia, la donna, senza alcuno sforzo né sorpresa, alzò una mano. Deva vide le sue dita aprirsi, quindi richiudersi. Per un attimo, mentre il potere emanato da Bram tentava di divincolarsi dalla sua presa, il polso dell'Imperatrice ebbe un tremito. Fu solo un attimo. Qualsiasi cosa avesse catturato nella sua piccola mano sottile, morì dopo pochi istanti come un fiammifero soffocato dal buio.

L'Imperatrice non tradì alcuna espressione, né di sorpresa né di soddisfazione, come se avesse appena chiuso le dita su una mosca fastidiosa che, per tutto il tempo, aveva notato e seguito con lo sguardo.

I suoi occhi fieri guardarono Deva e Bram con la stessa, ferma decisione di poco prima.

«E adesso, se volete seguirmi» disse senza clamore, voltandosi e iniziando a camminare.

I due ragazzi si scambiarono uno sguardo spaesato. Non fu solo intuire la magnitudine del potere della donna a farli obbedire: loro avevano bisogno di sapere. Quella donna conosceva troppo di loro perché non sentissero lo spasmodico, incontrollabile bisogno di seguirla, e farle delle domande.

Sarshan Kean, Deva Loissen e Bram Cadaval montarono sui rispettivi cavalli e si diressero verso il cuore di Morhva: la città fortificata di Aeral, dove svettava bianca la fortezza di Aeral Dome.

27

LYRAN

Era il ragazzino più amato, un *ragazzo d'oro.*

Quello con più amici, quello che veniva sempre invitato a giocare, quello che vinceva le gare. Quello che le ragazze bramavano come fidanzato e le madri avrebbero desiderato fosse destinato a loro.

Era *d'oro* in ogni senso, a partire dai capelli biondi appena ramati – così rari a Vidrian – che morbidi e ondulati incorniciavano il suo viso, per finire con il colore degli occhi: di un azzurro trasparente, quasi acquamarina.

Nessun ragazzo baciato dalla fortuna si ferma a pensare al suo stato di benedetto, né se ne rende conto finché non lo perde, e ad alcuni non accade mai. Trascorrono l'intera vita a pensare che la propria sorte sia normale, anzi: dovuta. Si allontanano naturalmente da chi non è nato col viso al sole come il loro, attribuendo le difformità del fisico e i fallimenti sociali a qualche colpa da scontare, alla debolezza del carattere o del desiderio, e Tomàs Lyran non era da meno.

La sua Destinazione negli Ardimenti della riva e i modi solari e aggraziati che aveva avuto in dono da una vita facile, gli permettevano di attirare a sé i suoi simili senza sforzo alcuno. Già a quindici anni il giovane Tomàs era il punto di riferimento di un nutrito gruppo di coetanei con i quali gli astri erano stati altrettanto benevoli. Giravano in gruppo, belli, ben allenati e ben educati, e consapevoli di esserlo.

Le donne dell'età delle loro madri li conoscevano tutti per nome. Li salutavano per strada, sapendo che non si sarebbero imbarazzati delle loro attenzioni materne come facevano i loro figli, nascosti in casa a combattere con il loro senso di inadeguatezza.

Era facile essere socialmente disinvolti quando nessuno osava prenderti di mira. Quando eri in cima alla catena alimentare.

Howard e Rosabel Lyran, a cui era stato destinato, lavoravano per il Governo. Responsabile dei rifornimenti degli Ardimenti lui, al Ministero dell'Educazione, lei. Quando era stato il momento di iniziare l'addestramento militare, suo padre non gli aveva fatto alcuna raccomandazione. Gli aveva solo posato le pesanti mani sulle spalle e, guardandolo negli occhi, aveva detto: «Ci renderai fieri, come sempre».

Il diciassettenne Tomàs Lyran, con i capelli più corti e il corpo di un uomo, aveva annuito con sicurezza ma non senza un certo senso di timore per quel genitore che, dal giorno in cui l'aveva accolto, l'aveva tenuto in tale alta considerazione da inviarlo al mondo come un dono.

Il ragazzo era arrivato al campo di addestramento di Larham, distante solo alcune decine di chilometri da casa sua, con un senso di guardinga attesa, certo di non trovarvi lo stesso ambiente della sua infanzia né le stesse dinamiche sociali che aveva tanto facilmente domato.

Invece, tutto era stato uguale. Pur essendo un ragazzo in una sterminata distesa di coetanei tutti destinati agli Ardimenti, qualcosa lo differenziava agli occhi degli altri. La sua postura, forse, con le spalle larghe e sicure. Il suo corpo alto e allenato. Il suo sorriso aperto e amichevole, che nascondeva i timori che gli si agitavano dentro; a onor del vero, meno spesso che agli altri.

Un ragazzo aveva iniziato a parlargli, riconoscendo in lui un suo simile. Poi un secondo, riconoscendo in lui un superiore. Infine gli altri, riconoscendo in lui un leader. Era stato, per Lyran, come sentire questa ammirazione posarglisi addosso. Con ogni occhiata, ogni parola, ogni cenno, la patina luminosa del *ragazzo d'oro* che credeva di aver lasciato a casa veniva ricostruita di nuovo.

Dormiva in stanza con altri tre ragazzi, Marsal, Bower e Dessan. I primi due erano amici e seguaci ma Dessan, lui divenne la sua spalla. Aveva tratti nobili e severi, con occhi grandi e un naso arcuato che gli pioveva in bocca. La sua fisicità imponente rendeva ancora più raro, se possibile, che qualcuno desse fastidio a Lyran o al loro gruppo. Era il primo al quale il giovane Tomàs raccontava i suoi piani, con il quale condivideva i racconti del passato o che chiamava quando gli veniva una delle sue "stupide idee", come le chiamava.

«Dess, ho avuto una stupida idea» esordiva. «Stanotte forziamo il recinto e andiamo a fare il bagno nel lago azzurro, sulla collina.»

Di solito Dessan ripeteva le sue parole: «Il bagno nel lago azzurro, eh?» e quello era il segnale: si sarebbe fatto.

Una volta era il bagno al lago, un'altra era catturare e cucinare conigli nella boscaglia, un'altra ancora costringere la camerata 14, "gli anatroccoli", a fare la doccia con la puzzolente e densa salsa dell'arrosto che avevano accuratamente raccolto per giorni in un recipiente di metallo.

Erano cattivi senza crudeltà e stupidi per scelta. Pensavano che questo avrebbe reso più leggeri gli anni e più autentica la loro giovinezza. Solo un paio di volte erano stati colti in flagrante da un superiore, e costretti a scontare le loro gesta con due settimane senza permessi o qualche giorno trascorso a pulire le latrine, ma era come se non ci fosse sufficiente interesse a punirli.

Era l'oro che ricopriva Tomàs Lyran, e lui lo sapeva. Dessan aveva una fidanzata, al suo villaggio. Si chiamava Einadyr, "Eina", e lui aveva un suo ritratto in camera: era una ragazza dalle forme abbondanti e sensuali, con grandi occhi neri e una chioma di folti capelli castano scuro.

Lyran aveva perso il conto delle volte in cui aveva provato, scherzosamente, a convincere Dessan che Eina fosse troppo per lui. «Sta ancora con te? Ma è fuori dalla tua portata, Dess, non lo vedi? Lei è una dea della fertilità e tu una specie di orso, andiamo!» lo prendeva in giro.

Dessan rideva. In realtà il suo amico Tomàs gli dava consigli su come scriverle le lettere che spediva settimanalmente, e commentava le risposte di lei, proponendogli nuove strategie per accelerare il fidanzamento ufficiale e, per "scoprire i poteri nascosti della dea della fertilità, quelli ben nascosti sotto il vestito".

Dessan continuava a ridere. Un giorno di licenza il ragazzo aveva deciso di portare Lyran con sé al suo villaggio, a nord. Era un grumo di case arroccate su una collina circondata da basse siepi fiorite di azalee e mirto selvatico. Gli aveva fatto conoscere Eina la sera stessa, davanti a grandi coppe di vino speziato. E Lyran aveva pensato sul serio che la ragazza fosse troppo per Dess, ma non aveva detto nulla. Aveva soltanto lasciato fare all'oro che sapeva di portare addosso. Erano bastati alcuni sguardi posati sulle ciglia lunghe della ragazza e uno solo, che le aveva fatto scorrere addosso – lento in modo estenuante – dalle clavicole alle caviglie. Quando avevano riaccompagnato Dessan ubriaco fradicio a casa, lei aveva chiesto a Lyran se avesse un posto dove passare la notte. Lui aveva indugiato, senza neppure dover mentire. Certo: era ospite di Dess, sarebbe stato chiaro a chiunque, ma il suo silenzio aveva lasciato a Eina lo spazio per pronunciare le parole che attendeva: «Puoi dormire da me, se vuoi».

Lyran non aveva avuto neppure bisogno di sforzarsi, aveva fatto quasi tutto da sola.

Il giorno dopo, Dess si era scusato con entrambi. Eina si era affrettata a mostrarsi premurosa e comprensiva, Lyran l'aveva preso in giro come avrebbe fatto comunque. Erano tornati al campo ed era proseguito tutto come prima. Il ragazzo aveva atteso per giorni un senso di colpa che non era mai arrivato e, quando Dessan lo aveva preso da parte per dirgli, tra le lacrime, che Eina l'aveva lasciato, lui l'aveva consolato.

La storia si era ripetuta, più e più volte. Tomàs Lyran non era una cattiva persona, ma era come intrappolato in questo ruolo carismatico che sembrava portarsi ovunque andasse, che al tempo stesso temeva e non voleva perdere. Testarne i limiti era il minimo che potesse fare, e diavolo se li aveva testati. Aveva relazioni con donne che fraintendevano la sua educazione con l'amore, faceva squadra con ragazzi ai quali con uno schiocco di dita avrebbe potuto togliere tutto, prometteva mantenendo il minimo, tradiva senza necessità e senza intenzione, soltanto perché poteva avere tutti e quindi nessuno aveva davvero valore.

E poi era arrivata l'occasione più grande, servita al ragazzo d'oro su un piatto d'argento: l'Astromante.

★

Quando accadde lui era il Tenente Lyran, e la sua fama suscitava già rispetto e ammirazione. Tredici erano state le missioni affidategli nell'ultimo anno, tredici quelle portate a casa senza intoppi. Era fiducioso e forte, un uomo soddisfatto di essere dove si trovava e ormai innamorato di sé stesso.

Accompagnare il Governatore di Riva di Vidrian ad Alta era stato il culmine di una stagione felice. Si trattava di un compito breve, di pura rappresentanza e relativamente facile: per quanto i rapporti tra le rive non fossero mai del tutto distesi, nessuno avrebbe osato attaccare apertamente durante un incontro diplomatico. Avevano già un nemico comune: era il tacito disprezzo per Morhva a legare Vidrian e Alta più di qualsiasi operazione commerciale.

Erano arrivati al calare del sole. Avevano percorso il mercato con le sue tende colorate, poi le enormi porte lignee delle mura, dipinte con motivi floreali, erano state aperte per loro.

Il Palazzo del Governatore di Alta, la Rocca, nasceva come castello e roccaforte, dominando la capitale Kerberch dal suo punto più alto. Cinque torri bianche e sottili, di diverse dimensioni e sormontate da tetti conici di un color grigio cenere circondavano un corpo centrale rettangolare alto e slanciato. Strati di bifore elegantemente intagliate annunciavano i tre piani dagli alti soffitti mentre, attorno a ogni torre, piccoli camminamenti concentrici davano l'impressione che qualcuno avesse desiderato creare terrazze per ammirare il cielo.

La foresta e i picchi innevati alle sue spalle la facevano sembrare la magistrale illustrazione di un libro di favole.

Solo il Governatore e i suoi Ministri, già invitati alla Rocca in passato, erano rimasti impassibili davanti a quello spettacolo; tutti gli Ardimenti, compreso il Tenente Lyran, avevano sussurrato commenti di meraviglia e stupore.

«Sospirerai così davanti alle ragazze di Alta?» aveva commentato uno dei suoi soldati, accostandosi al suo cavallo e strizzandogli l'occhio come a intendere che ne avrebbe avuto occasione.

«In due giorni, Drogu? Non sono *così* efficiente» aveva riso Lyran, senza però lasciar andare del tutto l'idea.

Aveva ventiquattro anni e, nonostante le madri che periodicamente gli inviavano cesti di cibo e beni di conforto nel tentativo di ricordargli l'esistenza delle loro figlie, tutte ragazze con le quali era uscito almeno una volta, mettere su casa era fuori dai suoi programmi. Quella procedura arcaica di scegliere una donna, sposarla, metterla incinta e poi tornare dalle missioni trovando lei e dei bambini sempre più grandi ad attenderlo, non l'aveva mai trovata attraente.

Spesso trascorreva lunghi mesi nella costa a ovest di Larham, su una lingua di sabbia bianca circondata da acque così trasparenti da sembrare invisibili per metri dalla costa, dove conosceva un pescatore che affittava baracche di legno sulle dune. Altre volte stava da Dessan – sì, Dess – che aveva perso entrambi i genitori ed era rimasto con una grande casa poco distante dal suo villaggio. Aveva anche rivisto Eina, una volta: stanca e gonfia, con due bambini che non potevano avere più di tre anni messi insieme. Lei lo aveva guardato fisso, dandogli una lieve sensazione di disagio ma procurandogli anche un gran sollievo: nessun figlio di otto o nove anni, il tempo che era trascorso da quando si erano, in diversi modi, conosciuti. Lei lo aveva seguito con lo sguardo ridotto a due fessure, finché lui non era scomparso oltre una svolta.

Questo era il Tomàs Lyran che varcava le porte del Palazzo del Governatore di Alta, dove avrebbe trovato Évanette Starwyn che si credeva forte per via di una corona di stelle, ma che non era difesa neppure da un briciolo dell'oro che l'uomo si portava addosso fin dall'infanzia. Era una battaglia impari fin dall'inizio, dove lei si era creduta in vantaggio.

Certo che se lo ricordava, il momento in cui l'aveva vista per la prima volta.

Era stato scenografico, a dir poco: la grande Sala delle Udienze, il Governatore e i suoi Ministri accomodati su un piccolo palco, la musica nell'aria, i primi AltoMaghi che arrivarono planando su una distesa di fiori e i secondi che li fecero ridere senza contegno. I soldati si erano guardati l'un l'altro tentando di spiegarsi ciò che stavano osservando. Quelli non sembravano i temibili "fattucchieri" contro i quali i loro superiori li avevano messi in guardia, stavano dando vita a qualcosa di miracoloso, e bellissimo.

Quando l'Astromante venne annunciata le luci calarono, la volta della sala si illuminò di milioni di stelle e galassie, come se il tetto fosse svanito e si trovassero persi nello spazio, distanti milioni di anni luce da ogni cosa.

Lyran si aspettava un uomo, chissà perché. "L'Astromante" era un nome che gli richiamava immagini di mantelli scuri e barbe candide, invece eccola farsi largo sul palco con passi regali: uno scricciolo di ragazza che procedeva lentamente sotto gli astri che le volteggiavano attorno, vestita anche lei di stelle.

Non aveva pensato subito che fosse bella, forse perché aveva conosciuto molte donne, alcune delle quali meravigliose, ma aveva pensato che fosse intensa, carismatica e certa del suo potere, e questo lo aveva attratto, facendogliela immediatamente desiderare.

Cos'altro doveva fare Tomàs Lyran, allora, se non lanciare il suo amo e attendere?

Come guidata dal bagliore dell'oro, la giovane Astromante aveva percorso la sala con lo sguardo e lo aveva fermato esattamente su di lui. Aveva socchiuso gli occhi e le labbra allo stesso momento in un'espressione di puro piacere, e lui aveva capito di aver davanti una donna esattamente come lui, capace di prendersi ciò che sceglieva senza fatica alcuna.

Ma aveva capito male.

Era stato il corteggiamento più breve di sempre, e altrettanto rapidamente aveva scaldato il suo sangue fino a farlo ribollire nell'attesa. Quando lei aveva letteralmente cacciato il soldato Drogu dal posto a tavola per sedersi accanto a lui, dichiarando il suo desiderio davanti all'intera delegazione Vidrianian, lui aveva avuto la tentazione di prenderla tra le braccia in quello stesso istante, e portarla via dalla sala.

Ogni sguardo era un sospiro e ogni movimento era una scusa per sfiorarsi: a momenti alterni si toccavano le caviglie, gli avambracci, le dita delle mani. Quando lei gli aveva comunicato finalmente il luogo dove incontrarsi, Lyran era quasi inciampato nei suoi stessi piedi correndo verso di esso.

Ricordava chiaramente Évanette Starwyn in piedi al centro della Sala delle Udienze, con le poltrone blu e le pareti dipinte, il pavimento a rombi e le colonne marmoree. Esile e scura, con quella massa di capelli che le ricadeva sulle spalle e l'imponente corona di stelle. Ricordava il suo sguardo incandescente e il sorriso sghembo col quale lo accolse. Ricordava le poche parole che si erano scambiati e il modo in cui entrambi erano scesi a terra, con la febbre di toccarsi, leccarsi, aversi, senza curarsi del fango degli stivali dei soldati che insozzava ancora il pavimento.

Era stata rapida e furiosa, quella prima volta tra loro. Aveva lasciato lei col viso sconvolto e la corona di stelle spezzata in terra, lui con gli occhi lucidi e una specie di febbre: l'assoluta voglia di restare con lei. Era tutto ciò che voleva, in quel momento.

Mentre le accarezzava il viso scorrendo i suoi tratti con il pollice, sostituendo la delicatezza con la passione, come se lei fosse una cosa già sua, aveva desiderato di essere un mago, capace di trasformare quei due giorni in mesi.

«Domani vado via» le aveva detto, annunciando qualcosa che sapevano entrambi.

«Lo so» aveva risposto lei, con la ferma intenzione di non mostrare alcuna emozione. «Tornerai?»

«Come?» aveva chiesto lui. Salvo missioni diplomatiche, gli sarebbe stato impossibile tornare ad Alta, solo una divisa militare o un permesso commerciale avrebbero garantito un passaggio sicuro. Era folle anche solo chiederlo, ma lei lo aveva fatto. Con quei capelli sparsi a terra come una corona e il suo corpo seminudo appena tremante di freddo, gli aveva chiesto di rischiare la vita per lei.

E lui, contro ogni previsione, aveva accettato.

✶

Lo avevano catturato in pieno giorno mentre la moglie era via, già fuggita sui monti, e lui attendeva un dispaccio per essere utile alla causa fino all'ultimo. Chi aveva assistito aveva riportato di un uomo legato su sé stesso, le membra torte in modo inutilmente crudele forse per farlo arrivare alle Fosse già debilitato, con ossa rotte e giunture dislocate, a ricordare a tutti a cosa si andasse incontro sostenendo la Resistenza.

«Lo hanno buttato nelle Fosse come un animale» era diventata la litania del dolore fra le mura di casa di sua nonna. Quando erano usciti i dettagli sulla morte dei prigionieri di guerra il viso dolce della donna si era coperto di macchie rosacee, e i capelli candidi che portava lunghi fino alle spalle erano caduti a ciocche svelando un cranio minuto e teso come quello di un uccellino.

Le voci che circolavano in città erano morsi che le mangiavano il cuore in bocconi avidi. Si diceva che i prigionieri delle Fosse, impazziti di fame, avessero iniziato a divorarsi tra loro. Che morissero delle più orribili infezioni, imputriditi fin nelle ossa da una frattura esposta così come da un taglietto da nulla. Che piangessero di gioia quando pioveva, perché non c'erano incantesimi che fermassero l'entrata dell'acqua che lavava dal fango, puliva qualche ferita, ma che poi di quella stessa acqua gelida morissero. Che, se un bambino veniva gettato nelle Fosse con un genitore, questi lo uccideva nei primi giorni, per risparmiargli l'orrore di vedere la sua fine raccontata dai corpi degli altri. E quel buio. Quel buio dannato.

Se Edryan Wyn il patriota, l'eroe, il martire, era morto lentamente e senza parola alcuna nelle Fosse, ucciso dalle ossa rotte o divorato da un compagno, sua moglie Lana era morta lentamente e senza parola alcuna dentro la loro casa, divorata dall'orrore.

Fu il piccolo cranio pallido di sua nonna che in quel momento tornò davanti agli occhi di Évanette, e lei provò l'insensato istinto di tornare indietro nel tempo per dirle "Ho visto le Fosse, nonna" e piangere con lei.

«Non avevamo fatto nulla di male» diceva sempre l'anziana, chiedendo al cielo una spiegazione. «Stavamo nelle nostre case, nella nostra riva. Volevamo solo continuare a vivere in pace.»

Évanette concluse amaramente che il suo arrivo lì non poteva essere un caso, né un errore. Qualcuno doveva aver deviato l'Ambulacro. Come, restava da capire. Serviva una padronanza fuori dal comune dell'Alta Magia per convogliare un Ambulacro in direzioni multiple, solo qualcuno in grado di maneggiare la Magia Suprema poteva farlo. Si augurò che i suoi compagni di viaggio fossero arrivati insieme, ma soprattutto che avessero già iniziato a cercarla. Lasciò andare un grido di frustrazione, consolata dall'udire il suono della sua voce.

«Perché io? Perché io? Dovevo restarmene a casa, merda. Lyran, maledetto! Ma no... sono io l'idiota, e adesso devo uscire di qui, in qualche modo» blaterò a voce alta, camminando in cerchio finché non le girò la testa.

Fece un rapido inventario di quello su cui poteva contare: le stelle. Ma si sarebbero viste le stelle, da laggiù? Sarebbe riuscita a leggerle?

Rifletté sugli incantesimi dissolti. Così come quello del silenzio non era più in piedi, probabilmente anche l'impedimento alla magia e il sigillo erano caduti, ma non poteva averne certezza prima di verificarlo. Per il primo sarebbe stato sufficiente attendere la notte, ma scalare le pareti viscide della voragine e risalire fino a varcare l'uscita del pozzo le pareva un'impresa impossibile.

Adesso capiva perché suo padre era rimasto così deluso nello scoprire che il dono di sua figlia era l'Astromanzia.

«È un bel talento, Évanee» aveva detto, chiamandola col suo nomignolo. «Ma non è davvero *utile.*» Aveva usato proprio quelle parole, lo ricordava come fosse ieri. Lei ci era rimasta male. Aveva ribattuto che sarebbe stato utile per moltissime persone, e che un giorno avrebbe potuto anche diventare consigliera del Governatore. Il padre aveva riso apertamente, coprendo le speranze della figlia con una patina opaca di disillusione che lei ci avrebbe messo anni a levare, senza mai riuscirci del tutto.

Quello che suo padre aveva voluto dire quel giorno, e lei lo capiva solo ora, era che l'Astromanzia non era utile nella vita pratica. Non trasformava le pietre in oro, non modellava il terreno, non faceva crescere alberi e frutti, non guariva gli ammalati. Ciò che le stelle le dicevano erano solo parole. Al tempo era troppo giovane per rispondergli che le parole non erano azioni ma potevano diventarlo. Ora pensava che suo padre avesse ragione da vendere, e che l'Astromanzia non le sarebbe servita proprio a nulla, perché qualsiasi cosa le stelle le avessero detto di fare o non fare, lei era in una fossa profonda decine di metri nella quale a malapena arrivava la luce del sole.

28
AERAL DOME

Aeral Dome incombeva sull'altopiano come un rapace in attesa, sospeso su una sporgenza di roccia con la sua sagoma candida, l'architettura che sembrava voler sfiorare le nuvole e le torri come alfieri attorno alla grande cupola di cristallo. Dominava la città fortificata di Aeral con una certa, minacciosa, grazia.

Era la cosa più inquietante e più affascinante che Deva Loissen avesse mai visto, esattamente come la donna che Bram riteneva essere l'Imperatrice Maledetta della Guerra delle Rive e che, con rapidità e compostezza, smontò da cavallo aiutata da due ragazze abbigliate in quello che pareva un incrocio tra una divisa militare e un abito, che la salutarono con un inchino del capo e un gesto al centro del petto.

La donna fece loro cenno di seguirla. Il suo sguardo era autoritario, il passo deciso, e da lei sembrava emanare un'elettricità statica che faceva dimenticare a Deva ogni altro pensiero. Se le cose stavano davvero come diceva Bram, avrebbe dovuto avere più di centotrent'anni, ma la donna che aveva davanti sembrava avere più o meno l'età di Évanette. La fissava insistentemente cercando un dettaglio qualsiasi che la collocasse nel tempo, e non lo trovava.

Aveva notato uno strano ordine, entrando nelle mura della città fortificata e percorrendone un tratto fino al palazzo. Le strade chiare, scolpite in un materiale diverso dalla polvere rossa degli altipiani, scivolavano tra le case basse in modo pulito e ordinato, raccontando una purezza che contrastava con qualsiasi idea Deva si fosse fatta di Morhva. Le abitazioni erano un reticolo continuo, con mura e terrazze in comune. Parevano piccoli cubi dal tetto curvo, tutte con finestre ampie e tendaggi dai colori cremosi, come se si fossero accordate per mantenere quelle tonalità bianco, beige e polvere lungo tutta la città. Aveva scorto anche botteghe e locande, riconoscibili per le tende più grandi e cartelli in legno che ne segnalavano il nome o il simbolo. Erano attrezzate con banconi e tavolini esterni, con un'offerta di cibo e oggetti di uso quotidiano minimale, eppure attraente.

La delicatezza dei gesti e dei volti di ogni persona che avevano superato le era sembrava intrisa di una pace che non aveva mai visto espressa così naturalmente, prima. Alcuni di loro vagavano con sguardo fisso e imperturbabile, pieno solo di una serenità mistica, ultraterrena. Aveva notato Bram, scosso da un brivido di disagio.

Smontati tutti da cavallo, un'altra ragazza si inchinò davanti a loro con un sorriso, sussurrando: «Benvenuti».

Deva non riusciva a decifrare nulla di ciò che vedeva, perché niente sembrava validare le sue aspettative, e questo le provocava un'allerta nervosa e costante verso ogni dettaglio. Bram, al suo fianco, non era meno sconvolto. La sua mandibola era contratta in una smorfia di fastidio, e le sue mani tremavano anche se strette in due pugni. La ragazza lo vide scrutare, con la coda dell'occhio, le due guardie in piedi a poca distanza, abbigliate con una severa divisa nera dai dettagli dorati.

Continuando a seguire la donna, e accompagnati da un paio di servitori, arrivarono all'ingresso di Aeral Dome. All'Imperatrice bastò fare un passo in avanti per far aprire lentamente le grandi porte scolpite dove il simbolo di riva di Morhva, i due serpenti attraversati da una lancia, si divise a metà esatta svelando l'interno del palazzo.

Si ritrovarono in una sala d'ingresso luminosa e brillante, con pavimenti lavorati in mosaici marmorei e alte finestre che lasciavano entrare fasci di luce calda. Davanti a loro, due maestose scale dai corrimani dorati conducevano al piano superiore, snodandosi sinuose sotto un soffitto i cui bassorilievi parevano soffici nuvole.

Deva trattenne il fiato per un attimo davanti a quella bellezza tanto diversa da ciò a cui era abituata, così sconosciuta ed esotica ai suoi occhi.

Ai due lati della sala si aprivano candidi corridoi dalle arcate ovali e due scalinate minori, che scendevano a un piano inferiore. Imboccarono quella di destra, scendendo i profondi scalini che portavano ben al di sotto del livello del terreno, superando il piano inferiore e continuando a scendere. Seguirono le falcate rapide della donna e quelle silenziose dei servitori fino a una sala di dimensioni ridotte, dove una porzione di soffitto inglobava una piccola venatura naturale di pietre luminose che rilasciava un gradevole calore nell'ambiente.

Deva trattenne il fiato dallo stupore: *Lumina,* riconobbe subito. Ricordò i discorsi della madre, l'impossibilità di reperirla che aveva portato all'arrivo di Djavel: era talmente difficoltoso estrarla che comprarne anche una sola briciola era quasi impossibile. Considerando l'energia che avrebbe potuto produrre, il valore di quel soffitto doveva essere incalcolabile, realizzò la ragazza, riempiendosi gli occhi della luminescenza calda e screziata di venature che scendevano sulla parete. Le piccole impurità della pietra le conferivano un aspetto tanto tridimensionale che si aveva l'impressione di perdere lo sguardo oltre una galassia di nebulose e pianeti lontani.

Si voltò per vedere Bram ammutolito dallo stesso stupore ma, proprio quando stava per dirgli qualcosa, furono interrotti da una voce maschile: «A nome del personale di servizio, vi do il benvenuto ad Aeral Dome» disse un uomo abbigliato con una divisa beige, sorridendo con un cenno del capo come se i due fossero in viaggio di piacere. Deva e Bram si scambiarono un'occhiata confusa.

Una tavola finemente apparecchiata per tre li attendeva, coperta da un reticolo di finissimo pizzo, con piatti di porcellana lavorata e lucide posate d'oro.

«Prego, sedetevi» li invitò l'Imperatrice, indicando tre vassoi colmi di cibo fumante già accanto ai piatti. Carni glassate, verdure arrostite, creme e intingoli dai colori tenui e fette di spesso pane ai cereali erano disposti elegantemente sulla tavola, ed emanavano un profumo delizioso. La reazione del corpo dei ragazzi al cibo fu involontaria: lo stomaco si contrasse per dichiarare di essere vuoto, la bocca iniziò a salivare. Dovettero contenersi per non afferrare con le mani il contenuto dei piatti.

L'Imperatrice si fece aiutare da un cameriere a levare il mantello e slacciare il bustino protettivo, svelando meglio l'abbigliamento di pantaloni e tunica scuri.

«Il bambino» ripeté Bram, sforzandosi di mantenere calma e fermezza.

«Farò quello che ho promesso. Ma ora, sedetevi» intimò la donna, con una vena di insofferenza nella voce.

Fecero come venne loro richiesto, troppo storditi e intimoriti, e forse anche troppo nervosi, per protestare. Era come arrancare in uno di quei sogni che cambiano continuamente senso e atmosfera.

«Ferma, potrebbe essere incantato» disse Bram a Deva prima che lei si servisse.

L'Imperatrice sospirò alzando gli occhi al cielo, poi afferrò un cosciotto lucido di glassa e, senza tante cerimonie, ne strappò un morso. Lo inghiottì guardando Bram fisso negli occhi. «Come se avessi bisogno di usare l'avvelenamento» mormorò a volume appena percettibile, scuotendo la testa.

Deva si arrese volentieri alla fame, portando un pezzo di arrosto alle labbra, assaporandone l'intensità del sapore e la morbidezza della carne, e lasciando che le si sciogliesse letteralmente in bocca. Dopo giorni di formaggio duro e animali dalle carni fibrose, era la cosa più simile alla pura gioia che avesse mai provato; sentì quasi le lacrime salirle agli occhi.

«Sono felice che apprezziate la nostra cucina» commentò la donna. «Questo arrosto si chiama *honap.* La glassa è fatta con le spezie degli altipiani e uno speciale zucchero estratto dalle *scyntilia.*»

La donna notò la perplessità sul viso di Deva, quindi aggiunse: «Sono i nostri arbusti luminescenti. Avrai modo di ammirarli al tramonto».

Mangiarono in silenzio e forse in fretta, perché la vera conversazione che dovevano avere non era qualcosa da accompagnare a una tavola imbandita. Deva gustò l'ultimo boccone di un dolce color senape dal sapore acidulo prima di prendere parola, rompendo l'insopportabile attesa.

«Mi dica se mia madre è viva, e se è qui.»

Sarshan Kean scosse la testa. «Ritengo improbabile che sia viva. E certamente non è qui.»

Il cuore di Deva divenne pesante come un sasso: quindi arrivare lì non era servito a nulla. Ebbe paura di svelarsi debole, o di sentire gli occhi inumidirsi, quindi incalzò: «Lei è chi pensiamo?».

La domanda suonò sciocca, infantile.

«Formula meglio la tua richiesta, Deva» le rispose la donna, guardandola negli occhi.

La ragazza temeva le parole che tratteneva in bocca perché non aveva idea di cosa avrebbero potuto scatenare, ma non c'era altro modo per chiederlo, quindi mormorò: «L'Imperatrice Maledetta».

La donna abbassò le posate e lo sguardo, poi si abbandonò a un sospiro denso di irritazione. «Detesto quel nome» replicò, stringendo i pugni in modo impercettibile.

«È perfetto, invece» dichiarò Bram con lo sguardo fisso sul piatto che aveva appena svuotato.

Visto l'affronto, Deva si aspettava che da un momento all'altro la donna schioccasse la mano cucendo la bocca di Bram o scatenando una tempesta sul tavolo da pranzo.

Invece lei socchiuse gli occhi e aprì le labbra lentamente, soppesando le parole: «È giusto che sia così, Bram. Vi hanno detto talmente tante cose sul mio conto, sulla guerra, che anch'io al tuo posto mi odierei. Probabilmente mi vorrei vedere morta» rispose, con una vena di gelido sarcasmo nella voce.

«Precisamente» aggiunse lui gelido, alzando la voce e fissandola negli occhi.

Con i suoi occhi affilati, Sarshan ricambiò l'intensità dello sguardo. La sua impassibilità era la cosa più disturbante: come se sapesse già ogni cosa e, in qualche modo, leggesse dentro ai due ragazzi. «Questo non è un rapimento. Vi offro cinque giorni ad Aeral Dome, con la garanzia di assoluta incolumità. Se tra cinque giorni non avrete cambiato idea su di me, sarete liberi di fare ciò che vorrete. Andarvene. Uccidermi.» Rise. «Beh, almeno, tentare di farlo.» Continuò a ridere in modo leggero e divertito, guardandoli con occhi complici come se fosse dell'ironia condivisa.

«Puoi non chiamarlo rapimento, ma Aeral Dome è una fortezza incantata. Cosa succederebbe se provassimo ad andarcene?» chiese Bram.

«Aeral Dome non è incantata: desidera il mio bene. È una cosa molto diversa. Questo vuol dire che, se ritiene che la vostra dipartita sia in contrasto con esso, potrebbe ostacolarla» rispose Sarshan

Kean accarezzando con una mano la parete a lei più vicina, come avrebbe fatto con un animale domestico. La luminosità della pietra aumentò al suo tocco. Fu un gesto lento ed esibito, che fece scendere un sottile brivido lungo la schiena di Deva. Non le piacevano le insinuazioni, avrebbe preferito che le intenzioni della donna uscissero allo scoperto, esplicite e chiare come un divieto. O una minaccia.

«Non mi aspettavo nulla di diverso dall'ospitalità di Morhva. Questo è un luogo maledetto, *voi* siete un popolo maledetto» rispose Bram sbattendo i pugni sul tavolo così forte da rovesciare una coppa di vino. Sembrava voler testare i limiti dell'Imperatrice, farle cadere ogni maschera e spingerla a rivelare il suo vero sé, ma la donna restò composta. I suoi occhi seguirono la scia cremisi che attraversava la tovaglia bianca e andò a morire sotto le sue dita. Le sollevò, tinte di vino, osservandole per un attimo di troppo con uno sguardo indefinibile.

«Cinque giorni» ripeté. «Al termine dei quali potrete restare con me, oppure andarvene e riferire tutto ciò che avete visto ai vostri Governi. Non suona come un'ottima offerta?»

«È chiaro che ce ne andremo, e che riporteremo Aral indietro» affermò Bram seccamente, come sfidandola a proseguire con le intimidazioni.

«Se è questo che tutti vorrete» ribadì la donna senza enfasi.

Quella mancanza di emozione spinse Deva a temere che una trappola fosse già scattata attorno a loro. La donna che li aveva accolti, commossa, all'uscita dell'Ambulacro, era molto diversa da questa sovrana dai sentimenti perfettamente immobili e dall'enorme armatura di potere che sembrava circondarla, e soffocare l'aria nella stanza.

«C'è un libro, al Convicto,» mormorò Bram, lo sguardo appuntito come una freccia diretta agli occhi della donna «su cui sono scritti i nomi di tutte le persone che hai ucciso durante la guerra. Ci sono i nomi dei soldati massacrati, ma anche quelli dei civili che hai buttato nelle Fosse, dei bambini di pochi mesi uccisi tra le braccia delle madri, e i nomi di quelle madri. Non ti avevano fatto nulla, volevano solo essere liberi. Se potessi, Sarshan Kean, ti ucciderei seduta stante. Lo farei mille e mille volte, per ognuna di quelle pagine.»

La donna lo guardò senza nemmeno un sussulto. Rispose solo: «Se potessi, Bram. Ma non puoi».

Continuò a mangiare, lentamente e con appetito.

«Prima di farvi condurre nelle vostre stanze, come promesso vi porto dal bambino» disse alla fine, alzandosi dal tavolo come se avessero appena terminato un piacevole pranzo diplomatico.

Bram la seguì riluttante e sospettoso, assicurandosi di avere Deva al suo fianco. Un paio di volte la ragazza sussurrò il suo nome, e lui le strinse la mano con forza.

Sei protetta, voleva dirle, *ti porterò fuori di qui.* Ma non era certo nemmeno lui della minaccia con la quale si stavano misurando.

«Che fine ha fatto il Governo reggente appuntato dalla Federazione? Lei è viva e sembra aver ristabilito un dominio assoluto su Morhva. Ho visto guardie con la divisa dell'Artake. Niente di tutto questo dovrebbe essere possibile» mormorò pianissimo il ragazzo, quasi a sé stesso più che a Deva.

La ragazza scosse piano la testa, non solo perché non ne aveva idea, ma anche per invitarlo a tenere quella conversazione per un altro momento.

Percorsero un corridoio tortuoso dalle pareti curve in più punti, come modellate dal vento, fino a raggiungere una porta di legno, aperta. Il bambino era dentro una stanza candida come il resto del palazzo, resa più vivace da arazzi e cuscini multicolore. Era seduto insieme ad altri coetanei e vestito con abiti tipici dei piccoli Morhvan, dalle forme morbide strette appena addosso con lacci di cuoio. Sdraiati a pancia sotto, su un enorme foglio di carta bianca, erano intenti a colorare una figura.

Bram lasciò istantaneamente la mano di Deva e corse accanto a lui.

«Aral» chiamò dolcemente, piegandosi sulle ginocchia. Si trattenne dall'abbracciarlo perché sarebbe stato improprio, ma allargò le braccia per accoglierlo qualora il piccolo avesse voluto, al contrario, stringersi a qualcuno che aveva il profumo di casa.

Accadde tutto l'opposto di quel che si era immaginato: Aral, il bambino perduto, invece di ringraziarlo in lacrime, grato di tornare finalmente a Larham, si voltò e fece un rapido sorriso prima di riprendere, concentrato, a colorare. Le braccia di Bram restarono un attimo sospese, incredule davanti a tanta indifferenza. Era indubbiamente lui il bambino descritto dalle Destinatrici, e anche quello del suo sogno.

«Aral» chiamò di nuovo. «Sono venuto a prenderti. Torniamo a casa.»

Il bambino non si voltò nemmeno, questa volta. Continuando a disegnare, rispose un distratto: «Sì, dopo...» e continuò a riempire di colore il disegno, lasciando polverose strisce di colore sul resto della carta.

La luce si affievolì mentre Bram tornava serio e, questa volta con preoccupazione, posò entrambe le mani sulle spalle di Aral. Il bambino si irrigidì, come investito da un getto di acqua fredda. Di nuovo, girò il faccino verso Bram e, con una compostezza inadatta alla sua età, gli sussurrò con voce calma: «Io sto bene, non preoccuparti: torneremo a casa quando sarà il momento».

Lo sguardo di Bram si stravolse, da compassionevole diventò frenetico e lo stesso accadde ai suoi gesti, che si agitarono nel tentativo di far restare gli occhi del bambino nei suoi, come se questo potesse aiutare a farlo ragionare.

Deva lo osservò voltarsi, rabbioso, verso Sarshan Kean. «Cosa gli avete fatto?» ringhiò.

La donna scosse lentamente la testa.

«Voi Morhvan avete abbondantemente dato prova di chi siete. L'aria di innocenza non vi si addice» sussurrò Bram a denti stretti, troppo vicino ai bambini per consentire a sé stesso di alzare la voce. Di nuovo rivolto al piccolo, disse: «Qualsiasi cosa ti abbiano detto, non fidarti di loro. Siamo venuti per te, Aral. Ti riporteremo a Vidrian, ti aspettano tutti» gli disse quasi supplicante, prendendo le manine del piccolo fra le sue.

Il bambino lo guardò negli occhi, poi gli gettò le braccia al collo, posandogli la guancia addosso e strofinandola contro di lui come un piccolo animale. Forse il suo tono voleva essere confidenziale, ma il silenzio nella sala era tale che tutti sentirono mentre avvicinò le sue piccole labbra umide all'orecchio del ragazzo e, con la voce acuta dei bambini che non sanno davvero parlare piano, disse: «Bram, ancora non capisci. Non sei qui per me».

29
RIPOSO

Bram non era mai entrato in una stanza tanto lussuosa. La luce delle alte finestre ne scolpiva le sagome: quella del letto ovale a baldacchino, quella dello scrittoio fornito dell'essenziale, quella dell'armadio longilineo dalla sommità decorata e del grande specchio, proprio accanto. Il soffitto era finemente dipinto da motivi naturali concentrici, ripetuti in uno schema ipnotico. Il sole pomeridiano che filtrava dalle tende conferiva una tonalità dorata all'arredamento che, come per il resto del palazzo, restava di toni chiari e morbidi, eppure l'angoscia che provava era in grado di spogliare quel luogo di qualsiasi fascino. Avrebbe potuto essere ovunque, e si sarebbe sentito allo stesso modo: pieno di una frustrazione rabbiosa e di un profondo disorientamento. Vedere quella donna spegnere il suo attacco chiudendo le dita di una mano, come fosse niente, gli aveva fatto capire che tutto era possibile, in quel luogo dove si ritrovava improvvisamente inerme. C'erano dettagli che non riusciva subito a riconoscere come buoni o cattivi, e ciò lo inquietava più di quanto avrebbe voluto ammettere.

I due ragazzi erano stati condotti nelle loro stanze da uno dei servitori. Aveva fatto un piccolo gesto indicando loro di seguirlo e mostrando un sorriso affabile, ma poi durante il tragitto non aveva risposto ad alcuna delle loro domande, tanto che si erano chiesti se avrebbero dovuto usare i gesti per comunicare. Una volta percorso un corridoio piuttosto contorto si era fermato davanti a due porte che riportavano lo stesso bassorilievo di quelle del palazzo. Se Deva poteva permettersi di ignorarlo, lui non aveva questo lusso. Sapeva che racchiudeva due entità. Da una parte i serpenti, animali sacri, rappresentavano la Dea Aen, madre divina, energia generatrice di ogni vita, dalla quale i Morhvan ritenevano essere protetti e guidati. La lancia, invece, simboleggiava la sua difesa. Serpenti e lancia non erano solo il simbolo di Morhva, ma anche quello della sua Imperatrice: rappresentante in terra della divinità, madre del suo popolo, protettrice della sacra energia.

L'uomo aveva indicato le stanze. Bram aveva scandito bene la domanda: «Ci chiuderete dentro?».

Di nuovo, nessuna espressione sul volto del servitore aveva fatto intendere che avesse sentito o decodificato la domanda, ed era andato via come se i tentativi di comunicazione non fossero mai avvenuti. Per fortuna, senza chiudere la porta a chiave.

Nonostante la stanchezza che gli faceva bruciare gli occhi e tremare le gambe, il ragazzo percorse la stanza avanti e indietro senza sosta. Provare a riposare, come la donna aveva suggerito, non sembrava un'opzione possibile. Non riusciva a credere che solo quel mattino si fosse svegliato ad Alta, insieme a Lyran ed Évanette. Si chiese se l'Imperatrice avesse detto il vero a proposito del loro destino. Lasciò andare un verso di rabbia: essere in quel luogo gli regalava un grado di impotenza mai provato prima.

Si sedette sul bordo stondato del letto, sentendo gli occhi pieni di spilli per la necessità di sonno e tregua, ma non voleva cedere: doveva restare in allerta e doveva farlo per due, perché Deva era ancora debole e sarebbe crollata se lui non avesse fatto qualcosa. Non aveva mai pensato a lei come a una combattente, ma il suo potere grezzo le dava comunque un vantaggio, e finora questo aveva permesso al ragazzo di non preoccuparsi per la sua vita. Ora, al cospetto di una donna capace di inghiottire un attacco nel palmo della mano, tornò a pensare a Deva per come l'aveva percepita la prima volta che si erano incontrati: una ragazza senza esperienza della vita, figlia di una nobilità elegante ma fragile, incapace di lottare per la sopravvivenza. *Cosa vede, Deva, di quello che ci circonda?* si chiese. Forse solo un lussuoso palazzo di Morhva, una donna spaventosa ma raffinata e dalle maniere regali.

Bram temeva che Aeral Dome le ricordasse casa, e che in quella similitudine fosse nascosta la crepa che Sarshan Kean avrebbe usato per farsi strada dentro di lei. Doveva proteggerla. Era lui, adesso, l'unico a vedere chiaramente, e il prezzo da pagare era una disperazione tanto grande e cieca che neppure l'apprensione per il Capitano e l'Astromante trovavano il giusto spazio.

Era solo, prigioniero di una donna che incarnava il male assoluto e che solo lui sembrava temere. Si chiese se l'ignoranza di Deva fosse stata ordita, pianificata da qualcuno vicino all'Imperatrice Maledetta, in modo che la ragazza con i poteri fosse stata più influenzabile quando il momento sarebbe arrivato. O, semplicemente, più facile da uccidere.

Lasciò cadere la schiena all'indietro sul letto, trattenendo nel petto tutto ciò che avrebbe voluto buttare fuori e, proprio quando sentì che gli occhi stavano per cedere, la porta della stanza ebbe un sussulto sordo. Scattò in piedi e si avvicinò con circospezione.

«Bram, apri per favore» sussurrò la voce di Deva.

Appena socchiuse la porta, lei entrò rapidamente chiudendosela alle spalle. Erano così vicini che Bram riusciva a vedere, nitide, le vene arrossate dei suoi occhi e i bordi frastagliati e lucidi della sua cicatrice.

Lei distolse lo sguardo, fece un passo per allontanarsi. L'istinto di abbracciarla lo abbandonò, non gli sembrava una ragazza che aveva voglia di essere consolata, pareva piuttosto in preda a una febbre. Deva tremava, si toccò ripetutamente la fronte chiudendo gli occhi, si avvicinò a passi incerti al letto e si sedette infine sul bordo curvo. Portava la stessa camicia stropicciata che aveva a pranzo e aveva gli stessi capelli spettinati. Anche lei doveva aver trascorso l'ultima ora a tormentarsi senza posare la testa sul cuscino.

«Forse non saremo chiusi dentro, ma siamo bloccati, Bram. Ci sono delle guardie, nei corridoi» disse. Nulla che il ragazzo non avesse sospettato.

«Tu sei sicuro che sia proprio Lei, vero?» continuò la ragazza.

«Per quanto impossibile suoni: sì. Lo sono. Sembra di essere tornati agli Anni delle Nebbie: è come se il Governo reggente controllato dalla Federazione non fosse mai stato qui» mormorò con sconforto. «Hai visto la corte, le guardie con la divisa dell'Artake? Questa è la Morhva di un tempo, non quella dei trattati di pace. Immagino che il Governatore reggente e la sua corte siano stati tutti sterminati al risveglio dell'Imperatrice.»

«Questo non puoi saperlo per certo...» replicò lei, tentando di arginare l'angoscia del ragazzo e sforzandosi di evitare di pensare a scenari estremi.

Lui sbuffò un verso sconsolato.

Deva allora gli si piazzò davanti, e disse: «Senti: possiamo, anzi, *dobbiamo* ascoltare cosa l'Imperatrice ha da dirci. Primo, perché sono certa che ha altre informazioni sulla mia famiglia. E poi anche per fingere di collaborare, no? Pensa in termini strategici: nei prossimi giorni avremo modo di muoverci nel palazzo. Dobbiamo fare una mappa mentale di quello che vediamo, capire dove siamo e che vie d'uscita abbiamo. Hai visto di cosa è capace, e qui ha anche il suo esercito. In due non saremmo in grado di sostenere una battaglia. Io non so nemmeno se saprei ripetere la cosa che ho fatto al mulino!».

«L'Artake» mormorò Bram, inorridito. «È impossibile che l'abbia radunato di nuovo come un tempo, ma possiamo ipotizzare che stia rimettendo insieme soldati e AltoMaghi. Se è tornata in vita significa che è stata sostenuta, e aiutata: i suoi fedeli rimasti devono essere molti di più di quelli che la Federazione aveva previsto.»

«Prendiamo più informazioni possibili, e poi troviamo il modo di scappare. Sei d'accordo? Dimmi che sei d'accordo, ti prego!» disse lei tutto d'un fiato, come ripetendo un discorso che aveva provato più e più volte nella sua stanza.

Lui si inumidì le labbra e la guardò con occhi più pietosi di quello che avrebbe voluto. Era una ragazza con un certo sprezzo del pericolo, ma in un modo che nascondeva, evidente, la ferma certezza di salvarsi. Chissà se non capiva davvero la portata di ciò che stava accadendo o se voleva accendere in lui la stessa, incrollabile sicurezza di uscire vivi da lì.

Deva non aveva smesso di tremare e tormentarsi la fronte, come nel tentativo di restare presente a sé stessa, ma la forza caotica che emanava era intermittente, come una fiamma sul punto di spegnersi. «Bram» lo chiamò di nuovo, preoccupata. «Dimmi che sei d'accordo.»

Il ragazzo si avvicinò e le si sedette accanto. La abbracciò e la strinse delicatamente, sussurrando: «Usciremo di qui, non devi preoccuparti».

«Non credo sia possibile... Non preoccuparmi, intendo» si affrettò ad aggiungere.

Lui le passò le dita tra le ciocche spettinate. «Tanto so che la preoccupazione non ti fermerà. Al Convicto abbiamo un detto, per quando siamo preoccupati, o spaventati, ma dobbiamo andare avanti lo stesso: se hai paura, fallo spaventato. Se sei preoccupato, fallo preoccupato. Ma fallo.»

Lei sorrise, lusingata dal modo in cui era riuscita a farsi leggere.

«Siamo una squadra, Deva. E abbiamo entrambi delle capacità che possono salvarci la vita. Dobbiamo trovare il modo di uscire senza affrontare *Lei*. Con il resto delle guardie non avremo problemi. Abbiamo già sconfitto dei devoti all'Imperatrice, ricordi?»

Deva sussultò. «Già... Erano loro, vero?»

«È probabile che mi stiano seguendo da quando sono partito. Sono stato stupido a ritenerlo impossibile, e invece chi più di un Armon avrebbe dovuto capire che esisteva una possibilità che l'Imperatrice Maledetta fosse tornata in vita? Ha tratto vantaggio dall'essere creduta morta già troppo a lungo. Non appena avremo elaborato un piano, usciremo di qui e andremo ad avvertire il Convicto.»

«E a dare sepoltura alla mia famiglia...» aggiunse lei in un sussurro, gli occhi velati di lacrime che si affrettò a tamponare con la manica.

«Certo» disse lui con un automatismo che, di nuovo, gli ricordò troppo la pietà.

«Ho freddo» dichiarò lei con un brivido. «E sono stanca. Sono venuta qui per una ragione, e la ragione è dormire. Da sola non ci riesco, non sono riuscita nemmeno a sdraiarmi sul letto. Ho paura che qualcuno possa entrare da un momento all'altro. Per favore, Bram, devi esserci tu con me. Se non riposiamo non avremo le forze per resistere, e non sappiamo cosa ci attende. È un rischio che dobbiamo correre: non solo non so come evocare il mio potere, ma non lo sento nemmeno più. Non sento più nulla, solo la stanchezza.»

Ha ragione, pensò il ragazzo. Aveva provato qualcosa di simile quando aveva sentito il sussulto contro la porta: con quel senso di spossatezza addosso percepire il Cerchio era stato un cercare a vuoto. Si rassegnò ad annuire.

«Non posso entrare nel letto con questi vestiti sporchi» considerò, quando vide il candore delle lenzuola. Aveva notato una piccola stanza comunicante adibita a toilette come ormai era di uso nelle grandi Corti, con un gabinetto, un lavabo e una tinozza, alimentata da quelle che parevano moderne tubature dell'acqua, ma per quanto lo incuriosisse immaginò che riempire la vasca e lavarsi avrebbe richiesto molto tempo.

«Spogliati e basta, Bram» replicò Deva, levandosi la camicia e i pantaloni.

Bram sbucciò rapidamente gli strati di vestiti che gli aderivano al corpo, appiccicati da fatica e intemperie, il kolet irrigidito dalla polvere e dal vento come le ciocche dei suoi capelli. L'agognato momento di un bagno sarebbe arrivato, ma ora il suo fisico desiderava solo l'oblio del riposo.

Con cautela, scivolò nel letto e avvicinò il suo corpo a quello di Deva fino a sentirne il calore. Tremò leggermente per quell'inaspettato momento di piacere, ma prima di formulare qualsiasi altro pensiero sulla loro vicinanza, sulla pelle liscia di lei e sul trovarsi in un letto dalle lenzuola setose e profumate, si permise il lusso di chiudere gli occhi e il nero del sonno lo inghiottì intero.

✶

Bram si svegliò diverse ore dopo, negli istanti che precedevano l'alba, perché il cielo era ancora buio ma nell'aria si udivano già i fischi degli uccelli del mattino. Erano simili ai merli, ma con una nota straniera nel canto che gli ricordò immediatamente dove si trovasse.

Si alzò a sedere in allerta, scrutando lo spazio attorno prima di realizzare che erano soli, avevano passato il sonno indenni e chiunque fosse entrato nella loro stanza nelle lunghissime ore in cui erano stati incoscienti non aveva tentato di ucciderli, ma aveva semplicemente lasciato due pile ordinate di abiti puliti posati su un largo mobile di marmo accanto alla porta.

Guardò la sagoma di Deva sollevarsi e abbassarsi nell'onda lenta del respiro e ripensò alla notte prima. Un sorriso inevitabile tagliò di netto l'angoscia che provava, lasciando per un attimo che fosse un senso di dolcezza e pudore a prendere il suo posto. Si permise di soffermarsi su un pensiero che covava da giorni, forse dall'istante in cui l'aveva vista: lei era diversa da chiunque avesse mai conosciuto e non solo per la vita che aveva vissuto, o per quella cicatrice della quale le avevano chiaramente insegnato a vergognarsi. Lo era per i sentimenti che suscitava in lui: Bram non aveva mai provato un'attrazione così istintiva verso nessun'altra ragazza. Tutto, di Deva, gli piaceva. E tutto gli pareva qualcosa di cui avere cura. Il suo aspetto naturalmente elegante, con le lunghe gambe e il viso dai tratti delicati ed espressivi. La sua voce cristallina e lo sguardo attento, pronto a carpire ciò che aveva bisogno di sapere. Ma ad affascinarlo davvero era il suo carattere, che tanto facilmente avrebbe potuto cedere alla lusinga di un ambiente comodo e ristretto e farsi minimo, fragile, malleabile. Deva Loissen, al contrario, covava in sé una sostanza indomita, che aveva resistito e continuava fermamente a resistere. Andava avanti anche quando tutto avrebbe voluto fermarla. Aveva un istinto naturale, quasi involontario e per questo invisibile ai suoi stessi occhi, di trovare soluzioni e aggrapparvisi con disperazione. Di aprire, anche per lui, squarci di una strana speranza, che non era quella di farcela, ma di riuscire a *fare*, comunque, qualcosa. Qualsiasi cosa.

Era la sua dote ed era anche ciò che, di lei, lo preoccupava: era ancora ingenua, faceva scelte avventate, sopravvalutava le proprie forze.

C'era anche un'altra cosa, considerò, indugiando con lo sguardo addosso alla porzione di gambe scoperte che usciva dalle lenzuola, e mordendosi le labbra: il suo corpo reagiva a quello di lei, in una maniera che non gli era possibile ignorare. Deva Loissen gli piaceva moltissimo. La desiderava, in un modo ardente e quasi doloroso.

Sentì la necessità di alzarsi, non solo perché i pensieri stavano iniziando a dargli un delizioso quando vano supplizio, ma soprattutto perché voleva ritardare il più possibile il momento in cui lei si sarebbe svegliata, e concederle quella meritata tregua.

Avvertendo il freddo del marmo sotto le piante dei piedi, si recò nella stanzetta della toilette. Quasi indovinando il momento in cui ne avrebbe avuto bisogno, la tinozza era stata appena riempita con acqua piacevolmente fumante. Una donna abbigliata di bianco, proprio come l'uomo che li aveva condotti in camera, stava chiudendo i rubinetti con delicatezza per non svegliarli. Mentre faceva per uscire dall'entrata di servizio, il ragazzo le disse: «Grazie».

La donna non si voltò, sparendo silenziosamente oltre la porta. Bram scosse la testa, contrariato. Come diceva sempre il Reggente: «Se qualcosa di strano succede una volta è un caso, due sono un indizio».

Sospese ogni giudizio sull'inquietudine che emanava quel luogo non appena immerse piano le membra nell'acqua bollente della tinozza. Fu come tornare a quello che, immaginava, fosse l'inizio della vita: per un istante si sentì senza peso e senza pensieri, avvolto dal calore e dall'eco del battito del suo cuore come fosse nel ventre materno. Il contrasto con ciò che lo aspettava fuori lo fece quasi piangere... o forse pianse davvero, ma le lacrime salate si sciolsero nell'acqua calda.

Mentre strofinava il corpo lavando via sporcizia e stanchezza residua, Bram comprese che non aveva solo intenzione di proteggere Deva: aveva la *necessità* di farlo. Le loro capacità erano ancora grezze, ma innegabili. Insieme, avrebbero potuto mettersi a disposizione degli Ardimenti e marciare contro Sarshan Kean.

Si stava asciugando con un telo di cotone quando avvertì qualcosa nell'aria. Era uno strano suono, dapprima appena percettibile, come portato dal vento, poi più denso, una vibrazione profonda e costante dalla tonalità bassa ma corale, nella quale si distinguevano note più acute e leggere.

Afferrò la tenda e la scostò con un gesto rapido, poi aprì la finestra e il suono lo avvolse. Come la temperatura dell'aria o l'umidità della pioggia, gli arrivò addosso.

Quando si sporse, vide parte della cupola di cristallo del palazzo e, davanti, un ampio piazzale candido circondato da mura dove decine e decine di persone sedute insieme, in ordinate file semicircolari, cantavano sommessamente una litania di parole che non conosceva, secche e ritmate come il suono di un tamburo. Sopra gli abiti indossavano tutti una mantella candida tranne due donne che, con abiti più solenni ornati di finiture dorate e lo stesso simbolo di serpenti e lancia, sembravano presiedere la cerimonia. Servì un secondo e un terzo ascolto per capire cosa stessero recitando, e un brivido di orrore corse lungo la schiena di Bram quando distinse le sillabe Sar-shan-aen. *Sarshan-Aen. Sarshan Madre.*

In ginocchio, con le mani che ripetevano sempre gli stessi due gesti – posandosi prima al centro del petto e poi in preghiera sulla fronte – i presenti recitarono la litania ancora una volta prima di fermarsi in silenzio con gli occhi chiusi, lasciando però che le labbra mantenessero una sottile vibrazione che il ragazzo avvertì sulla pelle prima che nelle orecchie.

Non poté non pensare alle Destinatrici e al loro canto durante la Cerimonia, e quel gesto dei presenti somigliava quasi a un Cerchio distorto. Era un abominio che l'avrebbe fatto urlare, se non avesse rischiato di svegliare Deva. Guardava sgomento quella folla che, con gli occhi chiusi e un sorriso fermo in volto, cantava per l'Imperatrice Maledetta, la stessa che aveva lasciato dietro di sé la scia di orrore che risuonava tuttora insieme ai suoi passi. Chi, nella sua piena capacità intellettiva, avrebbe potuto chiamare *madre* un essere simile? Era una domanda che conteneva in sé la risposta, quindi Bram iniziò a chiedersi quando, e in che modo, il popolo di Morhva fosse stato incantato, drogato, soggiogato a tal punto da crederle. Forse la donna era riuscita a diffondere nell'aria una magia resistente al tempo e allo spazio. Forse era qualcosa nel cibo o nell'acqua di quella riva.

E perché lui e Deva ne erano immuni? Lo sarebbero stati ancora a lungo, c'era un tempo minimo di esposizione o la stregoneria di Sarshan Kean si era già insinuata nelle loro vene, lasciandoli senza scampo?

Alla fine della preghiera, le persone sedute si chinarono, con la testa coperta dalle mani, in completo silenzio. Tutti curvi e fermi con la loro mantella dello stesso colore chiaro del palazzo, sulla piana di marmo candido sembravano file ordinate di uova.

✶

Quando Deva si svegliò, impiegò un attimo a realizzare dove si trovasse. La sua reazione non fu di terrore, ma di angoscia: *Bram*, pensò, allungando la mano e non trovando nessuno accanto a lei. Si guardò intorno setacciando la stanza con gli occhi ancora socchiusi, e il suo cuore si placò quando vide quelli che sembravano abiti stirati. Non avevano ancora intenzione di ucciderli, quindi. Si alzò, con la camicia che aveva indossato per dormire ridotta a un ammasso spiegazzato e i capelli rappresi in mucchi di nodi. Sentì il rumore di acqua provenire dalla stanza adiacente e il ricordo della sera prima la investì con violenza: il calore dei loro corpi, la forma di quello di Bram contro il suo e l'attimo in cui, voltandosi, l'avrebbe trovato esattamente davanti a lei, con quei capelli scarmigliati e quegli occhi smeraldini. Il pensiero di lui in una vasca di acqua calda la investì di un'agitazione palpitante. Lo immaginò uscire dalla tinozza, le gocce che gli scendevano lungo la fronte e il naso dalla curva morbida, poi scivolavano di taglio sulle ossa decise della mandibola prima di percorrere il suo corpo.

Più il terrore per la loro situazione la attanagliava, più indugiava su quel pensiero pieno di un desiderio che le si accese addosso come sfregando le sue parti incendiarie. Bram era il momento di bellezza che rendeva sopportabile il dolore e che per un attimo trasformava tutto il resto in una nebbia di fondo. Avrebbe voluto spalancare la porta che li separava ed entrare nell'acqua insieme a lui, ma le riusciva più facile immaginare di affrontare le guardie dell'Imperatrice che coprire i cinque metri che la separavano dal ragazzo.

Deva afferrò i vestiti puliti e tornò nella sua stanza, con la consolazione del secondo pensiero bello della giornata: un bagno. Nella tenuta dei suoi genitori una domestica era incaricata di scaldarle l'acqua, di prepararle i saponi e gli abiti da indossare una volta asciutta, e ricevere lo stesso trattamento anche ad Aeral Dome fu quasi commovente. Nella stanza da bagno, mentre lavava via sabbia, sudore e fatica dal corpo, immaginava cosa avrebbe detto sua madre se fosse stata lì. L'avrebbe chiamata "la mia bambina in pericolo", alludendo a una presunta, insita incapacità di sua figlia nel gestire la sua età e la sua vita. La chiamava *bambina* ogni volta che arrivava una crisi, come se la vedesse regredire a uno stato del tutto indifeso. *Se solo avesse saputo*, pensò, per chiedersi subito dopo: *Lo sapeva?*

«Le crisi» sussurrò semisommersa, con l'acqua che le scivolava tra le labbra. Cosa sarebbe accaduto se l'avesse colpita una crisi davanti a Sarshan Kean? Lei l'avrebbe uccisa di certo. La perdita totale di controllo era la cosa più incompatibile con il potere che riuscisse a immaginare, ed era il potere che la donna cercava in loro, questo era indubbio.

Quando asciugò il suo corpo, lo trovò diverso. Più forte e compatto, ma anche troppo esile in alcuni punti, per aver patito la fame e il freddo del viaggio. Le mancavano le sue braccia tornite, la pancia morbida, le curve dei fianchi. Si chiese se a Bram quel corpo potesse piacere, e fu come se una seconda voce dentro di lei le rispondesse: "Sì, gli piace".

Gli abiti che le avevano dato non erano gli stessi che indossavano le donne di Morhva, vesti semplici con i lacci di cuoio per stringerle addosso, ma un abbigliamento più maschile, simile a quello dell'Imperatrice: pantaloni, camicia e una giacca di tessuto pesante. Non mancavano i lacci per stringerla, cosa che Deva fece a modo suo incrociandoli più volte. Il suo completo aveva un colore rosso scuro, come quello di una mora selvatica. Una volta vestita si accorse che avanzavano un paio di cordoni con i quali non sapeva cosa fare, e che lasciò sul ripiano.

Si osservò nel grande specchio della stanza da bagno: i capelli umidi si stavano arricciando sulle punte gocciolando sulle spalle in due aloni scuri, e il suo colorito era pallido, ma per il resto appariva molto più in forze della sera prima. Mentre sistemava una ciocca di capelli per coprire l'occhio, notò un sacchetto di seta nera appeso all'angolo dello specchio. Conteneva una serie di strati assorbenti da usare per il ciclo mensile, che trovò un'attenzione sorprendente considerato dove si trovavano, e delle scatoline di varia forma forse decorate con polvere di Lumina, perché rilasciavano flebili bagliori.

«Trucco? Mi hanno dato del *trucco*?» esclamò con una certa perplessità. A quel punto tirò fuori tutto il contenuto del sacchetto: una pasta rossa, una nera, un pennello sottile e una fiala di pigmento color ocra.

Mentre si chiedeva che significato attribuire a quelle accortezze sentì bussare lievemente alla porta e riconobbe la voce di Bram. Fu più forte di lei, afferrò una ditata di pasta rossa e se la passò sulle labbra e sulle guance, prima di precipitarsi ad aprire.

«Deva... oh» esclamò lui, sottovoce.

Merda, merda, sono ridicola.

«Sei molto bella» disse invece Bram, rapidamente, come fosse un'informazione di poco conto e che invece a lei sciolse qualcosa, dentro.

Restarono un momento l'uno davanti all'altra senza dire nulla, sentendo il rumore dei rispettivi respiri. Gli occhi di lui, alla luce del mattino, avevano il colore di certi laghi montani attraversati lungo la strada di Alta. Le folte ciglia scure e quelle due borse sotto gli occhi, rilassate dal sonno, davano al suo sguardo un'intensità che sembrava voler spogliare Deva di ogni esitazione. Lei invece esitò, e ruppe quell'attimo perfetto. «Cosa facciamo?» chiese, pentendosene istantaneamente.

Il ragazzo prese un respiro e si guardò intorno come per appigliarsi a qualcosa, poi rispose: «È ancora molto presto ma ci sono già delle guardie alle estremità del corridoio, dubito che ci permetteranno di fare un giro».

Lei annuì, pensando: *Quindi abbiamo tempo* e provando per questo una piccola, inaspettata, gioia. Lui le camminò attorno lentamente, gesticolando come se volesse iniziare a parlare, ma senza proferire parola. «Sei riuscita a riposare?» balbettò alla fine, come se non fosse davvero ciò che voleva dire.

«Sì, grazie...» rispose Deva, imbarazzata «... per avermi fatto dormire con te.»

«Nessun problema» disse lui, ma con lo sguardo che non cercò quello di lei.

Nessuno fece osservazioni sul perfetto incastro dei loro corpi, sulle mani che si erano di nuovo cercate e sulle dita intrecciate strette fino a un punto imprecisato della notte, quando scioglierle aveva fatto male alle ossa.

«Avrei bisogno di qualcosa di caldo» ammise lei, che sognava il tè nero e le torte che prendeva per colazione a Terrena ma anche il latte caldo, con le fette di pane spesse ben coperte di marmellata di mirtilli, della Tricorna. Al tempo stesso teneva gli occhi fermi su quelli di Bram perché, ora ne era certa, attendeva un segno.

Ci fu di nuovo un silenzio tombale mentre i loro sguardi si incrociavano, solo che questa volta durò un istante di troppo e in quel momento fu come se il corpo di Deva rispondesse finalmente a un comando impartito da tempo. Con un passo, la ragazza colmò lo spazio tra di loro e fece scorrere la mano sul collo di Bram. Poi posò la guancia contro la sua, perché non aveva il coraggio di cercare altro. La pelle del ragazzo aveva il profumo speziato del sapone di Morhva, il suo collo era soffice e liscio e i riccioli neri gli lambivano l'angolo degli occhi.

Boccheggiò contro il suo orecchio, le labbra incapaci di trovare le parole che avrebbe voluto dire per la paura di sentirsi respinta. Lui era così bello che le faceva quasi rabbia. Se non si fossero trovati in quella situazione di vicinanza e pericolo non sarebbe mai stato il tipo da avvicinarsi a Deva Loissen, neppure con tutto il denaro del mondo. Ne era dolorosamente consapevole. «Non dovresti essere qui» sussurrò all'orecchio del ragazzo, e in quelle parole erano contenuti tutti i pensieri che non osava pronunciare.

«Cosa stai dicendo?» rispose lui, a chissà quale delle mille versioni di quella domanda.

Cosa dirgli, allora, se non la più semplice?

«Avevamo entrambi diritto a una bella vita. Tu al Convicto, io nella mia tenuta. Non meritiamo... questo» disse, portando lentamente il viso davanti al suo in un modo calmo e sfacciato, di cui non si sarebbe ritenuta capace. La paura del rifiuto era un animale feroce che le girava attorno, sentiva il suo alito addosso, immaginava le sue fauci andare a ferirla lì dove era più debole. Solo in un posto come Aeral Dome questo non aveva alcuna importanza. Deva scoprì in quel momento che nulla come la minaccia della morte ti concede il coraggio di prenderti ciò che vuoi.

Lui sospirò come se fosse doloroso. Le prese il viso tra le mani, erano tiepide e forti.

«In ogni caso, tu non eri felice» disse, spiazzandola. «Ho sentito le tue parole. Ho visto il tuo Cerchio. Tu non eri la persona che volevano farti diventare.»

Deva sentì il naso pizzicarle e le lacrime salirle agli occhi. In superficie rifiutava categoricamente quelle parole, ma un'altra parte di lei, quella voce che sentiva sussurrare ormai troppo spesso, si sentì vista per la prima volta. Ed essere vista per la prima volta da Bram Cadaval, scoprì, poteva essere una sensazione di travolgente splendore.

Non comprendeva la ragione per la quale il ragazzo aveva ancora lo sguardo addosso al suo viso, e improvvisamente provò la voglia di ritrarsi. Mentre spostava una ciocca di capelli per coprirsi, però, lui le fermò la mano.

«Non lo fare, ti prego» sussurrò, e con un gesto lentissimo avvicinò la bocca al suo viso. «Posso?» chiese.

Lei annuì.

Lui le posò morbidamente le labbra sulla cicatrice.

Deva sentì una corrente scenderle dagli occhi, giù lungo tutta la colonna vertebrale e lì restare, a svegliare ogni vena e ogni osso, ogni organo e ogni liquido del suo corpo, vivi per quell'istante in cui Bram le coprì la cicatrice con le labbra e poi, lentamente, tracciò un sentiero fino alla bocca.

Fu un bacio perfetto nella sua iniziale dolcezza, che presto divenne urgenza. Il ragazzo dischiuse le sue labbra prima con delicatezza, poi con foga. Deva scoprì che quella di Bram era una lingua fatta per essere assaporata. Abbandonata al suo ritmo, ne seguiva i movimenti stranieri mentre i loro corpi si cercavano.

Quel bacio era denso di molte cose: passione ma anche confusione, paura che qualcuno li sorprendesse, attaccamento a quella vita che non sapevano se e quanto sarebbe potuta durare. Sembrava che stessero succhiando speranza uno dall'altra, boccheggiando per averne ancora ogni volta che si separavano, e ricominciando da capo.

La strada fino al letto fu solo un perdere, strato dopo strato, gli abiti di Morhva appena indossati. Fu entrare nel letto intonso di Deva e sgualcirlo, sfilare le lenzuola dal materasso e arrotolare la coperta, graffiare la testiera e strappare involontariamente un pezzo di tenda del baldacchino.

Lei osservò il corpo di lui, così forte eppure così magro una volta spogliato, come avrebbe guardato un miracolo. Era agile e flessuoso, dirigeva quell'opera di carne e sussurri con un ritmo delicato e costante, in ascolto del suo piacere. I baci di lui erano così tanti, e il suo viso li accolse con tanta necessità che sotto le sue labbra tornò a percepire i propri tratti come bellissimi, e degni di amore. In quegli attimi fu una Deva Loissen intera e senza cicatrici, senza passato e con un futuro libero da qualsiasi orrore.

«Ti proteggerò» bisbigliò lui nel suo orecchio, come fosse un segreto. «Ricordalo sempre, Deva Loissen. Sei sotto la mia protezione.»

«E tu sotto la mia» disse lei, sorridendo con le labbra ancora premute contro le sue, come se potesse essere vero.

All'inizio tutto fu goffo, incerto e pieno di imbarazzo, ma il sole era sorto da talmente poco che si concessero il pensiero di essere soli, e l'idea di abbandonare l'esplorazione liquida e morbida dei reciproci corpi fu qualcosa che li sfiorò appena. *Che ci trovino insieme*, pensò Deva.

Salì su di lui, assaggiò la sua pelle calda e, quando il piacere le si concentrò addosso pronto ad esplodere, le sembrava somigliasse in modo spaventoso al potere che ora sapeva di custodire. Lui rallentò il suo movimento, in ascolto di lei. Si sollevò a sedere così che i loro bacini premessero insieme in modo ancora più stretto, lei esalò un piccolo lamento mentre sentiva il suo corpo schiudersi e quello di lui irrigidirsi, accelerando il respiro.

Tutto si sospese per un istante, prima che, uno dopo l'altra, si lasciassero andare a piccole grida soffocate di sollievo e piacere. Rimasero nudi, stesi tra lenzuola attorcigliate e tende strappate.

Sono viva, pensò Deva.

Con la coda dell'occhio colse il sorriso di Bram, così pieno di beatitudine da somigliare a quello di un bambino. Non sapeva chi pregare per augurarsi che durasse per sempre, riuscì solo a restare immobile, in silenzio, per tentare di assorbire quel momento prima che si spezzasse.

«Ho visto qualcosa, stamattina» sussurrò lui, con lo sguardo che tornò serio. A quelle parole il loro mondo privato svanì, e tornarono bruscamente ad Aeral Dome. «Centinaia di persone qui sotto cantavano per lei, Deva. Avresti dovuto vedere i loro occhi, come erano sereni, senza un dubbio. Cantavano come se la amassero.»

«Io non dubito che possano farlo davvero» disse lei, e non fu la reazione che Bram si aspettava. Si sollevò sulle mani sovrastandola con il busto chiedendo, sgomento: «Cosa dici, Deva? Chi, con un briciolo di umanità e pietà in corpo, potrebbe amare un mostro? Non possono non sapere cos'ha fatto. Parli così perché non sai tutto...»

«Forse per loro è diverso» commentò, piano.

«Diverso come?» chiese lui.

Deva prese un lungo respiro. «Non so dirtelo, Bram. Ma questo luogo è in contraddizione con tutto quello che ho appreso. Mi aspettavo un palazzo oscuro con gente infelice, schiavitù e dolore, e invece siamo in un luogo pieno di luce, di... pace. E, per noi, mi sarei aspettata un trattamento molto diverso da parte di un "mostro". Poteva torturarci finché non avessimo giurato fedeltà, scagliare orribili incantesimi o fare di noi un esempio appendendoci per il collo al primo torrione, e invece guardaci: siamo ospiti. Occupiamo due stanze meravigliose, ci hanno scaldato l'acqua del bagno e preparato vestiti puliti. E lei, lei mi dà una sensazione di... non so nemmeno come dirtelo. So che c'è qualcos'altro da sapere, che ci sfugge.»

Bram la tirò per la spalla e, riavvicinandola a sé, le sussurrò con voce allarmata: «Dimmi che stai scherzando, Deva. Per favore. Altrimenti sei la prova vivente che sta usando i suoi incantesimi per ingannarci e asservirci, come temo stia facendo col suo stesso popolo».

Deva non riusciva a guardarlo negli occhi. Sapeva quanto fosse spiazzante, forse doloroso per Bram sentire le sue parole, ma non voleva mentire. Le sensazioni che avvertiva da quando erano entrati ad Aeral Dome erano estremamente diverse da quello che aveva atteso e, nonostante la paura e l'angoscia di ritrovarsi prigioniera, l'atmosfera che respirava sembrava stemperare la sua ansia invece di aumentarla. Il modo in cui i servitori guardavano la loro Imperatrice, la serenità con la quale li avevano accolti, gli stessi gesti fermi ma dignitosi e calmi della donna le davano un'enorme voglia di comprendere, più che di odiare.

Per quanto lasciare quel luogo al più presto fosse il suo piano, esso era affiancato da una necessità insopprimibile di *sapere*. Sapere perché Lei li avesse condotti lì. Sapere cosa desiderasse da loro. Saperne di più sul suo presunto potere. E, sopra ogni cosa, sapere cosa fosse davvero successo alla sua famiglia.

Era un groviglio di sensazioni che non riusciva a spiegare e, se da una parte qualcosa dentro di lei gridava: "Fuggi, raduna un esercito e torna a uccidere il mostro", l'altra parte rispondeva: "C'è così tanto che non sai, e questo luogo contiene tutte le risposte".

30
CHOTUD

Era piccola come una bacca di rovo, una cosa che, se infilata in tasca, si sarebbe potuta perdere o dimenticare, ma lei non avrebbe mai potuto dimenticarla.

Primo, perché era troppo importante. Secondo, perché era l'ultima.

«Merda!» gridò, lasciando che l'urlo risuonasse ben acceso tra quelle pareti di morti dove le voci non avevano potuto riecheggiare quando era stato il loro momento.

«Merda!» ripeté più forte, guardando la pallina nera nel palmo della sua mano e stringendola stretta come se avesse potuto scappar via, poi lasciandosi scivolare a terra nel fango gelido.

Era l'ultima, e nel momento peggiore. Sapeva di averne portata una scorta troppo piccola, ma aveva immaginato che trovare un fornitore non sarebbe stato impossibile, in qualsiasi riva fosse finita. Avrebbe anche potuto prepararne personalmente, facendo fermentare le spine della pianta, ma era troppo tardi per pensare alle soluzioni: ora quella piccola sfera nera era tutto ciò che le restava.

Si chiese quante ore di quella stabilità delirante ma efficace le avrebbe garantito, prima che il suo effetto svanisse. Sei? Dieci, se era fortunata? E dopo quello, cosa? Non sapeva immaginare niente di peggio che restare intrappolata in una fossa, prima di essere intrappolata in una fossa senza *chotud*.

«Cosa sarà stavolta a mangiarmi viva da dentro, eh?» parlò a voce alta a sé stessa, incurante delle ossa che, mute, assorbivano la sua storia. «Un drago a tre teste? L'ennesimo stupratore? Il Governatore? E cosa farò, allora? Mi ucciderò nel tentativo di uccidere lui, o resterò semplicemente immobile a lasciare che l'inedia, la fame e l'umidità facciano il loro lavoro? Mi troveranno impalata o putrefatta in un angolo? Cos'è *più carino*?»

Era già stata in quel luogo di illusioni e dolore, e avrebbe fatto qualsiasi cosa per non tornarci. Lo chotud era quello che la teneva a galla e le impediva di sprofondare, non importava il prezzo da pagare. Ogni giorno le permetteva di camminare lungo i confini del baratro senza precipitarvi, ed era quasi curioso che fosse finita in una Fossa: *caduta dentro* la voragine, letteralmente.

Se mai ne fosse uscita, finalmente avrebbe potuto spiegare le sue cicatrici gemelle in modo convincente. Doveva farlo in fretta, però, perché senza l'aiuto delle sue caramelle nere sarebbe diventato impossibile. Le pareva già di vedere le ombre dei morti guizzarle attorno, in attesa di nuova compagnia. Nel caso fosse rimasta lì sotto avrebbe avuto molto da spiegare, e lei non amava spiegare. Chissà se con i morti si poteva tacere.

Prese la pallina tra il pollice e l'indice e la sollevò in direzione dell'apertura sul terreno, guardandola alla luce.

«Sei carina» sussurrò, facendola scorrere tra le dita. «Così perfettamente tonda, sei venuta benissimo. Adesso però devo inghiottirti, perché devo provare a uscire da qui finché ho forze, e mi serve anche un po' di testa. Sei d'accordo?»

Aspettò un attimo in silenzio, fissando la piccola sfera.

«Ho chiesto: sei d'accordo?» gridò, come se qualcuno si fosse davvero permesso di non replicare.

Ci fu un momento di silenzio, e poi aggiunse: «No! Non hai voce in questo capitolo» ringhiò, in piedi al centro del foro di luce con il vestito di traverso e il cappello ripiegato e ben incastrato nel corpetto. «Sono io, non tu, a fare le regole.»

Anzi, nemmeno io, pensò amaramente.

Ci fu una lunga pausa in cui nulla accadde, e per un secondo Évanette fantasticò di cavalieri che arrivavano a salvarla, di corde calate giù per la Fossa, di braccia che la sollevavano e sorsi d'acqua pulita da una borraccia. Rise, istericamente, per lunghi secondi, e insieme mormorò a sé stessa: «Aiuto, aiuto. Aiutatemi».

Fu un soffio di voce che neppure le ossa dei morti riuscirono a cogliere, una richiesta destinata a morirle sulle labbra. Non era il sapere che non c'era nessuno che potesse sentirla, a farle male, quanto la consapevolezza, tanto radicata in lei, che anche se l'avessero udita, nessuno l'avrebbe ascoltata ugualmente. Quindi, nulla cambiava: l'aiuto non ci sarebbe mai stato.

Prese la pallina con le mani a coppa, come avrebbe fatto con un piccolo animale. Le sussurrò: «Ti odio, ti odio, ti odio». E aggiunse: «Nessuno verrà a salvarci, neanche Lyran. Lui sa salvare tutti, ma non me». Il sospiro che esalò le fece sobbalzare la gola con un profondo singhiozzo. Poi continuò: «Quindi devo pensarci io. È una merda, vero? Già. Ma dobbiamo uscire di qui a qualsiasi costo. Se devi fare il tuo lavoro, fallo ora, ti prometto che collaborerò».

La sua voce non era la sua voce. Era quella di una madre, di una saggia, di una strega, di qualcuno che desiderava davvero il suo bene e aveva la forza di salvarla. Per questo, fu come se non la riconoscesse. Si portò la mano alla bocca, e inghiottì la pallina.

Con gli occhi chiusi, aspettò i minuti che la separavano dal suo effetto e, quando arrivò, lo riconobbe con gratitudine: il calore che le si squagliava nelle vene, quella sensazione di avere i pensieri più orribili avvolti da soffici cuscini, la loro voce ovattata e le loro spine attutite. Lo chotud sembrava sapere sempre cosa fare, era come se regolasse dall'interno il suo sistema nervoso triturato permettendogli di funzionare. Non sbagliò neppure questa volta: Évanette si sentì leggera, le membra si fecero docili, i pensieri scivolarono facili sulla superficie della mente senza incastrarsi. Il suo respiro rallentò e, mentre le sue pupille si dilatavano e il respiro si calmava, la sua speranza si riaccese.

Portò le mani al petto, come in preghiera, poi tirò fuori i pugnali, si posizionò davanti a uno dei lati della fossa e li piantò dritti tra le rocce, lì dove l'umidità aveva permesso alla terra e al muschio di creare piccole zolle penetrabili.

Si sollevò di poche decine di centimetri prima di cercare appoggio con i piedi e, se il sinistro trovò subito una sporgenza di roccia, il destro continuò a scivolare sul fango e in pochi secondi l'Astromante si ritrovò a terra. Ripeté il procedimento, questa volta identificando prima le parti di roccia dove poter appoggiare i piedi ed eventualmente i gomiti, ma aveva sottovalutato quanta poca presa potesse avere un corpo umido e sporco di fango, indebolito dal freddo e dalla stanchezza.

Riusciva a sollevarsi al massimo di un paio di metri, poi ricadeva inesorabilmente a terra colpendo il fango, le ossa dei morti o la dura pietra. Per ore provò a scalare la parete riuscendo solo ad accumulare fatica, lividi, ferite e frustrazione finché, all'ennesimo tentativo, alzò lo sguardo e, percorrendo l'intera lunghezza della parete verticale, non riuscì più a immaginarsi fuori. Era troppo: almeno quindici metri di roccia e fango, e stava scendendo di nuovo la notte.

Lo scoramento era un animale nero che le entrò nel petto, e le inghiottì il cuore intero.

Si asciugò gli occhi con il polsino dell'abito, spalmandosi sporco sul naso e sulle guance, e non poté evitare di chiedersi quante scelte sbagliate nella sua vita avesse fatto per passare dal Palazzo del Governatore di Alta, vestita di sete e gioielli, a una fossa di Morhva, coperta di lividi e fango.

C'era stato un momento in cui la sua vita aveva imboccato la strada in discesa del non ritorno, ma non desiderava davvero sapere quando. A cosa sarebbe servito, adesso, ripensare a quel giorno? Assolutamente a nulla.

Come allora, avrebbe dovuto semplicemente tenere i piedi ben fermi sul sentiero scintillante che il suo dono le aveva permesso di avere davanti. Compiacere il Governatore, leggere per lui le stelle ogni notte.

Il suo corpo ebbe un brivido, questa volta non di freddo, a ripensare a quei giorni.

Avrebbe dovuto fare di meglio. Avrebbe dovuto fare di più.

Quando Tomàs Lyran era arrivato ad Alta, avrebbe dovuto ignorarlo. Dopo essersi rialzati dal pavimento della Sala delle Udienze, avrebbe dovuto congedarsi e dimenticare. Invece di chiedergli di tornare, avrebbe dovuto tacere. Al posto di inviare messaggi tramite quel Lowrran, un commerciante di legname che conosceva fin da bambina, avrebbe dovuto tornare in sé, e capire che tutto quello che stava mettendo a rischio *era* a rischio sul serio. Si trovava alla Corte dei Maghi, e i maghi avevano occhi, orecchie e incantesimi per sapere ogni cosa.

Chissà se il Governatore era stato a conoscenza della loro relazione fin dall'inizio e non aveva fatto nulla per fermarli, godendosi il momento in cui smascherarli avrebbe causato il massimo dei danni per l'Astromante, o se era davvero stato tutto improvviso e sconvolgente come quella pietosa pantomima.

Lo poteva ancora vedere, con le mani piantate sui fianchi e un'espressione di sarcastico disprezzo, mentre osservava le sue guardie legarle le mani dietro la schiena e gridarle le accuse di negligenza e tradimento che l'avrebbero destituita dal suo ruolo e fatta soggiornare per mesi in una stanza sotterranea del palazzo. E forse meritava ogni cosa: era vero, era stata negligente. La notte in cui avrebbe dovuto prevedere l'incendio alle scorte alimentari, lei era stata con Tomàs. Sapeva che in quelle notti le sue letture sarebbero state inaffidabili, a volte nulle, eppure non le era importato. Avere lui era più che necessario: era ineluttabile. Solo molto più tardi avrebbe scoperto che più l'infatuazione lo faceva crescere nella sua mente e nel suo cuore prendendo spazio come una creatura viva, occupando ogni pensiero, più lei perdeva lucidità e, con essa, le sue capacità.

Chissà, forse pensava che la sua corona di stelle l'avrebbe protetta, e che nessuno avrebbe mai osato contestare il ruolo della giovane Astromante di Alta.

Le mancava, ora. In piedi in mezzo al fango, immaginando il suo abito blu tempestato di stelle e la sua corona, il suo corpo riacquistò una postura dritta e regale. Le gambe si piantarono a terra, il bacino si raddrizzò, il petto si aprì, le braccia fecero un delicato movimento che sembrò accogliere l'aria attorno. I suoi occhi chiusi si aprirono e guardò fisso davanti a sé, come se al posto di una parete di roccia ci fosse stata una sala piena di diplomatici, nobili e commercianti.

Le sembrò quasi di sentire la voce del Governatore, annunciare: «Évanette Starwyn, l'Astromante».

Alzò lo sguardo al cielo sperando che il refolo di aria che sentiva arrivare le asciugasse gli occhi e le guance dal fango ma, quando fissò la volta stellata appena emersa dall'oscurità della notte, vide qualcosa.

Le stelle la stavano chiamando a un ritmo mai visto, come se l'intera galassia le stesse gridando contro: "Ascolta".

Il messaggio non durò che pochi secondi, ma fu il più forte e chiaro che avesse ricevuto negli ultimi anni e, senza dubbio, il più atteso.

31
GENERALI

Quando bussarono alla loro porta per comunicare che l'Imperatrice li stava aspettando per colazione, Deva e Bram erano ancora insieme. Il servitore non mostrò segni di stupore, si limitò ad attendere fuori dalla porta che si preparassero.

Faticarono a separarsi, i corpi continuavano a cercarsi per stringersi ancora, le labbra chiedevano un ultimo bacio. Usciti da quella stanza, poteva attenderli qualsiasi cosa.

Lungo il percorso incrociarono alcune donne vestite degli stessi abiti bianchi con finiture dorate e il simbolo di serpenti e lancia che Bram aveva visto durante la preghiera all'Imperatrice. Li salutarono con un rapido inchino.

«Chi sono quelle donne?» chiese Deva, sussurrando e cogliendo l'occasione per sfiorare il collo di Bram con le labbra, attendendo in cambio un segno di intesa.

«Sacerdotesse del culto della Dea Aen. Sono incaricate di officiare le cerimonie e gestire i fedeli nelle preghiere» rispose Bram, che seguì le due figure con sguardo torvo, riconoscendo in loro la stessa, serena compostezza degli Armon del Cerchio.

Quando incrociò gli occhi in attesa di Deva, però, si affrettò a confermarle la sua vicinanza passandole leggermente una mano dietro la schiena. Al contatto, e al ricordo delle ore appena trascorse, entrambi ebbero un brivido.

All'arrivo nella piccola sala, che affacciava sulla stessa piazza marmorea della preghiera, trovarono una tavola riccamente imbandita esattamente come la sera prima. Diffondeva un profumo di pane abbrustolito, ma anche di frutti aciduli e bevande speziate tipiche degli altipiani. Sarshan Kean, seduta all'estremità del tavolo, li accolse con una breve occhiata. Il suo aspetto era impeccabile, ma i suoi occhi apparivano stanchi.

«Sono contenta che la notte sia stata piacevole» commentò, senza fare domande né aggiungere altro.

Bram si chiese se fossero stati spiati per tutto il tempo in cui erano stati insieme. Il pensiero lo nauseava. Istintivamente, spostò la sedia più vicino a quella di Deva.

«Stiamo aspettando le spiegazioni che ci devi...» commentò, dando voce agli stessi pensieri della ragazza.

La donna, che aveva preso un lungo sorso di un infuso violaceo e denso, si tamponò leggermente la bocca con un tovagliolo. «È il motivo per cui siete qui. Prego, fatevi servire anche voi del *sova*» invitò i ragazzi, dirigendo il cameriere con il bricco fumante nella loro direzione.

«Il motivo per cui ci hai *sequestrato*, intendi» precisò Bram, ignorando il cameriere che riempiva la sua tazza.

«Ho dovuto fare in modo che arrivaste» rispose seccamente lei, come fosse qualcosa di talmente ovvio da insultare l'intelligenza dei presenti.

«Provando a ucciderci?» chiese Deva con sgomento, ripensando all'attacco alla tenuta.

La donna scosse la testa. «Ho solo disseminato tracce, non siete mai stati in reale pericolo di vita. Capisco che ai mulini il nostro Kilar si sia spinto un po' oltre, ma ha uno stile un po' eccessivo. È stata sua l'idea del bambino evocato e della donna di Terrena. Un po' di cattivo gusto, lo ammetto, ma d'altra parte... si fa quello che funziona.»

Per Bram era troppo. Strinse i pugni e, con gli occhi lucidi, urlò: «E gli Ardimenti e gli Armon che sono stati colpiti a Gerwynn?».

Sarshan Kean lo guardò inclinando la testa come avrebbe fatto un uccello esotico: «Gerwynn, dici?» chiese.

«Quello che ho visto era un tipico attacco di guerra dell'Artake, descritto in centinaia di libri degli Anni delle Nebbie, ricordato dai superstiti e dai loro figli e nipoti. Non puoi negarlo» esclamò Bram, esasperato.

«Intendi dire che Jal non aveva diritto a difendersi?» replicò.

Jal. Non era dunque solo "il fabbro", come Bram lo aveva sempre definito, ma una persona con un nome: Jal.

«Il mio ordine era di non attaccare per primo. Dubito che l'abbia disatteso» dichiarò la donna.

«Lo ha fatto, invece: ha rilasciato una nube...» Nel tentare di descriverla, la dinamica dell'incidente fu improvvisamente dubbia agli occhi di Bram. La nube aveva immediatamente preso la forma di un attacco, o gli Ardimenti avevano aggredito sentendosi minacciati?

La donna sembrò leggergli dentro, perché rispose: «Le guerre sono sempre giuste dal lato di chi le racconta».

«Ma gli Ardimenti hanno riportato a casa due cadaveri, e il Cerchio un ferito grave» mormorò Bram tra i denti, ripensando con una morsa al petto al viso scarnificato di Padre Zyen.

«Di Jal invece non è rimasto nulla» ribatté lei, esponendo il fatto con freddezza e guardando il viso dell'apprendista Armon farsi pallido. Poi aggiunse: «Doveva andare diversamente, deve essere stata colpa di quel posto, Gerwynn. Detestabile come tutti i porti commerciali. Immagino tu li abbia visti, gli animali uccisi per i capricci degli acquirenti della vostra Federazione, vero? Quante Lybisse morte hai contato, schiacciate dal peso delle sorelle? Quante uova di kryan sottratte alle madri? E di zanne di tricorna da esporre sui caminetti o da intagliare come statuette, non ne hai viste?» Il suo viso sembrò infiammarsi mentre elencava una a una le atrocità alle quali Bram aveva, effettivamente, assistito.

«Non stiamo parlando di questo» commentò lui, mentre il pensiero corse alla piccola Lybissa liberata, al modo in cui il suo cuore batteva furiosamente sotto la membrana del corpicino esile.

«Stiamo *sempre* parlando di questo. È tutto collegato, Bram Cadaval, e non te ne accorgi nemmeno. Il nostro mondo è al collasso, e voi vi voltate dall'altra parte. Immagino che gli Armon non sprechino energie a leggere il Cerchio di un *tranquillo* porto commerciale...» replicò lei, con la voce che improvvisamente si fece vibrante e cupa, come pescata dalle sue viscere più profonde. La tazza che aveva tra le mani esplose in un colpo secco, schizzando frammenti tutto intorno e gocce scure sulle sue dita affilate. Il liquido viola penetrò istantaneamente nella sua carne, così come le schegge di ceramica svanirono nella trama della tovaglia. Quell'immediato ritorno all'ordine apparve terrificante agli occhi dei ragazzi e la donna sembrò captarlo immediatamente, perché la sua espressione tornò calma.

Ma Bram non aveva finito: «E la famiglia di Deva? Andiamo... Neghi che il fuoco nero sia opera tua? Era uno dei sortilegi preferiti dagli AltoMaghi del tuo esercito per obliterare i villaggi delle altre rive».

«Che scelta di parole indicativa: obliterare...» Sarshan Kean soppesò la parola, poi concluse seccamente: «È da allora che non vedo fuoco nero. Di nuovo, non è stata opera mia».

Deva allora sollevò lo sguardo e lo puntò negli occhi della donna, dichiarando: «Ho scoperto di ignorare molte cose degli Anni delle Nebbie, Imperatrice. Ma conosco la storia dell'argento di Moltess, forgiato dagli alchimisti di Morhva. È stato un proiettile fatto del vostro metallo a ferirmi».

L'Imperatrice la guardò sgranando gli occhi, poi si esibì in una risata amara: «Nostro? Voi siete venuti a prenderlo, durante la guerra, per usarlo contro di noi. E per assicurarvi che gli alchimisti non potessero produrne ancora, li avete massacrati. L'intero laboratorio è stato distrutto, compresi i loro libri e i resoconti delle loro scoperte. Non è rimasto nulla. Questo lo sapevi? Forse no. Così come non sai che la piccola scorta rimasta l'abbiamo usata non per fini ostili ma curativi, come sempre. L'argento di Moltess è un veleno che, in microdosi, aiuta la guarigione da molte malattie».

Deva ammutolì. Bram, invece, alzò gli occhi al cielo: non solo la donna pretendeva di avere una spiegazione per tutto, ma desiderava anche dipingersi come una sorta di saggio e benevolo sovrano in contrapposizione alla Federazione. Era frustrante dover restare ad ascoltarla, ancor più accanto a una ragazza che non replicava con altrettanta prontezza e non esibiva il suo stesso, legittimo disgusto.

«Ammetti anche di averne ancora, e ti ostini a recitare la parte dell'innocente!» disse il ragazzo con stizza.

«Bram, ti sei chiesto come mai Deva sia immune alla sua tossicità? Anche a questa domanda, è solo qui che troverete risposta. Non posso accogliervi e rovesciarvi addosso anni di verità nascoste ma, poco alla volta, saprete ogni cosa» replicò la donna.

«Deva, ti sembra minimamente credibile?» sentì il bisogno di chiederle.

«Io... non lo so» rispose lei in un soffio, con il corpo che sembrava starle scomodo addosso e gli occhi fissi sul piattino davanti a sé.

«Non lo sai?» Il ragazzo alzò la voce suo malgrado. «Come puoi non saperlo? Non capisci che hai davanti la...» Bram non fece in tempo a finire la frase che Sarshan Kean si alzò di scatto e, con il suo movimento, il pavimento sotto i loro piedi prese a tremare come se la sala stesse echeggiando il suo fastidio.

«Basta» dichiarò l'Imperatrice senza gridare, ma con Aeral Dome che urlava tutto intorno. Il tavolo iniziò a vibrare, i piatti traballarono spingendosi oltre l'orlo della tovaglia e si frantumarono a terra, le pareti sembravano fatte di gelatina tanto ondeggiavano al suono della sua rabbia.

Ecco cosa intendeva, parlando di Aeral Dome, comprese Bram. *Non solo vuole il suo bene, ma reagisce al suo male. È un'estensione di Sarshan Kean: prova i suoi sentimenti.*

Durò solo alcuni secondi, poi tutto si spense. Questa volta la donna non si preoccupò di far tornare immediatamente l'ordine. «Adesso basta, la Sala del Mattino non è il luogo adatto per parlare. Quando avrete mangiato e bevuto a sufficienza, mi seguirete» commentò guardando Deva negli occhi, e prendendo un altro lungo sorso di sova.

✶

L'Imperatrice li condusse in una stanza circolare con il soffitto intagliato come un ricamo e alte finestre appuntite. Bram intuì che dovevano trovarsi nella torre ovest, che affacciava sulla cupola cristallina. Ad accoglierli c'erano due soldati dell'Artake, con le loro divise nere e oro, che si posizionarono poi alla porta, come a difendere la riservatezza di quell'incontro. Sarshan Kean sedette sulla più alta delle sedie raddrizzando la schiena con un movimento che ricordò ai presenti la sua dignità regale. La sala sembrò poi adattare la luce attorno a loro, chiudendo il resto in una zona d'ombra.

Deva ebbe un brivido che le si scaricò addosso come elettricità, e non per il terrore di essere uccisa: c'era ancora il sussurro della morte, dentro di lei, acquattato in silenzio in attesa di avere il permesso di mostrarsi. Ciò di cui aveva una folle e irrazionale paura erano le parole che stava per ascoltare: sapeva che avrebbero potuto cambiare ogni cosa.

Deva Loissen, per come si era sempre conosciuta, era una figurina che si stava sbriciolando davanti ai suoi occhi. La persona che era davvero, cos'avrebbe mantenuto della sé stessa che conosceva? E chi era, questa persona?

Sarshan Kean si stagliava davanti a loro scolpita dalla luce, la sua figura troneggiava nella stanza come avvolta da un'energia che rendeva l'aria densa. Il suo sguardo intenso e straniero era fermo sui due ragazzi. Le labbra non esitarono, quando iniziò a parlare: «Avevo dei Generali durante la guerra. Alcuni tra loro erano il mio braccio destro, anzi, qualcosa di più...» fece una pausa, forse le costò aggiungere: «Erano la mia famiglia».

Il suo viso fu attraversato da un'ombra, chiuse gli occhi un istante.

«I tuoi Generali sono morti,» commentò freddamente Bram «come la maggior parte dei tuoi seguaci e del tuo esercito.»

La donna lo guardò, osservando il sottile compiacimento con il quale il ragazzo parlava di morti, e improvvisamente sembrò esitare, come valutando la giusta strada da intraprendere.

«È corretto» disse, infine. «Sono morti. Ma una parte di loro è sopravvissuta.»

«Non hai concesso loro il tuo stesso lusso, vivere per sempre?» ribatté Bram.

«Non è così che funziona, Bram. Ci sono molte cose della magia che non conosci» mormorò l'Imperatrice.

«Alta è l'unica riva dalla quale posso prendere lezioni di magia» rispose lui prontamente, come in una sciocca gara.

Deva li osservava assorbendo ogni informazione, valutando ogni sguardo. La rabbia accendeva i tratti delicati di Bram, la certezza ammorbidiva quelli duri dell'Imperatrice.

«Cambiare idea è un dono» sussurrò Sarshan Kean, la sua voce serpeggiò leggera sulla pelle dei ragazzi. «Ho la certezza che l'essenza dei miei Generali sia, in qualche modo, sopravvissuta. E che sia custodita dentro di voi.»

Ci fu un momento di silenzio, in cui le parole vennero assorbite dalla sala.

«Ora capisco...» mormorò in un soffio Deva, impercettibilmente, con una strana voglia di piangere.

«Cosa, Deva?» chiese la donna, il volto in piena ombra.

«La vostra reazione, quando ci avete incontrati alla fine dell'Ambulacro» commentò la ragazza. «Il modo in cui ci avete accolti. Come se fossimo... importanti, per voi. Ma quello che dite è semplicemente impossibile.» *Impossibile*, pensò. Non era neppure un termine adeguato per parlare di ciò che aveva appena udito: qualcosa di troppo distante dal mondo per essere processato dalle due sole caselle del "possibile" e del "non possibile".

«È rimasto poco di impossibile, al mondo» commentò la donna, con la voce intrisa di una tristezza che Deva non capì, ma che ogni grammo della sua anima riconobbe come autentica.

Guardò Bram, seduto sulla sedia in una posizione strafottente che stonava con il ragazzo che le sembrava di aver conosciuto fino a quel momento, e sperò che per una volta non rispondesse. Fu un desiderio vano. Le parole erano l'unica battaglia che poteva avere con quella donna, ed era chiaro che desiderava fermamente condurla.

«Quindi è questo che dovevi dirci: che un apprendista Armon del Cerchio di Vidrian e la figlia di commercianti di stoffe di Alta sono i Generali che hai perso durante la guerra, rinati dopo cento anni» esclamò, il tono denso di sarcasmo.

«Non è nulla del genere, Bram» rispose la donna, con lo sguardo fermo sul ragazzo come se volesse tenerlo a posto con gli occhi. «Non siete *loro*. Non è una reincarnazione di cui stiamo parlando. Prima di essere sterminati, alcuni fra i miei AltoMaghi e alchimisti avevano messo a punto un potente incantesimo capace di estrarre dal corpo di un individuo al limite fra la vita e la morte, la sua essenza più pura. Immaginala racchiusa in una sorta di piccolo seme. L'hanno chiamato Gemma. Non era nulla che si potesse vedere o toccare, ma una sostanza eterea capace di restare sospesa nell'energia del mondo per lungo tempo, finché non avesse trovato l'occasione giusta per tornare a vivere. A mettere radici, proprio come un germoglio.»

Deva trattenne il fiato, intuendo ciò che l'Imperatrice stava per rivelare.

«Quando i miei Generali sono *morti,*» soffiò fuori la parola con fatica «la parte più essenziale e pura di ciò che erano è sopravvissuta, attendendo l'occasione per tornare al mondo. Noi crediamo... No, scusami, noi *abbiamo la certezza* che sia tornata a vivere in voi, Bram e Deva. È per questo che siete qui.»

«Non capisco» mormorò Deva.

«Custodite lo stesso tipo di potere, la stessa essenza profonda e forse anche lo stesso ruolo in questo mondo. Ma il modo in cui essi si svilupperanno dipende da voi. Quella che avete raccolto è un'eredità, sta a voi decidere come spenderla.»

L'Imperatrice fece un passo verso di loro. La luce che le illuminava il viso per metà scolpiva i suoi zigomi alti, l'ombra lunga delle ciglia che oscurava appena il verde degli occhi, le labbra serrate, l'acconciatura dei capelli in parte sciolti sulle spalle e in parte legati dietro la testa in un nodo elaborato. Le mani affusolate, strette fra di loro, non tradivano alcun nervosismo.

Il corpo di Deva, invece, iniziò a tremare. Nella stanza non c'erano correnti d'aria, ma fu come se la sua pelle reagisse a una violenta esposizione al freddo: venne scossa da un tremito che partì dalle ossa e arrivò ai denti. Per quanto provasse a calmarsi con profondi respiri, non riusciva a smettere. Nel silenzio, si udiva solo il rumore dei suoi denti che battevano furiosamente, indomabili.

Per favore, non ora, pregò. Una crisi era l'ultima cosa che le serviva.

I tre si alzarono nello stesso istante, Sarshan Kean da una parte, Bram e Deva dall'altra. Il ragazzo le strinse la mano, lei si aggrappò a quelle dita come se potessero salvarla dal cadere in un abisso.

«Come possiamo credere a una cosa del genere?» domandò Deva rivolta alla donna, dopo un lunghissimo silenzio.

«Non vi sto chiedendo di credere, vi sto dando un'informazione» rispose lei. «Credere o meno spetta a voi. A volte, quando trovi una chiave, fai più attenzione alle porte chiuse.»

La donna lasciò che le parole risuonassero nella stanza, che Deva le assorbisse e Bram le rifiutasse, e infine dichiarò: «Alcune faccende richiedono la mia presenza, ma non vorrei lasciarvi *persi*» mise una certa enfasi sulla parola.

Prima che i due potessero replicare si udì un suono di passi ritmati, e un uomo e una donna si presentarono alla porta della stanza. L'Imperatrice fece loro cenno di entrare.

«Deva, Bram, questi sono i nostri migliori maestri di magia e d'armi: Roher e Laivine.»

I due fecero un breve inchino e un passo avanti quando il loro nome venne pronunciato. Indossavano un'uniforme da allenamento che somigliava alle divise dell'esercito, e condividevano con Sarshan Kean la postura elegante e l'espressione limpida e ferma.

«Qualunque cosa crediate, è certo che in voi si sia risvegliato un potere. I miei maestri si occuperanno personalmente di voi affinché impariate a conoscerlo e a utilizzarlo in modo consapevole, senza rischiare di fare del male a voi o... ad altri» lasciò queste ultime parole sospese, volutamente, un attimo di troppo.

Deva avvertì la tensione nel corpo di Bram. La sua reazione non si fece attendere e, invece di farla sentire spalleggiata, la esasperò.

«No» replicò stizzito.

«Questo vizio di non articolare...» commentò la donna senza perdere compostezza e quasi sarcastica, come se fosse un difetto del ragazzo che conosceva fin troppo bene.

Bram la guardò con aria di sfida e, come per stare al gioco, con la massima freddezza dichiarò: «Chiunque al mio posto riterrebbe folle, o quantomeno imprudente, mostrare e far gestire il suo presunto potere da servitori del nemico. Quindi, rifiuto. Ho articolato sufficientemente, Imperatrice?».

«Molto bene. Il tuo rifiuto è respinto» rispose l'Imperatrice. Alzò la mano e compì un gesto leggerissimo con due dita. Il ragazzo fu trascinato, come da un'invisibile corrente d'aria, esattamente accanto ai maestri. La donna si rivolse quindi a Deva: «E tu, cosa ne pensi?» chiese.

Il corpo della ragazza si era già irrigidito per il timore di un colpo, ma era consapevole della sua differenza rispetto a Bram. Lui non era lì per ottenere delle risposte e non si preoccupava che il suo atteggiamento offensivo potesse vanificare il tentativo di trovarle. Lei, sì. Per questo decise di giocare un'altra carta.

«Vorrei allenarmi con i vostri maestri, Imperatrice. A patto che voi possiate darmi altre risposte.» Si rese subito conto dell'enormità di quanto aveva appena chiesto.

Gli occhi acuti della donna la scrutarono per un attimo con accesa intensità, percorrendo il suo viso alla ricerca di un tremito, un dubbio. Infine, rispose: «Non troverai le risposte che vorresti, Deva. Ma troverai quelle di cui hai bisogno».

Entrambi i ragazzi furono colpiti da quell'affermazione: a Bram parve la conferma che l'Imperatrice sapesse troppe cose sul loro conto, mentre a Deva sembrò di essere stata immediatamente letta, e provò inquietudine e vergogna sia al pensiero di credere alla donna che a quello di dubitarne.

Sarshan Kean fece un passo avanti e si avvicinò alla ragazza. Bram non fece in tempo a intervenire che l'Imperatrice aveva già preso delicatamente tra le dita il viso di Deva, inchiodando gli occhi ai suoi e sussurrando: «Devi seguire quello che senti, ovunque ti porti».

Le sue parole, di nuovo, somigliarono a un serpente che le percorse la pelle. Le sentì sulla schiena e sulle braccia, ma questa volta con un tocco diverso: tiepido e morbido, senza alcuna freddezza o spigoli acuti. Le sillabe scorsero su di lei lisce come una carezza, rapide come un battito di ciglia. Sentì anche il suo profumo ed era quello di Morhva, come se avesse trascorso la notte all'aperto: corteccia cinerina, cedro aspro e aromatico, vento freddo.

Con la coda dell'occhio Deva vide le mani di Bram muoversi lentamente nella posizione del Cerchio. Il ragazzo non fece neppure in tempo a radunare l'energia che, con un gesto svelto, l'Imperatrice sembrò appropriarsene, come la volta precedente, chiuderla nel pugno e spegnerla.

«Ve l'ho detto, c'è parecchio lavoro da fare» commentò, rivolta a Roher e Laivine.

32

KRYAN

Li ritroverò, torneremo indietro e sarà tutto come prima. Era questo quello che si ripeteva Lyran mentre, con una stanchezza nelle ossa e nella mente che non provava da tempo, perlustrava per l'ennesima volta la parte accessibile della grotta per assicurarsi che nessun cunicolo e nessuna curva gli fosse sfuggita, e che i suoi compagni non si fossero fracassati le ossa atterrando in qualche caverna sotterranea o crepaccio buio, in attesa di aiuto.

La notte precedente non aveva dato i suoi frutti, ma col favore del giorno li avrebbe certamente trovati. Non potevano essere atterrati troppo lontano. I nomi li aveva gridati talmente tante volte che ormai avevano perso senso, erano sillabe che facevano compagnia alla sua angoscia. Li blaterò stancamente un'ultima volta prima di decidere che, ovunque fossero finiti, non erano lì e non poteva trovarli. Maledisse tra i denti Évanette, perché si era unita a loro esattamente come lui aveva previsto. Non avrebbe mai dovuto cercarla, sapeva che lo avrebbe seguito per debolezza, per nostalgia. Gli era sembrato anche di leggere nei suoi occhi un sottile strato di amore, di quel tipo che rimane a foderare le pareti del luogo dove immagini il futuro nonostante il tempo, e il risentimento. Adesso, però, si rendeva conto che per lui era stato esattamente lo stesso. Non sarebbe mai andato a cercare Évanette Starwyn se non avesse avuto il desiderio di rivederla e capire l'effetto che avrebbe avuto su di lui.

Accelerando il passo, rabbrividendo nel mantello, si chiese se si fosse sbagliato, con lei. E se lei non provasse davvero più nulla per lui? *No, impossibile,* pensò d'istinto, *l'ho sentito.* Ma poi un secondo pensiero gli disse: *E se ti avesse seguito per sabotarti, non per aiutarti? Se questo portarvi verso i mulini prima, e confermare l'intuizione di Bram sull'Ambulacro poi, fosse stata solo una strategia per indebolirvi e, poi, separarvi? È sempre stata una persona vendicativa, dopotutto.*

«Maledetta!» urlò Lyran, senza mettere alcun freno alla sua improvvisa rabbia, tappandosi poi la bocca quando il suono riecheggiò e rimbalzò lungo le pareti di roccia che stava attraversando, una spaccatura nella piana che lo rendeva esposto a qualsiasi nemico o predatore.

«Mi sono fidato...» sibilò tra i denti.

Pensa a lei, e a quanto si è fidata di te in passato... Avrebbe anche le sue ragioni per fartela pagare.

L'uomo scosse la testa: stava impazzendo, era ufficiale. *Te lo meriteresti,* continuò lo stesso pensiero.

«No, perché non sono coinvolto solo io in questa storia, e lei non farebbe mai del male a due ragazzi.»

Forse è solo te che ha spedito lontano, e loro sono ancora insieme.

Allora Lyran ebbe paura. Non di un attacco nemico, o di non riuscire a ritrovare la strada. Ebbe paura perché se il suo mondo si fosse capovolto, e le sue azioni avessero iniziato a chiedere conseguenze, non sapeva fino a che punto sarebbero potute arrivare.

Oltre la morte.

La paura gli corse addosso come un refolo di freddo, che lo scosse fin nelle ossa.

Doveva fare ciò che gli avevano insegnato, anzi avrebbe dovuto farlo già da un pezzo: tornare indietro e avvisare gli Ardimenti, terminare la missione e ripartire solo nel momento in cui avrebbe avuto dei rinforzi. Probabilmente così non sarebbe arrivata la consacrazione che attendeva, certo, e il titolo di Colonnello sarebbe rimasto ancora a distanza, ma più ci rifletteva più stabiliva che aveva sbagliato ad ascoltare l'insistenza dei compagni di viaggio, e soprattutto la propria ambizione.

Stando al paesaggio che poteva osservare, non riteneva di essere così lontano dal confine. Poteva ancora farcela a tornare indietro, anche senza un cavallo. Aveva ancora diverse decine di karàn, una volta ad Alta avrebbe pagato un passaggio per il primo porto commerciale: ce n'era uno anche a nord-ovest di Kerberch, meno utilizzato ma comunque in funzione.

«Dovrò dare un'infinità di spiegazioni...» mormorò fra sé e sé mentre sistemava il cappuccio del mantello in modo da difendere il viso dal vento che si era alzato di colpo, spazzando le polveri degli altipiani in sottili strati danzanti.

Mentre proseguiva, controllando di dirigersi verso est seguendo il sole e l'orientamento della vegetazione, si chiese che reazione avrebbe ottenuto dal suo Reggimento quando avrebbe fatto rapporto, raccontando di essere finito a Morhva. Nessuno si aspettava che la missione di recupero potesse condurre fin laggiù. Ricordava perfettamente le parole del suo Colonnello prima della partenza, parlando di Aral: «Vedrai, si sarà fatto spaventare dalla Cerimonia e lo pescherete addormentato su qualche sentiero nelle campagne».

Il suo superiore aveva seriamente creduto che tutto si sarebbe risolto entro i confini di Vidrian perché gli Anni delle Nebbie erano alle spalle, ormai: da più di un secolo vivevano in un Radian in pace. La possibilità che un'altra riva riaprisse le ostilità organizzando o agevolando il rapimento di un bambino era tanto remota da non essere neppure presa in considerazione, fosse pure destinato a diventare il nuovo Governatore o il nuovo Reggente del Cerchio. Aveva ritenuto ingiustificato l'allarme del Convicto, e radunato i suoi con una certa riluttanza: nessuno era mai particolarmente entusiasta quando il Cerchio era coinvolto nelle missioni.

Ridimensionare gli Armon, a volte, sembrava essere il compito primario degli Ardimenti. Loro erano quelli che andavano a risolvere le situazioni, anche con lo scontro fisico, se necessario. Gli Armon, con quel lavoro silenzioso e invisibile che chiamavano "equalizzare", facevano in modo che l'intervento degli Ardimenti fosse efficace, ma era impossibile provare che senza gli Armon le cose sarebbero andate diversamente. Su questa incertezza, la diffidenza degli Ardimenti si era innestata come una piccola pianta infestante.

Ora, però, doveva smentirli e in fretta. Avrebbe dovuto mettersi immediatamente in marcia per tornare a riferire ai suoi superiori di Vidrian del bambino a Morhva, del potere di Bram e Deva e dei segni del ritorno di Sarshan Kean, ma l'urgenza tirava nella direzione opposta al suo desiderio: recuperare i compagni di viaggio. Aveva già perso troppo, in quella missione, non poteva permettersi di perdere ancora.

Sospirò preoccupato scuotendo la testa, e un secondo profondo respiro soffiò in risposta.

All'inizio non era sicuro di ciò che aveva sentito: possibile che si trattasse di un'eco?

Si fermò un momento guardandosi intorno, ma nulla in quelle rocce e negli arbusti suggeriva che avesse compagnia.

«Bram? Deva? Év?» chiamò di nuovo, senza alzare troppo la voce. E di nuovo avvertì il rumore, senza distinguerlo chiaramente: era un respiro o soltanto il vento? E perché si era interrotto di colpo? Era stato un Ardimento per troppi anni per non aver sviluppato un sesto senso verso un certo tipo di silenzio. Un brivido gli corse sulla pelle.

Attese un istante, ed eccolo di nuovo. No, non era un respiro, aveva sbagliato: era una lunghissima inspirazione strozzata e sibilante, simile ad aria che entra da una fessura troppo stretta.

Quando sollevò gli occhi sulla sporgenza di roccia che si trovava esattamente sopra la sua testa, Lyran riconobbe il muso da rettile di un kryan. Era allungato e piatto, con narici strette e occhi tondi incastonati nella pelle coriacea.

Non era preparato ad avere a che fare con le bestie di Morhva, e non aiutò restare immobile per qualche secondo in silenzio, a fissare l'animale con intenso sgomento. Pietrificato, osservò il corpo muscoloso simile a quello di un lupo, le scaglie grigio pece della testa e il pelo untuoso lungo la schiena, con spine appuntite lungo tutta la colonna vertebrale che si facevano più fitte e taglienti sulla coda. L'animale iniziò ad agitarla lentamente in ellissi, come per prepararsi a colpire con la parte finale, irta di aghi. Le pupille palpitarono e le fauci si aprirono, facendolo sembrare in preda a un'eccitazione febbrile.

Cosa sapeva dei kryan? Pochissimo, a parte il valore delle loro uova e la quantità di imbecilli morti ogni anno per accaparrarsele. L'animale stava soffiando, allungando il suo lungo collo verso di lui e mostrando file di denti sottili e aguzzi. Con un sibilo, spiccò un salto e atterrò, troppo rapidamente, proprio davanti ai suoi piedi.

Era regale e disgustoso al tempo stesso, con quelle forme sproporzionate, gli occhi dall'iride verticale e il fetore di urina, interiora e liquidi animali che esalava.

Gli ricordava quello della fattoria del vicino quando nascevano gli agnelli e lui e gli altri bambini andavano a guardare. *La vita, come la morte*, pensò, *odora di buio, di escrementi e di sangue.*

Pregò che la creatura non avesse quel sentore per aver appena figliato, perché riusciva a immaginare poche cose più pericolose di un kryan con un nido, ed era un kryan con dei piccoli appena nati.

Tirò fuori la spada, indietreggiando, e afferrò con più forza l'impugnatura prima di sentir schioccare un colpo e vedere la propria arma, insieme alla punta di alcune falangi, schizzare lontano con una scia liquida. Non sentì neppure dolore mentre il sangue sgorgava dalle dita imbrattandogli i polsi. La coda del kryan tornò ad agitarsi lateralmente, prima di assestare il secondo colpo.

La spada era troppo lontana per essere recuperata, ma il Capitano non poteva ancora considerare la possibilità di morire. Indietreggiò rapidamente nascondendosi dietro una piccola sporgenza di roccia, poi cercò di prendere tempo afferrando tutte le pietre che riuscì a trovare e scagliandole contro l'animale, che le schivò con una grazia che assomigliava a una previsione di traiettoria.

Tutto ciò che Tomàs Lyran aveva immaginato come tremendo, cioè rientrare a Vidrian, fare rapporto al Colonnello, raccontare di Morhva e infine tornarci, improvvisamente si dissolse nell'oceano di terrore che lo sovrastava e, con le sue onde, prendeva a schiaffi la sua presunzione.

Non posso morire qui, si disse, realizzando con dolore quanto poco potere aveva in realtà. Anche il "ragazzo d'oro" aveva, in fondo, un fragile corpo umano. Era il corpo di un soldato in tempo di pace che non aveva mai davvero rischiato la vita e che solo ora, davanti a una bestia per la quale nessun uomo aveva più valore di un altro, si sentiva per la prima volta debole.

Afferrò e scagliò un'altra pietra centrando il collo della creatura ma, mentre era sul punto di raccoglierne una seconda il suo corpo, affaticato, rallentò. La sua mano fece un movimento a vuoto e lui si trovò fermo, senza nulla in mano, mentre il kryan avanzava con la schiena gobba e un soffio angosciante.

La coda dell'animale frustò l'aria sonoramente mentre si preparava ad abbattersi sul Capitano che, privo di qualsiasi nascondiglio, si chinò a terra raccogliendosi in posizione fetale sperando di assorbire l'urto con la schiena.

Prima di colpire, l'animale eruppe in un potente grido stridulo, e l'uomo si disse: *È ora. Così è come muoio.* Attese, contraendo ogni fibra del corpo come se potesse mitigare il dolore.

Al posto della frustata della bestia, però, ad arrivargli addosso fu una voce che conosceva fin troppo bene: «Lyran. Imbecille!».

Il Capitano riaprì gli occhi per vedere l'animale agonizzante, a terra. Da dietro la carcassa del kryan abbattuto spuntò l'Astromante, nelle peggiori condizioni in cui l'avesse mai vista: incrostata di sporcizia e imbrattata di sangue, con i capelli in un enorme nodo e con un'espressione ancora più allucinata del solito.

«Év?» sussurrò l'uomo, incredulo.

«Wow, è proprio Évanette!» rispose lei sarcastica, ma con la voce che tremava.

Non è possibile, pensò il Capitano, *non ha alcuna capacità in battaglia...*

«Stai pensando che non è possibile che sia stata io, vero, Lyran? Questo conferma che sei un imbecille» dichiarò Évanette Starwyn trascinandosi oltre la bestia. «Non sono forte, ma so bene dove colpire.»

Barcollò alcuni metri prima di guardare il Capitano negli occhi e, finalmente, lasciarsi cadere in ginocchio. Lui le si avvicinò con foga, pronto ad abbracciarla per il sollievo di essere entrambi vivi, ma lei stese debolmente le braccia per fermarlo.

«I pugnali» ansimò. «Recupera i pugnali, Lyran.»

Con lo sguardo puntò verso il dorso del kryan.

L'uomo sembrò confuso, rimase davanti a lei con le braccia spalancate e lo sgomento negli occhi, sentendola chiedere qualcosa che non fosse conforto. Di nuovo, provò ad avvicinarsi e, ancora, l'Astromante sussurrò: «No! I pugnali, ho detto».

Indicò il kryan con tutta la forza che le rimaneva, poi il braccio le ricadde inerte addosso facendola piegare ancora di più sulle ginocchia, quasi volesse rannicchiarsi a terra e dormire.

L'uomo obbedì con riluttanza, facendo il giro attorno alla carcassa e sfilando due piccoli, affilati pugnali dalla schiena dell'animale. Li portò alla donna e lei, con fatica, li strofinò sull'abito prima di infilarli in tasche nascoste. Il Capitano raccolse la spada, schizzata a diversi metri di distanza, e controllò la situazione delle dita, che sanguinavano copiosamente. Non andava troppo male, ma aveva bisogno di medicine.

«Ho finito la stoffa, Lyran. Altrimenti forse te la presterei... ma comunque dovresti fasciarti da solo» commentò caustica l'Astromante.

Lui non raccolse la provocazione e usò un pezzo di camicia per fasciarsi alla bell'e meglio. «Dobbiamo andare, siamo troppo esposti qui» commentò guardandosi attorno con preoccupazione, lì dove la piana si estendeva a perdita d'occhio e loro non erano che due puntolini in balìa di qualsiasi predatore.

Quando guardò Évanette per avere una risposta, però, la trovò sdraiata a terra. Con una mano si teneva il petto, respirava affannosamente.

«... sogno... ud» sussurrò lei, a voce appena percettibile.

«Cosa?» chiese Lyran, avvicinandosi al suo viso.

«Ho bisogno di chotud.»

«Non è il momento di scherzare, dobbiamo muoverci Év...» commentò lui, cercando di tirarla in piedi.

«Ho bisogno di chotud» ripeté lei tra i denti, questa volta guardandolo fermamente negli occhi e arpionando il suo braccio con le unghie nere di terra.

Per un attimo, Lyran riuscì a guardare entrambi da fuori e provò un'infinita pena per aver pensato che, volendolo, sarebbe stato facile tornare indietro a quando erano stati felici. Erano in condizioni tanto penose da fargli chiedere se le cose si sarebbero davvero sistemate, tornando a casa.

«Chotud» ripeté lei solo con le labbra, perché la voce l'aveva già abbandonata.

L'uomo inspirò sonoramente, indignato davanti a quella parola che riteneva vile, debole, buona solo per la bocca di qualche derelitto.

Non sopportava che fosse Évanette a proferire quel nome che ai suoi occhi richiamava solo umiliazione e squallore. Quanti ne aveva visti, negli anni? Troppi per contarli, con quel viso scavato e quei denti marci, con l'odore acido della pelle e i capelli persi a ciocche, preludio del decadimento fisico che gli stava correndo addosso. Lo chotud era una droga da disperati ma, soprattutto, era una droga da perdenti: i reietti della società che non sopportavano di vivere la vita per com'era e potevano solo affrontarla per come sognavano che fosse.

L'Astromante e lo chotud erano mondi che nella sua mente non si sarebbero mai dovuti incrociare, nemmeno per un incidente di percorso. Ai suoi occhi Évanette Starwyn era sempre rimasta la potente Astromante di Alta, anche con la sua tenda cadente e i suoi abiti scuciti. Non poteva guardarla e non vedere la sua corona di stelle. Per lui, non era mai stata meno che una regina.

Eppure, era così evidente: il suo corpo tremava e non solo per il freddo, era una vibrazione nervosa che arrivava alle palpebre. Il suo corpo coperto di fango secco, pieno di escoriazioni e col vestito lacero. Il suo corpo, con un lieve odore acido, una nota impercettibile prima che lei pronunciasse quella parola, e che gli fece sentire il petto chiuso in un'improvvisa morsa di angoscia.

«Prima sembra siano affogati nella limonata, poi nell'aceto e alla fine nel piscio. Poi, crepano.» Ricordava ancora le parole di un suo commilitone, quella volta che avevano sgomberato un tugurio di tossicomani.

Forse fu in quel momento che Tomàs Lyran avvertì con certezza di avere un cuore, perché lo sentì spaccarsi per l'Astromante, la quale chiuse gli occhi senza riaprirli perché la forza usata per salvargli la vita era l'ultima che le era rimasta.

La prese tra le braccia il più delicatamente possibile, sollevandole le spalle e la testa dalla posizione contorta che aveva preso accasciandosi a terra e, per la prima volta dopo un periodo talmente lungo da essergli sembrato la vita intera, sentì le guance bagnarsi di lacrime e le labbra accoglierne il sapore salato.

«Stiamo andando a casa, Év...» le sussurrò accarezzandole la testa che aveva posato sul suo grembo. «Questa non è la nostra battaglia. Ti porto a casa.»

C'era una piccolissima parte di Évanette rimasta in allerta, che udì le parole "Ti porto a casa" e non "Ti porto a casa con me".

Questo la riempì, al tempo stesso, di dolore e di pace.

Le forze l'abbandonarono, e il buio la accolse come una coperta.

✶

Quando l'Astromante riaprì gli occhi, lei e Lyran erano in uno spiazzo circondato da arbusti fluorescenti, che coprivano la piccola radura e li rendevano, al confronto, due ombre scure nella notte.

Il Capitano era riuscito a prendere una piccola lepre nera, l'aveva cotta rapidamente in una rientranza delle rocce soffocando il fumo in modo che non attirasse altri animali.

L'acqua era stata più facile da trovare, la zona era disseminata di piccoli torrenti sotterranei che affioravano saltuariamente, e proprio lì aveva ritrovato i loro due cavalli. Aveva avvistato una pianta di cui conosceva le proprietà eccitanti, ne aveva fatto masticare a Évanette alcune foglie, e l'effetto era stato quello di farle riprendere gradualmente colore e un minimo di forze.

«Basta, adesso» le aveva detto, vedendola afferrare l'ennesima foglia.

Lei la posò, guardandolo con una certa ferocia.

«Hai visto chi ho ritrovato?» Lyran fece un cenno con la testa verso i cavalli, legati a poca distanza.

La donna rispose con un verso.

C'era una domanda che aleggiava nell'aria, ed era quella che Lyran non aveva il coraggio di fare: "Perché lo chotud? Cosa odi tanto della tua vita?". Ma gli restò incastrata in gola perché temeva la risposta.

«So dove sono i ragazzi,» affermò lei, nel silenzio della notte «e non ti piacerà.»

«Dobbiamo rientrare, tornare con i rinforzi» replicò lui, guardando a terra. «Adesso non è più la missione di recupero di un bambino, ci sono due dispersi.»

«Bram e Deva sono con Sarshan Kean» dichiarò l'Astromante, lo sguardo nero come pece.

Lyran la fissò mentre una risata nervosa gli affiorava alle labbra. «Ma cosa dici, Év... Hai bisogno di un medico» commentò, stringendole un braccio più forte del dovuto per il terrore di iniziare a comprendere la verità.

«Si è risvegliata, Lyran. Non erano solo voci. Le stelle lo insinuavano da tempo, ma solo ieri notte ne ho avuto la certezza. È tornata» dichiarò la donna.

Lyran mormorò qualcosa di inaudibile tirandosi indietro i capelli con entrambe le mani, e fissando il buio della notte. Mai, in tutta la sua vita, aveva pensato di sentire quelle parole.

Lei continuò, come se indugiare nello stupore fosse un lusso che non potevano permettersi: «Bram, Deva e il bambino sono ad Aeral Dome, ma ci sarà una fuga dalla muraglia sud domani notte. Noi dobbiamo essere lì ad attenderli». Parlò come se fosse lei il Capitano, adesso. Forse in qualche modo lo era diventato.

La voce morì sulle labbra di Lyran, che pensava di poter replicare: "No, si torna ad Alta" a qualsiasi affermazione. A quella, però, non fu possibile.

33

ALLENAMENTO

Mentre seguivano i due maestri, Deva si arrischiò a sfiorare la mano di Bram. Lui ricambiò il gesto con uno sguardo rapido ma complice. Obbligata a sigillare ogni pensiero per seguire il corso folle degli eventi, la ragazza non aveva avuto il tempo di ripensare davvero a ciò che era accaduto solo poche ore prima, ma talvolta fermava lo sguardo su di lui, e allora si permetteva di sentire tutto il turbine di emozioni legate al tempo passato insieme in intimità: l'euforia e l'imbarazzo, il desiderio di ripeterlo e l'incertezza su ciò che lui potesse aver provato.

Bram era rientrato nella sua modalità allerta e vigile, ma con quell'occhiata e un labbro appena stretto fra i denti le fece intuire che, in fondo a tutta l'angoscia, il desiderio di ritrovarsi insieme era una necessità che non aveva bisogno di conferme.

Lei si sentì avvolgere da un calore denso di aspettative e sperò che gli allenatori non si accorgessero del rossore sul suo viso.

Laivine era una donna con movenze calme e solenni, la voce sonora e i capelli legati stretti dietro la testa. Roher era atletico e compatto e aveva gli occhi di quell'arancione giallastro tipico dei Morhvan.

Contrariamente a ogni forma di prudenza, a Deva piacquero istantaneamente e sembravano esercitare una certa attrazione anche su Bram. Lui non lo avrebbe mai ammesso ed esibiva, anzi, una plateale resistenza alla collaborazione.

La prima frase proferita da Roher, però, aveva fatto colpo lì dove occorreva: «Non ci interessa da che parte state, se tornerete a casa o se deciderete di restare. È nell'interesse di Morhva, come di qualsiasi altra riva, che impariate a dominare il vostro potere. Che lo scateniate per noi o contro di noi, o che lo lasciate a riposo, l'importante è non ammazzare nessuno solo perché non siete in grado di gestirlo. Penso che questo ci trovi tutti d'accordo, se non è così ne parlerete con l'Imperatrice».

Deva si aspettava l'ennesimo commento sarcastico da parte del suo compagno di viaggio, invece per la prima volta Bram rimase chiuso in un silenzio ostile, ma attento. Sembrava essere cautamente curioso di cos'avessero da dire dei Morhvan sul suo potere, che per lui restava quello del Cerchio, solo un tantino potenziato. Forse, *molto* potenziato. Ma non era quello il punto.

Lo spazio sotto il tendone da allenamento sembrava un recinto per cavalli, fatto salvo per alcuni alberi e arbusti, bersagli, armi di vario genere, rampe di legno, rocce attentamente disseminate e, strano a dirsi, lepri nere che scorrazzavano liberamente tra le loro gambe. Dipinto sulla tela su lati opposti, lo stemma con i due serpenti e la lancia sventolava appena nell'aria.

Laivine, con le mani sui fianchi e le gambe ben piantate al centro del recinto, prese la parola: «Tutto quello che stiamo per fare è il contrario della nostra procedura. L'allenamento inizia con *anni* di studio. Bram Cadaval, non guardarmi in quel modo, so che a te la conoscenza non manca, ma per Deva è tutto nuovo, e a un certo punto dovrà recuperare. Nella magia l'improvvisazione è pericolosa, spesso mortale. Dobbiamo sapere cosa facciamo, come lo facciamo, e da dove deriva il nostro potere. Rispondetemi, adesso: da dove viene la magia?».

Bram emise un sospiro frustrato: se erano lì per una lezione di teoria, stava perdendo il suo prezioso tempo.

Fu Deva che prese la parola, con una certa fermezza: «Un tempo avrei risposto: dalla terra. Mi hanno insegnato che ad Alta è presente, a Sama e Morhva solo alcuni individui ne hanno accesso. A Vidrian c'è il Cerchio, e Terrena invece non ha niente di magico. Ma adesso so che non è così». Il pensiero corse a Daegal. «Quindi sto cercando delle risposte, non so darle.»

«In realtà, Deva, "dalla terra" non è una risposta così sbagliata» affermò Roher. «Le rive sono impregnate di magia, e lo sono ovunque. Non c'è distinzione tra deserto o monti, tra Morhva, Terrena o Vidrian. Il potere è in ogni luogo, ma purtroppo il contatto con esso non è stato incoraggiato in tutte le rive, penso che tu ne sappia qualcosa. Questo ha creato una distinzione fatale: persone dotate di capacità magiche e persone senza. E se ci sono persone capaci di fare *di più*, sono anche capaci di *più male*, e questo ha generato paura, e la paura ha alimentato diffidenza e odio.»

«È un bel discorso. Ma dimenticate di specificare che l'odio ha destinatari particolari: è riservato a chi uccide» commentò Bram.

«Davvero? Hai chiesto alla tua amica di Terrena come chiamano dalle sue parti gli abitanti di Alta? O gli Armon di Vidrian?» aggiunse Roher, alzando il mento verso Deva.

La ragazza sentì il viso scaldarsi mentre cercava, senza trovarla, una giustificazione a quei nomignoli che adesso le risuonavano in testa: fattucchieri, fraticelli, truffatori. O molto peggio.

«E voi per tutti gli altri siete i *normali*» commentò Laivine rivolta a lei, con una nota di scherno in quella parola. «Quindi, vedete, accade perché c'è una distinzione. Ma non è reale.»

Bram era immobile e Deva avvertiva la sua insofferenza. Con la coda dell'occhio osservò i suoi muscoli tentare di muoversi, e il suo corpo controllarli. Il risultato erano piccolissime contrazioni continue e un movimento costante delle dita delle mani.

«Bram,» esclamò Roher «non sarà una lezione teorica, lo prometto. Sappiamo che l'educazione del Cerchio è eccellente. Quindi l'ultima domanda è per te: come si ha accesso alla magia?»

Il ragazzo inspirò, poi fece per aprire le mani ed evocare il suo potere, ma venne interrotto da Laivine che, con un gesto concentrico del dito, lanciò un piccolissimo laccio lucente che fermò le sue mani dietro la schiena.

«Come hai fatto?» ringhiò il ragazzo, tentando di divincolarsi senza successo.

«Scusami, volevo fermarti esattamente in quell'istante. Come ti stavi connettendo con il tuo potere?» chiese nuovamente Laivine.

«Ho semplicemente...» tacque. Meditò se quello che stava per dire potesse considerarsi un'informazione delicata.

«Bram, comprendiamo la tua perplessità, ma il Cerchio non è una novità per noi. Abbiamo una conoscenza piuttosto esaustiva di quello che studiate. Vorrei solo sentirlo da te. Hai semplicemente, cosa?» chiese Roher.

«Ho fatto un passo indietro» rispose Bram, sentendo le mani liberarsi, e vedendo l'uomo alzare una mano per chiedergli un momento di pausa.

«Dovete dimenticare voi stessi» scandì Roher, percorrendo i loro occhi interrogativi con uno sguardo solenne. «Il passo è indietro rispetto ai vostri pensieri, al vostro ego indaffarato. Non potete evocare se non c'è spazio dentro di voi, e lo spazio esiste solo alle spalle di tutto ciò che vi hanno insegnato, o che vi preoccupa. Perfino alle spalle di ciò che amate. In qualche modo, esercitare la magia è dimenticare.»

«Per un attimo» aggiunse Bram ricordando quello spazio vuoto, senza il rumore dei suoi pensieri, dove lui era tutto e tutto era in lui.

«Oh, certo, per un attimo. Se vi dimenticate per cosa la state usando, può essere un problema» rispose sarcastico l'uomo.

«Comunque, vi sbagliate» commentò il ragazzo. «Parlate di magia. Ma il Cerchio non è magia.»

«In che modo non lo è?» lo incalzò Roher.

«Siamo un ordine spirituale con la missione di mantenere l'equilibrio delle energie nel mondo e negli individui» recitò Bram a memoria. «Non giochiamo col potere, ci limitiamo a equalizzarlo.»

«Buon per voi» rispose l'allenatore con un'alzata di spalle. «Per quanto mi riguarda l'energia *è* magia, puoi chiamarla Cerchio, Alta Magia o Frank... Puoi equalizzarla, scagliarla, trasformare tua nonna in gatto, fai tu. Oggi noi la eserciteremo.»

Bram non riuscì a replicare.

Roher proseguì: «Adesso vogliamo testare la vostra capacità con qualche esercizio. Partiamo con qualcosa di medio livello, ci è stato detto che non abbiamo molto tempo».

Bram tentò di decifrare l'ondata di emozioni che si stava silenziosamente alzando dentro di lui. Mai, nella vita, gli era capitato di essere incoraggiato ad accedere al suo potere come individuo. In nessun momento della sua esistenza al Convicto lo avevano preso da parte, chiedendogli di mostrare la sua capacità come Bram Cadaval e non come Armon, ingranaggio di un movimento collettivo e univoco. Dovette resistere alla sensazione di lusinga che solleticava il suo ego, combattere il desiderio di sentirsi speciale, o non sarebbe più potuto tornare indietro alla giusta prospettiva. Era difficile. L'immagine di Roher si sovrappose per un attimo a quella del Reggente, e lui non avrebbe voluto che compiacerlo. Perciò si irrigidì ancora di più nelle sue considerazioni da prigioniero: *Questo è il nemico, e il nemico non deve sapere troppo su ciò che posso fare.*

Tentò di avvicinarsi a Deva per sussurrarle di non svelarsi, ma in quell'istante lei si mosse verso gli allenatori, i passi incerti ma la testa alta e le spalle rilassate. «Io non so come fare» ammise.

«Come hai fatto finora?» chiese Laivine, perplessa, osservandola dalla testa ai piedi per cercarle addosso un dettaglio che rivelasse una menzogna.

Deva raccontò di Daegal e dell'episodio al mulino di Milisan. «Non è stato piacevole. La sensazione di qualcosa che esce da te *spaccandoti* è...» rabbrividì, ricordando perfettamente cosa aveva provato. «Fa male» concluse, con la paura nella voce.

I due allenatori si guardarono accigliati, poi la donna aggiunse: «Non è il modo giusto. Nessuna magia tracima a quel modo da qualcuno, a meno che non l'abbia tenuta repressa per decenni».

Deva non seppe il momento in cui i palmi iniziarono a diventare appiccicosi e caldi, lo realizzò solo quando Bram le afferrò entrambi i polsi per farle rilasciare i pugni, rivelando quattro mezzelune insanguinate al centro di ogni mano.

Sono un'idiota, pensò la ragazza. *Mostrarmi così debole davanti a loro. Non riusciranno mai a vedermi come qualcuno che può davvero gestire un potere magico.*

Laivine la guardava con una compassione che la infastidiva.

«Se le insegnate a gestirlo,» intervenne Bram, attenuando solo appena il tono arrogante «se le fate capire come usarlo e come tenerlo dentro di sé, smetterà di farle male?»

«Per favore, non parlare» lo pregò Deva, che detestava sentirsi di nuovo il problema.

«Con i dovuti studi e allenamenti e se è disposta ad ascoltarci, ma soprattutto se quello che dicono del suo potere è vero... migliorerà, questo è certo» rispose Roher.

Deva scosse la testa ridendo di sé stessa, come faceva da sempre per non cedere all'autocommiserazione. «Cosa succede se durante un allenamento ho una delle mie *crisi*?» disse la parola tra i denti, quasi mordendola per non lasciarla uscire fuori. Bram riconobbe la fatica che le stava costando parlarne e le si avvicinò di più, aprendo le mani solo leggermente per sostenere il suo Cerchio lì dove stava cedendo: cuore e spirito. Le parti delle rotture irreparabili.

Notò Roher cogliere il suo tentativo, ma restare in silenzio per lasciare alla ragazza lo spazio di continuare. «Dicci delle crisi, Deva» chiese, rilassando il corpo contro un masso.

A Deva sembrò di non avere più attorno un recinto di allenamento, ma di trovarsi in piedi al centro del salotto della tenuta, con il dottor Andergast davanti e sua madre che le posava le mani sulle spalle sussurrando: "Andrà tutto bene, tesoro" e suo padre che mormorava, con sguardo preoccupato: "Nessuno deve saperlo. È il prezzo da pagare per avere una vita normale. Mi capisci, Deva? Non deve uscire da qui".

Una vita normale..., sussurrò fra sé e sé, *non esiste più*. Non sapeva da dove arrivasse quel coraggio, né era certa che definirlo tale fosse corretto: nel palazzo dell'Imperatrice di Morhva forse meritava il nome di "follia". L'avrebbero uccisa subito, sarebbe caduta in quella terra rossa accanto a un manichino imbottito? O sarebbe stata Sarshan Kean in persona a fermarle il cuore con un singolo schiocco di dita? Avrebbero ucciso anche Bram, per questo? E perché sentiva la verità che smaniava per uscire dalla sua bocca, come se le labbra fossero la porta di una gabbia finalmente aperta dopo decenni?

Guardò il ragazzo, esitando. Poi dichiarò: «È da quando sono piccola che ho queste crisi. A volte il mio corpo smette di rispondermi, e tenta di autodistruggersi. Ho fatto cose come *questa*» disse, indicando il suo occhio e subito serrando le labbra.

Ci fu un attimo di silenzio assoluto.

Deva era confusa, sollevata, intimorita: dov'erano le grida, le colpe? Dov'erano le minacce, gli incantesimi che le avrebbero fermato il cuore? Dov'era la delusione di trovarla difettosa? Perché erano tutti così calmi?

Alla fine Roher prese la parola e, con un tono delicato, soffice, spiegò: «Più è grande il potere, Deva, più tenta di uscire. Facendoti del male, se necessario, perché si sente minacciato a sua volta» facendo gesti ampi, come a indicare la magnitudine di quanto stavano discutendo.

Nel momento in cui la ragazza avrebbe voluto replicare: "Quello non era il mio potere, era il mio sistema nervoso", il ricordo del mulino la colpì impietoso. Aveva avuto, netta, la sensazione che quel dolore incontrollabile fosse la sola energia che conoscesse dentro di sé, l'unica a sua disposizione. E nelle parole di Roher riconobbe la verità.

Cercò il braccio di Bram, lo strinse con entrambe le mani.

L'uomo continuò a parlare, sempre con la voce calma, attenta: «Quello che non capisco è come mai, come dici tu, ti *spacca*... Per quanto grande, la maggior parte delle volte fuoriesce senza danneggiare chi lo custodisce».

«Indossava un *maledicto*» mormorò Bram, che un attimo dopo sentì addosso lo sguardo di fuoco della ragazza. «Non possono aiutarti se non conoscono la verità» le disse, nella voce la durezza di una scelta inevitabile.

Deva sapeva che non l'avrebbe mai rivelato se non l'avesse ritenuto necessario. Di nuovo, la ragazza avvertì gli sguardi di tutto il gruppo spostarsi su di lei, e fu in quello di Laivine che si specchiò. C'era una compassione, in quegli occhi, che somigliava al dolore. Come se la donna riconoscesse nella situazione una gravità più grande di quanto lei stessa avesse mai fatto.

«Dovremo essere più attenti allora, Deva» stabilì, ricomponendosi nell'allenatrice autorevole e impassibile che era apparsa fino a pochi minuti prima.

«Mi dispiace» disse la ragazza.

«No!» esclamò Laivine, avvicinandosi per la prima volta e toccandola, posando una mano sulla sua spalla. «Non dispiacerti.»

Roher interruppe il momento agitando le mani e annunciando con voce tonante: «Ora si comincia, però! Bram, tu vieni con me».

«Non potete dividerci» rispose lui, guardando Deva.

«È necessario» rispose Roher, facendo un aggraziato semicerchio con il braccio che divise la tenda in due, con una parete opaca che sembrava fatta di nebbia e assorbiva ogni rumore dall'altro lato. «Dovete concentrarvi esclusivamente su voi stessi.»

34
POTERE

Quando Deva restò sola con Laivine si prese il tempo di osservarla meglio per capire chi avesse davanti. La donna era alta e dall'aspetto forte. I muscoli delle spalle erano ben visibili sotto la stoffa dell'abito, e il viso squadrato e nobile sembrava un incredibile miscuglio genetico: aveva qualcosa di Sama nella tonalità della pelle ma occhi chiari, come l'Imperatrice. Incuteva rispetto ma trasmetteva anche profonda calma. Le dava l'impressione di essere l'ultima persona al mondo che avrebbe perso il suo tempo a giudicare. Questo le piacque.

Quello che la infastidì, invece, fu vederla fremere come se le cose dovessero accadere istantaneamente, anche se lei non si sentiva affatto pronta.

«Avanti, Deva. Prova a colpirmi» la incitò.

La ragazza non aveva idea di come fare. La donna ispirava molta meno violenza del violinista sadico, il che le fece venire un'idea.

«Non potresti riportare qui l'uomo di Milisan, quello che suonava il violino?» chiese.

Laivine storse la bocca in un sorriso sarcastico. «Vedo che Kilar Sahiem ti è rimasto impresso... Avrai modo di rivederlo, non preoccuparti. Adesso, però, concentrati» commentò freddamente.

Kilar Sahiem: lo stesso nome che aveva citato l'Imperatrice, l'allenatrice lo aveva pronunciato completo, e con tanta sicurezza da farle dedurre che si trattasse di un personaggio noto ad Aeral Dome. Deva si rassegnò a tenere da parte altre domande per un momento successivo. Era lì per capire qualcosa in più delle sue capacità, e avrebbe fatto il possibile per raggiungere lo scopo. Chiuse gli occhi, si concentrò e tentò di lanciare qualcosa verso la donna con un movimento rapido delle mani.

Quando li riaprì, la trovò a braccia incrociate.

«Questo era un balletto...» commentò Laivine.

«Non ho idea di come si faccia» ammise Deva, indispettita, avvampando in viso.

Laivine le si fece accanto come se fosse sempre stata lì, con uno spostamento anormale, rapidissimo.

«E adesso aggiungiamo anche la musica? Li posso sentire come se li stessi cantando.»

«Cos'è che puoi sentire?»

«I tuoi pensieri. Sono qui, in questa ruga verticale.» Indicò le sue sopracciglia. «E anche qui, nell'opacità delle tue iridi. Non fare quella faccia, non leggo nei pensieri: ci vuole davvero un livello minimo di sensibilità per capire che sei ancora intrappolata dentro alle preoccupazioni, alle domande. Non lascerai mai spazio al tuo potere se resti incastrata in quel groviglio...» mormorò.

«Potresti provare a entrare nella mia testa e chiederti perché» sbottò lei, rimpiangendo immediatamente il tono di voce e aggiungendo: «Mi dispiace».

«Nella nostra testa invece ci sono silenzio e pace, non siamo chiamati la Riva Maledetta, non soffriamo il trauma delle generazioni passate e davvero nessuno, arrivando ad Aeral Dome, ci ucciderebbe seduta stante...» commentò la donna, con più stanchezza che sarcasmo.

«Mi dispiace, non intendevo...» mormorò la ragazza guardando a terra, senza neppure sapere cosa non intendesse.

«Il tuo potere è lì a tua disposizione e desidera aiutarti, ma tu devi permetterglielo e lasciargli spazio. Prova di nuovo. Esci dalla tua testa, arriva nel luogo da dove puoi osservarlo. Testimonia i tuoi sentimenti senza lasciartene travolgere, diventa spettatrice del caos, e la magia prenderà posto accanto a te» aggiunse la donna.

Spettatrice del caos, si ripeté la ragazza. *Osservare quello che provo.*

In lei si riaccese il ricordo dei mulini, e si ritrovò a mormorare: «Quando ne avevo bisogno, ho cercato quel potere dentro di me. Ma non l'ho trovato. C'era dolore, al suo posto. Era talmente forte che somigliava a qualcosa da poter usare. Ma era oscuro, orribile. Ed è esattamente così che è uscito fuori da me: disgustoso, informe».

Laivine, in silenzio, sembrò cercare le parole giuste da dire. «Allora è quello che userai. Se il dolore è la porta d'accesso al tuo potere, sfruttalo. Prendi quella sofferenza, lascia che ti squarci, passa dall'altra parte e prendine il controllo.»

«Che mi squarci» ripeté Deva, cogliendo l'involontaria ironia di quelle parole e tremando al pensiero di vedere di nuovo la sua carne aprirsi. Non voleva nulla di tutto ciò: la pelle che si spaccava, quella massa oscura che fuoriusciva senza controllo, il dolore. Soprattutto, non voleva il dolore.

«Osserva quello che provi, Deva» ripeté la donna.

Cosa osservo?, sussurrò a sé stessa. *Ho troppi dubbi, e sono terrorizzata. Ho paura sia di sapere che di non sapere chi sono, e perché mi sia successo tutto questo. Provo il dolore di una cicatrice al braccio e quello, che mi rompe in mille pezzi, di ricordare la mia famiglia bruciare. Sento la fatica del viaggio in una terra sconosciuta, avverto la diffidenza verso chiunque mi parli. Provo... un sentimento per Bram, che non so ancora definire, e ho il terrore di perderlo ma anche quello di seguirlo, perché ho bisogno delle risposte che sono qui. Ho paura di deludere tutti, soprattutto me stessa. E ho paura dell'Imperatrice, ma al tempo stesso lei mi attrae come un enigma da risolvere.*

«Questi pensieri ti appartengono, ma non ti dominano. Torna indietro, a te. A Deva» la voce di Laivine le arrivò come una folata di vento, tutto il suo corpo ne fu investito.

Quindi, con un respiro, la ragazza immaginò che tutti quei pensieri non fossero indissolubile parte di sé, ma esistessero come entità osservabili, piccole bolle trasparenti contenenti emozioni fortissime che lei poteva guardare da fuori, come se fossero al di là di una membrana: davanti a lei, ma non addosso a lei. Riconoscibili, ma non parte della sua essenza. Prima di tutto, prima di ogni cosa, c'era Deva. Intera, incorrotta, potente.

Si trovò in uno spazio diverso. Un luogo bianco e senza rumore, dove qualcos'altro si addensò, e la raggiunse. Lo riconobbe senza fatica, perché era una sensazione che aveva provato decine di volte, prima di ogni crisi: un'angoscia palpitante, una pressione sotto la superficie del corpo, un vuoto al petto. Ma ora quel vuoto era spazio, e la pressione che un tempo sentiva poteva essere rilasciata.

Seppe cosa doveva fare, senza pensarci: lasciar entrare il dolore. Accumulò quell'energia lì dove prima era vuoto, vicino a dove le batteva il cuore. Ma qualcosa andò per il verso storto.

«No!» gridò, riconoscendo la propria voce e sentendosi catapultata di nuovo nella realtà del tendone.

Il viso di Laivine la fissava allarmata. «Perché ti sei interrotta?» chiese la donna.

«Perché farà male. E io non voglio sentire dolore» rispose Deva rabbiosa, portandosi una mano al petto.

Laivine sgranò gli occhi. «Non vuoi sentire male? L'hai sentito per tutta la vita, ragazza di Terrena. Quello era il dolore che arrivava a danneggiarti, ma questo è un nuovo dolore: arriva a liberarti.»

«Non voglio stare male» ripeté Deva scuotendo la testa, con il corpo che ricordava le crisi, e le crisi che le ricordavano braccia familiari che la trascinavano a letto, che le imboccavano medicine.

«Per superare il dolore devi passarci attraverso» le mormorò la donna. «Lo sai. E lo farai. Sei molto più della tua paura, Deva Loissen.»

Deva non si fidava davvero di sé stessa, ma si fidò di una sconosciuta che leggeva in lei qualcosa di forte, e voleva esserne all'altezza. Forse, per sopravvivere aveva bisogno che la Deva ferma impietrita a guardare la gente morire, bocconi sull'erba a vomitare acido, con le urla strozzate in gola e la fuga come unica via possibile, morisse insieme al resto.

Confinò quel pensiero oltre la sua membrana trasparente, lo riunì a tutti gli altri. All'inizio le sembrò di esserne circondata, soffocata, ma poi riuscì a farlo davvero, proprio come diceva Bram: un passo indietro. Lì dove nulla poteva toccarla, tranne ciò che decideva di accogliere. Allora aprì le porte a ciò che di più forte sentiva dentro di sé, e sapeva che si trattava di orrore. *Se deve distruggermi*, pensò, *è bene che lo faccia in fretta.*

Al centro del suo corpo, in un luogo remoto e vicino al tempo stesso, si accese una forza rovente e dagli spigoli aguzzi. Nell'istante in cui si stava arrendendo a sentire il dolore più grande e a non sopravviverci, avvertì il corpo arcuarsi all'indietro e la sensazione che la pelle fra clavicole e seno fosse attraversata da un tocco gelido. Accadde lo stesso tra le vene dei polsi.

«Stai andando bene, Deva. Non cedere adesso» sentì la voce di Laivine guidarla. La resa fu completa, e il suo corpo smise di avvertire dolore.

«Prendila, è tua» sentì, e non era certa che si trattasse della voce dell'allenatrice, ma sapeva a cosa si stesse riferendo.

Lentamente, aprì gli occhi e vide ciò che aveva davanti. Era la sostanza oscura che emanava dagli squarci che le si erano aperti addosso, la stessa che aveva visto ai mulini, ma diversa: più liscia e lucida, come se la sua materia grezza fosse più rifinita.

È tua, diceva la voce.

Allungò la mano per toccarla, e quella invece di lasciarsi trapassare mutò forma, spostandosi come uno sciame. Deva comprese, allora, che quella sostanza desiderava essere plasmata.

Prima di capire come, riconobbe la voce di Laivine dire: «Non preoccuparti della forma, ora. Prova a colpire qualcosa. Quello, ad esempio».

Deva riportò l'attenzione sull'allenatrice, che stava indicando un masso nella parte opposta del recinto. Era una pietra di un paio di metri di diametro, davanti a una roccia più grande che sfiorava il soffitto della tenda. Deva cercò di superare l'idea che non si potesse scalfire un masso di quel tipo, né con una spada né con un colpo di pistola.

Pistola. Ricordò gli spari alla tenuta e quel pensiero si agganciò agli altri, tirandoli giù con violenza, sommergendola. La sua famiglia, le crisi, le medicine, la corda che una volta avevano usato per contenerla... Sapevano ciò che stavano facendo? Perché nessuno le aveva mai detto nulla? Perché non avevano condiviso, spiegato, affrontato insieme invece di tenerla all'oscuro di ogni cosa?

«Non lasciarti portare via, Deva, torna nel luogo del tuo potere» sentì la voce di Laivine come se arrivasse dall'altro lato di una tempesta.

Tentò di ripetere la procedura senza la speranza che funzionasse, ma fingendo che potesse farlo: i pensieri, ognuno intrappolato in una bolla trasparente, dalla superficie molle e tremolante come acqua. Le bolle, dentro a una membrana. Lei, al di fuori della membrana, a guardarla senza esserne toccata.

Fingere che funzionasse funzionò davvero: si riconnesse al suo potere oscuro, lo sentì fra le mani, seppe che poteva dargli forma. Pensò a qualcosa di tagliente, acuminato.

Si concentrò sul masso come se racchiudesse tutta la colpa che non sapeva a chi dare, poi, come se l'avesse sempre fatto, con un movimento rapido incrociò le braccia sul petto e le riaprì, rilasciando qualcosa che sembrò al tempo stesso fulmine e lama.

Dopo un istante di polvere, appena sollevata dallo spostamento d'aria, il masso si fece di nuovo visibile. Era intatto, fermo.

Il pensiero di aver fallito durò il tempo di distogliere lo sguardo e osservare ciò che era accaduto dietro: la roccia retrostante non esisteva più. Era sgretolata al suolo in migliaia di piccoli frammenti. Anche la tenda bianca era tagliata da un colpo diagonale netto, ampio e preciso. I due lembi sventolavano delicatamente nell'aria fresca del mattino.

✶

Dall'altra parte della nebbia, Bram stava facendo ciò che sapeva fare meglio: eseguire.

Quando Roher gli chiese di accedere al suo potere, unì al petto mignoli e pollici nella posizione del Cerchio e, non appena sentì la familiare, benevola corrente energetica, aprì le mani ai lati del corpo sentendo i palmi sfrigolare. Si preparò a vedere l'allenatore scuotere la testa, come aveva sempre fatto Padre Herr davanti a lui, ma la reazione dell'uomo fu molto diversa.

«Bellissima!» esclamò l'uomo. «La tua magia ha una grande grazia, è molto... educata, per così dire.»

Bram era confuso, non sapeva esattamente come prendere quel commento a dir poco inusuale.

«Educata?» ripeté, quasi con scherno.

«Si vede che sei abituato a lavorare solo in squadra, c'è una sorta di automatico ascolto nel modo in cui la dosi. Penso che tu abbia avvertito me, che sto usando appena un po' di magia per tenere su la parete divisoria, e abbia misurato la tua in modo da sintonizzarti sullo stesso livello e bilanciarla. Come in un'orchestra, insomma. È notevole, ed è anche utile in alcune circostanze, ma oggi vorrei che ti lasciassi andare e pensassi solo a te stesso» lo invitò l'uomo.

Pensare solo a sé stesso: un concetto che il ragazzo rifiutò immediatamente. Era egoismo, era mania di protagonismo, era quello che causava la rottura del Cerchio, basato sull'equalizzazione di tutti gli elementi. Era *sbagliato.*

Eppure, parte di lui *desiderava* rompere questa regola e provare qualcosa di diverso, ne era consapevole. La prima volta in cui aveva disonorato gli insegnamenti del Convicto aveva perso quasi tre compagni, ma era riuscito a salvare Padre Herr, Lyran e sé stesso. La seconda volta aveva protetto tutto il gruppo. Valeva la pena sapere cosa fosse in grado di fare, questa energia egoista e solitaria, perché adesso era Deva ad aver bisogno del suo aiuto.

Il passo indietro, il luogo dove poteva connettersi con il Cerchio, adesso gli pareva una terra sconosciuta e densa di possibilità inesplorate, un non-luogo dove immaginarsi potente significava diventarlo davvero.

«So che vuoi immaginarti connesso all'unico potere che ti hanno insegnato. E lo sei, Bram, molto più di quanto immagini. Ma smetti di gestirlo in relazione agli altri o dovrai sempre contenerlo, misurarlo. Invece è all'opposto che devi pensarlo: smisurato. Unico. Non sei la voce in un coro. Sei un grido nella battaglia. Qui non siamo al Convicto, io non sono il tuo Reggente.»

Bram prese un profondo respiro e annuì, piantandosi meglio con le gambe nel terreno. Chiuse gli occhi. Quasi immediatamente sentì l'energia aumentare, la concentrò fra le mani. Il Cerchio prese forma. Sentiva – forse aveva sempre sentito – che ce n'era di più di quanto gli fosse permesso toccare. Troppa energia, e avrebbe sbilanciato la formazione. Troppo intensa, e l'Armon al suo fianco avrebbe vacillato, rotto il flusso, lamentato la sua incapacità di sintonizzarsi. Ma era solo, ora.

«Colpisci quei bersagli» indicò Roher, e la sua voce suonò come il ritorno di un'eco lontana.

Bram sentì l'energia friggergli attorno, farsi gelatinosa e densa in modo da poter essere concentrata. Mentre immaginava di poterla risucchiare seppe di poterlo fare, e filtrò ogni grammo e ogni soffio di quel potere dal Cerchio di quell'istante, di quel luogo, come setacciandolo finemente dallo spazio circostante. Non c'era limite, nessuno a fare da misura.

Non era più un Cerchio, adesso, ma una sfera. Enorme e dall'incalcolabile portata, di cui lui teneva tra le mani una parte di circonferenza che avrebbe potuto essere infinitesimale. Un Cerchio che si estendeva senza che potesse vederne la fine. In quel momento, tutto, dentro di lui, raggiunse un punto di equilibrio.

Con una brusca espirazione aprì le mani e rilasciò tutta la potenza di quell'energia verso i bersagli, a una quindicina di metri di distanza.

Lo schiocco dell'onda d'urto fece tremare il terreno e la tenda. Un istante e i bersagli, finti soldati armati, furono ridotti a pali mozzi, pezzi di metallo sparpagliati e frammenti di paglia dispersi nell'aria.

Sul terreno, l'attacco aveva lasciato un profondo solco che aveva rovesciato le zolle di terra, esponendo uno strato di sassi e di terra umida e scura.

Il ragazzo si voltò istintivamente verso Roher, come se cercasse lo sguardo del Reggente o di Padre Zyen. La sua mente stava già formulando una giustificazione per qualsiasi cosa avesse sbagliato, invece l'uomo sorrideva.

«Magnifico» lesse sulle sue labbra.

«Cosa?» chiese Bram, incredulo.

«Certo, è ancora in forma grezza e tenta di scappare, ma sul controllo si può lavorare. La potenza invece, ragazzo, è ottima, e scommetto che con l'allenamento riuscirai ad aumentarla ancora. Bravo» concluse, con un cenno del capo.

Bravo.

Bravo.

Bravo, bravo, bravo.

Sembravano cent'anni che nessuno gli diceva esplicitamente "bravo". Fu come la prima carezza ricevuta dopo una vita. Se non fosse stato un mago di Morhva, quello che aveva davanti, gli avrebbe dato un abbraccio di riconoscenza. Se solo fosse accaduto con il Reggente. Se solo fosse stato "bravo" al Convicto.

Eppure, era un barlume di speranza: poteva tornare indietro riportando forza e valore. Aveva qualcosa di importante da offrire al Cerchio, ora. Quel potere era il dono che gli avrebbe fatto rimettere ogni cosa al suo posto: avrebbe riportato sé stesso, Aral e Deva a casa. Avrebbe condiviso le sue conoscenze e il suo potere con i confratelli e, insieme agli Ardimenti, avrebbero richiamato il grande esercito della Federazione.

Avrebbero preso Morhva, e seppellito Sarshan Kean una volta per tutte.

Questo è il mio destino, si disse. *Ora so perché sono qui. Ora conosco il mio Xen.*

In pericolo, nella tana del nemico, si sentì felice per la prima volta in molti anni.

35
DOME

Di nuovo, pranzarono con l'Imperatrice. La donna entrò nella sala trafelata e con un abito informale da cavaliere, come se fosse appena tornata da un'ispezione sul territorio. I capelli erano sciolti e scompigliati, il viso arrossato dal vento. Deva osservò la camicia color cenere e i pantaloni scuri, appena spiegazzati, e si sentì meno a disagio con i suoi abiti semplici da allenamento.

«Ho parlato con Laivine e Roher. Servirà tempo per allenarvi come si deve, ma sembrate entrambi molto promettenti» mormorò Sarshan Kean, servendosi senza complimenti una frittella color giallo acceso ancora calda e delle verdure arrostite, che un cameriere si affrettò a coprire con una crema densa che profumava di erbe aromatiche.

«Non avete avuto anche voi questa impressione?» chiese dopo una pausa, quando vide che i ragazzi non rispondevano.

«Mi riesce ancora difficile immaginarmi AltoMago» rispose Deva.

La donna tirò le labbra in un sorriso sarcastico: «Questo è perché non sei un AltoMago, sei un'AltaStrega».

«Noi non... usiamo quella parola» mormorò Deva, pensando al senso dispregiativo che, sia per lei che per Bram, il termine immediatamente richiamava. C'era tutto un immaginario di follia, stravaganza, instabilità, crudeltà e pericolo agganciato a quelle due sillabe. Non a caso era usato per definire anche lei, l'Imperatrice Maledetta. La Strega.

«Noi, sì» affermò la donna con fierezza. «C'è del potere nelle parole, Deva. Rifiuta quelle che ti limitano, appropriati di quelle che usano contro di te. Mi chiamano Strega, perché lo sono. E lo sei anche tu. Ed è qualcosa di molto bello, e molto potente. Non devi averne paura.»

«Non ne ho paura» mormorò la ragazza, ed era vero. Erano altre, le cose di cui aveva paura: sentirsi impotente, vedere gli altri morire davanti ai suoi occhi, non essere in grado di proteggerli, fuggire...

«Questo è un bene» replicò l'Imperatrice, lanciando a Deva un intenso sguardo, che lei resse solo per un paio di secondi. Le sarebbe venuto spontaneo proseguire quel dialogo, ma non voleva indispettire Bram. In ogni istante cercava di tenere a mente la necessità assoluta di detestare l'Imperatrice ma poi, quando ce l'aveva davanti, una sorta di sussiego prendeva il sopravvento e si trovava a parlarle suo malgrado in modo cordiale e formale, proprio come le avevano insegnato i suoi genitori.

Sii più fredda e distaccata, si disse.

Provò a prendere esempio da Bram, che ostentatamente e per tutta la durata del pasto ignorò l'Imperatrice fingendo che non esistesse, rimanendo in silenzio e concentrandosi sul suo piatto. Ma quel comportamento le risultò impossibile: si sentiva in dovere di partecipare alla conversazione, quantomeno per mantenere l'atmosfera meno ostile.

Rispose a qualche domanda sull'allenamento, senza sbilanciarsi sul risultato. L'Imperatrice sembrava ascoltare attentamente ogni sua parola. La testa appoggiata alla mano, teneva gli occhi fissi sul suo viso e con le dita si sfiorava distrattamente il mento.

«È stato bello?» le chiese.

Sorpresa dalla domanda e da come si applicava, stranamente, alla situazione, Deva rispose: «No, non lo è stato. Ma potrebbe diventarlo».

L'Imperatrice annuì compiaciuta, terminando con un sorso rapido l'ultimo goccio di vino rimasto nel calice.

«Vi lascio del tempo per riposare» disse infine. «Questa sera vi attendo al *Dome*, la nostra cupola di cristallo, dove incontrerete il bambino. I servitori sapranno scortarvi.»

Si alzarono tutti insieme per recarsi nelle rispettive stanze, percorrendo il tratto di corridoio in comune che collegava l'ala dove risiedeva Sarshan Kean alla loro. Quando passarono davanti a una grande porta bianca, però, Bram si bloccò.

«Questo è strano... è molto strano» esclamò a voce alta, per farsi sentire sia da Deva che dall'Imperatrice. Era stato investito da una sensazione inquietante e bizzarra: una moltitudine di Cerchi completamente vuoti. Fantasmi di Cerchi, aloni sospesi senza il peso di nessuna delle loro quattro parti.

«C'è qualcosa dietro questa porta...» mormorò, appoggiandosi alla parete con l'orecchio e tentando di guardare tra le fessure dello stipite. Provò a spingerla, ma era chiusa a chiave. «Cosa sta succedendo? Questo non è normale. Deva, c'è qualcosa di molto sbagliato qui.»

L'Imperatrice lo guardò con gli occhi socchiusi, trattenendo un'espressione di fastidio. Con un sospiro, mosse due dita per spalancare di colpo la porta, aggiungendo: «Non ho nulla da nascondere».

Quando Bram e Deva entrarono nella stanza, quello che videro fece scendere lungo la loro schiena un brivido di angoscia, unito a un senso di profonda confusione.

Decine di persone erano in piedi, ferme nella grande sala. Sembrava un Salone delle Feste, con le pareti e il soffitto decorati da elaborati intarsi, alti specchi e lampadari di sfere cristalline che riflettevano i bagliori del sole. Gli individui parevano congelati nell'atto di attendere qualcosa, in piedi e rassegnati. Qualcuno aveva le mani protese e le labbra socchiuse, ma per la maggior parte apparivano immobili in una posizione semplice e neutra: in piedi, con la testa dritta e le braccia lungo il corpo. Una moltitudine di finti soldati impietriti, dall'aspetto vitreo.

«Cos'è successo a queste persone?» chiese Deva, passandole in rassegna una dopo l'altra, cercando di ottenere una reazione muovendo le mani davanti al loro viso.

«Mi sembra di avervi detto che Aeral Dome desidera il mio bene, e che reagisce a qualsiasi attacco contro la mia persona. Ecco: sto impedendo alla mia fortezza di crollare sulle nostre teste, seppellendo centinaia di innocenti. Questi sono coloro che negli ultimi tempi hanno dimostrato di non essere abbastanza fedeli alla nostra pace e alle nostre regole. In questo momento sono sospesi, in modo che possano riflettere sulle loro convinzioni.»

Enunciò il fatto senza che la sua voce profonda contenesse tracce di dispiacere né di compiacimento.

Bram sgranò gli occhi e ripeté: «Sospesi? Vuoi dire che hai congelato la vita di queste persone nel tempo e nello spazio solo perché avevano idee diverse dalle tue?».

All'Imperatrice bastò prendere un respiro per mantenere la pazienza che Bram desiderava tanto fortemente spezzare. Con passo deciso, come il capitano di un esercito immobile, sfilò tra le sagome rigide.

«Usato per brevi periodi, non è un incantesimo che comporta rischi per la vita. Quando torneranno alla normalità non lo ricorderanno neppure» rispose la donna, come fosse la cosa più naturale del mondo.

Deva si avvicinò istintivamente a Bram. «Non puoi disporre della loro vita in questo modo... è disumano» mormorò, fissando gli occhi vacui di una delle persone immobili.

«Dunque dovrei permettere ad Aeral Dome di reagire, con la possibilità che provochi morti e feriti?» domandò l'Imperatrice, seria.

«Non sto dicendo questo, ma...» Deva balbettò, cercando le parole esatte per formulare i suoi pensieri e argomentare la logica della donna che, tuttavia, aveva drammaticamente il suo senso.

«Pensa alle famiglie di questa gente. Ai loro figli. Ma, d'altra parte, tu ai bambini non ci hai mai pensato...» sputò fuori Bram, felice di poter ribadire il suo disprezzo.

Sarshan Kean non perse la sua espressione stoica mentre poneva un'altra domanda: «Dimmi, Bram: se avessi idee sovversive contro un'imperatrice che sai essere protetta dal suo stesso palazzo è lì che andresti, con uno stuolo di sostenitori, con il rischio che le conseguenze delle tue idee provochino la reazione della fortezza e probabilmente la morte di tutti quelli che hai radunato? Chi sarebbe il mostro, in quel caso?».

«Chi mantiene in piedi l'incantesimo» ribatté prontamente il ragazzo.

«Non sono io, Bram Cadaval. C'è molto di cui non sei a conoscenza. È solo il mio nome che hai imparato a odiare, ma l'energia che scorre in questo palazzo, e in tutto Radian, è qui da molto prima di me e della prima Imperatrice di Morhva. Scorre sotto i nostri piedi e nel nostro sangue. La stessa vita che ha infuso nelle sue creature, si manifesta anche in Aeral Dome. Non posso impedire a questo luogo di difendermi tanto quanto non posso impedire al sole di sorgere.»

«Parli di un'energia che solo Morhva venera. Non è in tutte le cose, e non è certamente in me» disse Bram.

«Lo è più di quanto immagini» replicò la donna. «E nel difenderla, io difendo anche te. Anche il tuo Convicto. Anche loro» indicò le figure impietrite al centro della sala.

«Questa è eresia» mormorò tra i denti il ragazzo.

«È solo differente da ciò che ti hanno insegnato, Bram. Se fossi nato qui, a Morhva, avresti imparato diversamente ogni cosa, e allora crederesti in me. Come distingui ciò che è giusto?»

«Lo sento» rispose lui, senza nemmeno doverci pensare.

«Come? Il giusto ha un colore? Ha un aspetto? Causa meno morti? Veste con abiti cerimoniali? Ti ha fatto da padre?»

Deva vide la pelle di Bram accendersi e gli occhi brillare di un lucido febbrile mentre inghiottiva le parole della donna come se fossero spine. Nei pugni stretti, le sue nocche si fecero bianche come il marmo che li circondava.

✶

La costa di roccia sulla quale era costruita Aeral Dome scendeva verso l'altipiano adagiando la costruzione sull'ultima piattaforma sopraelevata, concedendole una vista maestosa sulla città fortificata e sulla distesa rossa all'orizzonte. Il Dome, la grande cupola cristallina che dava il nome alla fortezza, era circondato da una striscia di giardino disseminata di arbusti fluorescenti i cui bagliori cangianti si frammentavano sul cristallo in migliaia di piccole luci. In alcune sere particolari, come quella, i venti degli altipiani sollevavano polveri di rocce minerali che riflettevano le luci nell'aria attorno, dando l'impressione che l'intero palazzo risplendesse.

Quando Deva vide lo spettacolo di quel tramonto, volle immediatamente condividerlo con Bram, e corse a bussare alla sua porta.

«È già ora di andare?» chiese lui.

«Quasi. Ma prima devi guardare fuori dalla finestra» lo incitò, aprendo le tende su quello spettacolo di bagliori rosa e violacei. Mentre lui osservava il cielo, lei osservò lui. Bram si voltò, e colse il suo sguardo. Sotto i riccioli neri, i suoi occhi tradirono un certo piacere.

Era incredibile come, nel mezzo di una situazione tanto estrema, i momenti insieme sembravano capaci di creare una realtà parallela dove nient'altro importava.

Le loro labbra si cercarono in un bacio lento e profondo, prima di realizzare che, se avessero proseguito quello che stavano iniziando, avrebbero fatto tardi per l'appuntamento.

✶

Nel recarsi dall'Imperatrice furono più guardinghi, facendo caso alle porte chiuse e a quelle aperte, cercando dissonanze lungo i corridoi e dietro le curve del palazzo. Percorsero il porticato e varcarono l'arco che conduceva al Dome con il terrore di trovarci nuove statue umane sospese e immobili, ma pareva che l'inquietante esibizione fosse limitata al Salone delle Feste. Quello che li colpì, però, fu l'incredibile spettacolo di luce che gli si parò davanti una volta arrivati sotto la grande cupola. Fra le sfumature del tramonto e il fulgore della vegetazione, il Dome sembrava splendere dei colori di un sogno. Appena varcata la soglia notarono subito la presenza di una piccola corte e del bambino, Aral, seduto insieme agli altri. Al loro ingresso, si alzarono tutti in piedi tranne l'Imperatrice, che rimase su un trono dorato decorato da un fitto intrico di serpenti e lance.

«Avete già conosciuto Laivine e Roher,» annunciò Sarshan, il viso scolpito da ombre color violetto «che sono anche nel mio Consiglio stretto. Ma ci sono altri consiglieri che desidero presentarvi. Trian è a capo delle relazioni con il popolo e stratega militare.» Indicò con un gesto della mano la persona dai capelli grigio-violaceo e dalla pelle di un caldo color caffè alla sua sinistra, che fece un breve inchino seguito da un sorriso. Deva e Bram continuavano a stupirsi della varietà fisica dei Morhvan, che per colori, altezza, forme e segni distintivi, sembravano provenire da ogni riva.

«Poi c'è Kilar Sahiem, so che vi siete già incontrati. Kilar è mio fidato consigliere e braccio destro» continuò la donna. Al suo cenno, l'uomo dalla postura solenne con un abito nero e una lunga coda di capelli scuri, abbassò brevemente la testa in segno di saluto.

Ricordando ciò che era successo ai mulini, Deva si sentì immediatamente a disagio, e arretrò affiancandosi ancora di più a Bram. Kilar Sahiem era il primo Morhvan che le pareva guardarli per ciò che erano: il nemico. I suoi gesti brevi e secchi trasudavano diffidenza, e non metteva nessun impegno nel nasconderla. Li scrutò dall'alto in basso, soppesandoli con superiorità.

«Bene...» sentì sussurrare a Bram, e Deva indovinò il senso di quella parola: qualcuno che finalmente scopriva qualche carta.

Se Sarshan Kean si accorse della scena, non le diede alcun peso. Si alzò anche lei in piedi, mostrando per intero un abito che le si intrecciava sul petto e sul busto più volte, avvolgendola intricato prima di aprirsi in una lunga gonna spessa. Le maniche le arrivavano fin sulle mani, strette da due placche triangolari con il vertice sul suo dito medio. Con le spalle imbottite e la gola chiusa, sembrava la versione cerimoniale di un'uniforme da battaglia.

«Come promesso avete la possibilità di parlare con il piccolo Aral. Potete porgli tutte le domande che desiderate» dichiarò, indicando il bambino con lo sguardo.

Bram notò che la porzione di pavimento fra loro e il trono era disseminata di cuscini di raffinata fattura, che correvano anche lungo il perimetro circolare della sala.

Per un attimo ebbe uno dei suoi sogni di veglia: vide decine di persone sdraiate sugli stessi cuscini, intente a chiacchierare e ridere mentre camerieri vestiti in abiti bianchi passavano di gruppo in gruppo a offrire cibo e bevande su vassoi dorati. Distinse una mano allungarsi verso un frutto e portarlo alla bocca, percorrendo un tratto di abito che conosceva fin troppo bene: un kolet dai ricami rossi. Prima che potesse vederne il volto, la visione si interruppe lasciandolo in preda non solo all'imbarazzo, ma anche a una profonda confusione. Tornò in sé e riconobbe Aral, in piedi davanti a loro, che li fissava, sereno.

«Vi siete divertiti stamattina?» chiese il bambino.

«Divertiti?» disse Bram, sgomento.

Il bambino sembrava in ottima salute: le sue guance avevano un bel colorito roseo e il suo corpo traboccava di un'energia irrequieta e allegra. Stonava con qualsiasi incubo Bram avesse mai potuto fare al riguardo.

«Io mi sono divertito durante l'allenamento, voi no? Abbiamo costruito una torre di sassi mettendoli uno sopra l'altro, poi dovevo farli cadere ma da lontano, senza toccarli. A volte tutti, a volte solo quello più in cima...» gesticolò, mostrando la forma di una torre.

Bram si inginocchiò al suo livello e mise dietro l'orecchio i riccioli corvini per scoprire meglio gli occhi. Prima di continuare a parlare, sorrise al bambino. «Hai imparato a fare altre cose belle? Raccontami» il suo tono era morbido e lieve. Rilassò il corpo flessuoso, tentando di apparire ancora più amichevole agli occhi del piccolo.

Il Sapiente è il portatore di una rivelazione, erano le parole che risuonavano nella sua testa.

«Mmm... le frittelle, perché mi piace cucinare» rispose il bambino, continuando a riflettere. «E poi, Roher mi ha insegnato a fare una sfera di energia. La vuoi vedere?»

Si chiama Cerchio, pensò il ragazzo, tremando all'idea di un futuro Sapiente istruito e allenato da Morhva. Doveva riportarlo immediatamente a Vidrian.

«Sei felice di tornare a casa? Rivedrai i tuoi amici, e Larham... e poi devi iniziare il tuo apprendistato al Convicto! Sai che anche io studio lì?» chiese Bram nervosamente, guardando ora il piccolo e ora la reazione del Consiglio.

Il bambino sospirò alzando gli occhi al cielo. «Lo so che tu vuoi tornare, ma io qui sto bene. Possiamo rimanere un po' di più?» chiese.

Non attese la risposta di Bram, corse verso i cuscini davanti a Roher e Laivine. Disse all'uomo qualcosa, all'orecchio, e risero insieme.

«Dunque è la rivelazione, che stavate cercando» disse il ragazzo fissando Sarshan Kean negli occhi.

«Non esattamente, Bram. Non si ha certezza di quando il Sapiente la riceva, e raramente accade in giovane età. La verità è che avevamo bisogno di qualcosa di forte che potesse condurti a noi. Un bambino qualsiasi non avrebbe dato origine a una missione nella quale sarebbero stati coinvolti gli Armon del Cerchio.»

Nulla di ciò che Sarshan Kean proferiva aveva senso per Bram: Aral sarebbe stato preso per condurre lui a Morhva?

«Perché non rapire direttamente me, allora?» chiese, e non era che la prima di una lunghissima sequenza di domande che gli si agitavano in testa.

«Se fossi riuscito ad accedere al tuo pieno potere, sarebbe stato più problematico. Mi spiace dire che il bambino era più... facile. Inoltre, avevo un certo interesse a conoscere e a farmi conoscere dal nuovo Sapiente.» Il tono dell'ultima frase rimase sospeso nell'aria, come se il seguito fosse stato interrotto.

Per Bram non aveva alcun senso. Lui non doveva neppure andarci in missione, non era qualificato per... All'improvviso gli apparve davanti agli occhi chiaro come il sole: la porta socchiusa, il nastro di luce che l'aveva attratto. Nulla era stato un caso, quindi. Questo gli infuse un'enorme rabbia ma, in qualche modo, anche un senso di grande sollievo: non tutto era stato colpa sua.

✶

Più tardi, fu Bram a bussare alla porta di Deva. Lei lo accolse con un sorriso, e lo strinse.

Il ragazzo era un momento di luce essenziale quando tutto ciò che vedeva attorno erano buio e caos. Non sapeva cosa stesse diventando, ma contro il corpo caldo di Bram lei era ancora e soltanto Deva. Fece scorrere la bocca lungo le vene tese del collo del ragazzo fino a trovare la vibrazione leggera del suo battito e lo sentì sotto le labbra, come a ricordare che erano entrambi vivi.

Alzò lo sguardo e passò le dita fra le ciocche di capelli scuri arricciate a incorniciargli il viso. Quando incontrò le ciglia folte dei suoi occhi e le sfumature acquatiche delle iridi pensò solo una cosa: *È lui quello speciale, deve esserlo, ce lo ha scritto in viso.*

Avrebbe voluto dirgli che era stanca, che voleva andare a casa, ma le parole le morirono in gola. Non c'era più una casa, né un luogo dove andare.

Lo guardò, e disse semplicemente: «Sei così bello».

Lui rise, gli occhi socchiusi da quelle borse che lei trovava adorabili e le piccole fossette ai lati delle labbra.

Sussurrò il suo nome come una preghiera: «Deva».

Le mani furono più svelte delle parole colme di terrore che entrambi avrebbero avuto bisogno di scambiarsi, e questa volta non ci fu niente di goffo o insicuro. Al contrario: fu diretto ed essenziale per l'angoscia che portavano dentro, e che riversarono uno sull'altra. A lei venne voglia di urlare di rabbia per l'ingiustizia che aveva travolto la sua vita e per tutto ciò che non riusciva a comprendere, e il corpo manifestò questo stato d'animo prendendosi esattamente ciò che voleva. La sua figura sinuosa sovrastò quella esile e forte di Bram, muovendosi come se non volesse solo averlo ma nutrirsene. Morse le labbra turgide del ragazzo e si aggrappò alla sua schiena con le unghie sentendo sotto le dita i muscoli asciutti e la pelle liscia.

Accolse il sapore salato di una lacrima in bocca e gli disse: «Questa non è la fine di nulla, Bram. Possiamo ancora farcela».

Era come se lo stesse dicendo a sé stessa.

Lui le credette, e la voleva come non aveva mai desiderato nessuno, così apparentemente fragile eppure infusa da una cieca determinazione ad andare avanti. Baciò il suo collo e il suo viso, la strinse a sé come se volesse fondersi con la sua pelle, unirsi in qualcosa di nuovo capace di resistere a tutto ciò che stava accadendo.

«Ho provato a colpire Roher, alla fine dell'allenamento» le sussurrò all'orecchio, quando giacquero tra le lenzuola madide. «Dovevo capire se sono forte abbastanza da provare a uccidere Lei. Non lo sono, Deva. Temo che non lo saremmo neppure insieme. Avrai capito che Sarshan Kean non è un AltoMago qualunque: quella che padroneggia è Magia Suprema, e nessuno ne conosce la reale entità e i veri limiti. Certo, non è in forze come durante la guerra, ma non possiamo ancora fronteggiarla. Dobbiamo avvisare la Federazione, riorganizzarci in modo migliore e tornare.»

AltaStrega, pensò Deva, ma tacque.

Bram sembrava avere il cuore spezzato e lei conosceva alla perfezione la responsabilità che il ragazzo sentiva addosso, la devozione verso Vidrian e il Convicto. Non era una sorpresa che desiderasse tornare, e fare di tutto per proteggerlo.

«Andiamo via stanotte» dichiarò lui, infine.

Deva scattò a sedere. «Cosa? Stanotte?»

«Dobbiamo. Pensaci: non possiamo attaccarla, e nulla ci garantisce che non saremo eliminati da un momento all'altro se si accorgerà che stiamo diventando troppo potenti, ma non al suo servizio. Pensa anche a Lyran e a Évanette: gli Ardimenti devono essere avvisati della loro scomparsa» disse lui, concitato. «E poi, è urgente che tutti sappiano cosa sta accadendo qui.»

«Ma non abbiamo ancora scoperto abbastanza, io sono certa che ci sia dell'altro» ribatté Deva.

«Vuoi restare ad aspettare altre storielle? Potrebbe dirti e mostrarti qualsiasi cosa! Ogni istante che trascorriamo qui è un rischio non solo per la nostra vita, ma per la sicurezza di tutto Radian. Dobbiamo tornare a dare l'allarme.»

«Come? Hai visto anche tu le mura dalla finestra, ci sono ronde di guardia giorno e notte.»

«Lo so. Per questo ho letto il Cerchio delle guardie che ho visto stazionare. C'è un uomo più debole degli altri, attenderemo che ci sia lui. Andrò a prendere il bambino, ho capito dove dorme.»

«Ci saranno soldati anche fuori dalla sua stanza...» considerò Deva, preoccupata per la svolta improvvisa degli eventi e anche dalla sua stessa resistenza a immaginare una fuga.

«Non sarò ancora al massimo delle mie capacità, ma se non si aspettano un attacco dovrei riuscire quantomeno a rallentarli.»

Deva guardò il suo bel viso infiammato dall'ardore della missione, gli occhi lucidi di speranza e determinazione. Improvvisamente non fu così certa che tutta quella bellezza potesse salvarlo.

«Deva, cos'è quella faccia?» chiese lui.

«Non voglio che tu muoia» rispose lei saltando ogni premessa, anche quella in cui gli avrebbe voluto elencare, come monito e aggravante, i nomi di tutti quelli che aveva già perso.

«Morire? No, non morirò, te lo prometto!»

«E dopo la missione? Se torniamo sani e salvi, cosa succederà a noi due?»

Ecco, l'aveva detto: *noi due*.

Fu a quel punto che l'espressione di Bram si fece incerta.

«Non ci ho ancora pensato» ammise. «Dovrò tornare al Convicto, parlare col Reggente e con il Governatore, aiutare a rimettere insieme gli Ardimenti di tutte le rive per l'esercito federato, marciare su...»

«Di cosa stai parlando? Perché un esercito?»

Lui sgranò gli occhi, spiazzato dalla domanda. «Deva, Lei è ancora viva. È armata. È potente. Non ti sembra abbastanza pericolosa?»

«A me non pare in assetto di guerra, ma di difesa. È tutto molto pacifico. Perché marciare contro di Lei, scatenare un'altra guerra, altre morti?» chiese lei, confusa.

«Come fai a non capire? Stiamo parlando di Sarshan Kean.»

«E non si può dialogare, con Sarshan Kean?»

«Sta cercando i suoi Generali, Deva. Quello che ha fatto in passato potrebbe farlo di nuovo, va fermata una volta per tutte. E noi la fermeremo, stanne certa. Ecco, adesso so cosa ci succederà una volta tornati: marceremo fianco a fianco. Con le tue capacità abbiamo una possibilità in più. Ti unirai agli Ardimenti di Terrena?» lo chiese con gli occhi che brillavano di una febbrile speranza.

«Unirmi agli Ardimenti?» ripeté lei, la conversazione che le sfuggiva di mano prendendo direzioni mai contemplate prima. Come rimpiangeva, adesso, i libri contabili, il roseto, il bosco di querce della tenuta, le feste in abito elegante. «Non so ancora niente di questa... *cosa* che, apparentemente, so fare. E a Riva di Terrena non usano la magia, non sanno *niente* di magia. Una Terrenean con capacità magiche? Mi guarderebbero come una specie di abominio. Potrei addestrarmi con voi, al Convicto. Sarebbe la cosa migliore, e resteremmo insieme» la sua voce aveva la morbidezza della speranza, ma anche quella della supplica.

Lui scosse la testa. «Al Convicto non ci sono donne» disse, come ignorando qualsiasi altra obiezione.

Già, Deva ricordava questo dettaglio. «Ma quando vedranno quello che so fare, quando mostrerò capacità come le tue, *dovranno* cambiare idea» ribatté.

Bram sembrava non trovare le parole, poi rispose: «Non funziona così. Il Cerchio è... ecco, non penso cambierà la sua tradizione per una donna».

«Per *una donna*?» ripeté lei, più sgomenta che oltraggiata, ma in fondo entrambe le cose. «Quindi a loro andrebbe bene se io rischiassi la vita per difenderli, ma non mi accoglierebbero per insegnarmi come fare?» aggiunse.

«Non ne sono sicuro. Forse... se fosse il Governatore di Terrena a chiederlo espressamente, potrebbero darti un permesso speciale per allenarti a Vidrian. Anche se l'accesso al Convicto... sarebbe difficoltoso» commentò Bram, incespicando nelle parole, chiaramente dubbioso rispetto a ciò che stava dicendo. Comprendeva i timori di Deva, aveva tutte le ragioni per essere titubante, ma come condurla al Convicto? A chi affidarla, forse alle Destinatrici? In più, parlava di Vidrian come di una riva avvezza alle arti magiche.

«Senti» le disse, prendendole il viso tra le mani. «Verificherò personalmente che tu venga ascoltata, a Terrena. Il Reggente ha molte relazioni diplomatiche con le altre rive, ci penserà lui, prometto. Adesso dobbiamo solo pensare a come uscire di qui.»

La baciò con dolcezza, lei lo lasciò fare.

«Va bene» disse, ma i suoi pensieri avevano preso una deriva che la spaventava. Non aveva più nessuno a Terrena. Anzi, a parte Bram, non aveva più nessuno in assoluto. Non sapeva dire se provava più angoscia all'idea di separarsi da lui, o al pensiero di diventare dipendente dalla sua presenza.

Ma hai te stessa, si disse, e fu come se non fosse lei a pensarlo. Era la stessa voce che, sull'orlo del precipizio con Djavel, l'aveva fatta tornare sui suoi passi.

«Cos'hai? Tutto bene?» le chiese Bram, riconquistando il suo sguardo con occhi languidi e posandole le labbra sulle palpebre in un bacio leggero.

«Sta facendo buio» rispose lei che, oltre il viso del ragazzo, vide la notte avvolgere gli altipiani. «Quando vuoi andare?»

«Attenderemo qualche ora. Verrò a bussarti.»

Quando Bram se ne andò, un solo pensiero tormentava Deva: *Non ho scoperto abbastanza*. L'unica cosa che desiderava erano risposte, e se ne stava andando senza averle ottenute. Misurò a passi rapidi la stanza avanti e indietro, prima di decidersi a uscire cautamente dalla porta e imboccare il corridoio avvolto nella penombra. Non sapeva neppure lei perché lo stesse facendo. Forse, per non lasciare nulla di intentato negli ultimi momenti di permanenza ad Aeral Dome.

Il lungo corridoio dalle pareti lisce e curve conduceva a sinistra alla stanza di Bram, a destra a una scala a chiocciola illuminata da una lanterna sferica, che portava al piano inferiore. La scese sfiorando appena il corrimano, di un bianco lucido che la notte appena scesa tingeva di una sfumatura azzurra.

Chiunque fosse di guardia in quel corridoio, ammesso che ci fosse qualcuno, doveva essersi assentato. Davanti a lei si apriva un secondo corridoio di marmo candido, con stanze disposte ai due lati. Sentì delle voci soffuse provenire da una di essa, ma non sembrava un dialogo fra adulti. Era fatto di piccole risate, versi acuti, mormorii. Si avvicinò in silenzio.

Improvvisamente, dalla porta sbucò un bimbetto vestito con una camicia da notte bianca. A Deva parve di averlo intravisto il primo giorno insieme ad Aral, intento a colorare lo stesso foglio. Il piccolo aveva in mano un libro più grande di lui e, quando vide la ragazza, il suo volto si illuminò.

«Puoi venire tu?» chiese con una vocina cantilenante.

Deva era spiazzata. Si guardò attorno per cercare qualche genitore, ma vide solo il bambino e, dalla stessa porta dalla quale era uscito, altri due visini che si affacciavano, curiosi.

«Siete da soli? Non c'è un adulto con voi?» chiese Deva.

«Loro c'erano, ma sono andati a dormire. Ci leggi una storia? Noi non ci riusciamo» domandò il bambino, avvicinandosi a lei a premendole il libro contro le ginocchia.

«Chi siete, dove sono i vostri genitori?»

Il bambino indicò un'altra porta e poi si portò lo stesso dito alle labbra. «Ma non li dobbiamo svegliare, perché la mattina si alzano presto presto.»

Deva indovinò che fossero i figli della servitù, e provò infinita tenerezza per le accortezze di quel bambino verso i genitori.

«Va bene, vi leggo qualche pagina così tornate a dormire» disse, e sentì un piccolo mormorio di soddisfazione.

Entrò nella stanza dove quattro lettini erano posizionati in forma circolare e circondati da cuscini, come se tutto il pavimento fosse, in fondo, un grande letto. Si sedette proprio al centro e aprì il libro. I bambini si avvicinarono in silenzio, pronti ad ascoltare.

«Dove eravate arrivati?» chiese Deva, ammirando la copertina vergata in oro che recitava il titolo *Le grandi imprese*.

«Al capitolo sulle eroine» rispose il piccolo, aiutandola a trovare la pagina.

Il ditino morbido del bambino si fermò a indicare un brano, che Deva iniziò a leggere a voce bassa: «*Tre furono le eroine che difesero strenuamente il mondo. La prima si chiamava Ryda Neumar, era una ragazza di Morhva che per tutta la vita aveva...*».

«*... aiutato i genitori ad allevare animali nella fattoria di famiglia*» completò la frase il bambino.

«E la fattoria aveva un grande stagno pieno di ninfee, e rane, e girini. Un giorno prenderemo anche noi un girino!» esclamò un altro, abbassando poi subito la voce.

«Ma la sapete a memoria, questa storia!» osservò Deva, con un sorriso.

«Non importa, vogliamo sentirla ancora» mormorò l'altro bambino. «Vai avanti, ti prego!»

«Chi guardava le sue imprese da fuori, avrebbe detto che Ryda dei Venti avesse il potere dell'aria, ma le sue capacità erano molto più grandi e affondavano le radici in antiche arti magiche provenienti da lontano. Lei, infatti, sapeva leggere l'anima dei suoi nemici.»

Ryda. Deva ripeté in testa quel nome dal suono distante, eppure tanto facile da immaginare vicino, familiare. Osservò l'illustrazione sulla pagina a fianco: era ritratta una ragazza, una guerriera. Non l'aveva mai vista e aveva fattezze straniere, ma conosceva quella posizione: gli occhi chiusi, le braccia appena distanti dal corpo, le mani aperte e tese. Chiunque fosse stata Ryda Neumar, sembrava avere un potere spaventosamente simile a quello di Bram. Sentì il cuore martellare furiosamente nel petto mentre voltava ancora pagina, e un'altra figura illustrata apparve sul libro.

L'immagine si svelò a poco a poco in ogni suo dettaglio. Di nuovo, era una ragazza. Aveva capelli biondi tagliati corti e indossava un'armatura nera. Le gambe erano ben piantate a terra, le braccia tese ai lati del busto. Il viso inclinato appena verso il basso dava ai suoi occhi un'espressione compiaciuta e feroce. Davanti al petto brandiva una sfera dello stesso colore dell'armatura.

No, non può essere. È solo una coincidenza, pensò Deva, con le labbra che tremavano mentre leggeva: «*Un'altra eroina che ha fatto la storia di Morhva, fermando l'avanzata dei nemici alle porte di Aeral Dome, era dotata di un potere oscuro e indomabile. Il suo nome era...»*

«*La Dominatrice del Buio,*» sussurrò il bambino, tentando di infondere nella voce mistero e terrore «*Savaine Atwal. Ed ecco anche...*»

Deva era pronta a sentire il nome di Sarshan Kean, invece il bambino restò sulla stessa pagina e indicò un cavallo, in secondo piano, appena dietro la ragazza. Aveva il mantello scuro come la notte, e una stella bianca che gli scendeva dritta sul muso come un segno tribale.

«Ceylen Estell!» esclamò il bambino, soddisfatto, picchiettando col dito sul disegno dell'animale.

Ceylen Estell... ripeté Deva piano, nella sua mente, sillaba dopo sillaba. Ricordava come se fosse ieri la prima volta che aveva sentito quel nome. Lo aveva pronunciato sua madre leggendo i documenti di trasporto del cavallo arrivato da Morhva per errore, e che lei aveva così tanto insistito per tenere. Rammentava alla perfezione anche il momento in cui era stato cambiato. "Questo animale non è adatto alla monta, è un diavolo!" aveva esclamato lo stalliere dopo un giro di prova, smontando stizzito dalla sua groppa. Poi, però, Deva si era avvicinata e, con lei, la bestia era stata docile. Aveva passato la mano sul suo muso setoso, mormorando la parola antica per "diavolo": *Djavel.* Da qualche parte, a Terrena, le polveri di un incendio contenevano quelle di un documento dov'era vergato in inchiostro nero che il vero nome di Djavel era Ceylen Estell V.

Deva posò di nuovo lo sguardo sulla pagina e, prima ancora che il bambino le anticipasse, lesse le parole: *Savaine, immune all'argento di Moltess, collaborava spesso con gli alchimisti per...*

Fu un secondo colpo che arrivò dritto allo stomaco, come un pugno improvviso. La ragazza chiuse il libro, blaterò qualcosa sull'ora tarda e uscì di fretta dalla stanza.

Non seppe neppure se fece rumore allontanandosi, se qualcuno la sentì, se la strada che ripercorse fu la stessa o se allungò il ritorno. Tutto quello a cui pensò fu correre il più velocemente possibile per andare a chiudersi in una stanza dove sedere a terra, abbracciarsi le ginocchia e stringersi in silenzio, nella confusione e nel panico che sentiva salirle addosso come un nugolo di ragni velenosi. Forse il suo corpo pensava che, se fosse stata abbastanza immobile e abbastanza in silenzio, le sarebbero passati sopra senza morderla.

Si mise contro la porta. Non poteva entrare nessuno, neppure Bram. Lei era sola davanti a quel momento che le scuoteva il mondo sotto i piedi, e tutto quello che riusciva a pensare era: *Allora è vero.*

36
SCELTA

Il ragazzo bussò alla porta della sua stanza all'una di notte. Spinse dentro prima il bambino, assonnato e infastidito, che continuava a borbottare: «Non potevi aspettare? Perché adesso?» scuotendo la testolina.

«Da grande sarai tu a decidere, ma per ora sei un bambino, Aral. Collabora, e fai quello che ti dicono gli adulti» mormorò Bram, troppo indaffarato a scrutare fuori dalla finestra per sentirsi davvero infastidito. Il bambino si era alzato e l'aveva seguito, e questo era sufficiente. Era stato tutto incredibilmente facile, forse troppo, ma per non scoraggiarsi doveva fermamente crederlo un colpo di fortuna e non una trappola, o non sarebbero mai usciti da lì.

Deva lo osservò, seduta sul letto. Bram non aveva ancora notato che non era vestita per un viaggio, e che non aveva preparato neppure un minimo bagaglio. La ragazza non riusciva davvero a muoversi, così come non aveva ancora davvero deciso cosa fare. Aveva bisogno di restare immobile, bloccata in un non-luogo, lontano dall'idea di fuggire da Aeral Dome e altrettanto da quella di restarci. La sua mente non era lì, la teneva ben ferma in un altrove di cui non conosceva i confini, che le rendeva lo sguardo vitreo e fermo contro la parete di fronte a lei.

«Stai bene?» le chiese il bambino, toccandole la mano.

Lei prese un respiro e spostò a fatica lo sguardo, mettendo a fuoco il visino tondo di Aral. Continuò a non dire nulla.

Alla finestra, Bram stava facendo i suoi conti.

«Sarà di guardia qui sotto per mezz'ora. Passa ogni cinque minuti circa, perché fa il percorso breve: gira l'angolo, poi torna. Abbiamo due minuti e mezzo per scendere senza essere visti, e altrettanti per disarmarlo e oltrepassare le mura con questa.» Si voltò e indicò una corda che si era rigirato e legato più volte in vita. Deva riconobbe il color bronzo dei cordoni decorativi delle tende e parti di un intreccio chiaro, probabilmente ricavato dalle lenzuola.

Lo fissò senza proferire parola, pensando a cose inutili come la sfilacciatura della stoffa e la disomogeneità dei nodi, alcuni enormi e altri più piccoli. Fu allora che Bram si rese conto che qualcosa non andava.

«Deva» sussurrò. «Cosa c'è?»

«Forse dovreste andare senza di me» mormorò lei, ancora incapace di formulare una vera risposta.

«Cosa stai dicendo? Non andremmo mai via senza di te» replicò Bram, incredulo.

«Io non vengo» disse lei. Lo disse e basta, quasi per testarne l'effetto. Solo una volta che le parole furono dette, capì che sarebbe stato vero.

Ci fu un attimo di silenzio in cui tutto quello che riempì la stanza fu lo sconcerto di Bram, che la guardò smarrito come se, invece della ragazza che conosceva, avesse davanti una perfetta sconosciuta.

«Cosa significa? Deva, non è il momento di farsi prendere dalla paura, ti prego. Andrà tutto bene.» Il ragazzo le si avvicinò e le prese entrambe le mani. I suoi occhi pieni di inutile speranza scavarono un buco nel petto di Deva, facendola sentire una traditrice.

«Non ho paura» rispose. «È che devo restare qui. Ho bisogno di trovare risposte, Bram. E ne hai bisogno anche tu!»

Perse qualsiasi contatto con il non-luogo, la sua mente tornò nel pieno della disperazione.

«Le troveremo fuori da qui, quando saremo al sicuro!» rispose lui, abbassando la voce a un soffio per ricordarle di non fare troppo rumore.

«Bram, ho visto un libro illustrato. C'erano due ragazze, le chiamavano "eroine". I poteri che avevano assomigliavano ai nostri.»

«E allora? Pensi che siamo gli unici al mondo con questo tipo di capacità? Il mio è semplicemente un Cerchio potenziato, e tu... non dirmi che ti credi la sola a poter fare ciò che fai?» disse lui, incredulo.

«Il Generale Savaine Atwal era immune all'argento di Moltess. E il suo cavallo aveva il nome del mio!» Deva sentì gli occhi riempirsi di lacrime che non erano né di paura né di dolore, ma di una strana commozione al pensiero di Djavel.

«È una coincidenza. O un libro manipolato apposta per farti credere di dover restare. Non ci hai pensato? Dobbiamo andare adesso, non abbiamo molto tempo.» Lui le prese le spalle e l'abbracciò con foga stringendola a sé. «Per favore, non siamo al sicuro qui.»

Lei questo lo sapeva, e avrebbe voluto desiderare di fuggire con Bram, e poi restare con lui. Separarsi da quel ragazzo, l'idea di non poter mai più vedere il suo viso e toccare il suo corpo, le provocava un dolore bruciante. Eppure, qualcosa, le diceva di restare. Non erano solo tutte quelle impossibili coincidenze: era una parte di lei che Aeral Dome chiamava con una forza irresistibile, che era stata vista e che aveva *visto*. E, vedendo, aveva *riconosciuto*.

C'erano molti luoghi in cui avrebbe potuto trovare salvezza, ma solo uno dove avrebbe potuto trovare risposte. Non poteva lasciare Aeral Dome, non adesso.

«Vai, Bram» sussurrò, lottando per non permettere alle lacrime di tracimarle dagli occhi. «Vai, salva il bambino, torna a casa. Ti prometto che non appena avrò trovato quello che cerco, verrò da voi.»

Il ragazzo affondò le mani tra i riccioli corvini. Aveva gli occhi lucidi e le labbra aperte, boccheggianti di sgomento.

«Come puoi chiedermi di lasciarti, Deva?» disse, guardandola con rabbia stavolta. «È questo posto a farti parlare così, non capisci? Lei ti ha corrotta, sei sotto un incantesimo, stai perdendo la ragione!» Le prese il viso tra le mani e la fissò negli occhi come se potesse tenerla legata a sé con lo sguardo, poi la baciò con una disperazione infuriata, appassionata. «Torna in te, ti prego...» disse, con occhi supplicanti, dai quali iniziarono a cadere lacrime pesanti, che gli accarezzarono gli zigomi e la mandibola prima di precipitare a terra.

In quell'istante, sentirono dei passi in corridoio.

«Devi andare, adesso» disse Deva, più a sé stessa che a lui. «Io continuerò ad allenarmi, diventerò più forte. Uscirò da qui e tornerò da te, Bram. Te lo prometto.»

«Come lo sai? Come sai che non ti ucciderà domani stesso, quando scoprirà che me ne sono andato?» chiese lui, le dita che le tormentavano i capelli, il mento, che le sfregavano le labbra.

«Io sarò l'unica a esserle rimasta, non vorrà perdere anche me dopo la fatica che ha fatto per trovarci. E adesso, vai. Non avrete più modo di scappare se aspetti ancora» lo spinse lontano da sé, sentendo il dolore di uno strappo.

«Non ti lascerò da sola, Deva» affermò il ragazzo con una certezza assoluta nella voce.

Solo allora il bambino parlò con la sua piccola voce, e proferì le parole che sigillarono le rispettive intenzioni: «Se non vai ora, Bram, non andrai mai».

Entrambi seppero che era vero.

Deva si voltò, posò un ultimo bacio sulle labbra di Bram e disse con tutta la fermezza di cui era capace: «Adesso uscirò dalla stanza. Fermerò chiunque voglia entrare. Quando tornerò, voi sarete andati».

Il viso che aveva imparato ad amare la fissava atterrito. Le lacrime gli cadevano dagli occhi smeraldo senza ritegno, il naso dalla curva morbida era arrossato e gonfio, la mandibola disegnata stringeva un'espressione di disperazione.

«Tornerò per te, Deva. Dovessi attraversare la furia delle tempeste o essere maledetto dalla magia più oscura, io tornerò per te. Questa è una promessa.» Bram si sfilò la sciarpa azzurra che portava al collo e la mise attorno a quello della ragazza, stringendola in un ultimo, disperato bacio.

Per rendere definitiva la sua scelta lei dovette spingerlo delicatamente via, poi uscire dalla camera. Chiuse piano la porta e restò immobile nel corridoio vuoto, a bersi le proprie lacrime tentando di non fare alcun rumore. Quello, lo sapeva, era il momento che definiva una nuova Deva. Per tutta la vita aveva ascoltato gli altri, dimenticato il proprio istinto. Ora che esso la chiamava, sapeva che voltargli le spalle avrebbe significato perdere nuovamente l'occasione di scoprire la verità e, con essa, anche sé stessa.

Faceva così male che dubitò in ogni istante ma, al tempo stesso, trovò la forza di restare ferma sui suoi piedi, immobile al buio, stringendo la sciarpa.

Quando rientrò, dopo quella che le era sembrata un'eternità, la stanza era vuota e tutto era perfettamente fermo tranne le tende, che si muovevano leggere insieme all'aria della notte.

✶

Se la notizia della fuga di Bram e del bambino aveva causato scalpore, al mattino dopo nulla lo lasciò intendere. Solo l'assenza dell'Imperatrice al tavolo della colazione fece intuire a Deva che qualcosa era cambiato, ma non le dispiacque evitare lo sguardo della donna di fronte al suo viso ancora gonfio e stanco dai pianti della notte appena trascorsa. Aveva vegliato l'altipiano nel timore di vedere Bram e Aral tornare indietro, catturati dall'Artake, ma la notte era scivolata via un minuto dopo l'altro, lentissima e silenziosa. Si sentiva esausta e, nonostante il suo istinto di restare le avesse rivoltato lo stomaco pur di farsi sentire, era attanagliata dai dubbi.

Mentre si recava alla tenda degli allenamenti passò davanti a una fila ordinata di Sacerdotesse, che fecero un rapido inchino e un gesto al centro del petto che aveva già notato ripetere spesso, ad Aeral Dome. Si rese conto con un lieve senso di colpa che la partenza di Bram le avrebbe concesso la possibilità di indagare e fare domande senza sentirsi costantemente giudicata per la sua curiosità.

Quando entrò nel tendone, Roher e Laivine commentarono con un breve: «Non abbiamo bisogno di spiegazioni per quanto accaduto, quindi passiamo alla pratica. Ora che sei solo tu, ci concentreremo anche sull'apprendimento di nozioni essenziali. Alla fine dell'allenamento prenderai quei libri, li studierai nel tempo che ti resta» le dissero, indicando una pila di sei o sette volumi posata su uno sgabello di legno.

La tenda, realizzò, era l'unico posto che in quel momento la faceva sentire salda nella sua decisione. La sedia di Bram vuota, a colazione, l'aveva fatta star male, aveva avuto voglia di tornare in camera e rimettersi a letto, ma la terra battuta e i manichini armati sortirono l'effetto opposto. Lei era lì perché aveva scelto di essere lì, e questa consapevolezza le diede forza.

Ora tutto ciò che voleva fare era sapere, imparare, conoscere. Capire quanta verità su sé stessa quel posto nascondesse davvero. «Mi pare una buona attitudine quella che hai oggi. Mantienila» fu il commento di Roher quando Deva iniziò con foga a eseguire gli esercizi fisici che l'uomo aveva elencato per lei.

Dopo un inizio apparentemente dinamico, però, l'allenamento si ridusse a un'unica richiesta: il passo indietro. Deva si rese conto che assomigliava spaventosamente al non-luogo dove si era rifugiata la notte prima, ma in modo quasi speculare. Se il non-luogo era una fuga dal sentire, dettata da un'urgenza dolorosa, il passo indietro era la scelta di spegnere il tumulto guidata da una saggezza superiore. La destinazione si assomigliava, l'intenzione no. Nel non-luogo neanche il potere avrebbe potuto raggiungerla.

Chiuse gli occhi. Di nuovo, immaginò il suo corpo in quel "fuori" immateriale eppure denso, dalla cui superficie trasparente poteva vedere senza toccare, sapere senza sentire alcun dolore.

Era il luogo della consapevolezza e del potere.

Il luogo dove la magia si lasciava accarezzare e, forse, domare.

All'inizio la sua permanenza fu brevissima, un battito di ciglia, perché i pensieri e le angosce se ne stavano appostate attorno a lei come animali feroci, sentiva il loro alito caldo attorno, poi i loro morsi afferrarle la carne.

«Adesso nient'altro conta, Deva» sussurrò Laivine, accanto a lei.

«Se lascio andare il dolore, significa che non mi importa niente di loro. Di Bram, della mia famiglia, di tutti quei morti...»

«A chi devi dimostrare che ti importa? Solo a te stessa, Deva. Ma tu lo sai già. E sai anche che questo è esattamente il motivo per il quale sei rimasta. Quindi adesso basta con le parole. Voglio vedere cosa sai fare.»

La ragazza allora provò e riprovò, e le parve che ogni volta il luogo sembrasse più o meno accessibile di quella precedente, mai uguale, ma quando era più accessibile lo era in un modo promettente, che le fece capire che imparare era possibile.

«Proverai cento volte e fallirai mille. Funziona così, Deva: è un luogo che ti chiede di credere anche quando riuscirci ti pare impossibile. Andiamo, di nuovo» la incitò Roher.

Tutto era sconosciuto: loro, le loro voci, Morhva, Aeral Dome, quel potere, Sarshan Kean.

Eppure tutto era suo, perché da sola era fuggita da Terrena, da sola aveva trovato aiuto, da sola aveva scelto di unirsi a Bram, e da sola aveva scelto di restare.

Non aveva mai avuto nulla che le appartenesse tanto come quel momento. Fu questo a darle la determinazione di proseguire e di credere in quell'impossibile.

«Il tuo potere è con te e al tempo stesso sei tu» mormorò Laivine, traducendo esattamente ciò che la ragazza provava: una presenza accanto potente e magnifica, che per un istante le sembrò una figura di donna, l'istante dopo si confuse con la sua, e solo lei rimase.

Sentì il petto riempirsi e la pelle tendersi, ma questa volta fu diverso. Con consapevolezza guidò l'energia come fosse un lento fiume di lava. Con cura le immaginò argini attorno e la incanalò verso il punto dove la desiderava: lungo le vene dei polsi a sboccare netta, dritta come una lama tra le sue mani, e sul petto, ad aprirsi lentamente come un ventaglio per proteggerla.

Quando tornò nell'arena, le gambe ben piantate a terra, sul petto aveva uno scudo, tra le mani due falci di lama. Guardò davanti a sé con un sorriso e l'inebriante sensazione di sapere che presto avrebbe lasciato alle spalle i giorni della debolezza.

Laivine e Roher la osservarono con muto compiacimento.

«Avrei una richiesta, adesso» dichiarò Deva, forte di quel senso di potenza e della soddisfazione degli allenatori. «Vorrei vedere il mio cavallo.»

I due non ebbero nulla da obiettare e Laivine la accompagnò alle stalle, dove riconobbe immediatamente il muso scuro di Djavel. Quando la vide, il cavallo si agitò.

«Buono...» gli disse la ragazza, abbracciandogli il collo e affondando il viso nel suo odore selvatico e familiare.

Sei tutto ciò che mi è rimasto, pensò, e quella consapevolezza la scosse nel profondo.

Dopo, si preparò per il pranzo aspettandosi di incontrare l'Imperatrice, invece mangiò di nuovo da sola, nella sala elegantemente apparecchiata per uno. La luce del sole si rifletteva sulle posate dorate, e lei ricacciò indietro una strana delusione.

Si accorse che avrebbe voluto incontrarla e parlarle, forte dell'ultimo allenamento, anche se il pensiero di cercarne l'approvazione le parve non solo sciocco, ma anche infantile.

37
FUGA

Era andato tutto bene, finché il bambino non aveva avuto paura dell'altezza. Anche aggrappato a Bram, e legato a lui con un giro di stoffa ben ferma, Aral non era riuscito a non agitarsi e questo aveva reso impossibile al ragazzo scendere dalle mura nei tempi che aveva immaginato. In più, ogni volta che notava una sporgenza che avrebbe facilitato la discesa, la pietra sembra farsi liscia e scivolosa sotto le sue mani, ostacolandolo di proposito. Era precipitato verticalmente per alcuni metri temendo di schiantarsi a terra prima di trovare un minuscolo appiglio e riuscire a trattenere il suo corpo sul muro. Tra i denti, aveva ringraziato Padre Zyen e i suoi esercizi massacranti. Quando una seconda guardia era giunta a controllare come mai la prima non fosse arrivata a darle il cambio, il ragazzo e il bambino non avevano ancora posato i piedi a terra. Quando lo fecero, e videro le guardie di Aeral Dome correre nella loro direzione senza una parola ma con armi sfoderate, la certezza di Bram aveva iniziato a vacillare. La sua intenzione era recarsi nell'ala ovest del palazzo, dove aveva inteso si trovassero le stalle, ma la strada era ormai bloccata.

Aveva slegato il bambino il più rapidamente possibile, ma il nodo era stato stretto al massimo e per disfarlo aveva impiegato secondi preziosi. Nel frattempo aveva sentito il suolo sotto ai piedi agitarsi, come se la fortezza stesse tentando di inghiottirli prima che riuscissero ad allontanarsi. Aveva tirato via il bambino un attimo prima che il suolo si aprisse sotto ai loro piedi, per poi riformarsi intero come se nulla fosse accaduto. La fretta di scappare era diventata urgenza.

Quando le guardie erano arrivate aveva usato il Cerchio per creare un'onda d'urto che li scaraventasse lontano, ma non aveva potuto usarlo a piena potenza per il timore di allertare l'Artake intero. Improvvisando, aveva ordinato ad Aral di salirgli sulla schiena. Sotto i loro piedi, lì dove il palazzo aveva ancora radici, avevano iniziato a sbocciare dal terreno arbusti appuntiti come spade. Il bambino si era messo a piangere, mentre le punte avevano cominciato a circondarli. Bram allora aveva tentato ciò che mai aveva fatto prima di allora: usare il Cerchio come protezione. Se ne era circondato, creando una bolla attorno a sé e al bambino, ma non aveva saputo dosare bene l'energia e la bolla si era rivelata troppo sottile, era bastata appena a farli allontanare per tempo mentre, dietro di loro, le radici si gettavano verso il cielo, violente. Erano rotolati a distanza di diversi metri, si erano rimessi in piedi controllando di essere tutti interi.

Il ragazzo aveva sondato con lo sguardo la strada davanti a sé: l'unica possibilità era proseguire verso est per cercare di varcare i confini di Alta il prima possibile.

Essere a piedi, però, era un grave svantaggio. Improvvisamente tutto gli era parso una pessima idea: quando aveva capito di non poter recuperare i cavalli avrebbe dovuto abbandonare l'impresa e ritentarla in un altro momento. Quanto lontano sarebbero potuti arrivare loro due, soli, senza un mezzo di trasporto e in una terra sconosciuta e ostile?

Era stato Aral a indicare un luccichio quasi nascosto fra due gole di roccia. Alla luce della luna avevano seguito il corso d'acqua fino a trovarsi ai piedi di un'alta cascata che si gettava nella valle sottostante. Il fragore e la nebbiolina che giungevano fino ai loro piedi ne raccontavano la forza della corrente.

Temendo l'imminente arrivo delle guardie, Bram aveva riformato il Cerchio protettivo aumentandone la potenza e, avvolgendosi attorno al bambino per difenderlo col suo corpo, si era lasciato scivolare nelle acque gelide.

✶

Riprese i sensi scosso da mani forti ma delicate.

«Bram» sentì sussurrare.

I suoi nervi lo svegliarono con una scossa e ogni muscolo del suo corpo si contrasse in allerta, pronto a difendersi. Quando aprì gli occhi, però, mise a fuoco quello che gli parve un miracolo.

Era tutto intero, sdraiato al limitare di una pozza d'acqua cristallina al termine della cascata, e sia il Capitano che l'Astromante erano chini davanti a lui.

«Avete un aspetto orribile» riuscì a mormorare, in quella che voleva essere un'esternazione di preoccupazione e affetto, e che invece suonò come un insulto.

«Anche tu non sei male» rispose Lyran, alzando un sopracciglio. Aiutò il ragazzo a levare gli abiti bagnati e lo avvolse nella coperta del cavallo esattamente come aveva fatto con Aral, che batteva i denti fra le braccia di un'Évanette dalla cera terrificante.

«Non guardarla così» commentò il Capitano. «È merito suo se siamo riusciti ad arrivare fin qui. Abbiamo ritrovato anche i cavalli.»

«Voglio un premio» mormorò l'Astromante senza enfasi, alzandosi e incespicando sui suoi stessi piedi. Il vestito della donna era ormai nero di fango, e dalle labbra aride la voce suonava arrochita e stanca.

«Tu devi essere Aral» disse Lyran accarezzando la testolina del bambino. Poi, allarmato, chiese: «Dov'è Deva?».

Con addosso la fatica della fuga e la stanchezza della rivelazione, Bram raccontò brevemente di Aeral Dome e di Sarshan Kean, aggiungendo desolato: «Deva ha scelto di restare. Ho provato in tutti i modi a...». Un rumore di zoccoli in lontananza lo distolse da qualsiasi altra spiegazione. Senza dire una parola, Lyran fece salire il bambino sul suo cavallo, mentre Bram divise la sella con Évanette. Lanciarono i cavalli al galoppo lungo la gola che si snodava a fianco del fiume.

Il ragazzo era stordito e angosciato, ma talmente grato per quell'inatteso salvataggio che, se quella donna non avesse puzzato tanto di sterco, fango e aceto, le avrebbe dato un bacio. «Grazie per averci *visto,* Évanette» le sussurrò quando si furono allontanati abbastanza. «Siamo debitori verso le tue stelle.»

Lei non sembrò reagire. A malapena rimaneva salda in sella, tanto che lui strinse le gambe per entrambi cercando di tenerla in equilibrio, e a un certo punto afferrò le sue mani insieme alle redini. L'Astromante era una bambola di pezza che sbatteva tra le sue braccia, e il ragazzo temeva di perderla per strada a ogni sasso, avvallamento o accelerata che faceva scartare il cavallo.

«Lyran!» gridò, quando capì che la donna era quasi esanime.

«Dobbiamo trovare un medico, lo so» rispose il Capitano, fissando Évanette con evidente preoccupazione. «Ma se dovessi vedere qualsiasi erba eccitante, fermati. È in astinenza da chotud.»

«Chotud?» ripeté Bram, con gli occhi spalancati, come se Lyran avesse appena fatto una battuta così di cattivo gusto da non meritare nemmeno una risata. Quando incontrò lo sguardo del Capitano, però, non ci lesse alcuna ironia, e un brivido di disagio gli attraversò le ossa.

Conosceva bene tutte le proprietà delle piante, anche di quelle psicoattive. Adesso, con quel sentore acido che esalava dalla donna e le sue braccia abbandonate lungo un corpo che riusciva appena a restare in posizione eretta, aveva paura di cosa sarebbe potuto accadere da lì ad Alta.

«Bram,» lo chiamò il Capitano «e se provassi a fare la stessa cosa che abbiamo fatto arrivando: cercare un Ambulacro?»

«Potrei. Ma la destinazione sarebbe impossibile da prevedere» rispose il ragazzo, affranto.

Vide Lyran mordersi il labbro.

«Una buona notizia c'è, però...» aggiunse, notando qualcosa ai margini della strada. «La vegetazione ha iniziato a cambiare. Forse ci stiamo davvero avvicinando al confine.»

Era così. Man mano che procedevano il terreno si fece meno roccioso e, tra gli arbusti nudi di Morhva, si cominciarono a notare alberi più folti, dalla chioma verdastra, segnale che si stavano avvicinando ai monti. Se non avevano già attraversato il confine lo avrebbero fatto presto, ed essendosi tenuti su strade non battute per evitare rischi, avevano azzerato anche quello di incappare in qualche stazione di guardia.

«Bram» disse Lyran, rompendo un momento di perfetto silenzio. «Te ne rendi conto, vero?»

Il ragazzo guardò il Capitano, scuotendo la testa. «Di cosa?»

«Tu sei l'unico, che io sappia e di cui forse i libri abbiano memoria, a essere riuscito a fuggire da Aeral Dome.»

Bram tentò di replicare qualcosa dalla prospettiva in cui gli avevano insegnato a pensarsi: inutile, incapace. Ma quelle parole furono potenti come un incantesimo, perché erano la verità. Le digerì come un elisir che gli rinfrancò lo spirito, ed ebbe nuova speranza.

Évanette, nel frattempo, era in preda a un delirio febbrile. Le sue estremità erano di ghiaccio, ma collo e fronte scottavano. Mormorava lamenti sconnessi all'orecchio del ragazzo, che gli spezzavano il cuore. Tentò di coprirla quanto più possibile con il suo mantello, ma non sarebbe bastato a lungo.

Quando avvistarono una casa isolata, con il camino fumante e un piccolo orto davanti, senza convenevoli si fermarono ed entrarono mormorando qualche spiegazione, depositando immediatamente la donna davanti al fuoco scoppiettante.

I proprietari, una coppia in là con gli anni, li osservarono in silenzio passando loro quanto chiedevano: dell'acqua, una coperta o una pelliccia.

L'anziano si avvicinò e si chinò sull'Astromante, ascoltandone il respiro e sfiorando più volte la sua gola con le mani. Si protese verso il suo collo e inspirò profondamente un paio di volte, storcendo il naso. «Astinenza?» chiese, con la voce biascicante e un forte accento dei monti.

Lyran annuì.

«Siete un guaritore?» chiese Bram, non troppo speranzoso.

L'uomo scosse la testa. Poi disse: «Ma lo chotud ha ucciso mio figlio».

Sua moglie portò un telo ripiegato per sollevare la testa di Évanette, poi si adoperò per levarle l'abito irrigidito dal fango mentre il marito metteva una tazza di brodo fumante tra le mani del bambino che era rimasto dietro a tutti, a guardare la scena in silenzio.

Con una spugna imbevuta d'acqua riscaldata la donna lavò via dal corpo di Évanette terra e polvere, ma i lividi di cui era coperto lo facevano sembrare ancora sporco. Le fece scendere qualche goccia d'acqua tra le labbra, e la coprì immediatamente con una pelliccia.

«Morirà?» chiese il Capitano, sottovoce ma con una gran voglia di gridare, prendere a pugni i mobili di legno della casa, sfondarli, sentire la carne delle nocche spaccarsi.

«C'è da augurarselo» rispose l'uomo. «Ma abbiamo un preparato qui in casa che può darle buone probabilità di superare questa crisi.

La domanda è: volete che la superi? Se non si disintossica, e a questo stadio è difficile, quello che viene dopo non sarà bello né per lei né per voi.»

Tomàs Lyran aveva paura di chiedere cosa potesse arrivare dopo, restò in silenzio.

«Certo, che vogliamo che la superi. Dategli il vostro preparato, noi troveremo una cura, che sia ad Alta o a Vidrian» intervenne Bram risoluto.

L'uomo scoppiò in una piccola, soffocata risata. «Riva di Vidrian, eh? Immaginavo che il ragazzo e il bambino fossero due *fraticelli*» mormorò con un certo scherno, muovendo le dita in un cerchio. L'uomo si allontanò di qualche passo prima di squadrarli dall'alto in basso, e aggiungere con ostilità crescente: «Allora siete stati voi a ridurla così».

Bram lo guardò, sconvolto. «Come potete pensare una cosa simile?»

Rivolto a sua moglie, l'uomo disse sarcasticamente: «Come posso pensarlo, chiede. Ma sentilo, che coraggio!».

La donna sollevò il volto, scolpito dal bagliore del fuoco, e li guardò con profondo disprezzo, soffiando stizza dalle narici. «Adesso prendo il preparato e lo faccio bere alla donna. Vi concedo la notte perché faccia effetto, ma solo perché questa poverina mi fa pena, ed è un'Altan. Poi, ve ne andrete» sibilò.

Bram non aveva la più vaga idea di cosa stesse succedendo, Lyran invece scosse piano la testa sapendo che avevano semplicemente incontrato quella frangia di estremisti di cui gli Ardimenti erano ben a conoscenza, ma che abitualmente non creavano grossi problemi. Erano lontani dai grandi centri, vivevano in piccole comunità nelle campagne o sui monti, parlavano solo tra di loro alimentando storie e maldicenze sulle popolazioni delle altre rive per il solo gusto di poter dare la colpa a qualcuno quando le cose andavano male. Se il raccolto era scarso, la ragione era da ricercarsi nei Morhvan che avevano inquinato la terra col loro sangue, cento anni prima. Se il prezzo del legname scendeva, era colpa dei "normali" di Terrena e della loro stupida moda di fare le case solo in muratura, perché erano degli ignoranti vittime delle mode del momento. Perfino se un figlio moriva, la colpa era di qualcun altro.

«Questo,» sputò fuori l'uomo, indicando Évanette «è responsabilità della vostra riva. Avete idea di quanti chilometri e chilometri di terra di Vidrian sono dedicati alla coltivazione dello chotud? Il vostro Governo ve lo tiene segreto, ma le voci corrono...»

Lyran fu tentato di rispondere con una risata, ma tenne per sé qualsiasi possibile fonte di conflitto. Adesso avevano solo bisogno che la coppia desse all'Astromante il preparato, pregare che la facesse stare meglio, e tornare il prima possibile a Kerberch.

✶

Quando si rimisero in marcia, al mattino dopo, Évanette aveva ripreso conoscenza e la sua fronte era finalmente fresca. Aveva bevuto una tazza di latte offerta dalla donna, ma l'aveva vomitata appena uscita fuori, con l'uomo che aveva scosso la testa mormorando: «Non durerà a lungo».

L'Astromante l'aveva fulminato con lo sguardo e, alzando la mano debolmente, gli aveva fatto un gesto scaramantico. L'uomo aveva fatto un balzo all'indietro gridando: «Andatevene!» prima di sbattere la porta di casa e fissarli dalla finestra, per essere certo che si stessero allontanando.

«Mi hai fatto curare da un dannato estremista, Lyran?» chiese debolmente Évanette, consapevole che "curare" non fosse la parola giusta.

«Preferivi morire in sella al cavallo?» ribatté il Capitano, felice di poter di nuovo avere un battibecco con lei.

«Di' piuttosto che, se non ci fossi io, non avreste idea di come tornare a Kerberch senza impiegarci un'eternità...» commentò lei, appoggiando tutto il peso addosso al ragazzo, perché la testa non era ancora salda come avrebbe voluto.

C'era del vero in quello che diceva, e ne erano tutti consapevoli.

38
CENA

Nei giorni successivi alla fuga di Bram, per dare un senso al suo essere rimasta ad Aeral Dome Deva si sforzò di concentrare ogni attenzione sul suo potere. Si esercitava ogni minuto libero, imparava a conoscere quella zona di irrealtà dalla quale evocare quella strana, sgraziata forza, e con stoica ammirazione osservava la sua pelle aprirsi, la sostanza oscura fuoriuscirle dal corpo, prendere forma. Ogni giorno sembrava risponderle di più. Non era più granulosa e dispersa, ma lucida e compatta. Connessa alla sua mente, era riuscita a modificare la sua forma dapprima lievemente, poi in modo sempre più deciso. La temeva ancora troppo per tentare i suoi esperimenti più di qualche istante, ma quando immaginava tutto quello che avrebbe potuto provare a fare sentiva il cuore accelerare, la testa farsi leggera e si percepiva rallentata e lontana, come in preda a un'allucinazione.

Sapeva quali pensieri l'attendevano quando sarebbe tornata alla realtà, e tentava in ogni modo di tenerla lontana. *Un attimo ancora*, si diceva, *un istante e basta*. Ogni altro bisogno svaniva in un indistinto secondo piano: non aveva più bisogno di mangiare, bere, parlare, sedersi. Pensarsi potente era diventato un antidoto, un sogno a occhi aperti che aveva sentori di distruzione, come se la morte fosse un'idea che non potesse davvero abbandonarla.

Aveva posato la pila di libri dalle copertine vergate in oro sulla piccola scrivania di legno davanti alla grande finestra. Fatto salvo per le proprietà e gli utilizzi delle piante, che conosceva parzialmente grazie alle lezioni di medicina botanica, il resto era un complesso insieme di materie mai affrontate: arti magiche, rune e simboli, strategia alchemica. Era teorico, complesso, lontano da qualsiasi idea della sua vita a Terrena, e da qualsiasi ricordo di Bram: semplicemente perfetto.

Uno dei volumi più piccoli scivolò dalle coperte e cadde, aprendosi e svelando pagine di calcoli e numeri.

«Adesso va meglio...» sussurrò, riconoscendo un linguaggio che le era affine. Lo raccolse e lesse il titolo in copertina, che recitava *Geografia delle energie*. Non comprese immediatamente il motivo di tanti calcoli in un libro di geografia, ma più si addentrò nella sua lettura più ne rimase affascinata.

Secondo il testo, Radian era permeato da un'energia pura e non manipolata, che connetteva tutti gli esseri, viventi e non. Attraverso le Cinque Rive scorrevano delle venature dove questa energia si concentrava in modo particolare, come fiumi sotterranei e invisibili, chiamate "vene". Erano luoghi che risuonavano e si equilibravano tra loro, un reticolo che amplificava e stabilizzava tutta la magia che impregnava il mondo. Una di esse, detta Vena Primaria, convogliava e restitutiva energia a tutte le altre, facendo da amplificatore e da raccordo.

Tra le pagine del libro erano elencate liste e liste di punti cardinali e coordinate di luoghi ritenuti sacri dove erano avvenuti supposti "miracoli" o eventi particolari, terre dove la vegetazione o gli animali avevano avuto comportamenti inusuali ripetuti nel tempo, e fonti di materiale dalle proprietà magiche.

Da queste erano state ricavate coordinate, punti di incontro, incroci e dati comuni. Nelle pagine successive, sulle mappe di Radian, erano state segnate tutte le rette, gli angoli e le figure geometriche comuni ai possibili itinerari. A questi erano state sovrapposti gli andamenti dei venti e delle correnti, la frequenza delle maree e dei pleniluni, le migrazioni e gli equinozi, in un complesso sistema che teneva il ritmo stesso della terra in considerazione come movimento, un'onda costante che ora amplificava ora attenuava la comunicazione delle linee.

Il libro era pieno di pagine e pagine di equazioni che Deva riusciva, con un certo sottile piacere, a comprendere rapidamente, quasi le si srotolassero davanti ordinatamente riga dopo riga, ognuna con la sua logica e la sua illuminante soluzione finale, come enigmi nati per i suoi occhi. Alla fine del libro i calcoli avevano stabilito l'esatta posizione della Vena Primaria che attraversava Radian.

Quando Deva ne seguì il tragitto con il dito, premendo piano sul confine tra Alta e Morhva, il sole era già sceso e il buio aveva mangiato la stanza a silenziosi bocconi.

Sentì bussare alla porta, e si sorprese nell'aprire trovandosi davanti una cameriera che le porse un abito ripiegato, di un intenso color verde petrolio.

«L'Imperatrice vorrebbe cenare con voi, questa sera» le annunciò. Poi, senza aspettarsi una risposta, fece un breve inchino sorridente e sparì oltre il corridoio già scuro.

All'improvviso, Deva si sentì estremamente nervosa. Era dal giorno in cui Bram e Aral erano fuggiti che non vedeva la donna. Da quanto aveva appreso era in visita a una delle altre città fortificate, distante diversi giorni di viaggio. Solo poche ore prima si era chiesta quando l'avrebbe rivista ma, ora che stava per ritrovarsi da sola con lei, provava timore e uno strano senso di agitazione.

Indossò l'abito rabbrividendo di freddo, e lo trovò eccessivamente elegante. Iniziò a chiedersi se la cena si sarebbe svolta come le precedenti o sarebbe stata più formale, magari con altri ospiti, e il pensiero aumentò il suo disagio.

Si guardò allo specchio del bagno, e si stupì di ciò che vide. L'abito sembrava pensato addosso alle sue forme. La fasciava senza stringere, accarezzava la sua pelle esaltandole ogni curva e muscolo. La gonna era cucita al centro in modo che si potesse muovere liberamente, come con un paio di pantaloni. Sopra a una camicia leggerissima si allacciava un corpetto di cuoio più scuro che sembrava fatto sul calco del suo seno e delle sue costole, tanto le aderiva perfettamente. Un mantello impalpabile ma inaspettatamente caldo completava l'insieme.

Non era Deva Loissen quella che vide, ma qualcuno che le appariva molto più grande, in tutti i sensi in cui questo poteva essere inteso. Non c'era traccia delle stoffe floreali o dei tessuti ricamati di moda a Terrena, le sue scarpe non erano di raso chiuse da nastri ma robusti stivali di pelle, la camicia aveva un colletto appuntito al posto delle estremità in pizzo. Eppure, si sentiva più attraente di quanto non fosse mai stata.

Decise che non poteva presentarsi a cena vestita in modo tanto accurato ma col viso terreo che le ricambiava lo sguardo, e la cicatrice così evidente. Pescò dal sacchetto la polvere nera e, con un pennello sottile, tracciò il contorno di entrambi gli occhi con due righe decise, che poi sfumò con i polpastrelli. Insistette sulla cicatrice e, anche se non sarebbe mai riuscita ad assomigliare a tutti gli altri, le parve di aver fatto un discreto lavoro. Lasciò il rosso per le labbra, picchettandole con l'indice ancora sporco di nero e ottenendo una tonalità scura, sfacciata, che si intonava fin troppo bene con il resto.

Appuntò i capelli con uno spillo, poi decise invece di lasciarli sciolti. Contro tutto quel verde intenso, il color miele che aveva sempre trovato banale sembrava rilucere di sfumature mai espresse, calde e luminose.

Era ancora nervosa. Ma di quel nervosismo, in qualche modo, si stava anche cibando.

✶

Seguì la stessa cameriera che le aveva portato l'abito lungo il corridoio, poi su per le scale concentriche di una delle torri ai lati del Dome. Quando entrò nella sala, l'ultima in cima, lo spettacolo le tolse il fiato. Il panorama degli altipiani mentre scendeva la notte era maestoso, e la tavola non era da meno: coperta da un drappo ricamato d'oro e fili di seta, era illuminata da decine di esili candele. Dal soffitto, inoltre, pendevano piccole decorazioni formate da cerchi metallici coperti da minuscoli frammenti di Lumina. In perpetuo movimento rotatorio e colpiti dalla luce delle candele, i cerchi, che già avrebbero emanato bagliori senza alcun aiuto, sembravano stelle circolari disseminate sul soffitto della torre, irreali come un sogno.

Eppure, a lasciarla senza parole fu il tavolo: molto più piccolo di quanto si sarebbe aspettata, e apparecchiato per due sole persone.

Non fece in tempo a chiedere nulla alla cameriera, in piedi oltre una porta ad arco, che la vide tracciare il segno che aveva ormai imparato a riconoscere e decifrare: un movimento sinuoso del dito sul petto, e un inchino.

Sentì la voce della donna prima ancora di vederla.

«Tempo fa, quando avevo pensato a questa cena, l'avevo immaginata per tre...» dichiarò Sarshan Kean, uscendo dall'ombra. «Ma non mi dispiace che sia per due.»

Il primo istinto di Deva fu quello di fare lo stesso inchino della cameriera. Era chiaro a tutti i suoi sensi, anche a quelli invisibili, che si trovava davanti a un'imperatrice. Tra i capelli tirati morbidamente indietro sulla testa, la donna portava una tiara scura che le scendeva al centro della fronte con un pendente appuntito. Un abito rosso carminio percorreva il suo corpo senza sforzo, ma con la dignità costrittiva di un'armatura. Esattamente come la camicia, e il corpetto che si chiudeva sulla sua gola e scendeva lungo le braccia fino a concludersi in una punta minacciosa al centro delle dita. Deva non poté non notare il ricamo del vestito: un fittissimo intrico di fili di seta e lucidi frammenti di specchi che definivano, con la grazia di fiori e la crudeltà di denti, la linea dritta delle clavicole, il contorno morbido dei seni e la tensione verticale dell'addome.

Per la prima volta la ragazza guardò la donna con un'attenzione che, scoprì, aveva sempre atteso di darle. L'intensità di quei lineamenti, una combinazione di razze e discendenze, di carisma e di potere, era qualcosa che mai, prima, le era capitato di vedere. Conosceva lo sguardo della bramosia, che arrossava le guance e rendeva irrequieto il corpo. Conosceva anche l'espressione famelica di chi era in cerca di potere, ricordava certi amici dei genitori dallo sguardo calcolatore, che fiutavano favori, complottavano alleanze.

Ma quegli occhi, densi di un desiderio calmo e domato, di certezza e dominio, contenevano per lei una fascinazione esotica e sconosciuta. Specialmente perché la stavano guardando con interesse. Avrebbe dato qualsiasi cosa per sapere cosa stesse pensando di lei l'Imperatrice, ora che il suo sguardo le percorreva il viso e le scendeva addosso, come soppesando gli sforzi dell'allenamento da lei offerto.

Si sedettero, e sul tavolo venne servito un grosso volatile arrosto, la pelle dell'animale glassata e fumante si sovrappose alla linea di sguardi rendendoli per qualche istante opachi. La cameriera le versò del vino rosso nel calice prima ancora che Deva potesse dire di no.

«Questo è uno dei miei posti preferiti, ad Aeral Dome» dichiarò Sarshan Kean, rompendo il silenzio.

Deva capì che con la frase precedente la donna aveva definitivamente liquidato il discorso su Bram, ma questo non le permise di rilassarsi del tutto. «È molto bello» riuscì però a commentare, guardandosi attorno e chiedendosi quante ore avessero impiegato i camerieri ad allestire la sala, tutto solo per loro.

«Come sta andando lo studio?» chiese l'Imperatrice.

«Ho cominciato da geografia delle energie, è molto interessante» rispose lei, sorpresa dalla banalità della conversazione. «Non ne sapevo nulla ma ho capito abbastanza in fretta, ho confidenza con la matematica.»

«Non *potevi* saperne nulla» replicò Sarshan. «Non sei stata educata per conoscere queste cose, ma per ignorarle.»

La ragazza allora si decise a fare la domanda che le scottava sulla lingua, che uscì come un'affermazione: «Ci sono altre cose che ignoro. La fine dei miei genitori, ad esempio. Penso che voi sappiate molto più di me su cosa sia accaduto quel giorno, alla tenuta. A questo punto vorrei saperlo».

L'Imperatrice non perse la sua compostezza. «Hai già capito, immagino, che i Loissen non erano i tuoi genitori» disse, con calma e guardandola dritto negli occhi come per sostenere la sua reazione.

La ragazza si trovò ad annuire piano, senza averlo deciso. Si rese conto di averlo compreso, assorbito poco per volta, una goccia al giorno, fino ad arrivare a quel momento e poter muovere la testa per dire: "Sì, ne sono consapevole, ora". Non faceva nemmeno così male.

La donna non le staccò gli occhi di dosso, sembrava volerle dare in qualche modo stabilità, sostegno.

«Il giorno in cui sono morti, non è stato per mano mia» continuò, con il tono profondo della voce che si ammorbidiva. «Ma eravamo lì anche noi, cercavamo te.»

«Perché mi cercavate?»

«Per parlarti, Deva. Offrirti ciò che stai vedendo: conoscenza, potere. E lasciarti scegliere, sperando che tu potessi scegliere noi.» Disse quel "noi" come se sottintendesse "me".

Ciò che la ragazza aveva chiamato "nervosismo" stava mutando forma. La agitava ma diversamente, adesso. «Allora com'è accaduto? Chi ha ucciso la mia famiglia e distrutto la tenuta?»

Sospirando, l'Imperatrice disse: «Come ho detto non eravamo i soli a essere lì, quel giorno. Gli Ardimenti della Federazione sono arrivati quasi nello stesso momento».

«Ma... perché? Non capisco!»

«Sapevano che ti avevamo localizzata, e che ci saremmo messi in contatto con te. Ma quando sono arrivati per portarti via, noi eravamo già lì. C'è stato uno scontro.»

«Portarmi... via?»

«Sei molto importante per tutti noi, Deva.»

Mentre la donna pronunciava quelle parole, l'illustrazione del libro le tornò davanti agli occhi, e nello stesso istante ricordò le parole "i miei Generali". Sgranò gli occhi cercando in quelli di Sarshan Kean le conferme di cui aveva disperatamente bisogno.

L'altra, in risposta, le rabboccò il bicchiere con un'occhiata eloquente.

«Sapevano tutti? Anche i miei... voglio dire, i Loissen?» chiese, mordendosi l'interno della guancia per non rompersi in mille pezzi, di nuovo, davanti all'Imperatrice.

Sarshan Kean prese un lungo sorso di vino, e Deva fece istintivamente lo stesso. La donna si inumidì le labbra e socchiuse gli occhi prima di rispondere: «È probabile. È una famiglia molto vicina ai vertici della Federazione. Potrebbero aver detto loro ogni cosa, oppure avergli chiesto di proteggerti e tenerti il più possibile segregata dal resto del mondo senza aggiungere dettagli, contando sulla loro fedeltà. A ogni modo, lo scopo era impedire che io ti ritrovassi.»

Già, pensò Deva. La Federazione desiderava fortemente proteggerla dall'Imperatrice. Essere rimasta ad Aeral Dome, allora, cosa faceva di lei? Una traditrice? Una spia? Ancora non ne aveva certezza. Sapeva solo ciò che aveva perso.

«Chi erano i miei veri genitori?» chiese, ormai pronta a qualsiasi cosa.

«Una normale coppia di Terrenean che si è spaventata la prima volta che hai manifestato i tuoi poteri. Hanno provato a farli imbrigliare da un ciarlatano, il risultato è la tua cicatrice. Quindi ti hanno portata alle autorità, che hanno testato le tue capacità. Da lì la Federazione ti ha riconosciuto e ha intuito che potessi essere una Gemma, perché il tuo potere richiamava quello che un tempo possedeva il Generale Atwal. Per esserne sicuri, dal momento che Savaine era immune all'argento di Moltess, ti hanno testata anche per quello.»

Sbigottita, Deva rispose: «Ma... quando ero ancora una bambina piccola? Avrei potuto morire».

L'Imperatrice commentò con un'espressione grave del viso, poi proseguì: «Una volta avuta la certezza, hanno deciso di affidarti a chi aveva i mezzi e la volontà di crescerti lontana da ogni possibile *rischio*. Il resto lo sai anche tu» rispose la donna.

Sentendo parlare della sua cicatrice, Deva schermò istintivamente l'occhio con la mano.

L'Imperatrice si accigliò. «Perché la copri?» chiese.

«Perché non mi piace» rispose seccamente lei.

«È il segno del tuo potere, che non si è mai arreso. Né ai ciarlatani, né agli incantesimi che ti hanno legata per tutto questo tempo. So che indossavi un *maledicto*. So anche che un AltoMago ti somministrava periodicamente degli elisir per sopprimerlo. Ed è anche un segno della tua forza, Deva. Una pressione tale avrebbe potuto uccidere chiunque, eppure sei sopravvissuta. Dovresti portarla con onore» aggiunse e, senza chiederle permesso, con delicatezza le spostò i capelli dietro l'orecchio per svelarla alla luce delle candele.

Al tocco freddo delle dita della donna, Deva tremò.

Nella sua testa, intanto, i pezzi si incastrarono insieme per formare la figura che aveva intuito, ma non messo davvero a fuoco: la sua vita tanto diversa, le crisi, la collana, il dottor Andergast. Solo adesso, tutto aveva senso. La rabbia che le montò dentro era attenuata solo dalla consapevolezza del suo lutto. Chiese, quindi: «Se non siete stati voi a ucciderli, cos'è successo davvero quel giorno, alla tenuta?».

«Non ne abbiamo certezza» rispose l'Imperatrice con una smorfia di disappunto, quasi fosse uno smacco per i suoi stessi soldati. «Ma non mentivo quando vi dicevo che il mio esercito non è più in grado di produrre il fuoco nero. Come la capacità di creare l'argento di Moltess, è stata una delle cose andate perse durante la guerra.»

«E perché dovrei credervi? È comodo scaricare ogni responsabilità, ora che l'obiettivo è farmi restare.»

«Non devi credermi per forza, Deva. Bram è andato via. Aeral Dome l'ha ostacolato, ma non con l'intensità che avrebbe usato se io lo avessi ritenuto indispensabile. E il motivo è che non me ne faccio nulla di un erede della Gemma che non crede in me e nella mia missione. Userà il suo potere contro di me? È probabile. Dovremo trovare nuovi modi per difenderci.»

Il cameriere portò un nuovo piatto, entrò dall'ombra e nell'ombra ritornò, come un fantasma.

«Parli di difesa, ma le rive conoscono una storia diversa. Vorresti riavere i tuoi Generali per scatenare un'altra guerra?» chiese allora Deva, senza alcun pudore.

Gli occhi della donna rimasero un istante sul bicchiere, poi guardarono fuori dalla finestra, oltre le stelle, come se si volesse rifugiare anche lei nel suo non-luogo a prendere un respiro di niente, prima di riportare gli occhi dentro ai suoi e rispondere: «Non amo la guerra, Deva. Anzi, la detesto. E invece mi hanno raccontata come una crudele sanguinaria, una folle. Ma c'è una ragione per questo. Detesto la guerra, ma sono disposta a farla se è quello che serve per difendere il nostro mondo. L'ho fatta una volta e la farò di nuovo, se occorre».

I suoi occhi adesso fiammeggiavano di passione e ferocia. Fu un discorso che durò pochi secondi, ma che risuonò definitivo nella sua brutale, solenne sincerità.

«Hai ucciso dei bambini... Non ti sei fermata davanti a donne indifese e anziani. Questo, mi hanno detto» sussurrò Deva, guardandola negli occhi.

La donna sostenne lo sguardo e nel suo c'era la durezza del comando. «Ho fatto cose necessarie, che avrei preferito non fare. E ho affidato compiti delicati a chi aveva in sé troppa ferocia. Ho sulla coscienza la morte di chi non la meritava, questo è certo. Ma ti sto dando quello che non ti ha mai dato nessuno, Deva: la *verità*. Chiedimi se ho ucciso degli innocenti, chiedimi se le Fosse sono esistite.

Ma chiedimi anche le circostanze in cui questo è accaduto. Chiedimi quale ricatto mi ha portato a dover togliere quelle vite. Ti risponderò il vero. E poi continuerò a dirti ciò che è realmente successo, perché devi capire il motivo di tanto orrore, e giudicare tu stessa.»

«Non c'è nulla che possa giustificare azioni simili» ribatté Deva. «Nulla.»

Continuarono a mangiare in silenzio, lei non trovò niente da aggiungere dopo quello scambio né l'Imperatrice sembrò desiderare altre parole da lei.

Deva la osservava di sottecchi, percorrendone la figura elegante e i gesti misurati mentre portava alle labbra le posate, o prendeva lenti sorsi di vino. Quando i loro sguardi si incrociavano distoglieva il suo rapidamente, ma poi tornava involontariamente su di lei. Guardò le dita lunghe e le unghie piccole e tonde, senza vezzi. Si soffermò sulla curva arcuata e precisa fra il collo e le spalle, dove l'abito aderiva senza fare una piega. Notò la muscolatura sottile ma compatta che si intravedeva sulle braccia, le ossa squadrate dei polsi. E poi, quando la donna fu distratta dal dialogo con un servitore, fissò il suo viso. I suoi occhi percorsero la mandibola tagliente e la forma tesa dello zigomo, studiarono le narici piccole e svettanti, la linea dritta del naso e finirono perdendosi negli occhi verde salvia lievemente a mandorla, sormontati dalla curva alta delle sopracciglia. Quali cose, del modo in cui appariva, facevano di lei l'Imperatrice di Morhva e incutevano una tale soggezione? Nessuna? Tutte?

Quando l'ultima portata fu servita e consumata, Sarshan Kean si alzò dal proprio posto e si avvicinò a Deva, porgendole la mano e facendola alzare a sua volta.

La sua stretta era decisa, come se si conoscessero da molto tempo.

La donna le si avvicinò, e sussurrò: «Le informazioni che hai appreso stasera sono molte. Devi digerirle con calma. Adesso lascia che ti accompagni alla tua stanza a riposare. Domani sera ti mostrerò qualcosa».

«Non ho bisogno di essere accompagnata» replicò Deva, ma quando vide la donna alzare le mani in segno di resa desiderò che avesse insistito per farlo. L'idea di restare sola con quei pensieri la riempiva di angoscia, e non ci sarebbero stati gli abbracci dei genitori, i baci di Bram o le tisane di Gerda a placarla.

Quando, però, scortata a distanza da un servitore, entrò nella sua stanza, la trovò confortevole come mai era stata. Pareva pronta ad accoglierla. La luce era morbida, la temperatura ideale, il letto soffice e avvolgente, e persino gli spigoli del mobilio sembravano smussati. Aeral Dome sembrava volerle dire: "Non sei sola".

39
LUMINA

I suoi abiti frusciavano contro il mantello mentre seguiva svelta i passi dell'Imperatrice. *Non ho ancora scoperto tutto,* si ripeteva, per giustificare a sé stessa il fatto di continuare ad ascoltare quella donna. La strega. L'assassina. Il mostro.

Quel mattino si era svegliata riposata come non le accadeva da tempo e aveva fatto le sue regolari sessioni di allenamento e studio, prima che un servitore arrivasse a comunicarle un orario serale al quale presentarsi davanti all'ingresso di Aeral Dome.

✶

E ora, eccola camminare rapida dietro Sarshan Kean. Lei e la donna scesero una rampa di scale e uscirono da un passaggio secondario. Deva si accorse che si trovavano esattamente sotto le sue finestre, lì dove Bram e Aral erano fuggiti solo pochi giorni prima. Possibile che fossero solo pochi giorni? Le sembrava passata un'eternità. Soltanto qualche ora prima aveva cercato di ricordare il calore della pelle di Bram, e non ci era riuscita.

L'Imperatrice si muoveva bruscamente, abituata ad aprire la strada e a non perdere tempo. Non si voltava neppure per controllare che Deva la stesse ancora seguendo. Chiunque incontrassero al loro passaggio faceva lo stesso gesto seguito dall'inchino, e liberava la strada per lei. In pochi minuti furono al grande portone d'ingresso di Aeral Dome, dove due cavalli erano pronti per loro.

Djavel era spazzolato a lucido e ben sellato. Deva sussurrò il suo nome, accarezzandogli il muso di velluto.

Ritrovarlo fu motivo di felicità, ma anche di inquietudine: non poté non ripensare al suo vero nome. Salì in groppa sussurrando: «Ciao, Ceylen Estell V», come se si incontrassero per la prima volta. Il cavallo rispose con un galoppo morbido e facile. Deva non lo aveva mai sentito così docile ai suoi comandi.

Cavalcò seguendo l'Imperatrice, non si fermarono se non brevemente e fu con i dialoghi asciutti di una condottiera che la donna le si rivolse, dandole indicazioni su come far riposare meglio il cavallo o come impugnare le redini alla maniera dei Morhvan.

Non seppe calcolare il tempo che impiegarono a giungere, infine, a una parete rocciosa uguale a molte altre.

Sarshan Kean fece un verso al suo destriero, che rallentò e si fermò, lasciandola scendere con grazia nella polvere degli altipiani. Accese una lanterna.

Deva smontò a sua volta e legò Djavel a un arbusto.

«Lascia il mantello, e fai attenzione» furono le uniche parole che disse la donna prima di inoltrarsi in una frattura fra le rocce dove Deva la seguì a fatica, tra un anfratto e l'altro.

Nessuna delle congetture che aveva fatto sembrava corrispondere a quel sentiero nel cuore della terra che, metro dopo metro, le conduceva sempre più in basso. Quello che inizialmente era sembrato un percorso stretto ma battuto, dove era sufficiente stare attenti a piegarsi o far passare prima le braccia per superare i passaggi più difficili, diventò un cunicolo basso e angusto, dove dovettero procedere con la testa china e le mani a proteggerla da sporgenze di roccia appuntite.

A un certo punto la donna si fermò e appoggiò a terra la lanterna. Il cunicolo era terminato davanti a una muraglia di roccia apparentemente impenetrabile, tanto che Deva ebbe il terrore che avessero sbagliato strada, o che la sua ora fosse arrivata e che sarebbe morta senza tanti complimenti in fondo a una grotta.

Entrambe le ipotesi furono disattese quando l'Imperatrice chiuse gli occhi e, sollevando le mani verso la terra prima, e verso il cielo poi, mormorò alcune parole in una lingua a Deva sconosciuta, secca e concisa, con versi bassi che sembravano vibrare attraverso il corpo della donna come fosse cavo, prima di emergere tra le sue labbra. Assomigliava a un canto che racchiudeva in sé il suono della terra e quello cupo del vento, il gorgoglìo del mare e lo scoppio di un fuoco e, mentre le sue brevi parole riempivano l'aria, i gesti di Sarshan Kean, ampi e decisi, aprivano lo spazio innanzi a loro, provocando una frattura nella roccia. Poi la pietra si aprì, come un portale pronto a farsi indietro per lasciarle passare.

Quando il varco fu aperto, la donna si voltò a guardare Deva con il volto pallido di fatica, e mormorò: «Questo luogo porta ancora traccia della mia protezione di un tempo. Adesso ci lascerà passare».

Davanti ai loro piedi apparve un piccolo spazio pianeggiante, separato dal successivo da un profondo crepaccio largo un paio di metri.

«Ah, dunque sarò sacrificata alla montagna...» sbottò Deva con un tono ironico che immediatamente le suonò inappropriato.

Sarshan Kean curvò lievemente le labbra. «È un salto del tutto gestibile» replicò, ricomponendosi.

Deva scosse la testa. «Non per me. Ci sono nove punto nove possibilità su dieci che io ci finisca dentro.»

«Vedi di sfruttare lo zero punto uno, allora» disse la donna senza dare alcun peso alla sua preoccupazione, prendendo una breve rincorsa e saltando oltre il crepaccio come fosse un gioco da bambini.

Deva fu tentata di tornare sui suoi passi, poi ricordò la miriade di svolte che avevano preso e masticò un'imprecazione. Inoltre, non era certamente arrivata fin lì per tirarsi indietro, né per finire sul fondo di un crepaccio. Immaginò che neppure l'Imperatrice si sarebbe data tanta briga per condurla alla grotta per poi vederla morire in un modo tanto stupido, probabilmente nel peggiore dei casi l'avrebbe fatta fluttuare fuori dalla spaccatura di roccia, fino alla salvezza. L'estensione dei suoi poteri non le era chiara, ma non le pareva qualcosa di così difficile.

Replicò, quindi, l'azione che aveva visto. Prese una breve rincorsa, per quanto lo spiazzo consentisse, e spiccò un salto. Riuscì a lambire appena con il piede il bordo del terreno dall'altra parte e capì immediatamente che quel minimo appoggio non avrebbe sostenuto il peso del suo corpo. Nel momento in cui sentì la gravità tirarla verso il buio, vide la mano di Sarshan Kean tendersi. Sentì la sua presa salda sull'avambraccio e, con uno scatto, la donna la tirò verso di sé.

Per lo slancio, Deva la colpì con il peso del suo corpo, schiacciandola contro il muro.

«Mi dispiace...» si affrettò a dire, mentre le si staccava di dosso. *È così minuta*, pensò avendo avuto un'impressione delle sue forme. *Come può essere anche tanto forte?*

«Andiamo» ordinò l'Imperatrice, sistemandosi l'abito e lanciandole un'occhiata prima di procedere attraverso un cunicolo più ampio del precedente.

Non era solo più agevole, si vedeva anche molto più chiaramente. Davanti a Deva l'abito della donna iniziò a diventare trasparente. No, non trasparente: luminoso. In controluce, la sagoma nera del suo corpo si svelò nitida. La donna tese la mano per afferrare la sua, e la avvicinò a sé. I suoi occhi color salvia, che la luce faceva sembrare pietra di giada, si posarono sui suoi mentre sussurrava, con un tono denso di emozione simile a quello che le aveva sentito usare al loro arrivo: «Chiudi gli occhi, adesso».

Come avrebbe potuto non obbedire? Chi, al cospetto di quella donna, con la mano che stringeva la tua, con le sue labbra che sussurravano di chiudere gli occhi, avrebbe rifiutato? Era insieme alla persona più potente delle rive, quella che si portava addosso il nome di Maledetta, capace di spegnere incantesimi con il tocco di una mano, di uccidere moltitudini di innocenti. Ma era anche una donna capace di risvegliare in lei qualcosa di nuovo, che aveva avvertito fin dal primo istante. Qualcosa che non aveva nome, ma faceva molto rumore.

«Fidati di me» la udì sussurrare, mentre le faceva fare alcuni passi in avanti.

Man mano che procedeva, Deva sentì il suo corpo farsi impalpabile, come se si stesse dissolvendo in minuscole particelle. Le sembrò di non toccare terra, di galleggiare nell'aria attorno, e che quell'aria contenesse l'essenza del mondo intero.

La donna le mormorò piano all'orecchio: «Adesso, aprili».

Una luce accecante le impedì di spalancarli, ne poté solo socchiudere una fessura e lasciare che lo sguardo si abituasse pian piano alla magnificenza di ciò che vedeva.

Si trovavano in una cava di Lumina. Un'enorme, perfetta grotta sotterranea creata dalla pietra che emanava luce. I contorni dei loro corpi erano mangiati dalla brillantezza tutta attorno, i piedi posavano a terra ma era come se tutto, di loro, fosse sospeso e tutt'uno con quel bagliore.

«Lumina...» sussurrò Deva, quasi faticando a parlare. «Non credevo ne esistessero giacimenti simili.»

L'impatto che quel luogo aveva su di lei e sulla sua mente era maestoso e soverchiante. Le parve di essersi unita a qualcosa di più grande, come se avesse perso i confini del suo corpo. Si sentiva connessa a ogni pietra lucente, a ogni roccia della caverna, a ogni arbusto di scyntilia, a ogni cespuglio e a ogni foglia che sventolava nell'aria della notte. Ai cavalli, in silenziosa attesa, ai piccoli grilli notturni, ai grandi draghi nascosti sulle vette, al furioso battito del cuore di un feto di kryan, ancora nel suo uovo lucido. Alle creste dell'altipiano, al vento che fischiava incanalandosi lungo i corridoi di pietra e poi gettandosi giù dai dirupi, alla luce del sole e della luna e di ritorno al cuore della terra, lì dove riluceva Lumina.

«Cos'è questo posto?» chiese all'Imperatrice.

«Questo è il luogo più sacro che esista a Radian, Deva. Forse il cuore di Radian stesso, ciò che tiene unite le Cinque Rive e permette loro di prosperare. È ciò che genera la magia, e alimenta la vita. È anche il luogo dove ogni energia ritorna dopo la morte. È la linfa donata da Aen, la madre che ci genera e ci nutre, e il mio compito in quanto Imperatrice di Morhva è di proteggerlo a ogni costo. Non per me, né per il culto della mia gente, Deva. Ma per tutti noi. Se questo luogo muore, con esso morirà anche tutto Radian.»

La donna aveva risposto con il viso illuminato e disteso, come se le stesse consegnando una verità della quale era solo portatrice, e che le passava attraverso arrivando a Deva come una rivelazione, o un dono.

«Dove siamo?» chiese la ragazza in un soffio, mentre la sua mente correva alla ricerca di informazioni che, sapeva, andavano necessariamente composte insieme.

Sarshan Kean la guardò con i suoi occhi intensi e attese un attimo prima di parlare, per farle intendere che doveva ascoltare con attenzione. Poi disse: «Siamo al confine tra Morhva e Alta. Precisamente, 8 gradi nord, 11 gradi est». Scandì i numeri con lentezza e precisione, ma Deva aveva già capito tutto al numero otto. Lo ricordava bene, lo stava studiando nel libro di *Geografia delle energie*.

«La Vena Primaria» sussurrò.

Ma, realizzò, le coordinate non puntavano solo al confine tra Alta e Morhva, erano nelle vicinanze di un luogo ben preciso. Il luogo ricordato da ogni libro di scuola, persino dai suoi così incompleti e di parte. Il primo a essere chiamato "maledetto": il villaggio dove il primo conflitto fra Morhva e Alta aveva dato inizio alla Guerra delle Rive. Guardò la donna con lo sguardo febbrile di chi cerca conferma a una teoria: «Siamo a Wittren?».

Sarshan annuì.

«Stai iniziando a capire, Deva?» chiese, e solo allora la ragazza si rese conto che non le aveva ancora lasciato la mano ma, anzi, la stringeva.

«Prima di lasciare Alta stavo leggendo un libro, si chiamava *Storia delle Rive*. Diceva che avevi attaccato Alta per una lite su un giacimento di Lumina, che tu volevi tenere solo per i Morhvan. Dicevano anche che fosse un pretesto, che il tuo vero obiettivo era una guerra di conquista. Ma non è così. Tu non volevi *sfruttare* l'energia di Lumina. Tu hai difeso questo luogo perché è qui che scorre la Vena Primaria, e loro l'avrebbero danneggiata. Non hanno mai riconosciuto la sua sacralità. Volevano estrarre la pietra, ne avrebbero usato l'energia per alimentare città, macchinari, armi...» rispose di getto Deva, incredula delle sue stesse conclusioni. Eppure capiva ogni cosa, perché avvertiva fisicamente, come se le fluissero attraverso, la forza e l'importanza di ciò che scorreva in quel luogo.

«Il nostro mondo sta lentamente morendo, Deva. I disastri naturali, l'estinzione che rischiano gli animali magici per i capricci del Commercio Culturale, persino l'odio reciproco che le rive provano una per l'altra: è tutto parte della stessa frattura. Discendo da una stirpe che ha sempre protetto le vene, perché quando vengono danneggiate richiamano, e trattengono, la stessa magia che elargiscono. Questo inaridisce Radian di ogni potere, compreso quello di immaginare il futuro. Le altre rive pensano che solo il progresso a ogni costo garantirà un futuro migliore, ma è un'illusione. È per questo che volevo, anzi *dovevo*, creare un Impero, e avere abbastanza potere per imporre il rispetto di quanto esiste di potente, di inviolabile. Siamo rimasti in pochi a onorare la magia che scorre in queste terre, tanto che nemmeno ve la insegnano più. Io intendo ristabilire l'equilibrio. Non importa quante vite devo prendere, per farlo. Saranno sempre meno di quelle di ogni singolo abitante di Radian. La morte è quello che attende ognuno di noi, se la Federazione continua su questa strada. Hanno vinto la guerra e sono riusciti a intaccare parte della Vena. Grazie agli incantesimi ancora in piedi, molto più lentamente di quanto avrebbero voluto, ma lo stanno facendo. Questo luogo è sacro, come questo mondo. E io lo proteggerò a ogni costo.»

Deva non poteva non sentirlo. Quel luogo era un covo di sussurri, di preghiere, di saggezza umana e animale, terrena e astrale, che si perdeva indietro di migliaia di anni. Ed era *buono*. Era un luogo denso di un'energia che cospirava per il bene, che desiderava che il mondo prosperasse. Sapeva che, così come Sarshan Kean era stata in piedi sotto quella volta di luce, così lo erano stati i suoi antenati.

«Tocca la pietra, Deva» le disse la donna.

Lei allungò la mano e posò delicatamente il palmo sulla pietra tiepida. Immediatamente, lo staccò singhiozzando.

Era durato poco più che un istante, ma aveva visto ogni cosa: era tornata al momento della sua nascita, aveva visto un frammento di una casa semplice, una tenda rossa. Aveva sentito sulla lingua il sapore del latte, sotto ai piedi quello di un tappeto ruvido. Aveva avvertito l'ondata di potere travolgerla, il dolore immenso, la sensazione della pelle squarciarsi, il vestito e le manine coperte di sangue. Aveva visto il viso di Enna Loissen sorridere durante un picnic, aveva preso un brutto voto con l'insegnante e si era nascosta in camera a piangere, aveva inghiottito la medicina di Andergast, aveva chiuso i pugni tentando di resistere a una crisi. E aveva visto la sua famiglia bruciare, conosciuto il sapore delle labbra di Bram Cadaval per poi lasciarlo andare, aveva tirato fuori dal suo dolore uno scudo e due lame.

Aveva visto sofferenza. Aveva visto bellezza. Aveva visto ogni cosa, della sua vita. Come se quel luogo custodisse le sue memorie, e forse le memorie del mondo intero. E, infine, si era sentita infusa da una sensazione commovente di purezza, e bellezza, che somigliava alla speranza che credeva di aver perso per sempre.

In quel momento fu certa che, se qualcuno fosse arrivato a distruggerlo, anche lei avrebbe fatto qualsiasi cosa per difendere quel luogo.

Un refolo di vento sparpagliò la polvere di roccia all'interno della caverna, facendola turbinare in stormi di particelle luccicanti, come una pioggia di stelle che roteò attorno alle due donne, in piedi una davanti all'altra. Una era Sarshan Kean, Imperatrice di Morhva, divinità incarnata per il suo popolo e custode della Vena Primaria in un abito sporco di polvere rossa, col suo viso spigoloso sollevato, e gli occhi socchiusi. L'altra era Deva Loissen, una ragazza di Terrena con i capelli color miele e una cicatrice sul viso, senz'altra certezza che quella di essere per la prima volta nel posto dove doveva essere.

«Ho sentito ogni cosa...» mormorò, guardando negli occhi la donna in piedi davanti a lei.

«E come è stato?» chiese l'Imperatrice, avvicinandosi e sussurrando a un soffio dal suo viso.

«Vero» rispose Deva sottovoce.

Fu in quel momento che Sarshan Kean le prese delicatamente il viso tra le mani e questa volta non si limitò a guardarla: posò la bocca sulla sua, aprì delicatamente le labbra e la baciò.

40
THIERREL

Appena messo piede a Kerberch, la prima cosa che fece Évanette fu visitare un guaritore, che le intimò di stare lontana dallo chotud. La seconda cosa che fece fu procurarsi dello chotud, poi inghiottire una delle caramelle scure e andare a letto.

I suoi compagni di viaggio erano rimasti a fare rapporto alla Rocca, il Governatore doveva sapere. Chissà in quale delle sale che un tempo lei considerava sue si erano seduti, se sulle poltrone della Sala delle Udienze o sulle scomode sedie in legno della Sala degli Strateghi, o se magari avevano camminato lungo quello che un tempo era stato il suo giardino. Lei era rimasta felicemente in disparte, senza voler confessare a sé stessa che vederli partire l'avrebbe addolorata. Voleva fingere che niente, ormai, le interessasse.

Al mattino, però, quando aprì la sua tenda trovò Lyran ad attenderla. Era appoggiato alla parete di legno, in una posizione che conosceva benissimo: una mano che si tormentava un gomito, gli occhi socchiusi, i piedi incrociati uno contro altro. Il suo primo istinto fu quello di richiudere la tenda e scappare dall'uscita sul retro. Poi rifletté: il Capitano doveva rientrare a Vidrian, la partenza era imminente. Si trattava solo di un saluto, soltanto di un addio. Cercando di sciogliere con le dita il nodo che nottetempo le si era formato fra i capelli, pensò: *Ti odio, Lyran, vattene.*

Se lo ripeteva in testa spesso, da qualche giorno. L'odio e la lontananza erano esattamente ciò di cui aveva bisogno.

«Év» la salutò lui, con un breve cenno della mano.

«Dimmi, Capitano» replicò lei bruscamente, guardandolo negli occhi che ricordava sempre brillanti e che ora sembravano stanchi, di una maturità mai davvero desiderata.

Era consapevole che davanti a sé aveva un uomo disposto alle spiegazioni e alle scuse, ammorbidito dal tempo e inspiegabilmente ancora affascinato da lei. Ma ormai era tardi.

«Te ne vuoi stare lì impalato a fissarmi, o c'è qualcosa che posso fare per te?» chiese l'Astromante.

«Prima di tutto, sono venuto a ringraziarti di nuovo per avermi salvato la vita, perché non so se l'ho espresso con chiarezza sufficiente: ti sono debitore, Évanette» esordì lui, colmando lentamente lo spazio che li separava.

Lei arretrò di un passo, si schermì alzando le spalle. «Me lo hai già ribadito diverse volte, e poi ho solo ucciso un kryan, che vuoi che sia... Prego, comunque. Tutto qui?»

«No. Mi piacerebbe passare del tempo con te prima di ripartire» mormorò lui, improvvisamente incerto delle sue parole.

«Siamo stati insieme per giorni, Lyran» replicò lei con freddezza. «Non ti è bastato il viaggio di ritorno?»

Per la verità, fra Bram, il piccolo Aral e la ciurma della nave che li aveva riportati indietro, l'intimità fra i due era stata pari a zero, e lei aveva accuratamente evitato ogni possibile momento sola con lui.

«Non è quello che intendo per "passare del tempo insieme". Vorrei sapere della tua vita, parlarti della mia. Non andremo via prima di domani, quindi se non hai impegni pensavo di...»

Quelle parole sembravano così faticose da tirar fuori, che l'Astromante capì subito di avere davanti della rarissima sincerità. Il tempismo della cosa la rese furente. «Cosa vuoi, Lyran?» gli domandò, avvicinandosi. Gli prese entrambe le mani e se le posò sui fianchi, poi si premette contro il suo corpo e, sentendone addosso ogni muscolo, osso e curva, aggiunse: «È questo, no? E dovrei anche essere grata, immagino, di essere stata scelta per il tuo momento di divertimento prima di tornare da Beatrix».

«Év... ci sono diverse cose che questo viaggio mi ha fatto rimettere in discussione» mormorò l'uomo, arrossendo lievemente.

«Oh, Tomàs... non puoi cambiare. Tu sei *così*» esclamò Évanette facendogli scorrere le mani addosso come a scolpire la sua forma. «E sarai sempre *così*. Con me, con Beatrix, con chiunque. Lo vedo chiaramente, adesso.»

«Ti sbagli» dichiarò lui, ma con la convinzione che gli morì tra le labbra. O forse era così davvero, ma Évanette era stata l'unica vera costante della sua vita. La donna che continuava ad avere in mente, il metro di paragone per chi era arrivato prima e dopo. Anche lui aveva qualcosa che vedeva chiaramente, adesso. Ma prima che potesse esprimerlo l'Astromante scosse la testa con veemenza. «Vuoi sapere della mia vita, Capitano? Adesso ti racconto una storia che non conosci, perché inizia dal giorno in cui sei sparito. Ti ricordi la notte in cui mi hai detto di fare un bagaglio e aspettarti in quell'angolo in fondo al giardino, con l'arco di rose? Io avevo creduto a tutto quello che mi avevi detto: "Verrai con me a Vidrian, non dovrai più leggere le stelle se non vorrai. Saremo io e te, prenderemo una casa in riva al mare, se ti va avremo dei bambini e sceglierai tu i nomi, nomi di Alta..."» fece il verso alla voce di Lyran in modo caricaturale.

Il Capitano sospirò profondamente, avrebbe preferito non ascoltarla.

Lei, però, continuò: «Io ho aspettato. Tutta la notte sono stata lì, come una scema, ad aspettarti, con una borsa piena delle cose più belle che avevo, anche la corona di stelle che ti piaceva tanto. Non sei mai arrivato, e qualcosa dentro di me si è rotto per sempre. Da allora, io ho fallito. Ogni notte in cui chiedevo il futuro alle stelle, loro mi dicevano di te. Si sono prese gioco del mio dolore, hanno riso di me tutte le volte. Non riuscivo più a vedere altro, Lyran. Solo te. E non vedevo un uomo distrutto. Oh, no. Le stelle mi raccontavano delle tue donne, dei tuoi viaggi. Delle nuove promesse di case sulla riva del mare e di bambini, ma fatte a un'altra donna. La rabbia mi ha impedito di non pensarti e i miei pensieri sono diventati il gioco preferito delle maledette stelle. Ho sbagliato una lettura, poi due, alla fine ogni cosa che leggevo era sbagliata perché la verità è che dovevo inventarla di sana pianta. Baladem ha detto che come Astromante ero diventata inutile, ma invece di mandarmi via dal Palazzo mi ha fatto rinchiudere nella mia stanza, per mesi. Aveva perso talmente tanto tempo con me, disse, che tanto valeva che mi rendessi utile in un altro modo. Veniva da me ogni notte. E sai cosa, Lyran? Non mi importava nemmeno».

Gli scagliò un pugno sul petto, mentre lui la stringeva a sé più forte.

«Quando non ha più avuto voglia di me, mi ha buttata fuori. Non prima di spargere la voce che portassi sfortuna, Capitano. Quante persone pensi che avessero voglia di rivolgersi a me per una lettura?» Non poté trattenere un singhiozzo di rabbia.

«Év...» sussurrarono le labbra di Lyran tra i suoi capelli ispidi.

Lei dovette lottare contro ogni istinto per non perdersi in quell'abbraccio, e piangere. Invece, lo spinse via. «Vattene, Lyran. Torna a Vidrian, fai la tua parte nella Federazione. Io starò qui e farò la mia.»

«Vieni con me...» sussurrò lui.

Lei allora si allontanò lentamente e, deridendolo, continuò la sua frase: «... avremo una casa sulla riva del mare e, se vorrò, dei bambini? Posso chiamarli con un nome di Alta, Capitano? Davvero?».

Ci fu un lungo momento di silenzio in cui lui scosse piano la testa, cercando parole che non suonassero vane, e non le trovò. Alla fine, le chiese: «Starai bene, almeno?».

«Così pare. Hai dato troppo credito a un vecchio di Alta che mi ha dipinta come in fin di vita» tagliò corto lei. «Addio, Lyran.»

«Questo non è un addio.»

Lo sguardo di Évanette si oscurò per un istante. Poi aggiunse: «Forse lo è. In caso contrario, sarò felice di rivederti con Beatrix e i vostri marmocchi. Scherzo, ovviamente: non osare venirmi a trovare con la famiglia».

Lui fece per replicare, ma l'Astromante aveva già richiuso la tenda. Non aveva del tutto mentito, almeno sullo stare bene: da quando era tornata a casa con i karàn della missione, lo chotud che acquistava era purissimo. Con quello, il deterioramento del corpo era immensamente più lento rispetto alle precedenti caramelle nere. Dopo l'esperienza dell'astinenza, comunque, ne teneva un sacchetto sempre in tasca, non osava lasciarlo neppure quando si allontanava per poche ore dalla sua tenda.

Quanto alla sua fama, forse con Lyran era stata un tantino melodrammatica: in città si stava spargendo la voce di come l'Astromante avesse dato un contribuito fondamentale per il salvataggio di un bambino, e davanti alla sua tenda c'era una fila che faceva quasi il giro del mercato. Adorava questo effetto collaterale dell'essere quasi morta, quasi quanto la memoria corta degli stessi Altan che prima temevano di incrociare la sua strada. Eppure, l'Astromante non poteva iniziare a riprendere la sua attività, aveva qualcosa di più urgente da fare.

Tutte le notti, ormai, si svegliava di colpo e terrorizzata, in un bagno di sudore. La consapevolezza di quello che era successo era un animale nero che di giorno la seguiva in silenzio e col buio le mostrava il suo vero aspetto di mostro, dilaniandola con gli artigli.

Non poteva girarci intorno: aveva atteso fin troppo, doveva fare visita con urgenza al vecchio Kannar. Si assicurò di avere il sacchetto di chotud ben rifornito, prima di aprire la porta della tenda per lasciarla e trovarsi davanti, invece, un volto che conosceva fin troppo bene. Era appesantito dagli anni, il viso più allungato da due rughe che gli solcavano i lati del naso e gli ripiegavano il collo, ma era indubbiamente Goren, un Capitano degli Ardimenti di Alta responsabile, fra le altre cose, anche della sicurezza del Governatore.

«Piacere di rivederti, Goren, ma non è un buon momento. Ripassa» tagliò corto Évanette, affrettandosi a chiudere la tenda e a riattivare un incantesimo anti-effrazione regalo di un cliente.

Quell'uomo era troppi, pessimi ricordi tutti insieme, e il fatto che si fosse presentato alla tenda proprio quando lei stava per andarsene le dava un indescrivibile sollievo. Questo finché lui non le si parò davanti con la mano che sfiorava l'elsa della spada, giusto per lanciarle il messaggio corretto.

«Siete desiderata alla Rocca, Évanette Starwyn» dichiarò, con la voce catarrosa che lei ricordava perfettamente.

«Sto partendo per un impegno che non posso rimandare» replicò lei, indispettita da quell'incidente di percorso proprio all'inizio di un viaggio che non aveva neppure voglia di fare.

Venti minuti e una quantità infinita di proteste dopo, si ritrovò ad attendere il Governatore nella stessa Sala delle Udienze dove un tempo Lyran aveva rotto la sua corona di stelle e dove forse era appena stato ricevuto.

«*Merda, merda, merdamerdamerda*» canticchiò sottovoce, perché la situazione si stava facendo fastidiosa e "Vai da Kannar" era diventato un imperativo più che un semplice pensiero.

Al settantaduesimo "merda", la grande porta si aprì e il Governatore Eron Baladem in persona fece il suo ingresso seguito a breve distanza da Cain Thierrel, dall'aspetto e dai gesti più viscidi di quanto ricordasse.

«Signorina Starwyn» si inchinò il Cartomante, allungando una mano per toccare quella dell'Astromante e fallendo nell'impresa quando lei la tirò indietro.

Baladem guardò la scena con una certa ilarità, e alla risata dell'uomo lei non fu solo travolta dai ricordi: ne fu disgustata. Come avesse fatto a restare in quella corte e tollerare tutto ciò che subiva e vedeva accadere, era qualcosa che ora non riusciva a spiegarsi.

Senza convenevoli, il Governatore esclamò: «Ora che la tua fama di grande salvatrice di bambini si è sparsa, abbiamo deciso che potrebbe farci comodo far sapere che sei tornata alla Rocca, Starwyn. Il che ti aiuterebbe a ristabilire del tutto il tuo nome. Puoi riavere la tua stanza, la cameriera, gli abiti e tutto. Devi solo collaborare con il qui presente Cartomante e fornirci letture accurate». Thierrel arricciò le labbra in segno di assenso.

Évanette iniziò a percepire il nervosismo sotto forma di intenso calore. Conosceva quei giri di parole, li temeva. Il Governatore aveva già tutto in mente, doveva solo mettere in atto il suo piano con la delizia di poterlo fare.

«No, grazie» rispose lei. «Gli affari vanno bene, non ho bisogno di tornare a corte.»

«Ma hai bisogno di incontrare l'AltoMago Kannar. Perché?» chiese a bruciapelo Cain Thierrel con voce melliflua.

Il calore che avvertiva addosso, si ghiacciò improvvisamente. Era chiaro, e stupidamente non ci aveva pensato: il Governatore aveva chiesto al Cartomante di leggere il suo futuro e avevano visto i suoi piani per viaggiare verso l'eremo del vecchio. Trovare Goren fuori dalla sua tenda non era stata una coincidenza.

«È per un cliente» dichiarò.

«Le carte non dicono questo» replicò Thierrel.

«Devo chiedergli anche... un consiglio.» Era la risposta più simile alla verità che le venisse in mente.

«Dovete chiedergli un *incantesimo*» la corresse Thierrel, con una scintilla di soddisfazione negli occhi. «Ed è nota la dote molto specifica di Kannar.»

Évanette si guardò attorno per capire se ci fossero vie di fuga: sapeva esattamente dove la conversazione stesse andando a parare.

«Se sono stato ben informato, questo AltoMago eremita è famoso per un incantesimo di resurrezione. Dico bene, Starwyn?» domandò il Governatore avvicinandosi a lei tanto da poter quasi toccare il suo abito con la pancia. Senza attendere una risposta, continuò: «Quando Cain ha avuto questa visione ci siamo interrogati a lungo sul perché un'Astromante senza nessun lutto recente avrebbe dovuto prendersi il rischio di andare da un AltoMago che mi dicono essere particolarmente irascibile, per procurarsi un incantesimo di resurrezione. Specialmente perché questo AltoMago può restituire la vita in un unico e solo caso: quando l'ora del morto non è ancora giunta. Ma poi abbiamo capito...».

«Diciamo che la conclusione è stata appena un po' aiutata dalle carte,» ridacchiò Thierrel «perché a ogni lettura usciva quella dell'Albero a tredici rami. Signorina Starwyn, sa cosa significa o gliela illustro?»

«Conosco le carte, Thierrel. Persino le tue» rispose lei, gelida. Sapeva che l'Albero a tredici rami rappresentava il fallimento o il dolo, ma quando si presentava in più letture parlava di un senso di colpa radicato e pressante. Odiava le carte, ora più che mai.

«Avete un grande senso di colpa e state cercando un incantesimo di resurrezione: voi avete ucciso qualcuno che non desideravate uccidere, signorina Starwyn. Ma chi? Ci siamo chiesti. Abbiamo fatto una breve verifica nella vostra zona: avete pochi affetti, poco significativi, e comunque tutti ancora in vita.»

La piega che stava prendendo la conversazione era più vicina all'incubo che al disagio, perché da qualsiasi angolo guardasse la sua storia, l'Astromante vedeva solo cose che non desiderava fossero scoperte, specialmente dal Governatore e da Cain Thierrel. Nessuno poteva comprendere la situazione fino al suo compimento finale, forse neppure lei, ed era per questo che doveva lasciare al più presto il palazzo.

Ma le intuizioni di Thierrel non erano finite. «Non so perché, ma tutto mi fa pensare che voi siate riuscita a esprimere un "Desiderio a una Stella", Évanette,» il suo nome luccicò come olio tra le sue labbra umide «dal momento che una vita è uno dei pagamenti più comuni che gli astri richiedono. E non è corretto dire che i vostri affetti sono ancora in vita. Diciamo che nessuno di loro è *ancora* morto, perché le stelle scelgono a loro piacimento quando riscuotere il pagamento. Ditemi se sto sbagliando, però...»

Lei si impose di tenere saldo e freddo lo sguardo, di non tradirsi con i gesti delle mani e di lasciare che il sorriso fermo e asettico che si era dipinta in volto facesse il suo lavoro.

«Vedi, Astromante...» sussurrò il Governatore camminandole lentamente attorno, con uno sguardo confidenziale e sarcastico che la disgustava. «Se così fosse, saresti riuscita in quello che per anni ti ho chiesto, e che non sei mai stata in grado di ottenere, nemmeno sotto... gentile incoraggiamento, se ben ricordi. Dicevi che il Desiderio a una Stella sarebbe arrivato, un giorno, ma non sapevi quando.»

Avrebbe voluto ucciderlo in quell'istante, a mani nude. Invece mantenne il sorriso, non mosse un muscolo. Si limitò a respirare per restare viva, esattamente come faceva un tempo durante il "gentile incoraggiamento". Provava così tanta pena per sé stessa da sentirsene soffocare.

«Capisci tu stessa che, se tutto questo corrisponde al vero, ora il tuo posto è qui, a servire il Governo di Alta» aggiunse l'uomo, che pregustava questa conclusione da tempo.

«Questo è fuori discussione in ogni caso» ribatté Évanette, con lo stesso, statico sorriso.

I due uomini si scambiarono uno sguardo divertito, come se fosse tutto un gioco sul quale avevano scommesso.

«Non è una richiesta» disse il Governatore, mentre due guardie entravano spalancando la porta e senza delicatezza le afferravano i polsi. Era così incredula che non tentò nemmeno di divincolarsi: le sembrava impossibile che la cosa peggiore che le potesse accadere, dopo essere uscita viva dalle Fosse e aver dilaniato un kryan femmina, fosse venire imprigionata dal Governo di Alta.

«Non avete capito la situazione: è necessario che io vada da Kannar!» ringhiò lei.

«Oh, ma noi abbiamo capito benissimo, Évanette. E siamo molto felici dei tuoi sentimenti ostili nei nostri confronti, perché questo significa che il rischio che le stelle abbiano chiesto la nostra vita è zero. Chi resta? L'Armon. Che dispiacere, ma sopravviveremo. O è la ragazza rimasta ad Aeral Dome? Dubito si tratti di lei ma, se lo fosse, ottima notizia: una preoccupazione in meno. Che sia forse invece... il nostro famoso Capitano?» esclamò, scoppiando in una risata grassa.

Lei iniziò a realizzare che stava parlando sul serio: l'avrebbe imprigionata alla Rocca, non sarebbe riuscita ad andare da Kannar né sapeva se e quando sarebbe potuto accadere. Un violento brivido di orrore la attraversò e iniziò a urlare, forte, mentre le guardie la trascinavano fuori dalla sala.

«È Tomàs Lyran?» chiese Thierrel quando ogni rumore cessò.

«Ma certo che è Lyran. È sempre stato Lyran. E sapere che l'ha praticamente ammazzato... Beh, non posso nascondere che mi dia un certo piacere. Mi hanno creato così tanti problemi, quei due imbecilli» commentò il Governatore, con una risata che gli gonfiò la bocca e risuonò tra le volte del salone.

41
RITORNO

Lo aveva sempre sperato, ma non aveva mai creduto che potesse accadere davvero: le braccia del Reggente che lo stringevano con affetto, gli Armon radunati davanti al colonnato per accoglierlo, la commozione che gli gonfiava il petto di gioia. Anche Padre Zyen era tra loro. Aveva la testa ancora fasciata e una stampella con la quale sosteneva il moncherino della gamba destra, ma era vivo.

Adesso Bram scopriva quanto gli fosse mancato quel luogo, le sue pareti bagnate dalla luce del sole, il profumo d'arancio nell'aria, le maioliche dipinte sul pavimento del chiostro e quel rumore scrosciante di piccole fontane.

Dopo un lauto pranzo si ritirò nella sua stanza per meditare a lungo, ringraziando il Cerchio in ogni sua parte per averlo riportato a casa. Si sdraiò sulle lenzuola pulite e fresche, con la testa a guardare il suo soffitto bucherellato con i suoi animali fantastici da acchiappare. Non ne sussurrò il nome ma fu come se lo facesse perché su quel piccolo letto, che ora gli pareva quasi corto, a lui sembrò di essere sia il ragazzino di un tempo che un uomo completamente diverso: qualcuno che non aveva più paura.

Nel pomeriggio era atteso per un resoconto nello studio del Reggente, la stessa stanza dalla quale tutto era cominciato. Ricordò una lezione durante la quale Padre Samal aveva detto, con una debole risatina: «E quando ogni cosa completa il suo giro e trova un senso, è la famosa chiusura del Cerchio, no?». Adesso, a lui non sembrava più una battuta.

Quando entrò nella stanza fu sorpreso di trovare, insieme al Reggente Cadaval e alla Destinatrice Rabe, anche Padre Herr. Capì che, nel tempo in cui era stato lontano, qualcosa era cambiato: il

Reggente sembrava invecchiato prima del tempo, mentre Herr aveva quel tipo di arroganza che arriva in dote con un minimo di potere. Quello che lo sconcertava erano gli occhi dell'uomo, che si rifiutavano di incontrare i suoi, e il tono di voce accusatorio con il quale esordì: «Spiega, Bram: come hai fatto a fuggire da Aeral Dome? O forse ti è stato permesso di andartene per tornare a raccontarci menzogne mentre l'Artake è già in viaggio contro di noi, con la pancia piena delle informazioni che gli hai fornito?».

«Herr...» lo fermò il Reggente, posando la grande mano sul suo polso. «Lasciamo parlare il ragazzo.»

Ma, subito, intervenne l'anziana Destinatrice: «Come siete arrivati al Palazzo dell'Imperatrice? I tempi di viaggio non tornano».

Bram guardò il Reggente, e quello lo invitò a rispondere: l'uomo si fidava dell'anziana Rabe. Il ragazzo sospirò e rispose: «Siamo passati da un Ambulacro. L'ho individuato io, leggendo il Cerchio del luogo dove ci trovavamo. Era l'unico modo per recuperare Aral: sospettavamo che anche lui lo avesse varcato. Ma quando io e Deva lo abbiamo attraversato, dall'altra parte c'era Lei ad attenderci: Sarshan Kean. Ci ha condotti ad Aeral Dome» raccontò Bram d'un fiato, rendendosi conto della quantità di dettagli e informazioni omessa.

«Un Ambulacro...» ripeté il Reggente, scuotendo la testa.

«Deva? Chi è Deva?» chiese Padre Herr.

Bram cercò di spiegare ogni cosa minuziosamente, ma c'erano diversi fatti che la sua platea non riusciva a comprendere: perché una ragazza di Terrena avrebbe rischiato la vita nella speranza di rivedere la madre che sapeva essere già morta, perché un'Astromante di Alta avrebbe dovuto unirsi a una missione di Vidrian, e come poteva il Capitano Lyran conoscerla.

Bram rispose a ogni domanda con precisione, e nonostante questo si accorse che le sue parole non convincevano, anzi, destavano ulteriori quesiti che gli piovvero addosso come frecce, appuntite dal sospetto e dalla confusione.

«E cosa puoi dirci di Aral? il bambino sembra in buona salute. Non si è lamentato di un trattamento particolarmente duro, anzi: ha raccontato di allenamenti e giochi, e chiama per nome i suoi rapitori» commentò il Reggente, con una voce che iniziava a mostrare tracce di insofferenza, per la chiarezza che non riusciva a trovare.

Bram rifletté su come esporre le considerazioni successive senza creare allarme, ma si rese conto che la scelta adesso era tra la sua personale sicurezza e quella dell'intera Federazione. Prese un respiro, guardò negli occhi il Reggente e iniziò a raccontare: «Sarshan Kean ci ha condotti da lei con l'inganno. Il bambino è stato un pretesto: in qualche modo conosceva la sua Destinazione e voleva verificare se conoscesse già la rivelazione di cui è portatore. Ma, soprattutto, sapeva che il suo rapimento avrebbe richiesto una missione di soccorso che avrebbe coinvolto gli Armon del Cerchio. È successo anche con Deva: l'hanno attirata con l'illusione di ritrovare la sua famiglia. Non sono partito insieme alla missione solo per un caso. Il giorno in cui mi sono messo ad ascoltare le vostre parole è stato perché qualcosa mi ha attratto. Chiunque abbia catturato la mia attenzione mi ha messo sul sentiero dell'Imperatrice, e ha fatto in modo che io partissi».

«Dunque, anche la Destinazione del bambino era nota» mormorò Obenharis Cadaval, volgendo lo sguardo su Rabe.

Nella stanza scese il gelo. L'anziana pareva, tuttavia, la più sconvolta dei quattro.

«Qualcuno ha tradito» sussurrò, con gli occhi che si fecero fessure e i pugni stretti, prendendo immediatamente le distanze dai sospetti.

«Condurre te ad Aeral Dome, per quale motivo?» sbottò Padre Herr, indicando Bram come se fosse una persona indegna di qualsiasi attenzione.

Gli sguardi del Reggente e della Destinatrice si incrociarono scambiandosi un tacito assenso, di cui Bram comprese immediatamente il senso.

«Dunque lo sapevate...» mormorò «e avete mentito, tutti quanti. Questo non è mai stato il mio posto, né la mia Destinazione.»

«Non lo abbiamo fatto solo per volere della Federazione, ma per il tuo stesso bene. Avresti potuto danneggiare te stesso e gli altri. Il Cerchio era il luogo ideale per lasciarti connettere con il tuo potere ed esprimerlo, ma in modo sicuro, circoscritto» mormorò il Reggente quasi sottovoce, come fosse l'ennesimo segreto.

«In un modo che, se non avessi saputo la verità, mi avrebbe fatto sentire un fallito per il resto della mia vita!» sbottò il ragazzo.

«Era un piccolo prezzo da pagare» commentò acidamente Rabe, gli occhi che fissavano Bram con rabbia, increduli di fronte alla sua ingratitudine. «Immagina se fosse esploso fra la gente, fuori dal tuo controllo. O se Lei ti avesse trovato da bambino, e addestrato contro la nostra riva. La tua Destinazione sarà stata guidata, Bram, ma il tuo Xen è davvero la Cura. Dovevamo onorarlo, distoglierti da ogni possibile male.»

«Solo conoscendo la verità avrei potuto onorarlo! Pensate che la rivelazione dell'Imperatrice mi abbia fatto vacillare? Tutt'altro. Mi ha finalmente confermato in modo inconfutabile il mio scopo: trasformare l'energia distruttrice di un Generale dell'Artake, mettendolo al servizio del Cerchio. Per proteggerci.»

«No, fermi un attimo. Non posso credere che questo ragazzino sia la Gemma. *Lui?*» sbraitò Padre Herr, guardando Bram dall'alto in basso.

«Per favore, Herr» lo rabbonì il Reggente.

«Non ha mai saputo nemmeno equalizzarsi con il Cerchio dei confratelli, è completamente incapace, Reggente Cadaval! Avrete anche potuto leggere in lui chissà quale Destinazione, ma io l'ho visto nelle Pratiche. È lui la nostra migliore possibilità? Seriamente? O è solo tornato da una missione con una bella storia da raccontare? Perché io non vedo alcun cambiamento, in lui. Non ho alcuna fiducia» il tono dell'uomo era salito di un'ottava.

«Cosa vuole, Padre Herr?» rispose Bram tra i denti, senza nascondere il risentimento.

«Provalo» sibilò l'altro, senza sapere quanto il ragazzo stesse solo attendendo quell'invito.

Al Bram sembrò di rivivere, una dopo l'altra, tutte le umiliazioni che aveva vissuto al Convicto: udire i nomignoli alle spalle, essere escluso dalle Pratiche avanzate, sentirsi trattato con sufficienza, occupare il posto in fondo insieme ai novizi. Fu allora che avvertì il suo potere scorrergli dentro, denso ed elettrico come una corrente.

I palmi delle mani sfrigolarono, li spalancò con piacere guardando la faccia boriosa di Herr che assisteva allo spettacolo del Cerchio che lui stava formando, chiaro e potente, tra le mani.

Avrebbe voluto mostrare a tutti, soprattutto al Reggente, la piena intensità di ciò che aveva sempre avuto dentro. L'orrore, ma anche la bellezza sconfinata di un potere che, se fosse stato per loro, gli sarebbe marcito dentro, uccidendolo un po' ogni giorno. Lo diresse piano verso Herr, spingendolo contro gli scaffali, sospeso tra una pressione sostenibile e l'onda che l'avrebbe trapassato intero.

«Adesso basta, Bram» mormorò Rabe, allarmata.

Smettere adesso?, pensò il ragazzo. Ora che Herr aveva una smorfia di panico e disappunto sul viso? Ora che il Reggente lo guardava con una preoccupazione che assomigliava al rispetto? No. Con quell'esaltazione raccolse tra le dita tutta l'energia che avvertiva nell'aria, finché non ebbe tra le mani una sfera perfetta. Lasciò che i presenti la guardassero con paura e incanto: sapevano perfettamente che, se scagliata, avrebbe distrutto la stanza e parte di quelle adiacenti. Che Herr non sarebbe sopravvissuto, e forse nemmeno loro.

Il ragazzo restò così, illuminato in viso dal baluginare dell'aria densa del suo potere. Poi, piano, richiuse le mani ridimensionando la sfera fino a ottenere una piccola biglia trasparente tra le dita. Allora la scagliò a terra e, col rumore secco di uno sparo, nel pavimento tra le gambe di Padre Herr si aprì una profonda fessura rotonda dai bordi frastagliati e fumanti.

«Il Cerchio usato da un singolo, e a fini offensivi. Questa è eresia!» squittì Herr, acceso dalla sua bile.

«Cosa stai cercando di fare, Bram?» chiese il Reggente con voce dura.

Bram spostò gli occhi su di lui, che lo fissava serio con le mani giunte. *Quest'uomo,* pensò il ragazzo, *è tutto ciò che ai miei occhi rappresenta una guida. Se esiste un bene, è sicuramente dalla parte di Obenharis Cadaval.*

«Dirvi che, per sopravvivere, dobbiamo cambiare» mormorò il ragazzo. «L'esercito della Federazione sarà radunato, e noi dobbiamo marciare insieme a loro. Non solo come sostegno, ma come arma» dichiarò Bram.

«Il Cerchio non è un'arma» disse il Reggente.

«Ma io sì» replicò il ragazzo.

Le carte in tavola, adesso, erano cambiate. Lui aveva la parola, e anche voce in capitolo. Tutti lo ascoltarono con attenzione, quando dichiarò: «Mi avete chiesto chi sia Deva. Lei è come me, una Gemma, ed è rimasta ad Aeral Dome. Dobbiamo tornare a prenderla prima che Sarshan Kean la trasformi in ciò che non è».

Alla parola "Gemma", Rabe si era coperta gli occhi.

«Avresti dovuto fare qualcosa» tentò di sibilare Herr, ma lo fece sottovoce.

«Ho provato ad attaccare l'Imperatrice, ma il mio potere non era ancora abbastanza forte. Lo sarà, però. Ogni giorno lo avverto crescere, e ogni giorno lo allenerò fino al limite.»

«Oh, ragazzo, non avresti potuto fare nulla. Quando mandarono un commando di eroi, fra i migliori AltoMaghi di Alta e i più forti soldati della Federazione, non tornarono indietro nemmeno i loro corpi. Per ucciderla, sono il suo esercito e il suo popolo che dobbiamo colpire, quelli a lei più vicini. Meno fedeli, meno forza. Lei ha il potere e il dominio della Magia Suprema, ma noi abbiamo sempre avuto i numeri» ribatté la Destinatrice, con le guance accese e la voce tonante.

«Rabe, è ora di parlare con gli Ardimenti, dobbiamo portare tutto questo davanti al Governo. Il ragazzo ha ragione: dobbiamo recuperare la ragazza prima che sia tardi» mormorò il Reggente.

«Ma non capisci? È già tardi» sussurrò l'anziana. «Non è già più una missione di salvataggio, è la guerra, Obenharis. Ora che la voce del suo ritorno si spargerà, la Federazione vorrà attaccare subito, in fretta, prima che Lei recuperi interamente la sua forza.»

L'uomo abbassò la testa e si guardò le mani giunte. Poi vide una terza mano coprire le sue, stringerle. Suo figlio lo costrinse a sollevare lo sguardo fino ai suoi occhi di smeraldo, e gli disse: «Ho un'idea. Ma dovrete fidarvi di me».

✶

La voce della piccola esibizione di Bram nella stanza del Reggente doveva essersi sparsa velocemente quanto quella del ritorno di Sarshan Kean. Per questo, nessuno sollevò obiezioni quando, dopo alcuni giorni, il ragazzo chiese e ottenne il permesso di radunare tutti nella sala degli allenamenti. Bram sapeva di avere paura di deludere di nuovo il Reggente e il Convicto, ma c'era qualcosa di più grande dentro di lui che domava il terrore, spingendolo in un angolo come un insetto: aveva uno scopo, ora. L'orgoglio che provava per essere tornato dalla missione e aver riportato il bambino a casa, e per essere fuggito da Aeral Dome, non lo rendeva solo fiero ma gli conferiva una sorta di tacita responsabilità. Bram si sentiva investito del dovere di preparare gli Armon alla guerra, mettendo in pratica tutto ciò che aveva imparato.

Con passo deciso si posizionò davanti a loro, nel posto abitualmente riservato a Padre Zyen.

«Un tempo ci saremmo riuniti nella sala del Cerchio,» esordì «ma quello che vi chiedo di fare oggi è diverso. Abbiamo sempre usato l'energia del Cerchio per difendere ed equilibrare. Questo è quello che continueremo a fare, ed è anche la missione principale e sacra di ogni Armon. Ma una guerra è alle porte.»

Un silenzio assoluto calò sulla platea. Anche chi, dubbioso sul ragazzo, si era recato all'adunata senza alcuna voglia di ascoltarlo, ora concentrò tutta la sua attenzione su di lui.

«Molti di voi mi conoscono per ciò che non sono. Non sono il confratello ideale. Non sono lo studente più brillante del Convicto. Non sono un bravo Armon. Ricorderete le volte in cui ho rotto la formazione, reso vana una Pratica, o quando non sono stato neppure ammesso a essa. Adesso conoscerete nuove storie su di me, che vi diranno quello che sono: colui che ha recuperato Aral, e che è riuscito a fuggire da Aeral Dome. Colui che torna a Larham dopo aver incontrato l'Imperatrice Sarshan Kean, viva.»

Dalla platea si levò un mormorio acceso, che il Reggente calmò con un gesto della mano, lasciando proseguire Bram.

«Sono qui per chiedervi di supportarmi quando verrà il momento. È per questo che, insieme al Reggente e a Padre Zyen, abbiamo deciso di mostrarvi quanto sono in grado di fare, e condividere l'addestramento ricevuto ad Aeral Dome qui al Convicto in modo da potenziare non soltanto me, ma tutti noi.»

Il mormorio si alzò, più forte adesso. Si stavano interrogando sulla veridicità delle sue intenzioni, questo era certo. *È cosa giusta e opportuna che gli Armon del Cerchio diffidino di ciò che arriva da Morhva*, pensò il ragazzo.

Il Reggente fece di nuovo un gesto della mano, interrompendo immediatamente il brusio. Poi, prese la parola: «So cosa vi state chiedendo... Che diritto ha un apprendista tornato da Aeral Dome di dirvi cosa fare? Ma questo ragazzo non è più un apprendista. E non è neppure un Armon. È qualcos'altro, adesso: è la nostra speranza. Prima di raccontarvi ogni cosa, però, dovrete giurare un Voto».

Lo annunciò come se non fosse una scelta, e di fatto non lo era.

Mentre i presenti chiudevano gli occhi concentrando ogni pensiero sul singolo obiettivo di accettare il Voto, il Reggente, Padre Herr, Padre Zyen e Padre Samal trassero da loro un'energia dalla direzione univoca e vincolante: un giuramento. Lo lasciarono consolidare fra le loro mani prima di restituirlo alla folla di confratelli, permeando il loro Cerchio di un invisibile laccio. Non durò che qualche istante di puro silenzio.

«Adesso, Bram vi esporrà il suo piano» annunciò il Reggente.

42
DISGREGAZIONE

Si svegliò dopo un lungo sogno in cui il suo corpo si estendeva lungo Morhva come un enorme serpente. Con un'estremità si piegava sulle scogliere affilate e si intingeva nel mare, rendendolo rosso come sangue e succo di frutta matura, con l'altra sfiorava i picchi rocciosi, si snodava nelle tane dei draghi. Allora prendeva le ali e diventava un drago, sorvolava Aeral Dome, il suo ventre si rifletteva sulla cupola di cristallo. L'aria odorava dei fiori di Terrena che sbocciavano alla fine della primavera. I canti nell'aria erano le litanie di Sama, in quella lingua rotonda e sussurrata.

Tornò alla realtà come rientrando nel guanto del suo corpo: un dito per volta, un brivido per volta. *Lumina* fu il suo primo pensiero: le sembrava ancora di essere soverchiata dalla magnificenza di quella grotta, dalle sue insondabili profondità, dal suo essere fonte. Fu allora che le tornò addosso un pensiero pieno di pericolo ed estasi al tempo stesso: *La donna più pericolosa al mondo ti ha condotta nel luogo per lei più sacro, e ti ha baciata. Non è stato un sogno e lo hai voluto, accolto, ripetuto. Ti sei cibata ancora e ancora, in modo affannato, affamato, delle sue labbra. Ti sembra di averle davanti anche adesso, così lievemente asimmetriche e morbide, dalla piega strafottente e regale. Hai lasciato le tue mani ferme, però, rigide lungo il corpo ancora incredulo. Non hai osato toccare il suo, a pochi centimetri dal tuo. Perché, dopo, nessuna di voi ha detto nulla?*

La cavalcata di ritorno era sembrata eterna. Le lenzuola del mattino dopo erano una landa di speranze e di rimpianti. Di stordimento e di grandissima confusione.

Che Bram fosse lontano come un ricordo perso nel tempo era qualcosa che lasciava Deva sconvolta. Anche concentrandosi, le immagini le si componevano nella testa per un istante, dissolvendosi non appena tentava di sentirlo ancora accanto. Il pensiero che quel luogo la stesse intenzionalmente allontanando da lui era orribile, ma era anche un anestetico efficace e – si vergognò profondamente a pensarlo – un prezzo che avrebbe pagato per fare tutto di nuovo: tornare in quella grotta luminosa, avvertirne la potenza ma anche sentirsi tanto desiderata. Si sentì attraversare da un'eccitazione che le solleticò l'ego in modo sfacciato.

Le piaccio.

Ora finalmente decifrava l'agitazione, il non riuscire a staccarle gli occhi di dosso, quell'ammirazione nervosa che la prendeva ogni volta che l'aveva vicino. Dal primo istante, maledetto o benedetto che fosse stato.

Si lavò e si preparò con cura, sperando di trovarla al tavolo della colazione. Invece, con sua grande delusione, realizzò di essere di nuovo sola. Il cameriere la servì con solerzia e, nonostante la nota reticenza del personale di Aeral Dome, decise di tentare una domanda diretta: «L'Imperatrice non viene?».

L'uomo, sorprendentemente, rispose: «Non sono stato informato della Sua presenza a colazione».

«E a pranzo? Verrà?» chiese ancora, incurante che lui potesse collegare il suo interesse a qualcosa di più personale.

«Non so dirvelo, mi spiace» scosse la testa educatamente lui, servendole il sova della colazione nella tazza dal bordo fine.

Il mattino ebbe la sfacciataggine di esibire un cielo di terso zaffiro, l'aria era appena mossa dal vento. Deva fece il suo allenamento ma aveva la testa altrove, e fare un passo indietro fu più difficile perché non lo voleva: desiderava solo perdersi nel ricordo di quella notte perché era il suo modo di dirsi che era stato reale, e che sarebbe successo ancora.

«Deva!» le urlò Laivine, perdendo la sua abituale pacatezza. «Dove hai la testa oggi? Il ragazzo ha fatto la sua scelta, puoi lasciar andare i pensieri d'amore.»

Amore.

L'amore era un pensiero su cui non si era soffermata. Quando l'allenatrice pronunciò quella frase, l'attraversò come una scossa elettrica.

Amore.

Se l'amore c'era, quello era per Bram. O, forse, nemmeno per lui. Questa cosa che era successa dentro di lei e fuori da lei, con l'Imperatrice, era un'altra faccenda. Non aveva nome, sapeva solo che ne aveva fame. Anche in quel momento, con intorno terra, armi e manichini, il suo pensiero aveva la forma di un desiderio languido e pressante, che la inebriava e la tormentava.

Ma non è amore, si disse con ferma certezza.

L'allenamento era ciò che, più di ogni altra cosa, la centrava: non voleva fallirlo. Con sforzo enorme, resistenza minima e senza l'efficacia della volta precedente, terminò comunque la sua mattinata imparando qualcosa di nuovo: oltre a canalizzare la sua forza creando lame e scudo, poteva agire sugli elementi, destabilizzandoli a proprio vantaggio. Piantare le lame nel suolo poteva creare un terremoto di media entità a breve distanza, facendo crollare a terra e talvolta frantumare con le vibrazioni i corpi e gli oggetti nel raggio di qualche metro. Roher aveva dichiarato che con un po' di esercizio avrebbe potuto aumentarne l'estensione, ma non era prudente farlo sotto il tendone: sarebbero andati sugli altipiani, possibilmente lontano da tutto ciò che poteva crollare loro addosso.

Con mosse studiate e precise per creare movimenti verso l'alto, invece, Deva era in grado di catturare trombe d'aria e raffiche di vento, come se scolpisse e poi scagliasse l'aria stessa. Erano masse scure e tremanti, come nuvole dense di temporale, e osservare il loro movimento le dava una soddisfazione palpabile.

Doveva ancora saggiare l'azione del suo potere sul fuoco e sull'acqua, ma se funzionava allo stesso modo era quasi certa di poterli canalizzare e utilizzare a proprio vantaggio. Scoprì di poter fare molte più cose di quelle che avesse immaginato: il suo potere era duttile, il mondo plasmabile. Non poteva evitare di pensarlo al servizio del bene, creando fiumi dove regnava la siccità e portando vento dove le nuvole si erano fermate, risparmiando il lavoro di cento uomini o illuminando le notti di una grande festa. Nella sua mente non c'era spazio per una guerra: affinava e imparava l'estensione del suo potere per il piacere di sentirsi capace. Nuova. E potente. Come *Lei.*

Anche lo studio procedeva in modo spedito. Stava memorizzando i simboli e le rune, che le ispiravano nuove connessioni tra il mondo della magia e quello del visibile. Approfondì le religioni delle rive, le quattro parti del Cerchio di cui parlava Bram, il mistero dello Xen, la spiritualità di Sama, le categorie dell'Alta Magia. Nelle Arti Mantiche ritrovò il ricordo di Évanette Starwyn e venne attraversata da una fitta di nostalgia. Non aveva ragione di pensare che non fossero tornati, salvi, a casa. Si augurò che mai, per nessuna ragione, decidessero di marciare contro Morhva, anche se era perfettamente cosciente di ciò che il ritorno di Bram avrebbe scatenato.

Doveva parlare con l'Imperatrice. Suo malgrado, pensandolo, sorrise.

La sera impiegò molto più tempo a prepararsi, e non sapeva neppure se fosse la strategia giusta. Per tutta la vita le era stato insegnato, a volte direttamente, altre con commenti sgraziati, come comportarsi per piacere a un uomo. Sapeva come doveva apparire, che tipo di abiti indossare, quali parti del corpo scoprire, quanto stringere un corsetto. Ma per una donna? Per il modo in cui era stata cresciuta, era un ridicolo oltraggio anche solo pensarlo.

Scosse la testa davanti allo specchio immaginando il commento della nonna Ina, se fosse stata ancora viva, a quel maldestro tentativo di seduzione. Eppure, non c'era nessuno lì. Per la prima volta essere sola non significava solo immenso dolore ma anche sconfinata libertà.

Ma chi sta seducendo chi?, si chiese, tracciando di nuovo righe scure attorno agli occhi.

Si presentò nella solita sala della cena, ma con l'abito che aveva indossato alla torre. Il cuore le precipitò nello stomaco quando si rese conto che il tavolo era, di nuovo, apparecchiato per una sola persona. Mentre il cameriere le serviva la cena, nel silenzio assoluto il rumore delle posate sembrò ancora più triste.

✶

Il mattino dopo, Roher era solo davanti al tendone, la stava aspettando in sella a un cavallo e teneva anche le redini di Djavel, già sellato.

«Seguimi, ci metteremo pochi minuti» le annunciò.

La cavalcata fu davvero breve, raggiunsero rapidamente una spianata circondata da basse pareti rocciose e qualche magro arbusto di scyntilia. Deva vide Laivine intenta a produrre dalle proprie mani qualcosa che assomigliava a un nastro luminoso. Realizzò che non aveva mai visto i due insegnanti mostrare appieno i loro poteri, prima.

«Oggi l'allenamento sarà diverso» annunciò Roher con una certa gravità. «Tu e Laivine vi affronterete. Intendo sul serio, al massimo delle vostre capacità.»

Deva sbuffò fuori una risata: «Ma siete impazziti! Mi ucciderà in un attimo, si allena da sempre!».

Roher scosse la testa, dichiarando: «Laivine è stata qui tutta la notte, ha steso un incantesimo di protezione su questa terra, lungo i confini della roccia: i vostri poteri saranno pieni, ma i loro danni limitati. Una sola persona non è in grado di annullarli, però: è per questo che anch'io lancerò lo stesso incantesimo. Adesso va', e battiti».

Affrontare la sua insegnante era ben altra cosa rispetto al buttare giù una decina di manichini o tagliare in due una roccia. Significava avere a che fare con qualcosa di vivo e capace, pronto a reagire, e Deva non aveva mai combattuto con qualcuno per deliberata scelta. Si sentì quasi in imbarazzo a posizionarsi davanti a lei e tentare di tirar fuori il suo potere, ma la donna non le diede il tempo di intimidirsi: scoccò il primo colpo che, come una candida freccia appuntita, le sfiorò i capelli e andò a conficcarsi alle sue spalle.

«Pensi che sia uno scherzo, Deva? Non lo è» le annunciò, e la sua voce non prometteva alcun tipo di delicatezza.

Laivine si muoveva rapida sulle gambe veloci, scoccando frecce verso Deva prima una per volta, poi a gruppi di tre o cinque. Erano sottilissimi raggi luminosi, ma tagliavano e penetravano roccia e legno come coltelli. La ragazza si schermì alla meglio dietro una piccola altura e comprese che o riusciva a quietare la sua mente e fare spazio alla magia, o di lei sarebbe rimasto ben poco, incantesimo di protezione o meno.

Quando si affacciò per controllare la posizione di Laivine, una freccia le fischiò accanto e le trapassò di striscio la carne liscia della guancia sana. Deva emise un grido stridulo e portò la mano al viso: sangue.

Arrivò tutto insieme, come un'onda: non le avrebbe permesso di farle altre cicatrici, aveva il potere di fermarla. Era suo, ed era lì per lei.

In quell'attimo la sua mente si liberò da qualsiasi angoscia, da qualsiasi pensiero o rimorso. C'erano solo lei, e il calore acuto di due lame e di uno scudo che dilagavano fuori dalla sua carne, fondendosi con i suoi pensieri, liberi di colpire e di modellare gli elementi.

Fece un passo al centro dell'arena e, con violenza, piantò le lame nel terreno roccioso, che fu scosso da un tremito violento ed esteso che levò letteralmente la terra sotto ai piedi di Laivine. La donna non cadde, ma ruzzolò di fianco rialzandosi immediatamente e colpendo Deva con una raffica di frecce bianche. La ragazza fece un movimento istintivo aprendo il petto e ruotando le braccia, e il suo scudo si allargò fino a coprirla per intero. Le frecce colpirono la superficie oscura e sfrigolante del suo scudo e svanirono come neve sciolta.

«Ma guarda un po'...» commentò Roher, con le braccia aperte come a contenere l'intera zona, in un modo che a Deva non poteva non ricordare Bram e il Cerchio. Fu questo pensiero che la fece vacillare, sentì un secondo fischio troppo vicino all'orecchio e un graffio sulla tempia destra.

Basta con il viso, lascia stare il mio viso!, avrebbe voluto gridare, ma Laivine sembrava intenzionata a deturpare ulteriormente la sua faccia. Una cascata di frecce minuscole e subdole come spilli si infransero sullo scudo che Deva rialzò appena in tempo, all'altezza degli occhi.

«No!» gridò, perdendo di nuovo qualsiasi concentrazione e sentendo le lame sfuggirle dalle mani, dissolversi come polvere nell'aria.

Solo adesso si rendeva conto di quanto fosse diverso mostrare le sue capacità al cospetto di un tronco, un sasso o un manichino, e quanta forza interiore occorreva, invece, anche solo per *connettersi* con il proprio potere durante una battaglia reale. E questa non lo era neppure.

«Sai quando ti consigliano di usare tutta la rabbia, il dolore, l'umiliazione? Sbagliano, Deva. Possono fare da scintilla in un primo momento, ma alla lunga non sono utili. Devi superarli, come fossero un ostacolo messo davanti a te per farti inciampare. Ma non andare loro incontro: distanziali. Dimenticali. Fai un passo indietro, ricorda quanto sono piccoli rispetto alla grandezza del tuo potere e tieni a mente il tuo scopo» sentì Roher urlarle, mentre Laivine con le sue frecce color latte aveva circondato l'aria attorno alla spianata, facendola vorticosamente girare su sé stessa, sollevando cumuli di polvere e sassolini, foglie secche e pezzi di arbusto. In pochi istanti l'aria diventò irrespirabile, ed era difficile anche solo vedere a pochi passi di distanza.

Roher aveva ragione: adesso le sue cicatrici non avevano nessuna importanza. Se concedeva a qualsiasi sentimento transitorio il benché minimo peso, gli avrebbe concesso il potere di farla crollare. Lei, invece, quel potere voleva tenerlo per sé. D'altra parte, era perfettamente capace di distruggersi da sola.

Lasciò andare tutto il dolore, la fatica e la frustrazione come fossero un corpo che abbandonava, e cadeva alle sue spalle. Sentì di nuovo infondersi nelle mani e al centro del petto la vibrante potenza della sua magia. Le pareva quasi di sentir scricchiolare nell'aria vorticante il suo scudo nero, più spesso e ampio della volta precedente, che si estendeva fino a coprirle tutto il busto, la gola e le braccia, e le due lame, che ora erano lunghe falci oscure che fendevano il vento, tagliandone un corridoio come fosse materia.

Si stava aprendo un passaggio fino a Laivine, che radunò le sue frecce risucchiandole nei pugni e riportando la calma. In un istante la polvere si depositò a terra, e tutto fu di nuovo fermo.

Gli occhi di Laivine erano accesi dallo sforzo, quelli di Deva invece erano vuoti.

Non c'era più nulla, ora, che le interessasse. Voleva solo sentire il suo potere estendersi e, con esso, estendere anche sé stessa. Sentirsi come il serpente nel sogno: enorme, distesa, con le dita che sfioravano i quattro angoli di Morhva, con la gola capace di inghiottire mari e il respiro in grado di catturare ogni nuvola in cielo, e sputare fuoco.

L'allenatrice, ora, le apparve piccolissima. Riusciva quasi a leggere tutti i suoi sforzi mentre ricalcolava la traiettoria delle sue frecce, sceglieva che forma dare loro, che consistenza. Laivine non era del tutto un passo indietro, adesso: parte di lei era incastrata in un sentimento tanto evidente da far quasi sorridere Deva. Laivine aveva *paura*.

Deva inspirò a lungo andando ancora più indietro, in un luogo dove le sembrò quasi di dimenticare il suo nome e perdere il suo corpo.

«Fermala» sentì dire Laivine a Roher, ed era una vocina di uccello, un cinguettio minuscolo che arrivava da un altro mondo.

«Non posso lasciar andare l'incantesimo protettivo, o vi farete del male...» rispose un'altra piccola voce da lontano, e anche in quella Deva avvertì dello spavento. Aveva un sapore, quella paura: sapeva di buono.

Le sembrava che l'estensione delle sue lame, ora, fosse incalcolabile. Incrociò le braccia verso l'alto. Quando le avrebbe rilasciate, avrebbe sterminato tutto ciò che aveva davanti.

Sterminato. Assaporò con la mente ogni sillaba e ogni strappo di quella parola come se la sentisse pronunciare da un'altra voce dentro di sé, la stessa che ormai aveva imparato a conoscere.

Un attimo prima di compiere il gesto, però, sentì una voce profonda: «Deva».

Fu come un uncino che la riprese per il petto e la riportò giù, a terra, attraverso passi che non aveva avuto intenzione di fare, luoghi senza nome né colore, vuoti di notti senza stelle, orizzonti che parevano galassie lontanissime. E, infine, i suoi occhi verde salvia.

Sarshan Kean era in piedi davanti a lei e le posava una mano sul petto. Aveva spento il potere di Deva con una sola parola e adesso la guardava con uno sguardo indecifrabile. Il suo viso era teso, la mandibola contratta.

Si voltò verso Roher e Laivine, e Deva si aspettava un accesso d'ira, urla e fulmini. Invece intimò loro, ferma e senza alcuna rabbia: «Non lasciamoci sfuggire di mano questa cosa, d'accordo? Ho ancora bisogno di voi. *Lei* ha ancora bisogno di voi».

✶

Cavalcarono verso Aeral Dome tutti insieme, l'Imperatrice in testa a una certa distanza tanto da arrivare per prima e, rapidamente, sparire oltre la scalinata.

Deva non sapeva come sentirsi. Delusa dalla freddezza della donna, ma anche allarmata da quanto era accaduto, fermò Laivine per un braccio e le chiese: «Cos'è successo, prima?».

La donna esitò, si scambiò un cenno con Roher prima di rispondere: «Ti stavi disgregando».

«Cosa significa?»

«Ti eri talmente disconnessa dai tuoi sentimenti da aver dimenticato il tuo corpo. Il potere lo stava assorbendo. Avresti colpito con tutta la forza, connessa alla fonte, e poi ti saresti dissolta completamente» rispose l'allenatrice, guardando a terra. «Avremmo dovuto avvisarti di questo rischio, ma ci sembravi troppo lontana dal correrlo. Faremo tutti più attenzione.» Parlò freddamente, come infastidita dalla propria negligenza.

Deva impiegò qualche attimo per assorbire quell'informazione, perché ora che rimetteva insieme i pezzi comprendeva perfettamente come il suo corpo a un certo punto fosse rimasto in silenzio, sospeso e muto mentre qualcosa di più forte estendeva la sua coscienza oltre i confini possibili. Dentro di sé sapeva che si stava spingendo troppo oltre, ma aveva proseguito senza alcuno scrupolo. Mai avrebbe pensato che il rischio fosse stato quello di svanire per sempre. Improvvisamente temette sé stessa, il suo potere, le sue lame oscure.

«Non dimenticarlo. E ora, trova qualcosa che ti riporti ben in contatto con la realtà e col tuo corpo, Deva» concluse Roher, con una pacca sulla spalla più forte del dovuto, che sicuramente la riportò in contatto con la sua stanchezza.

Annuì, e salì mestamente le scale, poi altre scale, fino al corridoio della sua stanza.

C'erano diverse cose di cui avrebbe avuto bisogno in quel momento, e una era fortunatamente accessibile: un bagno caldo. Non aveva terminato di formulare il pensiero nella propria testa che, nell'angolo della vasca separato da una spessa tenda, vide alzarsi rivoli di vapore.

«Oh, sì...» sospirò, in preda a un brivido di piacere.

Si liberò dei vestiti lasciandoli a terra ai suoi piedi e si infilò nell'acqua bollente con un lungo sospiro. Se era il contatto con il proprio corpo che doveva recuperare, le pareva un ottimo inizio. Dalla punta dei piedi a quella dei capelli, il calore dell'acqua iniziò a distenderle i muscoli e la mente.

Per il tempo di un bagno, con l'acqua che lavava via polvere e fatica, si concesse di non pensare a tutto ciò che la terrorizzava ma solo a quello che le dava piacere. Insaponò lentamente le gambe, le braccia, il collo. Si immerse con tutta la testa per sentire i capelli soffici e gonfi come una nuvola nell'acqua della vasca, come quando era bambina.

Quasi si rivide piccola, con i suoi vestiti dai colletti ben stirati, le scarpe lucidate da qualcun altro, la cena servita in tavola, si chiese cosa avrebbe pensato la Deva Loissen di allora di quest'altra Deva.

Ripensando alla sua vita, le pareva di aver vissuto una serie di momenti distaccati l'uno dall'altro, ognuno ben chiuso e lasciato alle spalle, nessuno davvero compiuto. *Ho trovato la mia strada, questa volta?,* si chiese. O sarebbe morta prima di sapersi con certezza Deva Loissen, la strega? E lo era davvero?

Si asciugò velocemente, la stanza pareva gelida in confronto all'acqua, e indossò di nuovo i suoi vecchi abiti: non avrebbe rifatto l'errore di prepararsi come se avesse dovuto cenare con l'Imperatrice. Nell'infilare la camicia ritrovò il ricordò del tocco di Bram, e ripensarci la fece sentire al tempo stesso meschina e piena di rimpianti, per non aver creduto abbastanza in lui che aveva quella gentilezza, quella cura così insita nei gesti e nel modo in cui la trattava. Così come era arrivato, il ricordo si dissolse.

A riportarla al presente fu il rumore di qualcuno che bussava alla porta. Quando aprì pensando di accogliere un servitore, si trovò invece davanti l'Imperatrice.

La donna, ancora stretta nel lungo cappotto scuro dalle spalline rigide che indossava per cavalcare, si precipitò dentro la stanza e, con la foga dei suoi passi, la costrinse ad arretrare verso il muro.

«È stata colpa tua quanto loro, Deva» le gridò addosso, puntandole il dito contro il petto.

Era la prima volta che la vedeva davvero arrabbiata, e sapeva cosa era in grado di fare semplicemente chiudendo il pugno. Una scarica di paura le corse lungo la schiena.

Sarshan Kean non la lasciò rispondere, incalzando: «Non farlo *mai più*. Questa era la prima volta, e anche se non capisco come diavolo tu abbia fatto a perdere completamente contatto con te stessa, posso perdonarlo. Ma ora che sai cos'è, e puoi riconoscere la sensazione di oltrepassare la soglia, non permetterti mai più di avvicinarti di nuovo al disgregarti. Sono stata chiara?».

La spaventava, adesso. I suoi occhi erano spalancati dalla rabbia, la mandibola era serrata, il dito puntato contro di lei stava tremando.

«Mi dispiace» rispose Deva. «Non sapevo di poterlo fare...»

«Lo so» disse la donna con un tono più morbido, stavolta. Quasi triste. Chinò la testa sospirando, e ripeté: «Ma non *osare* farlo ancora. Ho istruito Laivine e Roher, domani farete una lezione approfondita su tutto ciò che esiste prima e dopo la zona di vuoto. Dovrai attenerti scrupolosamente a quello che dicono, prestare la massima attenzione a ogni segnale del tuo corpo e della tua mente. Mi sono spiegata?». Il tono tornò quello severo della regnante. La postura si fece eretta, arretrò per mettere distanza tra loro.

«Comunque non avevo particolare voglia di disgregarmi...» commentò Deva a bassa voce, incerta se fosse opportuno fare del sarcasmo. Era come se, davanti a quella donna, non sapesse più chi fosse e come si dovesse comportare.

Sarshan Kean non rispose, con gli occhi che per un momento guardarono a terra, stanchi.

Deva, allora, trovò il coraggio di annunciarle ciò che sapeva: «Prima di partire, Bram ha detto che avrebbe radunato la Federazione. Io temo che marceranno su Morhva, vogliono...» non le venne in mente una parola migliore di "eliminarti", quindi aggiunse solo: «È ovvio, cosa vogliono».

L'Imperatrice sollevò lentamente lo sguardo fino a incontrare i suoi occhi. «Grazie per avermelo detto.»

«Lo sapevi già» dedusse Deva.

«Lo immaginavo. Per questo, non appena Bram ha lasciato Aeral Dome, ho iniziato a radunare l'Artake. L'allenamento del mio esercito è costante, l'allerta no. Come un tempo, dovremo difenderci» commentò la donna, con lo sguardo amareggiato.

«Come un tempo, con i tuoi Generali...» mormorò la ragazza. Poi, più decisa, aggiunse: «Ho una domanda, e riguarda Savaine Atwal. Tu sai che il mio cavallo si chiama come il suo, non è vero?».

Sarshan Kean si abbandonò a una lieve risata, lasciando andare la testa all'indietro e scoprendo il lungo collo sottile. «Certo che lo so. Sono stata io a dargli quel nome» rispose l'Imperatrice, con uno sguardo denso di parole non dette.

«No, non può essere» sussurrò Deva sgomenta.

«Era un regalo. Quando ti abbiamo localizzata, ho pensato di mandarti qualcosa...» disse la donna, con gli occhi che si addolcirono.

Un regalo per me, pensò la ragazza, e se a un primo istinto l'idea la riempì di tenerezza, subito dopo provò orrore all'idea che l'Imperatrice la tenesse sotto controllo già da mesi prima della presa della tenuta dei Loissen, quando lei era ancora la figlia di Willem ed Enna, giocava a fare la contabile per la società di famiglia e Ceylen Estell V era un cavallo qualsiasi con troppa energia che si era messa in testa di domare.

Era cresciuta in una gabbia. E qualcuno, per tutti quei lunghi anni, gliene aveva costruita un'altra? Era questa, dunque, la scelta che le era concessa?

Si sentì avvampare dalla rabbia.

«Dovrei ringraziarti, immagino. Ma hai idea di come ci si senta a essere una pedina inconsapevole nel gioco di qualcun altro? Nemmeno una cosa stupida come il mio cavallo è mai stata davvero parte della mia vita. È stato forzato nel mio destino come i miei genitori, come il mio medico, come un maledicto, come questo posto. Non parlarmi di regali, per favore. Cosa vuoi da me? Cosa volete *tutti* da me?»

L'Imperatrice fu colta di sorpresa dal tono sfrontato di Deva. Ridusse gli occhi a due fessure dense di risentimento prima di rispondere: «Volevo darti la verità, e lo sto facendo. Se non sei in grado di sostenerla, non sono io quella da biasimare».

Deva scosse fermamente la testa. «Vuoi il mio potere? La mia lealtà? Hai fatto tutto questo per potermi manipolare, un giorno? Eccomi. Ci sei riuscita. Sono arrivata fin qui, ho lasciato andare Bram per restare ad Aeral Dome, e...» per le nebbie, tanto valeva dirlo «ti ho anche baciata, e non sono più sicura di niente adesso. Neanche di volermene andare. Ecco quanto sei brava, Sarshan Kean. Mi hai presa, alla fine: sei contenta?»

Gli occhi pizzicavano di lacrime, ma era stanca di frignare per qualsiasi cosa. Aveva già visto la morte di chi amava e l'aveva anche sentita addosso a sé stessa: il peggio era passato, ecco qual era la sua forza. Non poteva immaginare nulla di più brutto di ciò che già portava dentro.

Per un attimo si chiese se i sentimenti violenti che provava fossero solo un trucco della sua mente, per tentare di mantenerla viva. Quanto era autentico ciò che provava? Era solo un modo per tenere quieta quella morte che custodiva dentro?

La donna la squadrò a lungo, lo sguardo denso di un'ira silenziosa. «Deva Loissen, sei libera di andartene, e lo sai» sibilò infine. Deva la guardò voltarsi e, con passo risoluto, raggiungere la porta per lasciare la stanza.

«Ma io non voglio!» urlò la ragazza tra i denti, il corpo che tremava dalla tensione di essere lì, a un passo da lei, e non riuscire a fare nulla tranne che affogare nella confusione.

Al suo grido Sarshan Kean si fermò, e si voltò lentamente. Deva guardò il suo viso scarno e forte al tempo stesso, con la mandibola squadrata, gli occhi fieri, le labbra di cui ricordava così bene la delicatezza. La donna coprì la distanza che le separava con due passi bruschi, che le spalancarono il mantello come due ali nere.

Si fermò davanti a lei, in silenzio, lo sguardo ancora acceso e le narici che fremevano d'ira.

«Non voglio andare via» sussurrò di nuovo Deva.

Accadde di nuovo, e questa volta non ci fu chi iniziò e chi ricambiò: entrambe si protesero l'una verso le labbra dell'altra. Quelle di Deva erano morbide e calde, quelle di Sarshan screpolate dal vento e dalla polvere che ancora portava sul viso. La ragazza ne sentì il sapore terroso sulla lingua. Le esplorò gli angoli della bocca e le vallate tese degli zigomi, la curva tonda delle palpebre e la pelle sottile del collo, lì dove confinava con il rigido colletto del cappotto.

Le aprì istintivamente il primo laccio, ma immediatamente ritrasse la mano.

L'Imperatrice fece un sorriso di sguincio.

«Ce ne sono altri» sussurrò.

«Di cosa?» chiese Deva.

Le sue labbra si avvicinarono al suo orecchio sfiorandolo come ali di farfalla. «Di lacci.»

La ragazza allora le posò le dita sul collo con maggiore sicurezza, poi con movimenti rapidi e sicuri, come se non avesse mai fatto altro in vita sua, slacciò ogni singolo legaccio del lungo cappotto.

A ogni nodo che apriva lungo il collo, sul petto, lungo il ventre della donna, immaginava le distanze percorse avvolta in quella stoffa, sferzando il vento degli altipiani. L'Imperatrice di Morhva sul suo destriero, davanti alla quale i fedeli si segnavano il petto e inchinavano la fronte, al cui pensiero la Federazione armava eserciti. Quanto sangue, quante grida aveva assorbito quel cappotto scuro del quale ora staccava le protezioni rigide sulle spalle e sul petto, lasciandole cadere a terra con un suono sordo?

Non le importava. Nient'altro le importava, adesso.

Sarshan Kean aveva perso il suo cappotto e le sue protezioni. Era solo Sarshan, una donna, ora. Deva slacciò anche le strisce di cuoio incrociate sulla sua camicia, poi le posò le mani aperte sulla stoffa all'altezza delle clavicole e, richiudendole, la attirò a sé posando nuovamente le labbra sulle sue. Era inebriante come il sorso del miglior vino, e allo stesso modo le dava alla testa.

In silenzio e senza staccare lo sguardo da lei, Sarshan fece lo stesso con la sua camicia, così facile da sollevare e togliere, lasciandola nuda ed esposta in un modo che la imbarazzò solo per un attimo perché in un istante, come fosse la cosa più naturale del mondo, anche l'Imperatrice abbandonò i suoi abiti.

Deva non avrebbe mai pensato che il corpo nudo di un'altra donna potesse scatenarle, dentro, quella serie di sconvolgenti sensazioni di cui la meraviglia non era che la più riconoscibile. Si perse a guardare la pelle candida e liscia di lei, la forma pura delle clavicole e del bacino, la curva dei seni e le gambe dai muscoli allungati dimenticando qualsiasi altra cosa, persino ciò che in sé stessa detestava, e offrendosi al suo sguardo con la stessa, languida resa.

Il corpo dell'Imperatrice diventò ai suoi occhi una terra da scoprire, con i suoi monti, le sue vallate bianche, i suoi picchi, le sue gole. Scoprì di desiderare il sentirla sospirare, disegnare strade di piacere sulla sua carne, tirare fuori dalla sua gola piccole grida.

E Sarshan, lei sembrava averla già conquistata da tempo. Le sue labbra parevano seguire una mappa che conosceva già ogni punto del suo corpo capace di farla tremare, gridare, stringere le lenzuola con le unghie e lasciarsi accarezzare dai suoi capelli mentre scendeva tra le sue gambe.

La lingua della donna le dipingeva addosso nuovi confini, ampliando tutto ciò che credeva di sapere su sé stessa e su cosa le piacesse, sciogliendola fino a un pianto liberatorio.

Sarshan sollevò il viso, tirò indietro i capelli che le scivolavano sulle spalle, disordinati. Aveva gli occhi lucidi, le guance arrossate. Sorrise come Deva non l'aveva mai vista fare prima, il viso illuminato e disteso.

«Questo ti piace?» chiese, passandosi un dito sul labbro inferiore.

«Sì» rispose Deva in un soffio. «Da cosa l'hai intuito?»

La fece ridere, di nuovo. Sembrava un piccolo miracolo.

«Adesso devi dirmi cosa piace a te» aggiunse la ragazza, sentendosi improvvisamente terrorizzata all'idea di non ricambiare con la stessa capacità.

«Oh, è una sfida: devi scoprirlo da sola» rispose Sarshan. «Accetterò ogni tentativo sbagliato, comunque: potrei trovarli interessanti.» Detto ciò, indietreggiò sul letto finché Deva non la fermò bloccandole le braccia con le mani, e la baciò di nuovo per poi proseguire nella sua scoperta di lei. Le sembrava di conoscerla per la prima volta come una donna, di carne e capelli, lacrime e ossa.

Indagò i diversi sapori e consistenze del suo corpo nudo, lasciandosi guidare dal moto del suo respiro e dai lievi gemiti della sua voce. Indugiò sulle curve rigide del suo bacino e su quelle morbide dei seni. Osservò le sue pupille dilatarsi e il fiato farsi affannoso mentre la teneva fra le dita, come se stesse accordando il più perfetto degli strumenti, un concerto per estasi e piacere che non sapeva neppure potesse esistere.

«Sarshan» sussurrò Deva, usando per la prima volta il suo nome e assaporando come si formò, intimo, nel fiato della sua bocca.

«Non sono molti quelli che mi chiamano così» rispose la donna, guardandola con aria di superiorità.

«Vedrò di meritare questo onore» mormorò Deva, le labbra che rilucevano alla luce delle prime stelle.

43

STELLE

«Un nostro Ministro partirà presto per Riva di Vidrian. Vuoi per caso mandare una lettera a qualcuno? Potrebbe consegnarla personalmente...» la derise il Governatore Baladem, che era entrato nella stanza dove Évanette era confinata senza bussare, usando le proprie chiavi. Ogni volta che la donna sentiva girare la serratura temeva che si trattasse di lui. Le cameriere che le servivano i pasti, entrando, la trovavano pallida e tesa contro il muro, in allerta. Non aveva più i suoi pugnali e ora la pensava definitivamente come suo padre: la sua magia era *inutile*. Fantasticava, durante le lunghe e solitarie ore del giorno, su cosa avrebbe fatto a Baladem e Thierrel se avesse avuto la potenza di un altro AltoMago, ed era un pensiero che faceva male per quanto la lasciava rabbiosa e frustrata.

Guardò disgustata il Governatore e scosse la testa, più per fargli capire quanto lo disprezzasse che per dargli una risposta.

Alla fine, la proposta di collaborare con Thierrel e di riconquistare il suo antico prestigio si era ridotta, di fatto, a una "generosa" offerta: *Prova a esprimere un Desiderio a una Stella per il Governatore, e vivrai. Sotto stretto controllo del Governo, ma vivrai. Rifiuta, e morirai.*

«Voi non capite come funziona: aver sbloccato il Desiderio non significa poterne esprimere a piacimento, in ogni momento...» aveva obiettato, frustrata dall'essere tenuta prigioniera quasi più per ignoranza che per altro.

«Certo, certo» aveva borbottato Baladem. «Ma tu proverai. E se non ci riuscirai, proverai ancora. Finché non ci riuscirai. Cain leggerà nelle carte l'andamento dei tuoi tentativi.»

Évanette sapeva che qualsiasi desiderio del Governatore sarebbe stato osceno e crudele, e gli avrebbe concesso un potere eccessivo. Senza contare che, in cambio, le stelle avrebbero chiesto *a lei* un pagamento. Col rischio di riuscirci davvero, non avrebbe mai neppure tentato.

L'opera di convincimento, comunque, era stata messa in piedi con efficacia: le avevano consegnato una partita di chotud in modo da assicurarsi che non andasse in astinenza per il tempo sufficiente a prendere una decisione. Aveva dovuto accettare e, ovviamente, ne aveva abusato. I primi giorni aveva mantenuto la dose minima soffrendo come un cane, ora l'aveva quasi raddoppiata. Il pallore e il tremore che notavano le cameriere non erano solo paura: Évanette sapeva che a quel ritmo il suo corpo non avrebbe retto a lungo.

Aveva tentato di elaborare progetti di fuga, miseramente sfumati di fronte alla realtà, per il terrore di non farcela. Lei doveva a tutti i costi restare viva, per completare il piano che le aveva permesso di uscire dalle Fosse.

Sospettava che il Desiderio a una Stella fosse in lei da tempo. Come un ultimo grammo di potere silenziosamente esploso nelle sue vene, si era svegliato attendendo per mesi un'occasione per mostrarsi. Lei sapeva che per farlo avrebbe avuto bisogno di qualcosa di grande, sfidante e molto diverso dalla sua tenda polverosa. Poteva chiamare in causa la nostalgia o l'amore, che certamente avevano fatto la loro parte, ma la ragione profonda per la quale si era unita alla missione di Lyran aveva a che fare con il Desiderio.

Nelle stelle non era solo del suo arrivo, che aveva letto. Si era accesa Seyoo: la stella della vendetta. E lei l'aveva, in sé, questa sete di pareggiare i conti, e troppe notti aveva chiesto al cielo: *Concedimi il Desiderio, ne ho bisogno per avere giustizia.*

Così era stato. Dentro quella fossa, la volta celeste aveva rivelato: *Da adesso, puoi chiedere un Desiderio e noi stelle, nella nostra immensa magnanimità, lo esaudiremo chiedendoti in cambio qualcosa che per te ha pari valore.*

Era stato un messaggio segreto, solo per i suoi occhi, perché quando la capacità di esprimere il Desiderio arrivava, solo l'Astromante stesso ne doveva venire a conoscenza. In molti, nel tempo, avevano scelto di non usarlo mai, rivelandone la capacità solo in punto di morte, grati per non aver ceduto al ricatto. Era un rischio troppo alto, e poi: a che pro ottenere qualcosa di grande, per perdere qualcosa di altrettanto grande? Si andava in pari nella miseria.

Eppure, al buio nelle Fosse di Morhva, con l'umidità esalata dalla putrefazione della terra e dei cadaveri che le entrava nelle ossa, con l'unica prospettiva di diventare un altro dei corpi morti di fame e sete, lentamente divorati dai vermi, Évanette non era riuscita a pensare a nient'altro che potesse salvarla.

Conosceva bene il prezzo che le stelle avrebbero chiesto: una vita per una vita.

Ma aveva elaborato un piano. Avrebbe salvato sé stessa condannando Tomàs Lyran, e poi avrebbe salvato anche lui.

Kannar non avrebbe potuto negare il suo miracolo: chi, più di un condannato come conseguenza di un'altrui richiesta alle stelle, avrebbe meritato la sua magia? Évanette ne era più che certa, tanto da aver scommesso entrambe le loro vite su quell'incantesimo. Quella del Capitano, certo, ma anche la sua, perché non sarebbe sopravvissuta al senso di colpa e al dolore di uccidere l'unico uomo che avesse mai amato.

«Quella carogna di Tomàs Lyran» mormorò, senza fare rumore.

Ora avrebbe dato qualsiasi cosa per averlo con lei, in quella stanza-prigione con un letto principesco in confronto alla sua tenda. Lo avrebbe odiato, avrebbe urlato contro di lui, lo avrebbe aggredito con gli insulti peggiori che conosceva. E poi lo avrebbe amato, gli avrebbe parlato del dolore che aveva sofferto a causa sua chiamandolo con mille nomi diversi pur di farsi comprendere. Lo avrebbe coperto di baci e poi di schiaffi, spingendolo fuori dalla porta o sul suo letto, indistintamente e con la stessa violenza.

Non era l'uomo per lei, ne era consapevole. Non si sarebbe lasciata sopraffare di nuovo dai suoi sentimenti: l'ultima volta le erano costati tutto. Ma era l'uomo che, più di ogni altro, non desiderava uccidere.

✶

Non la lasciavano uscire se non per leggere le stelle, aspettando il Desiderio e comunque approfittando delle sue letture. Per il resto, rimaneva chiusa nella stanza. La disperazione che provava imprigionata in quelle quattro mura era tale che, a intervalli regolari, guardava giù dalla finestra e si chiedeva se saltare l'avrebbe uccisa e, alla risposta affermativa, veniva colta dal panico e dalla vergogna, dal dolore e dal senso di colpa. E di nuovo, si ritrovava in un cerchio infinito che lo chotud rendeva profondo come un gorgo, ripetitivo come un'eco che a ogni giro si ingigantiva e la inghiottiva intera, ridendo della sua sofferenza.

Quella sera fu un giovane AltoMago dall'aria indifferente a bussare alla sua porta e condurla sulle terrazze per offrire i suoi servizi di astromanzia. Quantomeno le avevano fatto trovare dei cuscini, e lei aveva portato un pesante mantello trovato in camera. Non doveva più arrotolare il suo cappello di stelle sfilacciate sotto la testa, anzi: chissà che fine aveva fatto. Non l'aveva più visto da quando era stata trascinata fuori dalla Sala delle Udienze, ed era caduto a terra rotolando sul pavimento gelido. Adesso indossava di nuovo abiti regali, sete e ricami, mantelli di lana.

A volte, quando passava davanti a uno specchio, vedeva sé stessa come l'Astromante del passato, ma era tutto stonato. Non era solo la sua figura ad apparire meno imponente, più rigida, erano i suoi occhi a essere irrimediabilmente cambiati, e la fissavano come se chiedessero aiuto al suo riflesso.

Quando le stelle le preannunciavano qualcosa, si chiedeva sempre se Thierrel l'avesse già letto nelle sue carte. Era una rincorsa, la loro, una specie di gara implicita. A volte si ritrovava con lui per riferire le sue letture, e il Cartomante completava le sue frasi senza darle il tempo di finire di parlare.

Quella notte, quando il cielo si illuminò, le stelle che vide furono quelle che mai avrebbe desiderato: Sinnad, Costellazione della Spina, la stella degli amori non destinati a coronarsi. Lir: la stella del mare, detta anche la stella di Vidrian. E poi, Nyar: caduta, fallimento, morte.

Soffocò un urlo di dolore: Lyran sarebbe morto di lì a breve.

Quindi è così che finisce, pensò. *Lui morirà per colpa mia, e io non potrò salvarlo.*

Il suo corpo rispose allo shock vomitando più volte bile verde sul pavimento gelido della terrazza. Sentì che ogni cosa, in lei, si stava spezzando.

Immobile a fissare il buio per un tempo che sembrò infinito, con l'acido in gola e le mani che non smettevano di tremare, l'Astromante pensò che in mille modi aveva immaginato di lasciare questo mondo, ma quello superava in orrore la più oscura delle sue previsioni.

Il giorno in cui avrebbe perso Lyran e la speranza di salvarlo avrebbe cessato di esistere, il Governatore avrebbe perso la sua Astromante.

Prese una pallina nera di chotud, la inghiottì in fretta e contò i secondi che la separavano dall'unico sollievo che conosceva.

44
ROTTURA

Da stranieri, i giorni ad Aeral Dome iniziarono a diventare familiari. Più il tempo passava, più Deva si abituava al gusto aromatico del sova al mattino, ai lacci da indossare sulla camicia, alla luce onirica delle scyntilia che si rifletteva sul Dome. La sua mente assorbiva nozioni di tecnica di combattimento, energie magiche e strategia militare, mentre il corpo acquisiva forza e sicurezza negli allenamenti.

Se all'inizio il suo potere era un'onda soverchiante che doveva scagliare il più velocemente possibile fuori da sé per non sostenerne il peso, ora riusciva a trattenerlo più a lungo, lasciandosene attraversare. Anche la forma in cui si manifestava era mutata. Erano lontani i tempi in cui le pareva fango scuro, tanto grumoso e sgradevole alla vista. Adesso riusciva a soppesarne la materia scegliendo come dosarla mentre creava le sue lame nere sempre più lunghe e acuminate, e lo scudo sul petto più ampio, resistente. Anche la lucentezza era cambiata: da un'energia spenta e opaca, ora risplendeva dei mille bagliori cangianti di un opale nero.

Riusciva a colpire obiettivi a decine di metri di distanza con precisione, spaccando pietre, affettando tronchi d'albero, una volta aveva perfino disarmato un manichino tagliandogli con precisione la mano destra, cosa che aveva potuto constatare solo avvicinandosi.

Notò che, più la sua capacità di gestire quel potere si perfezionava, più le uscite di allenamento aumentavano, e portavano verso il confine. Non dovette sforzarsi molto per capire che i nuovi campi di addestramento, che i due allenatori spostavano ogni giorno, si avvicinavano sempre più al confine, e quindi alla grotta di Lumina.

Più si trovava nei pressi di quel luogo, più connettersi al suo potere diventava facile e rapido, in modo quasi sbalorditivo. Probabilmente l'effetto della Vena Primaria sarebbe stato un amplificatore troppo forte nei primi giorni, quando a malapena riusciva a prendere la mira sugli oggetti attorno, ma ora evidentemente la ritenevano pronta. Deva doveva, tuttavia, barcamenarsi fra il desiderio di sentirsi potente e la necessità di restare – in ogni senso – con i piedi ben piantati a terra, tenendo a mente il rischio della disgregazione.

Le labbra dell'Imperatrice erano quello a cui ripensava quando doveva ancorarsi alla realtà. Le curve appena asimmetriche del labbro superiore, la linea curva di quello inferiore. Un minuscolo neo sulla guancia. La sua espressione così composta che diventava intensa quando lei le raccontava del suo passato.

Nel momento in cui Deva si connetteva con il suo potere qualcosa dei suoi sentimenti doveva restare fermo e saldo a indicarle la realtà: lei aveva fatto la sua scelta, Sarshan era ciò che restava.

Contava le cose che aveva scoperto di lei, ed erano ancora così poche, per la voglia che aveva di conoscerla davvero. Non voleva sapere delle morti che aveva causato, o della fama che le aleggiava attorno come un mantello nero, ma cose piccole, superficiali e personali... Cosa le piaceva nelle persone, ad esempio, o dove avrebbe voluto viaggiare. Se amava leggere, e quale vino preferiva. Aveva un interesse verso Sarshan Kean come donna e non come sovrana. Un interesse che nessun altro, le pareva, avesse o osasse coltivare.

Nessuno sapeva di loro, o almeno così sembrava: la loro vicinanza non era esplicita e l'Imperatrice era spesso via da Aeral Dome per non meglio specificati impegni. Quando Deva le chiedeva dove andasse, lei rispondeva soltanto: «Il momento di parlarne arriverà».

Era frustrante, ma accettabile. O, forse, fingeva di trovarlo accettabile per non impazzire di frustrazione.

Qualcosa, tuttavia, doveva essere giunto all'attenzione di Laivine e Roher, perché non erano soltanto più attenti nell'allenarla, ma anche più curiosi delle sue abitudini. Si accorse che la frustrazione e il piacere di quella relazione avevano esattamente la stessa radice: la sua segretezza.

Ogni volta che la vedeva tornare, con il mantello che sventolava piano dietro i suoi movimenti secchi, gli alti stivali neri sporchi di fango e polvere e l'espressione posata e seria con la quale impartiva ordini, la voglia di sentire quella voce vibrare tra le sue labbra le tagliava il fiato.

Era la prima volta che provava qualcosa di così intenso e contraddittorio: vedeva quella donna che le sembrava sua, che *doveva* esserlo, e al tempo stesso riconosceva che quello che c'era tra loro era nascosto, e non aveva nome. Nel modo in cui l'Imperatrice attraversava ogni cosa – il mondo, le sale del suo palazzo, lo spazio che le separava – era inscritto un avvertimento, una regola: Lei non era di nessuno. Forse, per il bene di tutti.

La sua gente la venerava con passione. Più la permanenza di Deva ad Aeral Dome si estendeva, più scopriva quanto il culto della Dea Aen, e di conseguenza della sua incarnazione Sarshan Kean, pervadesse ogni aspetto della vita dei Morhvan, quantomeno all'interno della città di Aeral e nel palazzo. A ogni suo passaggio, l'Imperatrice provocava una scia di inchini, saluti, benedizioni sussurrate, parole di ammirazione e di rispetto.

All'alba Deva aveva iniziato a far caso al rumore sommesso e vibrante generato dalle preghiere davanti al Dome, officiate dalle Sacerdotesse di Aen, le donne abbigliate di bianco e oro che aveva notato fin dal suo arrivo. I fedeli si inginocchiavano sulla piazza marmorea sotto le sue finestre e cantavano a *Sarshan-Aen,* alla loro Sarshan Madre, l'Imperatrice che era condottiera, sovrana, strega e saggia. C'era ancora una piccola percentuale di servitori resa, come diceva lei, "inoffensiva" per Aeral Dome, ma per lo più era amore quello che emanava dagli abitanti di quel luogo verso di lei.

Quando era al Dome, spesso l'Imperatrice riceveva alcuni selezionati abitanti di Aeral che chiedevano la sua intercessione per grazie di varia natura da domandare alla Dea. I loro doni erano talvolta fisici, Deva vedeva arrivare carri carichi di prodotti agricoli o animali ben pasciuti, ma aveva scoperto che le offerte erano rappresentate per lo più da giuramenti sulla quantità e la durata delle preghiere e sull'aggiunta alla riva di piccoli, nuovi luoghi di culto.

L'Imperatrice li osservava con occhi fermi e sicuri e quell'indefinibile bellezza dura e aggraziata al tempo stesso, cesellata su ossa decise.

A volte Deva avrebbe voluto che venisse a vederla, contusa e impolverata ma finalmente capace, durante i suoi lunghi esercizi di forza. Quando mandava a terra Laivine falciando la terra appena davanti ai suoi piedi per mostrarle quanto facilmente avrebbe potuto colpirla davvero, e quando assorbiva i colpi di Roher con lo scudo che aveva imparato a rendere elastico, era l'Imperatrice che avrebbe voluto vedere al suo fianco. Erano suoi gli occhi ammirati che avrebbe voluto incrociare. Forse per dirle: *Hai visto?, sono potente anch'io, sono all'altezza.*

✶

«Ora devi proteggere Laivine» la voce di Roher la distolse dai suoi pensieri. Rimise a fuoco la zona dove si stavano allenando quel giorno: un'alzata piana e polverosa circondata da alberi magri e pareti di roccia.

L'allenatrice si posizionò poco dietro di lei e l'uomo spiegò che sarebbe rimasta inerme: era compito di Deva proteggere entrambe. La ragazza annuì, anche se in realtà non aveva mai esteso lo scudo così tanto. Pensava di potercela fare, ma non sapeva quanto sarebbe risultato resistente: per estendere lo scudo avrebbe dovuto, forse, assottigliarlo.

«Non colpire a piena potenza» chiese all'uomo, che alzò un dito per segnalare che era solo un primo tentativo.

Roher roteò le braccia sospendendo da terra diversi frammenti di roccia acuminati pronti a essere scagliati. Deva si concentrò per modellare lo scudo in modo da coprire sé stessa e Laivine, e l'esperimento parve riuscire.

Il colpo, però, arrivò dal terreno: d'un tratto la spianata di roccia ebbe un tremito violento. Nel tentativo di ritrovare l'equilibrio, Deva fece un maldestro passo incrociato, saltellò e ritrovò una posizione ferma, che tuttavia durò appena un attimo: sentì le gambe tremare e allontanarsi mentre una crepa le si spaccava esattamente tra i piedi.

Saltò verso uno dei margini appena in tempo, perché la fenditura si aprì profonda in un istante, con un rumore sordo simile a un taglio d'accetta. Davanti a lei, la terra si era aperta come un frutto maturo. «Sali!» sentì gridare Roher, che le tese una mano da una sporgenza più alta e, da lì, la trascinò verso una posizione sopraelevata mentre la frattura iniziata sotto alle loro gambe correva veloce, come un fulmine che percorreva il cielo.

«No...» sentì sussurrare Laivine con voce strozzata.

In pochi istanti, dell'altipiano dove si stavano allenando non rimasero che due lembi aperti, frastagliati come un morso di animale. Il tremore si fermò lasciando attorno un silenzio spettrale.

Bisognava rientrare immediatamente ad Aeral Dome, dissero, con un viso che pareva sforzarsi per trattenere l'agitazione. L'Imperatrice doveva essere subito informata.

«Cosa sta succedendo?» chiese Deva, allarmandosi di riflesso. Percepiva che quello a cui avevano assistito non era un fatto isolato, e la risposta di Roher lo confermò: «Sono piccole incrinature. Un tempo apparivano di rado e senza creare grossi problemi. Guardale adesso. Immagina una crepa di queste dimensioni aprirsi in un villaggio, tra le case. O ad Aeral Dome, sotto al palazzo. Se non facciamo qualcosa, prima o poi saremo inghiottiti». Parlò come se fosse inevitabile, quasi con dolore.

✶

Quella notte Deva attese a lungo l'Imperatrice, ma lei non arrivò. Sapeva che la notizia della frattura l'aveva raggiunta, ovunque si trovasse. Aveva sentito i cavalli della sua spedizione tornare a notte fonda, poi porte sbattere, voci sommesse mormorare concitate sotto il portico al lato della piazza marmorea, dove si affacciavano gli appartamenti dell'Imperatrice.

Deva sapeva che la spaccatura era stata più di un mero fenomeno naturale. Ripensò alle tempeste che allarmavano Terrena, a sua madre che la mandava al piano di sotto dalla servitù, la cuoca che batteva i denti, aspettando che il vento smettesse di far tremare le imposte chiuse, sperando che i vetri reggessero alla furia.

Arrivavano improvvisamente, sparivano improvvisamente. Tutti si spaventavano e nessuno riusciva a capirne le cause. Ora sapeva perché: era tutto parte dello stesso problema.

Probabilmente l'Imperatrice era a colloquio con i suoi consiglieri. Immaginò lei, Trian, Kilar, Roher e Laivine nella Sala del Consiglio, che una volta aveva intravisto, con la luce della luna che si rifletteva sulla superficie lucida del grande tavolo ovale. La speranza che l'Imperatrice la raggiungesse una volta terminato l'incontro si sfilacciò e si dissolse in un sonno inquieto che la vinse, infine, che era quasi l'alba.

✶

Il giorno dopo andò agli allenamenti come al solito, e non sembrava l'unica in debito di sonno. Li terminò scontenta, certa di non aver fatto alcun progresso.

In seguito, si sarebbe chiesta come sarebbero andate le cose se lei non avesse preso, tornando verso le sue stanze, un percorso nuovo. Per la stanchezza che aveva addosso decise di imboccare quella che pareva una scorciatoia. Si trattava di un corridoio più stretto degli altri che correva adiacente alle cucine e agli alloggi dei cuochi. Rallentò il passo per sbirciare all'interno delle grandi stanze. Nella prima intravide grandi lavandini e pentole metalliche capovolte ad asciugare, nella successiva notò banconi di marmo colmi di utensili e cibo, e i grandi camini verticali dei forni scoppiettanti. Quattro cuochi vestiti di grigio chiaro erano indaffarati a tagliare verdure e gettarle, sminuzzate, in una grande casseruola sul fuoco.

Il profumo di cibo le ricordò quanto fosse affamata, ma, prima che potesse accelerare il passo per andare a cambiarsi per il pranzo, sentì delle voci.

«... si sta indebolendo, invece di rafforzarsi» disse una cuoca.

Le sue gambe si inchiodarono immediatamente, si spostò contro il muro per ascoltare senza essere vista.

«Non hai sentito dei nuovi fedeli a Riva di Sama?» replicò un uomo. «Anche se fosse, non è così grave come credi. Recupererà.»

«A me sembra come sempre...» commentò timidamente una voce di ragazzino.

«Beh, è una carogna come sempre, quello di sicuro» ridacchiò una quarta voce, facendo sussultare Deva: non aveva mai sentito una simile parola di dissenso.

«Taci, pazza! Non puoi parlare così di Lei, ti scambieranno per un'infedele la redarguì un'altra, preoccupata.

«Criminali maledetti!» commentò l'uomo. «Come se non rischiassimo già abbastanza che Aeral Dome ci crolli in testa...»

«Quello che ho notato io è che sta via troppo tempo, ultimamente, e dicono che a volte parta anche da sola, senza guardie» mormorò la seconda donna.

«Da sola? Allora non sta perdendo forza, sta perdendo il senno...» disse l'uomo.

«Che si stia indebolendo l'ho sentito dire a Trian» ribatté la prima, insistendo. «Non è possibile che sbagli.»

«L'ha detto Trian?» chiese dubbioso l'uomo. «Sei sicura?»

«Era con Roher in Sala Piccola, gli stavo servendo un tè. Quando mi hanno vista si sono interrotti immediatamente, ma ho fatto in tempo a sentire a sufficienza...»

«Non pensarlo neanche!» esclamò il ragazzino. «Mia madre dice che, se anche solo lo pensi, perdi la fede anche tu!»

Calò un momento di silenzio nel quale si sentì una voce più vecchia borbottare qualcosa e schioccare la lingua in segno di dissenso.

«Lo sapete tutti cosa accadrebbe nel caso perdessimo troppe anime. Potremmo restare comunque in numero sufficiente per combattere ma, a quel punto, per chi combatteremmo? Vi fidate così tanto di Trian? Di Kilar?»

Mentre Deva comprendeva l'insinuazione di quella domanda, il suo cuore perse un battito.

«Trian ci ha permesso di sostenere un Governo reggente che fosse ancora fedele a Lei, non dimenticarlo» rispose qualcuno.

«Allora fidati tu. Io non mi fido. Loro non sono la mia Imperatrice. La mia fede è per la grande Aen.»

«*Sarshan-Aen*» sussurrò il ragazzino.

«*Sarshan-Aen*» mormorarono gli altri, in risposta.

Deva immaginò che avessero chinato il capo.

«Allora se è debole, cucina di più. Cucina meglio!» esclamò il ragazzino, con un tremolio nella voce che a lei ricordò il suono di chi trattiene la paura.

«Bastasse il cibo, avremmo risolto ogni problema» sospirò la donna. «Ma, dai, controlla il brodo e poi vieni qua a tagliare questa frutta. Su, svelto!»

Deva si precipitò nella Sala degli Strateghi come portata da un uragano. Trian era al tavolo di legno, con la grande cartina di Radian stesa sotto i palmi delle mani. Fissava un punto cerchiato di nero, battendo ritmicamente con l'unghia sulla ruvida pergamena dipinta. La sua espressione era concentrata e preoccupata, con le sopracciglia aggrottate e un labbro fra i denti.

Solo quando incontrò lo sguardo del membro del Consiglio, la ragazza realizzò di essersi catapultata nella sala con la protezione del suo potere e la certezza di poterlo usare. Sentiva l'energia che pian piano le si accendeva nel petto e nelle vene. Se avesse voluto, avrebbe potuto iniziare il discorso con un'arma tra le mani. Questo la fomentava e la spaventava. Prese un respiro dalle profondità delle viscere tentando di catturare quella scintilla impulsiva e diluirla piano in una calma razionale. Parlò tenendo le redini della voce ben strette, come un tempo faceva con quelle di Djavel.

«Vorrei sapere cosa succede. Pare che tu vada in giro a dire che l'Imperatrice è debole.» Solo il ruggito nella sua voce tradì la rabbia che provava.

Trian sollevò lo sguardo emettendo un sospiro infastidito, e disse, scandendo bene le parole: «*Vado in giro a dire...?* È interessante come viene riportato l'atto di origliare conversazioni altrui. Forse dovremmo assumere gente spiritualmente più elevata, qui ad Aeral Dome».

Deva non si lasciò scoraggiare dal sarcasmo. Si avvicinò al tavolo, posò le sue mani sul lato opposto della mappa. «È vero? Se lo è, perché?»

Trian aveva l'espressione di chi, potendo, l'avrebbe buttata fuori dalla sala sbattendo le porte. Invece si ripiegò sulla cartina e, ticchettando con entrambe le mani come per elaborare una risposta breve e definitiva, replicò: «Temo che tu non sappia nulla della nostra Imperatrice, Deva Loissen. Arrivi qui con il tuo potere grezzo e non sai da dove viene, non sai come usarlo. Non sapevi nemmeno di possederlo. Entri senza invito nella Sala degli Strateghi di Aeral Dome, esigendo risposte a domande che non sono solo invadenti e indelicate, ma anche relative a questioni piuttosto sensibili per la nostra riva. Cosa ti dà questo diritto?».

La ragazza tacque, immersa nella ricerca di risposte che non era così scontato condividere. Avevano intimamente a che vedere con lei e Sarshan, e solo adesso si rese conto che conoscere il suo corpo non le dava nessun diritto di conoscere altro di lei, o di Morhva. Era vero: lei era una ragazza di Terrena che aveva improvvisamente spalancato le porte della Sala degli Strateghi di un'altra riva come se fosse stata casa sua, ma lo aveva fatto con preoccupazione, non con arroganza.

«Sono solo venuta a cercarti. Voglio sapere se l'hai detto davvero» rispose allora, secca.

Trian replicò con una domanda: «Quanto pensi che sia facile risvegliarsi dopo uno stato di sospensione che durava dagli Anni delle Nebbie? No, non indovinare, te lo dico io: non lo è affatto».

«Ma io l'ho osservata: non risparmia alcuna energia...» obiettò la ragazza.

«Quando dico che non sai di cosa parli, intendo questo. Lei è molto di più di quello che vedi, o che credi di aver visto. Il suo potere, un tempo, era... maestoso.»

«Lo è ancora» ribatté Deva, pensando a come aveva catturato il potere di Bram fra le sue dita.

Trian, in risposta, fece una risatina amara.

«Se era così potente come ha perso la guerra, allora?» chiese Deva.

«È stata tradita» mormorò Trian tra i denti. «E non ti è dato sapere altro.»

«Non vi fidate di me...»

«Nemmeno tu ti fidi di te stessa, Deva Loissen.»

Quelle parole la colpirono più di quanto avrebbe mai ammesso. Ciò a cui ripensò, in quell'istante di colpevolezza, furono gli occhi smeraldo di Bram Cadaval.

«Ma, per qualche ragione, l'Imperatrice si fida» continuò Trian. «So che ti ha detto di Lumina. E tu sei perfettamente consapevole che la tua Federazione la sta intaccando. Pensi che questo non abbia ulteriori conseguenze sul suo potere, facendolo vacillare? E se l'Imperatrice vacilla, e i fedeli se ne accorgono, cosa pensi che possa accadere?»

Non lo so!, avrebbe voluto gridare Deva, che ripensava alla discussione dei cuochi. *Non lo so, dimmelo tu cosa potrebbe accadere: potrebbe morire?*

Avvertì il potere agitarsi dentro di lei, poi incontrò lo sguardo accigliato di Trian, che aggiunse: «Se vuoi aiutarla questo è ciò che *non* devi fare, mai. Se è viva è perché la fede che abbiamo in Lei la sostiene. È parte del suo potere, Deva. Per questo non dobbiamo avere paura ma fiducia. Non serve dubitare, ma credere. Centinaia di migliaia di Aens, ogni giorno, hanno continuato a farlo. Ecco perché la donna che tutti credevano sconfitta è ancora la nostra Imperatrice. Riesci a capirlo? Se è qui che vuoi stare, tu, più di ogni altra persona, devi dimenticare il dubbio».

Deva fissò i suoi occhi chiarissimi, il collo teso verso di lei. La mano di Trian si posò ferma e pesante sulla sua spalla, un avvertimento più che una consolazione. «Nel frattempo, speriamo che non giungano più notizie dalla tua Federazione» mormorò.

«Cosa è successo?» chiese Deva, ed era allarmata per le ragioni sbagliate: si preoccupava per Bram, per Lyran ed Évanette.

«Gli Aens avevano appena eretto un tempio a Sama. Loro...» si fermò.

«... sono stati attaccati dalla Federazione?» terminò la frase Deva, sentendosi in colpa nel provare un certo sollievo.

«"Sterminati" è la parola corretta. Le perdite per Lei non sono solo numeri, né solo persone. Sono qualcos'altro. Qualcosa che tiene in piedi il nostro stesso Impero, e Radian tutto» rispose Trian.

✶

Deva rifletté a lungo, dopo quell'incontro, su cosa significassero per lei le parole di Trian. La fiducia nella donna e la fede nella Dea le parevano ancora due entità distinte. Anche quello che provava per Sarshan stava contribuendo a tenerla in vita o non bastava e non serviva, perché era la venerazione l'unico mezzo necessario?

Da sola, nella sua stanza, si ritrovò per la prima volta ad aver voglia di abbracciare qualcuno e sentirsi al sicuro. Il pensiero allora corse di nuovo allo sguardo di Bram, al calore che sentiva accanto a lui, alla dolcezza con la quale le faceva scorrere le dita tra i capelli, sul viso, sulla sua cicatrice. Tutto, in lui, sembrava buono. E tutto, di lui, sembrava un ricordo difficile da recuperare. Come se fossero passati anni, o come se fosse nascosto sotto tutta la fatica degli allenamenti e dello studio, e coperto dal profumo, dal sapore e dal corpo dell'Imperatrice.

Aprì con cautela il baule ai piedi del letto, ne tirò fuori la sciarpa azzurra del ragazzo e vi affondò il viso dentro, ma si accorse che non aveva più il suo odore.

45
GOVERNATRICE

Bram, il Reggente Cadaval e Padre Herr stavano attendendo nella stanza all'ultimo piano dell'Emeral, il Palazzo del Governo di Larham. Le grandi arcate che affacciavano sul mare incorniciavano la bandiera di Riva di Vidrian, azzurro polvere con le sue onde bianche sormontate dalla sagoma di un delfino. Sventolava pigramente nella brezza del mattino, che portava odore di vento e di fiori.

Sarebbe stata una bellissima giornata per passeggiare al sole, pensando solo al pranzo o a incontrare un amico. Vidrian era ancora più rigogliosa di quanto Bram ricordasse e in quel periodo, quando le buganvillee e i gelsomini erano al massimo della fioritura, inebriava i sensi e la vista con tutta la bellezza di cui era capace.

«Gli Ardimenti ci raggiungeranno a breve» dichiarò il Reggente, con lo sguardo fisso verso il mare. «Una volta presi accordi fra di noi riceveremo la delegazione della Federazione, che è stata tempestivamente avvisata. Dovrebbero arrivare tutti già domani.»

«Quanto sa il Governatore?» chiese Bram, ricevendo in risposta il sopracciglio alzato di Herr.

«Il Governatore non è più tra noi, ragazzo. Adesso c'è sua figlia...» commentò l'uomo, mentre le porte si spalancavano e, preceduta da due donne, la giovane Missa Yasal fece il suo ingresso nella sala.

Per Bram fu come tornare alla Notte Viola: riconobbe i suoi occhi scuri, il corpo morbido e femminile. Sembrava passata una vita intera. Ripensare a quei giorni gli mise addosso una grande tristezza, mista a pena per sé stesso. Ecco come avrebbe trascorso tutta la sua vita se la missione non si fosse messa sul suo cammino: a montare palchi per le Cerimonie, a sedere dietro le file degli Armon, a doversi giustificare con una ragazza. Ma no, quella che fece il suo ingresso nella sala non sembrava più nemmeno la ragazza che lo aveva baciato prima della sua partenza: adesso era, in tutto e per tutto, una donna. Appariva più alta e matura, incedeva con sicurezza, indossava gli abiti riccamente decorati che si convenivano a una Governatrice. Fece appena un cenno agli altri e si diresse verso di lui, che come tutti si era inchinato per un attimo, e come tutti aveva pensato che stesse diventando una delle donne più belle mai viste a Larham.

«Bram Cadaval» lo salutò Missa, con una compostezza degna della sua Destinazione. Non c'era più traccia dell'imbarazzo che le ricordava addosso. Era una giovane Governatrice posata e autorevole.

La donna alla sua destra sussurrò qualcosa, identificandosi immediatamente come Consigliera più anziana. Al ragazzo sembrava di ricordarla anche insieme al Governatore Tahmer Yasal. Poteva solo immaginare cosa avesse significato, per la ragazza, dover succedere al padre e portare sulle spalle il peso del lutto assieme a quello del potere. Si trattenne dal leggere il suo Cerchio: non gli parve appropriato.

«Reggente Cadaval, Padre Herr,» la Governatrice salutò i due uomini con la stessa, ferma, grazia «sarebbe stato bello incontrarci in circostanze migliori, ma se questo è ciò che il destino ha in serbo per la nostra riva è bene affrontarlo immediatamente, e al meglio delle nostre capacità. Come sapete, mio padre è scomparso recentemente dopo una breve malattia. Conosco il vostro sguardo: non abbiate paura della mia età, sono preparata al mio ruolo e posso contare sull'esperienza delle Consigliere Jula e Matay, che avete già avuto modo di conoscere.»

Le due donne, vestite in abiti formali con appuntato lo stemma di Vidrian, chinarono la testa mormorando un saluto. Un Governo interamente femminile: per quanto Bram ricordasse, non era mai accaduto nelle Rive Federate.

«Eravamo a conoscenza della vostra successione a Tahmer Yasal, Governatrice. Se è preoccupazione ciò che legge nei nostri occhi non è a causa vostra, ma della grave situazione che ci troviamo a fronteggiare. Come sapete, Bram torna da una missione che l'ha portato fino ad Aeral Dome. Sarshan Kean è tornata alla vita, e non ha condotto a sé con l'inganno soltanto il nostro apprendista Armon, ma anche una ragazza di Riva di Terrena, che considera un'altra Gemma» disse il Reggente.

Bram sapeva che il Cerchio aveva informato il Governo della sua missione, ma solo ora comprendeva il livello di dettaglio che era stato condiviso.

Missa Yasal annuì, senza tradire alcun nervosismo. «E a quanto so, la prima Gemma sei tu, Bram» aggiunse la ragazza, guardandolo negli occhi.

Com'era strano, per entrambi, quello sbilanciamento di potere tanto evidente quanto incostante, come un'altalena che portava il peso della responsabilità ora sulla Governatrice, ora su Bram. Sembrava non ci fosse rimasto più nulla di ciò che erano, e adesso si guardavano come due persone completamente diverse, nuove.

La Consigliera Matay si schiarì la voce per annunciare l'ingresso in sala dei rappresentanti degli Ardimenti di Vidrian. Anche loro erano in tre: due Generali, Roser e Rey, accompagnati dal Capitano coinvolto nella missione, Lyran.

Lyran e Bram si scambiarono un cenno, che fu anche un saluto alle memorie che condividevano.

Per tutta la mattina e buona parte del pomeriggio sedettero al grande tavolo davanti alle arcate che guardavano la città e il mare, e discussero della situazione.

«Se è tornata e non ha ancora attaccato, le cose sono due: o non pianifica di attaccare, ma la storia ci insegna il contrario, o si sta rafforzando per sferrare un colpo risolutivo. Nel dubbio, dobbiamo fermarla prima che si riorganizzi» dichiarò il Generale Rey con fermezza.

«Aver attratto ad Aeral Dome i due ragazzi depone verso l'ipotesi che stia cercando di ricostruire il suo esercito» disse Roser.

«La ragazza è ancora con Lei. Questo rappresenta un pericolo» mormorò la Consigliera Matay.

Bram si affrettò a chiarire: «Deva Loissen non è un pericolo, è prigioniera».

«Ma potrebbe diventarlo» tagliò corto Rey.

Erano tutti d'accordo sulla necessità di impegnare gran parte degli Ardimenti di Vidrian e degli Armon del Cerchio, ma fu la discussione su Bram a suscitare più clamore.

«Con che titolo il ragazzo siede con noi? In che modo non è lui stesso una minaccia?» domandò la Consigliera Jula, con lecita perplessità.

«Il ragazzo ha rischiato la vita per fuggire e riportare il bambino a Vidrian. Il suo Cerchio non mostra tracce di corruzione» dichiarò fermamente il Reggente. «È, invece, una risorsa importante. Vi spiegheremo il perché tra un momento.»

La Consigliera guardò di nuovo Bram. Il ragazzo non indossava nemmeno il kolet con i ricami dorati.

«Che ruolo ricopre nel Cerchio, ora?» chiese.

Il ragazzo lasciò che fosse Lyran a spiegarlo, invitato a intervenire nella discussione da uno dei suoi Generali.

«Il Cerchio non è più solo un supporto per gli Ardimenti, adesso» dichiarò il Capitano. «Ad Aeral Dome, Bram Cadaval è stato sottoposto a un addestramento differente, che gli ha permesso di usare le sue capacità per maneggiare in modo diverso l'entità dell'energia emanata dal Cerchio. Questo non significa che non sia uno strumento che possiamo ancora usare per equalizzare e mantenere salde le menti, i corpi, i cuori e lo spirito degli Ardimenti. Ma, grazie a lui, possiamo fare molto di più. In questi giorni ci siamo ripetutamente incontrati per avere dimostrazione di ciò che afferma. Credetemi, Governatrice, quando vi dico che se vogliamo avere la certezza di annientare l'Imperatrice Maledetta una volta per tutte, abbiamo estremo bisogno di questo ragazzo.»

Missa Yasal alzò una mano per fermare la discussione e si rivolse direttamente al Reggente: «Non è qualcosa che tutti gli Armon, se addestrati allo stesso modo, sarebbero in grado di fare? Magari in maniera minore rispetto a Bram, certo».

Il ragazzo vide l'uomo esitare e toccarsi la barba, come faceva quando stava elaborando qualcosa di complesso da enunciare. Sembrò, infine, arrendersi a replicare: «Lo scopo del Cerchio non è offensivo, ma difensivo. E per un obbiettivo di questo genere la compattezza di tutti i confratelli è fondamentale e, oserei dire, la vera essenza della nostra capacità spirituale. Ma... abbiamo avuto anche noi lo stesso pensiero, Governatrice. Ciò che Bram ci ha sfidato a fare, cosa alla quale dopo lunga considerazione ho dato il mio consenso, è avere un'opzione di azione collettiva che possa aiutarlo ad amplificare la sua capacità offensiva, al bisogno».

«Un'arma, Governatrice. Al Cerchio stanno mettendo a punto un'arma contro l'Imperatrice» concluse Lyran, alludendo a Bram con lo sguardo.

La Governatrice sembrava perplessa. Scrutò il ragazzo come cercandogli addosso traccia di ciò che si stava dicendo, e infine chiese: «Ma sarà sufficiente? E ha senso privare gli Ardimenti dell'appoggio degli Armon in un momento tanto delicato?».

A quel punto il Generale Roser richiamò l'attenzione agitando le mani, e prese la parola: «La nostra strategia prevede due momenti, Governatrice. Il primo è chiedere un incontro diplomatico con l'Imperatrice. Nella richiesta non la accuseremo apertamente di aver rapito il bambino Vidrianian e di tenere in ostaggio la ragazza di Terrena, anche se, intendiamoci: sarebbero tutte ottime ragioni per attaccare immediatamente. Ma noi vogliamo mantenere un atteggiamento inoffensivo. Ci focalizzeremo solo sul suo ritorno, non solo sconvolgente per tutti ma anche in netto contrasto con gli accordi postbellici, e chiederemo un incontro di doverose spiegazioni».

«E solo per il fatto di non citare le accuse, voi ritenete che non lo considererebbe un atto ostile?» chiese, retoricamente, la Consigliera Matay.

«Sospetterà certamente qualcosa, ma presentarsi con l'Artake farebbe scaturire un conflitto armato, e noi sappiamo che non è ancora pronta per la guerra. Sarà questo il nostro vantaggio. Ci auguriamo, durante questo incontro, di conseguire la sua... *eliminazione* schierando fra i nostri delegati proprio Bram Cadaval, le cui capacità abbiamo verificato con successo. La morte dell'Imperatrice provocherà un momentaneo disorientamento della sua guardia, ed è allora che attaccheremo con gli Ardimenti, nascosti in posizione arretrata, per prendere Aeral Dome e avanzare verso l'entroterra di Morhva. Non sappiamo come e quanto si siano già organizzati, la tempestività è fondamentale.»

«L'Imperatrice conosce le capacità di Bram. Perché, vedendolo, dovrebbe fidarsi?» domandò Missa.

«Non credo si aspetti i progressi che ho fatto» intervenne allora il ragazzo. «Ad Aeral Dome, qualsiasi AltoMago di talento avrebbe potuto facilmente rendermi innocuo.»

«E quindi, dite che l'Imperatrice cadrebbe istantaneamente in un tranello tanto vile?» mormorò la Consigliera Jula storcendo le labbra.

«Non importa cosa crede: sappiamo che non ha ancora riconquistato interamente le sue forze, e che non desidera ancora attaccare, o l'avrebbe già fatto. Di conseguenza non si sente pronta per un conflitto. Se si presentasse a un incontro diplomatico con troppi soldati, sarebbe un'immediata dichiarazione di guerra contro la Federazione. Se non si presentasse affatto, il messaggio sarebbe identico. Non rischierà, ma anche se dovesse farlo potremmo comunque contare sul vantaggio della sua mancata riorganizzazione» concluse Rey.

Insieme a Roser, il Generale continuò a illustrare ulteriormente la seconda fase della strategia, basata sulle più tradizionali tattiche belliche ma anche su nuove idee e logistica, che poggiavano interamente sull'intenzione di fornire a Bram e agli Armon del Cerchio protezione e supporto.

Un lungo silenzio calò sui presenti mentre la brezza aveva smesso di soffiare. La bandiera penzolava immobile e il calore della giornata ora faceva sudare in modo evidente i presenti.

Le Consigliere Jula e Matay chiesero e ottennero il permesso di assentarsi dalla sala e conferire in privato con la Governatrice. Quando furono uscite, il Generale Rey disse, rivolto al Reggente: «Dovete comprendere che è un rischio per Vidrian esporsi in questo modo davanti alla Federazione. Non sono solo gli Ardimenti della nostra riva a dover sposare la vostra strategia: tutto Radian dovrà farlo, affinché funzioni».

«E se le cose non dovessero funzionare come ci avete mostrato...» cominciò a dire il Generale Roser.

«Funzioneranno» lo interruppe Bram.

Le donne tornarono nella sala. La Governatrice aveva una strana espressione, preoccupata ma convinta. «Porteremo avanti la vostra linea strategica» dichiarò. «Domani, durante il nostro incontro, i delegati della Federazione chiederanno una dimostrazione. Se riuscirete a convincerli, avrete il nostro pieno appoggio.»

Quando terminarono la riunione era ormai l'ora del tramonto. Il sole scolpiva ombre aranciate addosso ai presenti, che si strinsero le mani e si salutarono chinando la testa.

Al momento di congedarsi da Bram, Missa gli prese la mano fra le sue, e la strinse con forza.

«So che ce la farai» gli sussurrò.

Il ragazzo ne fu sorpreso, ma rispose con fermezza: «Lo so anch'io, Governatrice, altrimenti non sarei qui».

«Mi dispiace per quel giorno, Bram. Posso ancora chiamarti Bram? Ti ho detto che non avresti mai fatto nulla della tua vita, che non eri neppure capace di diventare un Armon. Mi sbagliavo. Ero arrogante, perché non mi ero mai davvero misurata col mondo. La morte di mio padre mi sta insegnando molte cose» mormorò lei, abbassando lo sguardo e poi, di proposito, ritrovando i suoi occhi.

«Non importa» rispose lui. Invece gli importava, eccome: dalla voce della nuova Governatrice, quelle parole sembravano un piccolo risarcimento per il Bram di un tempo.

«Lavoreremo insieme per conquistare la pace di Radian una volta per tutte. Ci sarà solo la Federazione, saremo uniti» affermò lei, con la sicurezza e l'entusiasmo di un'inesperienza ancora non del tutto lasciata alle spalle.

Bram annuì. Lei lo seguì con lo sguardo mentre usciva dal palazzo. Contro la luce che inondava le scale, lui e gli altri Armon sparirono come sottili fantasmi scuri oltre il grande ingresso.

✶

Quella sera, il Reggente bussò alla porta della stanza di Bram.

«Sei stato molto bravo, oggi» gli disse, conciso come quando voleva fare un grande complimento senza indugiare nell'elogio.

«Grazie» mormorò lui, affrettandosi a tirare un sorriso su un'espressione altrimenti affranta, che non sfuggì all'uomo.

«Puoi parlarmi, Bram, lo sai. Hai riportato al Convicto Aral, insieme a preziose notizie, ma sei tornato con un grande turbamento nel cuore. Cos'altro è accaduto ad Aeral Dome?» chiese Obenharis Cadaval, posando la sua grande mano sulla spalla del ragazzo.

«Reggente, io...» iniziò Bram composto, per poi distogliere lo sguardo e ammettere: «Ho il cuore spezzato. Ed è tutta colpa mia: non ho insistito abbastanza, con Deva. L'ho lasciata a Morhva! Capisce? Ad Aeral Dome!».

Una volta pronunciate le parole a voce alta, il senso di colpa lo travolse. Avrebbe preso a pugni il muro, se non fosse stato in presenza dell'uomo.

Il Reggente si massaggiò la folta barba, prima di mormorare: «Ho avuto l'impressione che c'entrassero i sentimenti, Bram. Ma non dimenticare che vi trovavate in una fortezza incantata».

«Lo so, e lei aveva perso completamente la testa. Ma dovevo comunque portarla via di lì, non riesco a perdonarmelo.» Il ragazzo emise un sospiro spezzato, prima di alzare gli occhi e incontrare quelli dell'uomo. «Siamo stati insieme. Io la... io dovevo proteggerla.»

«Stai facendo molto più di quello a cui sei stato chiamato, e continui a impegnarti. Siamo estremamente fieri di te, tutti quanti» sussurrò Obenharis Cadaval. «Il tuo piano funzionerà, Bram. La riporterai a casa.»

«Io gliel'ho promesso, Reggente...» mormorò Bram con le parole soffocate dal dolore.

L'uomo si avvicinò e lo strinse goffamente. Per il ruolo che ricopriva e il contegno che doveva mantenere, gli abbracci del Reggente erano sempre stati così pochi che anche quel breve contatto bastò a restituire al ragazzo il coraggio di cui aveva bisogno. Obenharis Cadaval aveva ragione: avrebbe funzionato. *Doveva* funzionare.

✶

La dimostrazione del giorno dopo si tenne in una zona rurale appena fuori Larham, vicino alle coltivazioni lungo il fiume Auren ma lontana dalla miriade di piccoli villaggi che vi gravitavano attorno.

Sotto una tenda bianca allestita per l'occasione si svolse un incontro diplomatico preliminare che la Governatrice chiamò "di accoglienza". Bram, tuttavia, era teso: non conosceva la Federazione e sapeva che era molto diversa dalle singole cariche governative delle rive. Agiva con riservatezza, riportando le informazioni necessarie ai Governatori e al loro Consiglio ristretto, tessendo trame e stringendo alleanze per tenere insieme le rive che avevano combattuto facendo fronte comune contro Sarshan Kean. Era riuscita ad annettere anche le più riluttanti, dove il tasso di convertiti all'Imperatrice era stato, durante il conflitto, nettamente più alto. Sama, ad esempio.

Erano arrivati, in rappresentanza della Federazione, due delegati per ogni riva. Tranne quelli di Vidrian avevano tutti, chi più chi meno, viaggiato a lungo.

Bram li osservò da lontano, tutti diversi per aspetto e abiti, e pensò che, visti insieme, fossero bellissimi. Anche i colori dei loro stemmi sembravano armonizzarsi perfettamente tra loro. Soffermò lo sguardo proprio su quello di Riva di Sama, di un'intensa tonalità di giallo, con la gazzella e il sole.

I delegati, tuttavia, sembravano di un altro avviso. Sedettero lasciando spazio fra di loro come se il mare ancora li separasse.

Solo una cosa li accomunava davvero: il disprezzo verso il tentato Impero di Sarshan Kean, fortunatamente sconfitta ma a costi esorbitanti per tutti. Non era difficile capire che il dolore per le perdite umane sconfinava velocemente verso il livore politico, per quella che avrebbe dovuto essere una battaglia da nulla, ed era invece diventata la grande Guerra delle Rive.

Quel giorno soffiava un vento fresco che rendeva la temperatura gradevole. Dalla tenda si scorgeva il luccichio dell'Auren, la folta vegetazione che lo circondava e, a distanza, un branco di fenicotteri rosa perfettamente fermi sulle gambe sottili. Furono servite acque aromatizzate alle erbe selvatiche, bevande di limone e sidro di more insieme a vassoi di samin, i dolci ai fiori d'arancio che Bram amava. Gli parve di buon auspicio.

A un lato del tavolo sedevano i delegati di Alta e Terrena, dall'altro quelli di Vidrian e Sama. Bram, il Reggente e i Generali degli Ardimenti si posizionarono vicini, e così fecero Missa e le Consigliere, ammesse alla riunione in quanto riva ospitante. Di solito incontri del genere si sarebbero tenuti a Riva di Terrena, tacitamente eletta a quartier generale della Federazione, ma il fatto che l'oggetto della riunione fossero le strategie proposte da Bram e il Cerchio aveva guidato la scelta su Vidrian, stavolta.

I delegati iniziarono parlando dell'Imperatrice come se si riferissero a una bestia pericolosa.

«Quindi confermi che si è risvegliata. In che condizioni l'hai vista?» chiese proprio uno dei due delegati di Vidrian al ragazzo.

Era stato istruito dal Reggente a non trattenere alcuna informazione.

«Sembra abbastanza in forze. E molto... amata» disse Bram.

«Ovviamente, altrimenti sarebbe morta. Quel limbo di non-vita e non-morte in cui ha galleggiato per tutti questi anni è stato possibile solo grazie al suo culto. Evidentemente non è stato estirpato a dovere» esclamò l'altro delegato, con acido disappunto.

Allora è vero, pensò Bram. *Non sono solo racconti o leggende: è davvero la devozione a tenerla in vita.*

«Meno male che quel nucleo di fedeli, lì da voi, è stato subito identificato e soppresso» aggiunse il delegato di Alta, rivolto a quello di Sama.

«Lo abbiamo fatto a costo di perdite altissime» replicò l'altro, contrito. «Alcuni giorni dopo, i soldati cui era stato assegnato il compito sono stati massacrati.»

Ci furono lunghi attimi di silenzio, in cui l'informazione venne assorbita. Non fu necessario dire da chi era stato compiuto il massacro, tutti i presenti lo intuirono.

Prima che le voci si alzassero e la discussione prendesse una direzione impossibile da fermare, Bram si permise di domandare: «Voi sapevate di me e di Deva Loissen? Siete stati voi ad averci messo... qui?» intendeva il Convicto, ma anche la tenuta Loissen.

«Questa non è una riunione per rispondere alle domande del ragazzo» sbraitò il secondo delegato di Alta.

«Il ragazzo è importante, in questo momento. E la domanda che ha posto contestualizza le sue attuali capacità» osservò una delegata di Terrena, consultando i colleghi con lo sguardo. Dopo cenni di approvazione, continuò: «È stato fatto per il bene di Radian, e anche per il vostro. Cercavamo i "bambini-Gemma" da tempo, eravamo venuti a conoscenza dell'incantesimo di Sarshan Kean da una fonte molto affidabile. Curiosamente, dopo anni di tentativi infruttuosi, tu e la ragazza siete stati identificati entrambi a breve distanza di tempo. Vi abbiamo affidati alla protezione di persone di fiducia della Federazione, che avrebbero potuto vegliare su di voi affinché il potere che custodivate non danneggiasse nessuno, tenendovi lontani da Sarshan Kean».

Bram annuì. Aveva immaginato una risposta di quel tipo, eppure, aveva sperato in qualcosa in più. Pentimento, forse. Banali scuse per aver celato loro la verità. Non riuscì a trattenersi: «"Vegliare su di noi" è un modo per dire controllarci, contenerci. Corretto? Io ero solo frustrato da ciò che non riuscivo a fare, ma Deva, lei...» esclamò Bram, ripensando con rabbia alle sue crisi, con tutto il dolore e lo spaesamento che le avevano causato.

«Immagina che due delle armi più potenti del nemico che ha sterminato i tuoi cari tornino in suo possesso, Bram Cadaval, lo permetteresti? O prenderesti ogni precauzione affinché non accada? Abbiamo cercato di limitare la possibilità, garantendovi al tempo stesso una vita dignitosa e piacevole. Tu eri in uno dei luoghi più benedetti di Radian. Deva viveva insieme ai Loissen, trattata come loro figlia ed erede, in una lussuosa tenuta di novecento ettari. Avremmo potuto gettarvi in una cella, tenervi prigionieri in qualche sotterraneo o torturarvi per ottenere i vostri poteri e la vostra lealtà. Tu cosa avresti scelto?»

«Avrei scelto la libertà...» rispose il ragazzo con pacata amarezza, perché comprendeva il ragionamento dietro alla decisione della Federazione.

«*Libertà*. Una parola che non ci siamo potuti permettere: se foste stati lasciati liberi di esprimere la vostra vera natura, gli Aens ci avrebbero messo due o tre settimane al massimo a trovarvi, e ora non saremmo qui a parlare. Questo è più grande di voi, e anche di noi» concluse la donna.

«Deva è ancora lì» ricordò Bram. Il desiderio di tornare ad Aeral Dome senza attendere i tempi della Federazione era un impulso sciocco e bruciante. Ricordando la conversazione con il Reggente, prese un respiro e lo represse.

«Lo sappiamo, ed è una grande preoccupazione al momento. Confermo che dobbiamo lanciare un'offensiva al più presto, prima che la Strega riprenda completamente le forze e abbia modo di riorganizzare l'armata di un tempo. Stando alle nostre fonti, non l'ha ancora richiamata per intero, e Deva non ha ancora accesso al suo pieno potenziale. Come forse neanche tu, Bram. È per questo che siamo qui. La strategia che proponete ci priva del sostegno degli Armon per mandarli sul campo di battaglia a supportare te: dobbiamo avere prova che tu sia abbastanza potente, visto che abbiamo passato una vita ad assicurarci che non lo fossi.»

Di nuovo, la logica schiacciante della Federazione tagliò il fiato del ragazzo.

Un secondo delegato di Sama in una sgargiante tonaca gialla si schiarì la voce e disse: «Anche se possiede davvero tutto questo potere, non è detto che sia una strategia particolarmente utile, vista la sua inesperienza». La frase provocò una serie di borbottii sommessi fra i delegati. L'uomo continuò con tono pacato: «Che il ragazzo fallisca o meno, anche solo mettere piede a Morhva potrebbe equivalere agli occhi di Sarshan Kean a una dichiarazione di guerra. Se i suoi AltoMaghi sono sufficientemente potenti da metterci in difficoltà, il nostro esercito ha abbastanza scorte di argento di Moltess?» chiese, e tutti sapevano che quello che intendeva non era mero metallo, ma armi.

Ci fu un momento di grave silenzio in cui le delegazioni valutarono se rispondere, e come.

Infine, qualcuno parlò: «Non molto, a dire il vero» rispose il delegato di Terrena. «Ma la buona notizia è che, a quanto ci risulta, quello che possediamo è tutto quello che esiste. O che esisteva durante gli Anni delle Nebbie. Il procedimento per ottenerlo è morto insieme agli alchimisti di Morhva.»

Bram ripensò immediatamente alla ferita di Deva, e ai cavalieri contro i quali avevano combattuto alla Tricorna. «No, non è vero, Morhva deve averne ancora» esclamò. «Alla tenuta, Deva è stata ferita da un proiettile di argento di Moltess, e poi ad Alta abbiamo combattuto contro dei cavalieri, che...» le parole gli morirono tra le labbra, quando notò la smorfia infastidita del delegato di Terrena. Dunque si trattava di loro, Sarshan Kean aveva detto il vero.

«Eravate voi?» chiese, incredulo.

«A tentare con tutti i mezzi di riportare la Loissen a Terrena, evitando che fosse presa dai Morhvan? Sì. Non sapevamo che con lei ci fosse qualcun altro oltre ai locali che la ospitavano. Dovevamo solo ricondurla a Terrena, non le sarebbe stato torto un capello. Ma qualcuno alla locanda ha dovuto fare l'eroe...»

«Era già stata ferita con lo stesso metallo! Avevamo tutte le ragioni per reagire.»

«Esatto: hai notato che su di lei non ha la stessa tossicità che sugli altri? In entrambi i casi eravamo lì per difenderla. I nostri tiratori hanno deliberatamente mirato agli arti e solo nel tentativo di fermare la sua fuga e condurla in un luogo sicuro dopo l'attacco alla tenuta. L'Artake era lì il giorno del massacro dei Loissen, così come era sulle sue tracce ad Alta. Avremmo forse dovuto lasciargliela?»

Bram prese un respiro profondo per non scoppiare di rabbia. Non sapeva cosa rispondere, pensava solo che a pagare in quello scontro di cui non aveva colpa era stata sempre e solo Deva.

«Perché è immune?» chiese, infine.

«Sospettiamo che sia per via della sua specifica Gemma» rispose stizzito l'uomo. «La... *persona* da cui l'ha ereditata aveva questa caratteristica.»

«È l'unica?»

«Così crediamo.»

Bram si sforzò in ogni modo di restare calmo e di trattenere, di quella conversazione, la sola notizia positiva: il possesso del prezioso metallo per la loro strategia di attacco. Un metallo che non avrebbe potuto uccidere Deva.

A quel punto, però, l'argomento era stato sollevato. Altri delegati si lamentarono della quantità e della distribuzione delle armi, alzando il brusio. Prima che la discussione potesse infiammarsi di nuovo, fu Missa a prendere la parola: «Signori, signore. Vi ricordo che non siamo qui per riaccendere dissapori, ma per combattere un nemico comune. Invito Riva di Terrena a fornirci il resoconto della quantità di armi in argento di Moltess disponibili, in modo da poterle equamente distribuire tra le Rive Federate».

«Vostro padre forse non vi ha correttamente informata su questo: le armi sono nostre» dichiarò il delegato di Terrena con tono definitivo.

«Le armi sono un bottino di guerra *custodito* da Riva di Terrena» precisò il delegato di Sama, che aveva ancora dalla sua parte la calma dei dati oggettivi.

«E, in qualità di custodi, ne disponiamo. Non avendo maghi o stregoni da schierare, è chiaro che le nostre abilità principali risiedono nell'uso delle armi. Sono più efficaci in mano nostra. Quelle, come la calibania...» ribatté il Terrenean, piccato.

Bram ebbe un brivido quando venne citata l'arma usata contro i draghi.

«Intendete dire che i nostri Ardimenti sono meno validi dei vostri?» chiese, stizzito, il delegato di Alta.

L'altro fece un'alzata di spalle, e ribatté: «Lo state dicendo voi, forse».

«Negli Anni delle Nebbie vi abbiamo dato prova del nostro valore. Non dimenticatevi delle nostre perdite, le più ingenti!» tuonò l'Altan.

«Non me ne andrei a vantare, dal momento che l'Imperatrice ha attinto a piene mani dai vostri AltoMaghi per il suo esercito...» commentò allora uno dei delegati di Vidrian.

L'uomo di Alta si alzò in piedi, sbatté le mani sul tavolo e si preparò a inveire, prima che il suo collega lo afferrasse per l'avambraccio e, con un'occhiataccia, lo convincesse a desistere. Il delegato tornò a sedere scuotendo la testa, rosso in viso.

I rappresentanti di Sama borbottarono fra loro. Bram distinse la parola "impossibile". Vide la Consigliera Jula tentare di prendere la parola inutilmente, mentre le voci si alzavano e qualcuno gesticolava con troppa veemenza. Istintivamente lesse il Cerchio della Federazione, pericolosamente sbilanciato verso la parte della mente dedicata al vantaggio personale, e quella del cuore dove si annidava l'orgoglio.

Il chiasso fu interrotto da una vibrazione che, da lieve come il ronzio di un insetto, si fece sempre più alta fino a essere avvertita sulle palpebre e nelle arcate dentali dei presenti.

Tutti gli sguardi si concentrarono su Bram, che si era allontanato di qualche passo dal tavolo e ora teneva delicatamente sospesa tra le mani una sfera dalla strana consistenza immateriale, ma al tempo stesso elettrica e sfrigolante.

«Ora che ho la vostra attenzione, signori, vorrei mostrarvi qualcosa» dichiarò, mentre i delegati ammutolivano perplessi.

Il ragazzo uscì dalla tenda e andò a posizionarsi ad alcuni metri di distanza, in direzione del fiume.

Non ebbe bisogno di gridare per essere ascoltato: il perfetto silenzio e l'acustica della vallata fecero sì che le sue parole arrivassero chiare e decise alle orecchie degli spettatori. «La potenza che vedrete è di circa un quinto di quella che posso creare utilizzando tutte le mie capacità. Secondo le prove che abbiamo fatto al Convicto, è anche di circa venti volte inferiore a quella che posso creare quando sono supportato dai miei confratelli» dichiarò.

Bram sembrò allargare la sfera tra le mani, facendo ondeggiare l'aria tanto che il mondo, visto attraverso quel cerchio, apparve ai delegati tremolante e gelatinoso, come guardato da sotto il pelo dell'acqua. Con i secondi diventava sempre più chiaro che quell'energia stava friggendo tra le sue dita, pronta a essere scagliata. Si raccolse nella posizione del Cerchio poi, con un movimento rapido delle mani che si spalancarono, Bram lanciò la sfera verso l'acqua, in direzione di una piccola collina non coltivata. Con lo slancio della sua energia liberata, la sfera esplose in dimensioni e forza. Coprì un'area di alcuni metri in ogni direzione, abbattendosi sul terreno come una scia di esplosioni che rasero al suolo rocce, arbusti e alberi, producendo un profondo solco e raschiando lo strato più superficiale del terreno. Arrivata al fiume, rilasciò la sua potenza per intero. La detonazione fu talmente violenta da sollevare metri cubi d'acqua tenendoli sospesi per qualche secondo. Quando ricaddero nel letto del fiume, questo tracimò insieme a pesci, rocce e rami in un'onda che raggiunse la tenda, bagnando i delegati fino ai polpacci.

Dove prima c'era una distesa di piccoli fiori, cespugli e alberi da frutto, ora la terra era solcata da una cicatrice scura che, per decine di metri tutto intorno, non lasciava spazio che al nulla.

Tutti i delegati erano muti e sgomenti. Bram voltò la testa per osservarli di sguincio, con i taglienti occhi verde acqua colmi di tacita soddisfazione. «Questo era un gioco» commentò, guardandoli uno per uno. «Non volevo colpire per uccidere, né avevo intenzione di distruggere più di questi pochi metri di terra. Ma se ci fossero stati uomini sul mio percorso, le loro membra sarebbero sparse attorno a voi. Se al posto del fiume ci fosse stato un gruppo di AltoMaghi di Morhva, ora sarebbero morti. Eppure, non sono sicuro sia sufficiente per Sarshan Kean, anzi, oso dire che non lo sia affatto. Ma è per questo che ci sono gli Armon, è per questo che ci siete voi: dobbiamo lavorare insieme. Io posso colpire, voi potete supportare e proteggere. So cosa sono in grado di fare, ma ho bisogno che supportiate la nostra strategia. Se l'Imperatrice recupererà tutte le forze e tornerà a marciare contro le rive non avremo più alcun commercio da discutere, solo morti da seppellire e libertà a cui rinunciare. Dobbiamo batterla sul tempo, riconquistare Morhva.»

E Deva, aggiunse tra sé.

✶

Le discussioni diplomatiche durarono per quasi tutta la notte. Nonostante la dimostrazione di Bram, che era riuscita a muovere tutte le delegazioni verso una risposta positiva alla chiamata alle armi e una generale approvazione della strategia elaborata da Vidrian, c'erano comunque accordi da ridiscutere, litigi da placare, termini da moderare, risorse da tirare fuori e tesori da intaccare.

Quando, alle prime luci dell'alba, la Governatrice Yasal lasciò la tenda insieme alle Consigliere, a Bram, al Reggente del Cerchio e ai due delegati di Vidrian, era più spaesata che soddisfatta: aveva compreso che il suo primo incarico ufficiale contemplava *davvero* il rischio di tornare in guerra. Nonostante mantenesse una certa compostezza, in lei emergeva un'inquietudine spaventata, da ragazzina, con gli occhi grandi che cercavano conferme e le mani che non smettevano di tormentarsi.

Guardò Bram, preoccupata: «Pensi che le creature magiche si uniranno al suo esercito?» gli chiese.

Lui non sapeva bene cosa rispondere, quindi ripensò a ciò che aveva studiato: «Durante la Guerra delle Rive solo una volta è successo che… era un solo, singolo drago, Governatrice. E l'esercito è ben fornito di calibania. Non è una preoccupazione che può fermarci».

Lei annuì, affatto tranquillizzata da quella considerazione di circostanza, che si basava sul passato e non aveva certezze nel presente. Bram si permise di riequilibrare un poco il suo Cerchio, quel tanto che bastava affinché potessero congedarsi con facilità. Ma lei aggiunse: «Me lo sono chiesto a lungo, il senso di questa Federazione. E l'incontro di oggi non ha fatto che acuire l'intensità dei miei dubbi. È chiaro che ogni riva sospetta dell'altra, la giudica e se ne sente superiore, per qualche motivo. Siamo uniti precariamente e solo perché abbiamo un nemico comune. Ma la verità è che nessuna riva tiene davvero a unirsi alle altre: ognuna tiene solo a sé stessa, e se la Federazione è un mezzo per salvarsi, collaborare è tollerato. Ma solo questo: tollerato. Non desiderato, non benvenuto. Solo… tollerato». Lo disse con rassegnata tristezza.

Le Consigliere non replicarono, anch'esse rassegnate alla realtà delle cose. Commentarono facendo una smorfia e scrollando lievemente le spalle, come se combattere accanto ad altre rive fosse solo una medicina amara da ingoiare per poter continuare a vivere.

«L'obiettivo è annientare il grande nemico, Governatrice. Solo allora potremo davvero dirci in pace» rispose la Consigliera Jula, posandole maternamente una mano sulla spalla, gesto al quale la ragazza si sottrasse d'istinto.

«Ma, al netto del ritorno dell'Imperatrice Maledetta, questa è pace? A me non sembra pace…» commentò, scuotendo la testa.

Bram non condivideva la sua critica: trovava non fosse il momento giusto per concentrare l'attenzione sulla rivalità delle rive. Dovevano restare compatti e uniti, fomentare quello che li accomunava e non ciò che poteva dividerli. Anche se Missa avesse avuto ragione, questo era il peggior momento in cui fare il processo alle intenzioni della Federazione. Era tutto ciò che avevano, ora. Dovevano crederci.

46

STRATEGIA

Da settimane, le preghiere del mattino erano immediatamente seguite dal rumore ritmico delle marce dell'Artake. Nonostante le esercitazioni si svolgessero per lo più sugli altipiani, i passi dei soldati risuonavano per tutto il perimetro della fortezza come minacciosi tamburi di guerra. Guardando dalla finestra, Deva li vedeva muoversi, ordinati e precisi in modo quasi inquietante, come stormi perfettamente geometrici, verso le pianure. Sembravano un fiume nero, con i dettagli dorati delle divise che riflettevano la luce del sole in lievi ondate. Sempre più spesso era chiamata a unirsi a loro e a impartire i primi ordini. Assisteva agli allenamenti, usciva in perlustrazione insieme alle diverse squadre, le erano stati presentati Colonnelli e Tenenti appartenenti sia alla normale milizia che ai gruppi di AltoMaghi. Forse rassicurati dalla presenza di Roher e Laivine o dalle sue stesse dimostrazioni pratiche, l'avevano immediatamente trattata con rispetto e questo l'aveva estremamente gratificata.

Anche lo studio si era fatto più complesso: gli ultimi volumi di interazione fra energie magiche, arte bellica e strategia militare avevano richiesto a Deva un impegno totalizzante, che l'aveva tenuta sveglia a memorizzare battaglie su battaglie fino alle ore piccole, quando si addormentava sognando nugoli di neri eserciti sciamare sulle mappe dei suoi incubi.

Trian sedeva ogni sera con lei per almeno due ore quando, fuori, la notte era silenziosa e Deva avrebbe voluto piangere dalla stanchezza. La interrogava su movimenti e tattiche delle battaglie delle guerre del passato, inclusa la Guerra delle Rive. Adesso Deva sapeva come l'Artake aveva attaccato, e dove. Conosceva il numero dei morti da entrambe le parti, gli spostamenti e le strategie dell'esercito della Federazione, i suoi punti di forza e quelli più deboli. Iniziava anche a distinguere lo stile militare del Generale Savaine Atwal e quello del Generale Ryda Neumar su tutti gli altri, anche se i loro attacchi erano mutevoli, malleabili rispetto alle circostanze, e si meravigliava della capacità di adattamento del loro potere. Il suo potere si esprimeva in modo diverso da quello della Dominatrice del Buio, ma era chiaro che fossero fatti della stessa materia oscura.

Nei loro incontri, Trian simulava per lei scontri con diversi tipi di terreno e condizioni climatiche, spostando pedine sul grande tavolo di legno della Sala degli Strateghi. Impersonava la Federazione, e Deva l'Artake. Quando la risposta di Deva era errata, Trian sbaragliava le sue pedine con una manata iraconda.

«Trecento soldati, ecco quanti ne avresti persi!» le urlò quel giorno.

«Ma se finiscono qui, come hai detto,» Deva indicò la vallata immediatamente sotto a uno sperone di roccia «hanno bisogno di soccorso, ecco perché ho mosso questi cavalieri...»

«E i kryan? Perché non schieri mai i kryan?»

«I kryan» ripeté Deva, gli occhi spalancati di stupore nel realizzare di disporre anche di animali Morhvan.

Trian si mise le mani nei capelli e si lasciò sfuggire un gemito di frustrazione che la turbò. «Una Terrenean...» mormorò con un certo malcelato disprezzo, e le impose una sessione intensiva con il coordinatore degli animali di supporto. «Da capo, cambiamo scenario e questa volta mettici la testa» aggiunse poi, facendola vergognare.

Lei non capiva come aver ereditato il potere del Generale Atwal potesse averle infuso anche la sua mente strategica, ma non osava dirlo, perché se era ciò che Sarshan credeva, allora doveva essere vero. Doveva impegnarsi di più, capire di più, e allora tornava a rileggere le battaglie per ore, confrontandone le versioni degli storici, imparando le basi della gestione bellica degli animali, discutendone con Trian. Leggere di Sarshan sul campo di battaglia le dava sensazioni contrapposte di orgoglio e orrore, ma quando pensava alla Vena Primaria tutto cambiava prospettiva, anche il sacrificio di quelli che le pagine dei libri definivano infedeli.

Cavalcava di notte, ubriaca della mancanza di sonno, per correre nelle serate di vento forte, o sotto la pioggia, e capire la stabilità sia del galoppo che delle gambe nel fango e sulla terra a seconda della quantità di potere rilasciata. Provava su sé stessa gli effetti della stanchezza, tornando ad allenarsi senza aver riposato e prosciugata di ogni potere, creando lame lunghe come lance e appuntite come aghi ancora e ancora, per capire quand'era che il corpo cedeva e crollava inesorabilmente a terra. In quelle settimane era in preda a una sorta di delirio, certa che quella febbrile necessità di imparare ogni cosa, e di farlo in fretta, potesse sostituire ogni altro nutrimento.

Osservava le esercitazioni degli altri gruppi quando aveva terminato le sue, segnando colonne di appunti. Si confrontava con i soldati più giovani e con gli AltoMaghi più esperti e calcolava il loro potere usando il proprio come unità di misura, dosandolo in relazione ai suoi avversari e producendo tutta un'altra serie di note, divise in tabelle.

Alla fine prese una risma di fogli, assegnò dei valori alle sue analisi e in poco tempo, al posto delle lunghe descrizioni dei manuali, si accorse di avere liste di numeri, e di poter usare quello che padroneggiava da sempre senza alcuno sforzo: la matematica.

In pochi giorni la pila di carta fu piena di elenchi fitti e disordinati di calcoli ed equazioni, figure geometriche e proiezioni. L'unità di misura del potere era una piccola *p* corsiva, i suoi esponenti diventavano la quantità di energia che ogni AltoMago dell'Artake possedeva. Si fece dare una lista dei poteri dei singoli battaglioni di AltoMaghi, li suddivise a seconda delle loro caratteristiche e riprese in mano il piccolo ma dettagliato saggio sulle interazioni fra energie magiche.

Fece un passo ulteriore: prima studiò come si potesse aumentare il potere distruttivo o guaritore di un determinato attacco incrociandone gli effetti, poi stilò le percentuali di incremento dei singoli gruppi in relazione uno all'altro. Assegnò anche un valore alle caratteristiche del terreno, per capire quanto potesse essere penalizzante o vantaggioso, e fece lo stesso con le ore del giorno e le condizioni atmosferiche. A quel punto stabilì la distribuzione ottimale dei reggimenti magici sul campo di battaglia in modo che un incantesimo già incrementato incontrasse un rilancio ulteriore da un nuovo gruppo di AltoMaghi e così via, in uno stratificarsi di energie che potesse culminare in un'ondata di magnitudine ancora non elencata tra quelle pagine.

Passò poi all'interazione fra poteri magici ed esercito ordinario, trovando per ogni punto di forza dei soldati di Morhva almeno una tipologia di AltoMaghi in grado di duplicarla, o semplicemente agevolarla eliminando eventuali ostacoli.

Capì di aver lasciato sé stessa per ultima, una carta da giocare a sorpresa sul tavolo. Ma sapeva ancora prima di averlo studiato, per averlo sentito addosso durante tutti i suoi allenamenti, che il suo era un potere solitario, che non risuonava con gli altri e in molte cose somigliava a quello dell'Imperatrice. Poteva essere scintilla e culmine dei movimenti dell'Artake, protezione, forse, ma non sostegno.

Le danze tattiche che compiva sui fogli, gli elenchi infiniti di calcoli e rotte, non erano che un preparare il campo a uno scontro. Non sapeva ancora se o quando sarebbe avvenuto, ma era certa che in quel momento a essere in piedi in prima linea, davanti all'esercito della Federazione, sarebbero state lei e l'Imperatrice.

Quando realizzò che la Deva della tenuta Loissen, contabile presso l'azienda di famiglia, stava aiutando la Deva di Aeral Dome a sviluppare una strategia militare, anzi, ne era la chiave, il cuore le si riempì di qualcosa di indefinibile, che la commosse fino alle lacrime. Si sentì completa. Più Loissen di quanto non fosse mai stata, più Deva di quanto non sarebbe mai diventata. Era sempre stata entrambe, ora non soltanto lo sapeva: lo stava onorando.

Finiti i suoi calcoli, afferrò la risma di fogli rilegata, attraversò i corridoi dove il rumore degli stivali risuonava ritmico ed echeggiante. Spalancò la porta della Sala degli Strateghi e presentò il suo lavoro a Roher e Trian. Dapprima scettici, dopo aver dato una veloce occhiata alla pila di fogli scritti sedettero entrambi con Deva al grande tavolo di legno e restarono lì per ore, poi per giorni, finché le singole strategie non si mescolarono e diedero vita a qualcosa di nuovo. Di più forte.

Fu allora che Deva capì davvero cosa significasse custodire la Gemma di Savaine Atwal, il grande Generale dell'Artake. Non era solo parte del suo potere a scorrerle nelle vene, erano il suo genio e il suo talento a guidare la mente di Deva con lo stesso, determinato obiettivo.

Un giorno la avvisarono che la sua pratica era terminata, e che nel pomeriggio l'Imperatrice l'avrebbe presentata all'esercito per l'addestramento militare di gruppo.

«Sai in che veste sarai presentata, non è vero?» le chiese Laivine.

Lei annuì. Suonava assurdo, eppure al tempo stesso così perfettamente logico. Adesso che il momento era arrivato le gambe non tremavano, la voce non aveva esitazioni.

«Sono pronta» rispose.

✶

Quando mosse i primi passi sul lungo terrazzo marmoreo che, come la prua di una nave, affacciava oltre le mura di Aeral Dome, davanti a lei si dispiegava l'Artake intero. Disposti in ranghi serrati, soldati e AltoMaghi attendevano. Deva prese posto accanto a Sarshan Kean che, con un abito rosso fuoco coperto su spalle e cuore dalla minacciosa armatura nera che le serrava la gola, accompagnò il suo arrivo con un gesto teatrale. Nel silenzio perfetto che la accolse, solo lo schioccare degli stendardi al vento dava un ritmo al tempo.

Il suo respiro non le pareva sufficiente per prendere aria in quel momento, che superava in senso e solennità ogni altro istante che avesse mai vissuto. Conteneva la sua intera esistenza così come quella delle migliaia di soldati, AltoMaghi e animali magici schierati davanti ai suoi occhi, fedeli all'Imperatrice e di conseguenza, ora, a lei.

Anche l'aria sembrava ferma mentre Deva cercava le parole, tanto che poteva sentire distinto, come se fosse altro da sé, il cupo tamburo del suo cuore.

Prima di riuscire a formulare una parola qualsiasi, sentì la sua mano afferrata dalla presa forte e decisa dell'Imperatrice, che scagliò il braccio in alto con il suo, le dita delle mani intrecciate, mentre la folla prorompeva in un boato di esultazione.

«Hanno provato a nasconderla a noi e a sé stessa, e hanno fallito!» gridò la donna, con la voce profonda che echeggiò per tutta la vallata. «Hanno provato a spegnere il suo potere, e io l'ho visto risorgere!»

Le folate di vento scompigliavano i loro capelli così come i loro mantelli. L'aria portò alle loro orecchie le urla di approvazione della gente, miste ai ruggiti e ai versi acuti degli animali. Ne furono investite come fosse una corrente. L'Imperatrice chiuse gli occhi e schiuse le labbra, assaporandola. Quando li riaprì esclamò ancora più forte, con la voce che prendeva forza da ogni parte del suo corpo: «Lei è ciò che abbiamo atteso, ciò di cui il nostro esercito ha bisogno, risorta dall'oblio come una fenice oscura. Inchinatevi al cospetto dell'erede della Gemma: Deva Loissen. Generale dell'Artake».

E Deva vide, come in un domino di dimensioni gigantesche, le file di ranghi che, a una a una, si inchinarono, un'onda senza suono che iniziò con gli AltoMaghi più vicini per terminare con i soldati e le bestie più lontane, la cui voce era un'eco sottile. Non fece in tempo a pensare di non meritare quella devozione che la donna le strinse la mano, chiedendole di guardarla negli occhi. In quelle pupille bruciava un fuoco che Deva non aveva mai visto prima, ma che intese subito. Era come se l'Imperatrice le stesse dicendo: *Sei con me, ora. Questa è la nostra battaglia, e sarà la nostra vittoria.* Deva, allora, ricambiò la stretta e poi lasciò le dita sottili della donna, proseguendo di un passo fino alla punta più estrema del terrazzo, lì dove sembrava che sotto ai suoi piedi non ci fosse nulla e che stesse quasi volando, sospesa sull'esercito di Sarshan Kean.

Sapeva che erano in attesa. In silenzio, i soldati aspettavano che si rivolgesse a loro. Non tutti si fidavano di lei. Dubitavano della ragazza di Terrena arrivata senza talento e senza fede, ma se solo avessero potuto vedere, ora, quanto quella lotta stesse mettendo radici dentro di lei, diventando la sua... Sapeva che le parole che avrebbe proferito avrebbero sigillato o indebolito il suo legame con il popolo di Morhva, quindi le aveva scelte con attenzione. Temeva il loro effetto, ma la sua voce non tremava.

«Voi non mi conoscete. Mi chiamo Deva Loissen. Sono cresciuta credendo di essere la figlia di due commercianti di Riva di Terrena: era una bugia. Ho vissuto pensando che il mio potere fosse una malattia da curare: non era vero. Mi hanno insegnato che il mondo iniziava e finiva all'interno di un recinto di mura: avevano paura. Temevano che venissi a Morhva e che diventassi ciò che sono. Eppure, questo momento è giunto. Sono qui davanti a voi, ci sono arrivata chiamata dal destino, sono rimasta per scelta. La mia lealtà non giace con chi per tutta la mia vita mi ha mentito.» Prese fiato, aspettando che le sue parole venissero assorbite fino all'ultima dal corpo nero dell'Artake. Centinaia di persone attesero che proseguisse e allora lei gridò, in modo che tutti potessero sentire: «La mia lealtà è con l'Imperatrice Sarshan Kean. Combatterò con voi, per Morhva e per Radian».

Un refolo d'aria le agitò i capelli e il mantello mentre l'eco delle sue parole si depositava a terra. Dopo un istante che sembrò infinito, si alzò il rimbombo di mille voci: «Per Morhva! Per Radian!» e poi continuarono con la litania che lei ben conosceva, che accolse annuendo ma alla quale non si unì.

Perché l'Imperatrice per lei non era *Sarshan-Aen*, la Madre. Era tutt'altro.

47
DESIDERIO

Il terreno di Morhva era infido e difficile, sembrava disegnato per tenere lontani gli invasori da Aeral Dome, il suo cuore pulsante, lì dove l'Imperatrice risiedeva e nei pressi del quale, se i loro piani si fossero rivelati corretti, sarebbe stata uccisa.

Che gli Ardimenti di Radian non avessero mai smesso di addestrarsi era noto, ma che in parallelo anche le forze speciali di tiratori scelti e semplici tagliagole fossero stati tenuti in costante controllo e allenamento era qualcosa che il Capitano Tomàs Lyran ignorava. In più, da quando la Federazione aveva approvato la strategia del Cerchio, gli Ardimenti di Vidrian avevano iniziato a fare allenamenti specifici per agevolare il lavoro degli Armon, e non tutti avevano apprezzato la novità.

Ma c'era dell'altro, e riguardava Lyran personalmente: con una guerra alle porte, il senso stesso del suo compito gli sembrava irrimediabilmente cambiato. Radunare i suoi soldati aveva tutto un altro sapore. Colpirli non era più sfidarli ad alzare la guardia, ma immaginare che cadessero sotto le armi nemiche. Vederli marciare su Morhva era sapere che non tutti sarebbero tornati a casa.

Si chiedeva, continuamente, se sarebbe morto lui stesso, accorgendosi che non era ancora disposto a rinunciare alla sua vita. Era arrabbiato, e non era un'emozione che lo travolgeva spesso. Era furioso contro tutto e tutti, perché tornare in guerra gli pareva di un'insensatezza evidente ed era sconvolto che nessuno sembrasse pensarla allo stesso modo. D'accordo: avevano a che fare con un'assassina, una folle, ma possibile che non si riuscisse neppure a *tentare* un dialogo? Era rimasta in uno stato di incoscienza per quasi cento anni, era *davvero* ancora una minaccia? Dov'erano le proposte di pace che qualsiasi riva avrebbe potuto mettere sul tavolo prima di impugnare le armi? E i Morhvan, chi erano oggi? Valeva la pena uccidere dei civili dei quali non si conosceva-no le intenzioni solo perché la loro Imperatrice aveva fatto cose orribili durante gli Anni delle Nebbie?

Più ci rifletteva, più era convinto che dovesse esserci altro sotto a quell'improvvisa voglia di lanciarsi in un possibile sterminio, e che forse era legato a ciò che il Generale Roser gli aveva sussurrato prima della sua missione di recupero del bambino: «Sonda le conoscenze dell'Armon: ci sono informazioni che il Cerchio è noto per trattenere, ma di cui noi potremmo avere grande bisogno».

La Federazione sembrava in uno stato di determinazione febbrile che si trasmetteva a cascata sugli Ardimenti, come se nessuno avesse atteso altro che marciare su Morhva. Lyran, invece, aveva paura.

Che si fottessero. Sì: aveva paura.

Non era questa la vita che aveva sognato. Quando era entrato negli Ardimenti le rive erano da tempo giunte alla pace dopo gli orribili Anni delle Nebbie, e nessuno aveva la benché minima voglia di pensare a possibili conflitti. Anche per questo, forse, si era sempre sentito adeguato alla sua Destinazione: si sentiva portato per il comando, ma non amava combattere. Essere impegnato nel controllo di una città e delle dispute nate per piccoli crimini o problemi commerciali facilitava una carriera gestibile e dagli innegabili vantaggi. In breve aveva conquistato non solo un buono stipendio ma anche il rispetto della gente, l'orgoglio negli occhi dei genitori e una casa appena fuori Larham, dove in primavera fiorivano gli aranceti e le colline diventavano di un intenso verde speranza. La guerra non aveva mai sfiorato il suo orizzonte, non esisteva nel mondo che aveva immaginato per il suo futuro.

«Tanto sta andando tutto a rotoli...» mormorò fra sé, ripensando al suo ritorno a Vidrian.

La prima cosa che aveva fatto, dopo una visita ai suoi genitori, era stato bussare alla porta di Beatrix. L'amore sul viso di lei l'aveva colpito come una coltellata. La donna doveva aver letto immediatamente lo sgomento e la vergogna sul suo, perché si era subito incupita.

«Dillo adesso» gli aveva intimato, con un tono che mostrava di lei il lato che più aveva amato, quello diretto e forte.

Lyran aveva balbettato. Cercando le parole, girandoci intorno, l'aveva fatta semplicemente arrabbiare di più.

«Te lo dico io cosa è successo: hai incontrato una donna, durante questo viaggio, e ora vuoi lei, non più me. Ti sei rimangiato mesi di promesse con uno sguardo. Fai bene a vergognarti.»

Le guance di Beatrix si erano arrossate, ma gli occhi erano rimasti asciutti. Aveva trattenuto le lacrime che avrebbe pianto dopo, solo dietro una porta chiusa. Era una ragazza d'acciaio, Lyran lo sapeva. Era una delle cose che aveva amato di lei, e che insieme alle altre gli aveva fatto venir voglia di chinare la testa e chiedere inutilmente perdono, come un bambino.

«Non è "una donna", Bea. È la donna che amavo. Voglio che tu sappia che non ti sto lasciando per una ragazza qualsiasi incontrata in viaggio: c'è qualcosa che mi lega a lei, da molto tempo. Mi dispiace essermene accorto solo ora, e ti chiedo perdono per il dolore che ti sto causando. Sappi che me ne prendo ogni responsabilità» aveva dichiarato il Capitano guardandola negli occhi.

Lei aveva sbuffato una risata sarcastica, rispondendo: «Sei un ometto, Tomàs, non vali la metà di quel che tutti credono».

E, invece, per una volta, Lyran aveva fatto quello che mai, prima di allora, aveva tentato: aveva seguito il suo cuore. Non c'era stato calcolo in quell'addio, non c'era stata vergogna nel mostrarsi vulnerabile e incerto. Beatrix meritava la verità e lui gliel'aveva data, per quanto meschina. Era andato via da quella casa col senso di colpa che aveva reso pesante persino respirare.

Adesso che era solo, gli pareva che con il coro dell'esercito nelle orecchie e i tamburi di guerra pronti a suonare, Évanette Starwyn fosse diventata una necessità primaria. Che senza rivederla ancora una volta non gli sarebbe stato possibile partire ed essere il Capitano di cui i suoi uomini avevano bisogno.

Doveva avere un pensiero felice, o quella guerra non avrebbe avuto senso perché non l'avrebbe combattuta per nessuno.

★

Gli Ardimenti di Vidrian partirono dopo pochi giorni. Furono radunati in una lunghissima colonna di carri e cavalli, fanti e carrozze. Al momento dei saluti si sentirono grida, lacrime e sospiri, ma una volta che ebbero lasciato Larham cominciò a respirarsi una strana eccitazione nell'aria, come all'inizio di ogni missione.

Il caos della sera prima, pensò Lyran. Quasi nessuno sapeva cosa significasse, per lui invece era diventato un monito.

Quella sera il Capitano bevve insieme al suo plotone scacciando i pensieri più bui, scherzando coi suoi uomini e alzando il gomito quel tanto che bastava per cadere pesantemente addormentato appena posò la testa sulla sua stuoia.

Il giorno dopo salparono. Il mare era piatto, il vento a favore. La flotta di Vidrian corse sull'acqua verso Kerberch, dove si sarebbe riunita con gli Ardimenti di Alta e Terrena. Grazie al bel tempo che incontrarono fu una navigazione molto più breve di quella fatta con Bram. Sapeva che anche il ragazzo era da qualche parte su quelle navi, insieme agli altri Armon.

Una volta approdati a Kerberch, li misero in attesa.

«Ci sarà un po' da aspettare, vogliono muoversi insieme agli Ardimenti di Alta» disse un soldato, tornando dalle fila più avanzate. «C'è una taverna vicino alle mura, noi stiamo andando lì. Venite anche voi, Capitano?»

«Andate voi» dichiarò Lyran, che non aveva atteso che quel momento. «Io ho qualcosa da fare. Ci vediamo più tardi.»

L'ansia gli fece sembrare il petto troppo piccolo per il suo cuore, mentre si dirigeva a passi svelti verso la tenda dell'Astromante.

«Év» chiamò con dolcezza. Ma si accorse che la tenda non era solo chiusa: era vuota.

«Non è più qui» mormorò il vicino, intento a far sbocciare alcune piante in vaso. «Deve chiedere alla Rocca. L'Astromante è stata richiamata alla Corte dei Maghi.»

L'affermazione stupì e preoccupò Lyran, ma non aveva tempo per perdersi in congetture. Mendicò un permesso di consultazione dal Generale Roser, che rifiutò più volte prima di convincersi di avere davanti l'ultimo desiderio di un uomo che sarebbe potuto andare incontro alla morte, e che a dispetto della maggior parte dei soldati era tornato da poco da una pericolosa missione. Allora produsse la richiesta ufficiale, pensando che sarebbe stata semplicemente rifiutata da un funzionario del Governo di Alta.

Lyran non venne ricevuto da un funzionario, però. Dopo aver varcato le grandi porte lignee della Rocca e aver atteso nel corridoio decorato che tante volte, nei suoi sogni, aveva rivisto, venne infine chiamato distintamente, per nome e cognome. Non per grado. Non come un Ardimento.

«Tomàs Lyran» tuonò una voce maschile e familiare. Fu allora che il Capitano iniziò a farsi davvero delle domande. Eron Baladem in persona lo accolse nella Sala delle Udienze, con una risata aperta e una pesante pacca sulla spalla.

«Capitano Lyran, ma quanto tempo! Come va la vita? La salute, tutto bene?» Il Governatore lo squadrò da capo a piedi come se gli stesse cercando addosso qualcosa di strano, un dettaglio che a Lyran stesso era sfuggito.

«Sì, grazie. Spero di poter dire lo stesso al ritorno da Morhva» rispose brevemente l'uomo.

Il Governatore annuì eccessivamente, ma tutto in lui sembrava esagerato in quel momento. Non avrebbe nemmeno dovuto essere con Lyran, ma a terminare i rituali della partenza dei suoi Ardimenti.

Sapevano entrambi che il Capitano era lì per Évanette, proprio come un tempo Baladem sapeva della loro relazione. Allora, il Governatore aveva personalmente visitato Tahmer Yasal chiedendogli come "gentilezza personale" di sfavorire le trasferte di Tomàs Lyran a Riva di Alta. Il Capitano ricordava ancora il giorno in cui era stato chiamato dai suoi superiori, che avevano messo un veto della durata di alcuni anni sulle sue missioni fuori dai confini di Vidrian, pena la sua espulsione dall'esercito. Lo ricordava perché quello stesso giorno aveva fatto i suoi piani di viaggio per tornare da Évanette e portarla via da Alta.

Avrebbe dovuto lottare per lei, pensava adesso. Ma allora gli era parsa una scelta impossibile. Immaginava che col tempo sarebbe riuscito a scordare una donna, ma mai avrebbe potuto dimenticare il suo ruolo militare: gli Ardimenti dovevano avere la priorità.

Ora la scelta gli appariva sciocca, superficiale. L'urgenza data dall'età e dal rischio di morire in battaglia, uniti a una certa maturità, aveva rimesso tutto nella giusta prospettiva.

«Sono qui per vedere l'Astromante» dichiarò senza preamboli, tendendo al Governatore un foglio sigillato da un bollo di ceralacca con lo stemma di Vidrian.

Eron Baladem scoppiò in una risata bonaria. «L'Astromante, ma certo! È finalmente tornata a casa, Lyran. Ne aveva abbastanza della sua tenda scalcinata. Non siamo riusciti a disintossicarla però, sai? Lo chotud è roba pesante. Per fortuna, qui possiamo averne di qualità talmente alta che ci vorranno anni, prima che si ammazzi.»

L'ultima frase tradì l'uomo. Non le sue intenzioni, che Lyran aveva già intuito, ma la leggerezza con la quale parlava della vita di lei. Come se Évanette fosse niente, e la sua morte non fosse che affar suo. "Che si ammazzi da sola," aveva sottinteso il Governatore "noi staremo a guardare."

«E sai cosa, Capitano? Abbiamo entrambi poco tempo a disposizione, quindi ho facilitato la procedura. Entrate, signorina Starwyn» esclamò il Governatore.

Non c'era una corte ad attenderli, dunque non c'era alcuna ragione per far entrare Évanette dal palco della sala, a meno che non fosse una pantomima messa in atto per lei e Lyran. Per prenderli in giro entrambi.

La donna fece il suo ingresso nella stanza lentamente. Era vestita di lussuose sete nei toni del blu, e una nuova corona di stelle le attraversava la fronte aprendosi attorno alla sua testa come un'aureola. Lyran sentì il cuore mancare un battito. La osservò come se vedesse un fantasma, perché le sembrò esattamente la stessa donna di dieci anni prima. Più affascinante, se possibile, con quelle occhiaie profonde e i segni del tempo che la facevano apparire più cattiva.

«Avanti, salutatevi!» li incitò Baladem.

«Ti lascio in una tenda a disintossicarti e ti ritrovo di nuovo piena di chotud alla Corte del Governatore...» osservò il Capitano, percorrendo con lo sguardo un abito che le pareva cucito addosso.

«È stata la classica offerta che non potevo rifiutare» commentò lei, con una punta di astio nella voce, ma diretto a nessuno in particolare. Anzi, i suoi occhi sembravano attraversare Lyran senza metterlo davvero a fuoco, fissi all'orizzonte sbarrato dalle mura del palazzo.

«Sono qui con gli Ardimenti della Federazione e gli Armon.

Partiremo alla volta di Morhva» mormorò Lyran, guardandola negli occhi con una certa apprensione.

Lei aprì la bocca per parlare di tutt'altro, ma bastò un'occhiata di Baladem a farla tornare in sé. Rispose allora con voce distaccata, continuando a guardare in direzione di Lyran ma senza incontrare il suo sguardo: «Lo so. Incrociano le mie visioni con quelle del Cartomante per avere un vantaggio. Temo siano le stesse indicazioni che arrivano a voi, giusto? Un giorno vi hanno detto di prepararvi per un pericolo invisibile, un altro di allenarvi per combattere in spazi limitati, poi di immaginare un terremoto, e anche un attacco incendiario. Vengono da noi, queste indicazioni, ma cambiano ogni giorno. Riflettono, immaginiamo, piani di allenamento dell'Artake, ma sono confusi e contraddittori. Di cosa hai bisogno, Lyran?» chiese lei con un'ostilità che feriva l'uomo, perché era evidente che il Capitano aveva ancora in gola tutte le parole che era venuto a dirle.

«Ho bisogno di una lettura» rispose. Poi, guardando il Governatore, affermò: «Dovete lasciarci soli. È così che funziona».

«Ho letto la tua richiesta ufficiale, Lyran. Roser si è proprio rammollito, c'è da dirlo. Chiedere una lettura ufficiale e affidarla a te, con il passato che ti ritrovi!» Era la prima volta che il Governatore accennava apertamente al *loro* passato, e la tranquillità con cui lo fece fu un campanello d'allarme per il Capitano. L'uomo continuò: «Però, sai, è un bene che tu sia qui perché l'Astromante ha qualcosa da dirti...» disse con una dolcezza maligna.

«No...» sussurrò la donna, scuotendo la testa.

«Avanti, signorina Starwyn: diglielo. Ha il diritto di sapere!» incalzò Baladem.

«No» ripeté Évanette, indietreggiando finché le sue spalle non trovarono la fredda lama della spada di una guardia, entrata in silenzio a qualche segnale del Governatore.

«Diglielo, o sarò io a farlo» le intimò Baladem.

Dagli occhi della donna iniziarono a tracimare lacrime pesanti che le rigarono le guance e le bagnarono il collo. Non proferì parola mentre, portandosi la mano al cuore, continuava a scuotere la testa.

Eron Baladem, allora, prese la parola con un sorrisetto sarcastico: «Sai, Lyran, il fatto è che Évanette ti ha ucciso. Quando era in pericolo, a Morhva, ha scambiato la sua morte con la tua grazie a un Desiderio a una Stella. Capisci? Ha sbloccato il Desiderio! Questa è una grande notizia per noi, no?».

Lyran sentì le parole dell'uomo senza davvero comprenderle. Tutto, in lui, rifiutava l'idea che Évanette potesse fargli davvero del male. Era cattiva, a volte, maleducata e manesca. Ma, crudele? No. Év non era crudele.

«Ma cosa state dicendo!» esclamò il Capitano, con un sarcasmo sprezzante. Guardò l'uomo con aria di superiorità, ma quando spostò lo sguardo sull'Astromante, il sangue gli defluì dal viso. Il corpo intero della donna era scosso dai singhiozzi, con una mano si stringeva il petto e con l'altra si copriva il viso. La verità gli arrivò addosso come un colpo di cannone, levandogli il fiato per qualche istante. Il pianto dell'Astromante rimbombava nel silenzio impietoso della Sala delle Udienze.

«Év...» sussurrò Lyran dopo lunghi istanti, sgomento. «Davvero?»

Fu come se gli si aprisse una voragine nella gola, lì dove teneva al caldo le parole preparate per lei, che inghiottì qualsiasi speranza: non solo quella di avere un futuro con lei, ma anche quella di avere un futuro. Adesso era maledetto dalle stelle. Quando gli astri avrebbero voluto, in un momento arbitrario nell'imminente futuro, lui avrebbe perso la vita. Ed era stata Évanette a deciderlo.

Lyran le corse addosso. La afferrò per gli avambracci, le tirò via le mani dal viso scoprendole gli occhi gonfi e macchiati di nero.

«Devi dirmelo guardandomi negli occhi, Év! Di' che hai gettato la mia vita alle stelle!» gridò, cacciando indietro le lacrime.

Lei tremava. Era minuscola, un uccello nero arruffato, un gatto che qualcuno aveva cercato di affogare e solo a fatica si era tirato fuori dal secchio.

«Non avevo scelta...» mugolò, con la voce strozzata dalla sofferenza. «Ma sapevo come riportarti in vita. L'ho fatto solo perché sapevo di poterti riavere, Lyran. Posso sistemare tutto! Non voglio che tu muoia.»

«Ma non hai avuto dubbi a scambiare la tua vita con la mia!» le urlò contro, gli occhi sgranati e lucidi, il viso rosso di rabbia e incredulità.

«Le stelle chiedono il prezzo più alto. Non ho potuto negoziare» disse lei, soffocata dal senso di colpa e dalla certezza che lui non avrebbe mai capito. Si arpionò con le unghie alle spalle dell'uomo per non crollare, o forse per non doversi staccare da lui mai più.

Restarono in silenzio per alcuni attimi, lui sgomento, con le braccia afflosciate lungo i fianchi e lo sguardo nel vuoto, lei aggrappata alle sue braccia come se potesse trattenerlo dalla morte.

«Sono prigioniera qui, aiutami o non potrò fare nulla per te, e morirai. E poi morirò anch'io» sussurrò la donna, pianissimo, al suo orecchio. Si sentiva come se si stesse frantumando.

Lyran non stava davvero ascoltando: era in stato di shock, incapace di processare quello che era appena accaduto. Avrebbe voluto tornare indietro nel tempo, non aver mai chiesto il permesso al Generale Roser, non essere mai andato a cercare l'Astromante. Desiderò di non aver mai varcato i confini di Vidrian, non aver mai visto Alta, non aver mai messo piede alla Rocca. Non averla mai incontrata.

«Aiutami, o sarà stato tutto inutile» ripeté Évanette, prima che la guardia la afferrasse per le braccia, trattenendola a un passo di distanza dal Capitano.

Lui indietreggiò, le gambe che tremavano e gli occhi che guardavano la sua sagoma scura senza metterla a fuoco. Pensò alla sua casa dove fiorivano gli aranci, dove aveva immaginato di tornare con lei. Pensò ai compagni, che avevano abbracciato e fatto promesse ai loro amati così come lui avrebbe fatto con Évanette. Pensò alla partenza imminente, e fu Baladem a fare l'ultima, sarcastica osservazione, che stava prendendo forma anche nel suo cuore.

«Beh, Capitano, sarà un sollievo partire per la guerra, ora che sai che saresti morto comunque.»

48

LEALTÀ

Di ritorno da una riunione strategica con Trian, con le mani piene di fogli di appunti e schemi, Deva venne seguita da Kilar Sahiem. L'uomo aveva un passo distinto, ritmato e rigido, che la ragazza riconobbe anche senza voltarsi. Lasciò che la raggiungesse prima di esclamare: «Avete bisogno di dirmi qualcosa, Consigliere?».

Deva aveva imparato a conoscere meglio il ruolo di quell'individuo che, come Trian, era Consigliere e Stratega, ma che con Sarshan sembrava avere un rapporto più confidenziale.

«In effetti, sì, signorina Loissen» rispose lui, con la sua voce appuntita.

Solo allora Deva si voltò e, piantandosi al centro del corridoio, gli fece segno di parlare.

«Oh, non qui» mormorò Kilar, invitandola a seguirlo su per una scala e poi oltre un corridoio breve, che conduceva a una delle torri minori. Era una stanza circolare piena di libri, pergamene e alambicchi di diversa forma e spessore. Odorava di bucce di agrumi e fumo acido. La ragazza dedusse che si trattava del suo studio, aveva sentito dire che si dilettasse di alchimia.

Kilar, così come aveva fatto al mulino di Milisan, elaborò il discorso percorrendo lo spazio avanti e indietro con lunghi passi lenti, da ragno. Deva si irrigidì.

«Dunque, ora devo chiamarvi Generale Loissen...» disse, squadrandola dall'alto in basso.

«Così pare» rispose lei, seccamente.

«Come prevedibile, la Gemma ha battuto tutti i record di tempo. Un'ascesa rapidissima...» osservò l'uomo con sarcasmo, tirandosi su inutilmente le maniche già troppo corte dell'abito.

«Non è questo che tutti desideravate? Che prendessi il posto di Savaine Atwal?»

Lui storse la bocca.

«Vorrei un discorso chiaro, Kilar» ribatté Deva, stanca dei preamboli.

«C'è chi pensa che, nonostante custodiate l'essenza del Generale Atwal, voi non siate Morhvan abbastanza, signorina Loissen. Insomma, che siate arrivata qui senza un'idea in mente e che la lealtà che tanto professate, beh, non derivi da ciò che avete appreso di questa riva...» L'uomo alludeva decisamente a Sarshan, e lei non sapeva immaginare quanto, della verità, potesse conoscere. La sensazione era spiacevole.

Kilar la guardò con i suoi occhi freddi, cerchiati da occhiaie grigie che ne accentuavano l'aria esasperata.

«Studio da mesi, e continuo ad apprendere. Recupererò ciò che manca» disse lei, sperando che la conversazione terminasse con un paio di tomi rilegati da aggiungere alla pila che aveva in camera da letto.

«Ti sei mai chiesta quanto tu sia davvero leale, Deva?» chiese l'uomo con improvvisa confidenza e ostilità, quasi sputandole la domanda in faccia.

«Quella di restare è stata una scelta, io sono...» cominciò lei, ma fu subito interrotta.

«Innamorata di Lei. Sì, l'Imperatrice può fare questo effetto. Molte persone sono innamorate di Lei. Ma l'amore è diverso dalla lealtà: è volatile, è ingordo, è suscettibile. Può finire da un momento all'altro, signorina Loissen. Se la tua lealtà è basata sull'amore, allora la risposta è *no*, non sei *davvero* leale. Lo sarai per un periodo, forse. Per anni, magari. Ma alla radice della lealtà non c'è un letto condiviso. Ci sono la consapevolezza, la conoscenza, l'ardore per una causa. Per chi ardi, tu: per la causa, o per l'Imperatrice?»

Deva era impreparata a quel discorso. A parlare di amore, a formulare una risposta che avrebbe dato per scontata la sua relazione con Sarshan, a portare alla luce quella che per lei era una specie di miracolo sotterraneo e segreto, un mondo a parte fragile come una sfera di cristallo. Quelle parole, al confronto, sembravano spine. Un uomo aspro e appuntito come Kilar non aveva nulla a che vedere con loro, sentirlo parlare del loro letto era intollerabile e volgare.

Nella confusione e nell'imbarazzo, la domanda che le salì alle labbra per prima fu quella sbagliata: «Cosa significa, che molte persone sono innamorate di Lei?».

Lo chiese con durezza, per l'insinuazione di Kilar e perché erano giorni che non vedeva Sarshan.

Il gesto esasperato con cui reagì l'uomo le fece immediatamente capire di aver fallito qualsiasi prova lui le avesse messo davanti. Gelosia. Il Consigliere dell'Imperatrice le faceva una domanda sulla lealtà, e lei rispondeva palesando l'ansia della gelosia.

«Non posso crederci. Cosa ti dice la testa? Cosa? La ucciderai: lo sai, vero?» L'uomo diede una manata a una pila di libri per evitare, forse, di darla a lei.

«Certo che no! Io...»

«Tu non sai niente! Non hai idea di quello che stai facendo, Deva Loissen!» continuò a gridare il Consigliere afferrandosi la testa con disperazione mentre misurava la stanza a passi nervosi.

«Combatterò per lei, come altro dimostrare la mia lealtà?» continuò la ragazza, profondamente offesa dal modo deliberato in cui l'uomo aveva scelto di ignorare tutta la fatica fatta in quei mesi.

«Tu non combatterai per lealtà, ma per amore. E sai cosa succederà, Deva? Che la renderai più forte. E Lei te ne sarà grata, ma non solo: potrà *vivere* grazie a quell'amore, perché la qualità del tuo potere lo rende più efficace di ogni altra forma di amore che possa ricevere dai suoi fedeli. Loro non sono come te. Solo tu porti dentro il tuo potere e anche la forza di Savaine Atwal. E il fatto che tu sia qui perché innamorata, e possa cambiare idea da un momento all'altro, ti rende un pericolo enorme. Una bomba pronta a detonare contro di Lei.» Il corpo di Kilar era teso e rigido.

«Non le farei mai del male» disse Deva, certa della sua affermazione, ma allo stesso tempo sopraffatta dalle parole del Consigliere. Erano dinamiche che non aveva mai considerato fino a quel momento, però richiamavano dubbi che avevano sempre aleggiato nella sua testa. Una parte di lei era sempre stata consapevole di ritenersi inaffidabile. Era la stessa parte dove custodiva il ricordo degli occhi di Bram.

«Lei è difficile da amare, Deva. Ricorda questo. Non verrai mai per prima, e non sarai mai la sola. Per lei la lealtà a Morhva verrà sempre prima dell'amore. Tu stai combattendo per Lei e Lei non sta combattendo per te. Riesci a capire la differenza? Riesci a immaginare un futuro per voi, quando Sarshan dominerà su Radian?»

Quando Sarshan dominerà su Radian. Deva non si era mai davvero soffermata su quel pensiero. Lei non voleva una guerra, non si augurava un dominio. Credeva nel dialogo e avrebbe combattuto per trovare una soluzione pacifica. Sapeva che, all'altro capo di Radian, anche Bram avrebbe lavorato per lo stesso obiettivo. Era disposta a guidare l'Artake, ma il suo profondo desiderio era che non ce ne fosse bisogno.

«L'incertezza nei tuoi occhi sarà la nostra rovina, Deva Loissen» sentenziò il Consigliere.

«No. Vi sbagliate. Ho fatto la mia scelta. So in cosa credo. Ho visto la Vena Primaria con i miei occhi. Io l'ho... *sentita.*»

«Non ho dubbi...» commentò sarcastico l'uomo, lasciandole intendere qualcosa che Deva non colse completamente ma che la innervosì, facendole immaginare scenari dove Sarshan portava tutte le persone che le piacevano prima alla grotta e poi a letto, come in un cliché ormai risaputo da tutti. Non indugiò sul pensiero, non era il momento di cedere e cadere dritta nelle trame di Kilar. Era questo che il Consigliere sembrava: una persona abituata a tramare, nascondere e manovrare. Pronta ad aprire crepe nelle sue certezze. Lei non si sarebbe fatta manipolare.

Si tirò indietro i capelli e lo fissò. La cicatrice in quel momento sembrò rendere più feroci i suoi occhi. «Sapete cosa aveva mia madre, a Terrena? Un uovo di kryan. Ne avevano uno anche tutti i suoi amici, era la moda del momento. Il Governatore aveva anche un fermacarte di zanna di tricorna. Lo sapete, Kilar, che c'è una tricorna, ad Alta, che crede di essere l'ultima della sua specie? A ogni modo, l'uovo si ruppe durante una tempesta. Si verificavano spesso, quasi quanto le inondazioni a Vidrian.»

L'uomo l'ascoltava con le braccia conserte, lei continuò: «Durante un allenamento, alcune settimane fa, mi si è spaccata la terra sotto ai piedi. E voi la sera stessa vi siete riuniti con l'Imperatrice.

Pensate che io abbia bisogno di qualcosa in più, per comprendere la situazione?».

«La situazione è compresa da tutti, anche dalla Federazione. Ma interpretata in modi molto diversi. Tu sei stata cresciuta, nutrita, vestita per essere una federata. Per *pensare* come una federata.»

«Sapete cosa credo, Kilar? Che se una sola delle Rive Federate avesse avuto la potenza dell'Imperatrice, da tempo avrebbe dominato le altre tentando di imporre la sua cultura e la sua visione, e non per proteggere l'energia magica del mondo intero, ma per bieco profitto e senso di superiorità. Questo è il motivo per cui credo nell'Imperatrice, e ha la mia lealtà. Lei vede con chiarezza cose che la Federazione sceglie di ignorare» concluse la ragazza.

«La vita di chi prende decisioni nella Federazione ha un arco temporale troppo breve perché possa interessarsi davvero a Radian. Sono state offerte soluzioni di pace prima della guerra, e sono state rifiutate. Non volevano soluzioni, e non volevano *Lei*. È una donna, ed è troppo potente. Sa ciò che vuole e per ottenerlo sa essere brutale. Se a detonare la Vena Primaria mandassero dei bambini, li sterminerebbe. Ha occhi solo per il fine, ed è questo che ci proteggerà. Ma è anche quello che la renderà sempre incomprensibile agli occhi di molti.»

«L'Imperatrice Maledetta» mormorò Deva, che tuttavia non si era mai permessa di indugiare sulle atrocità che Bram le aveva raccontato.

Kilar, però, non lasciò cadere l'argomento: «Pensi che se lo siano inventato, per renderla più orribile e crudele agli occhi di chi doveva odiarla su un campo di battaglia? Non è così. Dimentica la donna che hai conosciuto, perché presto ne conoscerai un'altra. Con voi avrà anche usato le accortezze necessarie a condurvi qui incolumi, e forse i suoi abbracci ti sembrano caldi, ma quello che fece durante gli Anni delle Nebbie fu uno sterminio. Non poteva permettersi di essere ostacolata, e se alla fine fallì fu solo per un errore di valutazione».

«So che fu tradita. Me l'ha detto Trian» disse Deva. La reazione dell'uomo fu di evidente fastidio, quindi lei pensò di aggiungere: «Come accadde?».

«Ti basti sapere che accadde. Ma sappi anche che non le permetterò di fare lo stesso errore, stavolta» dichiarò Kilar, raddrizzando la schiena e troneggiando, così alto e rigido, su Deva.

Lei lesse una chiarissima minaccia negli occhi del Consigliere. Fu come rivederlo al mulino, con il corpo di Évanette tenuto sospeso prima di essere scagliato contro le pietre aguzze della costruzione in rovina. Non aveva la stessa paura di lui di un tempo, avrebbe potuto tranquillamente fronteggiarlo, ora, ma temeva quello che le sue parole non dicevano. Le stava mettendo sulle spalle una responsabilità troppo grande, che mescolava nello stesso calderone sentimenti e guerra, potere e fedeltà, gelosia e lealtà. Sapeva perfettamente cosa sarebbe uscito da quel miscuglio indistricabile: veleno.

Se stava cercando un modo per farla vacillare ora che lo scontro era alle porte, Kilar aveva centrato il suo obiettivo. Fu per difendersi che Deva aprì le spalle, alzò il mento e, con tutto l'odio di cui fu capace, sibilò: «Non mi avete portata qui per farmi dubitare della mia lealtà ma per farmi dubitare di me stessa, Kilar Sahiem. E far dubitare di sé un Generale dell'esercito dell'Imperatrice all'alba di una nuova guerra è il peggior servizio che possiate farle. Se fossi in voi, è della vostra stessa lealtà che inizierei a dubitare».

Detto questo, lasciò la stanza con la confusione che le si era fermata in gola, come un nodo che non riusciva a inghiottire. Sapeva che c'erano cose che le erano ancora oscure, fatti del passato che avevano echi anche nel presente, e che nessuno aveva voglia di rivelarle. Questo la fece sentire come un tempo: intrappolata in una vita della quale coglieva solo la superficie, mentre sotto ribollivano tutti i segreti che iniziavano con il suo nome, e con quello di Sarshan.

✶

Quella sera non riuscì a prendere sonno. La luna piena rischiarava la stanza, la notte era un mantello di velluto morbido che entrava dalla finestra semichiusa e agitava appena le tende, ma Deva non poteva che ripensare alle parole di Kilar Sahiem, e alla quantità di verità che contenevano.

In quel luogo incantato, dove per alcuni la volontà non sembrava una scelta, non sapeva più cosa fosse autentico. Ma c'era anche dell'altro: non aveva mai dato un nome a ciò che provava per Sarshan, perché lo temeva.

La amo?, si chiese. Affermarlo avrebbe significato anche credere di essere immune all'influenza che quella donna sembrava avere su qualsiasi cosa: su ciò che decideva di cambiare, e su ciò che involontariamente cambiava per compiacerla. Allora Deva si pose un'altra domanda: *Cos'è che desidero, davvero?* Ma non fece in tempo a rispondere perché un bussare leggero interruppe i suoi pensieri, e la porta si aprì senza che lei avesse ancora risposto.

«Sei qui?» sussurrò la donna. La sua unica intenzione sembrava indagatoria, il tono non tradiva una possibile delusione qualora nessuno avesse risposto. Ma era lei, era tornata.

«Sì» rispose Deva nel buio. Frugò con la mano finché non riuscì ad accendere un lume di vetro tondo, che assomigliava a una piccola luna sul suo comodino. Rischiarò tutto attorno, lanciando ombre allungate.

La veste di Sarshan frusciò mentre la raggiungeva, e sedeva sul letto ovale. Era un semplice abito da camera bianco, quello che indossava, un sottile strato di cotone contro la pelle. I suoi capelli erano sciolti, le ricadevano sparsi sulle spalle arricciandosi appena sulle punte. Alcune ciocche erano annodate fra loro in modo sfacciatamente rilassato, come se non sapessero di appartenere alla chioma di un'imperatrice. Della rappresentante di una Dea, a sentire i suoi sudditi.

La donna fissava un punto oltre la finestra, nella notte, rimanendo in silenzio. Agli occhi di Deva apparve, per la prima volta, vulnerabile. Lei non ebbe timore di allungare la mano e afferrare delicatamente quella di Sarshan, così ossuta e delicata. Non riusciva a credere che fosse la stessa mano che aveva massacrato popoli, scagliato maledizioni. Nulla di ciò che aveva appreso su di lei le restava addosso, erano abiti che non avevano la sua forma, ombre distorte che nulla conoscevano della donna che le sedeva accanto.

«Dove sei stata?» chiese.

«A fare il mio lavoro» rispose lei.

Deva non capiva mai se l'Imperatrice dava per scontato che lei sapesse, o se voleva continuare a lasciarla in quell'inutile, superficiale conoscenza della sua vita.

«Parlami» disse allora.

«Ci sono luoghi di culto che hanno bisogno della mia presenza» mormorò Sarshan, placando la ragazza con quelle briciole di informazioni. Gli occhi della donna sembravano aver assorbito il buio del cielo quando incontrarono quelli di Deva. «Sono stanca» aggiunse, concedendosi di chiudere le palpebre per un momento.

La ragazza avrebbe voluto posare le labbra su quelle palpebre tonde. Sapeva cosa significasse provare quel tipo di stanchezza che ti faceva desiderare di svanire nell'aria, e lo riconobbe. Avrebbe voluto che esistesse un posto, al mondo, dove entrambe avrebbero potuto sdraiarsi su letti di seta e riposare, parlare, conoscersi, semplicemente stare insieme. Ma erano ad Aeral Dome, a Morhva, e l'Impero riponeva le sue speranze di pace interamente su quella donna in un modo che a Deva pareva crudele, ingiusto. Era una gabbia, esattamente come lo era stata per lei la tenuta dei Loissen. Vide questo parallelo in maniera fugace eppure lampante, mentre Sarshan con gli occhi chiusi inalava dalle narici sottili l'aria oscura della notte.

«Sdraiati accanto a me» la invitò Deva, facendole spazio sul letto. La donna era rigida, inizialmente, ma a poco a poco rilassò le spalle e le braccia e infine, affondata fra coperte e cuscino, si voltò a guardarla. «Non ho scelto tutto questo» le disse sottovoce, come per rivelarle un segreto.

Questa volta fu Deva a chiudere gli occhi. Sospirò, cercando le parole. «Non so niente di te» mormorò piano. «Raccontami chi sei.»

Sarshan tirò fuori una risata cristallina che si affrettò a reprimere. «Sei l'unica al mondo a venire dalla Federazione e non sapere chi sono, Deva. Chiedi al vento di Terrena, ai sassi... persino loro sapranno raccontarti di me, di ogni singolo crimine, di tutto l'orrore che ho portato.»

«Sai che non era ciò che intendevo» replicò lei, voltandosi su un fianco e guardando il suo profilo sottile. «Dimmi di prima della guerra. Raccontami di te. Cosa ti piaceva, cosa facevi? Com'era la tua vita?»

Ammettere che non sapeva nulla era solo il preludio a tutte le domande che avrebbe voluto porle. Desiderava sentirla parlare, che la sua corazza si schiudesse solo per lei, che l'Imperatrice e la Dea lasciassero il posto alla donna.

«Cosa mi piaceva?» ripeté Sarshan, stupita e forse divertita dalla domanda. Anche lei si voltò su un fianco, verso Deva, finché non si trovò a pochi centimetri dal suo viso. Il suo sguardo sembrò fantasticare sul passato, ritrovando un'espressione da bambina mentre rispondeva: «Mi sono sempre piaciuti gli animali. Da piccola uscivo in cortile, gli altri bambini schiacciavano i piccoli insetti, io li mettevo in salvo. Anche in tasca, a volte». Sorrise, nel suo altrove fatto di ricordi. «E poi ho sempre amato cavalcare sugli altipiani, lì dove le rocce finiscono a strapiombo e puoi lanciare il tuo cavallo al galoppo fino agli ultimi metri prima di tirare le redini, fermarti ad appena un passo dal vuoto e sentirti in cima al mondo con il vento che ti arriva dritto in faccia.» Chiuse gli occhi e alzò appena il mento, come se potesse davvero sentirlo.

Lei era *pura*, in quel momento, come Deva non l'aveva mai vista e come – ne era dolorosamente consapevole – forse non l'avrebbe più vista.

«Facciamolo» sussurrò la ragazza. «Prendiamo i cavalli, andiamo sugli altipiani. Sceglierai tu la strada.»

Poté quasi vederlo: Sarshan sul suo cavallo e lei in sella a Djavel che correvano in un mare di arbusti luminosi contro un tramonto rosso fuoco. Per un attimo, entrambe sorrisero in silenzio.

«Un giorno lo faremo...» disse Sarshan, e Deva detestò quel modo per dire: "Forse non accadrà mai".

«Cos'altro facevi, da ragazzina?» chiese ancora, perché non voleva perdere quel momento, desiderava prolungarlo il più possibile, continuare a sapere, a vederla sorridere ripensando a un tempo lontano in cui non era Imperatrice, ma soltanto Sarshan.

«Io... studiavo, e mi allenavo nel caso in cui fossi succeduta all'Imperatrice» rispose la donna.

«Certo...» commentò Deva, che aveva letto un libro al riguardo ma non ricordava molti dettagli.

La donna le lesse la confusione in viso. «È il sacro potere che scorre a Morhva a dire alle Sacerdotesse di Aen chi succederà all'Imperatrice. Avrai avuto occasione di vederle spesso, qui a Palazzo.»

Deva annuì anche se, realizzò in quel momento, non aveva mai dialogato con loro.

La donna proseguì: «Al momento di incoronare una nuova Imperatrice si recano alla Vena Primaria, dove ricevono tre nomi che corrispondono a tre ragazze Morhvan in giovane età. Da quel momento vengono tutte addestrate a diventare la nuova Imperatrice: una di loro lo sarà davvero, le altre entreranno in servizio ad Aeral Dome e diventeranno Consigliere o guardie personali».

Deva scorse istintivamente in rassegna le donne Morhvan di Aeral Dome, come per indovinare.

«Laivine, lei era...?» chiese, suscitando l'ilarità della donna.

«Laivine è nata quasi un centinaio di anni dopo di me, Deva.» Poi, incupitasi d'un tratto, aggiunse: «Dimentichi cos'è successo».

Per un attimo Deva restò senza fiato: era la sua razionalità a omettere continuamente, nei suoi pensieri, l'idea che la donna che aveva davanti fosse sopravvissuta a una guerra accaduta cento anni prima.

«Chi erano quelle ragazze?» e la domanda sottintendeva molti quesiti legati alla successione di un'Imperatrice rimasta in un limbo, né viva, né morta.

«Non ha importanza, perché è stato esattamente come credi: non potevano incoronare nessuno finché fossi rimasta sospesa.»

«Era lo stesso incantesimo che ho visto nel Salone delle Feste?» chiese Deva. Aveva riconosciuto alcune delle persone che aveva visto quel giorno circolare normalmente ad Aeral Dome, come se nulla fosse accaduto.

«Simile, ma infinitamente più potente: non doveva mantenere intatto solo il mio corpo e la mia mente, ma anche il mio potere. In questo, la devozione degli Aens fu preziosa, ma nessuno era certo della sua riuscita. Per questo motivo, le Sacerdotesse rimaste in vita si recarono comunque, segretamente, alla Vena Primaria, ma essa non diede alcun nome.»

«Com'è stato... essere sospesa?»

«È stato quasi sempre il niente. Anche se ho sogni di un luogo oscuro, soffocante e dell'angoscia di doverne uscire, ma di saperlo infinito e senza porte» mormorò la donna, con la voce che tremò di orrore.

«Fu una tua scelta?» chiese Deva.

La donna tornò a guardare il buio della notte, e sospirando rispose: «Il mio compito era restare sul campo di battaglia a proteggere il mio popolo e la Vena Primaria, ma i miei Consiglieri di allora fecero la scelta più saggia. Alcune vicende della guerra mi avevano indebolita. Un giorno fui colpita, se non mi avessero sospesa rallentando le reazioni del mio corpo, avrei rischiato di morire. Ero l'Imperatrice più potente che Morhva avesse mai avuto, se fossi sopravvissuta avrei potuto tornare a esserlo. La scelta fu fatta, io non ero neppure cosciente per approvarla. A distanza di tempo, li capisco».

«Ma non ti hanno sospesa solo per il tempo di curarti... lo hanno fatto per cento anni!» esclamò Deva, travolta dal senso di ingiustizia che provava al posto della donna.

«Secondo il piano iniziale doveva essere qualcosa di breve, ma io non mi ripresi per molto tempo. La sospensione ritardava l'aggravarsi delle ferite ma anche l'effetto delle cure, e nel frattempo la Federazione sterminava i miei fedeli e imponeva a Morhva un governo federato: erano sotto controllo. Chi mi era vicino e in grado risvegliarmi, morì. Chi rimase mi portò in un luogo sicuro, vicino al nutrimento della Vena Primaria, ma per decenni dovette attendere il ripristino del culto e l'arrivo di AltoMaghi Aens più potenti, in grado di restituirmi alla vita. Dovevano anche aspettare di riuscire a influenzare il Governo reggente o, così indebolita, qualora mi avessero localizzato avrebbero potuto uccidermi facilmente, e tutto sarebbe stato vano.»

Mentre parlava dei decenni di sospensione i suoi occhi si riempirono di angoscia. A nessuno importava, pensò Deva con dolore, che anche Sarshan fosse stata traumatizzata dal passato. La donna aprì le labbra per proseguire, ma fu come se le fosse arrivato un silenzioso richiamo e si ricompose serrandole di nuovo.

«Continua, ti prego» sussurrò la ragazza, guardandola negli occhi per costringerla a restare, e al tempo stesso abbracciando con lo sguardo tutta la sua bellezza dura, affilata.

Le loro mani erano ancora intrecciate. Portò quella di Sarshan lentamente verso il suo viso, premette le labbra contro la sua pelle fredda.

«C'è un'unica cosa che ho sentito, in quel lungo tempo» mormorò lei, infine. «Quando la Federazione ha iniziato a intaccare la Vena Primaria, il mio corpo e la mia mente l'hanno saputo.»

Deva indovinò il senso di quelle parole: dolore. Nel buio della sospensione solo una cosa era arrivata all'Imperatrice, e aveva avuto le fattezze della tortura.

Mille domande affiorarono alla mente di Deva. La prima era quanto l'Imperatrice avesse interesse a difendere Lumina per sé stessa, oltre che per Radian. Dove finiva un interesse e dove iniziava l'altro? La sensazione era che ogni cosa fosse collegata: lei, gli Aens, la Dea, Lumina, Radian... Deva si chiese cosa, di quella donna, fosse autentico e umano e cosa invece sarebbe rimasto chiuso per sempre, sigillato sotto un'armatura.

Di nuovo si trovarono in silenzio, occhi negli occhi. Deva non aveva più alcun timore a mostrarsi per come era davvero, con la cicatrice rossastra che le tirava la pelle del viso, perché quando Sarshan la guardava era come se lei riuscisse a vedersi attraverso il suo sguardo, e ciò che vedeva aveva forza, e dignità, e bellezza.

«Hai avuto paura?» le domandò. Ed era una domanda che sembrò sciocca ora che la sentiva risuonare in quella stanza, rivolta alla donna più temuta di Radian. Ma lo sguardo di Sarshan era pieno di parole non dette e Deva voleva disperatamente farle uscire, condividere quel peso, per aiutarla a portarlo ma anche per sentirsi più vicina a lei. Più vicina di chiunque altro. Era un modo egoista di esserle d'aiuto, ma le pareva l'unica breccia possibile.

«Ho sempre paura. Sento il destino di un intero mondo sulle mie spalle, un mondo che mi vorrebbe morta. Ma mi ripeto che non ho mai paura, perché quello per cui combatto è immensamente più importante. Ed è esattamente quello per cui vale la pena morire.»

Il verde del suo sguardo sembrava aver abbandonato il buio della notte, era limpido e chiaro contro la luce sul comodino. O forse, semplicemente, i suoi occhi erano tanto vicini che Deva avrebbe potuto descriverne ogni singola sfumatura, le piccole nebulose che conteneva e anche come il color salvia diventasse più scuro lungo il contorno dell'iride, di un verde denso come una foresta alpina. Scese con lo sguardo lungo il naso dritto e sottile, infine sulle labbra disegnate.

«Come posso aiutarti?» chiese Deva.

La donna sorrise, piccole rughe le si formarono attorno agli occhi. Deva si chiese che età potesse avere, e se gli anni di sospensione contassero in qualche modo. Il suo aspetto era quello di una donna forse a metà dei suoi trent'anni, forse oltre, certamente al culmine della sua bellezza.

«Mi stai già aiutando. La tua scelta di restare è stata...» sembrò cercare le parole, poi si risolse a dire solo: «Sono felice che tu sia rimasta. Ti avrei guardato andar via con dolore.»

"Ti avrei guardato andar via con dolore." Di tutte le cose che le avevano detto in tutta la sua vita, a Deva quella parve la più bella. Forse per questo trovò il coraggio di mormorare: «Per favore, dimmi se quello che provo è opera tua, o di questo luogo. Dimmi se è indotto, se non è reale. Resterò ugualmente, ma devo saperlo» dichiarò, e parte di sé stava pregando che fosse tutto un inganno, perché si sentiva travolta dai sentimenti in modo ineluttabile e violento, e sapeva che questo avrebbe inquinato qualsiasi suo giudizio e qualsiasi sua scelta, perché tutto ciò che voleva era restarle accanto.

Gli occhi verde bosco, verde salvia, verde impuro e limpido al tempo stesso si socchiusero appena, poi la donna rispose: «Non posso farlo. Sono in grado di neutralizzare chi rappresenta un rischio per Aeral Dome, ma incantare qualcuno per ottenere dei sentimenti in cambio contaminerebbe il mio legame con l'energia di questa terra. È qualcosa che mi è precluso».

Le sue labbra erano ancora screpolate dal vento degli altipiani. Mentre finiva di parlare le inumidì con un movimento morbido della bocca.

«Allora non so davvero spiegare... questo» sussurrò Deva, avvicinando le labbra alle sue e posandole lievemente sulle screpolature, come per guarirle, seguendo le loro tracce.

«Non devi» soffiò la donna contro la sua bocca, aprendole le labbra e scivolando con la lingua nella sua, e poi con il suo corpo su quello di lei in un movimento rapido che tradì il suo perfetto allenamento. Deva sentì il suo peso e le sue forme addosso, ed era diverso da qualsiasi altra vicinanza avesse mai provato prima, intima in modo estremo, come se con un singolo movimento potessero legarsi indissolubilmente o, indistintamente, uccidersi a vicenda. Infilò le dita tra i capelli sciolti della donna, seguì il percorso del suo collo, lo circondò con le mani per vedere se lei l'avrebbe lasciata fare, se si fidava a tal punto da permettere che la vita pulsante nelle sue vene giacesse fra le sue mani, per un singolo istante. Fu silenzio, per un attimo. Sarshan la osservò con gli occhi e le labbra socchiuse. Con un movimento, trascinò Deva di nuovo verso le sue labbra.

La ragazza allora la guardò, e disse: «Non ho mai voluto niente come voglio te».

Tutto nella donna reagì con morbidezza. Aprì le labbra per parlare, poi invece le tese in un sorriso. Deva sapeva che continuava ad annidarsi qualcosa, nel suo cuore, che non voleva o non poteva condividere, e allora si fidò del resto: della mano che la donna intrecciò nuovamente alla sua, stringendola in un'affermazione senza parole. Delle labbra, che la baciarono senza sosta, morbidamente ma con lo stesso desiderio e la stessa fame che avvertiva anche lei. Della seconda mano che le scese lungo i fianchi e la attirò a sé ancora di più, muovendosi contro di lei e poi con lei, in una danza di corpi che bramavano per unirsi.

Sarshan sollevò il busto, tirò indietro i capelli che ora le circondavano il viso spettinati e selvaggi, e con un gesto fluido delle mani si sfilò la veste bianca lasciandola cadere a terra, scoprendo il suo corpo del colore della luna. Deva sollevò il busto a sua volta, circondandole la schiena con le mani, facendo scorrere le dita sui suoi muscoli sottili e definiti. Con le labbra trovò l'incavo dei suoi seni e poi la loro curva morbida, che circumnavigò lentamente con la lingua. La sentì emettere un piccolo gemito e proseguì fino a incontrare la loro vetta ruvida restando lì, ferma immobile, mentre la donna reprimeva un lamento e il movimento del suo corpo faceva il resto, inarcandosi sul suo grembo. La avvertì tendersi su di lei chiedendo di più, in un linguaggio che comprese senza bisogno di parole. Allora lasciò scivolare la mano più in basso. Sapeva che la stava aspettando e non la lasciò attendere un attimo in più. Il lieve grido di Sarshan mentre si contraeva, liquida, attorno alle sue dita, fu qualcosa che avvertì tutto intorno echeggiato da un repentino cambio della vibrazione dell'aria, come se quell'estasi si espandesse dal corpo della donna alle mura della stanza, e poi tornasse indietro, riverberando anche in lei.

Deva la guardò: era come ipnotizzata, ebbra di piacere, con gli occhi socchiusi e un mezzo sorriso che le si allargava sul viso disteso. Con la stessa espressione la donna la fissò inclinando lievemente la testa, come valutando da dove cominciare e, quando fece la sua scelta, a Deva sembrò di sentire il suo corpo squagliarsi intero, per ricomporsi attorno ai gesti di lei. Mentre l'estasi faceva ancora pulsare il suo corpo, Deva pensò: *Non posso chiedermi se la amo, e dare un nome a tutto questo. Non posso, perché nel momento in cui lo chiamerò per nome, questo sentimento mi possiederà intera, e io so cosa significa essere interamente legati a qualcosa e poi vederlo bruciare.* Ma mentiva a sé stessa, perché in quel momento la amava così tanto che aveva il cuore già spezzato per tutto quello che, inevitabilmente, sarebbe accaduto fra di loro. Perché se Lei fosse stata sconfitta, l'avrebbe persa. E se avesse vinto, l'avrebbe persa ancora di più.

49
MARCIA

L'esercito si muoveva compatto e ordinato, in una lunga linea di plotoni che in circostanze diverse avrebbe sventolato le bandiere delle singole rive. Ma gli Ardimenti non erano ufficialmente in marcia, viaggiavano sottotraccia attenti a evitare crocevia e snodi commerciali.

«Questa non è una conquista,» avevano detto i rispettivi Generali «ma una battaglia per la libertà. E la libertà non può esistere con un tiranno al potere.»

Le storie degli Anni delle Nebbie si erano risvegliate con orrore nei loro sogni, ripescando dai ricordi le parole dei nonni e i racconti nei libri, e i soldati avevano salutato i loro figli con il cuore pesante.

Avevano tutti, in testa, le immagini di *Lei* nei dipinti della Guerra delle Rive. La Strega con l'armatura dalle spalle appuntite e una lancia tra le mani che li aspettava sventolando il vessillo con i serpenti e la lancia di Morhva. Cadaveri ai suoi piedi, vecchi e bambini nelle Fosse, eserciti sterminati con il solo gesto di una mano.

Alcuni erano più spaventati di altri. Chi era armato con argento di Moltess stringeva il suo fucile con una rabbia spavalda, la voglia di metterlo alla prova e vederne gli effetti. Gli AltoMaghi non erano organizzati in un esercito ma avevano eletto un leader, Sebium, che d'accordo con gli strateghi dell'esercito di Alta li aveva divisi in gruppi a seconda delle loro capacità, a sostegno dell'esercito regolare.

Gli Armon viaggiavano al centro del gruppo, condotti da Padre Herr e Bram Cadaval. Poiché non era ancora consacrato, i confratelli non potevano chiamare il ragazzo "Armon", ma lo avevano soprannominato *Hekne,* il Potente. Avevano fatto fare per lui uno speciale kolet dai ricami azzurro ceruleo, lo stesso colore della bandiera di Vidrian e delle casacche degli Ardimenti della riva.

I suoi passi erano svelti e il suo pensiero non era quello di arrivare da Sarshan Kean, ma da Deva Loissen. Nella sua testa non sarebbero stati solo gli Ardimenti e gli Armon a sostenerlo: lui e Deva avrebbero marciato insieme, e sferrato un attacco all'unisono. Lei avrebbe generato la sua luce oscura, lui l'avrebbe amplificata in potenza e l'avrebbe condotta lontano.

I responsabili degli Ardimenti della Federazione erano tre Generali: Roser per Vidrian, Zarnett per Terrena e Cromer per Alta. C'era anche il Generale Shan, di Sama, ma la strategia concordata prevedeva che i suoi Ardimenti restassero un esercito silente a supporto strategico e nelle retrovie. I delegati della Federazione invece erano soltanto due, viaggiavano non visti su una piccola, veloce carrozza.

Prima di radunare l'esercito, per giorni, i Generali e gli Strateghi si erano chiusi dentro la Rocca, lì dove tutti erano confluiti. Per tutta la vita erano stati preparati a quel momento: le cicatrici della Guerra delle Rive avevano lasciato in eredità un'allerta costante. Nessuno lo aveva mai detto loro esplicitamente, ma era chiaro che secondo le divinazioni consultate dai Governi *qualcosa* si sarebbe risvegliato, e sarebbe tornato a minacciarli. Non era difficile capire cosa, o chi.

Gli Ardimenti della Federazione non erano mai stati fuori allenamento, ed erano motivati dalle ricompense e dalle ricchezze che si sarebbero divisi dal bottino di guerra. Ogni Governatore aveva stabilito un premio in denaro per chi tornava vittorioso e un terreno, insieme a una medaglia, per chi si sarebbe distinto per coraggio e capacità.

Ai soldati era stata venduta come una guerra risolutiva e potenzialmente rapida. «Se possibile,» avevano dichiarato i Generali «non combatteremo l'Imperatrice Maledetta, ma un esercito allo sbando.» La sua caduta avrebbe gettato i suoi seguaci nel panico, l'Artake si sarebbe sgretolato con facilità.

Ma non avevano rivelato ogni cosa, come ad esempio che, caduta l'Imperatrice, ci sarebbe stata una persona a prendere il suo posto, e loro conoscevano quella persona così come sospettavano, mesi prima della sparizione del bambino di Vidrian, che Sarshan Kean si stesse risvegliando.

Avevano pianificato tutto con attenzione e calcolo. Non volevano danneggiare Morhva, anzi, desideravano prenderla il più intatta possibile, con le sue cave di Lumina e le sue fortezze, con le risorse da sfruttare, i suoi animali magici da commerciare e la sua gente da convertire e rendere produttiva per la Federazione. Morhva, avamposto verso l'ovest, con un terreno tanto ricco e unico al mondo, che finalmente avrebbe riunito le terre di Radian sotto un'unica egemonia. Le rive avrebbero finalmente prosperato come nei tempi passati, quelli degli Anni del Sole celebrati nei poemi e nelle canzoni antiche.

Così dicevano i Generali. E lo credevano fermamente. La strategia consisteva nel partire dai pressi della stessa Wittren, e da lì oltrepassare il confine. La presenza dell'esercito sarebbe stata rilevata, ma la sua reale estensione sarebbe stata inizialmente celata grazie a un sistema di soste e nascondigli nelle rocciose valli fra Alta e Morhva, e alle illusioni di AltoMaghi scelti.

Da lì, un gruppo di ambasciatori avrebbe marciato verso Aeral confermando la richiesta di colloquio già fatta pervenire all'Imperatrice. Come da strategia, era stata presentata come un'occasione di dialogo alla luce del suo inatteso ritorno, per risolvere eventuali conflitti prima di passare alle armi. Non tutti erano a conoscenza del fatto che, nel messaggio inviato a Sarshan Kean, la Federazione aveva incluso la parola "Lumina".

Il loro contatto a Morhva l'aveva ritenuta un'ulteriore leva necessaria, e i Divinatori di Eron Baladem avevano confermato questa ipotesi prima della partenza. Era stato letto due volte: nelle carte e nelle stelle.

L'attentato era stato studiato e calcolato dozzine di volte, ripetendo da capo ogni possibile movimento dell'Imperatrice e delle sue guardie, rivedendo la posizione dei tiratori scelti e quelle degli AltoMaghi che sarebbero rimasti nascosti grazie alle caratteristiche irregolari del terreno, con brevi rialzi di roccia che avrebbero permesso a un uomo di rannicchiarsi e scomparire del tutto. Anche la luce del giorno era stata accuratamente considerata, permettendo alcuni momenti di opportuna controluce e controllando l'influenza della fluorescenza degli arbusti attorno al palazzo.

Solo nel malaugurato caso di fallimento l'esercito, radunato a poca distanza, sarebbe entrato subito in azione, ma non doveva essere una guerra di resistenza, di questo ogni Stratega della Federazione era assolutamente convinto. Non solo il terreno di Morhva prima o poi avrebbe giocato a favore dei suoi abitanti, ma la notizia dell'attacco si sarebbe sparsa velocemente, richiamando all'Imperatrice non solo più soldati ma anche più preghiere, devozione e compassione. Questo non avrebbe fatto che aumentare la sua forza.

✶

Quando, dopo il lungo viaggio, gli Ardimenti della Federazione si trovarono davanti agli altipiani di Morhva al tramonto, lo spettacolo tolse loro il fiato. Il sole scendeva tingendo di luce calda la terra rossa dei minerali ferrosi, e i raggi che trapassavano le nuvole si riflettevano sulle scyntilia che iniziavano la loro fluorescenza notturna. Il paesaggio pareva una fiaba luminosa con tutte le tonalità dal violetto all'arancio. I locali chiamavano quell'ora *roaesven*, "occhi rosati", perché le pupille di chi guardava non potevano evitare di rifletterne i bagliori onirici.

Proseguirono la marcia a occhi sgranati, guardandosi attorno come se tutta quella bellezza non potesse essere che una trappola. A nessuno venne in mente che potesse trattarsi solo dell'abituale fascino di Morhva, perché la riva, nei racconti a loro tramandati, aveva l'aura scura di un incubo, gli artigli aguzzi di una strega.

Allo stesso modo, non pensavano a come la guerra avrebbe finito per deturpare ciò che ammiravano, ma solo: *Quando la Strega sarà morta, questa terra sarà nostra.*

Lo spirito dei soldati era alto: nel loro cuore non avevano dubbi di fare la cosa giusta, liberando per sempre Radian da una minaccia mortale. Solo per il fatto di partire a combattere contro quello che nei loro racconti era "il mostro", si sentivano eroi. Molti di loro portavano con sé un cimelio dei cari uccisi in passato, lo stesso Generale Roser aveva, appuntata al petto, la spilla del nonno, caduto esattamente nello stesso luogo, nella prima battaglia della guerra. La sfiorò con la mano, lì dove si trovava il cuore, per ricordare a sé stesso di essere nel giusto.

All'ora di cena venne servito un pasto caldo di cereali e carne salata. Una cucina essenziale, che non rappresentava nessuna riva ma al tempo stesso era familiare a tutti. Bram sedette con la ciotola di metallo tra le ginocchia, fuori dalla tenda degli Armon. Avvolgeva le mani attorno a quel pasto come in preghiera, contro il vento che si alzava in folate lungo l'altopiano, sibilando tra le creste e i canali di roccia. Imbizzarriva i fuochi, le loro fiamme si agitavano scomposte. Quando sentì i passi avvicinarsi seppe già di chi si trattava. Ritrovare gli occhi del Capitano Lyran fu un momento di breve conforto; gli fece un cenno con la testa, per invitarlo a sedersi accanto a lui.

«Ho dovuto cavalcare un po' per trovarti. Come ti senti?» gli chiese l'uomo. La sua voce era vuota di ogni emozione, come se stesse leggendo le parole da un libro di testo, ma il ragazzo non aveva abbastanza lucidità per accorgersene. Fu scosso da un brivido, e sospirò lungamente prima di rispondere: «Forte. Devo sentirmi forte, no?».

I suoi, di occhi, sembravano velati da un terrore inestinguibile. «So che lo sei. Sei stato saggio a cercare il supporto dei tuoi confratelli e degli Ardimenti: nessuno vince da solo. È la prima regola che ti insegnano, da noi» commentò Lyran.

«Anche al Convicto» replicò Bram. «Quindi possiamo dire che sono tornato alle vecchie buone abitudini.»

Lyran colse la pena negli occhi del ragazzo, e volle aggiungere: «Non devi pensare a lei, Bram. Lo sai, vero? È possibile che la usino come scudo, che la mandino avanti per impedire un attacco. Magari la sfrutteranno come esca, e ti sentirai costretto ad avvicinarti. In nessun modo devi permettere che Deva diventi la nostra debolezza».

Bram lo guardò con stupore. «Tu l'hai conosciuta. Abbiamo viaggiato insieme. Come puoi immaginare di sacrificarla?»

«La guerra *è fatta* di sacrifici, fallire una strategia può mettere a rischio molte più vite. Vi ho visti, Bram, so che provi qualcosa per lei, per questo devo ribadirtelo: non lasciare che i sentimenti entrino in gioco.»

Lyran fu attraversato da una fitta di dolore, ripensando a Évanette e al suo Desiderio a una Stella, ma il ragazzo non aveva bisogno di saperlo. Era già abbastanza sconvolto così com'era, e la sua voce tremò quando disse: «Lei è importante, e non solo per me: lo è per tutti noi. È un'arma, come lo sono io. Dobbiamo salvarla, riportarla indietro». Bram si sentiva in preda alle vertigini. Aveva voglia di vomitare.

Il Capitano gli passò una mano intorno alle spalle e le cinse per confortarlo. «Adesso non pensarci. Rilassati, concentrati. Ce la farai, ragazzo» mormorò.

«Entrambi.»

Il Capitano non annuì. Disse, invece: «Stai cambiando il mondo, lo sai? Il Cerchio sta facendo cose che non avevo mai visto prima, ed è tutto grazie a te. È accaduto nonostante tu sia la Gemma, o forse proprio per questo».

«Ho preso le mie decisioni, Lyran. È vero, porto in me la Gemma, ma non permetterò a questo di definirmi. Non sarà un'Imperatrice nemica a cambiare ciò che sono, anche se custodisco l'essenza del suo Generale. Scelgo io chi essere.»

«Lo so, ragazzo» disse Lyran, questa volta con gli occhi lucidi. «E farai grandi cose.»

Lyran si congedò con un ultimo abbraccio più forte del precedente, come fosse un addio. Era, in fondo, la ragione per cui l'aveva cercato. Mentre si allontanava la stoffa ruvida del mantello si alzò nel vento sfregandogli il viso, come l'inutile parodia di una carezza.

50

ROTSAR

Qualcuno aveva provato a dire che il suo corpo non era forte, che le sue erano forme e dimensioni da donnetta e che il suo dono era quello giusto per lei: non richiedeva che una passività languida e notturna, nessuna particolare abilità fisica o sfoggio di resistenza. Avrebbero dovuto vederlo ora, come reggeva tre dosi di chotud ingoiate in sequenza ravvicinata, e senza neppure vomitare. Aveva avuto paura che due non fossero abbastanza, quindi dopo la seconda aveva buttato giù subito la terza, decidendo che lasciare alla sorte la sua sopravvivenza era il minimo che potesse fare, ormai. L'autodistruzione era una musica che aveva sempre canticchiato e ora era pronta a dirigere l'intera orchestra.

Seduta a terra con la schiena contro il muro, mentre dalle finestre arrivavano i rumori degli ultimi plotoni dell'esercito in movimento e le grida degli allenamenti finali, attendeva solo che la sostanza facesse effetto. Strinse le guance in una smorfia disgustata: dopo lo sciogliersi della patina esterna il sapore delle caramelle era amaro e acido, rivoltava i succhi gastrici come liquirizia andata a male, ma fu un disgusto che si sforzò di trattenere dentro contro ogni tentativo di salvezza del suo stesso corpo. Dopo alcuni minuti, l'onda di calore che iniziò a scorrerle sottopelle assomigliava a una coperta tirata fin sopra la testa. Il battito rallentò, i muscoli smisero di contrarsi e diventarono docili, adagiandosi addosso a quello che trovarono: la curva del muro, il pavimento, una pila di cuscini sparpagliati a terra. Aveva sistemato bene il posto dove probabilmente sarebbe rimasta per ore, in un altrove dove avrebbe voluto restare per sempre. Tre palline nere, scoprì, non era la dose della morte istantanea ma delle allucinazioni, del corpo che sembrava giacere molle a terra e invece fluttuava nel mondo di una realtà distorta e bellissima. Tutto era fatto di lampi di luce e gelatina. Évanette attraversava mobili e pareti, cambiava loro forma con le mani, costruiva nuovi luoghi dove entrare, mentre il cielo e la terra mutavano colore e consistenza davanti ai suoi occhi. Un minuto era nella stanza-gabbia e quello dopo nel bosco, a farsi largo fra rami viscidi ed elastici seguendo Lyran. Poi alla Corte dei Maghi, dove sentiva la corona di stelle sciogliersi come burro sulla sua testa, imbrattarle i capelli e la fronte, finirle negli occhi appiccicosa e unta, e subito dopo precipitava nella casa col giardino di Lyran, coglieva fiori strappandoli e mettendoli in bocca, succhiandoli avevano un sapore asciutto di stoffa e sale. Era tutto inquietante ma leggero, almeno finché non si recava ai bordi neri ai margini del suo sguardo: quelli andavano lasciati stare, erano pericolosi. C'erano draghi che alitavano tutto intorno, il fremere delle loro narici era un rumore costante di sottofondo. Lei lo sapeva e restò al centro della scena, inebetita dal potere del suo stesso pensiero: le bastava immaginare qualcosa per creare la sua realtà tremolante e fasulla, ma così comoda, senza alcun dolore apparente, solo con quelle ombre incombenti da ignorare a qualsiasi costo.

Quando si svegliò, metà della sua guancia era su uno dei cuscini, l'altra metà sul pavimento. Tentò di muoversi, scoprendo con disappunto di doversi contraddire sulla sua resistenza: aveva vomitato, questa volta. Il pensiero corse a chi avrebbe potuto vederla, e si rese conto che non le importava davvero di nessuno. Se fossero entrati Baladem, o Thierrel, cosa avrebbero fatto? Avrebbero riso. Ma la loro ilarità non aveva alcuna rilevanza. Il momento di morire stava arrivando e l'Astromante si preparava senza dignità, come se fosse l'ultimo fardello da abbandonare.

Si alzò a sedere, si pulì alla buona i capelli e la guancia con il lembo di una coperta e gli occhi catturarono il cielo: era già notte. Fu la forza dell'abitudine a farle fissare la volta celeste per un attimo in più, e fu un errore.

«No, no, no!» esclamò, trascinandosi a fatica sul letto e affondando la faccia sotto il lenzuolo.

Basta stelle, basta ogni cosa, pensò. Voleva solo morire in pace, ma non poteva funzionare, perché sentiva l'occhio degli astri pizzicarle dietro la nuca, chiamarla senza voce, con le luci brillanti che parevano rischiarare le mura della stanza solo per lei. Si voltò di malavoglia.

«Qualsiasi cosa sia, io non farò nulla» dichiarò, con la voce stanca e biascicante. «Vi odio, mi sentite? Vi detesto! Per tutta la vita non mi avete detto altro che cosa fare, cosa dire, dove andare. E poi mi avete tolto tutto.» Si rese conto che i suoi occhi avrebbero voluto piangere ma forse, tra vomito, bile e muco, il suo corpo aveva terminato i liquidi. Era una strana sensazione di spossatezza sorda e definitiva, che andava oltre qualsiasi vuoto avesse mai conosciuto. Odiò l'istinto di portare gli occhi di nuovo al cielo, come in cerca di salvezza.

Fu allora che apparvero in sequenza ordinata e chiarissima: Ridja, la stella legata al ciclo naturale, che poteva significare natura, o foresta. Loia, che simboleggiava i legami di amicizia disinteressata. E infine Rotsar, le due facce di una stessa medaglia, che spesso venivano spiegate con la stesso, facile binomio: «Vita e morte» mormorò Évanette, rispondendo al richiamo del cielo con un soffio di voce tra le labbra, elaborando l'intero messaggio in un battito di ciglia. «Stai cercando di dirmi che sono ancora in grado di salvarlo?»

Si sollevò con grande fatica dal letto. La testa le girava vorticosamente e lo stomaco era un nodo unico che tentava di svuotarsi di nuovo, contraendosi in violenti spasmi e lasciando uscire solo schizzi di fluorescente bile. A ogni conato le pareva che il suo stomaco volesse inghiottirsi da solo, tanto lo sentiva serrarsi con violenza, tentando di espellere la droga. In piedi, con la schiena piegata a novanta gradi e la mano che si arpionò la pancia chiudendo il dolore tra le unghie, raggiunse stancamente la finestra. C'era ancora movimento, sentiva passi affrettati e voci nervose risuonare lungo i corridoi. Sotto le finestre il passaggio era costante ed erano soldati, sentiva il clangore delle armature e delle armi, l'andatura ritmata di chi era stato lungamente addestrato.

Il pensiero le arrivò dapprima strisciando, minuto e silenzioso, fingendosi irrilevante. Poi fu come se si svelasse all'improvviso e le esplose, chiarissimo, in testa: stanno usando l'armeria. Spalancò gli occhi, sbigottita. Ecco perché Ridja, la foresta: legno, quello usato per le impugnature delle lance e per le catapulte. Le stelle le stavano ricordando del commerciante di legname, il fornitore ufficiale della Rocca durante gli anni in cui lei era l'Astromante di Alta. Il suo contatto con Lyran. Lowrran, si chiamava. Solo il pensiero le fece tornare in mente fogli accuratamente piegati e passati all'uomo con una fugace stretta di mano nei giardini del palazzo, la sua espressione tranquilla, come se ciò che stavano facendo fosse del tutto lecito. Commerciante e abile artigiano, era stato nei dintorni a lungo, supervisionando la ristrutturazione della grande porta lignea della Rocca. Li aveva visti insieme e, per qualche strana ragione, aveva tifato fin dall'inizio per quella coppia tanto sbagliata.

«Devo trovarlo» sussurrò con la poca voce che le restava, un rantolo reso più roco dagli acidi dello stomaco e dalla sete.

Ci mise una sequela interminabile di passi ad arrivare alla vasca e, dopo essersi spogliata, ci si buttò dentro a peso morto, trovando uno strano conforto nell'essere contenuta dai suoi bordi lisci. Solo per un attimo il corpo si contrasse di dolore alla nostalgia di un abbraccio caldo, uno di quelli che l'avrebbero fatta sentire meno sola, ma non aveva tempo per l'autocommiserazione. Forse non aveva tempo e basta, eppure doveva provarci: le stelle l'avevano accarezzata con una promessa e lei non l'avrebbe lasciata andare.

Aprì i rubinetti, l'acqua che uscì era tiepida e non calda, ma la ringraziò, e la baciò, e la bevve, mentre le saliva attorno al corpo. Riuscì a muoversi piano, con lentezza fece scorrere le dita fra i capelli liberandoli dello sporco, poi su ogni parte del corpo, tenendolo fra le mani come per ricordarsi di cosa fosse fatta, e che era intera, nonostante tutto.

Uscì dall'acqua tremando come una foglia, si avvolse in un telo pulito e si buttò di nuovo a letto misurando gesti e pensieri. Quando allungò una mano verso il cassetto del comodino fu perché si era ricordata di qualcosa che, da sotto il suo bozzolo di coperte, le fece illuminare gli occhi. Frugò alla cieca finché non tastò qualcosa di sottile e croccante, legato alla buona: erano le foglie che Lyran le aveva dato a Morhva quando era in astinenza. Ne prese due, le infilò in bocca e iniziò a masticare sminuzzandole bene, sperando che il loro effetto stimolante entrasse in azione al più presto.

Molto più tardi, quando si svegliò, si ritrovò una poltiglia fibrosa nella bocca.

«Merda» sputò fuori, maledicendo di essersi addormentata e osservando fuori dalla finestra la luce del giorno. Però si sentiva un po' meglio. Aveva ancora qualche tremore, ma provò ad alzarsi in piedi e le gambe ressero. Continuò a parlare a sé stessa a voce appena udibile, per darsi una tabella da rispettare.

«Adesso ti vesti...» mormorò, aprendo l'armadio e prendendo l'unica cosa pulita che le rimaneva: un cerimonioso abito di velluto indaco con la cintura ricamata di stelle argentee. «Andrà bene, ora devi uscire senza farti vedere e trovare Lowrran in armeria, perché è lì che sarà. Sì, è proprio lì che sarà, le stelle lo hanno...»

Si bloccò un attimo, col vestito ancora da tirare su: decine di passi risuonavano fuori dalla porta. La pelle si arricciò di brividi, le labbra tacquero, ma la corsa superò la sua stanza ed echeggiò verso l'altra ala della Rocca. Con sollievo, Évanette riprese a vestirsi rapidamente, pensando che quel caos di ultimi preparativi avrebbe finito per tornarle utile: c'erano più rumori, più movimento, sarebbe stato più facile confondersi. Per darsi un'ulteriore speranza si sarebbe gettata sulle spalle un mantello scuro, simile a quello di alcune guardie.

Guardò la serratura della porta con aria di sfida. Ora che i rumori avrebbero potuto non allertare come prima, si permise di pensare a come spaccarla.

Tentò di manometterla, quindi di scassinarla. Tutto senza successo: anche se la serratura sembrava scattare, la porta non si mosse di un millimetro.

Fuori potrebbe esserci un lucchetto disse tra sé, fermandosi a riflettere, adesso che le possibilità le si aprivano davanti come un ventaglio. Socchiuse gli occhi, e sussurrò: «I cardini».

Frugò nella stanza alla ricerca di un utensile adatto, poi lo sguardo le cadde sul soprammobile decorato con una scena di caccia: la figura femminile ritratta aveva una sottile lancia appuntita fra le mani, che sporgeva dal corpo centrale di ferro battuto di sette o otto centimetri. Si ficcò in bocca altre due foglie e iniziò a masticare con foga per non perdere le energie, poi, con attenzione, posò la statuina a terra. Dopo innumerevoli tentativi riuscì, con la fronte imperlata di sudore, a sollevare il pesante letto quel tanto che bastava per infilarci sotto il bordo della scultura, e tenerla ferma. Quindi, aggrappandosi alla sbarra superiore del baldacchino, salì con entrambi i piedi sulla piccola lancia cercando di caricarvi tutto il peso del corpo. All'inizio non successe nulla, poi sentì i piedi scendere lentamente e infine, di botto, piombare a terra. Il risultato fu un lungo graffio sulla gamba lì dove la lancia aveva ceduto, e una piccola punta di ferro di sette centimetri da usare per svitare i cardini della porta.

Il suo sorriso fece una curva fiera e maligna mentre, stringendo il minuscolo arnese, iniziò ad armeggiare con il primo cardine, quello in alto a sinistra, constatando con feroce piacere di essersi fatta bene i suoi conti quando aveva individuato nell'ornamento un oggetto adatto a svitare bulloni.

«Siete voi, stelle? È opera vostra o io sono semplicemente un genio?» esclamò sottovoce con l'enfasi di quando voleva farsi coraggio sentendosi molto forte, o molto furba. In quel momento si percepiva entrambe le cose, con in più una strana euforia che le si era accesa nelle vene e che aveva il pericoloso retrogusto di foglie fibrose e di speranza. Si chiese se avrebbe mai pensato a quel piano, se le stelle non le avessero mandato un messaggio.

Finì prima del previsto e, quando ebbe sganciato entrambi gli stipiti, riuscì a far basculare la porta abbastanza da sgusciare fuori dalla stanza. Come aveva immaginato dall'assenza di rumori, il corridoio era vuoto. Pensò che avrebbe dovuto fare in fretta, non solo perché rischiava in ogni istante di essere notata ma anche perché il sole era già alto e presto qualcuno sarebbe andato a controllarla. Doveva trovare Lowrran in fretta.

Passò davanti a un magazzino aperto e afferrò una pila di pesanti coperte per fingere di essere uno dei tanti che in quel momento erano indaffarati in qualche tipo di preparativo. La pila le copriva quasi interamente il volto e il cappuccio faceva il resto, cosa che le consentì di arrivare in armeria senza intoppi nonostante dovesse attraversare un'intera spianata piena di servitori, guardie e soldati. Ognuno sembrava abbastanza impegnato da non avere tempo per altro... questa guerra imminente le parve per la prima volta un maledetto sollievo.

Svicolò tra le porte dell'armeria fino alla parte finale del lungo cunicolo di pietra, lì dove fondevano il ferro e riparavano le impugnature, e le parve di sentire il cuore scoppiare di una gioia eccessiva quando riconobbe il profilo dell'uomo. Il tempo era passato anche per lui, ma avendo sempre avuto un aspetto ingrigito le sembrò identico a una decina di anni prima. Gli si avventò sul braccio e, stringendolo, sussurrò: «Lowrran, ti ricordi di me?».

L'uomo sollevò lo sguardo e incontrò gli occhi grigi dell'Astromante con una sorpresa che sconfinò brevemente nella commozione, prima di domandare: «Cosa ci fai qui? Ho sentito dire che eri tornata alla Rocca, ma conosco anche la versione non ufficiale: confinata per... insubordinazione? Cosa è successo?».

La donna scosse la testa con veemenza prima di afferrare di nuovo il braccio dell'uomo per trasmettere la sua premura. «Non c'è tempo, Lowrran. Ti prego, fidati di me e aiutami come facevi una volta: devi portarmi fuori di qui.»

L'uomo la guardò con più attenzione, ora, e gli venne voglia di abbracciarla e sospirare per lei. Al posto dell'Astromante che conosceva un tempo adesso aveva davanti uno scricciolo di donna dai gesti tremanti e lo sguardo sgranato, cerchiato da profonde occhiaie scure. La sua pelle era fredda contro la sua. Lui era rimasto un uomo gentile, un padre. Di figli ne aveva visti tanti e anche seppelliti alcuni, e colmava i suoi rimpianti con il bene che poteva fare agli altri. Quindi, rispose: «Porta queste coperte sul carro che ho lasciato qui fuori. Quando nessuno ti vede, usane una per coprirti e lascia le altre attorno».

Évanette annuì con gli occhi lucidi di gratitudine, e fece quello che le venne detto. Pochi minuti dopo, sobbalzando sotto una spessa coperta di lana, oltrepassò le guardie delle porte della Rocca e fu fuori.

Quando Lowrran raggiunse la sua casa, non lontano da Kerberch, lei scese dal carro e lo abbracciò senza dire altro, poi crollò a dormire nella cucina dell'uomo mentre lui copriva con un piatto la ciotola di minestra che aveva preparato per lei.

All'alba le offrì in prestito uno dei suoi cavalli. «So dove si trova il luogo che dici. È difficile da raggiungere, ma non lontano. Cavalcando risparmierai una giornata o due di cammino. Forse arriverai già entro sera, ma fai attenzione a ciò che troverai.»

Sapeva di cosa parlava: la strada per l'abitazione di Kannar non era solo impervia, ma si diceva contenesse una prova da superare.

Évanette, commossa, abbracciò l'uomo e promise di tornare a ripagarlo di tutto ciò che aveva fatto per lei.

«Ma, ragazza, io non ho fatto nulla. Forse solo metterti nei guai, un tempo. Se non avessi consegnato quelle lettere, tu saresti rimasta l'Astromante» mormorò l'uomo, dando voce a un rimorso che si portava dietro da molto tempo.

«Sono ancora l'Astromante» rispose lei, con il mento alto e lo sguardo sicuro, prima di salire in groppa al cavallo e partire alla volta dell'eremo dell'AltoMago Kannar.

✶

Per il suo preciso scopo, l'eremo non era solo collocato all'interno di una piccola ma intricata foresta chiamata Renan ma anche in una zona particolarmente impervia, dove la roccia friabile rendeva difficoltoso il passaggio, e impenetrabili arbusti spinosi facevano il resto. D'altra parte, se Kannar avesse voluto ricevere clienti si sarebbe aperto una tenda in città.

Niente di tutto questo aveva il potere di scalfire la determinazione di Évanette. Dato il risultato dell'ultima lettura, era qualcosa che, più che attrarla, la tirava a sé con forza. Per rimanere lucida aveva deciso di restare almeno ventiquattr'ore senza chotud, ma perse la scommessa dopo appena sei, quando le mani le tremavano tanto da non riuscire più a stringere le redini e il sudore le aveva inzuppato completamente la schiena.

«Una. Solo una» si disse, affondando la mano nel sacchetto che portava legato in vita e per il quale, senza esagerare, avrebbe tranquillamente ucciso.

A metà percorso dovette condurre il cavallo a mano, perché non faceva che scivolare sui frammenti di pietra rischiando di far precipitare entrambi. Si trovavano su una serpentina che correva attorno a un picco di roccia, in breve la vegetazione diventò rada e l'aria iniziò a farla rabbrividire anche se il sole splendeva ancora alto.

Per calmare il nervosismo che a ogni passo le gridava "Non arriverai in tempo, è troppo tardi", cantava al cavallo le canzoni delle feste di Kerberch, quella della donzella dagli occhi verdi e quella dell'uomo che viaggiò fino alla fine del mondo per raggiungere la sua amata.

«Sto viaggiando anch'io fino alla fine del mondo, Lyran» canticchiò, come fosse una strofa della musica, accelerando il passo e chiedendosi quanto ancora avrebbe dovuto camminare prima di riconoscere il rifugio dell'AltoMago.

Stava quasi facendo buio e aveva ceduto alla seconda caramella nera quando riconobbe, nel bagliore violaceo del tramonto, la casa che qualcuno una volta le aveva descritto come «una baracca con il camino appuntito e storto, che spunta dagli alberi come il becco di un uccello». Fece un verso di sollievo, e coprì gli ultimi metri accelerando per quanto le gambe glielo consentivano. La speranza nel petto era un peso fisico, ora, un carico esplosivo che attendeva di detonare.

L'ultimo tratto di strada però, un dislivello acuto, scomparve davanti ai suoi occhi un attimo prima che lei vi posasse il primo passo, svelando un abisso nero che sembrava arrivare fino al cuore della montagna, nel suo fondo di roccia aguzza. Qualsiasi porzione di terreno attraversabile, così come la cima della montagna, svanì nel nulla, sostituita da metri e metri di invalicabile abisso. Al suo posto apparve tremolante la sagoma di un *tenshel.* Non ne aveva mai visto uno dal vivo, la sua forma traslucida e sottile, dalle ampie ali, era sospesa all'altezza del suo sguardo. Attraverso il corpo ovoidale semitrasparente riusciva a vedere il cielo.

La creatura magica piantò i suoi occhi bluastri e lucidi in quelli di Évanette, e la sua voce sottile echeggiò nei pensieri della donna.

Conosci le regole del passaggio, udì l'Astromante, come se la voce emanasse dalla sua stessa coscienza, mentre gli occhi tondi dell'essere evanescente restavano inchiodati ai suoi.

No, non le conosceva, ma in quel momento le immaginò. Il tenshel, lo spirito alato capace di vedere con chiarezza nel cuore degli uomini, vibrava nell'aria davanti a lei. Avrebbe letto le sue intenzioni, decidendo se fosse stata degna o meno di passare, e arrivare a Kannar. *Quest'uomo ha scelto un'ottima soluzione per tenere lontani i non meritevoli,* pensò Évanette. «Allora decidi. Non ho più tempo» esclamò seccamente, inghiottendo una preghiera.

La creatura la osservò in silenzio. Il suo corpo sottile si muoveva al vento e solo gli occhi apparivano immobili. In quello sguardo Évanette poteva vedersi riflessa, distorta, con gli occhi enormi di angoscia e i capelli arruffati neri come un corvo.

Il tenshel scomparve e, così com'era svanito, il terreno davanti ai suoi occhi e la sommità della montagna ricomparvero. Il petto dell'Astromante fu di nuovo libero di respirare.

Arrivò a una radura proprio in cima al monte e, in controluce, vide l'intera forma bizzarra della casa, che pareva messa insieme unendo lo stile di due o tre rive. Scorse anche una figura in controluce.

Kannar era seduto sul portico a godersi l'ultimo raggio di sole, stava fumando da una grossa pipa e bevendo da un boccale intagliato nel legno. Quando notò la donna non sembrò sorpreso, anzi: in silenzio le indicò un albero al quale legare il cavallo.

Évanette si mosse circospetta, con le spalle inconsapevolmente contratte e il fiato trattenuto. Dai pochi racconti pervenuti, l'Alto-Mago aveva la fama di essere lunatico e sempre seccato dalle richieste, tanto da arrivare a negarle anche solo per fastidio.

«Quindi sei arrivata fin qui, donna. E porti in dono dello chotud» enunciò l'anziano, con voce raschiata, quando lei si avvicinò.

«No, non è in dono» sbottò lei, portando istintivamente la mano al sacchetto e subito mordendosi la guancia per paura di averlo offeso. Si affrettò ad aggiungere: «Ma sarò lieta di ricompensarvi, maestro Kannar, con qualsiasi somma di denaro mi chiederete».

«Solo scambi in natura per il maestro» sibilò l'uomo guardandola dritto negli occhi, e vide quelli di lei riempirsi di delusione e terrore. L'Astromante si ritrasse cercando di farsi più piccola e, al tempo stesso, vagò con lo sguardo alla ricerca di qualcosa con cui difendersi ma con una stanca resa, dentro.

Non poteva sapere che, in quel momento, Kannar pensava che un uomo non avrebbe mai reagito a quel modo, e provò una grande pena per lei. L'AltoMago comprese che poco era cambiato nella città che aveva lasciato decenni addietro, e si sentì felice di averlo fatto. Con il tono più morbido che conosceva, che suonava comunque ruvido come corteccia, specificò: «Stavo scherzando. Temo di aver sviluppato un pessimo senso dell'umorismo quassù, lontano da tutto. E in ogni caso mi sarei riferito ai tuoi talenti, vedi?» indicò la casa, sottintendendo che le soluzioni architettoniche "esotiche" erano state, un tempo, una forma di pagamento.

Lei si rilassò appena, perché anche l'inganno era parte di ciò a cui era abituata. Realizzò che, ingenuamente, non aveva pensato di portare un compenso al mago: né un gioiello, né dei karàn, né un mazzo di fiori raccolti sul cammino. L'uomo doveva pensare che fosse una maleducata e, se le cose stavano così, tutto il suo piano era in pericolo. Si chiese anche quale potesse essere il prezzo per un servizio simile: migliaia di karàn, probabilmente, e tutti i modi che le venivano in mente per procurarseli erano orrendi. Aveva fatto tutta quella strada per arrivare da Kannar spinta da un'urgenza insopprimibile e senza pensare alla parte più pratica, e ora si sentiva irrimediabilmente stupida.

«Posso leggervi le stelle, se desiderate» gli mormorò.

«Per sapere quante altre volte verrò disturbato prima di lasciare, finalmente, questa terra? No, grazie, cara» l'uomo scosse la testa.

«Prometto che vi pagherò, non appena...» blaterò lei, tradendosi con l'eccessivo gesticolare.

L'uomo la interruppe con una risata roca e profonda. «Non ho bisogno né del tuo denaro, né della tua droga. Prima che tu me lo chieda: ho indovinato cosa porti con te guardandoti in faccia, non ho poteri divinatori. Ora, calmati. Chiunque si prenda la briga di arrivare fin qui e superi la prova del tenshel, ha qualcosa di importante da chiedere. Noi stabiliremo se è il caso o meno di intervenire.»

Ci fu tutto un cozzare di domande nella testa di Évanette: com'è la mia faccia? Come farà Kannar a decidere la legittimità della mia richiesta e, soprattutto, *noi* chi?

Lui parve indovinare la sua confusione, perché annuì con un sorriso enigmatico e la invitò a sedere sotto il portico. Era tutto troppo tranquillo, con quei lembi di luce del tramonto che si rifrangevano sul muro, gli uccelli che cinguettavano e un boccale mezzo pieno sul tavolo di legno. Da un AltoMago abituato a trattare con la morte si sarebbe aspettata una grotta oscura, tendaggi e buio, magari una maschera di teschio a coprire il viso come certi necromanti. E invece, eccolo: un vecchio dalla barba candida e dalle vesti semplici, che si muoveva in modo pacato. Lei fremeva dalla voglia di avere una risposta e non capiva come Kannar non avvertisse la sua urgenza. L'anziano sembrava fare le cose con estrema calma, invece, come se avessero tutto il tempo del mondo e non stesse scendendo la notte sull'ennesimo giorno in cui Lyran rischiava la vita.

«Birra di roza?» chiese lui, alzando il bicchiere.

«No, grazie, ma vi prego di ascoltare la mia richiesta e sottoporla... a chiunque dobbiate sottoporla, perché è davvero molto urgente» chiarì lei, tirandosi dietro la massa di ricci per liberare lo sguardo e piantargli meglio gli occhi spiritati addosso.

«Indossi un abito di ottima fattura» osservò l'uomo, guardando il velluto e la cintura di stelle che sbucavano dal mantello.

Lei non credette alle proprie orecchie. «Non sono qui per parlare di abiti!» esclamò, esasperata, ma correggendo immediatamente il tono per aggiungere: «Ma se è l'abito, che volete, posso darvelo. Anche subito, mi coprirò col mantello, non ci sono problemi».

Fece per slacciarlo, ma l'uomo la fermò con un gesto della mano.

«Capisco: è una questione di attimi. Chiunque sia, non è ancora morto» dedusse Kannar.

«Ma potrebbe esserlo mentre parliamo. Vi prego...» Évanette sapeva che il lasso di tempo fra il momento della morte e l'incantesimo doveva essere il più breve possibile, perché più la linea nera della dipartita si allargava dal mondo dei vivi, più era difficile ricucirla. L'uomo, però, invece di risponderle guardò le nuvole e mormorò qualcosa in silenzio.

Quando a Évanette sembrò che nulla potesse diventare più assurdo ed esasperante, ecco che il tenshel ricomparve, posandosi sull'avambraccio dell'uomo e cambiando forma, assumendo le sembianze di un falco.

«Questo è uno scherzo, vero? Cosa facciamo adesso, uno spettacolo di falconeria al tramonto, con una birra?» sbottò, e prima che potesse dire altro vide l'uomo annuire rivolto alla creatura. Quella sembrò picchettare col becco sui suoi capelli argentei, proprio accanto al suo orecchio.

«Ma il tenshel mi ha già fatta passare...» mormorò lei.

«Perché le tue intenzioni sono pure. Adesso però dobbiamo valutare se la tua richiesta rientra davvero nelle nostre competenze,» mormorò Kannar «e su materie simili, due menti vedono meglio di una.»

Dopo alcuni attimi, l'uomo parlò: «Il tenshel dice che sei l'Astromante, che solo lei potrebbe avere questo abito. Sei stata riconosciuta dai grifoni durante il tuo viaggio, arrivi dalla Rocca». Poi tese di nuovo l'orecchio verso il tenshel e, sbottando in una risata sincera, esclamò: «Oh! Un Desiderio a una Stella? No, dai, Bernie, non può essere stata così stupida». Quindi l'uomo ascoltò l'ultimo beccheggiare del tenshel e si voltò lentamente verso la donna, spalancando gli occhi sgomento. «Sei stata davvero così stupida?»

51
BALLO

L'armatura di *tesselor* era una delle poche trovate degli alchimisti di Morhva sopravvissute alla guerra. Si modellava addosso al corpo con uno speciale vapore caldo che reagiva con il materiale rendendolo dapprima malleabile e successivamente rigido, impenetrabile a quasi tutti i colpi e ignifugo. Deva venne fatta vestire dal collo alla vita con una scomoda forma standard, di alcune taglie più grandi, poi entrò in un cilindro denso di vapore pompato da piccoli tubi di rame e restò immobile, mentre sentiva il tesselor restringersi e avvolgerla come un guanto. Ne uscì alcuni istanti dopo e gli armieri, con dei getti di vapore direzionati alle parti più sensibili finirono di modellarle addosso il materiale. Quando slacciarono e appesero l'armatura ad asciugare, in attesa che si irrigidisse, Deva vide il calco del suo corpo e rabbrividì per gli echi di morte che richiamava. Era tutto troppo reale, adesso.

Le loro fonti sostenevano che sarebbero arrivati presto. Dicevano di aver visto gli Ardimenti in marcia verso il confine fra Alta e Morhva. Sapevano dove si sarebbero fermati, e perché.

Quando arrivò il messaggero della Federazione, Deva lo vide: un puntolino di galoppo e polvere che diventava sempre più grande e rapido man mano che si avvicinava alle mura di Aeral. Non poté che pensare: *Potrebbe essere un conoscente. Potrebbe essere Bram.*

Bram Cadaval: i ricordi di lui sembravano essersi risvegliati negli ultimi giorni. Gli occhi di smeraldo, le mani delicate, quel suo modo di sorridere. Ricordava solo i momenti in cui l'aveva fatta sentire amata e al sicuro. Avrebbe voluto averlo davanti da sola e dirgli tutto ciò che ora conosceva, perché sapeva che non avrebbe potuto voltare le spalle alla verità. Forse tutta la Federazione sì, ma non lui.

Un suono annunciò infine l'arrivo del messaggero davanti alle porte di Aeral Dome, che vennero aperte con un cigolio di cardini. Sapeva che sarebbero stati Roher e Trian a incontrare il cavaliere, e che avrebbero avuto attorno un incantesimo di protezione. Come per ogni dettaglio di quell'imminente incontro, o scontro, Deva non poteva che chiedersi se sarebbe stato sufficiente, e *perché* dovesse esserlo: qual era la lingua in cui farsi comprendere dalla Federazione?

Stazionava nervosamente nella Sala del Consiglio insieme a Kilar e Laivine. Sarshan non era scesa dalle sue stanze, e forse non era neppure lì. Il fatto che nessuno potesse localizzarla era la sua garanzia di sicurezza. Nella sala c'erano un cesto di frutta e del cibo, che nessuno aveva ancora toccato. Le brocche d'acqua, invece, venivano rabboccate una dopo l'altra: ognuno si aggrappava al suo bicchiere come se fosse un antidoto contro l'angoscia, scandendo il tempo in sorsi freddi. Dopo ore, Trian e Roher tornarono con un'espressione insondabile in viso. Come richiamata da un segnale, anche l'Imperatrice fece il suo ingresso nella sala. Il suo incedere elegantemente militare non tradì alcuna agitazione, ma il viso, teso sulle ossa decise, era pallido.

«È come avevamo previsto» dichiarò Roher, gli occhi ridotti a due fessure dalla stanchezza. «Chiedono un incontro con l'Imperatrice a circa due chilometri da qui, nella piana di Versha. Dicono di volere chiarimenti sulla situazione attuale e sulle nostre intenzioni future. Anche se non l'hanno reso esplicito, è chiaro che desiderano anche negoziare il rilascio di Deva.»

«Dimmi qualcosa che non so, Roher» ribatté l'Imperatrice, mostrando i primi segni di irritazione.

«Riteniamo che abbiano deciso di schierare il ragazzo, Bram. Non disponiamo ancora di dati certi sui suoi progressi, ma è decisamente più forte di come l'abbiamo visto» disse l'uomo. Poi aggiunse, guardando negli occhi l'Imperatrice con aria grave: «Arriveranno in cinque o sei. Immagino che, oltre a un delegato della Federazione e a Bram, ci saranno almeno un altro Armon, un Generale degli Ardimenti e un tiratore scelto armato di argento di Moltess».

«Capisco. Anche questo era prevedibile» replicò la donna, percorrendo la stanza avanti e indietro con passi rapidi. Il suo nervosismo stava aumentando, Deva non poté che notarlo.

«Dunque è certo, arriveremo allo scontro» concluse Laivine tristemente.

«Imperatrice...» intervenne Kilar, lanciandole un'occhiata che la donna colse immediatamente. L'uomo le si avvicinò e, in un soffio, le sussurrò qualcosa all'orecchio. Lei prese un lungo, esasperato respiro dalle narici, come se un momento tanto temuto fosse infine giunto. Poi rivolse lo sguardo a Laivine e Roher. Senza che le dovesse dire nulla, l'allenatrice rispose: «È possibile, ma è anche un grandissimo rischio».

Poi tutti guardarono Deva.

La paura prese le sembianze di un insetto dalle mille zampe che le frugava il petto e la gola. Sentì il corpo ghiacciarsi. Tutto ciò che pensò fu: *Non combatterò contro Bram.*

«Non sono pronta» riuscì a dire, con la voce che tremava.

«Non si è mai pronti a battersi per ciò in cui si crede, contro qualcuno in cui si è creduto» ribatté Sarshan, leggendole nel pensiero. «E io sarei una sciocca a chiedertelo. Sarai con noi, ma non davvero contro di lui. Kilar si prenderà cura di tutto.»

Deva spostò lo sguardo sull'uomo, che lo ricambiò come se fosse stato tutto ovvio fin dal principio. Lei impiegò qualche istante a comprendere, e quando lo fece provò un misto di colpa e sollievo: era un inganno, quello a cui si stava preparando.

Vide l'Imperatrice farle un cenno con lo sguardo, e le si avvicinò.

«C'è qualcosa sull'eredità che contieni, sulla Gemma, che devi sapere» le sussurrò Sarshan, avvicinandosi di un passo. Guardò le mani di Deva, poi allungò la sua per prenderne delicatamente una e portarsela all'altezza del petto. Quel gesto poteva essere interpretato come l'incoraggiamento dell'Imperatrice al suo Generale, ma Deva volle leggerlo come un segno di intimità esibita, perché era quello il tipo di coraggio di cui aveva bisogno.

La donna continuò a parlare senza mai staccare lo sguardo dalle sue dita. «I poteri del Generale Neumar e quelli del Generale Atwal erano speculari, e potenzialmente distruttivi uno dell'altro. Ryda aveva la capacità di creare, Savaine quella di distruggere. Ryda costruiva, Savaine spezzava. Contenere la Gemma non dà a te e a Bram poteri identici ai loro, ma la loro essenza resta la stessa. Questo significa che devi essere estremamente accorta: non dovete sovrapporvi. Se Bram attacca, usa il tuo scudo per proteggerti, ma non le tue lame. È importante che lo ricordi, Deva.»

La ragazza trovò inquietante come, per tutta la durata degli allenamenti con Roher e Laivine, questa informazione non fosse mai emersa. La separazione che, durante ogni sessione con Bram, Roher aveva alzato, le era sempre sembrata una strategia per farli concentrare, ma ora la vide sotto una nuova, preoccupante luce.

Sarshan raddrizzò la schiena e il collo esile, accarezzato dalle ciocche di capelli tenute in ordine da un piccolo, elaborato intreccio dietro il capo. Poi, socchiudendo lo sguardo come faceva quando impartiva ordini, dichiarò a Trian: «Digli che saremo nella piana di Versha domani al tramonto».

L'uomo annuì gravemente.

Per tutta la notte, Deva sedette al tavolo circolare insieme all'Imperatrice e ai suoi Consiglieri, mentre fuori dalle finestre si udiva il canto:

Sarshan-Aen
Luminee est'Evè:
Sarshan Madre
Sia protetta dalla Sua Luce.

✶

Per ore, nella Sala degli Strateghi, si vagliarono tutte le possibilità di agguato, tutti i modi in cui l'ambasceria della Federazione avrebbe potuto provare a colpire l'Imperatrice, tutte le mosse plausibili tra le combinazioni di possibili delegati.

Solo quando si udirono i primi fedeli in preghiera si concessero alcune ore di riposo. Per Deva fu un dormiveglia agitato e sconnesso, disturbato dal canto ininterrotto sotto le finestre e dall'angoscia di sapersi schierata davanti alla Federazione, contro di essa.

Parlerò, dovranno ascoltarmi, si diceva, ma era una speranza più che un'intenzione, perché a ogni istante trascorso agitandosi nel suo letto sfatto, sentiva il coraggio abbandonarla, le forze mancarle e una vergogna bruciante farla dubitare di sé stessa.

Al mattino si ritrovarono nella Sala del Consiglio, stabilirono le ultime posizioni della piccola parte di esercito che li avrebbe seguiti a distanza e resero onore alle loro poche, sacre armi di Lumina, che risplendevano come falci di luna e che speravano di non dover impugnare.

Sotto il cocente sole di mezzogiorno, il canto che arrivava alle finestre proseguiva. Le Sacerdotesse lo avevano alimentato ordinatamente, organizzando gli Aens per darsi il cambio e non lasciare l'Imperatrice neppure un istante senza il supporto delle loro preghiere. Una lunghissima fila di Morhvan costeggiava dalla sera prima le mura di Aeral Dome, e gruppi di fedeli continuavano ad arrivare.

Deva corse col pensiero alla piana di Versha. Si era allenata lì più volte, conosceva il terreno, sapeva dove si inclinava senza preavviso e dove polvere e sassi rischiavano di far cedere anche le gambe più salde. C'erano delle rientranze nella roccia e dei potenziali nascondigli: sapeva dove si trovavano, li avrebbe tenuti d'occhio.

Le ore scorrevano troppo rapidamente. Verso metà pomeriggio due servitrici entrarono nella sua stanza e le indicarono gli abiti che avrebbe dovuto indossare. Intimo di lino a contatto con il corpo, pantaloni resistenti, stivali e la protezione di tesselor modellata sul suo corpo che la copriva dal collo alla vita. Le pareva grande, ora, perché non era riuscita davvero a mangiare negli ultimi giorni. L'appetito riservato alla vita normale non sembrava più qualcosa alla sua portata, o forse era la vita normale stessa che si stava allontanando da lei. Le servitrici avevano pensato anche a questo, somministrandole a intervalli regolari un succo denso e dolciastro, che l'aveva tenuta in forze.

Si guardò allo specchio, lo stesso in cui si era osservata il giorno della cena alla torre, con gli occhi striati di nero e l'abito che aveva indossato per l'Imperatrice. Come sapeva poco, allora, della vita che l'attendeva. Era una guerriera, adesso. La protezione faceva apparire il suo corpo più imponente e minaccioso. Sulle spalle aveva le stesse punte dell'armatura di Sarshan, solo più piccole e per questo un po' meno cattive. Non aveva un elmo, perché non l'aveva voluto. Aveva già il suo scudo, e voleva vederci benissimo per non colpire chi non lo meritava. Voleva vederci benissimo, per non colpire Bram.

Con lo sguardo fisso nel vuoto e la mente persa nella nebbia, in un luogo dove poteva sospendere il dolore, afferrò un cordino nero e legò i capelli in una coda bassa. *Si sono allungati troppo,* pensò. *Se sopravvivo, dovrò tagliarli.*

Era quasi l'ora: gli arbusti di Morhva iniziavano a esalare una lievissima nebbiolina colorata che presto sarebbe divenuta vera e propria luce.

Sentì bussare alla porta, un servitore le comunicò che era attesa nella Sala dei Ricevimenti. Si chiese come mai avessero deciso di riunirsi lì e non in quella del Consiglio. Percorse a rapide falcate il corridoio, superò il Salone delle Feste e si diresse verso le grandi porte bianche accanto, spalancandole con le mani e svelando le grandi finestre vetrate accarezzate da candide tende impalpabili, e il soffitto decorato da sinuosi bassorilievi di un caldo giallo crema, che si riflettevano sul pavimento marmoreo.

In piedi, al centro della sala, c'era solo Sarshan ad attenderla.

Era già vestita per il possibile scontro con un abito nero, la protezione di tesselor su cuore e spalle tenuta ferma da strisce di cuoio incrociate sul petto.

«Vieni, Deva» sussurrò l'Imperatrice, allungandole la mano. La ragazza la raggiunse, e la donna la tirò a sé. Con una mano le circondò la vita, con l'altra le cercò le dita e le fece scivolare delicatamente fra le sue, intrecciandole.

Una musica arrivava, attutita, da un'altra stanza. Qualcuno stava suonando al violino una melodia struggente. Sarshan era tra le sue braccia, sentiva sotto le dita il suo corpo minuto e forte, ma a Deva sembrava ugualmente di danzare sulle note di un addio.

Il tempo sembrò fermarsi mentre i loro corpi, stretti, si muovevano lentamente. La donna, l'Imperatrice, la sua amante, le si avvicinò ancora di più, fino a sfiorare la punta del naso con il suo e restò così, a respirarla.

Deva avrebbe voluto che dicesse qualcosa. Qualsiasi cosa. Lei aveva due parole che le bruciavano sulla lingua, feroci come fiamme ma inamovibili, terrorizzate di uscire alla luce.

Le fece scorrere la mano lungo il fianco e fino al collo, ma della donna non sentì nulla che non fosse rigido tesselor. Avrebbe voluto staccarne ogni centimetro con le dita e le unghie, anche con i denti se necessario. Conosceva benissimo il significato di quell'armatura: "Posso morire".

Doveva essere una bugia, però. L'Imperatrice non poteva morire, vero? Non poteva. Solo lei, Deva, rischiava di perdere la vita.

Erano mesi che si allenava per una battaglia che, se tutto fosse andato bene, non avrebbe avuto luogo. Avrebbero potuto superare quel momento, trovare un accordo e dimenticare la guerra. Avrebbero dovuto essere nient'altro che due donne, senza bisogno di alcuna armatura. Era doloroso cullare quel pensiero in cui non credeva davvero, mentre la musica cessava e i loro corpi si separavano.

Deva si allontanò abbastanza da guardare il suo viso deciso e forte, gli occhi verde salvia densi di determinazione. Le accarezzò la pelle tesa dall'orecchio al mento, poi risalì sul labbro, che si dischiuse appena al suo tocco.

Il pensiero del sapore latteo della sua pelle le provocò un brivido. Non poteva perderla, non ora che iniziava a sapere chi era davvero. Avvicinò la bocca alla sua e, non appena sentì la consistenza piena e ruvida delle sue labbra, non poté che abbandonarsi di nuovo alla fame di lei, affondando in un lungo bacio morbido e silenzioso. Conteneva tutte le parole che non riusciva a dirle. Il modo in cui la donna la ricambiò, il movimento delicato ma vorace della sua lingua, il tocco delle sue unghie dietro la nuca e tra i capelli ad attrarla più vicino, per non lasciarla andare, erano una risposta alle sue domande inespresse. Il corpo di Deva era in fiamme e le lacrime avrebbero voluto spegnerlo; invece, trovò la forza di interrompere quel momento prima che fosse Sarshan a farlo.

«Non morirò per te, Imperatrice» le sussurrò, staccando il viso dal suo per poterla fissare meglio negli occhi. «Io vivrò per te.»

Le pupille dell'Imperatrice, laghi insondabili, si strinsero in un sorriso. «Lo so, Generale Loissen» rispose la donna, togliendole in un istante ogni illusione e scavando un fossato incolmabile fra ciò che Deva sperava di essere e il ruolo in cui l'Imperatrice la fece immediatamente tornare. Già, non doveva dimenticarlo mai: Sarshan Kean era l'Imperatrice, e Deva Loissen il soldato. Un ruolo che aveva riconosciuto e scelto, e che ora le sembrava portatore di un'impossibile distanza e di un ingiusto squilibrio. Voleva essere molto più di quello, *sapeva* di poterlo essere.

Guardò la donna avvertendo, nel cuore, il peso di tutta una discussione che in quell'istante non poteva avere spazio per esistere. *È questo che sono per te?*, avrebbe voluto gridare. Ma per sentirsi rispondere cosa? Non avevano mai definito ciò che accadeva fra loro. Non aveva nome. Le tornarono in mente, dal fondo di un passato lontanissimo, le parole di sua nonna Ina: «Se non ha nome, non esiste».

Se non ha nome, non esiste... Aveva ancora quelle due piccole parole che le bruciavano sulla lingua quando incontrò lo sguardo della donna e lo trovò pieno di una speranza feroce e luminosa: non quella che Deva potesse essere lì *con* lei, ma che Deva potesse essere lì *per* lei. E Deva non avrebbe potuto fare altro.

52
BATTAGLIA

Alle tre e ventidue del mattino l'accampamento della delegazione dei federati era scosso solo dal fruscio di piccoli roditori notturni che annusavano e raspavano in cerca di briciole della cena, e di quello dei mantelli delle guardie di turno, più neri della notte di Morhva, mai davvero buia.

Alle cinque e quarantasette il sole sorse sugli altipiani, bagnando i suoi picchi rocciosi e poi spandendosi lento lungo le valli, allungando le ombre degli arbusti e inghiottendo nella luce la loro luminescenza. I rapaci urlarono al giorno che arrivava, i piccoli animali tornarono nelle loro tane. Bram Cadaval, dalla sua tenda, guardò il buio arretrare e sentì la paura come un'eco nello stomaco, che lo svuotò delle forze che avrebbe dovuto, invece, iniziare a radunare.

Si alzò silenziosamente per le pratiche del mattino, scegliendo di recitare la Legge Sacra numero uno, quella che più gli infondeva coraggio: «Il Cerchio è la sola verità che esiste, legame e unione che in sé raduna le parti fondanti materiali e immateriali di ogni cosa vivente e conosciuta».

Poi tornò a sdraiarsi nella tenda per paura di aver dormito troppo poco e di non avere sufficienti energie, ma la sua testa sembrava non riuscire a fermarsi. Pensava a Deva, a Sarshan Kean, alle aspettative del Cerchio e della Federazione.

«Fai un passo indietro e abbandona la trappola del tuo sentire» sussurrò piano, per non svegliare gli altri. «Torna dal luogo dove nulla ha importanza, per accogliere ciò che davvero conta.»

Era una frase che aveva sentito spesso dalla bocca del Reggente, adesso la sezionò parola per parola come se contenesse il segreto di cui aveva disperatamente bisogno.

«La trappola del tuo sentire» mormorò di nuovo, ma più ci pensava più sentiva, e la sua mente si avvicinava a Deva. Se fosse stata con lui avrebbe saputo trovare le parole, ne era certo. Gli mancava quella strana, indomita speranza che aveva, come un istinto naturale a non arrendersi. Sentì il desiderio della sua pelle liscia e pallida, dello scorrere le dita fra i suoi capelli color miele, di avvertire la consistenza della sua cicatrice quando ci passava sopra le labbra per baciarla, che era, insieme, setosa e ruvida. Il pensiero che quel giorno forse l'avrebbe rivista non lo riempiva solo di inquietudine, ma anche di una gioia che non poteva evitare di provare.

«È una trappola» si ripeté di nuovo. Elencò nella sua mente, allineandoli come in un carosello dell'orrore, i morti, i bambini dispersi, i modi in cui si moriva nelle Fosse, lo sterminio degli oppositori. Non poteva permettere che il pensiero della ragazza lo rendesse debole: se ci fosse stata un'occasione per colpire Sarshan Kean, lui avrebbe dovuto coglierla. C'era qualcosa, che Lyran aveva indovinato, e che rendeva ancora più necessaria quella lotta: il Cerchio stava aumentando in forza. Non sapeva perché fosse avvenuto, né si illudeva di esserne il responsabile, ma con le nuove formazioni, l'allenamento cui era stato sottoposto a Morhva e la flessibilità di Padre Zyen e Padre Samal a tentare una strada che fosse nuova, gli Armon erano più potenti, adesso. Lo erano in relazione al suo potere, ma lo erano diventati anche singolarmente, ognuno di loro.

Il metodo non era nuovo, in fondo la pratica si basava sempre sull'equilibrio del Cerchio, ma aggiungeva gli elementi fondamentali del supporto reciproco e della flessibilità della formazione. C'era meno silenzio durante le esercitazioni. Alla pratica si aggiungevano incoraggiamenti, richieste, nomi. Come una squadra, erano un'entità che formavano e che dirigevano insieme senza la rigidità e l'immensa pressione di sbagliare a cui erano sempre stati abituati. Avevano visto Bram Cadaval stesso, l'Hekne, cadere e rialzarsi, l'avevano osservato formare cumuli di energia incerti che si sfaldavano in pochi istanti e, un attimo dopo, crearne di indistruttibili. Avevano trovato la forza perché non avevano avuto paura di cercarla incontrando il fallimento sulla loro strada.

Un'energia sacra e intoccabile governava il Cerchio, prima. Adesso il sacro restava, ma tutto intorno l'impegno era umano e vivo. La differenza si vedeva anche dopo gli allenamenti, nel modo in cui i confratelli si parlavano, si avvicinavano.

Ma c'era qualcos'altro di cui Bram non aveva parlato con nessuno, per una sorta di istintiva vergogna. Più si allenava, più era in grado di leggere il Cerchio altrui con istintiva rapidità. Spesso si era chiesto se sarebbe stato in grado di trarre energia da un Cerchio anche se apparteneva a un individuo che non lo stava sostenendo e non era lì per lui. In una sala piena di Armon, non solo avvertiva il suo equilibrio farsi stabile e perfetto ma anche la loro stessa energia, come se fosse disponibile per essere risucchiata, munta. Assorbire parti del Cerchio di un individuo per rafforzare sé stesso era quanto di più lontano dagli insegnamenti del Convicto si potesse concepire, ma non poteva non chiedersi se avrebbe potuto fare la differenza davanti all'Artake.

Padre Herr si svegliò in quell'istante, mettendosi a sedere sotto la sua coperta e guardando insieme a Bram il cielo rischiararsi e i raggi iniziare a riscaldare il terreno. L'uomo si alzò rapidamente e tornò poco dopo con una scodella tra le mani.

«Prendi la tua colazione, *oh, Potente*. Il sole sale in fretta e l'Imperatrice ci aspetta. Se torneremo o meno, oggi dipende da te» esclamò.

Un tremito raggelò il ragazzo dalla testa ai piedi. Quando uscì dalla tenda il piccolo accampamento era già in silenzioso movimento. Un soldato gli versò del tè in una tazza e gli fece un mezzo sorriso, come se davanti avessero avuto la vita che si dipanava, non il destino che li attendeva.

Si fece strada verso la tenda degli Ardimenti e contò i presenti. Fatto salvo per i soldati che avevano gestito l'accampamento, a partecipare all'ambasceria sarebbero stati lui, Padre Herr, il Generale Roser e, per la Federazione, il delegato di Terrena. Il suo nome era Thornien Ingelmar, un uomo imponente, dall'espressione e dai modi autorevoli, con una vena di altezzosità. Bram aveva sentito dire che fosse un ottimo negoziatore, anche se a loro non ne sarebbe servito uno.

Due erano le pedine che si sarebbero mosse davvero durante l'incontro: una era lui, l'altra un tiratore scelto armato di un fucile carico di proiettili di argento di Moltess a punte arpionate. Erano fatti per agganciarsi alla carne quando la sfioravano e per non essere estraibili quando la penetravano: piccole armi rapide ed efficaci, non rilevabili durante un attacco. Un po' come il tiratore stesso.

«Tu l'hai visto?» sentì dire a un soldato che stava finendo di riporre una tenda. «Dicono che abbia dormito e mangiato qui, ma io non ho notato nulla.»

«O non è mai esistito, o ha il dono dell'invisibilità» commentò il suo compagno, alzando le spalle.

Il sole si stava alzando e scaldava la pelle: era ora di andare. Al contrario degli altri ambasciatori, Bram non indossava alcuna armatura sulla divisa del Cerchio. Il kolet a ricami azzurri era tutto ciò che lo separava dalla morte. Continuava a muovere e massaggiarsi le mani, come se questo potesse aiutarlo a prendere confidenza con la sua unica arma a disposizione.

Ingelmar arrivò con passo pesante, abbigliato con la parte superiore di un'armatura argentea con lo stemma di Terrena, il falco sormontato da una corona, che rifletteva i bagliori dell'alba. Tutto, in lui, dava un'impressione di forza e affidabilità. Si issò su un cavallo sauro dalla criniera intrecciata e dai finimenti neri e, prima di farlo partire con un colpo di talloni, dall'alto del suo destriero lanciò uno sguardo di brusco incoraggiamento a Bram. «Muoviamoci!» lo sentì incitare, dandogli già le spalle mentre con un trotto leggero raggiungeva il resto del drappello schierato alle porte dell'accampamento, in attesa.

Contro la luce del mattino che emergeva dalla roccia in raggi accecanti, Bram salì su uno dei cavalli degli Ardimenti, un baio robusto e docile che aveva già montato altre volte. Non sentiva nulla, adesso, come se invece di un passo indietro, nella sua mente ne avesse fatti dieci. Guardava la scena senza attaccamento, da un luogo dove lui stesso non esisteva: era uno spettatore di pedine indipendenti che si agitavano su un disegno nella sabbia. Tutto gli pareva volatile.

«Hekne» lo chiamò Herr schioccando lievemente con le sue redini sul posteriore del baio. Il movimento del cavallo riportò bruscamente Bram al presente.

«È la nostra vita a essere in gioco, oggi» ringhiò l'Armon. «Non è il momento di distrarsi, mi hai capito? Sogni di veglia, dubbi, ripensamenti: qui non importa a nessuno. Fai il tuo lavoro.» L'uomo lo guardava con astio e preoccupazione. Come tutti, adesso aveva paura.

«Raggiungeremo i pressi della piana di Versha entro qualche ora» annunciò Ingelmar, che tra una frase e l'altra aveva l'abitudine di arricciare la bocca carnosa, intrappolata dalla gabbia di due guance pesanti. «C'è una zona protetta a poca distanza. Ci rifocilleremo, organizzeremo, e poco prima del tramonto saremo pronti a presentarci all'appuntamento.»

L'uomo aveva preso il comando dell'ambasceria senza che nessuno avesse avuto da ridire. Herr, soprattutto, pareva rinfrancato dal comando di una persona a lui simile per istinto di controllo. «Almeno in qualcosa siamo fortunati» sussurrò a Bram.

Il tempo fu inghiottito da silenzi angosciati, e sembrò passare in un istante. Un attimo prima il gruppo di ambasciatori cavalcava nel mattino illuminato dal sole alto, l'attimo dopo la luce del pomeriggio accarezzava gli stessi uomini che, con le schiene dritte ma le mani che tremavano, entravano nella piana dove sarebbe avvenuto l'incontro.

«Oggi scriviamo la storia di Radian» mormorò Ingelmar rivolgendo il suo sguardo a Bram. «Siatene degni.»

Il ragazzo annuì più per levarsi quegli occhi di dosso che per reale convinzione. Quando il cielo iniziò ad assumere le tonalità calde del sole calante, loro seppero che il momento era arrivato.

✶

Li scorsero non appena svoltarono il corridoio di roccia, anzi, fu subito Lei che videro.

All'inizio sembrava un'ombra scura nel tramonto arancione, avrebbe potuto essere un arbusto, un albero spoglio. Ma si ergeva al centro della piana ed era una sagoma che, a ogni passo dei cavalli, gli ambasciatori distinguevano meglio: le gambe, le braccia sottili, qualcosa di appuntito sulle spalle. Fu come se i libri di storia e le leggende dell'orrore sull'Imperatrice Maledetta prendessero vita davanti ai loro occhi. Nella luce che la circondava e ne scolpiva i contorni, la figura di Sarshan Kean era esile e ferma, una pianta velenosa germogliata dalla terra rossa di Morhva. Le sottili code nere del suo abito da battaglia guizzavano nel vento, come serpenti in attacco. Erano così familiari nei sogni di veglia di Bram che, ora che l'aveva davanti, qualcosa di simile alla commozione gli eruppe dentro. La soffocò prendendo nei polmoni tutta l'aria che riuscì, e rilasciandola con una violenta espirazione.

«Questo è un messaggio forte e chiaro. In guerra, indossava quell'abito quando era certa di vincere» ruggì Ingelmar sprezzante. «Talmente sicura, che indossava qualcosa di penalizzante, inadatto alla battaglia. Facciamoglielo ingoiare, quel vestito.» Accompagnò le parole con una smorfia di sprezzo che gli deformò il viso in quello di una bestia pronta ad azzannare.

Bram si chiese in quanti avessero provato ad afferrare, legare, torcere quelle code che ti sfidavano. Eppure, eccola: in piedi davanti a loro come cento anni prima davanti ai loro antenati. La strega delle leggende, la donna maledetta era lì e non c'era nulla in Lei che lasciasse indifferenti, come se emanasse un'energia oscura e magnetica dalla quale era impossibile non essere attratti. Era una trappola, insieme esca e mannaia.

Le guance di Herr avevano perso ogni colore, il viso di Ingelmar era contorto in un'espressione di disprezzo. Il Generale Roser stringeva gli occhi e li riapriva, come per sperare che si trattasse di un'orribile allucinazione in grado di svanire così com'era apparsa.

Più si avvicinavano, più le fattezze dell'Imperatrice si distinguevano chiaramente. Che si trattasse dell'Imperatrice, non c'era alcun dubbio.

«Non è invecchiata di un giorno, la Strega» mormorò Ingelmar.

«Chi sono quelli accanto a Lei? Li riconoscete?» chiese Roser.

Il delegato di Terrena socchiuse gli occhi mentre si avvicinavano, e i visi si facevano più chiari. Si schiarì la voce prima di enunciare: «Trian e Laivine, membri del Consiglio. E la terza deve essere la Terrenean».

«Deva Loissen» mormorò Bram, che sentì il cuore precipitargli in fondo al petto. La ragazza era accanto a Sarshan Kean, ferma appena un passo indietro.

«Molto vicina all'Imperatrice» osservò Herr, sporgendosi fino a innervosire il suo cavallo, che scartò sbuffando.

«Lo vedo» lo zittì Ingelmar, che non indugiò sull'argomento.

Il piano era di una semplicità sconcertante: non attendere neppure che fossero terminati i saluti di rito. Le istruzioni per Bram erano di attaccare subito, e colpire per uccidere.

È impossibile, se Deva le resta accanto, pensò con angoscia, stringendo le redini fino a sentire dolore. *Deve spostarsi.*

Le prime luci delle scyntilia iniziavano a baluginare contro l'orizzonte rosato. La terra esalava il lieve calore delle pietre riscaldate dal sole del giorno, e nel silenzio assoluto si sentiva il frusciare delle lepri e lo scorrere del vento tra i cespugli. Talvolta, l'aria faceva alzare nuvole di polvere cremisi che svanivano immediatamente nel bagliore. La piana di Versha sembrava un posto troppo bello per una battaglia.

Trenta passi di distanza: sia i cuori del gruppo di Morhva che quelli degli ambasciatori della Federazione accelerarono, impazziti come quelli di animali selvatici. Suonavano lo stesso concerto disperato, ma nessuno lo riconobbe guardando l'altro.

Quindici passi: tentavano di leggere reciprocamente sui volti intenzioni e inganni, trovando solo labbra serrate, lievi tremori alle mandibole e sopracciglia torve di congetture. Al passo successivo, ogni pietà avrebbe dovuto essere abbandonata.

Dodici passi: la Federazione era un insieme compatto e lucente nelle armature argentee tranne un ragazzo, che procedeva lentamente misurando ogni gesto e guardando fisso la ragazza che aveva davanti, schierata in modo diametralmente opposto.

Dieci passi: la ragazza aveva lo stesso sguardo, ma una protezione rigida che la fasciava dal collo alla vita. Come quello dell'Imperatrice, al suo fianco, era di nero tesselor e scolpiva il suo corpo come una statua opaca. Se gli occhi di Sarshan Kean erano immobili e socchiusi, quelli della ragazza apparivano sgranati e lucidi. Nel suo corpo si mescolavano folle agitazione ed energia trattenuta, con le dita si tormentava uno dei due polsi.

Il ragazzo si tirò indietro i riccioli neri, che si agitavano al vento, scoprendo lo sguardo.

Deva schiuse le labbra e formò il suo nome: *Bram*.

Le risposero due occhi che avrebbero voluto urlare.

Otto passi di distanza: la Federazione si fermò. Ingelmar, con fare grave e deciso, mosse un ulteriore passo verso l'Imperatrice come a prendere la parola, ma non si trattava dell'inizio di una conversazione: era un segnale. Bram lo sapeva, così come la sua ambasceria, ma anche i Morhvan ne erano consapevoli. Ingelmar tacque e si fece da parte mentre il ragazzo si portò davanti al gruppo e, con un'esclamazione appena percettibile, chiuse sul petto e poi spalancò bruscamente le mani.

Sembrò che l'aria si fermasse e poi venisse risucchiata dalla sua figura, prima di diventare una sfera che a ogni battito di ciglia cresceva in dimensione e forza, tremolante e densa. Il ragazzo ora appariva minuscolo e fragile al confronto di quanto teneva fra le mani. Il rumore statico dell'energia crebbe di intensità fino a dar fastidio alle persone attorno, che non poterono far altro che attendere mentre le loro orecchie iniziavano a dolere e le loro mandibole si contraevano.

Bram guardò Deva, fece un cenno col capo e gridò: «Spostati».

Si piantò meglio sulle gambe per sostenere la sua sfera, pronta a essere scagliata contro l'Imperatrice, ma, invece di levarsi di mezzo, con un movimento improvviso Deva si parò davanti alla donna, facendole da scudo. Si udì un rumore sibilante, e in una frazione di secondo dal corpo della ragazza si espanse uno scudo nero che le circondò entrambe. Tra le mani, invece, solo due piccolissime lame trovarono posto. Era il modo di Deva per dire che si trovava lì a difendere, non per attaccare, ma nessuno conosceva l'entità del suo potere e lei sapeva che spiegarsi sarebbe stato impossibile.

Bram era sgomento. «Deva, che stai facendo? Vai via di lì!» gridò, nel vento del tramonto.

Lei scosse la testa con decisione, ampliando appena lo scudo come se fosse un messaggio.

«Dovete ascoltare l'Imperatrice...» urlò a sua volta. Non aveva ancora finito la frase che un singolo colpo, preciso e diretto, le sfiorò il costato. Lei sobbalzò e sgranò gli occhi: era un proiettile di argento di Moltess. Riassestò di nuovo lo scudo, ampio e saldo. «Ascoltatela! Non lo vedete? Non stiamo attaccando. Lasciatela *parlare*!» Come se rispondessero alla sua voce, le lame generate dalle sue vene si fecero più lunghe e spesse. Ora brandiva due spade di densa materia nera opalescente che deformarono i lineamenti di Ingelmar, Herr e Roser in espressioni di rabbioso disappunto.

Deva li osservò con il cuore che si stringeva nel petto: avrebbero visto solo ciò che volevano vedere.

«Non lo faranno» sentì Sarshan mormorare alle sue spalle. «Dobbiamo affrontarli.»

«Sentiamo cos'ha da dire» supplicò Bram, tenendo ferma la sua sfera di energia ma rivolgendosi alle sue spalle, agli ambasciatori. Non ci fu tempo per discuterne: avvertì la canna fredda di una pistola contro la schiena, e la voce grave di Ingelmar che gli intimava: «Colpisci».

«Delegato, non è questo il modo» provò a intervenire Roser, ma lo fece con poca convinzione, anch'egli terrorizzato che l'Imperatrice potesse scatenare la sua forza contro di loro da un momento all'altro.

«Adesso, Bram!» lo esortò Herr, la voce che squittì di angoscia.

Il ragazzo guardò Deva con le labbra che tremavano e gli occhi che raccontavano l'orrore della sua scelta obbligata e, quando incontrò quelli di lei, seppe che aveva capito: l'espressione della ragazza si svuotò di ogni speranza, e si riempì di morte. Si sentivano entrambi allo stesso modo: come se stessero per colpire, insieme all'altro, anche sé stessi.

Il ragazzo sentì lo scatto del grilletto e capì di non poter indugiare ancora: mentre rilasciava il Cerchio a piena potenza, realizzò di non essere l'eroe di cui quel conflitto aveva bisogno. Per gestire un potere tanto grande sembrava esserci bisogno di una scelleratezza che a lui sarebbe sempre mancata.

«Non posso ucciderla!» gridò, con gli occhi offuscati dalle lacrime, mentre il potere del Cerchio gli attraversava le mani come il volo di uno stormo. Fu un'onda d'urto che smosse terra e roccia prima di andare a segno in una nuvola di polvere rossa. La Federazione trattenne il respiro mentre Ingelmar intimò a Bram di produrre una seconda sfera, e a Padre Herr di aiutarlo a renderla più forte.

Quando la polvere si dissipò, le sagome di tutti i membri dell'ambasceria di Morhva riemersero, incolumi.

«Ancora!» gridò Ingelmar, premendo più forte la pistola carica fra le scapole di Bram.

Ora il ragazzo avvertiva il Cerchio di Padre Herr, solido e forte, riequilibrare il suo rafforzandolo in sostanza e dimensione.

Scagliò di nuovo la sfera, poi chiuse gli occhi, che lacrimavano per la polvere e la sofferenza. Insieme al boato del colpo di Bram si avvertì quello, ritmato e secco, dei proiettili del tiratore scelto.

«Non stanno rispondendo all'attacco, perché?» chiese allarmato il Generale Roser.

«Approfittiamone» rispose seccamente Ingelmar.

Quando per la seconda volta la polvere si depositò svelando di nuovo i corpi, il gruppo dell'Imperatrice era ancora in piedi. Solo Laivine sembrava piegata, la mano a premersi un fianco proprio lì dove terminava la sua protezione.

Ingelmar stava per gridare di nuovo il suo "ancora" quando Padre Herr puntò il dito indice contro lo schieramento opposto, esclamando: «La donna e la ragazza non hanno polvere sui vestiti!».

«Cosa significa?» chiese il delegato di Terrena, chiedendo spiegazioni.

«Non sono qui, sono evocate» mormorò Bram, indietreggiando fino a sentire di nuovo la canna dell'arma premere sulla schiena. Poi, voltandosi e sentendola contro il petto, aggiunse: «Sapevano dell'attacco, non sono fisicamente qui, è inutile colpirle!». Per nascondere il sollievo, fece una strana smorfia.

Roser ruggì un verso di frustrazione, mentre Ingelmar incalzò: «Allora uccidi chi è qui, e poi attaccheremo con l'intero esercito. Ci hanno ingannato, sapevano ogni cosa».

★

Dalla Sala del Consiglio, Deva assisteva con orrore alla scena. Lei e Sarshan erano entrambe sedute a terra, all'interno dei cerchi tagliati da rette intersecanti che Kilar aveva disegnato per loro. L'uomo, che aveva mandato i loro corpi evocati nella piana di Versha, aveva il viso contratto in un'espressione di immensa fatica e la fronte imperlata di sudore.

Essere evocati, Deva aveva compreso, era fare l'opposto del passo indietro: era un movimento in avanti, che lasciava alle spalle il tuo corpo ma non la tua mente. Somigliava all'agire per predeterminazione, come in una fantasia a occhi aperti.

Era Kilar a permettere che la loro concentrazione restasse stabile, ma ora l'uomo era estremamente stanco. Le sue palpebre pesanti faticavano a restare aperte, i muscoli tremavano come se stessero sostenendo un enorme peso. Fu un istante di debolezza che aprì a Deva una finestra di consapevolezza del presente: l'uomo tentennò, e lei avvertì la consistenza del pavimento di pietra sotto le gambe, un refolo di vento che entrava dalla finestra, il tesselor che le avvolgeva il busto.

Non scelse esattamente di tornare indietro, fu la sua mente a fare il lavoro per lei. Bastò un istante di coscienza e i suoi occhi si aprirono sulla sala decorata, sullo sforzo dell'uomo che aveva davanti, e sulla donna con gli occhi ancora serrati che le sedeva a fianco.

Fu un istinto dallo slancio violento, inaspettato per chiunque. Deva scattò in piedi, e corse fuori.

53
VAREEN

In quel momento c'era un'altra donna che stava correndo, montava un destriero in prestito e aveva una matassa di capelli scompigliati dal vento. Le stelle non erano più scucite sul suo cappello usurato, ma delicatamente ricamate sulla cintura di un abito che nessuno avrebbe indossato per un lungo viaggio. Invece lei cavalcava da settimane.

Quando raggiunse i ranghi più lontani di un esercito nascosto, iniziò a chiedere a gran voce ai gruppi di soldati se qualcuno sapesse dove poteva trovare il Capitano Tomàs Lyran, e le risposte che ricevette erano intrise di sconcerto e disprezzo: non avrebbe dovuto essere lì, nessuna donna poteva intralciare i piani degli Ardimenti, che riportasse la sua isteria a casa. Évanette si chiese quale parte di sé assomigliasse a una femmina impazzita d'amore, e decise che l'avrebbero giudicata a quel modo in qualunque stato si fosse presentata. Fu costretta anche a difendersi da un paio di gruppi particolarmente minacciosi, che le percorsero il corpo con sguardi famelici. I nervi, l'insicurezza, i luoghi comuni, la rabbia: lesse tutto racchiuso in un gruppo di uomini armati. In alcuni casi, la guerra tirava davvero fuori il loro peggio.

Proseguì alternando momenti di forsennato galoppo tra un plotone e l'altro a frenate improvvise, quando riconosceva le casacche azzurro ceruleo dei Vidrianian. «Lyran» era la parola che pronunciava, come un richiamo, quando il vento le sferzava il viso e vedeva le distanze allargarsi e ingannare gli occhi, come oasi in un deserto rosso ruggine.

Appesa al collo aveva la cosa più preziosa che possedeva, più sacra del suo sacchetto di chotud: una piccola fiala trasparente dal tappo dorato. Era l'antidoto al Desiderio a una Stella preparato da Kannar, un intruglio incantato da far bere il prima possibile al Capitano.

«Se passa troppo tempo dalla sua dipartita, non c'è nulla che io possa fare» si era raccomandato l'anziano.

«Posso farcela, devo farcela...» si era ripetuta lei lungo tutto il viaggio, come una litania calmante mentre riduceva le soste per il cibo e il sonno.

I suoi occhi arrossati fiammeggiavano di urgenza. A tenerla in piedi, ora, era la sua droga e ne era fin troppo consapevole. Doveva solo trovare Lyran e salvarlo. Una volta al sicuro, tutto sarebbe stato possibile, anche buttare quel sacchetto nel fiume e vederlo scivolare via nella corrente. Ecco cosa pensava l'Astromante, mentre chiedeva all'ennesimo soldato se conoscesse la posizione del Capitano Lyran.

Quasi non credette alle proprie orecchie quando quello rispose: «Fra due drappelli: nord, nord-ovest».

Le sarebbe venuto da smontare e abbracciare l'uomo, invece diede un colpo di gambe al cavallo e aumentò la velocità, per quanto ancora possibile. Se avesse avuto efficacia sugli animali, avrebbe dato lo chotud anche alla bestia. Forse.

Scorse un piccolo vessillo di Vidrian, con il delfino e le onde, a decine di metri di distanza. Si avvicinò fino a distinguere prima le sagome, poi i volti. Gridò il nome dell'uomo più volte finché, nel vento che si alzava, vide una figura fermarsi e voltarsi.

Il suo cuore mancò un battito.

«Tomàs» sussurrò, con la voce strozzata.

Fece gli ultimi metri che la separavano da lui accecata dalle lacrime, tanto da doversi fidare solo del cavallo per arrivare dritta all'uomo. Smontò, e approfittò dello stupore del Capitano per corrergli incontro e gettarglisi addosso, stringendolo e guardando i suoi occhi trasparenti come le rive del mare prima di frugare sotto il vestito, e afferrare la fiala.

✶

Deva scese le scalinate due, tre gradini per volta, saltando e inciampando, rimettendosi in piedi e ricominciando a correre. Raggiunse la zona delle scuderie e si scapicollò verso il terzo recinto da sinistra, quello di Djavel. Ebbe paura di essere fermata solo per un istante, prima di ricordare il suo titolo militare e nascondere l'angoscia con passo deciso e un'espressione sicura in volto.

Quando fece per tirare fuori il cavallo, però, non gli trovò neppure una cavezza addosso.

«Perché Djavel non è sellato?» gridò, in panico, richiamando l'attenzione degli stallieri.

Si guardò attorno in cerca dei finimenti e della sella.

«Generale Loissen, l'Imperatrice ha richiesto che vi preparassimo questo» sussurrò una voce, e una donna avanzò dal retro delle stalle tirando dietro di sé un animale che tolse alla ragazza ogni fiato dalla bocca.

Sembrava un'enorme volpe alata dal pelo fulvo, grandi zampe coriacee e affilati canini a sciabola. Quando l'animale vide Deva il suo pelo si alzò in una cresta appuntita, e le sue tre code si agitarono allarmate.

La stalliera sussurrò qualcosa all'orecchio della creatura, massaggiandola sul grande collo. La bestia, riluttante, si chinò per facilitare la monta di Deva sulla sua schiena. Lei era confusa e allarmata, ma non aveva il tempo né le energie per replicare, sapeva solo che aveva fretta, estrema fretta di arrivare alla piana di Versha. Montò faticosamente in sella all'animale stupendosi della sua altezza e della sua stazza, arrivando a fatica a cingergli il corpo con le gambe.

I suoi finimenti erano diversi da qualsiasi cosa avesse mai visto: la sella era ampia e comoda, con un piccolo schienale imbottito, mentre il morso era sostituito da un'imbragatura su capo e orecchie, che terminava in due sottili redini scure.

«Qui, assicuratevi a queste staffe» disse la stalliera, aiutandola ad agganciare i polpacci a una serie di legacci di cuoio che le avrebbero tenuto i piedi ben fermi contro il costato dell'animale. «State bassa con la schiena e governatelo solo con le redini, non occorre usare le gambe. Le orecchie sono estremamente sensibili, basta un tocco lieve. È come un cavallo, in fondo, solo molto più agile e veloce, quindi tenetevi ben stretta.» Le mostrò un collare provvisto di maniglie e occhielli per le redini.

La ragazza annuì e, senza poter aspettare di sentirsi più sicura, con un lievissimo colpo di redini e un verso secco, diede un segnale alla bestia. L'animale partì di scatto, con una forza inaspettata. Lei si strinse alle maniglie. Quello che provò fu simile al cavalcare le onde di un fiume o le vertigini del vento. La grande bestia volpina si muoveva rapida e flessuosa, il corpo era tutto un curvare e un ondeggiare per mantenere la rotta evitando gli ostacoli.

Deva continuava a stringersi con le gambe e con le mani, e solo dopo alcuni minuti di terrore capì che il modo migliore per montare quella cavalcatura era semplicemente lasciarsi andare, fluire insieme al movimento dell'animale, smettere di resistere: lui sapeva dove doveva andare ed era, davvero, incredibilmente veloce.

Li vide da lontano, li riconobbe per la devastazione attorno. Per decine di metri il terreno era raschiato, gli arbusti e i cespugli sradicati rotolavano nell'aria.

Laivine e Trian sapevano gestire bene gli scudi, ma quanto avrebbero potuto resistere a un attacco del genere?

«Non possiamo evocare tutti, non ce la farei» aveva detto Kilar. «Già due persone adulte è ben al di là dei miei limiti.»

Deva aveva pregato che al suo posto fosse evocato uno dei Consiglieri, voleva essere fisicamente sul campo a parlare con Bram, *toccare* le sue mani, fargli sentire che le sue intenzioni erano giuste. Ma Sarshan era stata inamovibile. Con occhi accesi e preoccupati aveva stabilito che sarebbero state loro due a essere evocate, che erano gli altri quelli sacrificabili. Deva si era vergognata davanti a Laivine, che le aveva insegnato così tanto, mentre Kilar disegnava i suoi cerchi a terra come una mappa di lei, a partire dal suo corpo, dalle sue stelle, dal suo nome. *Sono l'ultima arrivata,* aveva pensato. *Non dovrei essere io. Lo sanno tutti, tranne lei.*

L'Imperatrice aveva preso la mano del Generale Loissen nella sua per condurla all'interno del segno, e le aveva lanciato un'ultima occhiata complice prima di chiudere gli occhi lasciando che Kilar facesse il suo lavoro.

«Ricordate: comportatevi esattamente come se foste lì. Ogni mossa deve essere realistica» ricordò loro l'uomo, rivolgendosi più a Deva che all'Imperatrice.

Col corpo immobile e la mente sicura la donna e la ragazza avevano fatto un passo avanti, marciando sul campo di battaglia senza andarci davvero, concordando un gioco di sovrapposizioni con Trian e Laivine in modo che i corpi proiettassero la giusta ombra per entrambe, e che tutto sembrasse realistico. Ma l'allenatrice era stata colpita, e Trian non avrebbe resistito a lungo.

Non c'era più tempo: doveva parlare con Bram e, forse, se si fosse presentata davanti a lui in carne e ossa, sarebbe stata ascoltata.

Arrivò alla piana di Versha mentre la polvere di un terzo colpo non si era ancora dissipata. Deva ne approfittò per alzare uno scudo che fosse non solo sufficientemente largo, ma anche spesso. Migliore di quello di Trian, così poco resistente per loro. Si posizionò davanti ai Consiglieri e al corpo evocato di Sarshan con tutta la forza di cui era capace, e attese.

Quando la polvere si depositò a terra e la visuale tornò nitida, la ragazza incontrò lo sguardo limpido di Bram. Il viso del ragazzo mutò immediatamente: il suo turbamento trapelò dalle espressioni che gli attraversarono il viso: stupore, commozione, frustrazione, dolore.

Deva, intenta a mantenere fermo il suo scudo, comprese che quella tempesta di emozioni non era causata solo dalla sua presenza. Accanto a lei, infatti, imponente e meravigliosa, c'era una bestia che Bram non aveva mai visto, ma che aveva riconosciuto: l'aveva incontrata tanti anni prima, in una macchia sul soffitto.

«Vareen...» mormorò, guardando l'enorme animale dal muso di volpe, immobile a ricambiare il suo sguardo. Fu quasi un inchino quello che la bestia fece, abbassando lievemente la testa fino alle grandi zampe.

L'effetto che quell'animale ebbe su di lui fu detonante. Provò infinita pena per tutto ciò che era stato e per ciò che sarebbe avvenuto, per il bambino preso in giro per i suoi "sogni di veglia" e per l'adulto obbligato a colpire la ragazza che aveva promesso di proteggere.

Bram lasciò andare la sfera, a costo di un proiettile nella schiena. Con le braccia abbandonate lungo il busto si voltò verso Ingelmar, Roser e Herr e, guardandoli con ferocia dalla cortina di riccioli neri, dichiarò: «Non colpirò prima che abbiate parlato con loro».

Forse pensava davvero che la sua ribellione avrebbe potuto cambiare le sorti di quella battaglia. Gli ambasciatori, invece, disgustati dalla sua reazione, non si degnarono neppure di rispondere. Ingelmar lo scostò con una spallata decisa, mormorando: «L'esercito sarà qui presto, Bram. I tuoi capricci non fermeranno la giustizia». Quindi puntò la sua arma verso Deva Loissen, scaricandole addosso tutti i proiettili mentre il tiratore nascosto faceva lo stesso. Anche se immune alla tossicità dell'argento di Moltess, non era certo invulnerabile.

Sotto una pioggia di colpi, Deva strinse i denti tentando di potenziare lo scudo. La superficie nera e traslucida assorbì i primi proiettili ma riuscì solo a rallentare gli ultimi, che andarono a piantarsi ad alcuni centimetri dai piedi della sua allenatrice.

«Trian è troppo debole per aiutarti con lo scudo, Deva» mormorò Laivine, anche lei allo stremo e con una ferita sanguinante appena sotto le costole. «Resisti, l'Artake è in arrivo.»

Ma non fu l'esercito quello che, immediatamente, giunse. La ragazza avvertì l'aria attorno cambiare vibrazione, e sentì una presenza alle sue spalle.

Quando spostò lo sguardo, Sarshan era accanto a lei, *fisicamente* accanto, questa volta. Il suo viso dichiarava una rabbia feroce, gli occhi erano stretti in due fessure e le narici fremevano di sdegno.

«No, ti prego» mormorò Deva, mentre sentiva che la disperazione la rendeva più debole, e lo scudo le scivolava via.

Sarshan portò le mani giunte al petto, poi sfilò da esse, in una diagonale perfetta, una lancia appuntita alle due estremità fatta della magia più raffinata che Deva avesse mai visto. Era luminosa e definita, nasceva liquida e diventava resistente e lucida tra le sue dita. Le punte sembravano voler perforare anche l'aria che avevano intorno producendo, al più piccolo movimento, un suono acuto e sibilante.

Gli ambasciatori della Federazione avevano davanti agli occhi il loro nuovo racconto dell'orrore: l'Imperatrice Maledetta che, come nei ricordi dei sopravvissuti, impugnava la sua lancia prima di fendere l'aria rilasciando il suo devastante potere, capace di annientare tutto ciò che si trovasse alla sua portata.

Sarshan iniziò il gesto portando la lancia alla sua sinistra per compiere un semicerchio, ma fu costretta a fermarsi a metà strada: con un fragore di tempesta, la terra la anticipò. Entrambe le fazioni sentirono tremare la roccia sotto i loro piedi e, con un rombo secco e un tremore violento, una profonda spaccatura si aprì nello spazio che li separava, e in pochi istanti si allargò fino a distanziarli di metri.

Questo non parve turbare l'Imperatrice, che ritrovò l'equilibrio in un attimo e alzò di nuovo il braccio per colpire.

Un istante prima che la donna riuscisse a completare il gesto, Deva le si parò ancora davanti. Con lo sguardo incollato alla Federazione, allentò appena la protezione di tesselor e ne tirò fuori un lembo di stoffa. Una sciarpa azzurra si snodò insieme a una folata di vento e, davanti ai bagliori del tramonto viola di Morhva, sventolò lentamente davanti ai presenti. Era un segno, un linguaggio. L'unico che in quel momento potesse gridare.

Nessuno comprese cosa stesse accadendo tranne Bram, il cui sguardo si riempì di lacrime. Gli occhi di Sarshan, invece, divennero due fessure.

Si udì il rumore di cavalli e carri: in un attimo i rispettivi eserciti sarebbero arrivati, e la guerra sarebbe cominciata.

«Finisce adesso» mormorò l'Imperatrice, ricominciando il suo gesto.

«Uccidi la Strega!» gridò Ingelmar al tiratore scelto, nello stesso momento.

Deva e Bram si mossero all'unisono. Mentre lui si posizionava davanti all'ambasceria fissando sgomento l'Imperatrice, lei si gettava in mezzo alle fazioni, gli occhi verso il luccichio perlaceo che aveva tradito la posizione del tiratore.

«NO!» urlò Deva.

Fu un grido che le nacque nelle viscere e le salì alle labbra portandosi dietro quelle energie rabbiose e buie che aveva sempre negato, ricacciato in fondo. Non quel giorno: sulla piana di Versha, tra la Federazione e Sarshan Kean, quel potere oscuro le esplose fuori con la stessa violenza dello squarcio nella roccia.

«Ferma!» gridò nello stesso istante Bram, l'energia raccolta in una sfera luminescente e accesa, tanto elettrica che a malapena riusciva a contenerla senza farsi del male. Fu come se il suo Cerchio stesse brillando e, fra tutti, solo Herr comprese cosa stesse realmente accadendo.

Il ragazzo e la ragazza rilasciarono la loro magia a piena potenza un istante prima degli altri. I loro poteri erano speculari, ma l'intenzione nei loro cuori era identica.

Lo scontro fra la forza oscura di Deva e l'energia del Cerchio illuminato di Bram fu un boato accecante, che si alzò verso il cielo in un'esplosione impetuosa.

✶

«Devi bere questo» Évanette stava pregando Lyran, le mani giunte attorno alla fiala che gli porgeva.

L'uomo era senza parole. Sbigottito, guardava l'Astromante come se fosse uscita da un incubo. I suoi uomini, attorno, non capivano cosa stesse accadendo e perché il loro Capitano fosse assediato da una donna dallo sguardo folle e dai gesti frenetici, che gli porgeva qualcosa premendoglielo disperatamente addosso.

Lyran la allontanò di peso, poi le lanciò un'occhiata di sprezzo.

«Ti ho lasciata alla Rocca: mi avevi condannato a morte, se non ricordo male. Non mi interessa come tu ne sia uscita, ma questo non è il posto per te. Torna ad Alta» mormorò tra i denti, con voce di ghiaccio.

Le mani di lei tremarono mentre sollevò il prezioso contenuto della fiala davanti agli occhi dell'uomo. «Questa, Lyran, devi berla subito. Subito! È l'antidoto alla maledizione, riavrai la tua vita.»

Tutto il corpo della donna tremava per la stanchezza, per l'angoscia. Le sue pupille erano dilatate tanto da occupare quasi tutta l'iride, come quelle di una bestia senza ragione. Lyran la squadrò dall'alto in basso con espressione disgustata.

«Quanto chotud hai preso, Évanette? Se non stai già andando in overdose ci andrai presto, lo sai, vero?»

«Bevila, Lyran, ti prego!» gridò lei, le lacrime che le bagnavano le guance cineree sporche di polvere rossa.

Tomàs afferrò la fiala e la soppesò davanti agli occhi, poi osservò di nuovo il viso di lei. «Dimmi come posso crederti, Astromante.

Ti fideresti di una persona che ha scambiato la sua vita con la tua?» Il tono della sua voce era scelto appositamente per ostentare astio, ma era anche intriso di un dolore che gli esplodeva in viso, rendendo il suo sguardo una maschera di amarezza e delusione.

«Ti spiegherò tutto. Ti racconterò ogni cosa. Ma adesso, Lyran, ti prego: bevila immediatamente, prima che...»

«Prima che? Che cosa? Quel giorno tornavo da casa di Beatrix, Év. Avevo lasciato lei, e avrei anche lasciato la mia vita a Vidrian per te, per darti quello che non ero riuscito a darti quella notte, quando ho rotto la mia promessa. Non ti avrei mai più costretta ad aspettare. Ero pronto a essere io ad attendere te, ti avrei lasciato tutto lo spazio per capire se mi volevi ancora...» Anche gli occhi dell'uomo avrebbero voluto riempirsi di lacrime, ma c'era un intero esercito a guardarli in silenzio.

«Non doveva andare così» rispose Évanette senza pudore, con quegli occhi talmente rossi e gonfi che pareva le dovessero uscire dalle orbite. Strinse le mani di lui attorno alla fiala. «Ti prego, bevi. Sono tornata a salvare la vita che ti ho quasi tolto, siamo ancora in tempo. Lyran, ascoltami: fosse anche l'ultima volta che credi alle mie parole, fidati di me.»

I singhiozzi la scuotevano. L'uomo guardò di nuovo la fiala, stretta fra le sue mani. Conteneva un liquido opaco, era tiepida al tatto. Sapeva cosa sarebbe accaduto ancora prima di fare la sua scelta: si sarebbe fidato un'ultima volta della donna, avrebbe bevuto dalla fiala che lei gli porgeva, e quella sarebbe stata davvero l'ultima volta in cui avrebbero condiviso qualcosa. La fiala avrebbe anche potuto rappresentare il prosieguo della sua vita, ma sarebbe stata per certo la fine di qualsiasi cosa ci fosse stata fra lui e l'Astromante.

✶

L'esercito della Federazione, in avvicinamento alla piana di Versha, vide un'increspatura di luce accendere il terreno e poi elevarsi come un vibrante taglio verticale in direzione delle nuvole. Per un attimo, il cielo sembrò squarciarsi netto.

Davanti agli occhi degli ambasciatori, intanto, le lame di Deva mutavano in una sostanza diversa, come se l'oscurità che emanavano non fosse più luminosa e cangiante ma opaca, fiammeggiante, e bruciasse furiosa da dentro.

Chiunque avesse studiato approfonditamente gli Anni delle Nebbie non poteva non riconoscere quella sostanza dalle descrizioni dei sopravvissuti alle stragi nei villaggi di Alta e di Terrena. Era un potere freddo e caldo al tempo stesso che, fiammeggiante, inghiottiva cose e persone nel suo raggio d'azione come se volesse cancellare intere porzioni di esistenza.

«Il fuoco nero» mormorò il Generale Roser con voce spezzata. «Quella ragazza ha appena prodotto il fuoco nero.»

Un'onda di terrore investì il gruppo di ambasciatori. Ingelmar restò con il collo proteso e la bocca spalancata, Herr soppresse un grido al pensiero di ciò che quella magia aveva fatto un tempo, a città intere.

Fra le mani di Bram e Deva l'incantesimo sfrigolava in aria, gonfiandosi in estensione. Era una questione di istanti prima che esplodesse, falciando ogni cosa sul suo cammino.

Dall'altro lato della fenditura di roccia, l'Imperatrice fece in tempo a schermare i suoi con uno scudo che li coprì istantaneamente, apparendo dal nulla a un suo solo gesto, mentre Herr creò a fatica un Cerchio protettivo attorno agli ambasciatori della Federazione.

«Bisogna comunicare all'esercito di arretrare!» fece appena in tempo a gridare Ingelmar, rivolgendosi a un Roser pietrificato.

«Bram!» tentò di chiamare Padre Herr, senza neppure sapere se sarebbe stato possibile districarlo da quel tumulto di potere, per evitarne l'esplosione definitiva.

Le voci, però, non arrivavano al ragazzo. Bram non avvertiva altro che il Cerchio amplificarsi in forza, e più questo accadeva più la sfera sfuggiva al suo controllo e si distaccava dalla sua volontà. Comprese che non stava più rispondendo solo a lui: era anche Deva a dominarla. Avevano entrambi, fra le mani, due poteri opposti e inesorabilmente agganciati. Trovarono l'uno lo sguardo dell'altra, intuendo quanto stesse accadendo e incapaci di fermarlo.

«Deva» chiamò lui, cercando di spiegare con gli occhi tutto ciò che era inesprimibile a parole.

«Bram» boccheggiò lei senza un suono, ricambiando lo sguardo mentre la sciarpa azzurra le vorticava attorno, come il vessillo di ciò che erano stati.

In quella tentata vicinanza risuonò tutta la loro storia, di dimensioni enormi in un tempo minuscolo. Nessun altro conosceva cosa stessero provando in quel momento, né cos'avessero attraversato per ritrovarsi su quella piana ventosa di Morhva, ai lati opposti di una guerra. Negli occhi dell'altro, ognuno riconobbe il dolore di non aver desiderato nulla di ciò che stava accadendo, eppure di saperlo ineluttabile.

«Sei sotto la mia protezione, Deva Loissen» aveva detto un tempo l'apprendista Armon, ora chiamato con il nome di Hekne.

«E tu sotto la mia» aveva risposto la ragazza di Terrena, ora Generale dell'Artake.

La forma dei due poteri, perfettamente fusi insieme, vibrò lievemente per un attimo prima di tuonare, srotolandosi verso ogni direzione in una violenta onda d'urto di vento e fiamme.

I soldati la sentirono arrivare prima di vederla: fece tremare il terreno sotto le loro gambe, ruggì nell'aria. Quando giunse, fu come se un tappeto sul quale non sapevano di camminare fosse stato sfilato da sotto i loro piedi: in un attimo il mondo fu al contrario, le gambe si rivoltarono verso le nuvole, e il cielo si fece di roccia aguzza. Poi, furono solo grida e morte: corpi che bruciarono in polvere o che si frantumarono sulla nuda pietra, inghiottiti dalla terra o smembrati in mille frammenti, ossa e carne sparpagliati nel vento.

Per chilometri la terra fu scoperchiata, raschiata, rivoltata. Polvere e detriti corsero insieme all'energia rilasciata in un roboante intrico di alberi, ossa, carne e roccia.

Fu un suono agghiacciante quello che avvertirono i pochi che, chiusi in bolle protettive create dagli AltoMaghi che ne erano capaci, si stavano stringendo nella loro stessa pelle, sconvolti dal terrore e chini sulle ginocchia. Non avrebbero mai dimenticato quel rumore, dove urla, vento e tuono si mescolavano ruggendo, facendo vibrare il loro corpo e sanguinare il loro naso e le loro orecchie. Tutti avevano gli occhi chiusi, strizzati, per prepararsi a morire o sopportare il dolore. Tutti, tranne Évanette Starwyn.

All'ultimo istante era stata afferrata per il vestito da un AltoMago, e protetta dalla sua bolla. Lyran, no: lui non aveva fatto in tempo.

Con sgomento, la donna vide l'onda d'urto investire il Capitano. Nugoli di polvere e detriti si sollevarono attorno, e un rumore assordante coprì qualsiasi altro suono. Poi, quando l'onda d'urto li superò, il suo grido fu l'unico suono a restare acceso.

Attorno, il vento batteva ancora i corpi. Brandelli di carne continuavano a bruciare.

«Lasciatemi uscire!» urlò all'AltoMago che stava tenendo in piedi la protezione.

«Fate tacere questa folle!» esclamò quello, di rimando.

«Devo uscire, aprite un varco, vi prego» gridò lei, tentando di aprirselo da sola con le mani e le unghie, ma incontrando solo una resistenza anomala dell'aria, come se si fosse pietrificata attorno a loro.

«Voi non capite, Lyran è là fuori!» gridò ancora l'Astromante, in preda a una frenesia febbrile.

«Ci sono tutti i miei commilitoni là fuori, e sono tutti morti. Non capite? Non c'è nessuno da soccorrere» mormorò un soldato.

«Non potete saperlo!» ruggì lei, scagliandosi sull'AltoMago e facendolo quasi cadere.

«Aiutatemi a contenerla» esortò allora un altro uomo, e tre corpi le furono addosso. Uno le torse le braccia dietro la schiena, l'altro la fece piegare in ginocchio, l'ultimo le tappò la bocca con la grande mano sporca.

Furono lunghissimi minuti di attesa, finché il vento non si placò, le fiamme si spensero e il mago sciolse l'incantesimo. Le braccia degli uomini la lasciarono andare.

Évanette si guardò attorno sentendo il petto affondarle nello stomaco a ogni corpo straziato sul quale posava gli occhi. Infine, lo vide. Era coperto di sangue, tanto che inizialmente non realizzò la gravità delle ferite. Morse la mano che le teneva la bocca per poter gridare: «Aiuto, aiutatemi!».

I soldati accanto a lei nella bolla fecero lo sforzo di chinarsi a guardare. Uno di loro mise due dita sul polso del Capitano. Le trattenne per qualche secondo, poi alzò lentamente lo sguardo incontrando gli occhi dell'Astromante, e scosse la testa.

«Tomàs» sussurrò lei, cadendo in ginocchio e facendo il gesto di accarezzargli il viso, poi trattenendosi per paura di fargli più male ancora. L'uomo aveva perso parte del viso. Da una guancia scarnificata poteva vedere l'osso della mandibola frantumato, e i capelli biondo rame erano intrisi di denti, sangue e polvere. Con lo sguardo non osò scendere sul suo corpo, perché con la coda dell'occhio poteva cogliere il luccichio liquido delle viscere esposte, e la pozza rossa che si allargava sotto la sua schiena. Il lamento della donna crebbe fino a diventare un grido: «No. No, no, no!».

Le lacrime le scendevano in bocca, sul mento e giù per il collo, nell'abito di velluto ora imbrattato di sangue viscoso. Évanette Starwyn si chinò sul corpo di Tomàs Lyran, allagata di pianto e di dolore. Desiderò che lo stesso colpo fosse stato inferto anche a lei, perché essere rimasta in vita le sembrava una tortura troppo grande. Posò la mano su quella del Capitano, che stringeva ancora la fiala di Kannar, ormai in pezzi.

Sarebbe bastato un piccolo, semplice passo, e Lyran sarebbe stato protetto insieme a lei, sotto la bolla. Ma le stelle avevano richiesto il loro pagamento, e quel minuscolo passo era rimasto una distanza incolmabile nonostante l'antidoto.

«È colpa mia,» gridò «sono arrivata troppo tardi!»

Aveva fatto tutto per niente, allora. Aveva ucciso l'unico uomo che avesse mai amato: a cosa serviva essersi salvata, ora? Si ripiegò su sé stessa posando la testa a terra, fra le ginocchia, respirando la polvere rossa che sapeva di ruggine e sale.

Nessuno le posò una mano sulla spalla, né le disse una parola. Erano tutti soverchiati dall'orrore di guardare, tutto attorno, la morte che banchettava sulla vita, e di sapere che, qualunque cosa avesse creato quell'esplosione, aveva cancellato il loro stesso scopo. Non ci sarebbe stata una guerra perché la guerra era già persa, e l'esercito sterminato. Cosa ne sarebbe stato di loro era solo l'ultimo dei pensieri che i superstiti riuscivano a mettere in fila. Il primo era la consapevolezza che, anche con le loro armi migliori, c'era qualcosa – o qualcuno – che non sarebbero mai stati in grado di sconfiggere.

Ancora non sapevano di aver assistito al primo di una serie di eventi che avrebbe nominato la loro epoca come gli Anni delle Fiamme.

54
DOPO

Il luogo non aveva colore né temperatura. Si sentiva sospesa e senza corpo, ma un sottofondo di dolore permeava ogni suo sentire come se fosse la sostanza stessa di ciò che la componeva. Le sembrava di non essere sola, ma non poteva vedere nessuno e non perché avesse gli occhi chiusi, ma perché non le pareva di avere occhi. Tentò di *toccare* l'aria attorno, ma l'atto stesso era solo una vaga reminiscenza. L'unico senso in allerta era l'udito: sentiva un rumore, talvolta, come un tocco ovattato e un suono mormorato. Ma anche quello sembrava parte del nulla dove galleggiava.

La voce le arrivò solo dopo lungo tempo, e all'inizio non distinse il suo nome: *Deva*. Le due sillabe si formarono nella sua coscienza e subito si fusero col resto, diventando niente. Tornò nel nulla a lungo prima di avvertirle di nuovo e, questa volta, distinguerne i suoni. Solo dopo innumerevoli tentativi capì che qualcuno la stava chiamando.

Quando ricordò di avere degli occhi e avvertì la possibilità di aprirli, con fatica enorme squarciò un varco di fortissima luce in ciò che, solo per contrasto, riconobbe come buio.

«Chiudete le finestre!» sentì ordinare. Quella voce fu un piccolo colpo che scatenò il domino dei suoi ricordi: *Sarshan*. Si trovava ad Aeral Dome, allora. Iniziò a sforzarsi di avvertire qualcosa con le altre parti del suo corpo. I polpastrelli si mossero sfiorando il cotone delle lenzuola di un letto, le narici inalarono l'odore della sua stanza e di qualche medicinale dalle note di terra e fiori. Oniflorya, realizzò, e il ricordo corse a una locanda di Riva di Alta e a una donna dal grembiule a righe blu e bianche. Sfilò i ricordi da un gomitolo intricato di memorie confuse, correndo di pensiero in pensiero fino all'ultima immagine che ricordava: gli occhi di smeraldo di Bram Cadaval.

L'Imperatrice vide la mano di Deva tremare appena sotto le lenzuola.

«È tempo di diminuire la dose» dichiarò a Enossial, il guaritore di Aeral Dome. Nella voce profonda della donna si distinse, chiaro, un barlume di speranza.

L'uomo mormorò qualcosa, Deva riconobbe il nome di un medicinale e, subito dopo, avvertì un pizzicore lungo il braccio. Tornò nel nulla del suo sonno.

✶

Quando si svegliò, questa volta, fu come tornare alla vita. Non dovette faticare per trovare le parti del suo corpo, istintivamente aprì un poco gli occhi lasciando entrare la luce e iniziando a distinguere le forme della stanza. Mosse piano le gambe, poi le braccia. Dopo aver preso confidenza con il senso di veglia provò a tirarsi appena su con il busto, resistendo a un'ondata di nausea, ma ricadde sul cuscino.

Con cautela, provò a rimettere a fuoco lo spazio attorno. Si focalizzò sulla forma delle gambe sotto le lenzuola, poi procedette verso il baldacchino del letto, percorse lo spazio a sinistra con lo specchio, quello a destra verso il tavolino e le ampie finestre ad arco, infine posò gli occhi alla destra del letto, con un sussulto.

Sarshan era accanto a lei, addormentata su una poltrona bianca. Riconoscendo il suo viso, fu sommersa dalle emozioni come da un'onda. Era sollevata dal saperla viva ma provava anche un profondo smarrimento, perché i suoi ricordi erano confusi e frammentati.

Come allertata dal suo sguardo, la donna aprì lentamente gli occhi e, in un attimo, il suo corpo la richiamò all'ordine riprendendo una postura eretta, rigida. Si tirò indietro i capelli sciolti con la mano, un gesto che tradì l'imbarazzo dell'essere stata sorpresa nel sonno.

«Sei sveglia...» mormorò, guardando la ragazza. Nella penombra era impossibile averne la certezza, ma Deva sapeva che quegli occhi trattenevano lacrime di sollievo, e questo le infuse tutto il coraggio di cui aveva bisogno.

«Cos'è successo?» chiese Deva, allora.

Sarshan si osservò le mani come cercando di elaborare una versione della storia, prima di incontrare il suo sguardo, e dire: «Sei rimasta incosciente per giorni».

«Raccontami ogni cosa. Il mio ultimo ricordo è quello di difendere te.» *E Bram*, avrebbe voluto aggiungere. Il pensiero del ragazzo le scatenò un'ondata di angoscia: era vivo?

L'Imperatrice sospirò, si portò una mano alla fronte.

«Tu e Bram avete provato a fare la stessa cosa, nello stesso istante. Non è chiaro come sia accaduto, ma i vostri poteri si sono in qualche modo fusi tra loro. Forse è stata la vicinanza, il tempismo o le intenzioni nel vostro cuore. Ma hanno generato un fenomeno completamente nuovo di cui non si aveva memoria, prima.»

«Che tipo di fenomeno?»

«Avete creato una barriera attorno a Morhva, impenetrabile dall'esterno. Nel farlo, è stata rilasciata un'impressionante quantità di energia.» Lo sguardo della donna era perso nei ricordi dell'evento. Mentre l'onda d'urto falciava gli altipiani, davanti ai loro piedi l'aria aveva vibrato come se fosse stata la più impalpabile delle stoffe, prima di tendersi e creare un potentissimo muro di energia che si era esteso lungo tutto il confine della Vena Primaria, separando Morhva dall'esercito della Federazione, o meglio: da ciò che restava di esso.

«Cosa è successo alla Federazione?» chiese Deva, stringendo le coperte con le mani.

Sarshan tornò con lo sguardo sul suo, e scosse appena la testa. «Una parte dell'esercito, quella più vicina al punto di rilascio del potere, è stata sterminata. Anche le colonne più arretrate, comunque, hanno riportato ingenti danni. Chi ha potuto creare uno scudo l'ha certamente fatto, ma il resto è stata pura devastazione.»

Deva si coprì la bocca con le mani, soffocata dall'orrore di apprendere la quantità di vite perse per colpa sua.

La donna la anticipò: «Avanti, chiedimi di lui. So che è quello che vuoi sapere».

Deva si sentì improvvisamente in colpa, e provò un sottile dolore nel pensare che la donna riconoscesse il ragazzo fra le sue priorità. Anche Sarshan era una sopravvissuta, e lei non le aveva ancora neppure chiesto se stesse bene, se avesse perso qualcuno dei suoi, né l'aveva ringraziata per averla messa in salvo. Eppure, non poté fare a meno di soffiare fuori la domanda che portava il nome del ragazzo, sentendo il cuore stringersi: «E Bram?».

«Siete caduti a terra nello stesso momento. Come io ho preso te, i suoi hanno preso lui. È dall'altra parte della barriera, adesso. È vivo e il Convicto si prenderà cura di lui. Questa è l'informazione che desideravi avere, giusto?»

Deva annuì, il petto che si scaldò di sollievo. *Io non ho ucciso lui, e lui non ha ucciso Sarshan: sono entrambi sopravvissuti.* Poi guardò la donna negli occhi e le chiese: «Avvicinati, ti prego».

«Sono abbastanza vicina, non voglio inavvertitamente farti del male, sei ancora debole» rispose lei.

«Non lo farai.» Deva allungò il braccio, tendendole la mano e lasciandola sospesa un attimo finché l'Imperatrice, con riluttanza, non decise di avvicinarsi. Deva intrecciò le dita alle sue e le strinse lievemente. Poi, in un gesto che ormai riconosceva come loro, portò la sua mano alle labbra posando sulla sua pelle diafana un bacio leggero.

«Chi abbiamo perso?» chiese.

Sarshan esitò, poi disse: «Nessuno».

Non era vero: Laivine non era mai tornata indietro, ma la donna sapeva che le sofferenze dell'anima avrebbero ritardato la guarigione della ragazza, e le avrebbe dato le notizie peggiori in un altro momento.

«Siamo al sicuro?» domandò ancora Deva. «La barriera ci separa dalle altre rive, e protegge la Vena Primaria?»

«In questo momento, sì» la donna mormorò piano, chiudendo gli occhi al contatto delle labbra calde di Deva sulla sua pelle.

«Cosa dobbiamo fare, adesso?»

«Stiamo studiando la possibile durata e le conseguenze di questo isolamento inaspettato. La Vena Primaria sembra protetta, e forse grazie a questo Radian inizierà a riequilibrarsi nonostante tutto.»

La storia di come gli Ardimenti della Federazione fossero stati respinti, e in qualche modo sconfitti, stava certamente correndo di bocca in bocca, e chi dubitava di Lei stava probabilmente ricominciando a credere.

Sono stata un bravo Generale, pensò Deva. *So di non essere ciò che desideri, ma in qualche modo ho completato la mia missione: Morhva è protetta, e anche tu.*

Come leggendole nel pensiero, la donna aggiunse: «Sei stata più di quello che avrei mai immaginato. Hai la mia gratitudine, Deva Loissen» mormorò.

«Non voglio la tua gratitudine, Sarshan» rispose lei, realizzando che non pronunciava il suo nome da così tanto tempo. «Sai cosa voglio.»

Per Deva non ci fu alcuna vergogna nel dirlo a voce alta, nel dichiarare di aver bisogno di lei in un modo assoluto e libero, scelto di propria volontà davanti a ogni bivio. Era il viso di Sarshan, il suo corpo, la sua voce che desiderava avere accanto, per questa nuova Deva che aveva ricostruito dalle ceneri, e che ora le sembrava fosse sempre stata il suo destino.

La donna replicò guardandola con i suoi occhi colore della salvia, sussurrando: «Lo hai già».

✶

Sotto un pergolato di glicine ormai sfiorito, la luce del sole filtrava chiazzando di ombre la pelle di un ragazzo che sedeva con gli occhi chiusi e il respiro lento.

Era in meditazione da due ore, come ogni mattina avrebbe raggiunto le tre e non si sarebbe preoccupato di asciugare il viso mentre le sensazioni lo soverchiavano e i ricordi sembravano un peso schiacciante e incancellabile.

Gli avevano detto che gli avrebbe fatto bene, che meditare avrebbe ristabilito nella sua mente la giusta distanza dalle cose, e sarebbe arrivato un giorno in cui avrebbe potuto continuare a vivere senza il dolore di sapersi responsabile di tanto orrore. Lo avrebbe osservato dalla giusta distanza, imparando di nuovo a respirare attorno a esso. Forse sarebbe giunto anche il giorno in cui avrebbe dimenticato Deva Loissen con una sciarpa azzurra che sventolava nell'aria di Morhva, e il viso contorto dal dolore. Quello che non avrebbe potuto mai scordare, invece, era il corpo della ragazza frapposto fra lui e Sarshan Kean: la volontà di Deva di difendere un mostro.

Dopo la battaglia si era ciecamente affidato al Reggente, tornando quasi un bambino, bisognoso delle cure di un padre. L'uomo aveva deciso il piano per il suo recupero stilando una tabella precisa, ma dai tempi dilatati, dove alla meditazione si alternavano sedute di riequilibrio del suo Cerchio gestite dai migliori Armon del Convicto.

«Ci prenderemo cura della tua mente e del tuo corpo, Bram. L'anima e il cuore chiederanno più tempo e pazienza, ma infine si ristabiliranno anch'esse» aveva detto con certezza assoluta Obenharis Cadaval, con quegli occhi buoni sotto le spesse sopracciglia grigie.

Bram voleva continuare a crederlo, anche se nulla era ancora cambiato e a volte si sentiva inutile e rotto, come le vecchie anfore buttate sul retro del giardino. Vuoto di ogni cosa tranne che dei suoi cocci appuntiti, che lo trapassavano taglienti a ogni pensiero. Li sentiva, pungenti, mentre camminava per il portico, mentre mangiava seduto insieme ai confratelli, mentre sciacquava la sua ciotola nel grande lavabo.

Solo i primi giorni, travolto dall'orrore, aveva desiderato di morire. Ora, non più: nonostante tutto lui era l'Hekne, e il Convicto aveva bisogno di lui. Era un'arma che andava mantenuta intera, funzionante, una difesa per i tempi che sarebbero arrivati. Ristabilirsi era un dovere verso la sua comunità e verso il Cerchio.

La sua stanza era stata ridipinta, Vareen era coperto da uno strato di pittura bianca. I sogni di veglia sembravano spariti, così come le prese in giro di Padre Herr. Quando i confratelli gli passavano accanto facevano un profondo inchino, ma Bram non capiva mai se fosse di sussiego, o di paura.

La Governatrice Yasal lo andava a trovare, ogni tanto. Con i suoi grandi occhi scuri gli chiedeva delle sue giornate, poi raccontava le sue. Con la sua voce morbida parlava a Bram degli affari del Governo, di come le rive stessero tentando di ricostruire l'esercito della Federazione, delle soluzioni che Vidrian cercava di mettere in atto per la crisi economica scaturita a seguito dello sterminio.

Bram ascoltava, consigliava, ma a volte chiudeva gli occhi e si lasciava semplicemente cullare dalla voce di lei, un'eco dei tempi in cui il suo più grande problema era sentirsi meno bravo degli altri.

Il verso dei gabbiani arrivò dalla costa, piccole urla acute che lo fecero tornare alla realtà. Avvertì una presenza alle spalle, e un immediato senso di benessere.

«Bram» sussurrò il Reggente. «Come sta andando?»

Lui ci mise un attimo a rimettere a fuoco il pergolato e la figura imponente dell'uomo.

«Un po' meglio» rispose, e non era del tutto una bugia. «Vorrei ricominciare ad allenarmi, uno di questi giorni.»

«Non c'è fretta, ragazzo. Ma se pensi che possa giovarti, procedi pure. A volte la guarigione passa per vie misteriose. Ho incontrato la Governatrice, a Larham. Ha detto che domani vorrebbe passare a trovarti. Sembra una donna incantevole fuori e dentro, la mia impressione è che la sua saggezza stia sbocciando come un fiore.»

«Sì, è una brava Governatrice, e si è rivelata una buona amica. Mi piace parlare con lei» mormorò Bram, accorgendosi che le sue labbra si erano distese in un lieve sorriso.

Il Reggente annuì con approvazione, poi si prese un istante prima di aggiungere: «Cosa ne pensi se al tramonto saliamo insieme sulla terrazza? Io potrei avere... uhm» l'uomo esitò.

«Cos'è che potrebbe avere, Reggente?» domandò il ragazzo, alzandosi in piedi.

«Della birra di roza, portata da alcuni devoti...» borbottò l'altro, gesticolando come se si fosse trattato di una cosa da nulla. «Ho pensato che magari anche l'Hekne poteva permettersi un momento di svago.»

Bram si ritrovò a ridere. «Bere una birra in terrazza, al tramonto, non è certo un'attività tipica da Reggente e Hekne...»

«Ma è una cosa da padre e figlio» disse il Reggente, nascondendo sotto la folta barba un rossore inaspettato. «Che ne pensi?»

Il ragazzo fece il terzo sorriso in pochi minuti, sentendosi immediatamente in pace. Percepiva che il Cerchio di quell'istante stava risplendendo forte, e ogni sua parte era in equilibrio.

«È una buona idea. Mi piace» rispose.

Più tardi, sulla terrazza del Convicto che guardava il mare, Bram Cadaval lasciò che il vento gli solleticasse le narici con l'aria salmastra e il profumo dei fiori. Il sole scarlatto del tramonto scendeva piano tra le onde, fra strisce di morbide nuvole viola. Si guardò intorno, e seppe di essere fortunato. Di tutti i luoghi, lui apparteneva a Riva di Vidrian. E di tutta Vidrian, lui apparteneva al Convicto.

RINGRAZIAMENTI

In un momento oscuro della mia vita, il fantasy mi ha salvata. Credo fermamente nel potere delle storie. Almeno una volta nella vita ci siamo trovati tutti davanti a "mostri" che sembravano invincibili, abbiamo tutti dovuto tirare fuori una spada con le mani che tremavano, siamo stati tutti costretti a marciare verso qualcosa che ci sembrava insormontabile, ingiusto e orribile. Quello che il fantasy racconta non è solo che questi momenti si possono attraversare e superare, ma che sono parte inevitabile dell'avventura. Il mio primo ringraziamento va a tutti i grandi autori che, con le loro storie, mi hanno dato forza e speranza.

Ma ce ne sono altri, doverosi, da fare. Alla mia famiglia, per essermi sempre accanto supportandomi e, soprattutto, sopportandomi. Siete anche grande fonte di ispirazione, sempre.

A Cobi, un cane *fantastico*.

Un grazie a Elisa, Paola e tutto il team della casa editrice per l'entusiasmo col quale avete accolto questo libro. A Valentina, Biancamaria, Giulia e Arianna, preziose fonti di confronto durante la scrittura e l'editing.

Alla mia community social su TikTok (@boomfiction) e Instagram (@machedavvero) ma anche a chi mi segue dai tempi del blog.

Infine, nessuno dei personaggi di questo libro rappresenta davvero me stessa. Alle volte, però, mi piace immaginarmi come Deva: qualcuno che dentro di sé possiede un'inestinguibile scintilla, capace di farla andare sempre avanti. Se così fosse, questa scintilla avrebbe il mio ultimo, sentito, *grazie*.

QUESTA È LA MUSICA CHE HO ASCOLTATO
DURANTE LA SCRITTURA DEL ROMANZO:
SE VUOI USALA PER IMMERGERTI
NELLE SUE ATMOSFERE

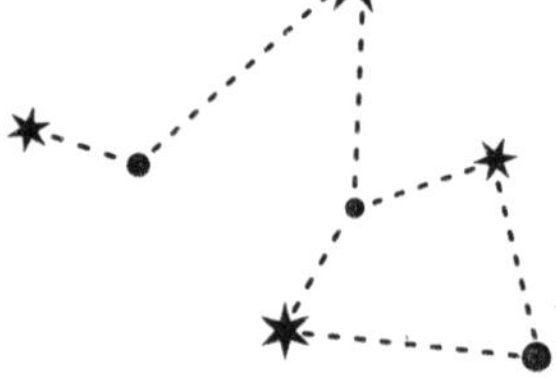

INDICE